U0533543

Curiosity

好奇心

〔加拿大〕阿尔维托·曼古埃尔 著

毛 竹 译

商务印书馆
The Commercial Press

Alberto Manguel
CURIOSITY
Copyright© 2015 by Yale University
根据美国耶鲁大学出版社 2015 年版译出

以我全部的爱,
献给阿米莉亚,
她像只小幼象①,
洋溢着"知足的好奇心"。

---

① 《小幼象》(*The Elephant's Child*)是约瑟夫·鲁德亚德·吉卜林(Joseph Rudyard Kipling)用奇妙缤纷的幻想故事向他的孩子们解释世间万物来历的故事之中的一篇,小幼象充满"知足的好奇心"('satiable curtiosity),实际上意味着"不满足的好奇心"或者"不可遏止的好奇心"。'satiable curtiosity 中的半引号"'"是一种字首省略法。吉卜林在这部故事集里面,为了模仿孩童的话语,采用了这种修辞方式。小幼象不断地提出问题,即便得到的唯一回应是其他动物对它的殴打。一次在象群里,小幼象问大家"鳄鱼都吃什么",却被所有动物殴打,从而脱离了象群。后来小幼象终于遇到鳄鱼,问出了同样的问题,却被鳄鱼咬住了鼻子,鼻子因此被拉长了。小幼象发现,鼻子长有鼻子长的好处,就把消息告诉所有的象,于是所有的象都去找鳄鱼拉长鼻子,这就是"大象鼻子为什么这么长?"的故事。1902 年,吉卜林把这些故事编集成《原来如此的故事》(*Just So Stories*)。1907 年吉卜林获诺贝尔文学奖,当时年仅四十二岁,是至今为止最年轻的诺贝尔文学奖得主。(如无特别说明,本文脚注皆为译注,以区别于曼古埃尔的尾注。)

目　　录

导言 …………………………………………………………… 1

第一章　什么是好奇心？ ……………………………………… 13

第二章　我们想知道什么？ …………………………………… 39

第三章　我们怎样推理？ ……………………………………… 61

第四章　我们怎么能够"看到"我们思考的东西？ ………… 81

第五章　我们怎么提问？ ……………………………………… 104

第六章　语言是什么？ ………………………………………… 135

第七章　我是谁？ ……………………………………………… 159

第八章　我们在这儿做什么？ ………………………………… 182

第九章　我们应该在哪儿？ …………………………………… 203

第十章　我们之间的差别是什么？ …………………………… 225

第十一章　动物是什么？ ……………………………………… 248

第十二章　我们行为的后果是什么？ ………………………… 270

第十三章　我们能够拥有什么？ ……………………………… 288

第十四章　我们如何给出事物的秩序？ ……………………… 310

第十五章　然后呢？ …………………………………………… 333

第十六章　事情为什么是这样子？ …………………………… 357

第十七章　什么才是真的？ …………………………………… 376

注释 ·· 397

致谢 ·· 445

索引 ·· 448

译后记 ······································ 468

导　言

> 临终床前，格特鲁德·斯泰因（Gertrude Stein）①抬起头来问道："答案是什么？"没有人说话，她笑着说："那在这种情况下，问题又是什么？"
> ——唐纳德·舒斯特兰德（Donald Sutherland）②，
> 《格特鲁德·斯泰因：她的作品传记》
> （*Gertrude Stein: A Biography of Her Work*）

我对"好奇心"（curiosity）感到好奇。

小时候，我们最先学到的词语之一，就是"为什么"。原因部分是我们想了解一下我们并不心甘情愿地进入的这个神秘的世界，部分是我们想了解世界上诸多事情是如何发展的，还有部分是我们感受到了一种远古的呼唤，在我们第一次咕咕哝哝、咿呀学语之后，我们感到需要跟这个世界上居住着的其他人产生关系，我们开始追问"为什么？"[1]，我们的追问永不停止。很快我们就会发现，这种好奇心很少能够得到有意义或令人满意的答案，而是会引起更大的提出更多问题的渴望，以及与他人交谈的乐趣。任何追问者都会知道，肯定的回答会导向孤立，追问问

---

① 格特鲁德·斯泰因（1874—1946），美国犹太裔先锋女作家、记者，曾经师从威廉·詹姆斯学习心理学。与其哥哥列奥·斯泰因在巴黎居住期间，曾是著名沙龙女主持和艺术品收藏家。她的实验性作品生前赢得了同行声誉，但只有一件盈利。

② 唐纳德·舒斯特兰德（1915—1978），格特鲁德·斯泰因的生前好友和崇拜者，第一部格特鲁德·斯泰因传记著作《格特鲁德·斯泰因：她的作品传记》的作者。

题却不会。好奇心是宣扬我们拥护他人的一种手段。

也许所有好奇心都可以在蒙田的著名提问之中得到总结：Que sais-je?——"我知道什么？"这个问题出现在《蒙田随笔集》(*Essays*)的第二卷。在谈到怀疑论哲学家的时候，蒙田评论，他们在任何谈话中都不能表白他们的总观念，因为据他说，"这需要他们用一种新的语言"。"我们的语言，"蒙田说，"是由肯定句组成的，这跟他们的语言大异其趣。"然后他补充："这种想法可以概括成一个问句：'我知道什么？'我把这句话作为格言铭刻在一把盾牌上。"这个问题的根源自然是苏格拉底的"认识你自己"，但是在蒙田那里，这个问题不再是一种想要知道"我们是谁？"的存在主义式的主张，而是一种持续不断的质疑的状态。在这种质疑状态下，我们的思想得以推进（或者已经推进了），和进入前方的未知领域。在蒙田的思想之中，语言里面的肯定陈述会转向自身，并成为问题。[2]

我与蒙田的友谊可以追溯到我的青年时代，从那时起，《蒙田随笔集》对我而言就成了一本自传。在他的评论之中，我一直探寻着我自己的兴趣和经验，并试图将它们转化成为明快的散文。在对寻常主题（友谊的责任、教育的界限、乡野的乐趣）和非常主题（食人族的本性、如何辨认怪物、如何使用拇指）的探索之中，蒙田为我绘制出了一幅属于我自己的好奇心地图，它们在不同的时间、许多的地点组合了起来。"书籍对我来说是有用的，"蒙田承认说，"与其说它们是引导我，不如说是训练我。"[3] 我的情况也是一样。

例如，通过反思蒙田的阅读习惯，我想到我或许可以通过蒙田的方式，围绕他的"我知道什么？"做一些笔记：蒙田从他的藏书之中汲取自己的思想方法（作为读者，他把自己比作采集花粉为自己制作蜂蜜的蜜蜂），而我也可以将这些思想方法投射到自己的时代。[4]

蒙田或许会愿意承认，他对"我们知道什么？"的考察在十六世纪并不是什么全新的事业：怀疑"怀疑"的这个行为，还有许多古老的起源。"智慧从何处来呢？"，困顿之中的约伯问道，"聪明之处在哪里呢?"蒙田扩展了约伯的问题,他观察到:"判断是应付一切问题的工具,而且无处不在使用。正因为如此,在我所写的随笔中,一有机会我就用上它。即使是我不熟悉的问题,我也要拿它来试试,像蹚水过河似的远远地蹚出去。然后,如果这个地方太深了,以我的个头蹚不成,那我就到岸上去待着。"[5] 我发现从这个最谦虚的方法中,我们能够获得很好的慰藉。

根据达尔文的理论,人类的想象力是一种生存工具。为了更好地了解世界,为了要更好地装备起来,以应对其中的陷阱和危险,智人发展出了这种能力:在心灵中重构出外部的现实,并构想出实际遇到这些外部现实时候的可能情境。[6] 意识到我们自身和意识到我们周围的世界,我们就能够在心灵中建构关于那些领域的地图,并以无数种方式探索这些领域,然后选择最好、最有效率的探索方式。蒙田或许会同意:我们的想象是为了存在,我们的好奇是为了满足我们想象力的渴望。

想象是一项根本的创造性活动,它随实践而发展。不过想象并不是通过成功的实践而发展的(因为成功的实践只是一些最终结论,它们是死胡同),想象是通过那些失败的实践、那些被证明是错误的尝试,以及新的尝试发展而来的,因为即使先贤是好心的,他也会导致新的失败。艺术和文学的历史正如哲学和科学的历史一样,都是这样的被照亮与启蒙了的失败史。"失败了。再试一次。再更好地失败",这是贝克特的总结。[7]

但为了更好地失败,我们必须能够富有想象力地认识到那些错误和不协调之处。我们必须能够看到,这样的一条道路并没有引导我们走向我们所渴望的方向,或者说这样的一种词语、颜色或数字的组合并不接近于我们心灵之中的直观图景。我们骄傲地记录了我们众多灵感的时刻,就像是阿基米德在浴室里大喊"我发现了!"(Eureka!)一样;我们很少会愿意回忆起那些更多的时刻,比如巴尔扎克故事中的画家福伦霍夫(Frenhofer),看着他无名的杰作,说:"没什么,没什么!……我未曾创造过任何东西!"[8] 贯穿在那些极少数的胜利时刻和更多的失败时刻之中的,正是那个伟大的充满想象力的问题:为什么?

我们今天的教育体系，大体上会拒绝承认我们所追问的问题的后半部分。人们只对事物效率和财务利润感兴趣，我们的教育体制不再培育纯粹思辨和自由运用的想象力。系所和学院已经沦为熟练劳动力的训练营，而不是提问和讨论的场所，学院和大学不再孕育那些诸如十六世纪的弗兰西斯·培根所称之为"光明的中间商"（merchants of light）①的追问者。⁹我们教自己去追问"这多少钱？"和"这要花多长时间？"，而不是去追问"为什么？"。

"为什么？"，这个问题之中（以及在这个问题的诸多变体之中）更为重要的是询问的过程，而不是期望得到答案的过程。说出这个问题的事实，开启了无数的可能性，可以消除先入为主的前见，召唤起无尽的、富有成效的疑惑。召唤起这个问题的时刻，它还可能会带来一些尝试性的回答，但如果这个问题足够有力量，那么这些答案都不会是自洽的。"为什么？"这个孩子般充满直觉的问题，是一个已经隐含地包含了我们的目的的问题，只不过我们的目的总是处在我们的视线之外罢了。¹⁰

我们好奇心的可见表现，就是问号。在大多数的西方语言中，问号总是出现在一句话写完之后，它弯曲的线条，骄傲地反对着顽固的教条。问号在我们书写的历史中出现得比较晚。在欧洲，常规的标点符号直到文艺复兴时期才最终确立，1566年伟大的威尼斯印刷商人阿尔多·马努齐奥（Aldo Manutius）②的孙子出版了供排字工使用的标点符号手册，即《标点符号系统》（*Interpungendi ratio*）。在设计终止段落的符号时，这本手册也把中世纪的"问号"（*punctus interrogativus*）包

---

① 出自弗兰西斯·培根 1626 年出版的乌托邦小说《新亚特兰蒂斯》（*The New Atlantis*）。在培根笔下，新亚特兰蒂斯这片大陆追求科学发明和创造，特使四处搜集最新的科学知识，将其带给大众。培根将这些特使们称为"光明的中间商"。

② 阿尔杜斯·皮乌斯·马努提乌斯（Aldus Pius Manutius, 1449—1515）是意大利威尼斯人文主义学者和印刷商阿尔多·马努齐奥（Aldo Pio Manuzio）的拉丁语名字。他在威尼斯创立阿尔丁出版社，出版希腊文和拉丁文的古典著作。他也被称为称为老阿尔杜斯·马努提乌斯，与其孙子小阿尔杜斯·马努提乌斯作区别，这两位阿尔多·马努齐奥共同出版了《标点符号系统》。

括进来,小阿尔多·马努齐奥(Manutius the Younger)将其定义为表示惯例上需要回答的问题的符号。这种问号最早的例子之一是在九世纪的一个西塞罗文本的抄本中,这个抄本现在收藏在巴黎的国家图书馆;这个问号看起来像一个楼梯,在一个弯曲的对角线上向右上方升起,从左下方的一个点开始。提问提升了我们。[11]

在我们的各种历史中,"为什么?"这个问题在很多场合都以改头换面的形式出现,并且出现在大量不同的文本中。问题的数量可能太多,无法单独地予以深入探讨,而且它们的变化太大,无法连贯地把它们聚集在一起,不过人们已经进行了一些尝试,试图根据各种不同的标准,总结出一系列问题。例如2010年伦敦《卫报》的编辑邀请科学家们以及哲学家们罗列出了以下十个"科学必须回答"("必须"这个词有强烈的意味)的问题。这十个问题是:"什么是意识?""大爆炸之前发生了什么?""科学和工程会让我们回归个性吗?""我们如何应对世界蓬勃发展的人口?""素数有一种模式吗?""我们能否制造出一种无所不包的科学的思维方法?""我们如何确保人类的生存和繁荣?""有人能够充分解释无限空间是什么意思吗?""我能记录我的大脑,就像我可以刻录下一个电视节目一样吗?""人类可以登上星星吗?"关于这些问题,其实没有明显的进展,也没有逻辑的层次,没有明确的证据表明它们可以得到解答。它们来自我们的求知欲,是从我们习得的智慧之中创造性地拣选出来的。然而,我们可以从它们的蜿蜒曲折

西塞罗著作《论老年》(*Cato maior de senectute*)九世纪抄本之中的"问号"图例。(国家图书馆,巴黎,MS lat. 6332, fol. 81)

中瞥见某种特定的形状。如果我们描绘出一条跟我们的想象力平行的图样的话，那么遵循我们好奇心所引发的追问这些问题所必然走向的通途，可能会变得更为明显一些。因为"我们想要知道什么"和"我们可以想象什么"，这两者是同一部魔法书的正反两面。

绝大多数人在自己的阅读生涯之中都会有同一种经验，就是他或迟或早会发现一本与众不同的书，这本书将使他探索自己和探索世界，似乎取之不尽，用之不竭，同时还会以一种亲密而独特的方式将他的思想集中在一些最微小的细节上。对于某些读者来说，这本书也许是一部公认的经典作品，例如可能是莎士比亚或者普鲁斯特的作品；对于另一些人来说，这本书也许会是一部鲜为人知的著作，或许其他人不太会同意这本书是与众不同的，只是这个人因为莫名或秘密的原因而深有感触。就我而言，在我的一生中，这本与众不同的书，时而改变：很多年来它是《蒙田随笔集》或《阿丽思漫游奇境记》、《堂吉诃德》或博尔赫斯的《杜撰集》、《一千零一夜》或《魔山》。现在，当我七十多岁，这本对我来说无所不包的书，应该是但丁的《神曲》。

我很晚才读到《神曲》，即将进入六十岁的时候，我才开始阅读它。而从那时的第一次阅读开始，《神曲》对我来说就成了全然个人且浩瀚无垠的书。将《神曲》描述为一本浩瀚无垠的书，可能仅仅是一种迷信地敬畏这本书的声明：它的深刻性、它的广度、它的错综复杂的结构。即使这些词语，也远远不能表达出我在阅读文本的时候产生的不断更新的体验。但丁谈到，他的圣诗"由天和地一起命笔"。[12]这并不是一个夸张的说法：这是自从但丁的时代以来但丁的读者对但丁的印象。但结构意味着一种人为的机制，一种依赖于滑轮和齿轮的动作，不过即便这种结构显而易见（例如，但丁自创了三韵格[terza rima]，因此他在整个《神曲》中不断使用数字"3"），但这种结构也只是指向一点，即《神曲》的复杂性，人们很难完全地阐明《神曲》显而易见的完满性。薄伽丘曾将《神曲》比喻成一只身体覆盖着无数色调的"天使般"的彩虹色羽毛的孔雀。豪尔赫·路易斯·博尔赫斯将《神曲》比喻成一座无限繁复的雕刻,朱塞佩·马佐奥塔(Giuseppe Mazzotta)①将《神曲》比喻成一部百科全书。奥西普·曼德尔施塔姆(Osip Mandelstam)②这样说道:"如果冬宫的大厅突然发了疯,如果所有学派和大师的画作突然从钉子上松开,房间里的空气混合、融合,充满了未来主义的嚎叫和激烈的骚动色彩,那就像极了但丁的《神曲》。"但是这些明喻都完全没有捕捉到《神曲》的丰度、深度、程度、乐感、千变万化的意象、无穷的创造,以及完美平衡的诗歌结构。俄国诗人奥尔加·塞达科娃(Olga Sedakova)指出,但丁的诗歌是"产生艺术的艺术"和"产生思想的思想",但更重要的是,它是"产生经验的经验"。[13]

为了模仿二十世纪从新风格到概念艺术的艺术潮流,博尔赫斯和他的朋友阿道夫·比奥伊·冈萨雷斯(Adolfo Bioy Casares)③想象出了一种新的批评形式,这种批评形式服膺于"分析一种艺术作品的所有伟大之处是不可能的"的观点,认为批评只能完整地再现这件作品。[14] 遵循这个逻辑,为了解释《神曲》,任何一位细致的评注者最终都必将走向完整地引用整首诗的地步。或许那是唯一的办法。确实,当我们遇到一个令人惊讶的优美段落,或者读到一个错综复杂的诗意论证,它们或许并没有像我们在曾经的阅读中那样强烈地触动我们,但我们激动得想要即刻大声读给朋友听,而不是去评注它们,因为我们想要尽可能地给朋友分享我们最原初的顿悟。我们也可以把以上这段话转译成其他的体验,或许这也正是贝绳丽彩在火星天对但丁说的那些话的可能含义:"你转身听听——天堂啊,不光在我的眸子里头。"[15]

---

① 朱塞佩·马佐奥塔(1942—),意大利的美国历史学家,目前是耶鲁大学意大利语人文学科的斯特林教授,从2003年至2009年担任美国但丁学会(Dante Society)的主席。

② 奥西普·埃米尔耶维奇·曼德尔施塔姆(1891—1938),苏联诗人、评论家,阿克梅派最著名的诗人之一、二十世纪俄罗斯最重要的诗人之一。他的诗一开始受象征主义影响,后转向新古典主义并具有强烈的悲剧色彩。

③ 阿道夫·比奥伊·冈萨雷斯(1914—1999),阿根廷小说家、记者、翻译家,其作品构思缜密,注重对幻想世界的探索,影响最大的作品是《莫雷尔的发明》和《英雄梦》,于1990年获得塞万提斯奖。

不那么雄心勃勃,也不那么知识渊博,我对自己的视野的领域更加清醒,我想提供一些我自己的解读,一些基于我个人思考的评论、观察,并翻译它们,将之转译到我自己的经验之中去。《神曲》有一种庄严的慷慨,它不会禁止任何试图越过它的门槛进入到它之内的人。至于每位读者将发现什么,那就是另一个问题了。

每个作家(和每个读者)在与文本接触时都会面临同一个基本的问题。我们知道,阅读是为了肯定我们对语言的信念,肯定语言具有令人自豪的沟通能力。每次我们翻开一本书的时候,我们都相信,不管以前所有的经验如何,这一次文本的精髓将通过文本传达给我们。尽管有这样的雄心壮志,每次阅读到最后一页,我们都会再一次失望。特别是当我们阅读那些"伟大文学"作品时(暂时没有更精确的术语),我们对文本多重复杂性的领会能力与我们的期望不符,我们将因此不得不再次回到原文,希望也许这一次,我们可以实现目标。不过我们从不会成功,这是文学的幸运,也是我们的幸运。一代一代的读者不可能穷尽这些书籍,语言在沟通上的失败,恰恰使得语言获得了一种无穷无尽的丰富性,因为我们的捕捉能力只能限定在我们个人能力的范围之内。从来没有任何读者曾经企及《摩诃婆罗多》(*Mahabharata*)或《俄瑞斯忒亚》(*Oresteia*)①的精微深处。

认识到某项任务是不可能的,这并不会妨碍我们进行尝试,每次打开一本书,每次翻页,我们都会更新我们对于理解某个文学文本的期待,如果我们不能完整地理解它,我们希望至少要比我们此前的阅读更多地理解它。这就是为什么我们在各个时代都创造了一个阅读的"层层覆盖的重写羊皮手稿"(palimpsest)②,这种层层覆盖的重写羊皮手稿以

---

① 指古希腊悲剧作家埃斯库罗斯(Aeschylus)的三联剧。《俄瑞斯忒亚》由《阿伽门农》(*Agamemnon*)、《奠酒人》(*Choephori*)和《复仇之神》(*Eumenides*)组成。此后Oresteia 一词又指三部内容各自独立又互相联系的作品。

② 指全部或部分原有文字被刮去,在上面另行书写的重写羊皮书卷,通常还会留有一些此前书写的印记。因为羊皮卷由羊羔皮、小牛皮或山羊皮制成,价格昂贵且不易获得,出于经济利益的考虑,经常通过刮掉先前的文字来重新使用它。

不同的面貌不断重新建立起这部书籍的权威性。荷马的同时代人的《伊利亚特》(*Iliad*)并不是我们的《伊利亚特》,但它包括了我们的,因为我们的《伊利亚特》将会包括未来所有的《伊利亚特》。正是在这种意义上,哈西德派(Hassidic)①会断言说,《塔木德》②没有第一页,因为每一位读者在开始阅读它的第一个单词之前,就已经读过了它,每一本伟大的书都是如此。[16]

"但丁文学"(lectura dantis)这个术语是为了定义一种特定的文学类型,也就是如何阅读《神曲》的文学类型,而我已经充分地意识到了这一点,自从但丁之子皮埃特罗·阿利格耶里(Pietro)在其父逝世后很快写就的评注开始,在一代一代的评注者的解读之下,我们几乎不可能全面地做评注或者完全原创性地评论但丁的诗句。不过,如果我们可以主张说,每一种阅读终究都不只是对原初文本的反思或者翻译,而更多是一幅读者的自画像,是读者的自白,是一种自我启示和自我发现,我们仍然可以捍卫这样的操作。

这些自传读者之中的第一位,当然正是但丁本人了。贯穿他脱离尘世的旅程,人们告诉他,他必须要找到一条全新的生活道路,否则他就会彻底地迷失自己,但丁被这样一种热切的好奇心所吸引,从而想要去知道他是谁,以及他自己沿途将经历什么。[17] 从《地狱篇》的第一行开始,直到《天堂篇》的最后一行,《神曲》最具标志性的就是但丁的追问。

在整篇《蒙田随笔集》之中,蒙田只引用了但丁两次。学者们通常会认为,蒙田并没有读过《神曲》,他是通过其他作家的引用来知晓《神曲》的。即使蒙田读过《神曲》,蒙田也很有可能不喜欢但丁,因为但丁

---

① 哈西德派是犹太教正统派的支派,属于犹太教的一个虔修派和神秘运动,十八世纪起源于波兰的犹太人。

② 《塔木德》是犹太教中地位仅次于《塔纳赫》的宗教文献,源于公元前二世纪至公元五世纪间,记录了犹太教的律法、条例和传统。其内容分三部分,分别是《密西拿》(口传律法)、《革马拉》(口传律法注释)、《米德拉西》(圣经注释)。由于《革马拉》分为以色列与巴比伦两个版本,因此《塔木德》也分为《耶路撒冷塔木德》及《巴比伦塔木德》。

在进行他的探索的时候，选择了一种教条式的结构。然而，在讨论动物之间所具有的言辞的力量的时候，蒙田抄录了《炼狱篇》第二十六章的内容。在《炼狱篇》第二十六章，但丁将邪淫者的忏悔灵魂，比喻成"蚂蚁在黑压压的队伍里"。[18] 然后蒙田再次引用了但丁的话，来讨论儿童的教育。"教师，"蒙田说，"如果让学生把学到的东西严格筛选，而不是专横而徒劳地让他记住一切，那么，亚里士多德的那些原则，也和斯多葛派和伊壁鸠鲁派的原则一样，对他而言就不是单纯的原则了。如果剔除各种看法让他判断，那么，他能区别就会做区别，不能区别也能提出怀疑。只有傻瓜才会肯定和确定一切。"① 然后蒙田还引用了但丁这句话："[困惑]之乐不下于识见的增长。"② 在地狱的第六层，当拉丁诗人维吉尔向但丁解释完为什么那些不能克己的罪愆（the sins of incontinence）对上帝的冒犯要比我们意志所犯的罪愆更轻一些之后，但丁向维吉尔讲述的就是这句话。对于但丁而言，这些话表达了想要获得知识的期待尚未被满足时的快乐；然而对于蒙田来说，这句话描述的是一个充满不确定性的恒常状态，在这个状态中，一个人已经意识到了存在着各种对立的观点，但是除了自己的观点之外，这个人并不拥护这些对立观点之中的任何一方。对于但丁和蒙田来说，追问问题的状态与获得知识的状态一样，具有同等价值，甚至追问问题的状态或许还会更加富有价值。[19]

作为无神论者，我们是否有可能在不相信但丁（或蒙田）所敬拜的上帝的情况下阅读但丁（或蒙田）呢？如果没有帮助他们忍受那些作为人类命运的苦难、困惑、痛苦（同样也有快乐）的信仰，我们假设对他们的作品有一定程度的理解，这样做是否冒昧？如果不相信他们坚信并坚持的那些信条，而想要研究其著作之中严密的神学结构和精微的宗教

---

① 蒙田原文并无结尾"只有傻瓜才会肯定和确定一切"这句话，疑似这是曼古埃尔的评论语。

② 蒙田引用原文 Che non men che saper, dubbiar m'aggrata，马振骋译文为"我喜欢怀疑不亚于肯定"，此处采用黄文彬译文。但要注意，此处字面意思"我喜欢怀疑不亚于喜欢认识"，蒙田和曼古埃尔都强调了但丁诗句中"怀疑"一词的重要性，曼古埃尔特意将 dubbiar 标注了出来。

教条，会不会不诚恳呢？作为读者，我认为我有权相信故事超越于其叙述细节的意义，不需要发誓相信童话里的老奶奶或邪恶的大灰狼真的存在。对我来说，我相信灰姑娘和小红帽的故事之中的真理，并不需要灰姑娘和小红帽本身是真真正正的人。"天起了凉风"在园中行走的耶和华上帝①，和那个自己在十字架上受难却承诺盗窃之人可以升上天堂的上帝，对我来说，祂的启示正是伟大的文学。如果没有一些这样的故事，所有的宗教都将只是单纯的说教而已。恰恰正是这些故事，说服我们。

阅读的艺术在很多方面都与写作的艺术相对立。阅读是一种技艺，它丰富了作者所构思的文本，深化了文本，并且使得文本本身变得更加复杂，阅读的技艺使得读者聚精会神地专注于反思个人的体验，并把这种个人体验扩展到读者自己的小宇宙，甚至超越这个小宇宙之外。相反，写作是一种泰然任之的艺术（art of resignation）。作家必须接受这样一个事实，即最终形成的文本将只是对心灵之中所构想的工作的一种模糊反映，最终它不会像心灵之中所构想的那么具有启发性，不会那么微妙，不会那么尖锐，也不会那么精确。作家的想象力是全能的，他们能够做梦，梦到他们所能够梦想到的所有完美无瑕的创作。当这种梦想下降到语言的层面上，从思维下降到表达的过程之中，这个梦想将会失去很多东西，很多很多。在所有作家那里，这条法则几乎从来没有出现过例外。写下一本书，就是为了能让自己在失败面前泰然任之，无论这个失败是何等光荣。

我已经意识到了我的僭妄（hubris）。我想，我也可以遵循但丁的引路人们——维吉尔、斯塔提乌斯（Statius）、贝缇丽彩、圣贝尔纳（Saint Bernard）——或许但丁本人也可以作为我的向导，他的问题可以帮助我引导自己。虽然但丁告诫过那些在小船上试图跟随他的人们，警告他们如果害怕迷路的话就回到岸上去，[20] 但我仍然相信，但丁不会介意帮助一下我这样一个充满着如此多令人愉快的怀疑的旅行同伴。

---

① 语出《创世记》3:8。如无特别说明，本书圣经译文均采用中文圣经新标点和合本。参见中国基督教网，2022年8月18日访问有效：http://bible.ccctspm.org。

维吉尔向但丁解释,他是贝缇丽彩(Beatrice)派来给但丁指引正确道路的。木刻描绘的是《地狱篇》第二章,带有克里斯托福罗·兰迪诺(Cristoforo Landino)① 的评论,1487年印制。(贝内克珍本书[Beinecke Rare Book]和手稿图书馆[Manuscript Library],耶鲁大学)②

---

① 克里斯托福罗·兰迪诺(1424—1504),文艺复兴时期意大利美第奇家族洛伦佐父亲的家庭教师,是一位非常多产的作家和诗人,曾为《神曲》做过评注。
② 本书的译文,对但丁《神曲》的引用、人名和地名的翻译,若无特别说明,均采用黄国彬先生的译法,以下不再赘述。

第一章　什么是好奇心？

一切都始于一场旅行。我八九岁的时候，在布宜诺斯艾利斯，有一天下课后，我迷路了。我小时候曾经就读过许多学校，这间学校是其中之一，它离我们家很近，位于贝尔格拉诺（Belgrano）的一个绿树成荫的街区。那时候就像现在一样，我很容易分心，在我穿着那时所有学童都必须得穿的白色罩衣走路回家的时候，各种各样的东西都会吸引我的注意力：超市时代之前的那种街角杂货店中囤积着大桶的咸橄榄，锥形糖果包裹在浅蓝色的纸中，加纳尔牌饼干（Canale biscuits）躺在蓝色的罐子里；文具店里的爱国笔记本展示了我们国家的民族英雄，一排排货架里面陈列着黄色封面的儿童罗宾汉系列丛书；一扇高大而狭窄的印着小丑的彩色玻璃门（偶尔这扇门会开着）里面露出一道庭院的窄缝，里面有个裁缝使用的那种带着诡异微笑的人休模特；嘴上抹蜜的卖家是个胖子，他坐在街角的一个小凳子上，双手像握着一杆长矛一样握着他的那些千变万化的商品。我总是走同一条路回家，数着那些我会路过的地标，但是在那天，我决定改变路线。经过几个街区之后，我意识到我不认识路了。而我又太过羞涩，没有去询问方向，所以我徘徊来徘徊去，感到惊讶而不是感到害怕，因为在我看来，走这段路花了很长的一段时间。

我不知道我为什么做了这样的事情，我只知道我想体验一些新的东西，去追随任何可能发现而尚未显现的神秘线索，就像是在那些我刚读到的福尔摩斯故事里面一样。我想用一根破旧的手杖推断出医生的秘密故事,从泥泞中的尖脚脚印揭示出这是一个男人为了活命而奔跑留下的,追问自己为什么有人会戴着一副明显是假的黑胡子。福尔摩斯大师说,"这个世界充满着一些显而易见却又没有任何人察觉的东西"。①

我记起,伴随着一种令人愉快的焦虑感,我逐渐开始意识到我正在进行一场冒险,这场冒险虽然与我在阁楼上那些的冒险不一样,但我经历了同样的悬念、同样强烈的寻找即将发生的事物的欲望,尽管我不能(也不想)去预测将会发生什么。我觉得我好像已经进入到了一本书里面,并且正在前往它未经披露的最后一页的路途上。我到底想要寻找什么呢?也许这就是我第一次设想未来的时刻,未来就是把所有可能的故事的结尾都聚集起来的地方。

可是什么都没有发生。很久很久以后,当我转过一个街角,发现自己站在了熟悉的地方。当终于看到了我家的房子,我竟感到一丝失望。

---

① 语出亚瑟·柯南·道尔《福尔摩斯探案集》中《巴斯克维尔的猎犬》。

但丁和维吉尔遇见了生时搬弄是非、挑拨离间、制造分裂的阴魂。木刻描绘的是《地狱篇》第二十八章,带有克里斯托福罗·兰迪诺的评论,1487年印制。(贝内克珍本书[Beinecke Rare Book]和手稿图书馆[Manuscript Library],耶鲁大学)

可是我们手中已经掌握了几条线索，料想其中必然会有一条能使我们找到真相。我们也可能会在错误的路上糟蹋些时间，但是我们早晚总能找出正确的线索来的。

——亚瑟·柯南·道尔，

《巴斯克维尔的猎犬》

"好奇心"是一个具有双重含义的词语。在1611年戈瓦鲁比亚斯（Covarrubias）①编纂的西班牙语词源学字典中，curioso这个西班牙词语（这个词在意大利语中也是一样）的定义是指，一个人特别小心而且孜孜不倦地对待某事，伟大的西班牙词典编纂者戈瓦鲁比亚斯解释了curioso这个词的派生词curiosidad（意大利语中是curiosità），这个词的意思是"好奇的人总是问：'为什么这样以及为什么那样？'"的结果。罗歇·夏提尔（Roger Chartier）②已经注意到，戈瓦鲁比亚斯并不满足于这些定义，在1611年和1612年间写作的增补稿（并且未曾发表）中，戈瓦鲁比亚斯补充说，curioso这个词有"两个层面的意义：积极意义和消极意义。

---

① 塞巴斯蒂安·德·戈瓦鲁比亚斯（Sebastián de Covarrubias, 1539—1613），西班牙的词典编纂学者、密码学家、牧师和作家。他的代表著作《卡斯蒂利亚语或西班牙语宝典》（*Tesoro de la lengua castellana o española*, 1611）是第一本卡斯蒂利亚语单语词典，词汇用西班牙语定义。这部词源词典是欧洲最早使用白话语言出版的词典之一。

② 罗歇·夏提尔（1945— ）出生于里昂，法国年鉴派历史学家，代表著作为《法国大革命的文化起源》。

积极层面上的意义,是因为好奇的人对待事物总是采取积极努力孜孜不倦的方式;而消极层面上的意义,因为这个人所孜孜不倦地努力且谨慎地审视的事物,却恰恰是一些最为隐蔽、最为深藏不露,而且无关紧要的事物"。这正应和了我们接下来要引用的一段拉丁语,这段拉丁语来自《传道书》中最隐蔽的部分:"故此,我见人莫强如在他经营的事上喜乐,因为这是他的分。他身后的事谁能使他回来得见呢?"(3:21—22)根据这段话,夏提尔认为戈瓦鲁比亚斯对好奇心的定义,也就是认为好奇心是一种要去了解被禁止的事物的隐秘渴望,这个定义实际上很容易受到圣经和教父们的谴责。[1] 好奇心这种模糊的本性,但丁当然知道。

在流放期间,但丁完成了几乎所有(如果不是全部)《神曲》的写作,他把这场流放解释成一场诗意的朝圣,我们可以把这种描述看作是但丁不得不在尘世间羁旅朝圣的一种充满希望的心理折射。正是戈瓦鲁比亚斯意义上的好奇心,驱使但丁去"孜孜不倦地"探寻事物,探寻超越语词之上的那些"最隐蔽和最深藏不露的"事物的知识。在与他那些超凡脱俗的向导(贝缇丽彩、维吉尔、圣贝尔纳)的对话中,以及在与那些受到诅咒或福泽的灵魂的相遇中,但丁让自己的好奇心来引领他,引领他走向"凡语再不能交代"的目标。语言是他的好奇心的工具——甚至正如但丁告诉我们的,他最迫切想要追问的问题,其答案是无法用人类的口舌来回答("凡语再不能交代")的——而他的语言同样也可以成为我们的工具。在我们阅读《神曲》时,但丁可以作为我们的"助产士",这是苏格拉底曾经给寻求知识的人们下的定义。[2]《神曲》让我们将问题提了出来。

1321年9月13日或14日在拉文那(Ravenna),但丁在流亡之中死去。在《神曲》的最后几节,但丁记录了他对上帝的永恒之光的看法。那时他已经五十六岁了。根据薄伽丘的记载,但丁在被驱逐出佛罗伦萨之前的某个时候开始写作《神曲》,并在完成前七个章节的时候被迫放弃写作。薄伽丘说,有人在但丁的房子里找到了一份文件,找到了这些章节,但并不知道那是但丁写的,他们钦佩地阅读了这些章节,并把这些章节给一位"有些名声"的佛罗伦萨诗人看,这位诗人猜测这些诗歌是但丁的作品,并且想要把这些诗歌送回给但丁。根据薄伽丘的说法,但丁当时身处鲁尼詹纳(Lunigiana)的摩洛埃罗·马拉斯皮纳(Moroello Malaspina)的庄园,摩洛埃罗·马拉斯皮纳收到了这些章节,阅读了它们,并请求但丁不要放弃写作这个已有如此辉煌开篇的作品。但丁同意了,并且开始写作《地狱篇》第八章的开篇:"说到这里,我必须指出,早在……"所以,故事就是这么开始的。³

构思非凡的文学作品,似乎需要与之相对应的非凡故事。为了匹配《伊利亚特》和《奥德赛》的影响力,人们发明出了关于一位"幽灵荷马"(a phantom Homer)的奇瑰传记;维吉尔则从一位死灵法师和基督教先驱那里获得了天赋,因为他的读者认为《埃涅阿斯纪》不可能由普通人写就。所以,杰作的结论必须比其开始构思时更加特别。薄伽丘告诉我们,随着《神曲》写作的发展,但丁开始将完成的章节(大概有六到八次)发送给他的一位资助人——斯加拉大亲王康格兰德(Cangrande della Scala)①。最终,斯加拉大亲王康格兰德可能收到除了《天堂篇》最后十三章之外的全部《神曲》作品。在但丁去世几个月后,他的儿子和门徒在他家中搜寻各种纸张,想找找看但丁还有没有完成的佚失章节。但是据薄伽丘的说法,一无所获,"上帝不允许但丁活在这个世界上并且有机会写完他著作里面仅剩下的那一点点内容,他们对此愤怒了"。一天晚上,但丁的第三个儿子雅科波(Jacopo)做了一个梦。他看到他

---

① della Scala 家族(也称为 Scaliger,意大利语 Scaligeri,拉丁语 *Scaligerus*)是在十三世纪末至十四世纪末统治维罗纳的家族。本作原书第 17 页提到的两位维罗纳统治者巴尔托罗缪·德拉·斯加拉(Bartolomeo della Scala)和阿尔伯伊诺·德拉·斯加拉(Alboino della Scala)也来自这个家族。但丁为之写信的斯加拉大亲王康格兰德(Cangrande della Scala)也被称为康格兰德一世(Cangrande I, 1291—1329),他是但丁的保护人,1301 年但丁被佛罗伦萨驱逐后,就是受康格兰德的哥哥巴尔托罗缪·德拉·斯加拉(Bartolomeo della Scala)之邀最先到的维罗纳。1312 年但丁又回到维罗纳,其间继续受到康格兰德一世的保护,所以但丁将康格兰德一世写入《神曲》的《天堂》篇。除了但丁,彼特拉克和乔托也得到过康格兰德一世的资助。薄伽丘《十日谈》第一天的第七个故事中,也将康格兰德一世描绘成腓特烈二世以来,意大利最高贵、最体面的贵族。

印刷书籍中出现的第一幅但丁肖像。手工上色的彩色木刻版,收入《但丁〈爱的飨宴〉》(*Lo amoroso Convivio di Dante*,威尼斯,1521)。(图片承蒙李维奥·安布罗吉奥 [Livio Ambrogio] 提供。复印刊行已获许可。)

父亲身着白色长袍走来，脸上闪着一丝奇怪的光。雅科波问他是否还活着，但丁说是的，但他是活在真实的生活中（in the true life），而不是活在我们的生活中。雅科波随后询问他是否已经完成了他的《神曲》。答案是"是的"，"我完成了"。但丁带领雅科波进入他的旧卧室，把手放在墙上的某个地方，但丁宣布说，"这就是你找了很久的东西"。雅科波醒了以后，找到了但丁的一位旧识弟子，他们一起发现在一个挂布后面有一个已经发霉了的刻着文字的凹槽，这里面正是他们寻找的佚失章节。他们按照但丁的习惯抄写了这些诗篇并寄给了斯加拉大亲王康格兰德。"因此，"薄伽丘告诉我们，"这项肩负多年的任务终于结束了。"[4]

　　薄伽丘的故事在今天被人们视为一个备受欣羡的传奇，而不是一则真实的故事，这使得《神曲》这部有史以来或许是最伟大的诗歌，具有了一个恰如其分的神话框架。然而在读者们的心目中，无论是《神曲》最初写作的中止，还是最终在神启之下人们愉快地找到了《神曲》的终篇，这些都不足以充分地解释《神曲》的创造力。文学史里面充斥着作家创作伟大杰作之时身处绝境的故事。奥维德（Ovid）在托弥（Tomis）①的地狱之洞里梦见了他的《哀歌集》（Tristia）；波爱修（Boethius）在监狱里写下了他的《哲学的安慰》（Consolation of Philosophy）；济慈（Keats）身患结核病濒死前写下了他的伟大颂歌；卡夫卡在他父母家的公共走廊上面草草写下他的《变形记》（Metamorphosis），这些都有悖于人们通常预设作家只能在安逸环境之中写作的假想。然而，但丁的情况却尤为突出。

　　在十三世纪末期，托斯卡纳地区（Tuscany）被分割成了两个政治派别：忠于教皇的归尔甫派（Guelphs）②和忠于神圣罗马帝国的吉伯林

---

　　① 8年，奥维德诗名正盛之时，被奥古斯都放逐至当时罗马世界的边陲地带——黑海沿岸的托弥（Tomi，或 Tomis，今罗马尼亚康斯坦察港），自此再未能返回罗马。

　　② "归尔甫"为意大利语，系德意志归尔甫家族名字的音译。因同霍亨施陶芬家族的腓特烈争夺帝位的奥托属归尔甫家族，故教皇及其支持者均称自己为归尔甫党，其成员多为富商、作坊主和银行家。

派（Ghibellines）①。1260年，吉伯林派在蒙塔佩尔提战役（the Battle of Montaperti）中击败了归尔甫派；几年后，归尔甫派开始重新获得他们失去的力量，并最终把吉伯林派驱逐出了佛罗伦萨。到1270年，佛罗伦萨完全由归尔甫派掌控，并且贯穿但丁的一生都是如此。但丁出生后不久，在1265年，佛罗伦萨的归尔甫派又分裂成了黑党和白党②，这次分裂更多地依据家族因素，而不是政治因素。在1300年5月7日，但丁代表执政的白党就任圣吉米尼亚诺（San Gimigniano）大使③；一个月后，他被选为佛罗伦萨六大执政官之一。但丁相信教会和国家不应该干涉彼此的领域，他反对教皇博尼费斯八世（Pope Boniface Ⅷ）的政治野心；所以最终，当在1301年秋天作为佛罗伦萨大使馆的一员被送到罗马的时候，但丁被命令滞留在教皇宫廷，其他大使则回到了佛罗伦萨。11月1日，在但丁缺席的情况下，没有土地的法国王子瓦卢瓦的查理（Charles de Valois）（但丁鄙视他，称他是博尼费斯八世的代理人）进入佛罗伦萨，据说是为了恢复和平，但实际上他暗地里却允许一群流亡的黑党成员进入城市。他们的首领是科尔索·多纳提（Corso Donati），在五天之中，黑党掠夺佛罗伦萨并杀害了许多公民，迫使幸存的白党流亡在外。随着时间的推移，流亡的白党开始与吉伯林派系融合在一起，篡权的黑党开始统治佛罗伦萨。1302年1月，可能还滞留在罗马的但丁，被篡权者判处流放。后来，但丁拒绝支付罚金，两年流放的判决，又被改判为一旦他回到佛罗伦萨就要被烧死。他的所有财产都被没收了。

但丁的流放之旅首先到了弗利（Forlì）。然后在1303年，但丁去了维罗纳（Verona），他在维罗纳一直待到了1304年3月7日该城市的领主巴尔托罗缪·德拉·斯加拉（Bartolomeo della Scala）去世。不过，

---

① "吉伯林"为意大利语，系德意志霍亨施陶芬家族世袭领地魏布林根堡的音译，成员多为大封建主。因城市的兴起和繁荣而受到削弱的意大利封建贵族，依附于神圣罗马帝国皇帝，力图保持封建特权，与效忠于教皇的归尔甫派相抗衡。
② 不愿接受教皇领导的一派称"白党"，支持教皇的一派称"黑党"。
③ 圣吉米尼亚诺是意大利中北部托斯卡纳大区锡耶纳省的一个城墙环绕的中世纪小城，但丁曾担任教宗联盟驻托斯卡纳大使。

要么是因为维罗纳的新领主阿尔伯伊诺·德拉·斯加拉（Alboino della Scala）不友好，要么是因为但丁认为他可以争取到新教皇本笃十一世（Benedict XI）的同情，这位流亡者回到了托斯卡纳，也有可能是阿雷佐（Arezzo）。在接下来的几年，他的行程并不确定——也许他搬到了特雷维索（Treviso），但是他在鲁尼詹纳、卢卡（Lucca）、帕多瓦（Padua）和威尼斯（Venice）也都曾有可能停留过。在1309年或1310年，但丁有可能去过巴黎。1312年，但丁回到了维罗纳。因为早在一年之前，斯加拉大亲王康格兰德就已经成为该市唯一的统治者，此后至少直到1317年为止，但丁在他的保护下一直住在维罗纳。但丁生命最后的几年是在拉文那小圭多·达·波伦塔（Guido Novelo da Polenta）的宫廷里度过的。

在缺乏无可辩驳的文献证据的情况下，学者们认为但丁在1304年或1306年开始写作《地狱篇》，在1313年开始写作《炼狱篇》，在1316年开始写作《天堂篇》。不过相对于确定确切的写作时间来说，更令人惊讶的事实莫过于，但丁实际上是在将近二十年的时间里，在被流放在超过十个不同的陌生城市的情况下完成了《神曲》，他远离他的图书馆、他的书桌、他的文件——而这些条件几乎是每一位作家为自己的工作剧场构建的迷信护身符。在那些陌生的房间里、身处在他所礼貌感恩的人们之间（因为这些人实际上并不是跟但丁亲密的人），那些空间必须是无情地公开、总是受到社会的细微影响、总是需要给他人提供方便的，但丁一定每天都在努力寻找一些小小的、独处而静谧的时刻，好用来工作。由于不能随时翻看他自己的藏书（但丁在书籍的边缘潦草地写下了他的注释和评论），但丁的主要文献来源就只能是在他心灵之中的图书馆了，它装饰精美（就像《神曲》中引用的不可计数的文学、科学、神学和哲学文献一样），却也像所有这些图书馆一样，都会随着时间的流逝，日益损耗直至面目模糊。

但丁第一次尝试写作是什么样子的呢？一份薄伽丘所保存的文件中，提到某位伊拉里奥弟兄（Brother Ilario），他是"科尔武（Corvo）的一位不起眼的僧人"。他说，有一天一位旅行者来到了他的修道院。伊拉里奥弟兄认得他，"因为虽然我在那天之前从未见过他，但他的名气早就传到了我耳朵里"。旅行者感受到了僧人的兴趣,就"很友好地从他的书中抽出了一本小书",并向他展示了一些诗行。这位旅行者,当然就是但丁;而这些诗行,正是《地狱篇》最初的一些章节,它们虽然用佛罗伦萨的方言书写,但是但丁告诉他遇见的这位僧侣,最初他打算用拉丁文来写作。[5]如果薄伽丘的文献记载是真的,那么这就说明但丁在流放的时期曾经设法带上了《神曲》最开始的那些诗页。这就已经足够了。

我们知道,在但丁旅行的初期,他就开始向他的朋友们和资助人们赠送他的诗篇的一些复本,这些复本往往又经常被人们复制和传递给其他的读者。在1313年8月,但丁早年挚友之一的诗人,皮斯托亚的奇诺(Cino da Pistoia)在他为纪念神圣罗马帝国的皇帝亨利七世(Henry Ⅶ)①去世写作的一首歌中曾经引用了《地狱篇》中的一些诗行;而在1314年或者稍早一些的时候,一位托斯卡纳公证人,巴伯里诺的法兰西斯科(Francesco da Barberino)在他的《爱的教诲》(Documenti d'amore)中曾提到了《神曲》。还有很多其他的证据能够表明,早在《神曲》完成很久之前,但丁的作品就已经是众所周知且广受钦佩(当然也伴随着嫉妒和轻蔑)。但丁逝世差不多二十年之后,彼特拉克曾提到过不识字的艺术家是如何在十字路口和剧场里对着正在商店和市场上鼓掌的布商、旅馆老板和顾客,背诵《神曲》中的片段。[6]皮斯托亚的奇诺和后来的斯加拉大亲王康格兰德肯定都曾拥有过《神曲》几乎完整的手稿,我们知道但丁的儿子雅科波曾经为小圭多·达·波伦塔制作了一部从但丁的全手抄本复刻而来的《神曲》单卷本。可是时至今日,我们却已经连但丁亲手书就的一行诗都看不到了。博学的佛罗伦萨人文主义者,科卢乔·萨卢塔蒂(Coluccio Salutati)曾经将《神曲》部分的内容翻译成了拉丁文,他曾回忆说,他曾在佛罗伦萨市政厅看到过但丁书信中的"清瘦字体"(lean script),不过现在这些

---

① 卢森堡家族的亨利七世(Heinrich Ⅶ of Luxembourg, 1274—1313),德意志国王、神圣罗马帝国皇帝、卢森堡王朝奠基人。1308年被推举为德意志国王,1310年在教皇怂恿下出征意大利,相继攻克米兰、克里莫纳、罗马。1311年,其子与波希米亚公主联姻,使捷克归附卢森堡家族,兼任捷克国王。1312年加冕为神圣罗马帝国皇帝。1313年在入侵锡耶纳的战争中去世。

书信已经佚失了，我们只能想象但丁的笔迹是什么样子的。[7]

但丁是如何想到要写作一段去"另一个世界"旅行的编年史，这个概念是如何进入到但丁的脑海里的呢，这自然是无法回答的问题。不过但丁在《新生》(*Vita nova*)的结尾可能给出了一条线索，这篇自传体文集大约由三十一篇抒情诗构成，但丁把自己写作这部作品的含义、目的和由来归结于他对贝缇丽彩的爱：在最后一章，但丁谈到了一种"令人憧憬的幻象"，这幻象让他下决心完成了这部"从未给其他任何女人写过的东西"。第二种解释可能来自但丁对同时代人所撰写的关于另一个世界旅程的流行故事的迷恋。在十三世纪，这些想象中的旅行已经成为一种欣欣向荣的文学体裁，其诞生或许是基于人们想知道最后一口气之外还有些什么东西的焦虑感：再看一眼逝去的人，去了解他们逝去之后的存在是否还需要我们关于他们生前的微弱记忆，去探寻我们在坟墓这边的行为是否会对在坟墓里面的我们造成影响。当然，这些问题即便在那个时代，也并不是一个全新的问题：早在历史开始之前，自从我们开始讲故事的那刻起，我们就已经开始绘声绘色地刻画"另一个世界"的样子。但丁肯定相当熟悉这些旅行。例如，荷马允许奥德修斯在他返回伊萨卡的旅途中停下来造访死者之地。不懂希腊语的但丁是从维吉尔的《埃涅阿斯纪》中知道这个流传下来的故事版本的。圣保罗在他写给哥林多人的第二封书信之中提到了一名去过乐园（天堂）的人，并且"听见隐秘的言语，是人不可说的"（《哥林多后书》12：4）。当维吉尔出现在但丁面前，告诉但丁，他将带领他"通过一个永恒的地方"的时候，但丁先是默许，但随后却开始犹豫不决。

> 但我为什么要去？谁允许呢？
> 我不是埃涅阿斯，也不是保罗。[8]

但丁的读者应该理解这些话语的指涉。

作为一名嗜书的读者，但丁肯定也熟悉西塞罗的"西庇阿之梦"（Scipio's Dream）以及其中关于天球的描述，还有奥维德《变形记》中关于"另一个世界"居民的记载。基督教的启示论或许能够给他提供更多的阐释。福音书的《启示录》中有一部福音被称为《彼得启示录》(Apocalypse of Peter)①，其中描述了圣徒看到圣父在一个充满芬芳的花园里徘徊，而《保罗启示录》(Apocalypse of Paul)②则提到有一个无穷无尽的深渊，被抛进去的全部都是那些不仰望上帝的人的灵魂。9 还有些畅销的虔诚概要(pious compendia)类型的著作之中也提到了其他的一些旅程和异象，例如雅各·德·佛拉金(Jacop de Voragine)的《黄金传奇》(Golden Legend)③和匿名著作《天父生平》(Lives of the Fathers)④；想象的爱尔兰旅行小说中的圣布伦丹(Saint Brendan)⑤、圣帕特里克(Saint Patrick)⑥和国王通达尔(King Tungdal)⑦；彼得·达米安(Peter Damian)⑧、圣维克多的理查德(Richard de Saint-

---

① 基督教新约外传的一种，为较早的启示文学作品。
② 一世纪左右的诺斯替文献之一，于1945年出土于埃及拿哈玛地。
③ 《黄金传奇》是意大利雅各·德·佛拉金所著的基督教圣人传记集，大约1267年完成，内容逐章介绍含耶稣、圣母玛利亚、大天使米迦勒等一百名以上圣人的生涯。
④ 此处或指英国罗马天主教神父阿尔班·巴特勒(Alban Butler, 1710—1773)所作《天父、殉教者和其他主要圣徒生平》(The Lives of the Fathers, Martyrs and Other Principal Saints)，在1756至1759年之间以四卷本的形式在伦敦出版，是对《使徒行传》(Acta Sanctorum)通俗化和概要式的重写。
⑤ 克朗弗特的圣布伦丹(Saint Brendan of Clonfert, 约484—577)，亦称"航行者""旅行者"或"莽夫"，爱尔兰早期圣徒，爱尔兰十二使徒之一，是大西洋探险故事中的英雄。最早关于他旅行故事的记载出现在900年左右的《僧侣圣布伦丹的旅行》(The Navigatio Sancti Brendani Abbatis)，在欧洲有一百多个抄本和多种语言的译本。
⑥ 圣帕特里克(386—461)，将基督教信仰带到爱尔兰岛，使爱尔兰走出了蛮荒时代，被后世称作"爱尔兰使徒"，并受誉为"爱尔兰的主保圣人"。
⑦ 指《通达尔的幻象》(The Visio Tnugdali)，1149年由爱尔兰僧侣马可(Brother Marcus)记载爱尔兰骑士通达尔所见的关于"另一个世界"景象的宗教文本，是"中世纪地狱类型文学中最通俗与最详尽的文本之一"。最初以拉丁文写就，后在十五世纪欧洲被翻译成各种语言广为流传。
⑧ 彼得·达米安是十一世纪意大利丰泰·阿维拉纳(Fonte Avellana)修道院的院长，教皇利奥九世(Pope Leo Ⅸ)圈子里的一名改革本笃会修道士和枢机主教，他推行的苦修主义最终影响了修道院的发展以及西欧的社会和文化。但丁以"阿西西的圣方济各的伟大前辈"的身份，将他置于天堂的最高圈子之一。

Victoire)① 和菲奥雷的约阿希姆（Gioachim de Fiore）② 的神秘幻象；此外，伊斯兰教也有一些关于"另一个世界"的编年史，例如安达卢西亚（Andalucian）文学中的《登仙之书》（*Libro della Scala*），讲述了穆罕默德上升天堂的故事（我们稍后将讨论伊斯兰文学对《神曲》的影响）。任何新的文学冒险类型总是不乏前人的榜样：我们的图书馆总是会反复提醒我们，文学创新这样的东西是不存在的。

就我们所知，但丁最早写就的几行诗句，就是他于 1283 年创作的那些诗行，当时但丁只有十八岁，后来这些诗行被收入到了他的《新生》之中；但丁最后的作品是由拉丁语写作的《水土探究》（*Questio de aqua et terra*），这部作品在 1320 年 1 月 20 日在一次公开的阅读活动中发表，当时距离但丁去世还不到两年。

《新生》在 1294 年之前完成：但丁声明说这部著作的意图是要澄清 Incipit Vita Nova（新生命的开始）这个词的意思，"新的生命开始了"这个词是刻在"我的记忆的卷宗"里面的，随着这部为贝缇丽彩的爱而作的诗篇的展开而展开；但丁第一次见到贝缇丽彩的时候，双方都还是孩子，彼时但丁九岁，贝缇丽彩八岁。这部著作成了陷入爱河的诗人在好奇心驱使下的一种追求和一种追问，但丁说，"所有敏感的灵魂都带着他们的感受去到了高室"。[10]

但丁的最后一部作品《水土探究》是对许多科学问题的哲学考察，这种考察遵循的是当时通行的"决疑术"（disputes）的方式。但丁在序言中写道："因此，我从童年起就受到了真理之爱的滋养，正是同时出于对真理之爱和对错误之恨，我没费太多劲就离开辩论，转而选择去展示其中的真理，化解所有相反的论点。"[11] 在第一次提到追问的需要和最后一次提到追问的需要之间，正是但丁这部著作的广阔天地。人们可以

---

① 圣维克多的理查德（Richard of Saint Victor, 1110—1173）是一位中世纪苏格兰哲学家和神学家，也是他那时代最有影响力的宗教思想家之一。

② 菲奥雷的约阿希姆（1135—1202）主张启示论和历史主义理论，其追随者被称为约阿希姆主义者（Joachimites）。

把整部《神曲》看作一个人基于好奇心的追问。

根据父权制传统,好奇心可以有两种:与巴别塔的僭妄/虚妄(*vanitas*)①有关的好奇心,僭妄/虚妄使得我们相信自己能够建造这样一座可以企及天堂的建筑;谦卑(umiltà)的好奇心渴望尽可能多地了解上帝的真理,所以正如圣贝尔纳在《神曲》最后一章为但丁祈祷的那样,"愿至高的快乐向他展开"。在《爱的飨宴》(*Convivio*)中,但丁曾引用毕达哥拉斯的话来定义一个追求这种有益的好奇心的人,"爱知识的人……这个词不是一个傲慢的词,而是一个谦卑的词"。[12]

虽然诸如波纳文图拉(Bonaventure)、布拉班特的西格尔(Siger de Brabant)以及波爱修这样的学者深深影响了但丁,但是总的来说,托马斯·阿奎那(Thomas Aquinas)才是但丁的思想导师(maître à penser):正如但丁的《神曲》之于它充满好奇心的读者而言是一位思想导师一样,阿奎那的著作之于但丁也是如此。当但丁在贝缇丽彩的引领下到达太阳天(the Heaven of the Sun)的时候,谨慎之人在那里得到了回报,十二个蒙受祝福的灵魂围成的光冕绕着他旋转了三次,直到响起了天国的音乐声,其中一个灵魂才离开这个舞蹈着的圈子,跟他说话。跟他说话的灵魂正是阿奎那。阿奎那的灵魂告诉但丁,因为真正的爱终于在但丁心里点燃,所以阿奎那和其他蒙受祝福的灵魂必须用同样的爱来回答但丁所追问的问题。根据阿奎那的说法且遵循亚里士多德的教诲,关于至善的知识是这样的一种知识,一旦人们感识到了它,就永远不会遗忘,并且一旦拥有这种知识,蒙受祝福的灵魂总是会渴望回归它。阿奎那说,但丁的"渴望"必然无可避免地要得到满足:不可能不去平息这种渴望,其不可能性正如同"水不可能逆流回大海"一样。[13]

---

① 拉丁语 vanitas 多译为"虚妄、虚空",例如《传道书》(1:2):*Vanitas vanitatum, et omnia vanitas* 一句,和合本译为"虚空的虚空,凡事都是虚空"。但在此处,曼古埃尔的语境似乎意指人类修建巴别塔的傲慢——"僭妄",它与基督教道德提倡的"谦卑"相对应,而 vanitas 在英语中应为 hubris,曼古埃尔在本书第9页也提到了该词语。所以在此处,我们试以"僭妄/虚妄"权宜译出,望读者理解。

阿奎那出生于西西里王国的罗卡塞卡（Roccasecca），他是一位与大多数欧洲贵族有亲缘关系的贵族家庭的后嗣，神圣罗马帝国的皇帝是他的堂兄。五岁起，阿奎那开始在著名的隶属圣本笃修会的卡西诺山修道院（Benedictine abbey of Monte Cassino）学习。不过他一定是一个令人难以忍受的孩子：据说阿奎那曾在课堂上保持沉默了很多天，然后他对他的老师说的第一句话，就是一个问题——"上帝是什么？"[14] 十四岁时，他的父母因为对修道院的政治分歧持谨慎态度，便将他转学到了新成立的那不勒斯大学，在那里，阿奎那开始了他终其一生对于亚里士多德及其评注者的研究。在大学期间，大约在1244年，阿奎那决定加入多明我修会（Dominican order）①。阿奎那成为多明我修会托钵僧的选择，使他的贵族家庭倍感震惊和蒙羞。于是他们绑架了他，将阿奎那羁押一年，家人希望他能放弃这个决定，但是阿奎那没有。获得了自由后，阿奎那在科隆定居了一段时间，跟随著名学者大阿尔伯特（Albertus Magnus）研习。阿奎那的余生在意大利和法国教学、传道和写作。

阿奎那是个大个子，行动笨拙而缓慢，这个特征让他获得了"哑牛"的绰号。他拒绝一切具有权威的职位，无论那个职位是在宫廷还是在教廷。最重要的是，阿奎那是一个酷爱书籍和阅读的人。当他被人问到他在哪一点上最感谢上帝时候，阿奎那回答说，"上帝给予我的礼物是，我能够理解我读过的每一页书"。[15] 阿奎那相信，理性是获得真理的手段，并且根据亚里士多德哲学建立了一套精细的逻辑论证，来得出伟大神学问题在某种程度上的结论。为此，在他去世三年之后，阿奎那还受到了巴黎主教的谴责，这位巴黎主教坚持认为，上帝的绝对权力的运作，可以不借助任何希腊逻辑的诡辩。

阿奎那最重要的著作是《神学大全》（Summa Theologica），这是对

---

① 多明我修会，亦译"多米尼克派"。天主教托钵修会主要派别之一。1217年由西班牙修士多明我创立。同年获教皇洪诺留三世批准。1232年受教皇委派主持异端裁判所，残酷迫害异端。曾控制欧洲一些大学的神学讲坛。除传教外，主要致力于高等教育。

基本神学问题的一个大范围的考察,阿奎那在序言中说,"不仅仅为了教导熟练者,也教导初学者"。[16] 阿奎那意识到,基督教思想需要一种清晰而系统的表达,所以他借用了被重新发现并被翻译成拉丁语的亚里士多德著作,构建起了一个理性的架构。这个理性的架构可以同时支持那些有时候相互矛盾的基督教的经典著作,比如圣经、奥古斯丁的著作以及与阿奎那同时代的神学家的作品之间的矛盾。直到1274年去世前的几个月,阿奎那仍然还在撰写这部《神学大全》。在阿奎那去世时,但丁只有九岁,不过但丁很可能曾经在巴黎大学遇到过这位伟大导师的学生,如果(正如传说的那般)青年但丁曾经去过巴黎大学的话。无论是通过阿奎那的追随者的教导,还是依靠他自己的阅读,但丁肯定知晓并运用了阿奎那的神学架构,就像他知晓并运用奥古斯丁发明的用第一人称视角来讲述人生羁旅的写作方式一样。① 毫无疑问,但丁自然知道奥古斯丁和阿奎那关于人类好奇心本质的论断。

对于阿奎那来说,一切追问任务的起点,就是亚里士多德著名的主张"所有人就其本性都渴望认识/求知是人的本性",阿奎那在他自己的著作中曾经多次提到过这个主张。围绕这种渴望,阿奎那提出了三个论证。首先,每件事物都依据本性而渴望自身完满,也就是说,每件事物都渴望变得充分认识到其自身的本质,而不仅仅只是能够达到这种认识而已;这意味着人类需要获得关于现实的知识。其次,一切事物都倾向于其恰切的运动,正如同火之于热、具有重量的物体倾向于坠落一样,人具有去理解进而获得认识的倾向。第三,任何事物都渴望被统一到其自身最完满的运动里面去——这是其开端的目的——而最完满的运动是循环;只有通过理智才能实现这种渴望,并且通过理智,我们每个人才能跟我们自身的分离实体(separate substances)统一起来。所以阿奎那的结论是,所有系统化的科学知识都是善好的。[17]

阿奎那认为,圣奥古斯丁在对自己名为《再思录》(*Retractions*)的

---

① 此处指奥古斯丁《忏悔录》是用第一人称自传体的形式写作的。

作品中撰写的带有修正性质的附录之中已经看到,"比起那些已经探寻到的事物,更多的事物仍处于探寻之中;对于那些已经探寻到的事物而言,其中只有极少数的一部分得到了证实"。这对于奥古斯丁而言,无异于一段关于认识界限的说明。而阿奎那则引用了多产的奥古斯丁的另一部作品,阿奎那提到,《忏悔录》(*Confessions*)的作者提醒我们,如果放任我们自身的好奇心驱使我们探寻尘世之中的所有事物,其结果就是我们会犯下僭妄之罪愆,并且这会玷污对真理真正的探求。奥古斯丁写道,"这种僭妄是如此之大,以致人们认为自己已经住在了他们为之争论的天堂中"。[18] 但丁知道自己犯了僭妄之罪(在此他被告知,他已经犯下了这种罪愆,并且他去世之后将返回到炼狱中去),在《天堂篇》中造访天堂的时候,但丁脑海里面回想的,或许正是这个段落。

　　阿奎那在奥古斯丁的担忧上面更进了一步,他提出,僭妄只是人类好奇心的四种可能变体之中的第一种。人类好奇心的四种可能变体之中的第二种,引发的是人们对于不太重要的事物的探求,例如阅读流行文学,或者跟随不值得跟随的导师。[19] 人类好奇心的四种可能变体之中的第三种,是当我们研究这个世界的万事万物的时候,没有提到造物主而产生的。人类好奇心的四种可能变体之中的第四种,也就是最后一种,是当我们的研究超越了我们个体的理性的时候产生的。阿奎那谴责这四种好奇心的原因,只是因为它们偏离了我们更加广大而充分的探求自然的冲动。而在这一点上,阿奎那跟比他早一个世纪的克莱尔沃的圣贝尔纳(Bernard of Clairvaux)① 的观点不谋而合:"有些人只想为了认识而认识,这是一种可耻的好奇心。"而早在克莱尔沃的圣贝尔纳之前的四个世纪,约克的阿尔昆(Alcuin of York)② 曾用更为宽容的术语来

---

① 克莱尔沃的圣贝尔纳(1090—1153),天主教熙笃会(Citeaux)隐修士,他是修道改革运动的杰出领袖,被尊为中世纪神秘主义之父,也是极其出色的灵修文学作家。

② 约克的阿尔昆,又译约克的阿尔琴(735—804),中世纪英格兰的学者,曾应查理曼大帝的邀请,赴加洛林王朝担任宫廷教师,对加洛林文艺复兴有很大贡献。他发明的加洛林小草书体是现代罗马字体的前身。

定义好奇心："至于智慧，你的爱是为了上帝的缘故，为了灵魂之纯洁的缘故，为了认识真理的缘故，甚至为了其自身的缘故。"[20]

　　就像是引力定律的一条反定理，好奇心会不断地引起我们追问我们关于世界的经验和关于自身的经验：好奇心会帮助我们成长。但丁的观点既追随阿奎那，又追随亚里士多德。他认为推动我们的是一种对于善或对于显而易见的善的渴望，这种渴望推动我们走向我们所认识为善，或者在我们看来为善的东西。我们的某种想象力向我们表明了某个东西是好的，而且通过对这个东西的用途或危险的直观，我们的某种追问能力驱使我们朝向它。在其他情况下，我们只是因为不理解这个东西，或者想要给所不理解的这个东西找一个理由，才会追求这种"不可言喻的善好"（ineffable good），就像我们对这个不可理解的宇宙之中的万事万物都想要得到一个理由一样。（就我个人而言，这些经验通常伴随阅读而来——例如，随着华生医生一道去猜想漆黑夜晚在荒野中燃烧蜡烛的含义，或者跟着福尔摩斯大师一道去追问亨利·巴斯克维尔爵士的一只新靴子为什么会在诺森伯兰酒店里被偷。①）

　　典型的神秘之事就是，实现善好总是一个持续的探寻过程，因为一个答案的满足只会导致另一个问题的提出，如此以至于无穷。对于信徒而言，善好等于神格（godhead）：当圣徒不再寻求任何别的东西时，圣徒就会到达善好。在印度教、耆那教、佛教和锡克教之中，善好就是"油灯枯槁"（如蜡烛被吹灭）一般的"解脱"（moksha）或曰"涅槃"的状态，在佛教背景下，它指的是在欲望、厌恶和恐惧之火焰熄灭以后，心灵静止不动、到达不可言喻的至福状态。正如伟大的十九世纪文学评论家布鲁诺·纳尔迪（Bruno Nardi）所定义的，在但丁那里，这种"追求的终结"就是"欲望消退的宁静状态"。也就是说，"人类意志与上帝意志的完美契合状态"。[21] 对知识的欲望，或曰天生的好奇心，和维吉尔一样，正是推动但丁探寻的内在力量，而后来贝缇丽彩成了那种带领他前

---

① 来自亚瑟·柯南·道尔的《福尔摩斯探案集》中《巴斯克维尔的猎犬》一篇的情节。

进的外部力量。但丁让自己被来自内部和外部的力量带领着，直到他不再需要它们之中的任何一个——既不需要亲密的欲望，也不需要杰出的诗人或蒙受恩典的爱人——他终于自己独自长时间地面对了那个至高无上的、任何想象力和文字都无法描述的上帝幻象，正如他自己在《神曲》的著名结尾之中告诉我们的那样：

> 高翔的神思，至此再无力上攀；
> 不过这时候，吾愿吾志，已经
> 见旋于大爱，像匀转之轮一般；
> 那大爱，回太阳啊动群星。22

普通读者（不同于历史学家）不太关心官方编年史是否严谨，也不太在意如何探寻不同时代和文化边界之间的连续性和对话关系的问题。在但丁的上攀之旅完成的四个世纪之后，大不列颠岛屿上有一位充满好奇心的苏格兰人，他想象出了一个体系，"[他]在二十一岁就开始设想它，二十五岁之前完成了它"，这让他开始写下了一系列的问题，这些问题，正是从他自己关于世界的经验之中提炼而来的。23 他把自己的这本书命名为《人性论》(*A Treatise of Human Nature*)。

大卫·休谟（David Hume）于1711年出生于爱丁堡，1776年去世。他曾在爱丁堡大学学习，在那里发现了艾萨克·牛顿的"新的思想场景"与"在道德事物的领域进行推理的实验方法"，通过这种方法可以建立真理。虽然他的家人希望他继续学习法律并从事法律工作，但是他发现自己"除了追求哲学和一般的学习之外，对所有别的东西都产生了一种不可抑止的厌恶；当他们觉得我在努力研习沃耶特（Voet）①和文纽斯（Vinnius）②

---

① 指约翰内斯·沃耶特（Johannes Voet, 1647—1713），也被称为约翰·沃特（John Voet），出生在德意志地区的荷兰法学家。
② 指阿诺德·文纽斯（Arnold Vinnius, 1588—1657），十七世纪荷兰的著名法学家之一。

的时候,其实我却在暗地努力研习诸如西塞罗和维吉尔这样的作者"。[24]

当《人性论》于1739年出版时,评论者们大多持反对意见。"再没有什么文学上的尝试比我的《人性论》更为不幸的了,"几十年后休谟回忆说,"媒体把它整死了,甚至连在这本书的狂热者那里,这本书都没有引发起一丝私语。"[25]

《人性论》是在人类心灵的理性的范围之内赋予世界意义的一篇无与伦比的信仰告白:在1956年,以赛亚·柏林(Isaiah Berlin)说,"从来没有任何哲学家像他曾经那样,以一种更为深刻且更令人不安的程度,影响过哲学史"。谴责哲学争论中"赢的不是理性,而是诡辩",休谟雄辩地进一步质问了形而上学家们和神学家们的主张,并且进一步追问了好奇心本身的意义。休谟指出,在经验之前,任何事物都可能是任何事物的原因:但正是经验,而不是理性的抽象,才帮助我们理解了生活本身。然而,休谟显而易见的怀疑论主张并没有拒斥掉一切认识的可能性:"那些悬搁信念的昏睡者们的本性仍然太强。"[26] 根据休谟的观点,关于自然世界的经验必须直接塑造和奠基我们所有的追问。①

在《人性论》的下册即将结束的时候,休谟试图区分关于对知识的爱和天生的好奇心。关于后者,休谟写道,它来源于"一条完全不同的原则"。聪明的观念使得感官活跃了起来,并且或多或少地激发起了同样的作为"一种适度的激情"的愉悦感。但是怀疑却会导致"一种思想的变化",它会使得我们突然从一个想法转变到另一个想法。对此,休谟总结道,"从结果看,它一定会导致痛苦"。或许这段话并不聪明地重复了此前我们所引用的《传道书》中的观点,但是休谟却坚持认为,并不是每一个事实都会引起我们的好奇心,"如果某个观念以如此的力量

---

① 恩斯特·莫斯纳指出,《人性论》只是具有怀疑论倾向,并未完全摒除知识的可能性。就连那些彻底悬搁所有信念的"昏睡者们",也仍难摆脱其本性。这是基于休谟《人性论》教诲的核心预设:人首先并不是理性或推理的动物,而是感觉的动物小生活在一个充满各种经验观察的自然世界之中。(参见"Instruction," in Hume, *A Treatise of Human Nature*, Ernest C. Mossner ed., Penguin, 1969, p.7。)

冲击我们并且引起了我们极大的兴趣，以至让我们在这个观念的不稳定和不持续的状态中感到了不安"，只有偶尔出现的这种变得足够重要的事实才会引起我们的好奇心。尽管休谟严肃地反对阿奎那关于因果关系概念的说服力，但阿奎那也做出了跟休谟几乎同样的区分，他竟然说，"好学（studiousness）不是直接地关于知识本身的，而是直接关于追求知识的欲望，以及对追求知识的研究"。[27]

这种对真理的热忱（正如休谟所说的是"热爱真理"），事实上正如我们在好奇心的定义本身之中所看到的那样，具有同样的双重本质。"真理，"休谟写道，"有两种，要么包含在我们对观念的类比（如果我们这么理解的话）的发现之中；要么包含在我们的观念和对象（对象的真实存在）之间的符合之中。可以肯定的是，前一种真理不仅仅是我们所欲求的真理，也不是我们结论的公正性所在，它本身就给我们带来了快乐。"对于休谟来说，单单只是这样去追求真理，并不足够。"但除了心灵的活动（这是快乐的主要基础），同样还有一种习得而来的、逐渐达到的目的，或者说我们所考察的真理的程度等级。"[28]

休谟的《人性论》发表之后不到十年，德尼·狄德罗（Denis Diderot）和让·勒朗·达朗贝尔（Jean le Rond d'Alembert）①在法国出版了他们的《百科全书，或科学、艺术和工艺详解词典》（Encyclopédie）②。此前，休谟对好奇心的定义是从好奇心的结果来阐释的，但是在《百科全书》

---

① 让·勒朗·达朗贝尔（1717—1783）是法国物理学家、数学家和天文学家。他一生在很多领域进行研究，在数学、力学、天文学、哲学、音乐和社会活动方面都有很多建树。著有八卷巨著《数学手册》、力学专著《动力学》、二十三卷的《文集》、《百科全书》的序言等。他很多的研究成果记载于《宇宙体系的几个要点研究》中。此处原书对其人名疑录入有误，但不影响理解。

② 《百科全书，或科学、艺术和工艺详解词典》（Encyclopédie, ou dictionnaire raisonné des sciences, des arts et des métiers），通称《百科全书》，是 1751 年至 1772 年间由一批法国启蒙思想家编撰的一部法语百科全书。共十七卷正编，十一卷图编，此后其他人多有补编，1780 年再版时共有三十五卷。参加编纂的主要人物有狄德罗、达朗贝尔、孟德斯鸠、伏尔泰、卢梭、布丰等，他们被统称为百科全书派（Encyclopédiste）。

中，好奇心的定义得到了巧妙的逆转：好奇心这种冲动的来源（而不是好奇心的目标）被解释为"一种澄清和扩展一个人的理解力的欲望"，并且"并不像有些人们所想象的那样，仅仅只跟灵魂本身相关，从一开始就属于灵魂本身并且独立于感觉"。这篇文章的作者是德若古骑士（the chevalier de Jaucourt），他引证了好奇心与"某些明智的哲学家们"的说法，这些哲学家将好奇心定义为"一种心灵的情感，这种情感是由感受或者感知我们所并不充分知晓的事物所引起的"。也就是说，对于百科全书派而言，好奇心源于对我们自己的无知的认识，并促使我们尽可能多地去获得"关于显现的物体的一种更加准确、更加充分的知识"：就像我们看到手表的外壳之后，想要去知道这只手表是如何产生嘀嗒的声音一样。[29] 在这种情况下，"如何？"（How？）这个词是另一种追问"为什么？"（Why？）的形式。

百科全书派转译了但丁的问题，对但丁而言取决于上帝智慧的因果论的问题，变成了取决于人类经验的功能性的问题。休谟提出的考察"发现的真理"对于像德若古骑士这样的人而言，则意味着去理解事物在实际中是如何运行的（即便需要用到机械化的术语来表达这样的实际运行）。但丁的兴趣则在于理解好奇心这种冲动本身，追问引领我们去肯定我们自身作为人类存在的身份认同（identity）问题，这个过程必然导向对至高之善的追问。从有关我们的无知的意识中滋生出来，并且倾向于得到知识的回馈（希望），在《神曲》中各种形式的好奇心被描述成了引领我们从我们所不知道的东西、向着我们尚未知道的东西推进的上升的手段，这个上升的过程需要通过一系列哲学的、社会的、生理的、伦理学的障碍，朝圣者在这段攀升过程中必须依靠意志做出正确的选择。

我认为，《神曲》中有一个特殊的例子充分地说明了这种多重面相的好奇心的复杂性之所在。在维吉尔的引领下，但丁即将离开地狱第八圈的第九囊，那里是惩罚搬弄是非、挑拨离间、制造分裂者的地方，而一种无法解释的好奇心，将他的视线吸引到了这些罪人所处的可怕场景上，因为这些人在生前引起了裂痕，所以现在他们正在被他们自己抽打、斩首或者劈开。最后跟但丁说话的灵魂，是诗人贝特洪·德波恩（Bertran de Born），他扯着他的"像灯笼一样"晃动的断头上的头发。

> 我把紧连的人伦离间断送，
> 因此，唉，头颅要离开本茎，
> 与身躯分开，要我拿在手中，
> 好让我向人展示所得的报应。³⁰

28　　　看见这副景象的但丁哭了，可是维吉尔却严厉地责备了他，维吉尔告诉但丁说，他自己并没有在他们两人经过第八圈其他囊的时候感到悲痛，而这一囊里面也没有什么值得他更多关注的东西。然后但丁几乎是第一次忤逆了他的精神导师，但丁说，如果维吉尔能够更多地关注一下他自己的好奇心的话，那么他或许就可以允许但丁在这里停留得更久一些，因为在这一囊的诸多罪人里面，他可能看到了他的同宗杰里·德尔·贝洛（Geri del Bello）①，这个人被佛罗伦萨另一个家族的人谋杀了，而且从来没有大仇得报。但丁补充说，这就是为什么他认为杰里·德尔贝洛没有对他说一句话就转过身去了。上帝的正义是不能被质疑的，私人报复与基督徒的宽恕原则相悖。由此，但丁打算去证成他自己的好奇心。

那么，但丁的泪水又是从哪里来的呢？从怜悯饱受折磨的灵魂贝特洪·德波恩那里吗？还是从看到杰里·德尔贝洛冷落自己的耻辱而来？他的好奇心是受到"能够比上帝自身更好地知晓什么是正义"这样的傲慢之心的鼓舞吗，还是受到他自己从追求善好派生出来的根本激情的鼓舞呢，抑或是受到了他自己没有获得复仇之血的同情的鼓舞？还是

---

① 杰里·德尔·贝洛出现在《神曲·地狱篇》第二十九章 20—27 行。他的全名为杰里·德尔贝洛·德里阿利格耶里（Geri del Bello degli Alighieri），阿利格耶里一世之孙，但丁父亲的堂兄，为人精明，喜欢挑拨离间，被萨克提家族（Sacchetti）成员杀害。1310 年，但丁的家族为他复仇。1342 年，两个家族重修旧好。（参见但丁·阿利格耶里著，《神曲 1·地狱篇》，黄国彬译注，外语教学与研究出版社，2009 年，第 428 页。）

只不过因为自尊心受到了伤害？薄伽丘对于隐含在故事背后含义的直觉，往往非常敏锐，他注意到但丁在旅程中有时会感受到的同情心，与其说是同情那些他亲耳听到痛苦呼吁的灵魂，不如说更多地是在同情他自己。[31] 不过但丁自己却没有提供什么答案。

然而在早些时候，但丁曾向读者致辞说：

> 读者呀，愿上帝
> 让你在书中采果。请你想一下，
> 我怎能避免弄湿自己的面颊？[32]

维吉尔并没有回应但丁的问诘，而是将他引向了下一个深渊的边缘，也就是进入地狱核心之前的最后一囊，那里是造伪者受到类似于水肿酷刑惩罚的地方：液体积聚在他们的蛀牙和组织之中，他们正遭受着炙热的口渴的折磨。一个罪人——伪币制造大师亚当（the coin forger Master Adam）的身体以一种怪诞的模仿耶稣基督被钉十字架的形象呈现，"形如琵琶"，而在中世纪的图像学中，这个比喻恰恰把耶稣基督的身体比作一个弦乐乐器。[33] 还有一个发高烧的罪人，希腊人席农（Sinon）。在《埃涅阿斯纪》第二卷，席农让自己被特洛伊人抓到，然后说服特洛伊人接受木马计。或许因为被提到名字而感到受了冒犯，席农挥拳搏打亚当大师的肚皮，两人开始争吵，但丁也加入了这场争吵。说时迟那时快，维吉尔就像终于逮着了责备但丁的时机一样，愤怒地责备但丁道：

> 欤，还在看吗？
> 再看下去，我就会不高兴。

听到这话，但丁异常羞愧，维吉尔原谅了他，并总结说："偷听的欲望是卑劣的欲望。"[34] 也就是说，它是没有结果的。并不是所有的好奇都会引导我们上升。

但是……

"大自然给了我们天生的好奇心,我们意识到了大自然的工艺和美丽,大自然创造了我们,让我们成为世界之奇瑰景观的观众;因为如果在一间空房间之中陈列这一切,那么如此伟大、如此辉煌、如此微妙、如此精彩、如此美丽的这一切事物的展示,将是毫无意义的",塞涅卡是这么称颂好奇心的。[35]

这种伟大的追问始于我们生命之旅的中段,并且结束于当我们看到凡语再不能交代的真理那惊鸿一瞥的时刻,这段旅程充满无穷无尽的分岔、小路、回忆、知识障碍和物质障碍,充满着各种危险的错误,以及所有这些看似错误之中隐含的真理。不管是专注还是分心,要求知道"为什么"或者为了知道"如何",在社会所允许的范围之内进行追问或者在社会所允许的范围之外探求答案:这些二分法,总是潜藏在好奇心现象之中,既阻碍着又推动着我们的每一次追问探索。然而,正如但丁告诉我们(并且休谟在直觉中已经感受到)的那样,即便我们屈服于难以逾越的障碍,即便我们秉着持久的勇气和良好的意图却失败,但贯穿其始终的,总是探求追问的冲动。这也许就是为什么在我们的语言所能够提供给我们的所有可能的语态中,最自然的语态是疑问句的原因?

第二章　我们想知道什么？

我在特拉维夫的童年时光，大部分时间都在沉默之中度过：我几乎没有提出过问题。这并不是因为我没有好奇心。我当然想知道，我的家庭教师放在她自己床边的烙画盒子里的东西是什么，住在我被严厉告诫永远不要在那里晃荡的荷兹利亚海滩上那紧紧拉起窗帘的拖车里面的人是谁。我的家庭教师可能会仔细回答我提出的任何问题，不过在我看来她根本不必要考虑那么长的时间，而她的答案总是简短的、事实性的，不允许任何争论。当我想知道沙子是由什么东西做的时候，她回答说，"贝壳和石头"。而当我想要找寻关于歌德的可怕诗歌《魔王》（*Erlkönig*）的信息（因为我需要用心去学习它）的时候，她解释说，"这只是一场噩梦罢了"。（因为噩梦的德语单词是Alpentraum，我就想象到，只有在山上才会做噩梦。）而当我想知道为什么夜晚是如此黑暗、白昼是如此亮堂的时候，她在一张纸上画出了一系列带着虚线的圆圈，意在表现整个太阳系，然后她让我记下了很多行星的名字。她从不拒绝回答我的问题，但是她也从来不鼓励我提出问题。

直到很久以后我才发现，提问可能会是什么别的东西，这种东西类似于一种探寻的渴望，对一种可以一边制作它一边形成它的事物的期待，一个在两个人之间相互交流而产生的或许并不需要什么结果的过程。要强调拥有这种追问的自由的重要性是不可能的。对一个孩子来说，这种追问的自由对于心灵来说至关重要，就像是运动对于身体而言至关重要一样。在十七世纪,让-雅克·卢梭(Jean-Jacques Rousseau)曾经指出,学校必须是一个能够让想象力和反思能力自由生长的地方,学校不能有任何明显的实际目的或者功利的目标。"文明人出生、生活,并且死于奴役,"卢梭写道,"在他出生时,他就被缝进了衣物襁褓之中;在他去世时,他又被钉进了一副棺材。只要他还是一个人的形状,他就被我们的制度拴在了锁链之中。"卢梭坚持认为,儿童进入到社会所需要的任何行业,有效处理他们被交付的任务,这并不是因为训练。他们必须要能够不受任何约束地去想象他们能够创造出任何真正具有价值的东西。

有一天,来了一位新的历史老师开始给我们上课,他问我们想知道什么。他的意思难道是在问我们想知道什么吗?是。关于什么呢?关于任何事情,关于我们所想到的任何想法,关于我们想要追问的任何事情。在一段令人惊愕的沉默之后,有人举起手来提出了一个问题。我不记得它是什么了(我距离那位勇敢的提问者已经相隔了半个多世纪),但是我确实记得那位老师的第一句话,那句话与其说是一个回答,不如说他暗示出了另外一个问题。也许我们最开始的问题是想知道是什么东西在维持着摩托车电机的运行;而最后我们却陷入到了对汉尼拔是怎么样设法穿过阿尔卑斯山的思考之中,汉尼拔最后是怎么想到可以用醋将冰冻的岩石分开的?一只在大雪中濒死的大象可能会在想什么呢?在那天晚上,我们每个人都梦到了自己秘密的 Alpentraum。

但丁和维吉尔遇到邪淫者正在遭受火刑焚烧的惩罚。木刻描绘的是《炼狱篇》第二十六章,带有克里斯托福罗·兰迪诺的评论,1487年印制。(贝内克珍本书[Beinecke Rare Book]和手稿图书馆[Manuscript Library],耶鲁大学)

> 俄底修斯：整个世界都知道。①
> ——莎士比亚，
> 《特洛伊罗斯与克瑞西达》2.3.246

提问的模式总是带有某种期待，这种期待往往并不总是能够在一个回答之中得到满足：无论这个答案是多么不确定，它都是好奇心最主要的工具。在我们所有人努力探寻答案的路途上，总是贯穿着将人引导向发现答案的好奇心，与将人引导向坠入危险的好奇心之间的紧张关系。但是正如《神曲》中尤利西斯②告诉但丁的那样，尽管总是存在着不同路向的诱惑，即使（正如古人所相信的那样）在世界末日的时刻所有的羁旅者都会坠入深渊，我们从来都不会停止我们的探索。

《地狱篇》第二十六章，在小偷们受到惩罚的骇人蛇群出没的沙滩上，但丁到达了第八囊，在那里但丁看到的景象是"只见全坑闪烁着火焰，数目/之伙，和农夫眼中的萤火虫相当"：他们是在这里受到惩罚的灵魂，永远在旋转的火舌之中燃烧炙烤。但丁好奇地想知道"那朵裂顶而来"的火焰里面是什么，于是但丁才得知，这些是尤利西斯和他的同伴狄奥墨得斯（Diomedes）的灵魂缠绕在一起而生成的双角火焰（根据

---

① 中译采用：莎士比亚著，《特洛伊罗斯与克瑞西达》，第二幕第三场，收入：《莎士比亚全集》（增订本）第2卷，朱生豪译，译林出版社，1998年，第318页。

② 尤利西斯就是俄底修斯、奥德赛、奥德修斯，取决于叙事文本的不同，英文和中译名字都会有所不同。本书关于他的译名，将直接按照原作的英文名字，以中文约定俗成的译名翻译。

荷马之后的传说，狄奥墨得斯曾经帮助尤利西斯偷走了Palladium①，也就是雅典娜的神像，它是特洛伊命运之所寄）。但丁被这道双角火焰所吸引，身体不由自主地倾向于这团火焰，然后请求维吉尔让火焰中的存在者们亲自讲话。维吉尔想到，这些滚烫的灵魂作为希腊人，可能不屑于与一个佛罗伦萨人说话，所以他对火焰说的话是作为一个"在世上写高词伟句"的诗人来说的，并且维吉尔请求这两个灵魂之中的任何一位能够说出迷途之后他们的生命在哪里断送。火焰听后，较大一条火舌喃喃自语间就开始晃动扭摆，这表示他可能是尤利西斯的灵魂，因为根据有关尤利西斯的传说，尤利西斯话语可能会摆弄他的听众的意志。这位史诗中的英雄的冒险之旅，正是维吉尔《埃涅阿斯纪》的源泉（当尤利西斯离开埃阿亚岛的女巫喀耳刻的时候，他说"早在埃涅阿斯给这个岛屿命名之前"），然后这位史诗中的英雄对他所启发的诗人开口说话了。在但丁的宇宙中，创造者和被造物建构起了他们自身的编年史。1

我们可以把《神曲》中尤利西斯这个人物看作被禁止的好奇心的代表，他的生命是作为荷马笔下天才的、饱受迫害的国王奥德赛，从我们的书架上开始的（尽管他可能比关于他的故事更加古老）。然后，通过一系列复杂的故事转写，尤利西斯成为了一个残忍的指挥官、一个忠实的丈夫、一个说谎的骗子、一个充满人性的英雄、一个足智多谋的冒险家、一个危险的魔术师、一个痞子、一个找寻自己的人、乔伊斯②笔下一个可怜的普通人。但丁笔下的尤利西斯的故事版本，现在也成了这个神话之中的一部分，这个故事讲述的是一个对他自己正在过的那种非凡生活仍然心存不满的男人：他想要更多。不过他又不像浮士德，浮士德感到绝望的事情是，他的那些书几乎没有教过他什么东西，浮士德最终觉得自己达到了他的图书馆里面的极限，而尤利西斯则渴望那些

---

① 拉丁语Palladium来自古希腊语Παλλάδιον，指保护特洛伊的雅典娜神像，后来衍生出"守护""守卫"的涵义。该词由动词πάλλω（挥舞）衍生的名词Παλλάς而来，据说雅典娜经常以挥舞矛和盾的形象出现，帕拉斯也成为雅典娜的别名。

② 詹姆斯·乔伊斯（James Joyce, 1882—1941），爱尔兰作家，二十世纪最伟大的作家之一，后现代文学的奠基者之一，代表作为长篇小说《尤利西斯》。

存在于已知世界的尽头之外的东西。从埃阿亚岛的女巫喀耳刻的欲望之中脱身以后,尤利西斯感觉到了在他身上有着一种比起对回到伊萨卡(Ithaca),回到被他抛在身后的儿子、他年迈的父亲和他忠实的妻子的身边的爱要更加强烈的东西:一种渴思(ardore),或者说"火热的激情",想要去获得关于世界,以及关于人类的善恶的、更深的经验。在仅仅五十二行的明亮诗句中,尤利西斯会试着解释一下促使他进行最后一次旅程的原因:超越赫拉克勒斯给已知世界设立的、提醒人类警惕远航的路标,无法抵抗地想要去经验太阳背面的无人之境,以及对德性与知识的渴求——或者正如丁尼生(Tennyson)在他的诗行之中写道的那样:"像追求坠落的星辰那样追求知识,/到人类思维的最终界限之外去。"[2]

标识可知世界的标志,就像所有界碑一样,对所有冒险者而言都是一种挑战。《神曲》完成三个世纪之后,但丁的忠实读者托尔夸托·塔索(Torquato Tasso)在他的《耶路撒冷的解放》(*Gerusalemme Liberata*)中设想了命运女神引导不幸的里纳尔多(他必须在耶路撒冷被重新征服之前获救)的同侪们沿着尤利西斯的道路通向赫拉克勒斯之柱。大海上无穷多的支流通向远方,里纳尔多的一位同侪问道,是否曾经有人敢于穿过这片海。命运女神回答说,就连赫拉克勒斯本人也不敢冒这个险,走进未知的地域,"设置狭隘的界限是为了遏制所有大胆的冒险"。但是她说,"尤利西斯嘲笑这些,/他眼里充满着去看和去认识的渴望"。在重述了但丁版本的关于英雄尤利西斯结局之后,命运女神补充说,"那个时刻终将到来,当可恶的标记/在水手眼中变得充满光辉/当记起你曾遗忘的那些海洋、王国和海岸/它们同样终将名满天下"。[3] 塔索从但丁对越界(transgression)的阐释中解读出了双重含义:标记界限和完成冒险的期待。

从《奥德赛》到十八和十九世纪的冒险文学,有一个经久不衰的概念,就是导向旅行的好奇心和寻求深奥知识的好奇心,这两者是交织在一起的。十四世纪一位名为伊本·赫勒敦(Ibn Khaldun)的学者在他的《历史绪论》(*Al-Muqaddima*)中提到,旅行对于学习和塑造思维而言是绝对必要的,因为旅行使得学生可以遇到很多伟大的导师和科学的权威人士。伊本·赫勒敦引用了《古兰经》上的话"他把他所意欲的人引上正路",并主张,通向知识的道路并不取决于学者们依赖的专业术语,而是依赖于探求者不断追问的精神。在世界不同的地方跟随各种不同的老师们学习,学生将会意识到事物并不是任何命名它们的言辞。"这将使得他并不会把知识和知识的术语混同起来",并且帮助他认识到"任何一种术语都只不过是一个手段、一种方法而已"。[4]

尤利西斯的知识植根于他的语言和修辞能力:从荷马到但丁和莎士比亚①,从乔伊斯到德里克·沃尔科特(Derek Walcott)②,创造尤利西斯形象的人赋予了尤利西斯语言和修辞。在尤利西斯故事的传统中,正是通过这种语言的天赋,尤利西斯才犯下了罪愆。最先,尤利西斯犯下的罪愆就是诱导阿喀琉斯(为了逃脱特洛伊战争,阿喀琉斯曾经被悄悄藏在斯库洛斯[Scyros]国王的王宫中)加入希腊人的军队,而这导致了国王的女儿黛达弥亚(Deidamia)爱上了他,并且因此心碎而死;尤利西斯犯下的第二宗罪愆是,他建议希腊人建造木马,从而导致特洛伊被袭。在古罗马的想象中(这种想象在欧洲中世纪被继承了下来)特洛伊是罗马的摇篮,特洛伊人埃涅阿斯逃离了被占领的城,后来建立了一个全新的、几个世纪以后将成为基督教世界中心的城。在基督教思想中,尤利西斯就像亚当一样,由于犯了一个罪,他失去了一个"好地方",并且因此,赎罪的手段就是去犯下那宗罪。如果没有失去伊甸园,耶稣基督受难就没有必要。如果没有尤利西斯的邪恶建议,特洛伊城就不会被攻陷,罗马城也就不会建成。

叫是在《神曲》中,我们却并不清楚尤利西斯和狄奥墨得斯受到了什么惩罚。在《地狱篇》第十一章,维吉尔花了一些时间向但丁解释在地狱的每一层中受到惩罚的亡魂所受惩罚的性质和地点,但是在恰切的

---

① 此处指《特洛伊罗斯与克瑞西达》(*Troilus and Cressida*)。
② 德里克·沃尔科特(1930—2017),圣卢西亚诗人,1992年诺贝尔文学奖获得者。长篇叙事史诗《奥马罗斯》(*Omeros*, 1989)、短诗《海葡萄》(*Sea Grapes*, 1976)和戏剧《奥德修斯》等作品都有提及尤利西斯。

地点逐步找到伪君子、佞人、巫师、骗子、盗贼、神棍、淫媒、污吏之后，维吉尔很快地穿过了第八囊和第九囊，因为它们都只是"同样的污秽"。后来在第二十六章，维吉尔向但丁描述了尤利西斯和狄奥墨得斯所犯下的三宗罪：特洛伊木马的伎俩、抛弃黛达弥亚，以及盗窃帕拉斯。但是，这些罪愆都并不是导致尤利西斯在这一层特别的地狱之囊中受到惩罚的本质原因。对此，但丁学者利亚施·施韦贝尔（Leah Schwebel）提供了一条有帮助的总结："对于堕落的英雄来说，这无异于描画出了从原罪到异教徒的僭妄的范围。"这个过程在《神曲》那些前赴后继的读者们那里不断被想象着，并且他们的结论是，这些似是而非的解释最终都不那么令人满意。⁵ 然而，如果我们将尤利西斯的罪愆视为好奇心所犯下的罪愆，那么但丁所想象的这副狡猾冒险家的愿景，可能就会变得更加清晰。

作为一位诗人，但丁必须要用言语来构建尤利西斯的性格、他的冒险经历，以及伊萨卡国王讲述他的故事时的多层次语境，同时但丁也必须拒绝那些热心的故事讲述者达到期望中的善的可能。旅行并不是足够的，言辞也是不够的：由于受到不可抑制的好奇心的驱使，尤利西斯注定要失败，因为他把自己的言辞与他自己的知识混淆了起来。

作为创作者的但丁必须服从于基督教的"另一个世界"的坚实框架，以此作为他的诗篇结构的框架，尤利西斯在地狱身处的地方，可能在很大程度上被定义成了一个在精神上犯下了盗窃罪愆的灵魂所身处的地方：尤利西斯运用他天赋的智力禀赋来欺骗别人。但是，究竟是什么东西推动了尤利西斯的行骗冲动呢？与苏格拉底一样，尤利西斯将德性与知识等同了起来，从而创造出了一种修辞幻象，就好像知道一种德性就等于拥有了这种德性一样。⁶ 不过，但丁的兴趣并不在于阐发这种知性上的罪愆。相反，他想让尤利西斯告诉他，在从特洛伊返回、绕过了海神涅普顿（Neptune）①设置的所有障碍的航行之后，尤利西斯决定不回他有着大床和温暖壁炉的家，而是决定要进入未知之地，驱使他的

---

① 涅普顿（Neptūnus），又译尼普顿，是罗马神话中的海神，对应希腊神话中的波塞冬，在罗马有他的神殿，也就是世界著名的许愿池。

究竟是什么。[7]但丁想知道,究竟是什么东西让尤利西斯产生了好奇心。而为了探究这个问题,但丁还讲述了一个故事。

在我们盘根错节的历史之中,故事总是会以不同的形式和伪装重新出现;我们永远无法确定这个故事最初是什么时候出现的,我们只知道这个故事绝不会是最后一次被讲述。在尤利西斯的旅行故事第一次进入编年史之前,一定存在着一位现在的我们对其一无所知的"奥德赛";在特洛伊战争第一次被记录下来之前,一定存在着一位在我们看来比荷马还要体弱多病的诗人吟唱过《伊利亚特》。因为就像我们已经注意到的那样,想象力是我们这个物种在这个世界上得以存活的方式,从我们出生那时起,无论好坏,我们都生而具有尤利西斯式的"渴思",从人类的第一个篝火晚会开始,讲故事就成了我们运用想象力来满足这种"渴思"的方式,任何故事都不可能是真正原创的或独一无二的。所有的故事都有一种让人觉得似曾相识的特性。故事的艺术永无止境,实际上也从未开始。因为不存在所谓的"第一个故事",故事给予我们的是一种回顾中的不朽。

我们编造故事,以便让我们的问题呈现出来;我们阅读故事或者聆听故事是为了理解我们想知道的是什么。翻看任何一页,我们都会感受到同样的追问冲动,去追问谁做了什么,为什么,以及如何做,以便我们可以反过来问,我们自己又做了什么,我们是怎么样做的,我们为什么要这样做,以及我们做了某事或者没有去做某事将会有什么样的结果。从这个意义上说,所有的故事都反映了我们所相信的那些我们尚未知晓的事物。如果一个故事是个好故事,那么它会引起观众的注意,观众想要知道接下来会发生什么,心存希望故事永无止境的纠结念想:这种双重约束既证明了我们讲故事的冲动,也使我们的好奇心保持鲜活。

尽管意识到了这一点,但我们往往更关心故事的开端,而不是故事的结局。我们认为故事有个结局是理所当然的;有时我们甚至会希望这些结局永远不要到来。故事的结局往往倾向于安慰我们:它们允许我们自己找到完结什么东西的借口,这就是我们为什么需要"勿忘你终有一死"(memento mori)这条箴言的原因——它提醒我们必须意识到我们自己也终有一死。我们每天都会感受到万事开头难。我们想要知道事情是在哪里和怎么样开始的，我们试图从不同的词源之中寻求智慧，我们喜欢看到一个词最初的出场，这也许是因为我们觉得最先进入到这个世界的东西就一定是正确的，它可以解释后来出现的东西。我们还想象出各种故事，这些故事能够给予我们日后可以回顾的起点，我们可以觉得更加安全，无论这个想象的过程会有多么困难、多么成问题。相反，想象出故事的结局似乎总是更加容易。"好的结局总是幸福的，坏的结局总是不幸的，"劳小姐（Miss Prism）① 在《不可儿戏》（*The Importance of Being Earnest*）中告诉我们，"这就是小说的意思"。⁸

对"开端"的虚构是一种复杂的设想。例如，尽管圣经的开头提供了无数种叙事的可能性，但是却有另一种更加精细的故事能够为这本书的宗教性提供一个开端。《创世记》开头的两页曾经有两种相伴相随的关于创世的叙事。一种叙事是说，"神就照着自己的形像造人，乃是照着他的形像造男造女"（《创世记》1∶27）；另一种则说上帝为了给亚当"造一个配偶帮助他"，于是使亚当沉睡，他就睡了，于是上帝取下他的一条肋骨，从肋骨中"造成一个女人"（《创世记》2∶18、21—25）。上帝的创造行为之中隐含着将女性作为一种从属的功能。无数圣经评论家解释说，这就是女性作为一种低等存在、必须服从男性的原因；不过幸运的是，还有很多其他阐释者以更加平等的方式来阐释这段父权制的解读。

在一世纪，犹太学者亚历山大里亚的斐洛（Philo of Alexandria）对《创世记》的这种双重叙事感到好奇，他是最早为圣经叙事提出一种柏拉图式阐释的学者，斐洛指出，上帝创造的第一个人是雌雄同体的（"男性和女性创造成了他他"［male and female created he him］），至于上帝创造的第二个人，斐洛提出了一种厌女主义的理解，他主张男性的那一半要优越于女性的那一半。斐洛用"努斯"（nous）来定义其中男性

---

① 家庭教师Miss Prism 是王尔德《不可儿戏》的主人公之一，余光中将其翻译为"劳小姐"，取prim古板之意，暗喻"劳守西西丽"。从她对学生西西丽的教导来看，劳小姐的独身是她自己的自然（natural）选择，不过这种灭绝人欲的自然，在王尔德看来却并不自然。

的那一半(亚当);用"身体感官"(审美)来定义其中女性的那一半(夏娃)。夏娃从亚当之中分离出来,代表了感觉从理性之中分离出来,在创造的行为中,亚当原初的无罪(primordial innocence)在夏娃那里受到了拒斥,因此导致了人类的堕落。⁹两个世纪之后,圣奥古斯丁在《〈创世记〉释义》中重新恢复了夏娃原初的无罪,在第一个叙述故事中,亚当和夏娃是未得到命名的,上帝"依据力量"(in potentia)创造了亚当和夏娃的所有精神和身体特征,也就是说,正如在第二个叙述故事中所说的那样,亚当和夏娃出现在一种可以开花结果成为质料存在(material existence)的一种潜能状态(virtual state)之中。¹⁰这就是所谓的兼得鱼与熊掌的阐释。

学者们或多或少会同意,《创世记》是大约在公元前六世纪写作而成的。在此之前(大约早三个世纪)在古希腊,赫西俄德(Hesiod)① 记

老让·库辛(Jean Cousin the Elder),《夏娃:第一个潘多拉》(Eva Prima Pandora):夏娃和潘多拉的意象在一幅十六世纪法国艺术家的画作之中明确混合在了一起。(卢浮宫博物馆,巴黎,法国)(图片承蒙吉奥东[Giraudon]提供/布里奇曼图片社[Bridgeman Images])

---

① 赫西俄德(Ἡσίοδος,约公元前八世纪—?),古希腊诗人,原籍小亚细亚。以长诗《工作与时日》《神谱》闻名于后世,被称为"希腊训谕诗之父"。

录下了关于女性罪愆的另一个不同的版本。赫西俄德告诉我们,宙斯对普罗米修斯从奥林匹亚山的众神那里抢夺火种并将火种交给人类而感到愤怒,决定报复。宙斯的报复就是给人间送来了一位由赫淮斯托斯制作、由雅典娜打扮、戴着珀托(Peitho)的金项链和赫拉(Horae)的花环装饰的女人,她的心被赫尔墨斯的谎言和花言巧语的承诺充满。最后,宙斯赐予她善于言辞作为礼物,给她命名为潘多拉,并把她介绍给普罗米修斯的兄弟埃庇米修斯(Epimetheus)。埃庇米修斯忘记了普罗米修斯的警告,接受了奥林匹亚山的宙斯馈赠的礼物。埃庇米修斯爱上了潘多拉,把她带进了他的家。

直到那时,人类一直未曾受到过忧愁和疾病的困扰,所有这些都被关在一个有盖的盒子里。潘多拉好奇地想知道盒子里装着什么,揭开了盖子,释放出了各种各样的苦难,以及因为被宙斯剥夺了舌头而夜以继日无声地困扰着我们的疾病。潘多拉吓坏了,想要重新盖上盖子,但是我们的苦难已经从盒子里飞了出来,只剩下希望还空留盒底。潘多拉的故事对我们理解好奇心冲动之中的矛盾概念起着核心作用,因此在十六世纪,约阿希姆·杜·贝莱(Joachim du Bellay)① 才能将潘多拉比喻成罗马——永恒之城的原型,它所代表的一切都是:一切都很善好,一切都很邪恶。[11]

好奇心和对好奇的惩罚,可以追溯到二世纪在德尔图良(Tertullian)和圣伊里奈乌(Saint Irenaeus)的著作中对夏娃和潘多拉故事的基督教类型解读。根据这两位作者的看法,神格赋予人类想要去知道更多的天赋,然后就是试图这样做也会获得惩罚。我们暂且不谈他们最后厌女症一般的结论,这两个故事都关注追问的野心的界限到底在哪里。一定程度的好奇心似乎是可允许的,但是如果太多就会受到惩罚。但是为什么呢?

正如我们已经注意到的那样,但丁的尤利西斯似乎已经走到了他的终点,他受惩罚并不是因为他曾经给出一条邪恶的建议,而是因为他超

---

① 约阿希姆·杜·贝莱(1522—1560),文艺复兴时期法国诗人。他是七星诗社的成员,1549年发表最早用法语写作的彼特拉克体十四行诗。其著作包括拉丁语诗歌和讽刺诗文。

越了上帝认为可允许的好奇心的限度。就像伊甸园里的亚当和夏娃一样，上帝给尤利西斯提供了整个可知世界，任他探索：尤利西斯不应冒险之处，唯独是穿过那道地平线而已。可恰恰就是因为这道地平线是世界可见的和物质的界限，正如分辨善恶的知识之树是人们可以感知并认识的界限，这条禁止越界的地平线和禁果暗含了这样一条认识：在寻常之物之外总还有一些其他的东西。这也正是十九世纪的罗伯特·路易斯·史蒂文森(Robert Louis Stevenson)①在青年时代每天面对爱丁堡长老会时提出的问题，一个接一个灰头发的长老们一条一条地展示"十诫"，不停地重复那些以"汝不可"(Thou Shalt Nots)开头的句子，后来史蒂文森一概称之为"否定法则"：也就是说，即便是对于那些还没有认识到让人愉快的诱惑的人们来说，那些让人愉快的诱惑总是存在的，它们只是藏在一面黑暗的镜子里罢了。12

为了和尤利西斯致命的好奇心作比照，但丁还描写了阿尔戈斯船长伊阿宋(Jason)的故事，这位阿尔戈斯英雄和他的同伴一同出发去收集金羊毛，带着战利品回家。随着但丁接近天堂的旅程即将结束，他终于看到了整个宇宙不可言喻的形式，他将看到的这个令人惊讶的幻象，比作海神涅普顿看到伊阿宋的舰队穿行而过的闪闪发光的倒影，伊阿宋的舰队是第一个航行穿过神祇统领的无人水域的人类创造物。13 比照不幸的尤利西斯不受祝福地探寻被禁止的领域，这个比喻赐予但丁可以去追问上帝所允许追问的问题的恩典，是有价值的。

尤利西斯的追求是身体性的、物质性的、过于雄心勃勃的追求；丁尼生在他充满灵感的翻译中，将以下这段勇敢的诗句放入尤利西斯的口中——"努力，探求，绝不屈服"，但是这些勇敢的话语却只是一些一厢情愿的想法而已。努力和探求，正如我们所熟知的那样，并不总是能够让人们走向发现的道路，而且屈服，在某些情况之下，是因为不得不屈服。

---

① 罗伯特·路易斯·史蒂文森(1850—1894)，苏格兰小说家、诗人与旅游作家，也是英国文学新浪漫主义的代表之一。

但丁的探求是精神性的、形而上的、谦虚的。对于这两个人来说，好奇心是他们人之为人的本质属性：它定义了什么才能使得人成为人。但同时对于尤利西斯而言，"成为"意味着"在空间之中成为"，对于但丁来说，"成为"则意味着"在时间之中成为"（在意大利语中，stare这个词意味着在某个确定的地方存在，essere这个词意味着存在，这两个词的区分之中所传达的区别，要比英语传达的更加精微）。三个世纪之后，哈姆雷特在他提出的著名问题之中，试图通过混合这两者来解决这个问题。

夏娃和潘多拉都知道，好奇心是一种提问的艺术。善恶的知识是什么？我在伊甸园里扮演什么角色？密封着的盒子里面有什么？上帝允许我知道什么？上帝不允许我知道什么？为什么？我通过什么去认识，或者通过谁来认识？要理解我们在问的是什么，我们把我们自己的好奇心伪装了起来，就好像讲故事的人们把这个问题形诸话语并且让这些问题引出更多的问题一样。从这个意义上说，文学就是一场正在进行中的对话，就好像《塔木德》中被称为pilpul的论证形式①，即一种通过更尖锐的提问来获取知识的辩证方法（虽然它有时只是用作让人头脑炸裂的辩论练习）。在十八世纪，提问的技艺开始变得至关重要，所以布雷斯洛夫的纳赫曼拉比（Rabbi Nahman of Bratslav）②才能够说，一个对于上帝压根就提不出问题的人，根本就不相信上帝。[14]

从一种非常具体的意义上来说，书写故事、收集故事、建立储存故事的图书馆，这些活动给漫游晃荡的好奇心提供了根源：如前所述，寻求"发生了什么"的知识的读者的好奇心和走向冒险之旅的好奇心，紧密地交织在了一起。尤利西斯的探寻使得他的身体陷入了一个漩涡之

---

① pilpul在希伯来语中的词义是"争辩"是一种通过深入的文本分析研究《塔木德》的方法，试图解释各种《哈拉卡》律法（Halakha）裁决之间的概念差异，或者调和从不同文本的各种解读中出现的任何明显矛盾。

② 布雷斯洛夫的纳赫曼拉比（1772—1810）是布雷斯洛夫（今位于乌克兰）哈西德运动的创始人，他将喀巴拉的犹太神秘主义与犹太教中深刻的托拉研究传统结合在一起。其宗教哲学的核心思想在于隐秘的个人祷告（hitbodedut），基于上帝的切近性，跟上帝说话，"就像跟最好的朋友说话一样"。

中，这个漩涡三次旋转着他的航船并把船员吞噬进了大海；而但丁的探寻，诗意地到达了融贯的终点。

> 在光芒深处，
> 只见宇宙中散往／四方上下而化为万物的书页，
> 合成了三一巨册，用爱来订装。[15]

但丁看到的景象，尽管（或者因为）其无边无际，阻止他将这卷书翻译成可理解的词汇；他看到了这个景象，却不能把它读出来。我们模仿但丁汇编书籍，但是因为没有任何一本人类的书籍可以完全翻译整个宇宙，因此我们的探寻就成了一种对尤利西斯的模仿，意图的重要性超过结果。我们所实现的每一个成就，开启了新的疑虑，并且诱使我们走向新的探寻，让我们永远处于一种询问和令人振奋的不安状态之中。这也正是好奇心的内在悖论。

文艺复兴晚期的"好奇机器"（curiosity machines）使这个悖论实物化了。在印刷文本中、在图表中、在复杂的图纸上，甚至在三维的建筑工具包中，这些非凡的助记符和教学设备旨在通过一种联系和检索信息的机器系统，设计出一种奖励提问者好奇心的手段。

文艺复兴时期的机器采用了各种巧妙的形式，它们是我们的信仰（认为事物的意义就在我们唾手可及的范围之中）的具显。它们要么像我们复杂的Excel表格的各种复杂版本，设计得像家谱图一样有许多树枝般的分岔，要么做得像轮子一样相互啮合使得写在它们边缘的概念耦合起来。有时它们甚至被设计成家具，例如由阿戈斯蒂诺·拉梅利（Agostino Ramelli）于1588年设计的精美书轮（wheel of books）①，这个设计是让书轮站立在读者的桌子旁边，就像是我们现在用的电脑

---

① 阿戈斯蒂诺·拉梅利（1531—约1600）是意大利工程师，最著名的作品是撰写和说明《各种天才创意机器》（*Le diverse et Artificiose Machine*），其中包括他对书轮的设计。

"Windows"的三维版本。[16]

每台机器的工作方式都不同。奥拉齐奥·托斯卡内拉（Orazio Toscanella）在《所有重要修辞学家的和谐》（*Armonia di tutti i principali retori*）中设计的迷宫机，旨在帮助人们从任何给定的前提之中构建修辞论证。[17] 这个过程非常简单。最初的观念被还原为一个简单命题，然后被划分为主词和谓词。然后这些主词和谓词之中的每一个都可以装进一系列范畴之中的一个范畴之中，刻在奥拉齐奥·托斯卡内拉所构想的四个轮子之中的其中一个上面。第一个轮子专用于主词，第

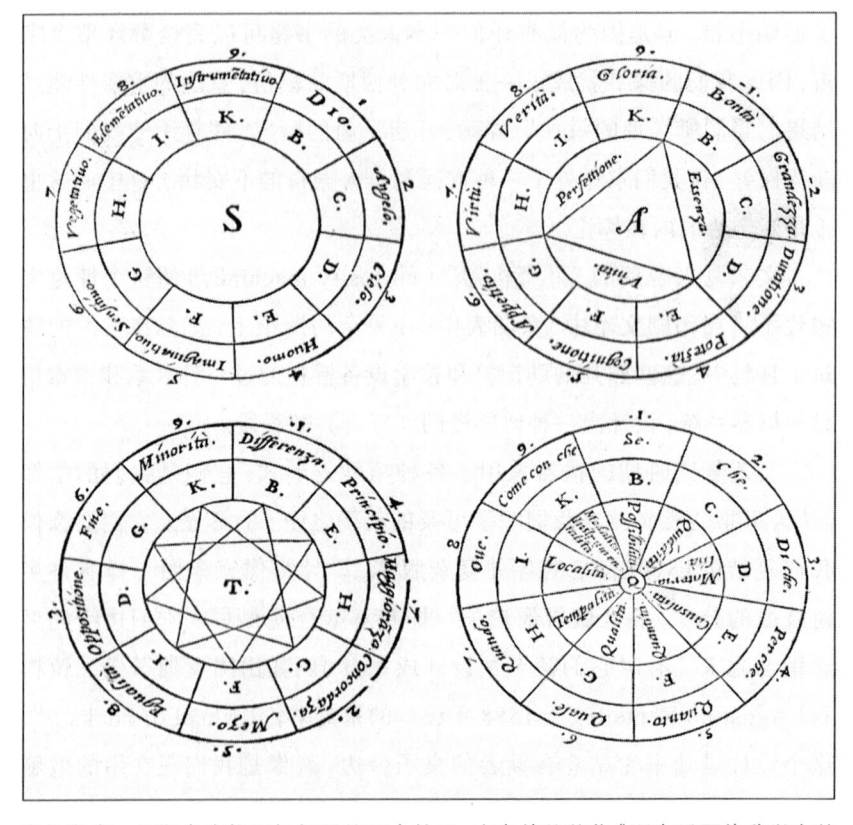

奥拉齐奥·托斯卡内拉记忆机器的四个轮子，来自他的著作《所有重要修辞学家的和谐》（威尼斯，1569，B 6.24 Th. Seld., Sig. I$_2$ recto, Sig. K$_2$ recto, Sig. K$_3$ recto 和 Sig. K$_4$ recto）。（图片承蒙牛津大学博德里安图书馆提供）

二个轮子专用于谓词,第三个专用于关系,第四个专用于诸如"谁""为什么"以及"什么"的问题。每个轮子上的每个点都可以作为(或成为)新追问的起点、成为一张连接思想、思考、沉思、追问和启发的非凡之网的开端。

这些机器对于像我这样的非学者来说太复杂了,我无法很准确地把它描述出来;即使我更加了解规则,我也完全不确定我可以有效地使用任何一个书轮。然而显而易见的是,这些机器是好奇心的方法的具体表现,甚至当这些机器引导使用者找到了它们希望他发现的结论,这些机器仍然会不断地鼓动人们探寻全新的不同路径。如果史前语言在人类看来像是幻觉,那么这些机器便允许人们自愿自发地进行幻想,将事物组合在一起抛到未来或者回顾过去。除了作为操作手册和编目工具的用途之外,这些机器还帮助用户去思考。这些机器的发明家之一,卢多维科·卡斯特尔韦特罗(Ludovico Castelvetro)① 将他的技艺定义为"追问为什么的科学"。[18]

诸如奥拉齐奥·托斯卡内拉制作的机器,正是但丁和尤利西斯式追问的物质表现,它们阐明了这两位旅行冒险者所遵循的不同路向,使得那些学习怎么去使用它们的人们追问一个接一个问题,从思考一个问题走向思考看似不相关的问题,比起追问的意识更加重视好奇心的冲动。但丁自己在炼狱山的沙滩上,将这种冲动比喻成"就像考虑走什么途径的人,/心神在前行,身体却留在原地"。[19] 卡罗·奥索拉(Carlo Ossola)在他对《神曲》极具启发性的阐释之中已经注意到,但丁是用他自己"必然"(necessitas)采取的行动来反对尤利西斯的"好奇心"(curiositas)的。[20] 尤利西斯的好奇心同样也是但丁的阴影,尤利西斯的好奇心导致尤利西斯的悲惨死亡;但丁自己"必然"追问的结束就像

---

① 卢多维科·卡斯特尔韦特罗(约1505—1571,又译卢多维科·卡斯特尔维屈罗),是文艺复兴时期新古典主义戏剧的重要人物,他的著作《亚里士多德〈诗学〉译著》(*Poetica d'Aristotele vulgarizzata e sposta*)是意大利文艺复兴时期对亚里士多德《诗学》最著名的评注。

所有喜剧的结束一样——有一个欢乐而成功的结尾。可是,正如但丁一再告诉我们的那样,这一结局所实现的东西,凡语再不能交代。

大部分身入"另一个世界"的航行,其中的许多恐怖和奇迹,甚至连但丁自己风雨飘摇的冒险事业,但丁都尽最大可能地试图用最清楚的诗行表达出来;但实际看到的最终景象却是凡语再不能交代的,它超出了人类技艺的范围,其中的部分原因是,但丁是在描述他自己向着亚里士多德的"原初善好"(primordial good)运动的过程,而"每一个运动的物体在某些方面是匮乏的,不能同时具有它自身的整全存在",但丁在他的一封书信之中抄录下了这个观点。这也正是维吉尔之前提到过的"另一条道路",当第一次遇到但丁的时候维吉尔推荐这一条路径,因为但丁自己首选的道路被黑暗森林边缘的三只野兽挡住了。当这两个旅行者到达地狱第二囊的边缘时,维吉尔还曾命令米诺斯(Minos)不要挡住这条"命定之路"。这也正是《马太福音》(2:12),在三博士的梦境之中向他们宣告出来的"另一条路"①,这条道路将带领他们远离希律王,他们的救世主诞生了。[21]

斯多葛派认为,尤利西斯的好奇心堪称典范。在一世纪前期,塞涅卡赞扬了尤利西斯的形象,试图借此教导我们"如何爱祖国、爱妻子、爱父亲,甚至在风暴之中如何航行到那些光荣事物那里去",但他宣称自己对尤利西斯流浪故事的细节并不感兴趣,"不管尤利西斯是在意大利和西西里岛之间被抛出去的,还是被抛到了已知的世界之外"。早些时候,尤利西斯的长途旅行只不过是"一个巨大的寓言",为此赫拉克利特认为尤利西斯降落到冥府哈迪斯的"明智决定"证明了他的好奇心"不会留下任何未探索的地方,甚至连地狱的最深处也探索到了"。几十年后,金口狄翁(Dio Chrysostom)②赞扬了尤利西斯(将他与智者希庇亚

---

① 语出《马太福音》(2:12):"博士因为在梦中被主指示,不要回去见希律,就从别的路回本地去了。"

② 金口狄翁(约40—115)是希腊修辞学家、作家、哲学家和罗马史学家,他的姓名颇具揭示性,Chrysostom字面义为"金口"。

[Hippias]① 相提并论）就是哲学家应该成为的样子，"在任何情况下，尤利西斯在每个方面上都是个例外"。跟金口狄翁同时代的爱比克泰德（Epictetus）将尤利西斯比喻成一些不会让自己被旅途上可能遇到的美好旅馆分心、面对塞壬的歌声充耳不闻、同时仍然能够继续航行、成功地探寻得到他所追求之物的那种旅行者。这是爱比克泰德对于所有抱着一颗好奇心的旅行者的建议。[22]

对于但丁来说，尤利西斯的事业并不成功，反而是一场灾难。尤利西斯的航程是一场悲剧。如果我们认为"成功"的意思是完全实现我们的努力的话，那么"失败"就是尤利西斯的冒险尝试之中的一个不可分割的组成部分，因为它恰恰也是但丁对诗歌的全部理解之中的一个不可或缺的部分，最终但丁看到的景象是凡语再不能交代的。而事实上这些失败，是任何艺术事业和科学事业之中的一个不可分割的组成部分。艺术通过失败而进步，科学更多地是从错误之中学习。我们没有实现的事情正如我们已经做完的事情一样，恰恰勾画出了我们的野心，巴别塔从未曾完成，但它与其说是在纪念人类的短处，不如说是为人类欢欣鼓舞的热忱建立起了一座纪念碑。

但丁当然知道，任何一种人类的追求都不是独一无二的，我们的任何努力都莫不是在遵循尤利西斯或但丁的每次冒险。每次探寻、每次考察、每次探索，都会被一些隐藏在下面的问题——道德的、伦理的、实际的、异想天开的——所桎梏，尽管我们通过这些道德的、伦理的、实际的、异想天开的问题前进，但是我们无法从这些问题之中解放出来。当然，我们确实取得了一些进展，但这些进展总是伴随着大量的怀疑和犹豫不决，而不是伴随着一种内疚感和僭越感，内疚感和僭越感的结果是指定替罪羊：夏娃和潘多拉、村里的女巫和异端思想家、好奇的犹太人

---

① 厄利斯的希庇亚（Ἱππίας），古希腊智者学派的一员，他教授诗歌、语法、历史、政治和数学等多方面知识，享有博学多才的名声。对他的记载多数来于柏拉图的两篇对话录《大希庇亚篇》和《小希庇亚篇》，希庇亚在数学上的贡献是割圆曲线，他试图用它解决三等分角的问题。

和不守规矩的同性恋者、疏远的局外人和非正统的探险家。生物学和化学里充满想象力的研究者们，非官方史学中的勇敢学者，艺术和文学中充满启发性的批评家，充满革命性的作家、作曲家和视觉艺术家，每个领域之中清醒的科学家，即使他们寻求跟但丁所追求的真理一样的真理，也会一次又一次地面对着那些在尤利西斯最后一次旅途之中的危险。这就是我们思维演变的过程：每个峰回路转的时刻都不仅仅是在寻求我们所追问问题的可能答案——换言之，我们追问的过程中还有些其他问题融合进来——同时我们还要面对在踏入未知风景的时候偶然发现的，有时候甚至是悲惨的结果。

如何找到治疗致死疾病的问题，引出了如何养活不断增长的和老龄化的人口的问题；如何发展和保护一个平等主义的社会的问题，引出了如何防止法西斯主义的蛊惑和诱惑；如何创造就业机会用来发展经济，引出了经济的发展可能会诱使我们对人权和自然世界的破坏视而不见；如何发展技术的问题，使得我们囤积越来越多的信息，而这又使如何获得信息、限制信息，以及防止滥用此类信息的问题凸显了出来；如何探索未知宇宙的问题，还引出了另一个令人不安的问题：我们人类的感官是否能够理解我们可能会在地球上或在外太空中发现的任何事物？

在但丁遇见尤利西斯之后的七个世纪后，2011年11月26日早上10：02分，卡纳维拉尔角（Cape Canaveral）①发射了一款跟一辆小型汽车一样大小的探测设备。旅行超过3.5亿英里之后，这个探测器于2012年8月6日抵达火星，降落在荒凉的火星平原埃俄罗斯沼（Aeolis Palus）上。探测器的名字是"好奇心号"（Curiosity），它正是但丁称之为ardore（渴思）的那种对知识的渴望，也正是这种渴望，驱使尤利西斯

---

① 卡纳维拉尔角于1963—1973年曾称肯尼迪角（Cape Kennedy），是位于美国佛罗里达州布里瓦德郡大西洋沿岸的一条狭长的陆地，地理位置为北纬28°33′21″，西经80°36′17″，是广为人知的航天海岸，附近有肯尼迪航天中心和卡纳维拉尔角空军基地，美国的航天飞机都是从这两个地方发射。

走上了他生命之中最后那一次命定的旅程。

被选为好奇号火星车登陆点的是火星平原埃俄罗斯沼，这个名字来源于风神埃俄罗斯（Aeolus），尤利西斯曾经在风神埃俄罗斯的领地停留。在《奥德赛》第十卷，逃离饥渴的独眼巨人（Cyclops）之后，荷马告诉我们，尤利西斯自称"无名小卒"（这就意味着每个人都可能是尤利西斯），到达了风神埃俄罗斯的岛屿。在那里，他被国王设宴招待了整整一个月，并且在离开的时候，他获赠了一个牛皮袋。风神埃俄罗斯用一条银绳紧紧地系住袋口，把各种风都装在这个牛皮袋里面，只让西风仄费罗斯（Zephyr）帮助尤利西斯上路。仄费罗斯在中世纪晚期的肖像画中代表乐观的人，也即乐观主义者、恒常在探寻的人，就像尤利西斯本人一样。[23]

经过九天的旅行，船员们开始想象风神埃俄罗斯给尤利西斯的牛皮袋里装的都是一些尤利西斯打算自己独吞掉的宝藏。所以他们松开了绳索。然后，在一阵可怕的风中，所有被关起来的风都逃脱了，引发了一阵可怕的风暴，将船只又吹回到了风神埃俄罗斯的岛屿。被他们的粗心大意冒犯了的风神埃俄罗斯把尤利西斯和他的船员驱逐出了他的领土，将他们送到了一片没有一丝风吹过的海面上。在尤利西斯之旅的新篇章开头之处的这个故事，不是女人，而是一堆船员，成了造成这场灾难的充满好奇心的人。

如果我们愿意在尤利西斯同伴的好奇心和登陆火星的好奇号火星车之间建构出一种类型化的比喻，那么关于发现的危险，我们可以创作一个小小的警示故事。但更有趣、更具启发性、更有意义的，或许就是去阅读荷马的整首诗和但丁那具有启发性的故事续编之中的情节了。在这种情况下，把风释放出来这件事情只是这个冒险故事中场间歇的一次灾难，它只是用来警告我们，我们探寻的结果并不完全取决于我们自己的行为。不过这并不是要贬低尤利西斯的表现，这一情节反而增强了尤利西斯的决心的力量，增强了他渴望知晓更多的、他的渴思的程度。而如果最终（正如荷马所写的那样）奥德修斯到达了伊萨卡，击败了他的妻子佩涅萝佩（Penelope）的求婚者，然后再把他的冒险故事讲给佩涅萝佩听；或者（正如但丁所想象的那样）尤利西斯拒绝结束这个冒险旅途的故事，继续他的探寻，直到他再也寻求不到任何东西为止；然而无论如何，在这两种结果之中重要的是，尤利西斯从未放弃过他的追问。但丁最终得到了一个回答，可是这个回答太大了，以至于我们只把它作为一段乏善可陈的记忆来理解。我们感觉到但丁嫉妒尤利西斯的命运，虽然站在诗的逻辑上但丁必须谴责尤利西斯，不过但丁让尤利西斯在炽热的双角火焰中讲出的那些话，似乎超越了他的命运，摆脱了对他的谴责。

第三章　我们怎样推理？

我的高中是在布宜诺斯艾利斯国立高中（Colegio Nacional de Buenos Aires）就读的。有几位教授教我们西班牙文学,我很幸运在就学的六个学年之中有两年能够跟随其中一位杰出的研究西班牙黄金时代文学的学者以赛亚·莱恩纳（Isaias Lerner）一起学习。和他一起,我们研究了西班牙文学的主要经典之作的一些细节:《小癞子》(*Lazarillo*)①、加西拉索（Garcilaso）的诗②、《堂吉诃德》、《塞莱斯蒂娜》

---

① 《托美斯河上的小癞子,他的身世和遭遇》(*La vida de Lazarillo de Tormes y de sus fortunas y adversidades*) 是西班牙十六世纪中期出版的一部中篇小说,作者不详,是世界各国文学界公认的"流浪汉小说鼻祖"。1978 年杨绛从英文本转译中文版《小癞子》于上海译文出版社出版。

② 印加·加西拉索·德拉维加（Inca Garcilaso de la Vega, 1539—1616）出生在秘鲁境内的库斯科,父亲是西班牙殖民者,母亲是印加公主。1561 年前往西班牙,1560 年其父死后,在西班牙接受教育,此后并未回到秘鲁。1609 年,加西拉索著《印卡王室述评》(*Comentarios Reales de los Incas*)一书。"印加"和"印卡"都是 Inca,在《印卡王室述评》中曾译"印卡",但目前中文普遍翻译为"印加"。按照《辞海》第六版,"印加人"（Incas）译"印卡人",是南美的印第安人,原为今秘鲁的的喀喀湖区附近的一个部落,语言属印第安语系的克丘亚语族。十二世纪起,开始向外扩张,于 1438 年建立奴隶制国家——印加帝国。全盛时总人口达一千万,主要为克丘亚人和艾马拉人。因帝国统治者称"印加"（太阳之子）,居民遂统称印加人。1533 年为西班牙殖民者所征服。后裔成为安第斯山区各国居民的一部分。现大多恢复本族称谓,以印加人为族名的,在秘鲁,现有数千人。因此本书译文,只在《印卡王室述评》的书名之中采用"印卡"译名,其他场合均译作"印加",特此说明。

(*La Celestina*)①。以赛亚·莱恩纳喜欢这些文本,喜欢阅读它们,他的爱和快乐是富有感染力的。我们之中的许多人都以饱含悬念的热情追随年轻人小癞子去冒险,用我们自己故作多情的白日梦追随加西拉索爱的歌词,用正在萌芽的正义感追随堂吉诃德勇敢的壮举,用被那些老家伙称为"恶魔的诅咒"的那种身体悸动追随黑暗的、充满爱欲的《塞莱斯蒂娜》的世界,"你涌出的悲伤让黑暗的地牢充满了光芒"。莱恩纳教我们在文学中找到我们自己身份认同的线索。

在青少年时代,我们是独一无二的;但随着年龄的增长,我们意识到我们总是以第一人称单数形式自豪地说到的这个个体,实际上却是由更小或者更大限度规定我们的其他存在物所拼凑组成的。老年给予我的一种慰藉,就是识别出这些镜似的或习得的身份认同:要知道有些早就死掉的人却长时间地生活在我们的心中,正如我们将生活在某一个我们根本没有设想过其存在的人的心中一样。现在,在我六十六岁之年,我意识到,莱恩纳正是那种不朽之人中的一位。

在1966年我高中的最后一年,军事当局接管了大学,莱恩纳和其他十五位教授对这种任意的管制提出了抗议,他们立即从他们的岗位上被解雇了。替代莱恩纳的人是一个几乎没什么文化的人,这个人指责莱恩纳教过我们"马克思主义理论"。为了能够继续他的职业生涯,莱恩纳选择流亡美国。

莱恩纳理解教学技艺之中必不可少的一样东西:一名老师可以帮助学生发现未知的领域,为他们提供专业的信息,帮助他们创造一个知性的学科,但最重要的是,他必须为学生们建立一个精神自由的空间,在这个精神自由的空间里面学生们可以锻炼自己的想象力和好奇心,他们可

---

① 《塞莱斯蒂娜》(1499)原题《卡利斯托和梅利贝娅的悲喜剧》(*Tragicomedia de Calisto y Melibea*),是西班牙中世纪时期的一篇对话体长篇小说,讲述一个以悲剧结局告终的爱情故事。作者费尔南多·德·罗哈斯(Fernando de Rojas,约1465[1473?]—1541)是一名犹太教到基督教的改宗者。这部著作据说是"西班牙中世纪最后一部著作或者西班牙文艺复兴时期的第一部著作"。

以在里面学会思考。西蒙娜·薇依(Simone Weil)①说过,文化就是"塑造注意力"。莱恩纳帮助我们获得了这种必要的注意力的养成。

莱恩纳的方法就是让我们大声朗读整本书,一行接一行地朗读,在他认为合适时他会添加上他的评论。这些评论是博学的,因为他相信我们青少年具有的知性和我们保有的持久的好奇心;这些评论要么很有趣,要么非常戏剧化,因为对莱恩纳来说,阅读是最重要的情感体验;它们是对过去很长时间之前发生的事情的考察,因为莱恩纳知道,一旦某个事物曾经被人们想象过,那么这个东西就会渗透到我们今天所想象的任何东西之中去;它们与我们的世界息息相关,因为莱恩纳知道,文学总是面向它所处时代的读者。

但他不会取代我们自己的思考。当我们遇到塞莱斯蒂娜的演讲的时候,莱恩纳会微笑着打断我们,塞莱斯蒂娜的通篇演讲没有说过任何一个谎,但是她却扭曲掉了整个故事,所以无论谁追随她看似完美的逻辑,都会陷入到陷阱之中。"先生们,"莱恩纳会问,"你相信她说的吗?"他认为我们应该事先在家里读过这本书和与这本书相关的评论。通常我们是一丝不苟的;我们不敢违抗他。所以我们中的一个迫切想要炫耀的青年人会回答:"好吧,先生,马尔基尔(Malkiel)②说过……"他开始引用关于《塞莱斯蒂娜》这部作品最权威的批评者的话。"不,先生,"莱恩纳会打断他,"我没有问马尔基尔博士的观点,我已经在她

---

① 西蒙娜·薇依(1909—1943),犹太人、神秘主义者、宗教思想家和社会活动家,深刻地影响着战后的欧洲思潮,其兄为法国数学家安德烈·薇依。她的主要著作有《重负与神恩》《哲学讲稿》等,去世时年仅三十四岁,留下了约二十卷的著作。

② 此处指阿根廷文学家玛丽亚·罗莎·莉达·德马尔基尔(María Rosa Lida de Malkiel, 1910—1962)的《西班牙语两经典:〈好爱之书〉和〈塞莱斯蒂娜〉》(*Two Spanish Masterpieces: the Book of Good Love, and The Celestina*, 1961)。马尔基尔一开始在布宜诺斯艾利斯大学文学院教授拉丁文、希腊文,由于胡安·贝隆政府干涉大学自治,她流亡美国。1948年她嫁给了出生于俄罗斯的罗曼语专家雅科夫·马尔基尔(Yakov Malkiel),他是中国语言学天才赵元任先生的老师之一。1967年她与丈夫一起编辑了古斯拉夫语史诗《伊戈尔旅行记》(*Slovo o plŭku Igoreve*)的一个权威版本。1953年马尔基尔成为西班牙皇家学院的成员,1959年成为莱特拉斯阿根廷学院会员。

令人钦佩的书中读到过她的观点了,而且我确信,你也是这本书的一个好的忠实的学生。不过先生,我问的是你的观念。"然后他会迫使我们一步一步地梳理出塞莱斯蒂娜迷宫般的推理,追随她由庸俗的智慧、古老的谚语、经典作品里面的平庸部分以及其他流行的传说编织成的网络,人们很难从这个网络之中自拔出来。时运不济的恋人卡利斯托(Calisto)和梅利贝娅(Melibea)为她的故事而堕落,我们也是如此,我们认为自己处事精明,实际上只是虚晃一枪和虚张声势。这就是我们学习"用真相来撒谎"的方式。这个概念后来被十六世纪威尔士的一名老鸨发现,它可以用来帮助我们理解那些站在总统府的阳台上穿着制服一个接一个地向人们挥手示意的当权者们发表的政治演讲。不同于我们通常所惊诧问道的"为什么?""谁?"和"什么时候?",莱恩纳教我们追问的是"怎么样?"。

维吉尔带领但丁前往高贵城堡（Noble Castle），善良的异教徒们就在这座城堡里面身受绝罚。木刻描绘的是《地狱篇》第四章，带有克里斯托福罗·兰迪诺的评论，1487年印制。（贝内克珍本书[Beinecke Rare Book]和手稿图书馆[Manuscript Library]，耶鲁大学）

> 问题的提出就是对问题的解决。
> ——卡尔·马克思,《论犹太人问题》①

在但丁对"另一个世界"的航行中(参见第九章和第十四章的描画,下文),言辞是他穿过黑暗森林到最高天(Empyrean)的手段。通过自己的好奇心,但丁沿着维吉尔指出的道路前进,而通过他人的好奇心,但丁被允许看到最后救赎的景象。遵循但丁的航道继续追问,他的读者们也可能会学习到如何提出正确的问题。

穿过前面七层天之后,贝缇丽彩带领但丁进入了恒星的居所。在这里贝缇丽彩请求圣徒允许但丁从他们的餐桌上取酒喝,因为神圣的恩典已经让他先尝试了一下,是什么在等待着一个蒙受祝福的灵魂。圣徒们快乐地回应了她的要求,圣彼得从最明亮的一组明星之中出现,唱出了一首如此精彩的歌,这首歌太过精彩,以至于但丁事后不但不能回忆起它,也不能把它抄写下来。

> 因此,我的笔只好略而不叙。
> 我们的描摹(尤其是言语),色彩
> 太鲜艳,绘不出歌声褶子的紫纤。[1]

---

① 中译采用:马克思、恩格斯著,《马克思恩格斯全集》(第一卷),中共中央马克思恩格斯列宁斯大林著作编译局译,人民出版社,1956年,第421页。

然后贝缇丽彩介绍了彼得并且说，尽管彼得真的知道（因为没有任何东西能够在他面前隐瞒）但丁"他的爱心、希望、信仰贞定"，不过但丁现在最好为自己发一次言，因为所有天国的公民都必须证明他们具有真正的信仰。在贝缇丽彩的坚持下，但丁必须参加这一次实际意义上的考试。

> 老师提出问题供学生答辩——
> 不是裁决——之前，学生会保持
> 沉默，并做好准备。我发言之前，
> 也是这样：贝缇丽彩说话时，
> 我设法收集自己的理据，以响应
> 老师，以便答问时能够称职。[2]

彼得开始向但丁提问，一开始的问题是"什么是信仰？"，结束时，彼得对但丁的答案大加赞赏。事实上，彼得非常满意但丁的回答，他这么感叹道：

> 下界所得的教义，
> 如果都能够这样加以理解，
> 诡辩者的小聪明，就无所施其技。[3]

圣彼得对但丁的考试严格遵循了公认的中世纪经院哲学的方法，通过数百年来清楚设定的路径来引导知性的好奇心。从大约十二世纪到文艺复兴时期，人文主义（humanism）改变了欧洲传统的教学方式，基督教大学的教育曾经主要是经院哲学的教育。经院哲学（Scholasticism 的词源来自拉丁语 *schola*，最初意指有学识的人之间的对话或辩论，之后才指学校或者学习地点）起源于通过世俗理性与基督教信仰来实现知识一致性的尝试。诸如圣波纳文图拉之类的经院学者认为他们自己并不是创新者或者原创性的思想家，而只是"已经获得证实了的意见的编

纂者或编织者"而已。⁴

经院哲学的教学方式包括以下几个步骤:"阅读"(*lectio*)或者说在课堂上阅读一个权威的文本;"沉思"(*meditatio*)或者说阐述和解释;"决疑"(*disputationes*)或者说讨论问题,而不是对文本本身的批判性分析。学生们都应该会知道经典文献以及相关的已经获得证实了的评注;然后围绕特定的主题,他们设定一些问题来讨论。从所有这些步骤之中,他们严格排除了所谓的"智者的机智"(Sophist's wit)。⁵

"智者的机智"指的是一种能够以看上去为真的方式(也是塞莱斯蒂娜所青睐的方法)提出错误论证的能力,这种错误论证要么是因为它扭曲了逻辑规则所以只是看上去是真的,要么是因为它最终导向了一个令人无法接受的结论。这个术语及其含义中的贬义(pejorative meaning)起源于亚里士多德,亚里士多德将智者跟诽谤者和盗贼联系在一起。在亚里士多德的教诲中,智者是臭名昭著的,因为他们利用看似合乎逻辑的论证,运用细微的错误并且得出错误的结论,从而导致其他人也跟着犯错误。例如,一个智者可能会试图说服听众去承认这个智者在之前就已经知道如何反驳的前提(甚至是一个与论题完全不相关的前提)。⁶

智者们很少在哲学史上享有乐土,这种情况主要多亏亚里士多德、柏拉图和苏格拉底。无视柏拉图对形而上学的限制和亚里士多德对经验的限制,智者们接受了这两者,并且对形而上学问题采取了一种经验式的研究方式。根据历史学家乔治·布里斯科·科福德(G. B. Kerford)①的说法,这种做法使得智者们受到了这样的谴责:"一边是前苏格拉底,一边是柏拉图和亚里士多德,[智者]处在这两者之间的转变期,[他们]似乎像迷失的灵魂一样四处徘徊。"⁷

在柏拉图之前,"智者"(sophistes)这个术语在希腊语中是一种积极的指涉,这个词跟"智慧的"(*sophos*)和"智慧"(*sophia*)相关,指

---

① 乔治·布里斯科·科福德(1915—1998),著名古典学者,代表作《智者派运动》(*The Sophistic Movement*, 1981)等。

的是熟练的工匠或技艺家，例如占卜师、诗人或音乐家。传奇人物希腊七贤也被称为"具有辨能的"（sophistai）（在荷马那个时代，一个"辨能"［sophie］就是指任何形式的一种技能），前苏格拉底哲学家也是如此。但是在柏拉图之后，"智者式的"（sophistry）这个词就意味着"一种看似合理的、错误的和不诚实的论证"，而且智者的话语充满着混乱的虚假论据、误导性的比喻、歪曲的引用，还有荒谬地混合不同的隐喻。不过矛盾的是，这种对智者方法的定义预设了对一个更大问题的理解。"柏拉图知道他可以解释作为哲学家的对立面的智者，"海德格尔写道，"这只是因为他知道这位他早就熟悉的哲学家，并且知道他是怎么样理解事情重要性的。"对于柏拉图及其追随者来说，确定他们感知到的对手的错误，要比定义他们自己要做的事情的特征，更容易识别出来。在二世纪，萨莫萨塔的琉善（Lucian of Samosata）①把基督徒描述为"敬拜被钉十字架的智者，并生活在他所订立的律法之中"。⁸

中世纪和文艺复兴早期的欧洲继承了这种轻视和潜在的质疑。在十五世纪和十六世纪，大学和修道院里的学者们实践的三段论推理、经院修辞、空洞博学成了这些人甩不掉的标签，伊拉斯谟及其追随者用了"智者"（Sophists）这个词来嘲笑他们。在西班牙，以路易斯·德·卡瓦哈尔修士（Fray Luis de Carvajal）②为首的学者们最先反驳了这种立场并批评了伊拉斯谟对圣经的解读，同时他也坚决反对他称之为"诡辩"的那些经院主义者们的立场。"就我而言，我希望教导的是这样一种神学，这种神学既不是围绕神学的争吵，也不是诡辩的、不虔敬的，而是不受任何污染的神学。"⁹

虽然古代智者们自身的文本早已遗失，幸存下来的只有一些他们

---

① 琉善（Λουκιανός，约120—192），生于叙利亚的萨莫萨塔，罗马帝国时代以希腊语创作的讽刺作家，以游历月球的奇幻短篇《信史》（*A True Story*，周作人译作《真实的故事》）及一系列对话集闻名。周作人曾翻译其作品，并按希腊语发音将其名译为"路吉阿诺斯"。

② 路易斯·德·卡瓦哈尔（约1500—1550）是西班牙弗朗西斯会的修士、神学家，曾参与特伦托会议。

写作的讽刺诗,但是许多人文主义者指责欧洲的大学庇护了很多无能的教师和平庸的学者,这些人犯下的罪愆跟柏拉图和亚里士多德所谴责的智者所犯的罪愆一样。到了十六世纪,弗朗索瓦·拉伯雷(François Rabelais)延续了已经确立的关于智者的呆板形象,嘲笑索邦大学的经院神学家们,将他们描述为"智者派哲学家":醉酒的、肮脏的、精于攫取金钱的人。他创作的滑稽的约诺土斯·德·卜拉克玛多大师(Master Janotus de Bragomardo)①用充满歪曲和错误的拉丁语引用的法语,为重新迎接巴黎圣母院的钟而做了一场经院派的演说。巨人高康大(Gargantua)曾经为了拴住他的母马而偷了巴黎圣母院的钟。约诺土斯·德·卜拉克玛多大师带着这样一段华丽的诡辩出场:"一个没有钟的城市,等于一个瞎子没有拐杖,一头驴没有缰绳,一头奶牛没有铃铛。我们要不停止地跟着您叫,像失掉拐杖的瞎子、没有缰绳的驴、不戴铃铛的奶牛,直到您把钟还给我们为止。"[10]

很多人都注意到,拉伯雷拒绝接受正统文学作品的形式(他的高康大是一个颠覆性的反叛者,以模拟的编年史、摹仿和想象的目录,还有恶意模仿的形式嬉笑怒骂),这种形式源于对流行的传说和信仰的深刻同情——或者说在精神危机的时代日渐增长的无信仰危机——还有一种暗中滋长的知识,这种知识滋生出了正统基督教大学和修道院的文化。[11] 在但丁的时代,社会秩序已然崩溃,但是这种已然崩溃的社会秩序却在16世纪找到了它自身的形象——在这个颠倒的世界里面,一切都处在它自己的反面:驴子成了老师,狗成了主人。[12] 按照神瓶的神谕,高康大的儿子庞大固埃和他的同伴们会在《巨人传》第五部的最后一章去探访这条神谕:"回到你们故乡之后,要证实伟大的财富和神奇的事情都在地下。""所有

---

① 此处人名疑有笔误,约诺土斯·德·卜拉克玛多大师(Janotus de Bragmardo)是拉伯雷《巨人传》中的人物,成钰亭先生给该人物做的注释如下:"卜拉克玛多"原文有"短剑"的意思。据说诗人魏仑曾将他的"纯钢剑"(诗人马洛对它的称呼)遗赠给一个叫约翰·乐·高尼人,约诺土斯这个名字可能就是从这里蜕化出来的。(参见拉伯雷著,《巨人传》,成钰亭译,上海译文出版社,1984年,第74页。)

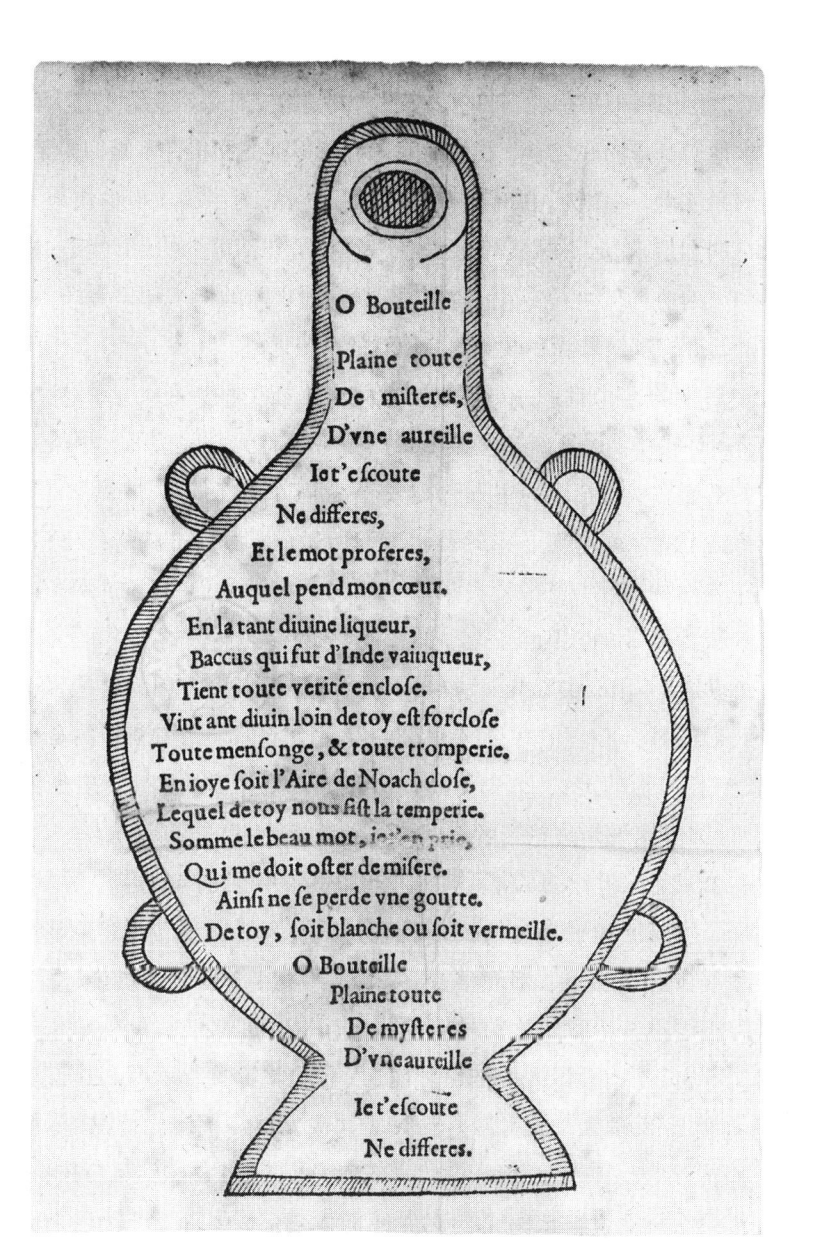

O Bouteille
Plaine toute
De misteres,
D'vne aureille
Ie t'escoute
Ne differes,
Et le mot proferes,
Auquel pend mon cœur.
En la tant diuine liqueur,
Baccus qui fut d'Inde vaiuqueur,
Tient toute verité enclose.
Vint ant diuin loin de toy est forclose
Toute mensonge, & toute tromperie.
En ioye soit l'Aire de Noach close,
Lequel de toy nous sist la temperie.
Somme le beau mot, ie t'en prie,
Qui me doit oster de misere.
Ainsi ne se perde vne goutte.
De toy, soit blanche ou soit vermeille.
O Bouteille
Plaine toute
De mysteres
D'vne aureille
Ie t'escoute
Ne differes.

弗朗索瓦·拉伯雷，"瓶子的谕示"（La Dive Bouteille），《第五部 善良的庞大固埃英勇言行录 卷末》(*Illtstrations du Cinquiesme et dernier livre des faicts et dicts héroïques du bon Pantagruel*, 1565)。（法国国家图书馆）

事物都有其最终目的"，神殿的墙上写着：既包括神的好奇心，又包括人的好奇心。拉伯雷似乎想说，神的好奇心和人类的好奇心都是为了最大限度地追求他们自身的好奇心。我们的好奇心所得到的回报并不是仰望天空，而是脚踏实地。"因为，古时所有的学者和贤哲，为了确实而愉快地完成探求神明和追求知识的路程，认为有两件事是必不可少的，那就是：神的指引和人的协助。"①13 在拉伯雷那里，跟在他之前的但丁那里一样，那些倒霉的智者们都被排除在诚实的追问者的队伍之外。

在后来的几个世纪中，这种被人们广为接受的贬低智者的情况总有例外，而且并不是所有这些被贬低的智者都是无足轻重的。黑格尔把早期的智者称为"希腊的主人"，这些智者们并不仅仅只是沉思"存在"这个概念（就像爱利亚学派的哲学家们所做的那样），也不仅仅只是讨论关于自然的事实（就像爱奥尼亚学派的语言学家们所做的那样），他们选择成为职业的教师。尼采把他们定义为超越善恶之界限的人。吉尔·德勒兹（Gilles Deleuze）赞扬了智者学派的观念，因为这些智者唤醒了我们的好奇心。他写道，"意义的定义除了等于一个新奇的命题之外，没有任何别的定义了"。14 然而，"新奇"却并不是这些智者所追求的东西，而毋宁说是这些智者追问的一种结果。

在公元前五世纪初的某个时候（也许是在公元前421年之后，斯巴达实现了脆弱的和平之时），有一位来自伯罗奔尼撒半岛西北角某个叫作埃利亚城（Elis）的城邦的哲学家来到了雅典，埃利亚城以其卓越的马匹和组织过三个世纪之前的第一届奥运会而闻名。这位哲学家的名字叫作希庇亚，他因惊人的记忆力闻名（他可以一次性听写超过五十个名字），他还能够在人们有需要且收取这些人很多费用的情况下，教授天文学、几何学、算术、语法、音乐、韵律学、谱系学、神话、历史，当然还有哲学。15 他也被认为是割圆曲线的发现者，它们既可以用来在圆形之中分割出方形，也可以用于把一个角做三等分。16 希庇亚是一位

---

① 1554年版《巨人传》以这句话结束。

渴求知识而且充满好奇心的读者，他编写了一个他自己作品的选集，标题为《数学汇编》(Synagoge)。他同样也为那些他最喜欢的、他在任何场合都能背诵出的经典诗人们的作品写下了阐释，这些充满诗性的作品可能讨论的是关于崇高的道德问题。我们必须只说"可能"，这是因为除了希庇亚的一些批评者们（普鲁塔克、色诺芬、斐洛斯特拉托斯[Philostratus]①，还有他最重要的批评者柏拉图）引述的一些引言之外，希庇亚的其他作品都没有流传下来。[17]

柏拉图在他早期的两篇对话中都将希庇亚作为苏格拉底的主要对话者，这两篇对话根据篇幅大小命名为《大希庇亚篇》(Hippias Major)和《小希庇亚篇》(Hippias Minors 或 Lesser Hippias)。在这两篇关于希庇亚的对话中，都没有什么关于希庇亚的好话。柏拉图对这个人物几乎没有什么同情，他让他笔下的反讽典范苏格拉底向希庇亚寻问正义和真理的本质是什么，而且柏拉图还很清楚地知道，希庇亚无法提供出任何一个答案。在希庇亚尝试回答的答案中，希庇亚被证明是一个迂腐的、爱吹嘘自己的人，"我从未发现任何人在任何事情上都是优越于我的"，这个人能够回答任何向他提出的疑难问题（正如他说他自己在泛希腊节[festival of all Hellas]上面曾经实现的那样）[18]，而且这个人很容易在受到吹捧之后得意忘形，但同时他也是一个具有天真的好奇心的、值得信任的人。根据古典主义者威廉·基思·钱伯斯·古斯里(W. K. C. Guthrie)②的看法，希庇亚一定是一个"很难冲他这个人生气的人"。[19]

---

① 斐洛斯特拉托斯·弗拉维乌斯(Φιλόστρατος Φλάβιος, 约 160[170?]—244[249?]）也被称为"雅典人斐洛斯特拉托斯"或者"大斐洛斯特拉托斯"，罗马帝国时期的希腊智者，他的岳父是一位跟他同名的智者。两位斐洛斯特拉托斯都来自勒摩斯。以下作品都被冠名为斐洛斯特拉托斯，而学界的争议在于，哪些是老斐洛斯特拉托斯的作品，哪些是小斐洛斯特拉托斯的作品：《提亚那的阿波罗尼乌斯的生平》(Τὰ ἐς τὸν Τυανέα Ἀπολλώνιον)、《智者生平》(Βίοι Σοφιστῶν)、《论田径》(Γυμναστικός)、《论英雄》(Ἡρωικός)、《书信集》(Ἐπιστολαί)和《论形象》(Εἰκόνες)。

② 威廉·基思·钱伯斯·古斯里(William Keith Chambers Guthrie, 1906—1981)通常被称为 W. K. C. 古斯里，他是苏格兰的古典学者，以六卷本《希腊哲学史》(History of Greek Philosophy, 1962 年开始出版)闻名。

因为他在泛希腊地区收费授课，所以他被称为一个"智者"，这个词并不意味着一个教派或者一个哲学学派，而是意味着一种职业，一个巡回游荡的教师。苏格拉底鄙视智者，因为智者们宣称自己具有知识和具有德性，但是在苏格拉底看来，知识和德性这两者恰恰是不可教授的。也许只有极少数人（主要是贵族出身的男人）可以学习如何变得良善和明智，但是这也仅限于知道关于他们自己的良善和明智——并且在苏格拉底看来，大多数人是没有指望的，他们无法学习如何变得良善和明智。

智者和苏格拉底的追随者们之间的分歧，在很大程度上是阶级问题。柏拉图是一名贵族，他嘲笑这些巡回游荡的教师，嘲笑这些教师将自己置身于市场中，受雇佣于新贵中产阶级。这个新贵中产阶级主要由商人和工匠组成，他们新获得的财富使他们能够购买武器、加入雇佣兵、攫取政治权力。他们的目标是取代老贵族，为此他们需要学习如何有效地在公民大会上说话的技巧。智者们教授这些人必要的修辞技巧，而智者们自己则得到金钱作为回报。学者 I. F. 斯东（I. F. Stone）[①]指出："在柏拉图作品中，智者们通篇受到了居高临下的蔑视，因为智者们居然要收费。虽然传统的教师阶层一代接一代不加批判地回应着这种对智者们的批评，但是很少有教师能够真正无偿地提供教学。"不过并不是所有的智者都会留下他们的报酬。有些智者会把他们的报酬分给贫穷的学生，有些智者会拒绝去教那些他们觉得没法教的学生。但是总的来说，由于绝大多数的智者都同意为了赚钱而去教授几乎任何人，色诺芬认为智者剥夺了他们自己的知识自由，沦为了雇主们的奴隶。[20]

我们必须指出，苏格拉底及其追随者们尽管使用了极为负面的术语谈到智者，但他们却并没有这么评价过去和现在的所有智者，他们只是

[①] I. F. 斯东是二十世纪美国著名的新闻斗士及作家。从 1953 年开始，他创办了《I. F. 斯东周刊》(*I. F. Stone's Weekly*)，与麦卡锡主义抗争；1960 年代，该刊对越战的抨击不遗余力；1971 年，斯东因健康问题告别新闻业，回归宾夕法尼亚大学攻读古典语言文学。潜心研究多年之后，1988 年斯东出版《苏格拉底的审判》一书。他在 1989 年逝于波士顿。从 2008 年开始，哈佛大学设立年度奖项 "I. F. 斯东新闻独立奖章"，以铭记斯东毕生践行的新闻独立之精神。

对身处他们那个时代的智者采用了负面的术语。跟这些智者们同时代的苏格拉底及其追随者们不仅在社会和哲学上反对智者，还指责智者们歪曲了事实。对此，色诺芬很有发言权："我很惊讶那些当前被称作智者的人声称他们可以引导青年人走向德性，但实际上却恰恰相反……智者们使得年轻人精于言辞，却不精于理念。"21

智者们也因为他们夸张的姿态和做作的举止受到了批评。在二世纪，钦佩智者的利姆诺斯的斐洛斯特拉托斯（Philostratus of Lemnos）撰写了《智者生平》（The Lives of the Sophists）来提升智者的名誉。他指出，一个真正的智者应该只在一个符合他自己身份的场所发言：可以是一个神庙、一个剧院，甚至是公民大会，或者一些"适合帝国观众"的地方。他们要严格控制面部表情和手势。面部表情应该是开朗自信但又严肃的，眼神是稳重而敏锐的，虽然这些可能会随演讲主题的变化而变化。在演讲激烈的时刻，一名智者可能会大步向前，左右摇摆，拍打他的大腿，然后激动地甩头。一名智者应该是非常干净的，喷精致的香水；他应该很精细地修剪他的胡须，让这些胡须优雅地卷曲起来，他的衣服应该是一丝不苟地优雅的。在早些时候，萨莫萨塔的琉善在他的讽刺作品《修辞学家手册》（The Rhetorician's Vade Mecum）中建议智者们，应该"穿颜色鲜艳的衣服或者白色的衣服；塔兰托地区生产的东西（Tarentine stuff）能让身体处于最好的状态；最好穿那种有网格的阿提卡女人式样的鞋子，或者穿有白色衬里的西锡安地区的（Sicyonians）款式。身后总跟着一串仆役，再拿一本书放在手上"。22

无论多么相信正义和真理，苏格拉底从不相信所有人都是平等的。智者们却是这么认为的（我们一定要小心不要把同样一个观点归之于所有被称之为"智者"的人身上）。少数一些人（比如阿尔西达马斯［Alcidamas］①）甚至挑战了奴隶制——苏格拉底和他的门徒们从未做出这样的事情，他们

---

① 阿尔西达马斯大约活动于公元前四世纪早期，他是阿埃奥利斯的埃拉埃亚的智者和修辞学家。作为高尔吉亚的门生和追随者，阿尔西达马斯反对伊索克拉底的学说，强调即兴创作的重要性。现存的阿尔西达马斯演说辞有《论智者》以及关于演说术教科书的残篇。

只是质疑了属于极少数精明人的统治权而已。不过希庇亚则相反,他相信实际存在着一种世界主义,一种普遍的团结,因此为了能够形成人与人之间更好的关系,反对国家的律法也是正义的。这种信念的来源之一,可能是德尔菲神庙对供奉异族神祇的宽容,这一点使得亚历山大时期的希腊人和"野蛮人"之间融洽相处,但同时也消解了在柏拉图心目中异常珍视的希腊城邦。[23] 对于希庇亚而言,如果只是出于习俗的缘故而保留律法,这是毫无意义的,因为这些律法之间相互冲突,它们会引发人们做出不正义的行为;由于自然法(laws of nature)是普遍的,它们最终可以成为民主的政治生活的法则。希庇亚为未成文法做辩护而反对成文法,并且通过整个社会的福祉来为个人的福祉做辩护。在柏拉图的《理想国》中,这些现存的政体都曾经被拿出来讨论过,但没有任何一种被柏拉图最终选择为理想的政体,所以很明显,苏格拉底(或者说柏拉图笔下的苏格拉底)并不信任受到民主法则所统治的社会,最好的社会应该让那些自从童年时期开始就受到了"明智和善好"训练的哲学家来当僭主。[24]

柏拉图、希庇亚身处的前后半个世纪,也是伯里克利(Pericles)的半个世纪。在这短暂而神奇的时期内,伯里克利在雅典孕育了一种罕见的政治和知性自由、政府管理有效的氛围,甚至连雅典卫城建造新建筑的计划,也可能是由他亲自设计的。伯里克利将这个计划作为应对不断增长的失业率的一种方式。伯里克利之后的每一个雅典公民都可能会希望在城邦国家的运作之中享有发言权,只要这个公民具有修辞和逻辑的禀赋。这样的一个理想社会,吸引了来自许多其他城市的各种各样的人,有一些人是为了逃避暴政,有一些人是为了施展才华,还有其他人为了贸易自由且有利可图。在这些移民之中,有一些人就是智者。斯巴达则与雅典截然相反,斯巴达借口要保持道德秩序和城邦国家的秘密,定期从其内部驱逐外邦人。雅典从不采取斯巴达人的仇外心理,尽管雅典人也曾经放逐那些反对雅典生活方式的人,甚至投票赐死这样的人——其中就包括苏格拉底。

在柏拉图的一篇中期对话《普罗泰戈拉篇》(Protagoras)中,智者的名字恰恰就是普罗泰戈拉,他是希庇亚的批评者,也是伯里克利的朋友。普罗泰戈拉仰慕伯里克利建立的统治制度,他给苏格拉底讲了一则神话来阐明他关于有效的政治制度的理念。为了说明暴躁的人类究竟怎么样才能生活在一个和平的社会之中,普罗泰戈拉解释说,曾经有一个因为人类不断争吵以至于神祇威胁要摧毁人类的时代,宙斯派赫尔墨斯带着两件可以让人类和谐相处的礼物下降到人间:一个是羞耻(aidos),叛徒在战场上可能会感受到这样的羞耻感;一种是正义(dike),即正义感和对他人权利的尊重。这两者结合在一起,恰恰也是政治艺术的核心组成部分。赫尔墨斯询问宙斯,这些礼物是只应分派给受到拣选的具有专业技艺的极少数人,还是应该平等分派给所有的人。"给所有人,"宙斯回答说,"因为如果只有极少数人拥有羞耻和正义的话,城邦是不可能形成的。"苏格拉底并没有回应普罗泰戈拉的故事。他讽刺地将这个神话消解成了"一场伟大而精致的智者表演",然后彻底放弃了对这个主题的讨论,开始引导普罗泰戈拉来讨论"德性是不是可教的"这样一个主题。民主的问题甚至从来不是苏格拉底曾经予以片刻考虑的问题。德性的意义问题同样甚至从来就不是苏格拉底曾经予以片刻考虑的问题,即便"德性"正是这篇对话所讨论的主题。[25]

正如《普罗泰戈拉篇》这篇对话避免谈论关于德性的问题一样,《小希庇亚篇》尽管试图讨论一个关于诚实的人的定义,却避免谈论诚实本身是由什么构成的。希庇亚刚刚讲完关于诗人(尤其是荷马)的课,其中一位听众问苏格拉底,对于这篇宏伟的演讲他有没有什么要说的,无论是赞美这篇演讲,还是指出这篇演讲的错误。苏格拉底承认他心里确实涌出了一些问题,他带着危险的温柔告诉希庇亚,他能够理解荷马为什么称阿喀琉斯是最勇敢的人,称涅斯托尔是最聪明的人,但他无法理解为什么奥德修斯被称为最狡猾的人。荷马没有让阿喀琉斯跟奥德修斯一样地狡猾吗?希庇亚回答说,荷马并没有,并引用了荷马的话来证明阿喀琉斯是一个诚实的人。"现在,希庇亚,"苏格拉底说,"我明白你的意思了。当你说奥德修斯狡猾时,显然是指他的虚伪。对吗?"[26]这就导向了另一场讨论的开始：究竟是故意犯错好，还是无意地犯错更好呢？苏格拉底使得希庇亚承认，如果一个摔跤手故意跌倒，那么他就是一个比因为不能控制自己而跌倒的摔跤手更好的摔跤手；如果一个唱歌的歌手故意唱错，那么他就要比一个完全不听节拍而唱错的歌手要更好。这就引到了一个超越所有诡辩的诡辩结论：

苏格拉底：做不正义的事就是作恶，不做不正义的事就是作好事，对吗？

希庇亚：对。

苏格拉底：比较好、比较能干的灵魂在作恶时是故意作恶的，而那些比较坏的灵魂在作恶时不是故意的，对吗？

希庇亚：显然如此。

苏格拉底：好人有好的灵魂，坏人有坏的灵魂，对吗？

希庇亚：对。

苏格拉底：如果好人就是有好的灵魂的人，那么好人作恶是故意的，而坏人作恶不是故意的，对吗？

希庇亚：确实如此。

苏格拉底：那么，希庇亚，故意作恶和做可耻的事情的人，如果有这样的人，那么他是个好人吗？

但对话到了这里，希庇亚就再也没有让自己被苏格拉底的论证牵着鼻子走了。希庇亚最终克服了对逻辑的信仰，转而相信某种更为强大的东西，希庇亚并没有踏入苏格拉底设计的曲折论证的下一步之中的致命陷阱，他拒绝服从那些结论，因为他知道它们会导向更糟糕和更荒谬的推论。"在此，我无法同意这种说法"，这位诚实的智者说道。[27]

"我本人也无法同意，"苏格拉底令人惊讶地回答说，"希庇亚，然而这却是我们现在能够看到的结论，是从我们的论证中必然推导出来的。我在前面说过，我对这个问题的看法连我自己也感到莫名其妙，茫无头绪，并且老是改变自己的看法。现在我们明白了，如果连你这样的聪明人也对这个问题困惑不解，那么我，或者任何普通人，在这种问题上茫然不知所措是不足为奇的。我们不能依靠你来解决我们的困惑，这个问题对你我双方来说都是难解的。"28

苏格拉底的意图是要嘲笑希庇亚对智慧的看法，苏格拉底当然清楚地知道，追求关于什么是善好、什么是真理、什么是正义的知识，是一项持续不断的、没有绝对结论的努力。但他在揭露希庇亚时所使用的方法，与他备受赞誉的尊严不配。在这两者之中，希庇亚在对话之中似乎更胜一筹，成为了更强的、更严肃的辩论者。当然，苏格拉底似乎显得更为狡猾，更像是奥德修斯，借助希庇亚的阿喀琉斯之踵，苏格拉底找到了矛盾之处，使得这场辩论"变成了闹剧"。29 同时出现的一个非常强有力的论证，并不是苏格拉底对希庇亚教学空洞性的展示，而是希庇亚的总结。希庇亚证明了，苏格拉底通过提出一系列能够发现矛盾的问题引导出一段对话的苏格拉底式方法，肯定是危险且不健全的。苏格拉底自己也认识到了这一点，他肯定也意识到了他必须区分"正义地做不正义的事情"和"不正义地做正义的事情"这两者。

蒙田（引用伊拉斯谟）引用了苏格拉底的妻子的话，在得知法庭判决苏格拉底喝下鸩酒自尽之后，她说："那些恶毒的法官不公正地判了他死刑！"苏格拉底回答她说："你真的更想让我被公正地判刑吗？"30 但是在《小希庇亚篇》中，无论苏格拉底的反讽有多么深刻，一条不可避免的结论是：苏格拉底的论证导向了一种错误的、人所不可接受的结论。但这很可能并不是柏拉图的意图。

我们要记住的很重要的一点就是，正如那个向我们呈现出来的叫作希庇亚的男人几乎整个都是来自苏格拉底口中的阐释一样，我们所知晓的苏格拉底在很大程度上都是来自柏拉图写作出来的版本。"在多大程度上，"乔治·斯坦纳（George Steiner）问道，"参与绝大多数对话的苏格拉底，究竟小部分来自柏拉图的杜撰，还是大部分都基于柏拉图的虚构呢，难道这种杜撰甚至超过了在悲剧和喜剧作品之中的知性杜撰,就像是杜撰出一个福斯塔夫(Falstaff)①、一个普罗斯佩罗(Prospero)②,或者一个伊万·卡拉马佐夫(Ivan Karamazov)③吗?"³¹ 也许,正如在大量福斯塔夫的身影之中我们可以瞥见另一个人——哈尔王子(Prince Hal)④一样,我们也可以从学究式的普罗斯佩罗的身影之中瞥见另一种不同类型的卡利班(Caliban)⑤,甚至通过野蛮的伊万·卡拉马佐夫(这个想法非常令人不安)那年轻、富有同情心的兄弟阿列克谢,通过柏拉图的苏格拉底,我们都可以看出,那位充满好奇心的哲学家正在嘲笑和嘲弄的人,并不是所谓的希庇亚,而是另一个与众不同的、清醒的、有辨别力的思想家,他对好奇心的逻辑充满好奇。

伯里克利建立的社会在马其顿军队的铁骑之下,还有后来在罗马殖民者的统治之中荡然无存。除了批评者们对智者们的引用之外,智者们的哲学也丝毫没有保存下来。他们的著作就像大部分书籍一样消失了,他们生活的大部分细节也无从考证,但是他们著作的残篇,以及其他人作品中所描绘的他们的人物性格,都部分地揭示出了一种生生不息的渴望,渴望在一系列复杂的思想和发现的集合之中,了解更多的知识,尤其是他们都拒绝去遵循那个把自己称作"精神助产士"(the midwife of thought)的男人⑥的显而易见的逻辑,那通向小径分叉的花园⑦的狡猾逻辑。³²

---

① 福斯塔夫(Sir John Falstaff)是莎士比亚在《亨利四世》和《温莎的风流娘儿们》里的著名人物,他是一个嗜酒成性又好斗的士兵,在《温莎的风流娘儿们》中他是非常自负的一个人,而在《亨利四世》里则显得有些忧郁。他的名字"福斯塔夫"已成了体型臃肿的牛皮大王和老饕的同义词。

② 普罗斯佩罗是莎士比亚《暴风雨》故事的主角之一。

③ 陀思妥耶夫斯基《卡拉马佐夫兄弟》的主人公。

④ 哈尔王子是莎士比亚《亨利四世》中的人物。哈尔王子是亨利四世的儿子,终日流连酒肆与市井之徒福斯塔夫厮混在一起,最后从浪子成长为英武国王亨利五世。

⑤ 西考拉克斯女巫的儿子卡利班是莎士比亚的戏剧《暴风雨》中的重要人物,普罗斯佩罗的仆人,一个野性而丑怪的奴隶,后来用以比喻丑陋而残忍的人。

⑥ 此处指的是苏格拉底,苏格拉底是接生婆的儿子,他把自己独特的启迪人们对问题的思考的方式称为"精神助产术"。例如苏格拉底要求他的对手给出关于这些问题的一个概括性说明和总体性定义,当他得到这类定义或说法时,他会进一步问更多的问题,以显示这个定义可能有的弱点,最终让谈话的对手自己得出看法和定义。

⑦ 此处曼古埃尔致敬他的老师博尔赫斯的短篇小说《小径分岔的花园》(*El jardín de senderos que se bifurcan*, 1944)。

第四章　我们怎么能够"看到"我们思考的东西？

直到进入青春期之后，我都还没有意识到"翻译"这个概念。我是被英语和德语这两种语言养大的，在我的童年时代，从一个语言到另一个语言的转换并不是从一种语言到另一种语言来传达相同含义的尝试，而只是换了另一种表达的形式而已，使用哪种语言表达取决于我与谁交谈。同样的格林兄弟的童话故事用我的两种不同的语言来读就变成了两种不同的童话：德语版印有厚厚的哥特字符，用阴沉的水彩画来描述一个故事；英语版则清晰、字大，且配有黑白的雕刻插画，讲述的是另一个故事。显然，这两种语言讲述的并不是同一个故事，因为它们从页面上面看起来就完全不同。

最终，我发现这些变化的文本在本质上仍然是相同的。或者相反，一个文本在不同的语言中可以获得不同的理解，这个过程中的每个组成部分都被其他的东西丢弃和替换：词汇、句法、语法、音乐，以及文化、历史和情感的特征。在《论俗语》(*De vulgari eloquentia*)这部由拉丁文写就的语言学论文之中，但丁为使用方言做出了辩护，在书中但丁列出了从一种方言到另一种方言的变化中语言被替换的组成部分："首先，音乐成分；第二，相关部分之间每个部分的排置；第三，诗行和音节的数量。"

但是，这些不断变化的理解如何仍然保持同一个理解？是什么让我能够说出《格林童话》，或者《一千零一夜》，或者但丁的《神曲》的不同译本是同一本书呢？一个古老的哲学难题询问的是，如果一个人身体的每一个部分都被人造的器官和四肢所取代，这个人是否仍然是同一个人呢？我们的什么组成部分决定了我们自己的本质？组成一首诗的什么要素构成了这首诗的本质？我觉得，这就是核心的谜团：如果有一个文学文本，它有诸多变体，我们有时称之为《格林童话》，有时称之为《一千零一夜》，而当这些变体之中的每一个都发生了变化，变成了某些别的东西，那么还有什么是不变的？翻译究竟是不是一种伪装，这种伪装让文本与处于文本圈子之外的人们发生交谈，就像哈里发哈伦·拉希德（caliph Haroun Al-Rashid）①穿上农民的衣服后就能够混迹在普通民众中之中了？还是说翻译是一种篡夺，就像会说话的法拉达的故事（the tale of Fallada）②中所说的那样，女仆取代了她的主人的位子嫁给了她本来不配企及的王子？翻译究竟在什么程度上能够跟原作等同呢？

从某种意义上说，每种形式的写作都是把思想或语言中的不可见的语词转译成可见的、具体的表现形式。在写下我的第一个词（以圆形的"n"和"m"结尾的英语词，或者像波浪一样锋利的以"N"和"M"结尾的德语词）的时候，我就开始意识到，一个文本不仅会从一个词汇到另一个词汇变化，而且还会从一种物质到另一种物质变化。当我从吉卜林的某个故事之中读到一封情书（这封情书夹在一堆物品之中寄来，情人

---

① 哈伦·拉希德（هارون الرشيد，763—809）是伊斯兰教第二十三代哈里发，阿巴斯王朝的第五代哈里发。他是阿巴斯王朝第三任哈里发阿尔·马赫迪之子，在786年继其兄阿尔·哈迪之位，在任期间为王朝最强盛时代，曾亲率军队入侵拜占庭的小亚细亚。他在《一千零一夜》中被描绘成一位传奇英雄，因为他会乔装打扮，在城市里冒险，并体察人民疾苦。

② 《格林童话》中"牧鹅姑娘"的故事：法拉达是一匹会说话的马。女仆骑上会说话的法拉达，真正的新娘却骑着女仆的马，换上了女仆的衣服；女仆嫁给王子，公主变成牧鹅姑娘，法拉达被杀死，头挂在城门口。不过后来，会说话的法拉达的头跟公主说话了，故事迎来了光明的结局。

破译出了这封情书,情书中的每个东西都代表一个单词或者一堆词群)的时候,我意识到我的涂鸦并不是把无形的词语变成有形的物质形式的唯一方式。还有另一种形式,它是由石头和鲜花和诸如此类的事物组成的。我在想,还有没有其他的方法呢?作为我们思维表达的语词,是不是还会通过别的形式来向我们有形地显现出来?

但丁和维吉尔在地狱之门。木刻描绘的是《地狱篇》第三章,带有克里斯托福罗·兰迪诺的评论,1487年印制。(贝内克珍本书[Beinecke Rare Book]和手稿图书馆[Manuscript Library],耶鲁大学)

第四章　我们怎么能够"看到"我们思考的东西？

> 他给了人语言，语言创造了思想，
> 　　这是宇宙的标尺。
>
> ——珀西·比希·雪莱，《解放了的普罗米修斯》

能够引导我们走上花园小径的问题，到底存不存在呢？这不仅取决于我们所选择提问的词语，而且还取决于这些语词对我们的显现和表象。我们早就理解到，在传达意思时，起作用的，不仅仅是文本的内容，文本的物理表现形式也很重要。大约三世纪或五世纪的《亚当和夏娃生平》（*Life of Adam and Eve*）①（一个包含在启示录文学［Apocalypse］之中的文本，这个故事有各种语言转译的各种不同版本）之中，夏娃要求她的儿子塞特（Seth）写下她的故事，还有他的父亲亚当的故事。她对塞特说，"不过，听我说，我的孩子！用石头和黏土制作板子，在上面写下我的整个一生，还有你的父亲的一生，还有你从我们这里听到和看到过的一切。如果上帝通过水来审判我们的种族，黏土制作的板子将会溶解，用石头制作的板子将会保留下来；但是，如果上帝通过火来审判我们的种族，那么用石头制作的板子将会碎裂，用黏土制作的板子将会被烘烤（变硬）"。¹ 每一个文本都依赖于它的载体，无论是黏土还是石头，纸张还是电脑屏幕。没有任何文本能够独立于其物质构成而纯然虚拟：每个文本（甚至是电子文

---

① 《亚当和夏娃生平》的希腊语版本是《摩西启示录》，它是一系列犹太启示录文学之中的一部，其中讲述了亚当和夏娃被驱逐出伊甸园之后直到他们去世的生活。

本)都是由构成它的各个单词和这些单词所存在的空间所定义的。

在火星天,但丁的祖先卡查圭达(Cacciaguida)向他讲述了美好的旧时光,那时佛罗伦萨是一个典范,一个可以体面生活的地方,并且以先知的语言告诉但丁他将会遭到流放。但丁受到他所遇到景象的触动,后来在贝缇丽彩的引领之下到达了木星天。但丁看到的灵魂开始聚集,组成词语,但丁缓慢而欣喜地辨读:

> 如群鸟从水湄起飞向空中跃趋,
> 仿佛因食料丰美而不胜欢忻,
> 一时圆,一时以其他形状相聚,
> 烨烨众光里,圣洁的光灵在翩翩
> 飞舞歌唱,歌唱间依次聚成
> D 形、I 形、L 形后继续蹁跹。²

这些灵魂形成了三十五个字母,拼写出了词组DILIGITE IUSTITIAM QUI IUDICATIS TERRAM,即"热爱正义,审裁凡尘的人",这正是《所罗门智训》的第一行①。木星是天国的立法者:拉丁语 *lex*(律法)在词源上与拉丁语 *lego*(阅读)相关,也和意大利语 *leggere*(阅读或读)相关。立法者的灵魂形成了对法律本质的"阅读",法律是人类之爱的对象,是至高之善的属性。在后来的诗篇中,末尾的字母M将自我变形,首先变成纹章百合,然后变成老鹰。这只由形成警示之词的正义灵魂组成的老鹰,象征着帝国的权威,必然要行使上帝的正义。就像在波斯神话传说中的圣鸟席穆夫(Simurgh)②,鹰是所有的人的灵魂,每一个灵魂也是

---

① 语出《所罗门智训》(1:1):"统治世界的人,你们应爱正义……"此处但丁所处的木星天司正义,里面出现的都是正义的灵魂。(参见但丁·阿利格耶里著,《神曲3·天堂篇》,黄国彬译注,外语教学与研究出版社,2009年,第254页。)

② 席穆夫(又称Simorgh或Senmurv)是波斯神话中的圣鸟,地位相当于中国神话中的凤凰,在琐罗亚斯德经卷《阿维斯塔》中,席穆夫也叫作赛伊那(Saena)。最初席穆夫头部像狗,身体像鸟,有双翼,尾巴像孔雀,是一种非常善良的动物,曾经养育过英雄佐勒·扎尔。

鹰。³古老的《塔木德》传统将世界称为我们写就的关于我们的一本书:木星天之中的灵魂反映了这个宽广的概念。然后,这只既多重又单一的老鹰告诉但丁,上帝的正义并不是人类的正义;如果我们不理解上帝行事的正义,这只意味着我们自己理解的失败,而不是上帝的失败。

《神曲》的核心就是被揭示出来的语词与人类语言之间关系的问题。我们知道,语言是我们最有效的沟通工具,同时也阻碍了我们的理解。然而正如但丁所知,为了企及无法被言说的东西,语言是必需的。蒙恩的灵魂的景象并不足以预示出最后的启示:在但丁被超越于语言之上的意义唤醒之前,这些灵魂自身必须成为语言。

此前在《神曲》之中已经有过两次,语言变成某种有形之物的情况,因为"言辞变得可见了"。第一次是当维吉尔引导但丁通过地狱之门的时候,地狱之门被描绘成一个带有墓志铭刻的凯旋拱门,上面有着九行深色线条篆刻的诗行,向来到这个地狱的旅行者静静地说道:

> 由我这里,直通悲惨之城。
> 由我这里,直通无尽之苦。
> 由我这里,直通堕落众生。
>
> 圣裁于高天激发造我的君主;
> 造我的大能是神的力量,
> 是无上的智慧与众爱所自出。
>
> 我永远不朽;在我之前,万象
> 未形,只有永恒的事物存在。
> 来者呀,快把一切希望弃扬。⁴

但丁是用感觉而不是理性来阅读这些语词的,并且告诉维吉尔,他发现这些话"很难"。维吉尔建议但丁离开这个充满不信任和胆怯之地，因为在这个地方他会看到"那些悲惨的、失去了智力禀赋的人"。维吉尔说，但丁绝对不可以成为其中之一。拱门上的字是由上帝的思想塑造的，它们的意思与上帝的某些行为不同，它们是要被人类的思想理解的。维吉尔带领但丁"进入秘密的事物"。⁵ 旅程开始了。

第二次语言变成有形之物的时候，是炼狱的守护天使用他的剑尖在但丁的前额刻上了七宗罪（Peccati）的七个首字母"P"。这些但丁本人看不到，当他一檐接着一檐爬上山顶，一个字母"P"接着一个字母"P"被擦掉，直到擦干净了才可以到达伊甸园的山顶。这些写在前额的字母"P"以及它们逐步被擦掉的过程是一场必要的仪式，必须要在但丁到达天堂之前完成。天堂之门有三个阶梯，这三个阶梯代表（根据某些《神曲》评注者们的解读）心灵认罪、忏悔罪愆、事工赎罪；天使警告但丁，攀爬这些陡峭的台阶时，他一定不能回头。这个情节是对罗德之妻（Lot's wife）①的故事的互文，天使命令但丁不要重蹈那条古代的罪愆之路：

> 进去吧；不过你们要知道，
> 往后张望的，都要从里面退出。

但丁自己无法阅读刻在自己额头上的七个字母"P"，但他知道这些字母刻在那里，把对他的语言警告，变成了有形之物。⁶

所有的写作都是把思想变成有形之物的方式。"当写下一个单词的时候，"圣奥古斯丁写道，"眼前出现一个符号，借此，耳中所闻进入心灵。"⁷ 写作属于一种组合的艺术，它使得观念、情感和直觉变成了可见的和可传播的东西。绘画、唱歌和阅读都是这种特殊的人类活动之中的一部分，它诞生于为了体验这个世界而去想象这个世界的能力。在一个不可思议的下午，在很久很久以前，我们的一位远祖第一次意识到他并不需

---

① 典出《创世记》。罪城索多玛毁灭的时候，天使拉着义人罗德的手，把罗德、他的妻子和两个女儿领出城外。其中一位天使说："逃命吧！不要回头张望。"罗德之妻不听警告，回头看了一眼索多玛，身体变成了盐柱。

要为了认识某个行为而去做这个行为；只要在形成这个活动的时间和空间里，在思维之中去演练一遍这个事情，就可以认识、探索和反思这个行为了。想象某个事物让我们命名它们——换言之，将某个可见的东西转译成为一个与之相应的声音，发出这个声音同样会让人联想起这个事物的形象，就像是女巫念魔咒一样。在一些社会中，声音就转变成了一种物质表象：一捧黏土做的标记、一块木头的凹槽、设计或抛光的石头、页面上的涂鸦。现在我们可以把现实的经验用舌头或用手来编码，用耳朵或眼睛来解码。就像一个魔术师在盒子里展示一朵花，让它消失，然后再将它带回惊讶的公众面前一样，我们的祖先使我们能够施展这种魔法。

读者属于一个用书面文字写就的社会，并且这个社会中的每个成员（但不是全部）都必须试着学习处于同一个社会的成员之间的沟通代码。不过并不是每一个社会都需要用这样的语言编写的可见编码：对于大多数人来说，光有声音就够了。古老的拉丁语标签 *scripta manent*, *verba volant* 意味着"写下的东西留下来了，说出的东西消失掉了"，不过这句话在依赖于口口相传的社会之中，显然并不是真的，这句话的真正意义很可能是"写下的东西留下来在纸面上死掉了，但是大声说出来的东西却长了翅膀飞走了"。这也同样是读者发现的意思所在：只有到了阅读的时候，书面写下的文字才与生命相遭遇。

存在两派思想，它们持有相互对立的语言理论。对这两种思想的详细讨论，自然远远超出了本书的范围，但总的来说，唯名论者们长期以来主张，只有个体或殊相才是真实存在的——这也就是说，事物的存在独立于思想，除非言语指涉的是个别事物，否则这些言语不可能指涉某个真实的东西——而实在论者们尽管也同意我们生活在一个能够独立于我们自身和我们思维而存在的世界之中，但他们却相信存在有某种"共相"，这种共相的存在并不在于个体之中（因为个体只是一些属性而已），而且这些共相跟个别事物一样都可以用词语来命名。通常的语言都会符合这两种信念，名称本身就既是共相又是殊相。或许因为在文字写就的社会之中，人们并不那么强烈地相信语言整合的力量,这个社会之中的成员只是相信成型的话语能够肯定语言具有赋予生命的力量。光有 verba(词语)是不够的,它们需要 scripta(写作)。

在1976年心理学家朱利安·杰恩斯(Julian Jaynes)① 提出,语言最初是在人类之中发展起来的,它表现在幻听之中:这些词是由大脑的右半球产生的,但大脑的左半球认定它们来自我们之外世界的某处。根据朱利安·杰恩斯的说法,书面语言是在公元前3000年发明的,我们"听到"书面的标志的声音,我们可能将其归因于神跟我们交谈的声音;直到公元前1000年,这些词才变成了内在于我们自身的声音。[8] 最早的读者可能体验过声音感觉的幻觉,眼睛阅读的词语由此在耳朵之中获得了身体存在,这种外在于心灵的第二种现实性,回应或者映照出所书写的词语的第一种现实性。

当然,从口语到书面语的过程并不是一种质的改进,而是方向的改变。柏拉图发明了一个神话,埃及的神祇透特(Thoth)② 送给法老的礼物就是语言,但是法老却向神解释说,他有义务拒绝这个礼物,因为如果人们学会了写作,那么他们会忘记如何去记住。柏拉图没有提到的一点是(这一点与他的故事不符),幸好有了书写,说话的人就可以克服时间和空间的局限性了。所以发言者并不需要出现在发言的现场,并且亡灵在几个世纪之后还能够跟现在的生者交谈,能够克服时间和空间带来的限制。写

---

① 朱利安·杰恩斯(1920—1997),在1976年出的著作《二分心智的崩溃与意识的起源》(*The Origin of Consciousness in the Breakdown of the Bicameral Mind*)中认为,1000年以前的古代人没有意识,意识的诞生是来自二分心智(bicameral mind)的崩溃。人类意识的发展只有大约三千年的历史,在人类掌握语言之前,不懂得什么是隐喻和比较,也不知道观念差异为何物;不仅如此,人类也没有基本意识,没有自省能力。当我们脑子出现某些想法时,我们会毫不犹豫地去遵行它们,认为这是上苍给我们的指示。《伊利亚特》中的角色是不会内省的,遇到事情的时候,他们不会问为什么,只是简单地遵行命令;后来在《奥德赛》中批判性思维出现了,奥德赛和其他人物都会反省自己所做的事情,会思考那样做的后果。

② 透特是古埃及神话中智慧之神,同时也是月亮、数学、医药之神,埃及象形文字的发明者,众神的文书,也是赫里奥波里斯(Heliopolis,太阳城)的主神之一。在《亡灵书》中被描绘为审判者。

作的技艺相比言辞的技艺来说是不太直接的，肉身的参与更少，得到的反应更少，写作的技艺既加强了文字匠人的力量，同时也削弱了文字匠人的力量。当然，对于我们所使用的任何工艺技术来说，其中的每一种装置或者工具都是如此。吉尔伯特·基思·切斯特顿（G. K. Chesterton）①曾经将一把椅子定义为"四条木腿的装置，跛子只需要两条木腿"。9

无论是作为激励写作的创作灵感，还是作为创作的结果，这种假设证明了写作作为一种思维工具的存在是语言的宿命之一。就像宇宙中的一切存在物都可以被命名、每个名称都对应一个发音、每一个声音都有其对应的表象，从而人们能够识别它一样。如果一个事物不能够被写出来、被读出来的话，那么这个东西就不能够被人们表达出来。无物能够幸免于此：甚至连上帝对摩西说的话、生物学家转录的鲸鱼的歌声、约翰·凯奇（John Cage）②记录下来的沉默之声，都是如此。但丁理解这条物质表象的规律：在他的天堂，蒙恩的灵魂向他显现，就像是从阴沉沉的镜子里冒出来的一张张脸一样，逐渐清晰地呈现了出来。事实上他们就像思想一样是没有肉体的，因为天堂没有空间或时间，但他们善于呈现出可见的特征，就像是书面的记号一样，让但丁可以见证即将到来的生命体验。灵魂本身不需要拐杖；需要拐杖的是我们。

我们对"另一个世界"的美学知之甚少，但在我们自己的世界里面，我们创造的每一个工具，以及我们创造的工具所创造的一切，都受到了一种审美意义和一种功利意义的统治。一切事物概莫能外：在金边，一所学校被红色高棉改造成一个所谓的安全监狱，有两万多人遭受酷刑和

---

① 吉尔伯特·基思·切斯特顿（Gilbert Keith Chesterton, 1874—1936），英国作家、文学评论者以及神学家。热爱推理小说，不但致力于推广，更亲自撰写推理小说，所创造最著名的角色是"布朗神父"（Father Brown），开以犯罪心理学方式推理案情之先河，与福尔摩斯注重物证推理的派别分庭抗礼。

② 约翰·米尔顿·凯奇（John Milton Cage Jr., 1912—1992），美国先锋派古典音乐作曲家，阿诺德·勋伯格的学生。他最有名的作品是1952年作曲的《4′33″》，全曲三个乐章，却没有任何一个音符。他是"偶然音乐"（aleatory music）或"机会音乐"（chance music）、"延伸技巧"（extended technique，乐器的非标准使用）、电子音乐的先驱。虽然他是一个具有争议的人物，但仍被普遍认为是他的年代中最重要的作曲家之一。

杀害，当局决定说这栋建筑物的颜色不美观，因此，他们把墙壁重新粉刷成了柔和的米色。[10]

　　美学和实用性也塑造了语言的表象。目前我们可以追溯到的流传给我们的最古老的写作残篇，是公元前4000年左右来自吉尔伽美什国王之城乌鲁克（Uruk）[①]的苏美尔泥板，上面有由压痕深刻的楔形文字标示的字列。我们的灵魂尽管倾向于浪漫，但是必须接受的事实是，我们的第一个书面的文本，并不是来自诗人的作品，而是一些会计师写下来的手账。刻录在古老苏美尔泥板上的不是爱情歌曲，而是农民的谷物和牛的销售清单，但这些现在都归于尘土了。我们可以设想这些泥板的读者们，这样一个清单既有实用的方面，也有某种（也许是未被承认的）美感在其中。对于无法破译其含义的我们来说，泥板上的第二个特征反而更占了上风。

　　书面语言服务于各种各样的目的，遵循各种审美规范，书面语言几乎在世界各地逐渐发展了起来。苏美尔、巴比伦、埃及、希腊、罗马、中国以及印度都发展出了他们自己的书写方式，这些书写方式反过来又启发了其他文化的书写方式：东南亚、埃塞俄比亚和苏丹，还有因纽特人。然而还有其他民族想象出了不同的书写方法，使得词语变成了物质上可见的。在世界上的许多地方都有另一种写作的艺术，这种写作的艺术不需要用笔写或用刻刀刻画标记，而是需要用到其他的语义标志：苏门答腊南部用的是竹条，澳大利亚原住民之间用的是传递消息的小棍子，托雷斯海峡群岛（Torre Straits Islands）[②]用的是枝条做的花环，易洛魁人（Iroquois）[③]用的是

[①] 乌鲁克是美索不达米亚西南部苏美尔人的一座古代城市，为苏美尔与后期巴比伦尼亚的城邦之一，位于幼发拉底河东岸，距现在的伊拉克穆萨纳省萨玛沃镇约30公里。乌鲁克属于乌鲁克时代的标志性城址，在公元前4000年中期苏美尔的城市化进程中位于先锋地位。

[②] 托雷斯海峡群岛是澳大利亚的群岛，位于约克角半岛和新几内亚之间的托雷斯海峡，由超过二百七十四座岛屿组成，总土地面积566平方公里，首府为星期四岛。

[③] 易洛魁人又名Haudenosaunee，意译为"居住在长屋的人们"，是北美原住民。使用易洛魁语的北美原住民部族在今纽约州中部和北部，在十六世纪或更早前结成联盟关系，称为易洛魁联盟，意译为"和平与力量之联盟"。

贝壳念珠做的腰带,扎伊尔的卢巴人(Luba people of Zaire)①用的是木质的卢卡莎(Lukasa)雕板②。对于这些"其他"书写形式之中的每一种都必须有某种相当于印刷技术的东西,每一种书写形式都具有其独特的美学价值和可读性。这些"印刷品"可能并不会用于印刷,但它们通过语词影响和决定了意义的传达,一如加拉蒙字体(Garamond)③或博多尼字体(Bodoni)④影响和决定了那些由英语、意大利语或法语写就的文本意义的传达。

在1606年,马德里出现了一本很有意思名为《印卡王室述评》⑤的书。[11] 这个题名的文字游戏同时指涉了西班牙语"real"一词的两重含义,即"王室"和"现实存在",因为这些"述评"(Comentarios)据称是秘鲁的印加王室的真实编年史。作者是西班牙船长和印加公主的儿子,他给他的这本著作署名为印加·加西拉索·德拉维加(Inca Garcilaso de la Vega),这个名字刚好承认了他自己的双重血统。印加·加西拉索·德拉维加在他父亲位于库斯科的家里由一位西班牙导师抚养长大,这位导师教这个男孩拉丁语的语法和体育运动,同时他母亲那边的亲戚教他说秘鲁的语言——克丘亚语(Quechua)⑥。在

---

① 卢巴人,又称巴卢巴人,是中非班图人中的一支,也是刚果民主共和国中人口最多的民族。

② 卢巴人重要的记事雕版叫作"卢卡莎",记载卢巴人的历史和宗教祭仪。卢卡莎起源于卢巴帝国时期,其制作方式是将彩色的珠子及贝壳镶嵌到有刻痕的木板,而唯有历史书写者"Mbudye"(记事人)可以制作卢卡莎。

③ 加拉蒙字体是一类西文衬线字体的总称,也是旧衬线体的代表字体。这个名字源于法国的一位铅字铸造师克洛德·加拉蒙(Claude Garamont,约1505—1561)。

④ 詹巴蒂斯塔·博多尼(Giambattista Bodoni,1740—1813)被称为出版印刷之王,他是一位多产的字体设计师、一个伟大的雕刻师、一位广为他的时代所承认的印刷匠。在四十五年的职业生涯期间,他不仅著书和进行字样设计,同时还担任着意大利帕马公爵的出版社的发行印刷指导。他设计的字体被誉为现代主义风格最完美的体现。

⑤ 《印卡王室述评》又译《王家评论》,是一部有关古代南美洲印加帝国史的文献,共九卷,作者是西班牙与印加的混血儿史学家印加·加西拉索·德拉维加(Inca Garcilaso de la Vega,1539—1616),于1609年成书出版。

⑥ 克丘亚语是南美洲原住民的一种语言。克丘亚语对自己的语言称呼为Runa Simi,runa意为"人",simi意为"语"。该语言为印加帝国官方语言,也常称其为印加语。

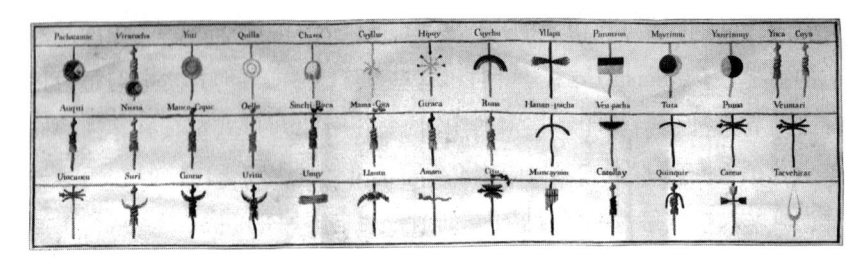

quipu（绳结）的语音翻译。圣塞维诺的雷莫多（Raimondo di Sangro）手绘的彩色插图，出自《秕糠学会学术训练辩护手册》（*Carta Apologetica dell'Esercitato Accademico della Crusca*，那不勒斯，1750）。①（已获何塞·布鲁楚阿［José Burucúa］教授许可）

二十一岁时，印加·加西拉索·德拉维加前往西班牙，在那里他开始了他的文学生涯。他翻译了西班牙新柏拉图主义者希伯来人莱昂（Leon Hebreo）②的《爱的对话》（*Dialogues of Love*）。他热衷于成为一名真正的印加文化的历史学家，将他印加编年史的第二部分（第二部分出现在第一部分完成之后十一年）命名为《秘鲁通史》（*Historia general del Perú*）。

在《印卡王室述评》（*Comentarios reales*）中，印加·加西拉索·德拉维加详细介绍了印加人的习俗、宗教、政府，以及他们口头和书面的语言。这本书中有一章描述了quipu（在克丘亚语中这个词的意思是"绳结"）系统，作者告诉我们，这个系统本质上是一种计数装置。为了制作quipu，印加人使用了不同颜色的线，用它们编织和打结，有时还会固定在手杖上。不同的颜色象征着不同的类别（黄色代表金，白色代表银，红色

---

① 1582年佛罗伦萨成立了一个秕糠学会（Accademia della Crusca）。"秕糠"表示学院的使命就像是筛去面粉中的秕糠一样，清除语言中的杂质。该学会旨在纯洁意大利文艺复兴时期的文学语言托斯卡纳语，彼特拉克和薄伽丘（都是该学会的会员）用托斯卡纳方言写的作品，成了十六和十七世纪意大利文学的典范。这个学会的成员后来因语言上的保守态度而闻名。

② 犹大·莱昂·阿布拉瓦内尔（Judah Leon Abravanel，1464—1530），又名希伯来人莱昂，文艺复兴时期欧洲犹太学者，受到新柏拉图主义影响，以其关于神秘的新柏拉图主义学说的著作《爱的对话》而闻名于世。

代表战士），绳结则遵循十进制，最高计数为一万。不能通过颜色区分的不同事物按照不同的价值排列，从最大价值到较小价值排列。例如，如果列出的是武器，那么首先会出现贵族的矛，其次是弓和箭，再次是棍棒和斧头，然后是弹弓等等。然后 quipu 上的列表会被委托给一个注册商或者被称为 quipucamaya（意思是"照看账本的人"）的公共读者。为了防止这种权力被滥用，印加人确保了每个城镇（无论多么小）都有大量的 quipucamaya，所以印加·加西拉索·德拉维加告诉我们，"他们要么全部人都腐败掉了，要么没有任何一个人腐败"。[12]

印加人印加·加西拉索·德拉维加于1616年在西班牙科尔多瓦（Córdoba）去世，他的一生试图调和业已消失的母系文化原则和占统治地位的父系文化原则间。差不多一个世纪之后，在1710年，圣塞维诺（Sansevero）的王子雷蒙多·迪·桑格罗（Raimondo di Sangro）① 出生于托雷马焦雷（Torremaggiore），他是那不勒斯王国的那几个最负盛名的家族的继承人。圣塞维诺在他六十年的生命过程中做了很多精彩非凡的事情，我们几乎不可能把这些事情全部细数出来。[13] 他精彩纷呈的职业生涯是从作为军事历史学家开始的，他创作了一部"战争艺术通用词典"，不过这部词典的编撰止步于字母"O"。对战争的兴趣引导他用火药和烟火来做实验，在这个领域里面，他实现了迄今为止无法在烟花表演中调出的绿色色调：海绿色、鲜艳的祖母绿和鲜草的颜色。这些发现反过来又让他发明了他所谓的"烟火剧院"（pyrotechnic theaters），用烟花连续描绘出寺庙、喷泉和错综复杂的景观。白炽灯组的设计灵感也启发了这位王子（这

---

① 本书以下简称其为"圣塞维诺"，他是一位多才多艺的发明家，对人类知识的许多领域都有涉猎，尤其喜好神秘主义著作，为他的共济会活动提供素材。他还发明了一种特殊的字体，1750 年他出版了《以"训练"闻名的秕糠学会捍卫题名〈一位秘鲁女女士关于设想"绳结"书写的信〉的辩护书，寄给 S*** 公爵夫人并由公爵夫人出版》(*Lettera Apologetica dell'Esercitato Accademico della Crusca contenente la Difesa del libro intitolato Lettere d'una Peruana per rispetto alla supposizione de' Quipu scritta alla Duchessa di S*** e dalla medesima fatta pubblicare*)，下文简称《辩护书》。书中圣塞维诺站在维护格拉菲尼夫人《秘鲁夫人信札》的立场上，反驳他的对话者（爱人）S*** 公爵夫人对绳结书写可能性的质疑。

时他已经是一位贪婪的读者），使他对印刷和铸造设计产生了兴趣；他几乎天才般地发明了在铜板上印刷彩色图像的单通道方法，几乎比后来阿罗伊斯·塞尼菲尔德（Alois Senefelder）①的石板印刷技术早了半个世纪。

  1750 年在那不勒斯王国，圣塞维诺在他的那不勒斯宫中设立了第一台印刷机，这台印刷机的字符是在他的监督下，由尼古拉斯·孔玛瑞克（Nicolas Kommareck）和尼科拉·珀西科（Nicolà Persico）设计的。教会当局反对圣塞维诺的出版物，尤其反对一部叫作蒙法孔·德·维拉（Montfaucon de Villars）②的神父所写作的关于所谓"秘密科学"的书，他们还反对为李维（Livy）谴责迷信做辩护的、由英国人约翰·托兰德（John Toland）③写作的小册子。结果两年之后，他们就下令关停这部印刷机。为了规避这条使用禁令，圣塞维诺狡猾地把这台印刷机和打字机都捐赠给了查理三世（Charles Ⅲ），有了这个赠礼，查理三世后来创建了那不勒斯皇家印刷厂。

  这个印刷机当然不是圣塞维诺最后的事业。那些他出于出版方面的考虑而熟读的手稿和外国著作，又使得他对炼金术产生了兴趣；创造生命方面的炼金术实验激发了圣塞维诺的灵感，他想要打造一台精致的自动机（automata）；这台自动机的建设，又让圣塞维诺参与到了一项研究机械技术和冶金学、矿物学和化学的实验之中。在 1753 年，圣塞维诺的实验室发生了意外的火灾，这场火燃烧了整整六个小时才被扑灭；结果这位圣塞维诺王子宣布，他发现了"一盏永恒之灯或永恒之光"，这

---

① 阿罗伊斯·塞尼菲尔德（1771—1834）是一名奥地利作家及剧作家。同时他于 1798 年发明了平版印刷（石板印刷术）。

② 尼古拉斯-皮埃尔-昂利·蒙法孔·德·维拉（Nicolas-Pierre-Henri de Montfaucon de Villars, 1635—1673），法国神父、作家和作曲家。1670 年《喀巴拉奥义，或关于秘密科学的对话》（Le comte de Gabalis, ou entretiens sur les sciences secrètes）匿名出版，这本著作讨论的是作者关于世界之神秘的见解，后来成了欧洲文学传统之中流行的神秘主义书籍之一，影响了在他之后的波德莱尔和亚历山大·蒲柏等人。

③ 约翰·托兰德（1670—1722），英国哲学家，批判笛卡尔哲学，其思想从基督教开始，经历自然神论，最终倾向泛神论，宣扬一种以"真理、自由、健康"为崇拜对象的"新宗教"。

道光的燃料是人类头骨粉末和火药的融合物。

还有一些其他寻常的组合物同样也给圣塞维诺带来了新的惊人的发明：防水布料，用叠加线而非编织的方式织成的、细节上类似于油画描绘的挂毯，不会起皱的亚麻布，用蔬菜丝制成的非常适合绘画和书写的纸，不依靠抛光、不产生划痕的清洁铜的方法，生产比当时的任何薄板更薄的黄铜板的技术，制作半透明瓷器和最薄水晶的方法，无需加热来为玻璃着色的方法，不需要凝固、擦不掉的蜡笔，一种人造腊和类似于油彩但不需要对画布或木头做预先处理的"氢油"颜料。他还发明了一种海水脱盐机器，还有另一个用于制作假玛瑙和青金石的机器，他用这台机器欺骗了许多有信誉的珠宝商。他还设计了一种硬化大理石的方法，可以让雕塑家们凿出前所未闻的薄片，在石头上雕刻出透明的面纱和精致的花边了。他还造了两台解剖机器，这在那不勒斯圣塞维诺家族的地下室中仍然可见，这两台解剖机器复制了一个男人和一个女人的从心脏到最微小的毛细血管的循环系统。在他的创造中最奇特的是一张桌子，无需仆人服侍上菜即可享用晚餐，另外还有一台水做的马车，这台马车套上软木制成的马匹，可以在那不勒斯湾的海浪中穿行相当远。

人们开始怀疑圣塞维诺在他的发明中获得了魔鬼的帮助；有传言说他酿造了一种类似于血液的物质，能够使壁炉里被烧成了灰烬的河蟹起死回生。有人说他像帕拉塞尔苏斯（Paracelsus）[①]一样，可以让玫瑰从灰烬中再次绽放。拿破仑后来相信，这位圣塞维诺王子曾经指示他的仆人在他死后表演起死回生之术，不过王子的妻子警惕这种亵渎神明的复活程序，虔诚地打断了它。尸体几乎还没走出棺材，就发出了一声可怕的尖叫声，然后粉碎成了致命的尘埃。

圣塞维诺的出版社1750年成立，是年出版的书籍之中也许最有意

[①] 帕拉塞尔苏斯（1493—1541）是中世纪欧洲医生、炼金术士。帕拉塞尔苏斯全名菲利普斯·奥里欧勒斯·德奥弗拉斯特·博姆巴斯茨·冯·霍恩海姆（Philippus Aureolus Theophrastus Bombastus von Hohenheim），是苏黎世一个名叫W.冯·霍恩海姆医生的儿子。他自称为帕拉塞尔苏斯，是因为他自认为他比古罗马医生凯尔苏斯更加伟大。

思的一本，就是《辩护书》（Apologetic Letter），这本书由圣塞维诺亲自写作，并配以精致的彩色插图出版。这部《辩护书》的主题是古代印加人的quipu（绳结）系统。我们的这位喜欢研究的王子因为对所有的事情都感兴趣，开始通过印加人加西拉索的书籍来了解绳结系统，并且还通过一篇关于印加语言的耶稣会论文来了解这个系统，这篇论文用各种绳结的彩色插图进行说明，解释其含义。圣塞维诺还看过实物：从西班牙殖民地带来的原初的quipu。这些书籍和绳结都来自一位到过新世界的耶稣会神父之手，他在1745年把这批货卖给了王子。

两年后的1747年，一位法国女学者弗朗索瓦·德·格拉菲尼夫人（Madame Françoise de Graffigny）①追随孟德斯鸠的《波斯人信札》所开创的书信体小说的时尚，出版了《秘鲁夫人信札》（Letters of a Peruvian Lady）。格拉菲尼夫人的爱情故事描述的是两位印加贵族希莉娅（Zilia）和阿扎（Aza），他们订婚了。希莉娅被西班牙士兵绑架，为了让未婚夫了解她所处的悲惨命运，希莉娅秘密地使用她随身携带的彩色绳索，在监狱以打绳结的形式给他写信。后来，可怜的希莉娅不得不跟着拘捕她的人回到欧洲，她继续在那里绑她的绳结，但她无法将这些绳结带到远在大海对岸的阿扎那里。最后，希莉娅的线绳用完了，她必须学习欧洲用墨水书写的艺术，继续倾吐她相思的衷肠。

圣塞维诺确信基于绳结的高效书写系统确实曾经在印加帝国存在，但是在启蒙时代的欧洲，这种与传统的西方书写形式截然不同的、非欧洲发明的书写系统却饱受质疑。圣塞维诺急于为他所确信的绳结的真实性和高效性做辩护，却并不能或并不愿意在业已公布的各种文本之中找到一个有利的文本，于是他杜撰了对格拉菲尼夫人的小说的一种批评性的回应，他把这个文本归之于他的一位友人，S＊＊＊公爵夫人（Duchess of S＊＊＊）。这样做之后，圣塞维诺继续为这个并不存在的文本做辩护，他的《辩护书》的结尾成了对S＊＊＊公爵夫人的一条恳求，恳

---

① 弗朗索瓦·德·格拉菲尼夫人（1695—1758），法国小说家和剧作家，还以沙龙女主持而著称。

求S***公爵夫人自己成为一位"照看账本的人"（quipucumayac）①或者说"故事编织者"，恳求她的下一本书用绳结写作的形式来完成。

圣塞维诺《辩护书》中繁复的论证充满了各种分岔的组成部分，它们用一种美妙而错综复杂的散文写作，其中触及的各种主题包括语言的普遍起源、写作的发明、圣经隐藏的真理、该隐标记的意义、印加帝国诗人先祖的习俗，以及作者对所拥有的某些quipu文本的详细分析，其中一个文本已经在印加·加西拉索·德拉维加的《印卡王室评述》中被引用和翻译过了。

圣塞维诺首先假设quipu是可读的——换言之，它们是根据一种代码构建的，这种代码允许词语和数字都可以转化为彩色绳结系统的意义。圣塞维诺比商博良（Champollion）②发明的方法要早半个世纪，首先依照克丘亚语发音从quipu之中识别出了常见的四十个关键词，例如"附庸"（vassal）③、"公主"、"神圣创造者"以及诸如此类，因为克丘亚语诗人把诗篇献给负责为quipu打结的织工。对于这些基本概念，圣塞维诺相信他可以识别出某些潜在的quipu模式，相当于语言符号。

我们可以举几个例子：克丘亚语中"神圣的创造者"是帕查卡马克（Pachacamac）④。根据圣塞维诺的说法，核心的标志应该用黄色的绳结，象征着造物主的永恒之光。中心的绳结将包含四种不同颜色的线绳：红色为火，蓝色为空气，棕色为土，绿色为水。然而，同一个中心的标志可

---

① 参见原书第75页。

② 让-弗朗索瓦·商博良（Jean-François Champollion，1790—1832），又译尚波里庸、尚皮隆，法国著名历史学家、语言学家、埃及学家，是第一位识破古埃及象形文字结构并破译罗塞塔石碑的学者，埃及学的创始人。

③ 在欧洲的封建制度下，附庸、封臣或陪臣是指向封建主效忠以获取领地与保护的下级。附庸与封建主之间是效忠与保护的关系。封建主将领地封给附庸，承认他们对领地的特权。作为交换，附庸向封建主宣誓效忠，且需要为封建主提供军事上的支持。如果附庸拒不履行义务，封建主有权将其领地收回。

④ 帕查卡马克也是一个考古遗址的名字，位于秘鲁利马东南四十公里处的吕林河谷中。早在200年左右印加人在此定居，这座城市以造物主神帕查·卡马克（Pacha Kamaq）命名。该遗址繁荣了大约一千三百年，直到西班牙入侵为止。

以代表"太阳"（在克丘亚语中是 ynti）这个单词，它可以省去四种彩色的线绳，编进几条黄色的线绳，从内部打绳结而出。

ñandú 这个词指的是南美洲的一种不会飞的小鸟，在克丘亚语中就是 suri：在 quipu 系统中，这只小鸟将由与那些描绘一个人所用的绳结相同的绳结来表示，只不过绳结之间的距离将会更大，这象征着小鸟有一条长脖子。

根据圣塞维诺的说法，印加诗人本来可以写出他们所需要的所有其他的词语，他们只需要将这些词语分成音节，并且在某个基本单词之中寻找与之相应的音节。有了关键的词语之中的一个，就可以做出更小的绳结，从而表明这个绳结所指的是哪个音节。例如，如果一个单词以音节 su 开头，那么发音为 suri 的绳结的捆绑方式，就是在后面跟着打出一个较小的绳结。然后，如果一个词的第二个音节词是 mac，例如 Pachacamac 的绳结的捆绑方式，就是在后面跟着打四个较小的绳结。由此产生的单词就是 sumac，这个词正是《印卡王室述评》这本著作开篇之诗的第一个词语。

1752 年 2 月 29 日，奥古斯丁主义者多米尼科·格奥尔基（Domenico Giorgi）将《辩护书》列进了天主教的《禁书名录》（*Index of Prohibited Books*）[1]，他把这个文本作为嘲笑真信仰的喀巴拉主义的产物。格奥尔基神父追溯了圣塞维诺对 quipu 的阐释和辩护的起源，将其追溯到了埃及异教的象形文字、玫瑰十字会的毕达哥拉斯之数[2]，以及犹太人的"质

---

[1] 《禁书名录》（*Index Librorum Prohibitorum*）是天主教会罗马及普世宗教裁判所审定为异端或者有违道德的书籍名录，天主教徒未经允许不能自己阅读。这个名录从 1557 年开始编目，1966 年结束。

[2] 玫瑰十字会（Rosenkreuzer）是中世纪末期欧洲的一个秘传教团，以玫瑰和十字作为象征。十七世纪时，三份玫瑰十字会的宣言被匿名发表：1614 年的《兄弟会传说》（*Fam a Fraternit atis*）、1615 年的《兄弟会自白》（*Confessic Fraternitatis*）及 1616 年的《克里斯蒂安·罗森克鲁兹的化学婚礼》（*Chymische Hochzeit Christiani Rosencreütz*）。三份宣言共同描述了中世纪日耳曼朝圣者"C. R. C."的传奇经历，在第三份宣言中称他为克里斯蒂安·罗森克鲁兹（Christian Rosenkreuz）。在宣言中，玫瑰十字会员明确采用毕达哥拉斯主义传统，以数字的形式揭示客体和思想；但他们也声称"我们以比喻和你对话，但也愿意带给你所有秘密的简洁确凿的理解和知识"，不过要得到这些知识的一个基本条件是要渴望达到哲学的理解及知识。

点"(sephirot)①那里。格奥尔基神父认为,喀巴拉主义者们坚持认为上帝是我们的兄弟,并将全能者上帝(the Almighty)和他的亚当比作绑在同一根细绳上的绳结。格奥尔基神父还主张,quipu正是这个可怕的亵渎神灵的新世界的代表。一年以后,圣塞维诺出版了一封答辩书来捍卫自己的《辩护书》。他的观点被证明不能令人信服,后来罗马教廷继续宣布这本书为禁书。1771年3月22日,这位圣塞维诺王子雷蒙多·迪·桑格罗在那不勒斯去世,他的工作并没有得到承认。

对于我们当代读者来说,圣塞维诺的《辩护书》仍然是一个谜一般的存在。毫无疑问,这本书之中展现的quipu的多样性、独创性、工艺性,以及其中的美感是无与伦比的(在圣塞维诺著作中有许多描述quipu的精致的彩色插图)。和传统的西方排版方式一样,quipu的艺术在传达其所包含的文本的含义时,首先是一种视觉艺术,并且就像所有的写作一样,都是从图像之中诞生的。[14]写作并不是对所说的语词的重新创作:写作只是使它变得可见。但这种可见性的代码必须能够在使用这种代码的工艺者们所工作的社会之中共享。"排版,"加拿大诗人罗伯特·布林赫斯特(Robert Bringhurst)②在他写的排版手册的导言中说,"兴旺是由于拥有了共同的关注点——并且实际上根本没有任何道路是没有共同愿望和方向的。"[15]由于印加帝国位处距离我们很遥远的地方,我们缺乏帮助了解印加帝国之中的那些愿望和方向是什么的线索;我们必须假设已经给我们列举出来的那些quipu的例子已经具有某些特征,而这些特征就是在那个社会中的一位读者能够识别出一个quipu与另一个quipu之所以截然不同。有些quipu是优雅的,有些

---

① sephirot中文又译作"源质"或"源体",本意"计数",是喀巴拉思想中生命之树的十种属性/流溢。生命之树由十个质点和二十二条路径组成。透过这些质点,无限(Ein Sof,即自我显现前的上帝)彰显自身,又接连不断地创造物质领域以及一连串更高的形而上学领域。

② 罗伯特·布林赫斯特是加拿大诗人,印刷师和作家。他翻译了海达语(Haida)、纳瓦霍语(Navajo)、古典希腊语和阿拉伯语的大量作品。他写了《排版风格的要素》(The Elements of Typographic Style),这是一本有关创作字体、字形、字体的视觉性和几何排列的参考书。

quipu是笨拙的，有些quipu是清晰的，其他quipu是模糊的，还有很少quipu具有一些明显很具独创性或最具传统性的特征——如果我们可以说优雅、清晰和独创性是印加读者也可以辨认出来或者他们同时也关心的品质的话。

最近有一些学者认为圣塞维诺提议的阅读quipu的音节方法，与其说是受到了语言学这门科学的启发，不如说是受到了十八世纪欧洲新闻界流行的叛逆和谴责的启发。[16] 这些学者们认为，quipu虽然高度复杂，但它只不过是一个从不列颠哥伦比亚省海岸到安第斯山脉南端的美洲人们所使用的计数系统和助记符工具而已。确实，今天在秘鲁的某些地区，quipu专门用于存储数字信息，但是来自殖民时代的一些西班牙语文件告诉我们，使用绳结作为辅助记忆的工具的那些"照看账本的人"（quipucamaya）可以背诵冗长的编年史和诗歌，他们还保存关于过去事件的纪录和记忆。在其他文化中，诗人为了类似的目的，使用的是押尾韵（rhyme）和押头韵（alliteration）。

在印加社会中，quipu也是一种用于维持秩序的工具。"如果这些印第安人不能习惯于秩序和神的启示，那么西班牙人的战争、残酷、掠夺和暴政就来了，他们就都会被灭族"，佩德罗·希萨·德·莱昂（Pedro Cieza de Leon）①在1553年写道。"在西班牙人经过之后"，这位编年史家继续说道，印加酋长"与quipu的守护者一起来，如果有人比其他人花费更多，那些花费少的人就会弥补差距，以此来保证所有人是平等的。"[17]

"排版跟文学的关系，"罗伯特·布林赫斯特说，"就像是音乐表演跟作曲一样：本质上是一种解释的行为，洞察力或迟钝感在其中充满无限的机会。"[18] 在quipu的例子中，我们不知道在揭示着什么，在隐藏着什么，以美学和诠释学的方式来阅读它们的时候，必然在很大程度上主

---

① 佩德罗·希萨·德·莱昂（1520—1554）是秘鲁的西班牙征服者和编年史家。他写的《秘鲁编年史》（Crónica del Perú）有四个部分，但只有第一部分在他生前出版。其余部分直到十九世纪和二十世纪才出版。

要靠猜测。充满灵感的猜测，但仍然只是猜测罢了。

然而，我们可能还有一些可以理解主宰印加帝国的这些quipu艺术家们（对我们来说有些神秘的）的实践感和美感的线索。事实上当西班牙人劫掠印加城市的时候，他们把从皇家国库和私人住宅中搜集到的制作精美的黄金文物熔化成锭，以便更容易分配战利品。今天，在圣菲波哥大（Santafé de Bogotá）的黄金博物馆门口的石刻上，访客可以读到如下的诗篇，一位本地诗人对他的西班牙征服者们说："我对你们的盲目和愚蠢大为惊讶，你们毁掉了如此可爱的珠宝，把它们变成了砖块和石头。"

第五章 我们怎么提问？

我一直都知道，他人的话能够帮助我思考。引用（或错误引用）、旁观、看上去走不通的死胡同、探索和反复探寻、回顾一步和向前迈进——所有这些在我看来都是有效的探寻工具。我既同情小红帽离开既定道路的倾向，也同情多萝西（Dorothy）①沿着黄砖之路继续走下去的决定。我的图书馆尽管有着它的主题和字母顺序安排，但它不是一个有秩序的地方，而是一团良好的杂乱，就像那些神奇的跳蚤市场之中的任何一个，你可以在里面找到只有你才能够辨认出来的珍宝。你所需要的任何东西都在里面，但在你看到它之前，你还不会知道它是什么。认出它就已经完成了百分之九十的工作。

自打记事起我就相信，我的图书馆对每一个问题都有一个答案。或者如果没有答案，那么至少对这个问题可以换个更好的措辞，能够促使我沿着理解的道路往前进。有时候我会寻找特定的作者，或书籍，或通感精神，但是往往我更喜欢让机缘（chance）来指导我：机缘是一位优秀的图书管理员。中世纪的读者曾经使用维吉尔的《埃涅阿斯纪》作为占卜工具，提出一个问题，翻开书中的某一卷来寻找启示；鲁滨逊在漫长漂流的绝望时刻曾经用同样的方式在圣经中找寻指导。对于正确的读者来说，每一本书都可以成为一条神谕，甚至偶尔回应那些即使未曾

---

① 美国作家弗兰克·鲍姆的代表童话《绿野仙踪》的主人公。

提出的问题，就像是往约瑟夫·布罗茨基（Joseph Brodsky）①所说的在"无声的节拍"（a silent beat）之中注入词语一样。互联网的巨大神谕对我来说并没那么有用；大概因为我是网络空间里的一个糟糕的游荡者，网络里面的答案要么太字面，要么太平庸。

在我的图书馆里，我手臂能够碰到的最高的地方放的正是布罗茨基的作品。在1960年代初期，布罗茨基因某些莫须有的密谋被克格勃控告，曾两次被送进精神病院，后来又被内部流放到了俄罗斯北部的一个劳改营，他被迫在那个温度低于零下30摄氏度的国家农场工作。尽管条件如此可怕，但由于有一位仁慈的监狱管理员，他被允许发送和接收信件，并写了（他后来说）"相当数量"的诗歌。朋友们送了他很多书。有四位诗人对他来说开始变得至关重要，因为他声称这是因为他们"灵魂的独特性"：罗伯特·弗罗斯特（Robert Frost）②、玛琳娜·茨维塔耶娃（Marina Tsevetaeva）③、康斯坦丁诺斯·卡瓦菲斯（Constantin Cavafy）④和W. H. 奥登（W. H. Auden）。奥登曾经这么说过，弗罗斯特最喜欢的意象，就是一栋废弃的房屋陷入毁灭。在与布罗茨基的一次谈话中，评论家所罗门·沃尔科夫（Solomon Volkov）⑤提醒他，在欧洲

---

① 约瑟夫·亚历山德罗维奇·布罗茨基（1940—1996）是苏联出生的美籍犹太裔诗人。在他四十七岁时，以其"出神入化""韵律优美""如交响乐一般丰富"的诗篇和"为艺术英勇献身的精神"荣获1987年度诺贝尔文学奖，成为这项世界性文学大奖继加缪之后又一位年轻的获奖者。

② 罗伯特·李·弗罗斯特（1874—1963），美国诗人，作品最初在英国出版，然后才在美国出版。他因对农村生活的写实描述和以美国口语讲行演说的能力，受到高度评价，曾四度获得普利策奖。

③ 玛琳娜·伊万诺夫娜·茨维塔耶娃（1842—1941），俄国白银时代诗人和作家。布罗茨基称其为二十世纪俄罗斯最伟大的诗人。

④ 康斯坦丁诺斯·卡瓦菲斯（Κωνσταντίνος Π. Καβάφης，1863—1933），希腊诗人，长居亚历山德里亚，从事记者和公务员工作。他出版了一百五十四首诗，其中几十首是不完整的，或只是草稿。

⑤ 所罗门·莫伊塞耶维奇·沃尔科夫（Solomon Moiseyevich Volkov，1944— ）是俄罗斯新闻记者和音乐学家，因1976年移民离开苏联之于1979年出版的《证词》（Testimony）闻名。据说这本书是作曲家德米特里·肖斯塔科维奇（Dmitri Shostakovich）的回忆录。

诗歌中，废墟的意象通常与战争或掠夺自然有关，而在弗罗斯特那里，废墟变成了"一种关于勇气的隐喻，是人类无望地为生存而斗争的意象的隐喻"。布罗茨基没有把这个意象还原为一种阐释，他同意沃尔科夫的解读，但他更喜欢使这种知识成为休眠的知识，而不是直接显露的知识。布罗茨基不相信任何关于创造性活动的事件的解释：应该允许文本自己说话，这个文本与读者恋人般地交织纠缠在一起。"情况，"他说，"可能会重复出现——监禁、迫害、流亡，但是最后的结果在艺术的层面上看，却是不可重复的。毕竟，但丁并不是唯一一个从佛罗伦萨被流放出来的人。"

很多年以后，布罗茨基自己从苏联流亡了出来，冬天坐在他喜欢的威尼斯的户外，他读到了这座建立在水上的城市的迷宫，就像他曾在冰冻的俄罗斯北方阅读到他的那些诗人一样：就像是"生命在里面对人说话"。布罗茨基写道，"这个城市，里面虽有文字，／就好似要从无声的节拍中打捞出音符一般"。

但丁和维吉尔从炼狱山上升天时,看到骄傲者正在接受涤罪。木刻描绘的是《炼狱篇》第十二章,带有克里斯托福罗·兰迪诺的评论,1487 年印制。(贝内克珍本书 [Beinecke Rare Book] 和手稿图书馆 [Manuscript Library],耶鲁大学)

85
"噢你要去哪?"读者问骑士,
"熔炉燃烧的山谷会是致命的,
那里粪堆的臭味令人发狂,
那道罅隙是高人灵魂的墓园。"
——W. H. 奥登,《五首歌》之五

通常,最困难的问题始于富于灵感的猜测。到达炼狱山的山脚下,维吉尔警告但丁,他不应该对所有事情都感到好奇,因为不是一切都处在人类知识的范围之内。

  一体三位所走的那条路
  无尽无穷,有谁敢指望我们
  以凡智去跨越,谁就是愚鲁之徒。

  安于知其然吧,你们这些凡人。
  如果你们早已把万物识遍,
  又何须烦劳玛利亚去分娩妊娠?

  你们已见过一些人在徒然想念。
  按理,他们早已得到了安舒;
  可是想念却变成了痛苦无限。

为了澄清他的观点，维吉尔还补充说，"我是指亚里士多德和柏拉图／和很多别的人"。然后他低下头，保持沉默，因为他也是那些试图满足自己欲望的芸芸众生之中的一位。¹

经院哲学坚持接受这些推论的结果：这条原则是被认为足以为人类心灵有限的能力提供思维实体。阿奎那清楚地区分了"想要知道为什么"和"想要知道的是什么"这两者。"证明是双重的，"他在《神学大全》(Summa Theologica)中写道，"一种是通过原因而来的证明，被称为'根据'（propter quid）……另一种是通过结果而来的证明，被称为'因为'（quia）。"① 换言之，不要问"为什么"某物存在，而只是从"原因"开始去探索它的存在。在十七世纪初期，弗朗西斯·培根会对人类的探求行为采取相反的观点："如果一个人从确定性开始的话，"培根说，"那么他将以怀疑结束他的探求；但如果他满足于从怀疑开始探求的话，那么他将以确定性的方式结束。"²

对于探寻、反思、论证、证明而言，语言显然是最基本的工具。流亡伊始，所失去了的世界好像要求一种保证为了确保他仍然拥有他的语言，但丁开始撰写《论俗语》，这篇论文讨论的是方言及其在抒情诗中的运用。正如我们所提到的，薄伽丘曾经提到，《神曲》可能是用拉丁语开始写作的，然后才改为意大利的佛罗伦萨方言。也许因为但丁觉得学术工具可以帮助他更好地探索这门被视为粗俗（"大众化的"）的方言，所以《论俗语》是用经院哲学使用的优雅的拉丁语写就的。几个世纪以来，这个文本几乎没有人读过：这个文本只有三个中世纪手抄本保存了下来，直到1577年才印制出来。

《论俗语》始于一个关于语言的丑闻化的断言：婴儿在父母的膝盖上

---

① demonstratio proper quid（根据……的证明）与 demonstratio quia（因为……的证明）的区分，参见 Aristotle, *Posterior Analytics*, I.13; Aquinas, *Expositio Libri Posteriorum Analyticorum*, Libre I, Lectio 23-25, 以及各处。概言之，前者指由事物本身的性质推导出的证明，也即由原因推及结果的论证，一般被视为先天证明；后一种证明则由结果或事实来反推出原因，一般被视为后天证明。

学到的人的语言，比他们在学校学到的人工语言和法律语言更加高贵。为了证明他的主张，但丁追溯了从圣经故事直到他自己时代为止的语言历史。但丁说，世界上第一种语言是上帝赐予的礼物，这份礼物使得人类得以彼此沟通，这就是希伯来语；第一位说话的人，就是亚当。在建造巴别塔的傲慢企图之后，作为一种惩罚，那种所有人所共有的单一的原初语言，被分为很多种，因而阻止了人们相互沟通，造成了混乱。接下来的惩罚还有：语言不仅将我们与身处其他国家的同时代人分开，而且还把我们与祖先分隔开，因为他们所说的语言不同于我们所说的语言。

达到恒星天（Heaven of Fixed Stars）以后，但丁遇到了亚当的灵魂，亚当的灵魂告诉他，"口尝该树的鲜果，/本身并不是长期放逐的原因；/僭越界限才是真正的过错"。但丁于是问了亚当许多长期以来也困扰着他同时代人们的问题：他在伊甸园逗留多久？他后来又在地上生活了多久？在基督召唤他之前，他在幽域（Limbo）待了多少时间？最后，亚当在伊甸园讲的是什么语言？对于最后一个问题，亚当回答说：

  我说的语言，宁录的族人希望
  大展妄图前已经完全灭绝。

  那妄图，不过是无从实现的莽撞。
  因为，任何由理智产生的谋略，
  都不会持久，人的爱恶之情，
  会随天穹的运转而涌升减却。

  人类说话的能力是天赋的资禀：
  不过怎样说，说是用何种语言，
  则由他们按自己的喜好决定。[3]

自从写作《论俗语》开始，但丁关于语言起源的观点就发生了变化。

在这部论著中,但丁认为上帝既给了亚当说话的能力,又给了亚当说话的所使用的语言。在《神曲》中,亚当说,虽然上帝确实赋予了他言说这个礼物,但是创造了他所说的语言的人的确是他本人,这是第一种人类语言,这种语言在巴别塔前灭绝了。但是,那种原初的语言究竟是什么?参考在堕落之前和堕落之后亚当称呼上帝的例子,亚当使用的是希伯来语的术语:第一个"J",发音为jah,然后是El,意思是"大能的"。[22] 因此读者得出的肯定结论是,伊甸园的语言是希伯来语。

在《论俗语》中,但丁试图证明希伯来语的优越性。上帝赋予亚当一种形式位置(forma locutionis),一种"语言形式"。"通过这种语言形式,他所有的后代直到巴别塔之前,都说这样的语言,巴别塔被解释为'混乱之塔'。这种语言也同样被希伯(Eber)的儿子们继承,在他之后的人都被称为希伯来人。在搅乱(语言)之后,他们还是保有这种语言,所以我们的救主,因为他的本性之中的人性,必须由希伯来人之中出生,能够使用一种恩典的语言,而不是混乱的语言。这就是希伯来语是如何被第一个被赋予言说能力的人设计出来的故事。"[4]

但是,第一种语言所残留下来的一些碎片、亚当的后代所继承下来的语言形式,并不足以表达人类的思想,也不足以表达出人类所接受并希望传播的启示。因此,我们有必要从我们可用的语言(在但丁的例子中是佛罗伦萨的意大利语)之中建立一种系统,这个系统可能允许有一位有天赋的诗人接近人类失去的宗满性,抵消巴别塔的诅咒。

在犹太教-基督教的传统中,词语是一切的开始。根据《塔木德》评注者们的说法,在创造天和地之前的两千年,上帝创造了七种基本事物:他的神圣宝座;天堂,在他的右手边;地狱,在他的左手边;天上的庇护所,在身前;一块刻有弥赛亚名字的宝石;一个从黑暗中呼唤的声音,"你们这些人之子,回来!";还有《托拉》(Torah),用黑火在空白上写就。《托拉》是这七种基本事物之中的第一个,在创造这个世界之前,上帝曾参看过《托拉》。因为害怕世界上的创造物的罪恶,《托拉》带着一些不情愿而同意了创造。知晓上帝的目的后,字母表上的字母从庄严的冠冕下降，在那里它们由一支火焰的笔写就，一个接着一个，这些字母对着上帝说，"通过我创造世界！通过我创造世界"！从二十六个字母之中，上帝选择了 beth，这是 Blessed（蒙恩）这个词的第一个字母，因此世界就是通过 beth 这个字母应运而生。评注者注意到，唯一没有提出其主张的字母是温和的 aleph，为了奖励它的谦逊，上帝把 aleph 这个字母放在《十诫》之中的第一位。[5] 很多年以后，福音传教士圣约翰（Saint John the Evangelist）①有点不耐烦地总结了这个冗长的过程，他宣称"太初有言"（In the beginning was the Word.）。从这条古老的信念之中产生出了"上帝作为作者"和"世界作为一本大书"的隐喻：我们试图阅读这部大书，我们自己也被写入了这部大书里面。

由于上帝之言（the word of God）应该是无所不包和完美的，因此圣经的任何部分都不能含糊不清或是出自偶然。每一封信、每个字母的顺序，还有每个字的位置，都必须有意义。为了更好地尝试阅读和解释上帝之言，一世纪左右在巴勒斯坦和埃及的犹太人，也许受到了波斯宗教的影响，他们开始发展出一种关于《托拉》和《塔木德》的阐释体系，叫作"喀巴拉"（Kabbalah）或"传统"，这个术语在六个世纪以后被神秘主义者们和神智论者们（theosophists）采用，这些人也作为喀巴拉主义者（Kabbalists）而著称。二世纪左右的拉比犹大王子（Rabbi Judah the Prince）②在编写的口头《托拉》要义《密西拿》（Mishnah）谴责说，人类的好奇心已经超越了某些限制："无论谁思考这四件事，如果他没有进入过这个世界，实际上对他来说会更好：在上面是什么，在下面是什么，在时间之前是什么，以及将来会发生什么。"[6]《喀巴拉》通过专注于上帝之言本身，规避了这种谴责，而上帝必然在每一个字母之中包含所有这些事物。

---

① 福音传教士约翰（Ἰωάννης）是《约翰福音》的作者，有时也被称为使徒约翰（John the Apostle）、帕特莫斯岛的约翰（John of Patmos）、祭司王约翰（John the Presbyter），不过学者们对这位圣经人物的认定存在争议。本书作者曼古埃尔认为，他们不是同一个人（参见原书 285 页）。

② "拉比领袖犹大"（Rabbi Yehudah Ha Nasi, 135—217）也称犹大王子，他在犹太社群中具有很高地位，是《密西拿》的主要编纂者和修订者，也是犹太地区在罗马帝国统治时期的主要领导人。

在十三世纪中叶，有一位才华横溢的喀巴拉学生——西班牙学者亚伯拉罕·阿布拉菲亚（Abraham Abulafia）①也许在他广泛旅行的过程中遇到了苏菲主义大师并受到了他们的启发，他通过迷狂体验发展出了一种组合字母和数字占卜的方式，他把这种方式称为"圣名之路"（The Way of Names）。阿布拉菲亚相信他的方法将使得学者们以几乎无限的字母组合的方式写下他们的阐释和冥想。阿布拉菲亚将这种方式比喻成音乐作品中的变奏（这个比喻在苏菲主义教诲中非常重要）：字母和音乐之间的差异就像，音乐是通过身体和灵魂被人们理解的，而字母只有通过灵魂才能被感知，眼睛就像古代隐喻所说的那样，是灵魂的窗户。7

例如，阿布拉菲亚将希伯来文的第一个字母aleph，和四字神名（Tetragrammaton）②，也即上帝的不可发音的名字的四个字母——YHWH进行组合，得到四列，每列有五十个词语。七个世纪之后，在一个阿布拉菲亚不可能怀疑其存在的半球和大陆上，豪尔赫·路易斯·博尔赫斯设想了一个可以包含所有这些组合于无数卷相同格式和页数的书之中的图书馆；这个图书馆的另一个名字，叫作"宇宙"。8

阿布拉菲亚认为在希伯来语（和但丁一样，阿布拉菲亚认为希伯来语是所有语言之母）中，由上帝为他的先知们建立起了一个在声音和那些声音所命名的事物之间沟通的传统。因此，阿布拉菲亚嘲笑那些主张

---

① 亚伯拉罕·本·撒母耳·阿布拉菲亚（Abraham ben Samuel Abulafia，约1241—1291）是"预言派喀巴拉"（Prophetic Kabbalah）学派的创始人，西班牙犹太教神秘主义学派重要人物，生于西班牙萨拉戈萨著名的阿布拉菲亚家族。他一生大部分时间在研读神秘主义教义中度过，设法调和喀巴拉（神秘主义）与迈蒙尼德著作之间的矛盾。他主张通过出神的默祷达到精神上的迷狂，使灵魂得到解放。默祷的对象是希伯来字母表，特别是代表上帝之名的字母。他把希伯来字母表称之为字母的科学组合。据他本人称，他先后写下了二十六部喀巴拉著作和二十二本先知书，这些著作完成的年代几乎与十三世纪编集的喀巴拉重要著作《光辉之书》（Sepher ha-Zohar）成书的年代相同。但由于他的观点遭到正统犹太教人士的反对，他的著作长期以手稿和抄本的形式传播。

② 四字神名为古代希伯来人尊崇的神名，在《希伯来圣经》中，用四个希伯来子音，即"יהוה"，来表示。它是犹太教、基督教所信仰的独一神的名称之一，一般尊称神为主。四字神名的元音早已失传。中世纪末期，四字神名被拉丁化为耶和华，许多现代学者相信其正确发音应该接近于"雅威""亚威"或"亚呼威"。

"一个失去人际接触的婴儿会自发地学会说希伯来语"的观点的人们;阿布拉菲亚认为这是不可能的,因为没有人教过这个婴儿约定俗成的符号学习惯。他感叹犹太人已经忘记了他们祖先的语言,他热情地期盼弥赛亚的到来,到那时基于上帝的慷慨(the generosity of God),这些知识将重新返还给他们。

阿布拉菲亚是十二世纪西班牙的迈蒙尼德大师的崇拜者,他把自己的作品,特别是他的《另一个世界的生活》(*Life in the Other World*)和《隐匿伊甸园的宝藏》(*Treasure of the Hidden Eden*)看作迈蒙尼德著名的《迷途指津》(*Guide of the Perplexed*)的续作。《迷途指津》是为学习亚里士多德哲学的学生答疑解惑的手册,因为在古希腊哲学与圣经文本之间存在着显而易见的矛盾之处。为了解决这些显而易见的矛盾,阿布拉菲亚避开了《喀巴拉》基于"质点"(sefirot)(神格的力量或效力)和"律法"(mitzvoth)(《托拉》中的诫命或戒律)的传统办法:对于阿布拉菲亚而言,我们对上帝的理解是通过理智之间的相互作用(因此是可理解的)以及实现理智本身的行为来实现的。[9] 这个动态的三角形结构,使我们的好奇心开始了追求无尽的探求。

对于阿布拉菲亚来说,快乐是神秘体验的根本成果,也是它的基本目的,快乐要比获得知识的答案更为重要。在这一点上,阿布拉菲亚臭名昭著地既偏离了亚里士多德也偏离了迈蒙尼德,因为亚里士多德和迈蒙尼德相信达到至高之善是一种可欲的目的。根据希伯来语中ben(儿子)和binah(理解和理智)之间偶然的词源关系,阿布拉菲亚主张理念的生成等同于受孕。

但丁则试图调和某些伊壁鸠鲁主义的原则与*voluptas*(爱欲的快乐)概念,在神圣的异象(the divine vision)中,罗马诗人斯塔提乌斯引导但丁和维吉尔穿过炼狱的上游,在那里也就是在第六层,快要到达一棵奇怪的禁果之树之前,他们看到"就在岩壁的一边,清水柔柔/自高崖下洒,纷纷把树叶沾溉"。[10] 这是净化帕纳索斯山(Parnassus)的水,斯塔提乌斯说,这正是当他发现维吉尔的作品时,他所饮的诗歌之泉。正在炼狱清洗他一生表现出的挥霍无度的斯塔提乌斯说（斯塔提乌斯不知道正在跟他说话的人是维吉尔），《埃涅阿斯纪》是"我开创／诗境时，它是我的娘亲、我的保姆"。[11] 维吉尔严厉地看着但丁，以防止他泄露自己就是斯塔提乌斯口中的这位诗人的身份，可是但丁嘴唇上的笑容，让斯塔提乌斯好奇地问起他在笑什么。维吉尔允许他的同伴发言，于是但丁才告诉斯塔提乌斯，他正是站在了《埃涅阿斯纪》作者本人的面前。然后斯塔提乌斯弯腰抱住了诗人的双脚（因为虚物也会被情感征服）。维吉尔阻止了他，说：

> 兄弟呀，
> 别这样；我们是幽灵，都没有形体。

斯塔提乌斯道歉说：这正是出于他对维吉尔的爱。斯塔提乌斯解释说，他忘记了他们都是虚无的影子，"视幽灵为实体"。但丁也跟斯塔提乌斯一样，他也将维吉尔称为所有诗歌的"荣耀和辉光"，并承认"我曾经长期研读你，对你的卷帙／孜孜"，阅读所带来的知性的喜悦现在必须转化为另一种更高的乐趣。[12]

阿布拉菲亚的门徒们将他的著作带到了西班牙半岛之外的犹太文化中心，主要是带到了意大利，后来在十三世纪，意大利成了一个不间断持续研究喀巴拉主义的据点。[13] 阿布拉菲亚自己也曾多次造访意大利，并在那里生活了十几年：我们知道阿布拉菲亚曾丁1280年到访罗马，意图皈依教皇。但丁可能在阿布拉菲亚到访过的意大利城市（尤其是博洛尼业的知识分子圈子）的论辩之中学到了阿布拉菲亚的观点。但是，正如翁贝托·埃科（Umberto Eco）所言，在文艺复兴时期之前，要想让一位基督教诗人承认一位犹太思想家对他的影响，这是不太可能的。[14]

两个世纪以后，文艺复兴时期的、想要进一步探索阿布拉菲亚的组合术的、新柏拉图主义者们建构了他们自己的记忆机器，他们同样也将阿布拉菲亚极其重要的关于快乐的信念（尤其是在神秘体验和知性体验之中达到的高潮快感）以及阿布拉菲亚关于知性存在的概念（这个概念是早

大科内利亚诺（Cima da Conegliano），《圣马可的狮子》（*Il leone di San Marco*, Gallerie dell'Accademia, 威尼斯）。（图片承蒙意大利遗产、文化与旅游部［Ministero dei beni e delleattività culturali e del turismo］提供）

期思想家对造物主和他的被造物之间的调和）拯救了出来。对于但丁而言，高潮体验发生在他的旅行结束之时，当他的思想被不可言说的最终幻境的推力所"燀然／一击"的时候；这种调和的角色属于诗人本人。[15]

如果正如阿布拉菲亚设想那样，上帝赠予亚当"语言形式"这份礼物，等于上帝创造行为中上帝自身的语言禀赋，那么诗人的艺术创作行为，正是运用了这份共同的禀赋。毫无疑问，艺术作品正如柏拉图所判断的那样，是一种说着谎话的模仿，因为艺术作品提供的是一种"虚假的图像"（false images）；然而，这些谎言在但丁看来却是一种non falsi errori（并不是错误的谬误）。换句话说，它们是诗意的真理。[16]

我们可以举一个由"虚假的图像"引起诗意的真理的例子。大科内利亚诺的这幅绘画可以追溯到1506年至1508年，现在收藏在威尼斯。它描绘了一副正对着塔顶山丘和海港城墙的景观，圣马可的狮子站在陆地和水面上，反映了威尼斯的"陆地之城"（Stato da terra）和"海洋之城"（Stato da mare）这两种属性。[17] 带着多彩的翅膀，圣马可的狮子右前爪放在一本打开的书上，这只野兽被四个圣徒围绕：面对狮子的带着光环的是施洗者圣约翰和福音传教者圣约翰；面对它臀部的是圣抹大拉的马利亚和圣哲罗姆。远远在他身后的是一座悬崖，悬崖脚下是一座遥远的城市，骑着一匹白马的戴头巾的骑手在歇脚。狮子的书是圣经,书本敞开的页面显示了根据传统而来的那些话语,圣马可首次抵达威尼斯时,有一位天使来迎接圣马可:*Pax tibi, Marce, Evangelista meus*(和平与你同在,马可,我的传道者)。圣徒之间是以互补的方式分组的:施洗者约翰和圣抹大拉的马利亚是行动者,在尘世之中阅读上帝之言;福音传教士圣约翰和圣哲罗姆,每个人携带一个手抄本,他们是沉思者,在书籍之中阅读上帝之言。狮子在这两种阅读上帝之言的活动中都具有相同的分量。

阅读是一项永远无法完成的技艺。即使最全面地分析和解释一个文本的每一个音节,顽固的读者仍会留有先前读者(他或她)的阅读,就像是树林里动物的痕迹一样,由此而形成一个新的文本,这个文本的叙述和意义也是开放可供阅读的。即便这样的二次阅读是成功的,仍然会有初次阅读这个文本的人的阅读、对评论的评论和对注释的注释,如此等等,直到意义最后的痕迹得到了人们仔细的检查。一本书的结尾是一种一厢情愿的想法。就像芝诺的证明一样,芝诺证明了运动的不可能性,这是一条自相矛盾的真理,每个读者都必须接受的是,阅读是一项一直进行着的事业,但这种事业并不是无限的,在一个不可思议的遥远的下午,最后一个文本里的最后一个字最终会被人们读到。在十八世纪,有人要求贝尔迪切夫的拉比列维·伊扎克(Rabbi Levi Yitzhak of Berdichev)① 解释,为什么《巴比伦塔木德》(Babylonian Talmud)② 中每篇章的第一页不见了,拉比列维·伊扎克回答说,这是"因为好学的人无论读了多少页,他都绝不能忘记,他还没有读到过第一页"。[18] 那个诱人的页面还在等待着我们。

如果找寻《巴比伦塔木德》第一页的努力没有成功,那也不是因为缺乏尝试。在十五世纪下半叶的某个时候,定居西班牙的葡萄牙哲学

---

① 贝尔迪切夫的拉比列维·伊扎克(1740—1810),也被称为神圣的贝尔迪切弗(holy Berdichever),是一位哈西德派大师和犹太领袖。他曾任雷奇武乌(Ryczywół)、热莱胡夫(Żelechów)、平斯克(Pinsk)和别尔基切夫(Berdychiv)地区的犹太拉比,在这些地区闻名。

② 《巴比伦塔木德》是三世纪至五世纪巴比伦(今在伊拉克境内)和今以色列地区犹太拉比的思想汇编。

家以撒克·阿布拉瓦内尔（Isaac Abravanel）①（后来他将流亡并出逃到威尼斯）严格遵守他所学到的阅读原则，对迈蒙尼德提出了一项不同寻常的反驳。除了调和亚里士多德和圣经之外，迈蒙尼德还试图从《托拉》的神圣话语之中提取出犹太信仰的基本原则。[19] 在他去世之前不久，在1204年，迈蒙尼德曾遵循一世纪的、亚历山大里亚的斐洛（Philo of Alexandria）②所总结的释经学传统，不过他将亚历山大里亚的斐洛列出的关于信仰的五篇核心文章，扩展到了十三篇。[20] 增加了文章篇数以后，根据迈蒙尼德的主张，这十三篇文章可以被用来作为对犹太教忠诚的考验，将真信徒与非犹太民族（goyim）区分开来。阿布拉瓦内尔反对迈蒙尼德的教条，他说道，因为《托拉》是上帝赐予的一个整体，其中没有音节是可以删除的，因此试图从这个神圣的文本之中，选择一系列公理出来的这种阅读《托拉》的方式，即便不是异端，也是不诚实的。阿布拉瓦内尔认定《托拉》已经完成了其自身，其中没有任何一个词可以比其他任何一词更重要或者更不重要。对于阿布拉瓦内尔而言，即使评注的技艺是可允许的，甚至可以作为阅读的技艺的值得推荐的补充，但是上帝之言却没有任何双关语，它们以单义性的术语，字面上地彰显自身。阿布拉瓦内尔隐含着区分了"作者之为作者"（the Author as author）和"读者作为作者"（the reader as author）这两者。读者的工作就是不要在精神上或身体上编辑神圣的文本，而是要整体地消化这个文本，就像以西结（Ezekiel）消化天使给他的那本书一样，然后再判断这本书是甜的还是苦的，或者两者兼而有之，并且由此开始工作。

阿布拉瓦内尔属于最古老、最负盛名的犹太家族之一，来自伊比利

---

① 阿布拉瓦内尔（1437—1508），中世纪犹太思想家，生于里斯本。作品包括对于圣经的诠释和哲学论文。1508年卒于威尼斯。

② 亚历山大里亚的斐洛，又称犹太人斐洛（Philo Judaeus），是生于亚历山大城的希腊化的犹太哲学家和政治家。斐洛第一个尝试将宗教信仰与哲学理性相结合，在哲学史上有独特地位，被视为希腊化时期犹太教哲学的代表人物和基督教神学的先驱。他的哲学对犹太教和后来基督教的发展有极深远影响。值得注意的是，斐洛与耶稣几乎是同时代的人物。

亚半岛的犹太家庭,据称这个家庭是大卫王的后裔:他的父亲曾为葡萄牙王子(Infante of Portugal)担任财务顾问,他的儿子希伯来人莱昂①是新柏拉图主义经典《爱的对话》的作者,后来那不勒斯的圣塞维诺王子把他的这部对话印制了出来。阿布拉瓦内尔是一名贪婪的书虫,他追求阅读上帝之言,不只是追求那些用羊皮纸和纸张书写的上帝之言,还有那些铭刻在浩瀚世界之中的上帝之言。在犹太传统中,"自然界是上帝之言的物质具显"这个观点源于圣经之中明显的经文矛盾。《出埃及记》曾经说,摩西在西奈山接受了上帝的诫命,"摩西下山,将耶和华的命令、典章都述说与百姓听。众百姓齐声说:'耶和华所吩咐的,我们都必遵行。'摩西将耶和华的命令都写上"(《出埃及记》24:3—4;也参见《申命记》《利未记》和《民数记》)。但是《密西拿》的《先祖篇》中却宣称"摩西在西奈山接受《托拉》并把它传给约书亚,约书亚传给长老们,长老们传给先知们,先知们传给大犹太会堂②的众人"(《先祖篇》1:1)。既然这两种陈述都必然是真的,那么该如何将这些陈述结合在一起呢?就像迈蒙尼德和亚伯拉罕·阿布拉菲亚试图调和亚里士多德哲学和上帝之言的举动一样,阿布拉瓦内尔思考如何才能调和这些显然相互矛盾的神圣文本。

在九世纪的最初那几年曾经出现过一系列对圣经的评注,托名给了二世纪的拉比以利撒尔·本·希卡努斯(Eliezer ben Hyrcanus)③大师,他在著作《拉比以利撒尔篇章》(The Chapters of Rabbi Eliezer)中是如此回答这个难题的:"在山上摩西在耶和华面前度过了四十天,让他的名字蒙恩,他就像是一个学生坐在他的老师面前,朗读着他的戒律——白天阅读成文的《托拉》,晚上学习口传的《托拉》。"[21]

---

① 参见本书第94页。
② "大犹太会堂"是一个传统的学院或一个集会,形成于以斯拉时期以后,一般由一百二十人组成,他们受犹太人委托,讲授圣经并继续传授口传律法(《托拉》)。
③ 一世纪和二世纪最杰出的犹太教圣人之一。

《托拉》因此而被呈现为一部双重的书，成文的《托拉》和口传的《托拉》，成文的《托拉》是上帝之言中不可改变的核心并且牢牢写进了后来被称为圣经的书中，口传的《托拉》是在上帝和他的被造物之间持续进行的对话，由灵感迸发的老师订立，在尘世中的山间、小河、深林之中具显。在十七世纪，巴鲁赫·斯宾诺莎（Baruch Spinoza）在他著名的定理"神或自然"（God sive natura）中认识到了神的这种双重显现。对斯宾诺莎而言，"神"和"自然"是同一个文本的两个不同版本。

也许是因为阿布拉瓦内尔明白，我们的任务就是严格地阅读这个文本，不要把我们自己的话加到里面去，因此这位饱学之士并不信任神启的概念，并对先知持怀疑态度。阿布拉瓦内尔更欣赏的是语言学家们比较不同版本的任务，并且根据成文《托拉》来运用他的政治和哲学技巧破译世界这本大书。上帝通过他的令人好奇的工具之一——天主教皇权——下令将犹太人和阿拉伯人驱逐出西班牙，并使得他——尊贵的以撒克·阿布拉瓦内尔——陷入了痛苦的流亡之途，但是他却通过把自己被迫的流放转变成一种学习的体验而从这种逆境之中受益：他会为自己研究上帝的其他著作做准备，这些其他卷的页面已经在时间和空间中向他展现了出来。

1492年在威尼斯下船后，阿布拉瓦内尔把他的圣经知识运用在了他遇到的新社会的大大小小的场合之中。例如根据《托拉》的说法，他会问自己，鉴于他经历的冷淡欢迎，该如何比较总督的政府与天主教国王的野蛮和排他性的统治呢。《申命记》（17：14—20）确立的是，为了更好地进行统治应该怎么样选择出一位统治者；根据阿布拉瓦内尔的观点，西班牙国王违反了这些神圣的诫命。费迪南（Ferdinand）并没有根据《申命记》的指示去"将这律法书为自己抄录一本"，他也没有忠实地阅读这个律法"平生诵读，好学习敬畏耶和华——他的神，谨守遵行这律法书上的一切言语和这些律例"。阿布拉瓦内尔扩展了他的释经学原则，他主张，根据《塔木德》对这个段落的评注，犹太人没有义务接受一个国王或一个皇帝的统治。但是，如果他们选择了受到一个国王或一个皇帝的统治，那么君主的权力理应会从属于《申命记》所规定的限制。但是费迪南国王显然拒绝遵守这些诫命。因此阿布拉瓦内尔得出的结论是，威尼斯的总督更接近于《托拉》的律法，即使他们明显蔑视其他在《申命记》之中的禁令——任何统治者都应该"不可为自己多积金银"①——但在很大程度上甚至大可以说，他们忠实地遵循着威尼斯共和国的禁奢法令（sumptuary regulations）②。

后来，阿布拉瓦内尔成了威尼斯的流亡犹太人社区的头目，他运用了他的政治技巧来帮助他的犹太弟兄们。最重要的是，他是一个忠实且严谨的读者、一位理性主义者、一个实际的人和一名科学的学者，他有充足的自信来批评耶利米和以西结的"预言倾向"，而且他还很可能从许多犹太学者那里知晓了但丁和他的《神曲》，因为有些犹太学者曾经在罗马、博洛尼亚和威尼斯读过《神曲》并且讨论过这些诗篇。学者罗马的耶胡达（Yehuda Romano）③ 在他的犹太社区讲授《神曲》并将《神曲》翻译成了希伯来语，还有诗人罗马的以马内利（Immanuel de Roma）④（这个人也许是罗马的耶胡达的同父异母兄弟或堂兄弟）试图从犹太人的视角写出一部他自己版本的《神曲》。²²

犹太教信仰的核心就是相信弥赛亚的到来。基于他对《托拉》的

---

① 语出《申命记》（17：17），"他也不可为自己多立妃嫔，恐怕他的心偏邪；也不可为自己多积金银"。

② 禁奢法令（sumptuāriae lēgēs）是为了限制奢靡消费而颁布的法令。例如1453年纽伦堡地区通过了一项禁奢法令，要求禁止长靴尖，这种当时流行在北本地区的时尚。1300年至1600年之间，一波禁奢法令的浪潮席卷了整个欧洲。起初这项法令禁止婚葬中奢侈挥霍的餐饮和赠礼，后来在十五世纪，禁奢的焦点又转移到了衣着规范。在中欧部分地区，这类禁奢法令的力量甚至一直留存到了十九世纪。

③ 罗马的耶胡达·本·摩西（Judah ben Moses Romano，约1293—1330）是中世纪意大利的犹太哲学家和翻译家，他是将经院哲学著作从拉丁语翻译成希伯来语的重要人物，也是第一位翻译阿奎那著作的犹太哲学家。此外他翻译了但丁《神曲》的部分章节，并且公开讲授《神曲》。

④ 以马内利·本·所罗门·本·耶谷锡尔（Immanuel ben Solomon ben Jekuthiel，1261—1328），中世纪意大利的重要犹太学者和讽刺诗人。

仔细阅读，并且运用他的数学知识，阿布拉瓦内尔得出的结论是，弥赛亚即将在1503年到来（阿布拉瓦内尔的同时代人，学问广博的医学博士博内特·德·莱特[Bonet de Lattes]①则把这个日期推迟到了1505年）。带着对弥赛亚到来的期待，阿布拉瓦内尔收获的却是失望：他在1508年去世，并没有目睹到任何据说能够宣布弥赛亚到来的奇迹。阿布拉瓦内尔自始至终都坚持字面义的阅读方式，他假设错误出在他自己的阅读之中，而不是存在于他从中推论出结论的神圣文本之中。可以认为，如果能有什么结论的话，那就是阿布拉瓦内尔的失败恰恰可以证实他自己在面对解经的诱惑危险时持有的信念。

像历史中屡见不鲜的人类企图一样，这次野心勃勃的好奇之举最终因失败而黯然失色。阿布拉瓦内尔努力重建释经学的信念，也就是神圣文本具有某种整体性、世界是它的一面镜子，但是这种努力却因为他未能确定弥赛亚到来的时间而被人们遗忘了。如果阿布拉瓦内尔确定弥赛亚到来的时间已经失败了，那么人们对他所主张的神圣文本具有某种整体性、世界是它的一面镜子的这样的观点，又还能保有什么信心呢？

阿布拉瓦内尔曾经辩称，对《托拉》的正确的解读就在于要把理性和逻辑放置在诗性和幻想的争论之上。但是在犹太人聚集区（ghetto）的城墙之内，威尼斯的犹太人（直到1552年，他们的人数超过了九百人）渴望得到一些超乎对《塔木德》的严格解读之上的东西：他们渴望一种解读方式能够给他们提供某种即便不是神奇的帮助，至少也是某种带着神奇的希望的东西。在二十世纪初，莱纳·玛利亚·里尔克（Rainer Maria Rilke）②曾将威尼斯的犹太人聚集区描述为一座自我独

---

① 博内特·德·莱特（1450—1514），犹太医师和占星家。他发明了一种可以测量白天和黑夜的太阳高度和星空高度的天文日晷，可以非常精确地确定时间。

② 里尔克（1875—1926）是最重要的德语诗人之一，受到尼采和莎乐美的影响，他对十九世纪末的诗歌体裁和风格以及欧洲颓废派文学都产生了深厚的影响。除了创作德语诗歌之外，里尔克还撰写小说、剧本、一些杂文和法语诗歌，书信集也是里尔克文学作品的一个重要组成部分。

立的城市，这座城市没有向海的那边蔓延开来，因为犹太人只是被允许聚集在一个很有限的空间里面，所以它就演变成一种类似于新巴别塔的天堂，这个空间很适合用来讲故事。而这些犹太人选择讲述出来的故事，是一些关于魔法的故事。[23]

绝大多数犹太人与其说受益于这位被遗忘的大师的严格授课，不如说他们更喜欢回忆这位大师（甚不精确的）预言。为了更好地理解、协助甚或反驳失败的年代预测，威尼斯的犹太人开始表现出对秘传学习和古代知识的渴望，他们希望这些知识能够帮助他们确定一个新的弥赛亚到来的日期，由此威尼斯出现了大量的《喀巴拉》书籍，这些书籍包括从世界末日的愿景一直到关于神启的手抄本（例如亚伯拉罕·阿布拉菲亚的那些关于神启的手抄本），这些书籍在宗教裁判所一波松一波紧的宽容之下从威尼斯人的印刷机下流过，因为宗教裁判所会时而允许时而禁止印刷犹太书籍。[24]

最重要的是，在《塔木德》的众多头衔之中，《塔木德》被认为是一本关于自然和魔法知识的书。虽然最伟大的《塔木德》学者拉比所罗门·以撒克（Rabbi Shlomo Yitzhaki）①（他以拉比拉什［Rashi］著称）主张，在《密西拿》之中，施行一个"真正的"魔法行为的巫师（mekhasheph）应该被石头砸死，这段文字清楚地区分了学习隐匿技法和施行这种隐匿技法之间的区别。在120年，拉比以利撒尔（Rabbi Eliezer）将要去世的时候，他发出了浮士德般的感慨。他说，他所有的知识到了现在这个时刻都是无用的，而这位拉比以利撒尔其至连在最低微的事情上都是明智的，他因为不服从犹太公会（犹太领导人的议会）的统治，而被禁止施教。"我知道，"他说，"三百种——或

---

① 拉比所罗门·以撒克（1040—1105），又称拉比拉什，是中世纪的一名法国拉比，他撰写了对《塔木德》与《塔纳赫》的全面评注。拉什以简洁清晰的方式阐述了文本的基本意义，他的评述几乎涵盖了整本《巴比伦塔木德》（评注了三十九卷之中的三十卷），成了《塔木德》的一部分而得到流传；他对《塔纳赫》的评注主要集中在 Chumash 上，即《摩西五经》用于学习或在安息日阅读的任何印刷版本，这是拉比文献之中的经典文本。

者有人甚至说,三千种——关于种植的黄瓜的方式,不过除了拉比阿基瓦·本·约瑟夫(Akiva ben Yoseph)①之外,没有人问过我这个事。有一次,我和拉比阿基瓦走在路上,他对我说,师父,教我种植黄瓜吧。我说了一句话,然后整个田地里都装满了黄瓜。他说,师父,你已经教了我如何种植它们,现在教我如何根除它们吧。我说了一句话,这些黄瓜便都聚集在了一个地方。"在这个施行魔法的行为上,《塔木德》评注说:"经上说,'你不可学着行'(《申命记》18:9)——你可能学习不了如何做,但是你可能可以学会如何理解和教导。"25《塔木德》强调了想象的行为和施行的行为之间的区别,强调了在文学和想象之中能够被允许的事情和在生活中不允许的事情之间的区别。

为了反思这些重要的事情,在《塔木德》中寻求答案是至关重要的:《法典便览》(*Shulkhan Arukh*)或曰《犹太法典》(*Code of Sewish Law*)要求,为了时时研究《塔木德》,人们需要把自己固定的研读时间确定下来。在发明印刷术之前,犹太学校(yeshiva)的学生要么自己复制一本自己的文集,要么委托别人完成这个任务,但是"系统缓慢而且容易出错"。26 需要找到解决这个问题的方法。

十六世纪初的威尼斯已经成了欧洲无可争议的出版中心,其原因既是印刷工人的技巧高超,同时也是广泛的书籍贸易。虽然在威尼斯印刷的第一本希伯来语书籍是拉比雅各布·本·亚设(Ya'akov ben Asher)的《四支柱》(*Arba'ah Turim*)②,这部著作是从拉比梅叔拉·库

---

① 拉比阿基瓦·本·约瑟夫(50—135)又称拉比阿基瓦(Rabbi Akiva),是一世纪后期和二世纪初著名的犹太学者和犹太教圣人。拉比阿基瓦是《密西拿》和《米德拉西哈拉卡》(*Midrash Halakha*)(《米德拉西》包含《哈拉卡》[*Halakhah*,犹太教律法]和《哈加达》[*Aggadah*,犹太教典故与传奇]两部分)的主要编撰者。他还编修了亚伯拉罕的《创世之书》(*Sefer Yetzirah*),这是犹太神秘主义的核心文本之一。

② 拉比雅各布·本·亚设,约1269年出生于神圣罗马帝国管辖之地科隆,1343年在意大利托雷多逝世,他是中世纪有影响力的犹太教拉比之一,有时被称为"支柱大师"(Ba'al ha-Turim),因为他关于犹太教律法(*Halakhah*)的主要著作是 *Arba'ah Turim*(字面意思是"四支柱"),这部著作有四个部分,每个部分称为一个tur,也就是犹太圣殿的柱子。

斯（Rabbi Meshullam Cusi）和他的儿子们所运营的印刷厂印制出来的，但是威尼斯的印刷业务几乎无一例外地掌握在非犹太人（gentiles）如丹尼尔·伯姆贝格（Daniel Bomberg）、皮埃特罗·布拉格丁（Pietro Bragadin）和马可·圭斯蒂尼阿尼（Marco Giustiniani）的手里，在印刷希伯来语的书籍时，他们都雇用了犹太工匠"来撰写这些字母并且协助校对"。[27] 尽管如此，重要的却不是谁印刷了这些书籍，而是以下这个事实：现在希伯来语书籍很容易得到，从这个意义上说，古腾堡的发明改变了犹太人和他们的书籍之间的关系。直到十五世纪末期，很少有犹太人社区能够花得起钱建造一个好的图书馆，而且他们为了获取正确的文本，还花费了很多精力来编辑有错误的抄本。但是随着印刷机的发明，整个欧洲的印刷商们很快就意识到，希伯来语的书籍不仅在犹太人社团之内拥有巨大的市场，而且还可能在犹太人社区之外的非犹太人之间拥有市场。许多版本的希伯来语圣经、祈祷书、犹太教拉比的评注本，以及犹太教神学和哲学的作品不断涌向每一个阶层的读者，使得研究《托拉》这个犹太人的义务，变得易于遵从。直到威尼斯建立了它在国际市场上显而易见的霸主地位，在欧洲此前的摇篮时期之内（在1501年之前）一共印刷了一百四十种希伯来语书籍。[28]

可以说，威尼斯印制的希伯来语的经典著作，是《巴比伦塔木德》的第一个完整版，印刷时间是在阿布拉瓦内尔去世之后大约五十年，由丹尼尔·伯姆贝格出版。丹尼尔·伯姆贝格出生时的名字叫作"Daniel van Bomberghen"，他来自安特卫普，后来在1516年来到威尼斯，开始了他的事业，他在威尼斯把自己的名字改成了希伯来语，并且在威尼斯居住的三十多年之中（他于1548年回到家乡，一年之后在那里去世）他制作了一些最好的、最重要的犹太教书籍，其中包括《拉比圣经》（*Biblia rabbinica*）（这是一部希伯来语的圣经，还有它的阿拉姆语译文以及中世纪著名学者们的评注），他出版这部著作是为了致敬教皇利奥十世（Pope Leo X）。尽管伯姆贝格是一位商人并且只出版那些他认为会卖得好的书籍，但是他同时也是一名受到一些学者称之为"使命感"

驱使的人，这位书商喜爱他从事的工作。或许为了转移审查者的注意力，除了出版犹太书籍之外，他还在1539年印制了一篇格拉德·维特维克（Gerard Veltwyck）①撰写的反犹主义论文《论犹太教徒的沙漠之旅》（*Itinera Deserti de judaicis disciplini*）。不过这部出版物是伯姆贝格经手的唯一一本反犹主义的出版物。²⁹

在一位托钵僧修士费利克斯·普拉特西斯神父（Felice da Prato）②的协助下，伯姆贝格出版了一系列书籍，这些书籍以希伯来字母印制，包括《摩西五经》（*Pentateuch*），他还出版了《巴比伦塔木德》和《巴勒斯坦塔木德》，以及拉比拉什在十一世纪的评注。为了出版他编撰的《塔木德》版本，伯姆贝格雇用了一群犹太学者和非犹太学者，为编辑犹太著作开创了一个全新的模板，也为后来欧洲大多数其他印刷厂提供了编辑出版的样板。

《巴比伦塔木德》以每一套含十二卷本的形式印刷，这是一个巨大的工程，伯姆贝格花了整整三年的时间才完成。伯姆贝格不喜欢装饰：每卷的标题页都没有任何家族徽章的印迹或者出版社的标记。例如《〈逾越节篇〉论集》（*Pesahim* tractate）③（收录在第三卷）的标题页面如是写道：³⁰

《〈逾越节篇〉论集》（*Tractate Pesahim*）包括"第一逾越节

---

① 格拉德·维特维克（约1505—1555），德国希伯来学者，早年生平不详，以本书提到的著作《论犹太教徒的沙漠之旅》（*Shevelei Tohu-Itinera deserti, de Judaicis disciplinis et earum vanitate*）著称，书中格拉德·维特维克以诗歌和散文相混合的文体形式激进地反对喀巴拉主义。

② Felice da Prato 就是费利克斯·普拉特西斯（Felix Pratensis, 约1460—1559），他是一位接受罗马天主教的意大利犹太学者，以与伯姆贝格的合作而闻名。他接受过良好的教育，掌握三种语言，于1517年或1518年首次印刷希伯来语《拉比圣经》（*Biblia Rabbinica*）。1518年，他拥护基督教，并加入罗马天主教会。

③ 《逾越节篇》是《密西拿》和《塔木德》中关于逾越节的内容。逾越节在尼散月（希伯来历的一个月份）15日晚上进行，在以色列持续七天，以色列之外地则持续八天。逾越节晚餐由社区或家庭举行，在仪式中讲述以色列人在古埃及解放的故事，故事记录在希伯来圣经《出埃及记》（*Shemot*）中。家人和朋友聚集阅读《哈加达》，其中包含以色列人出埃及故事、犹太法典特殊的祝福和礼仪，以及逾越节的歌曲。

篇"和"第二逾越节篇"①，拉比拉什的评注，《补述》(*Tosafot*)②、《补述综览》(*Piskei Tosafot*)③，以及拉比亚设(the Asheri)④，对阅读不构成任何障碍，可以精确用于研究目的。主之手眷顾我们，这部书此前从未出版过，愿主让我们完成所有这六部(six orders)⑤，这也正是来自安特卫普的丹尼尔·伯姆贝格的意图。本书在丹尼尔·伯姆贝格的印刷房印制，就在威尼斯。

尽管其他城市里也出现的许多单篇的《塔木德》论集，要比在威尼斯出现得更早，但这部《巴比伦塔木德》是第一次以整本书的形式把所有这些学术信息全部印制出来。伯姆贝格出版的文本依靠的是当时唯一的手稿，也即以 1334 年的《慕尼黑抄本》(*Munich codex*)上的文字作为底本。伯姆贝格版本的设计，无论是在效率上还是在原创性上都非常出色：《塔木德》本身的文本在每页中心以方形希伯来语印刷字体呈现，拉比拉什的评论在页面内部的边缘，《补述》(其他各种评论家的评注)都在外面，用被称为"拉比字体"或"拉什字体"的半圆哥特式字母

---

① 在那个时代《逾越节篇》仍然被分成 *Pesah Rishon* 和 *Pesah Sheni* 这两个部分，后来才合并成为复数的《逾越节篇》(*Pesaḥim*)。其中 *Pesah Rishon* 指《出埃及记》十二章和十三章；*Pesah Sheni* 指《民数记》九章。此处曼古埃尔将"第一逾越节篇"(*Pesah Rishon*)拼写为 *PesachRichon*，疑似有误。

② 附在《塔木德》里的一些段落，中世纪欧洲拉比拉什及其弟子写的《塔木德补述》。

③ 出现在全书每章节的最后，是对《塔木德补述》中关于《哈拉卡》律法和结论的总结。

④ 此处 the Asheri 概指拉比亚设·本·耶西耶尔(Asher ben Jehiel，约 1250—1327)撰写的律法文集和他的后人学派。拉比亚设·本·耶西耶尔又被称为"我们的拉比亚设"(Rabbenu Asher)或者被尊称为拉比罗希(Rosh，希伯来语"首领、头目"的意思)。他在日耳曼接受教育，主要师从罗滕堡的迈尔拉比，晚年定居西班牙。《罗希论法》(*Hilkhot HaRosh*)是他最重要的作品，他在著作中大量评述《塔木德》，补充拉比拉什的《补述》和其他学者的注释(主要是其中关于律法的部分)，并以自己的观点做出归结。Asher 这个人名曾出现在《士师记》，此处沿用和合本译名。

⑤ 《密西拿》分为六部，传统上被称为 Shas(ש״ס)，它是对希伯来语 *shisha sedarim* 的缩写，这六个 *shisha sedarim* 分别是：Seder Zeraim(种子)；Seder Moed(节日)；Seder Nashim(妇女)；Seder Nezikin(损害)；Seder Kodashim(神圣事物)；Seder Tohorot(纯度)。

书写。所有后来出版的《巴比伦塔木德》版本都遵循了伯姆贝格的版式设计,保持了文本和评注的放置位置,以及单词和字母的确切位置。

法国学者马克-阿兰·瓦克宁（Marc-Alain Ouaknin）①曾经主张说,伯姆贝格设计的《塔木德》的布局灵感来自威尼斯本身的布局;也可以说这本书的版式设计灵感来自犹太人聚集区在威尼斯城里面的位置,这个犹太人的核心巢穴坐落在威尼斯城市里面,而威尼斯这座城市本身就是由陆地和海洋环裹的,就像是框架之内还有一个框架的结构。阿布拉瓦内尔去世不到十年之后,于1516年3月29日,威尼斯的犹太人第一次被命令只能停留在犹太人聚集区的高墙之内。为了防止他们"深夜游荡",午夜时分两个大门会被诸多警卫锁住,被锁住的犹太人们必须支付这些警卫工资。雅各布·德·巴尔巴里（Jacopo de'Barbari）②在1500年印制的威尼斯地区平面图中已经注意到了这项引人注目的封城举动:它展示了由运河和一排排建筑围困起来的犹太人聚集区,就像带注释的页面中间像孤岛一样被围困起来的文本。³¹

与每一位来到威尼斯的游客一样,伯姆贝格一定会为这种结构复杂的镶嵌式布局所震撼。无论是受到威尼斯这座城市本身的启发,还是受到它如网络般的运河和岛屿的启发,或者是看到了封闭的犹太聚集区作为城市大设计之中的缩影,这位出版者的想象似乎有意或无意地把他所居住其中的迷宫般的轮廓反映到了书籍的页面上。如果将威尼斯及其犹太人聚集区的巷道地图横向翻过来,就会出现一张类似于《塔木德》的页面,其简洁的线条扭曲又破碎,就像梦中的一幅画一样。每个游客所发现的那个单一而不真实的城市,就在一本书的设计之中回响,这本书籍就像威尼斯这座城市一样,同样也是对上帝之创造的评注,而《塔

---

① 马克-阿兰·瓦克宁（1956—）,犹太教拉比和哲学家。

② 雅各布·德·巴尔巴里（1440—1516）,文艺复兴时期欧洲艺术家。他出生于威尼斯,在此人称"雅各布·瓦尔希"（Jakob Walch,意思是"外国人雅各布"）,他一生大部分时间在此工作。作为一个版画家和画家,他曾一度成为皇帝马克西米连一世的宫廷画家,后又在布鲁塞尔为奥地利的玛格丽特效力。

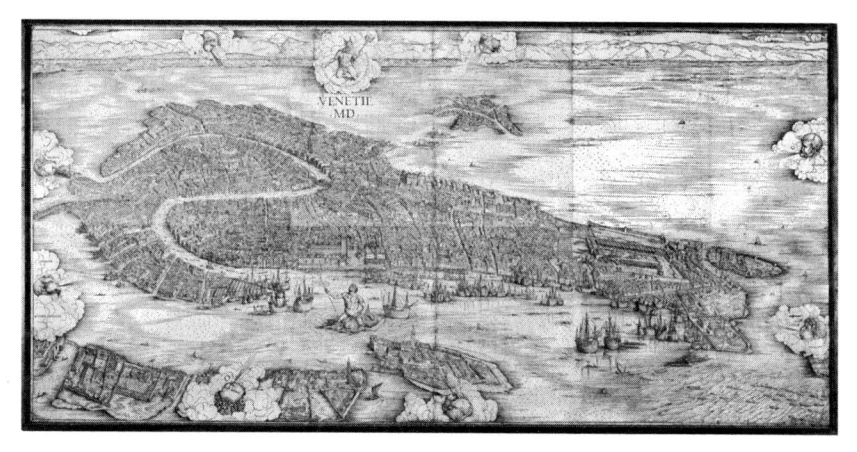

雅各布·德·巴尔巴里（Jacopo de'Barbari），《威尼斯平面图》（*Perspective Plan of Venice*，1500）。（威尼斯总督府，威尼斯，摄影艺术档案研究馆，威尼斯／艺术资源，纽约）

木德》对《托拉》的评注，则镜像表现了威尼斯这座城市对"自然之书"的评注。正如《塔木德》围绕着博学的摩西传授给人们的话语的注释一样，火与气的威尼斯被上帝的土和水所包围，这座漂浮在陆地和海洋上熠熠发光的城堡，对应着一名兴高采烈的演讲者的气息。

吉尔伯特·基思·切斯特顿曾经评论说，"也许上帝是强大到因单调而狂喜的。上帝很有可能在每天早上都对着太阳说，'再创造一次'；在每天晚上对着月亮说'再创造一次'"。[32] 在群星或宇宙的序列之中，上帝之书同时也是独一无二地重复的，而我们作为上帝之书的注脚，总是试图效仿着它，所以，威尼斯的不可见的单义的内核总是被各种评论的杂音——地理的和建筑的、诗意的和艺术的、政治的和哲学的——包围，《塔木德》（在古腾堡的发明的帮助之下）通过印制各种副本和设计每个页面，一次又一次地再次唤醒了这些既定的评论。因为没有任何设计是偶然的，所以威尼斯的布局以及《塔木德》的布局，都使得读者可以通过这些制图的手段测试他们自己的理智直观和文化记忆。

所有到访过这座城市的游客都知道，地图在威尼斯毫无用处。只有反复体验过那些威尼斯的人行道和桥梁、威尼斯的广场（campi）①和高墙闪闪发亮的威尼斯军械库（Arsenal）②（它由不同时代的石狮子守卫，但丁肯定看到过它们），人们才会对其曲折连贯性具有一定程度的知识。要想了解威尼斯，就必须让自己迷路，就像浪漫主义者们谈到的，在一本书中迷失自己一样。真正欣赏威尼斯的人，即使被蒙住眼睛穿过这整座城市，都将通过触摸或嗅觉或声音，通过他们的心灵之眼，来阅读城市里的每一个巷道和弯路，都将始终知道他们自己所处的位置。

《塔木德》也是没有地图的，但是一位有恒心且明智的读者，会通过记忆和习惯的力量，了解每一页上的内容。有一种犹太学校知名的阅读测试叫作Shass Pollak（Shass是《塔木德》的希伯来语缩写，Pollak意味"波兰的"）③，随意打开《塔木德》并在一个单词上放置一个大头针。正在接受测试的读者需要回答在任何其他页面上的同一个位置的单词

---

① 在威尼斯，圣马可广场是唯一被称为Piazza的广场，其他广场无论大小皆被称为Campi。

② 但丁时代的"威尼斯军舰厂"（Arsenal of Venice）始建于1104年前后，当时命名为Arsena Communis，意为"城邦军舰厂"，是威尼斯城邦的公有船厂。它不是指单一地点，而是指为了方便造船分布在整座城市的一系列的场所与设施，在指挥中心统一管理下运作。十四世纪开始，威尼斯军建厂综合体首次大规模扩建，并被命名为"Arsenale Nuovo"，直至十四世纪中叶，这里还包括军械库、桨锚库、火药库和冶炼铸造工厂等。目前这个场所更常见的译名为"威尼斯军械库"，它是威尼斯双年展的举办场所。本书几处提到这个地点（原书第103、105、229、249页），我们将作为旅游胜地的Arsenal of Venice译为"威尼斯军械库"，但丁在《神曲·地狱篇》第二十一章7—15行提到的Arsenal of Venice译为"威尼斯军舰厂"，以示其功能区分和古今之变。

③ 传说如果用大头针随便戳《塔木德》的某一页，深研《塔木德》的犹太学者就能够一字不落地背诵出这一页上的所有文字。对此，1917年心理学家乔治·斯特拉顿（George M. Stratton）在《心理学评论》上发表了一篇题名为《波兰〈塔木德〉学者的记忆术》（The Mnemonic Feat of "the Shass Pollak"）的文章，见证了波兰《塔木德》学者们的记忆之术。这些学者被称为Shass Pollak，Shass是《密西拿》希伯来语首字母所写，在口语中也指《塔木德》，Pollak在意第绪语中指杆子，也指波兰犹太人，所以Shass Pollak这个称呼的表面意思就是"《塔木德》杆"或者"波兰《塔木德》学者"。虽然作者对这些学者的记忆力很是佩服，但他还是在文章中指出，"这些《塔木德》研究者在学术上根本没有任何造诣"。曼古埃尔在脚注中提到了这篇文献，不过正文中他似乎认为Shass Pollak是这种阅读测试的名字，这是需要纠正的。

是什么。一旦读者回答了,就按下书上的大头针直到它触及所提到的页面。如果这个读者是真正的学者,一个把自己"迷失在《塔木德》之中的人",那么他就能够在脑海里看见整个文本,答案就会是正确的。《塔木德》的真正读者总是知道自己身处哪里。[33]

在十三世纪,圣波纳文图拉注意到,在上帝通过"太初有言"(the Word)创造这个世界之后,"言"在页面上已经死了,并且"因此祂发现有必要通过另一本书来阐明第一本书,以彰显事物的意义"。圣波纳文图拉总结说:"这就是圣经之书(the Book of Scripture),它彰显了相似性、属性和事物的意义,正如它们被写就在世界之书(the Book of the World)之中一样。"[34] 圣波纳文图拉和《塔木德》主义者们一样都认为,一本书(圣经)使阅读另一本书(世界)成为可能,两者都包含了同一个文本的本质。《塔木德》的评注者们继续复制了这个文本,在时间之中不断澄清、扩展和生成了一系列的解读,这些解读认为,世界之书是一本巨大而持续写就的层层覆盖的重写羊皮手稿。以这种方式,阅读从两个方向进步着:一是,为了深究文本内核而挖掘其中普遍的核心文本;二是,向一代又一代的读者伸展开来,以期有一个个全新的单个文本,无穷无尽地加入到这堆核心文本之中去。

也许威尼斯并没有意识到这个过程是一个个体化的过程,因此威尼斯同样也存在于这样两种阅读冲动的紧张关系之中。一方面,很少有城市如此炫耀地对待它们自身的神话和历史。威尼斯要求它的旅客们从第一眼就开始探索这座城市富有想象力的根源,沿着水道、石头和事迹,深入追溯这个游客所走过的每一步路,沿着威尼斯的运河进入这座城市传奇般的开端。另一方面,通过连续地阅读历史本身,威尼斯要确定自身的当下,丢弃每一个新的阅读(最初可能是显得富有启发性的),视之为重复、平庸、平凡,要求另一个新的阅读。不存在一个令所有人都满意的威尼斯。同时把读者拉拽往相反的方向,把读者拉拽向历史书籍之中的理论城市、故事和图片之中的想象中的城市,在这个过程中,威尼斯(就像世界自身一样)自身往往就已经迷失掉了。

还有一个众所周知的故事，威尼斯的狂热者曾在828年从亚历山大的圣马可之墓中偷走了圣马可的遗体。因为这个 furta sacra（神圣盗窃）①的行为，圣马可和他的狮子取代了圣狄奥多罗（Saint Theodore）和他的巨龙，成了威尼斯这座城市的守护者，尽管这两位圣徒今天都很和蔼可亲地同时伫立在圣马可广场上。打开书籍意味着繁荣，合上书籍则表明战争的开始，通常还会用到一把宝剑或一道光环，这只带有文化特征的狮子，不断地改变着或者丰富着其自身的象征意义。虽然这种象征意义总是受到质疑，但这些仍然是比较通行的解读方式。35

迈蒙尼德在他的《〈托拉〉研究之法》（*Hilkhot Talmud Torah*）②中指出，"研究时间应该分为三个部分：三分之一用来研习成文《托拉》，三分之一用于研习口传《托拉》，最后三分之一用于反思，从某些前提之中得出结论，从一个含义之中推导出另一个含义，从一个事情之中比较得出另一件事，直到人们明白，《托拉》是律法的基础，从而学会理解什么是被禁止的，什么是通过传习而来的学习所允许的。这就被称为《塔木德》"。对于迈蒙尼德来说，一个明智的学者不再需要献身于阅读成文《托拉》（先知们的话）或者听从口传《托拉》的传授（饱学之士的评注），他可以"根据他心灵的广度和他知性的成熟程度"全身心地投入于专门的研究，追随他的好奇心。36

当然，科内利亚诺的狮子在威尼斯非常常见。出现在浮雕、滴水嘴、旗帜、徽章、喷泉装饰、马赛克、彩色玻璃窗、柱顶、井口、斜面墙、基石、在威尼斯军械库前面树立着的雕塑，以及每个博物馆中的画作之中：人们认为几乎没有任何地方不适合狮子的存在。像在缓步状态下一

---

① 在西方基督教世界存在着"神圣偷窃"的传统观念，这种观念宣称，因为圣徒想让自己的遗骨转移到他地，所以偷窃圣徒遗骨的行径是合理的，这种观念将盗窃的行为合理化成了一种"神圣盗窃"，参与盗墓的人涵盖了僧侣、洗劫教堂的商人、到处搜寻罗马古墓的文物贩子等等各个社会阶层。关于这种观念，可以参见《中世纪偷盗圣人遗骨的人》（Patrick J. Geary, *Furta Sacra: Thefts of Relics in the Central Middle Ages*, 1978），这是关于中世纪偷盗圣人遗骨的窃贼的研究著作。

② 《〈托拉〉研究之法》是迈蒙尼德著作《律法新诠》（*Mishneh Torah*）之中的一部分。

般,科内利亚诺的狮子的头部或者是正面昂起或者是被用透视技法缩小,或者就像一只充满期待的家畜一样坐着;或者像歙县猫(Cheshire Cat)一样逐渐减少到最后只剩笑脸①,或者把它自己的整个充满肌肉的身体缩挤在镀金的和华丽的框架里面,或者狮子的轮廓正式盖印在"[属于]xx 的藏书"(ex libris)②上,或者被中国制造的带有人造雪花装饰的塑料铃铛供奉起来,诸如此类的狮子在威尼斯遍地都是。在每种情况下,无论是其作为兽类的存在还是反映在其装饰和周围环境中的转喻性存在,这只圣马可的狮子所代表的东西总是超出了任何一种单一的阅读假设。存在于上帝的两本大书之间,正如同科内利亚诺的狮子站在行动的圣徒和沉思的圣徒③之间,画面中几乎看不见的骑手探索着超出阅读大书和世界这两者的可见边界之外的坚实景观。艺术家就好像已经直觉地感到,这两本书都是不够的(迈蒙尼德勇敢地表达出了这一点),于是艺术家在这幅图片之中还放置了第三个视角,这就与亚伯拉罕·本·撒母耳·阿布拉菲亚试图做出的调和如出一辙。

《诗篇》三十二章建议说:"你不可像那无知的骡马,必用嚼环辔头勒住它;不然,就不能驯服。"④《诗篇》三十三章继续补充说:"靠马得救是枉然的;马也不能因力大救人。"⑤ 在科内利亚诺的画作中,遏制野兽的无知,知道它不会保护人们免受伤害,将其"力大"指向坚定而确定的目的,画中的骑手逃脱了圣经及其注释的限制,创造了一副尚未写就的全新风景,这种全新的景观在人们的记忆和思想之中逐渐进化,

---

① 歙县猫是路易斯·加乐尔(Lewis Carroll,1832 -1898)《阿丽思漫游奇境记》的虚构角色,标志是从树上伸出一张猫的笑脸,猫消失了,笑还在。也有译本将其译为"柴郡猫"。如无特别注释,本书提及《阿丽思漫游奇境记》之处,译名和译法皆遵从赵元任先生译本(《阿丽思漫游奇境记(附:阿丽思漫游境中世界)》商务印书馆 1988 年版本)。

② ex libris 是从拉丁文词组 *ex-librīs* 演变而来的,意思是"属于XXX 的书的一部分",通常藏书票会在票面上印有拉丁文 *Ex-Libris*,意为"(属于)xx 的藏书"。

③ "行动的生活"(vita activa)和"沉思的生活"(vita contemplativa)是西方哲学区分的两种生活方式。

④ 语出《诗篇》32:9。

⑤ 语出《诗篇》33:17。

进化成了一个允许改变的文本，在好奇心的想象之中，随着言辞的页面被记忆下来，随着世界被转换和注释了下来，这个文本不断地改变自身。无论是探索这座城市，还是探索这本大书，在说出的上帝之言、写下的上帝之言与人类的世界之间，这名骑士拥有追寻的自由，这也是每位读者都可以要求的自由。而在古老象征不可翻译、约定俗成的语言中，这个不可回答的追问者或许自有其作用。

第六章 语言是什么？

2013年圣诞前一周的一个傍晚，我坐在桌子前回一封信。但是当我准备写下这些文字时，我觉得它们好像在逃离我，在到达纸张之前消失在了空气中。我曾深感惊讶，但不太在意。我觉得我很累，并答应我自己完成笔记之后我就停止工作了。为了努力集中精力，我试图在脑海中形成我应该写的句子。然而，虽然我知道我想说的要点，但句子却不会在我的脑海里自动形成。词语造反了，它们拒绝按照我的要求去做：跟昏弟敦弟（Humpty Dumpty）①不同的是，我觉得自己太弱了，无法向它们展示"谁才是主人"。经过多次精神紧张，我才得以痛苦地想出一些单词并在页面上连贯地写出了它们。我觉得我就好像一直在从字母汤里面舀汤，一旦汤匙抓住了一个词，它就会溶解成无意义的碎片。我回到了住处，试图告诉我的同伴我觉得有什么不对劲，但我意识到，正如我无法写下它们一样，我的嘴巴甚至无法发出这些词语的声音，只剩下痛苦的旷日持久的口吃状态。他叫了一辆救护车，一小时后我就进了急诊室，接受中风治疗。

为了向我自己证明我没有失去记忆词语的能力，我只是不能把它们

---

① "昏弟敦弟"是路易斯·加乐尔《阿丽思漫游镜中世界》里面的虚构人物，形象滑稽可笑，头脑简单愚蠢，却虚荣傲慢，刚愎自用。他们唱了一首没头没脑的歌，这首歌是这部著作中经典的言辞游戏。

大声说出来而已，我开始在脑海里背诵我心里熟知的一些文学作品。这波背诵很流畅：圣十字若望（Saint John of the Cross）①和埃德加·爱伦·坡（Edgar Allan Poe）②的诗歌，但丁和维克多·雨果（Victor Hugo）的大段诗章，阿图罗·卡德维拉（Arturo Capdevila）③和古斯塔夫·施瓦布（Gustav Schwab）④的打油诗在病房的黑暗之中清晰地回响着。阅读的能力从未离开过我，几个小时以后，我发现我又能写作了。但是，当我试着跟护士说话的时候，我还是口吃。经过四五个星期不太顺畅的说话状态之后，口吃的症状才逐渐消失。

这段经历虽然令人恐惧，但让我反思了思想和语言之间的关系。我认为，如果思想是在我们的心灵之中通过语词形成的话，那么当思想被激发了的那个瞬间，一秒里面最初的时刻，语词就同时瞬间聚集在了它周围，但是这些语词还不能够被心灵的眼睛清晰地区分开来：它们只是在潜能的意义上（in potentia）构成了思想。词语的口头聚集使得心灵感知到了类似处于水下的影子的存在，但心灵感知不到它们的全部细节。语言的发言者是这些语词出现的原因（而且每种语言产生特定的思想，这种语言只能被不完满地翻译成另外一种语言），心灵会选择那种语言之中最恰当的语词，来使得思想变得易于理解，就好像这些语词是金属碎屑聚集在思想的磁铁周围一样。

---

① 圣十字若望（1542—1591），出生在马德里北部阿维拉附近的小镇丰蒂韦罗斯的一个改宗基督教的犹太人的家庭，西班牙神秘学主义者，加尔默罗会修士和神父。圣十字若望也是天主教改革之中的重要人物，他是加尔默罗会的改革者，被认为与圣女大德兰一同创立了赤足加尔默罗会。

② 埃德加·爱伦·坡（1809—1849），美国小说家、诗人、编辑与文学评论家，被尊崇是美国浪漫主义运动先驱之一，美国短篇小说的先锋人物，以悬疑及惊悚小说最负盛名。

③ 阿图罗·卡德维拉（1889—1967），诗人、剧作家、散文家、律师、法官、哲学和社会学教授以及阿根廷历史学家。

④ 古斯塔夫·施瓦布（1792—1850），德国著名的浪漫主义代表性诗人与作家。施瓦布出生于德国斯图加特，1809年至1814年间在著名的图宾根大学神学院攻读神学与哲学，毕业后做过短期的牧师，后来又从事教师工作。在他的教师生涯中，他培养出了席勒等著名文学家，并结识了歌德、乌兰德、威廉·豪夫等德国伟大作家。

第六章　语言是什么？　137

　　在我的大脑里面有一条动脉被血块阻塞，有几分钟没有通过氧气。因此，一些神经通道被切断，然后死亡了，可能这些神经通道就是传播电流的通道，它们能够将语词构思成话语之中说出来的单词。我没有办法把思想变成可能表达出来的思想，因此我觉得我好像在黑暗之中摸索着什么东西，可是这个东西一旦触摸到就消散了，它不让我的思想形成一个句子，就好像它的形状（其中伴随着图像）已被消磁了，不再能够吸引住那些定义这个思想的语词。

　　这让我产生了一个问题：这些还尚未成熟的口头状态的思想到底是什么呢？我想，这或许就是但丁写下如下这段话语的时候，心里所想到的，"幸亏我的心神获灵光爎然/一击，愿望就这样唾手而得"：尚未用语词所表达的头脑之中想说出来的思想。亚里士多德曾谈到，"想象"（*phantasia*）是一种把此前从未曾感知到的东西呈现给心灵的能力；或许在人类之中，想象就是通过语言使得这种心灵所想之物呈现出来的能力。在一般情况下，在特定语境之中，从一位思想者产生想法到将其汇聚成语言，再到将它们说出来或写出来，这些过程是同时进行的。除了在半梦半醒的状态和幻觉状态（我经历过这种状态，在二十多岁时我曾经试用过LSD）之中，我们没有感知到过程之中的各个阶段。在这个过程中，正如在我们所有的意识过程之中一样，驱动我们的正是欲望。

　　一方面是要把我的想法变成特定的词语，另一方面我又没有能力这么做，我夹在这两者之间被撕裂了，我开始试图找到一些我所知的能够表达我想说的话的同义词。再打一个比喻或许能够帮助我把它表达出来：这就好像沿着溪流漂浮而下，我来到一个阻挡我的道路的大坝前面，我试图在大坝的侧面寻找另一个允许我漂流而下的通道。在医院里，我发现我说不了"我的思维功能是好的，但我觉得说话困难"，我说的是"我有话"。我经历了这种否定性的表述特别困难的时刻。在我心灵的思维过程减速的时候，如果我想在回答护士的问题的时候说"我觉得不疼"，我发现自己在想的是"我觉得疼"再加上"不"这个词。习惯了我正常的演讲节奏之后，我会尝试立刻回答所有问题，但是"当然"

或"是"这些词语会在我有时间将我的否定性的想法表达出来之前就会说出来。显然,在我的心灵之中,肯定的阶段先于否定的阶段。(这个过程是为了否定某物而首先肯定某物,事实上这个过程是一种"叙事的原型"。堂吉诃德被表述为一个虚弱的老人,这是为了否定他是一位虚弱的老人,并肯定他是一名勇敢的骑士,然后再否定他是一个勇敢的骑士,肯定他是一位虚弱的老人。)

在这之后我对自己说,也许这正是一个人的文学风格的运作方式:有选择地寻找到合适的水道,并不是因为任何言语表达的阻塞,而是出于一种特殊的审美意识,这个人选择不去采取通常的表达("猫在垫子上"),而会从侧面选择个人化的表述("猫在垫子上打盹")。

躺在医院的时候,我的大脑在棺材般的机器里被扫描,这让我开始反思这样一个事实,我们的时代允许我们对很多事物怀有好奇,在中世纪神学家那里这些事物只有上帝可以知晓:观察我们的观察,描画出我们自己思维的图像,享受既作为我们亲密的心理行为的观众又作为其表演者的特权——就好像是把我们的大脑掌握在我们的双手之中一般,正如但丁笔下的贝特洪·德波恩一样,他的双手必须提着他被砍下的头颅,惩罚他让两个本来应该永远在一起的人们分开了。

但丁和维吉尔遇到困在冰中的巨人。木刻描绘的是《地狱篇》第三十一章,带有克里斯托福罗·兰迪诺的评论,1487年印制。(贝内克珍本书[Beinecke Rare Book]和手稿图书馆[Manuscript Library],耶鲁大学)

> 世界就像讲述一个故事之后留下的印象。
> ——蚁垤,《瓦西斯塔瑜伽经》① 2.3.11

追问一个无法回答的问题具有一种辩证的作用,就像一个孩子追问"为什么?"的时候,他或她并不是为了得到一个满意的解释(因为这个问题可能只是引起一个恼怒的以"因为!"开头的回答),而是为了开启一次对话。但丁的动机显然更为复杂。在维吉尔的照看下,但丁遇到了他的同胞们(男人和女人都有)的灵魂,这些人都是跟但丁一样的罪人,但丁希望知晓他们的故事,也许只是基于好奇心而已(为此维吉尔已经谴责了他)或者把他自己的境遇映照出来(对此维吉尔是默许的)。[1]其中有一些灵魂想要尘世上的人们仍然记住他们,所以向但丁讲述了他们的故事,以便但丁可以把他们的故事复述出来;其他的人(比如叛徒博卡·德利阿巴提[Bocca degli Abati]②)则蔑视诸如死后声名这样的

---

① 《瓦西斯塔瑜伽经》(*Yoga Vasistha*)也译《瑜伽胜论》《至上瑜伽》,是一部托名蚁垤(Valmiki)的哲学著作,真正的作者不详。全文包含两万九千多节经文,其篇章结构是圣者婆吒(Sage Vasishta)与罗摩王子(Prince Rama)关于真我本质与造化的对话。正文由六卷组成。蚁垤又译跋弥,古印度诗人。相传是《罗摩衍那》的作者,其身份不详。有很多传说,有人说他是语法学家,还有人说他是古代仙人。也有传蚁垤出身婆罗门家庭,因静坐修行数年不动,身上成了蚂蚁窝的小土丘,故以蚁垤为名。另一种说蚁垤原本是个弃儿,被山中野人收养。长大成家后,以偷盗为生,专门抢劫朝圣者,后来被一位瑜伽士开导成圣。

② 但丁在《神曲·地狱篇》第三十二章 106 行提到博卡的名字。1260 年,在蒙塔佩尔提(Montaperti)之战中,博卡是佛罗伦萨归甫党的成员。当时归甫党遭遇西西里王曼弗雷德

想法。但丁所遇到的这些人都是通过语言这种贫乏且无效的工具来跟他交流的,对此但丁感叹了这种语言工具的虚弱无力。

> 一切唇舌肯定会相形见绌,
> 因为,我们的言辞、记忆太狭偏,
> 容纳不下这么繁多的事物。[2]

当但丁最终准备告诉他的读者他所经历的天堂的荣耀时,但丁向阿波罗祈祷。到此为止,缪斯的灵感已经足够了,但是现在他还必须要得到阿波罗神本人的帮助,不管多么痛苦——因为每一位神祇出现的时候总是会非常可怕。但丁将这个过程比喻成马胥阿斯(Marsyas)被剥皮的过程,长笛演奏家马胥阿斯挑战了阿波罗,要跟阿波罗比赛,后来马胥阿斯输了,被绑在一棵树上,活活被剥掉了皮。但丁试图召唤这位可怕的神祇:

> 光临我怀啊,让你的灵气翕张,
> 就像你昔日把马胥阿斯
> 拔离他的肢体,如拔剑于鞘囊。[3]

在阿波罗的帮助下(或者通常得不到阿波罗的帮助),我们会用文字来尝试记录、描述、解释、判断、要求、乞求、肯定、暗示、拒绝——然而在每一种情况下,我们都必须依靠我们的对话者的智慧和慷慨,才能从我们发出的声音之中传达出意义和我们想要表达的意思。图像抽象的语言对我们的帮助有限,因为我们本性中的一些东西会使得我们希望将这些东西翻译成文字,即使只能隐隐绰绰地翻译出一些影子,即使我们确切地知道

(接上页)(Manfred)军队进攻,博卡把己方军旗砍下,导致全军惶恐,归尔甫党大败,吉柏林党大胜,再度统治佛罗伦萨。(参见但丁·阿利格耶里著,《神曲 1·地狱篇》,黄国彬译注,外语教学与研究出版社,2009 年,第 482 页脚注 78。)

它是不可译的、内在的和无意识的。举个例子，但丁最初踏入的森林本身的定义是不可言喻的，可是但丁仍然试图将它理解为"黑暗"（oscura）、"荒凉"（selvaggia）、"芜秽"（aspra）、"浓密"（forte）、"悲凄"（amara）。⁴但是语义单纯性（semantic innocence）是我们无法企及的。

在他们可怕地下降到地狱之坑的临门一脚，穿越了将罪恶之囊（Malebolge）的最后一道深渊与地狱第九层分开的河岸之后，在叛徒们受到惩罚的地方，但丁听到号角在浓密的阴霾中吹响的响亮声音。他模糊地辨别出了一座城市塔楼的高大形状，不过维吉尔解释说，这些其实是那些腰部以下嵌在巨大深坑之中的巨人。⁵ 他们是圣经中的"伟人"（Nephilim）①，根据《创世记》的记载，他们是在大洪水之前的日子里，人类的女儿们和上帝的儿子们的后代。其中一个巨人喊出了一堆让人难以理解的词："拉发尔麦阿美扎比阿尔弥。"（Rafel mai amech zabi almi）维吉尔解释说：

> 他叫宁录，在叱
> 自己。今日，世人的言语不再
> 统一，完全归咎于他的鬼办法。
> 不要再徒耗唇舌了；让我们离开。
> 别人说的语言，他一窍不通；
> 他所说的，也没有谁会明白。⁶

宁录讲的"没有谁会明白"的话，长期以来一直在但丁学者之中辩论不休。虽然大多数但丁评注者们认为，但丁这行诗句的意图应该解读

---

① 语出《创世记》（6：4）："那时候有伟人在地上，后来神的儿子们和人的女子们交合生子；那就是上古英武有名的人。"在不同的圣经翻译版本中，Nephilim 有略微不同的名字，比如中文合和本中翻译成"伟人"，2010 年和合本修订版中翻译成"巨人"，新国际版本翻译直接采用了希伯来文的音译"拿非利人"。这个词的希伯来词根是 Naphal，意思是"堕落"，Nephilim 的意思就是"堕落的人"。

为是一场胡言乱语，但是还有一些学者提出了破译这些话语的巧妙的解决方案。多梅尼科·圭埃里（Domenico Guerri）① 主张的理解是，根据记载宁录和巨人们所说的是希伯来文，但丁应该是组合了在圣经的武加大译本（Vulgate）② 之中发现的五个希伯来词语。多梅尼科·圭埃里认为，但丁构思的原始短语是由组合和扭曲 raphaïm（巨人），man（这是什么？），amalech（以轻触作为感受方式的人），zabulon（居住）和 alma（神圣、秘密）这几个词得来的，这句话很可能是上帝对巴别塔施以的诅咒，最终变成了没有谁会明白的这句 Rafel mai amech zabi almi。所以这句话的隐含意义可能是："巨人！这是什么？人们感觉他们自己进入到了神圣的地方！"[7]

也许多梅尼科·圭埃里的解释是正确的，但是这种解释几乎无法令人满意。（在博尔赫斯的侦探故事"死亡与指南针"［Death and the Compass］）中，博尔赫斯让他的故事中的一名警察检查员向罪案研究者提出了一个可能解释犯罪的假设。"有可能，但是不有趣"，这是研究者的反应。"你会反驳说，现实不一定非有趣不可。我的答复是，现实可以不承担有趣的义务，但不能不让人做出假设。"[8]但丁可能使用过这些希伯来词语，因为根据圣经学者的研究，宁录说的是希伯来语，可是但丁也可能会歪曲使用这些词语，因为宁录的讲话受到了上帝的谴责，变得不可理解了。不过但丁也许也会希望宁录讲的话不仅仅只是秘密，而且还是一个可怕的秘密，因为他知道，导出一条难以令人满意的解决方案的谜，要比导出一条毫无意义的解决方案的谜，糟糕得多。宁录和他的工人们在那座雄心勃勃的塔楼上被诅咒，那时他们说的是同一种语言，但是这种语言的含义已经变得混淆了起来——但这同一种语言并非

---

① 多梅尼科·圭埃里（1880—1934），意大利文学评论家，著名但丁研究者。
② 《圣经武加大译本》（*Biblia Vulgata*）又译《拉丁通俗译本》，是五世纪的圣经拉丁文译本，由圣哲罗姆从希伯来文（旧约）和希腊文（新约）进行翻译。八世纪以后，该译本得到普遍承认。1546年，特伦托大公会议将该译本批准为权威译本。现代天主教主要的圣经版本，大都源自这个拉丁文版本。

不存在或者难以理解，并不完全缺乏一种原初的意义。那意思已经朦胧地被人们瞥见，只是它超出了宁录的观众们的辨别能力，将永远被视为胡言乱语。宁录的诅咒使他受到的谴责并不是要他保持沉默，而是要他传递出一条永远不被人们所理解的启示。

宁录的讲话并不是独一无二的。曾经，在但丁和维吉尔下降的路上，他们也听到过难以理解的话，维吉尔曾经同样地无视了这些话语。当但丁和维吉尔进入吝啬者和挥霍者受到惩罚的地狱第四层时，这两位旅人会遇到普路托斯（Pluto），即财神和这个圈层的守护者。普路托斯用嘶哑而刺耳的声音向他们喊道：Pape Satàn, pape Satàn aleppe!（啪呸撒旦，啪呸撒旦阿列呸！）财神普路托斯的这句话被解释为恶魔对撒旦的召唤：绝大多数评论家，从最早的但丁评论者开始，就已经开始将pape 和 aleppe 理解为劝诫，前者来源于希腊语的 *papai*，后者来自希伯来语的 *aleph*。然而，财神普路托斯的呼喊，在这两位诗人身上完全没有得到回应，维吉尔甚至用鄙视的话语咒骂，导致这位远古的神祇坠落地面，说他"因桅杆断折而塌成一堆"。⁹

如果我们从来没有学过一门语言，或者如果我们已经忘记了一门语言，那么一门语言对我们来说就可能是不可理解的：这两种情况都预先假定了一种原初的共同理解的可能性。寻找这种原初的语言，是世界各地的学者长期以来的工作。根据希罗多德的说法，在但丁时代之前的几个世纪，埃及人法老普萨美提克（Psammetichus）试图确定谁是地球上的第一个民族，并进行了一项实验，后来的许多其他统治者也复制了他的这项实验。他从普通的家庭里带了两个新生的婴儿出来，把他们送给一个牧羊人，带进牧羊人的小屋，严格命令没有任何人可以在这两个婴儿面前说出一句话，牧羊人以其他必要的方式照顾他们。普萨美提克想要知道，婴儿最初会说话的时候，第一句话会先说些什么。希罗多德告诉我们，实验成功了。两年之后，牧羊人听到孩子们欢迎他的第一句话就是 becos 这个词，在弗里吉亚语中的意思是"面包"。普萨美提克的结论是，地球上的第一个民族不是埃及人，而是弗里吉亚人

(Phrygian)①，原初的语言是弗里吉亚语。¹⁰

在十二世纪，遵循普萨美提克的例子，神圣罗马皇帝腓特烈二世（Frederick Ⅱ）（但丁将他遣放在地狱第六层，跟异教徒们在一起）试图确定哪一种语言是第一种自然的人类语言。他安排了一些护士来负责照看和盥洗孩子们，但不能和这些孩子们说话，以便发现孩子们所说的第一句话是用希伯来语、希腊语、拉丁语、阿拉伯语，还是他们的亲生父母的语言。实验失败了，因为所有的孩子们都死掉了。¹¹

如果一个人不能与他的同胞沟通，这就跟把那个人活埋了差不多。在《睡人》(*Awakenings*)（现在成了一部经典）中，奥利弗·萨克斯（Oliver Sacks）② 描述了一位名叫伦纳德·L.（Leonard L.）的四十六岁病人的困境，他受困于一种睡眠病（流行性乙型脑炎），这种病在二十世纪二十年代中期的美国广为传播。在 1966 年，奥利弗·萨克斯第一次在纽约市的卡梅尔山医院（Mount Carmel Hospital）遇见了他，伦纳德·L. 完全无法说话，也无法自由地行动，只有右手可以做几分钟动作。在这些条件下，他只能在一块消息板上面拼写出信息，这是他唯一的沟通方式。伦纳德·L. 是一名很狂热的读者，虽然他读书必须由其他人帮他翻页，但他甚至还能设法写书评，每个月发表在医院的杂志上。在他们第一次会面结束时，奥利弗·萨克斯问伦纳德·L.，处于他这样的状况究竟是什么样子的体验。伦纳德·L. 应该做何比喻呢？伦纳德·L. 给奥利弗·萨克斯拼写出了如下的答案："困在牢笼里。被剥夺所有。就像里尔克的《豹》(Panther)③。"里尔克的这首诗写于 1907 年的秋天或 1908 年的春天，很好地抓住了这种无言的困惑感：

---

① 弗里吉亚（Φρυγία），圣经和合本译为弗吕家，安纳托利亚历史上的一个地区，位于今土耳其的中西部。

② 奥利弗·萨克斯（1933—2015）是英国伦敦的著名医生、生物学家、脑神经学家、作家及业余化学家。他根据对病人的观察，写了好几本畅销书。他倾向跟随十九世纪传统的"临床轶事"，文学风格式的非正式病历。

③ 中译采用冯至先生的译文，参见冯至译，《冯至译作选》，许钧、谢天振主编，商务印书馆，2019 年，第 301 页。

它的目光被那走不完的铁栏
缠得这般疲倦，什么也不能收留。
它好像只有千条的铁栏杆，
千条的铁栏后便没有宇宙。

强韧的脚步迈着柔软的步容，
步容在这极小的圈中旋转，
仿佛力之舞围绕着一个中心，
在中心一个伟大的意志昏眩。

只有时眼帘无声地撩起——
于是有一幅图像浸入，
通过四肢紧张的静寂——
在心中化为乌有。[12]

　　既像里尔克的豹具有的"伟大的意志"（mighty will），也像伦纳德·L. 的执着意志，宁录的反叛意志所受到的谴责，就是无法传播的言语（verbal immobility）。

　　与宁录相遇之后，维吉尔和但丁又遇到了安泰奥斯（Antaeus），就是反抗宙斯的那几名巨人之中的一个。安泰奥斯是海洋和大地的神祇的儿子，只要安泰奥斯一触碰他的母亲，他就会长得更加强壮，直到赫拉克勒斯把他高高举起并把他摔碎时，他才终于被击败，他死了。维吉尔对待安泰奥斯的方式与对待宁录的方式截然不同：他礼貌地向但丁介绍了这位巨人，请这位巨人帮助他们下降到地狱的第九层、也就是最后一层。为了说服安泰奥斯（因为贝缇丽彩对他采取了奉承的方式，维吉尔则对他采取了贿赂的方式），他指向但丁，并承诺如下：

　　他仍能恢复你在世上的声名。

他是活人。如果圣恩在上方

不提前宠召,他仍会享受高龄。

维吉尔对安泰奥斯承诺说,但丁讲的话说到做到:巨人的身体动作将用未来的言语来偿还,在空间中的交流被转换成了在时间中的交流。安泰奥斯接受了这个条件(即使身处地狱,我们仍然肯定还是能够做出选择的),用一只巨大的手把这两位旅行者舀了起来,然后把他们再一次放在了"那吞咽/撒旦(路西法)和犹大的坑底"①。然后他"如船桅上挺"一般伸直了躯体。¹³

安泰奥斯是一座桥梁、一个交通工具、一艘船舶,但镇守在《地狱篇》最后一章的诗篇中的高塔,却恰恰是宁录和他的难以理解的言辞,因为与宁录的相遇预示着与撒旦(路西法)的最终会面,这个大恶魔最终选择了让自己凌驾在超越上帝话语的救赎力量之上。

根据犹太传说,宁录是诺亚的三个儿子之一的含(Ham)的后裔。从他父亲那里,宁录继承了上帝在亚当和夏娃被驱逐出伊甸园之前赐给亚当和夏娃的衣服,穿戴这件衣服的人可以所向无敌;野兽和鸟类会在宁录面前倒下,没有人可以在打斗中击败宁录。宁录的衣服给他带来了运气:因为人们认为宁录的力量是他自己的,他们让宁录成为他们的王。在所有的战斗中,宁录都赢了,他征服了一片接一片的陆地,直到他成了这个世界上唯一的统治者,拥有普世权力的第一个凡人。然而,这件礼物已经腐败了宁录的内心,宁录成了偶像崇拜者,后来他又要求所有人崇拜他为偶像。作为"男人和野兽的强大猎人"的宁录变得众所周知。受到宁录亵神的启发,人们不再信奉上帝,他们开始变得相信要依靠他们自己的力量和能力。但是宁录的野心并未满足。他还不满足于他对尘世的征服,决定建造一座能够到达诸天(heavens)的通天塔,并且想要声称诸天是他的领域。在建筑这座通天塔的过程中,宁录雇用了六十万

---

① 黄文彬先生将Luufer皆译作"撒旦",我们修正译为"撒旦(路西法)"。

名忠于他事业的男男女女：前三分之一的人愿意对上帝发动战争；第二个三分之一的人提议在天堂之中树立偶像并崇拜这些偶像；最后三分之一的人想用箭和矛攻击天国的主人。建造这座通天的塔楼已经花费了很多年的时间，最后有多高呢，一个工人花了十二个月才攀登到这座通天塔的顶峰。甚至连一块砖头被认为比人类还更珍贵：如果一个工人倒下，没有人会注意到他；但若一块砖头掉下去了，这些人们会因为它而哭泣，因为至少需要一年的时间，才能取来另一块砖头取代它。连正在分娩的妇女都不得中断工作：她会在做砖头的时候将她的孩子带入世界，然后用布做成襁褓把婴儿绑在腰间，再接着把这块砖塑造出来。[14]

根据《创世记》的记载，"耶和华降临，要看看世人所建造的城和塔。耶和华说：'看哪，他们成为一样的人民，都是一样的言语，如今既做起这事来，以后他们所要做的事就没有不成就的了。我们下去，在那里变乱他们的口音，使他们的言语彼此不通。'于是耶和华使他们从那里分散在全地上；他们就停工，不造那城了"（《创世记》11：5—8）。《创世记》记录中隐而未发的，是建造巴别塔的工匠们的技能，他们的创造工作甚至让上帝为了欣赏它而从天而降。《塔木德》的评注者们说，未完工的巴别塔后来被毁掉了。其中三分之一的残骸沉入地下，三分之一的构造被火烧毁，还有三分之一的残骸仍留在废墟之中，经过残骸的路人将受到的诅咒是，他们会忘了他们所知道的一切。[15]

"一种原始的单一的共同语言后来分散成了多样的语言"，这种观念与当代关于我们言语能力起源的理论之间，存在着一种象征性的关系。根据其中一个理论（"手势优先"[gesture first]理论，它与"言语优先"[speech first]理论相对），我们既是模仿性的动物，也是能够进行手工操作的复杂模仿生物（例如模仿一个做锤击的手势来要求获得一个锤子），从这种哑剧演变成了早期形式的手语。这些原型手势（proto-signs）又反过来发展成了原型言语（proto-speech），模仿的手势和话语都会催生出原型语言（proto-languages），这种原型语言就会成为我们最早的祖先和第一种可识别的人类语言之间交流的桥梁。而在"手势优先"的理论中，人类拥有语言（和其他生物为什么没有语言）的原因，是"人类大脑是为语言而准备的（language-ready），从某种意义上说，一个正常的人类孩子可以学习一门语言——一门开放的词汇与语法结合在一起的语言，词汇等级式的组合形成更大的结构，能够根据需要来自由表达新颖的意义——而其他物种的婴儿则不能如此。的确，人类不仅能够学习现有的语言，而且还可以在塑造新语言的过程之中发挥积极的作用"。[16]

拥有 98.8% 的人类 DNA 的黑猩猩的大脑与人类大脑的不同之处不仅在于大小，还在于它们连接区的广度和深度，以及细胞的功能细节。虽然人们可以教导黑猩猩理解口语，但所有教他们说话的尝试都失败了：黑猩猩（和所有其他类人猿）缺乏调节声器的神经控制机制。因为它们双手灵巧，也可以教导它们使用手语，还有一些由所谓的"耶基斯语（Yerkish）或符号字"（lexigrams）[①]的象征性的视觉语言，耶基斯语是一种"类似于在冰箱门上移动电磁符号"的阅读和写作的方法。一只名为侃子（Kanzi）的倭黑猩猩能够掌握二百五十六个这样的符号字，并以新颖的组合方式排列它们。然而这些组合，无论多么出色，都不等于拥有和使用一种语法。科学家们将侃子非凡的能力与暴露在普通的语言环境之中的两岁孩子进行了比较，这就是侃子的极限。[17] 但是像侃子这样的倭黑猩猩具有什么经验呢，而与之相对，一个人类幼童是在传达什么（不管这些信息有多么初级），他试图传递什么？

在 1917 年 4 月，弗兰茨·卡夫卡寄给他的朋友马克斯·勃罗德（Max Brod）[②]一部散文集，其中包括一篇题为《给学院的报告》（A

---

① 耶基斯语或符号字是一种为了非人类灵长目（黑猩猩）与人类沟通、所发展出的人工语言。耶基斯语需要灵长目黑猩猩使用键盘按键的方法，即所谓"符号字"输入法来与人类沟通。而所谓符号指的是相应的物件或概念显示在键盘上之图示。此种语言是由恩斯特·冯·葛拉瑟菲尔德（Ernst von Glasersfeld）发展出来的，首只黑猩猩拉娜从 1973 年开始，经由训练可以使用耶基斯语来与人类沟通。

② 马克斯·勃罗德（1884—1968）是二十世纪世界著名作家弗兰兹·卡夫卡的终身挚友，也是其遗作整理出版者、影响力推动者和"卡夫卡热"的缔造者，他是发现卡夫卡写作天才和巨大价值的第一人，代表作品《灰色的寒鸦：卡夫卡传》。除此之外，马克斯·勃罗德本人其实也是一位著作颇丰的作家，而且是门类广泛的评论家。

Report to an Academy）的作品。这是一部以一只猿猴的第一人称视角写作的作品，人们在黄金海岸捕获到这只猿猴，通过培训使它掌握了某种类似人类的语言，它能使用传统的手势（例如，握手"表示开放性"）和言语。"哦，当一个人必须寻求一条出路时，这个人就会学习"，猿猴向学院之中饱学的学者们解释说，"这个人就会不惜一切代价去学习"。但是，虽然猿猴可以清楚而准确地重新复述出它在五年之内的教育细节，但是它永远不会知道，它所说出来的那些言语并不是它作为猿猴的经历，而是从它的人类人格的经验观察之中翻译而来的一种经历。"那么作为一个猿猴的我，是一种什么样的感受呢，"它对他的充满期待的观众们说，"我只能用人类的话语来代表我自己，因此我歪曲了我自己。"正如卡夫卡直觉地观察到的那样，如果猿猴的大脑在生物学上并不像人类的大脑那样是"为语言而准备的"，那么将其转换为人类那样"为语言而准备的"大脑——在文学性的、象征性的，甚至可能（在莫罗博士［Dr. Moreau］① 的未来之中）的医学意义上——将不可能使一只猿猴表达出其眼中所看到的世界，正如人类的大脑不可能（在但丁的信仰体系之中）把握上帝之言，并用人类的话语把这种上帝之言表述出来一样。[18] 这两个例子都表明，翻译就是背叛。

"超凡的经验非文字所能宣告，/对将来借神恩登仙的人"，但丁是这样表述他的天堂体验的，托马斯·阿奎那证实了这一观点。"看见上帝的机能，"阿奎那认为，"并不是自然地属于创造者的知性，而是由荣耀之光所赐予他的，这意味着知性是按照某种'与神肖似性'

---

① 《莫罗博士岛》(The Island of Dr. Moreau, 1896)是英国科幻作家赫伯特·乔治·威尔斯（Herbert George Wells, 1866—1946）继《时间机器》后发表的第二部科幻小说，它讲述了一位名叫普兰迪克的年轻生物学家，因轮船失事漂流到一个岛上，在经历了一连串恐怖的经历后，终于发现岛上有个姓莫罗的医学博士正在对动物进行各种各样的实验。他将一种动物的器官活体移植到另一种动物身上，企图使它们变成能从事某些体力劳动、穿上衣服甚至能够说话的兽人。但这些动物的兽性使它们不愿服从这些习惯，于是莫罗博士创造了以他为神的宗教和一套严厉的法律统治全岛。但是灭绝动物兽性的高压行为和恐怖统治只能加深相互的对立和仇恨，莫罗博士最后惨死在兽类的利爪之下。

(deiformity)建立的。"¹⁹ 换句话说，神圣的恩典可以造就人类的大脑，使其成为"为语言而准备的"，就像教育可以使得卡夫卡笔下的猿猴"为人类的语言而准备"一样。然而无论在哪种情况下，真正的原始体验，在尝试将其说出来的时候，就必然已经丢失掉了。

从原型语言到我们今天所说的语言的进化可能已经经历了将传统言语表达或交际手势碎片化的阶段，就像把一个话语分成了它的各个组成部分，或者把复杂的手势变成更简单的重要手势一样。例如，根据这个理论，一句表述"那里有一块石头可以用来把这个椰子打碎"的话语，会随着时间的推移被打碎为一些表示"那里""石头""打碎"和"椰子"的声音——而这个假设是违反直觉的，因为如果我们假设首先出现的是一些独立的词语，然后出现的是由这些词语组合成的一个句子，这样的假设可能会更加简洁（也许这个假设是受到了约翰尼·维斯穆勒[Johnny Weissmuller]①在早期电影《人猿泰山》[Tarzan]之中一个词一个词地往外蹦的说话方式的影响）。

"手势优先"理论只有几十年的历史。早在十五个世纪之前，在印度，一位梵语诗人和宗教思想家伐致呵利（Bhartrihari）②开创了一种语言理论，这种语言理论在某种程度上预示了这些现代的语言理论。伐致呵利的生平信息不详。即便他的出生和死亡日期也令人怀疑：他被认为出生在大约450年，活到大约六十多岁。不过关于伐致呵利的流行故事却有很多。有一个故事是说，他是一位国王，发现他的情妇不忠，就像

---

① 约翰尼·维斯穆勒（1904—1984），美国游泳运动员和影星，曾获得六枚奥运会奖牌，六十七次打破游泳世界纪录。他曾在十二部电影中出演人猿泰山，被誉为史上最成功的泰山扮演者。他首创的泰山吼已经成了人猿泰山的标志。

② 此处指的是唐代义净法师在《南海寄归内法传》里提到的《薄迦论》的作者伐致呵利。在他的著作中记载，文法家伐致呵利是一位佛教徒，已于义净到达印度前四十年去世。他说伐致呵利七次出家，七次还俗，著有逻辑学专著《薄迦论》，其名声"响震五天，德流八极"。不过历史上有两部著作——《薄迦论》和《三百咏》（Śatakatraya）——的作者都署名伐致呵利，目前还不能断定语言哲学著作《薄迦论》和抒情诗集《三百咏》的作者就是同一人。此外伐致呵利的出生年代，亦难以确定。（参见季羡林，《东方文学史》[上册]，吉林教育出版社，1995年。）

在《一千零一夜》中的国王沙里亚尔（King Shahryar）一样，放弃了国王的宝座，在世界上游荡。另一个故事是说，婆罗门祭司给伐致呵利献上了不死的果实；伐致呵利又是一个情种，他把果实送给了他的王后，王后转手又送给了她的爱人，王后的情夫又把不死果实送给了伐致呵利的情妇，最后伐致呵利的情妇又把它带回到了伐致呵利手上。事情败露以后，伐致呵利隐退到了森林里，写了一首诗，诗歌以这些词语结尾：

> 该死的她，该死的他，该死的爱神，
> 其他的女人，还有我自己！ [20]

伐致呵利作为一名哲学家的名声迅速传播到了其他文化之中。在他去世一个多世纪之后，一位叫作义净法师（Yi Jing）①的中国学者和旅行者相信，他的祖国是所有社会的典范，"难道印度没有任何一个人不羡慕中国吗？"他问道，将伐致呵利作为普世文化的杰出代表来引用。[21] 也许被自己的信仰带入了歧途，义净法师错误地将伐致呵利描绘成一名佛教信仰的捍卫者。但事实上，伐致呵利的信仰植根于神圣的梵语文本《吠陀经》（Vedas，"吠陀"在梵语中的意思是"知识"）。《吠陀经》被人们认为是某些被拣选的学者直接从神那里接受过来，然后通过口口相传的方式传承给后代的神圣文本。《吠陀经》由印地语的四个文本组成，其创作延续了一千多年，大约形成于公元前1200年至公元前200年之间，这四个文本是：《梨俱吠陀》（Rig-Veda）或"歌咏明论"（Veda of Hymns）；《娑摩吠陀》（Sama-Veda）或"赞颂明论"（Veda of Chants）；《耶柔吠陀》（Yajur-Veda）或"祭祀明论"（Veda of Sacrifices）；《阿闼婆吠陀》（Athra-Veda）或"禳灾明论"（Veda of Magical Charms）。

---

① 义净法师（635—713），俗姓张，字文明，齐州山庄人，唐代高僧，佛经翻译家。义净法师一生，有志求法，不惜循海路赴印，求取律经之余，并开拓了中国与印度及南海一带的海路交通，他的译经及著述，对后世的影响甚大。义净法师一生共译经五十六部二百三十卷，与鸠摩罗什、真谛、玄奘并称为中国佛教史上的四大翻译家。

这四部吠陀经的每一部都相应分为三节；其中的第三部分《奥义书》（Upanishads）是关于宇宙的本质、自我的本质，以及它们之间的关系的推测性文本。22 所有的《吠陀经》都根植于一个信仰，即相信个人的灵魂与梵天（Brahman）的灵魂完全相同，梵天是形成所有现实的神圣力量并且等于它。"梵天是存在的广阔海洋，"《奥义书》中写道，"其上升起无数表象的涟漪和波动。小到最小的原子形态，大到提婆（Deva）或天使，都来自无限的梵天的海洋，取之不尽的生命之源。没有任何生命表象可以独立于梵天的源泉，就像无论多么强大的海浪都不可能独立于海洋一样。"拉尔夫·沃尔多·爱默生（Ralph Waldo Emerson）在他的诗歌《大神》（Brahma）① 中，将这种观念翻译给了西方的观众：

　　忘了我的人，他是失算；
　　逃避我的人，我是他的两翅；
　　我是怀疑者，同时也是那疑团，
　　而我是那婆罗门（Brahmin），也是他唱诵的圣诗。23

五世纪伐致呵利处身的印度，大体是一个由笈多王朝统治的繁荣国家和幸福社会。在五世纪早期的前几十年，旃陀罗·笈多二世（Chandra Gupta Ⅱ）② 获得了"太阳勇士"（Sun of Valor）的称号，他的声誉不仅因为他是一名战士，而且因为他还是艺术品的赞助人。在他的保护下，伟大的梵语诗人迦梨陀娑（Kalidasa）③ 成了帝国随从之中的一员，文学

---

① 中译采用：《大神》，爱默生，https://baike.baidu.com/item/大神/594175，略有改动。此译文Brahmin直译应为"婆罗门"，诗名Brahma直译应为"梵天"。
② 旃陀罗·笈多二世（在位时间：380—415），汉文将其王号Vikramāditya译为超日王，古印度笈多王朝第三代君主。在位期间，笈多王朝达到鼎盛时期，该时期也被认为是印度的黄金时代。
③ 迦梨陀娑（Kālidāsa）是知名的梵文剧作家和诗人，其剧作及诗词多基于印度往世书。唯其生平大多仍属未知，仅能从剧作及诗词中推测，其在世期间尚无法准确界定，但大多数认为约在五世纪。

和哲学的宫廷聚会非常著名,远远超出了帝国的边界。笈多的儿子鸠摩罗·笈多一世(Kumara Gupta Ⅰ)①统治期间,印度受到了来自中亚匈奴的威胁。在之前的一个世纪的时间中,匈奴人占领了巴克特里亚(Bactria)地区②,而在后来的几十年中,匈奴一直试图侵入印度帝国(主要从兴都库什山脉[Hindu Kush]③入侵);最后发动入侵的时候,匈奴军队因为常年无休、冲突不断而变得虚弱,印度才得以阻止了他们。但是在不断受到威胁的氛围之下,笈多王朝的王权衰落了,他们强大的帝国四分五裂成了一些较小的不断征战的王国。²⁴正是在笈多王朝统治者衰落和入侵印度的匈奴人崛起的这个时期,伐致呵利发展出了他的语言理论。

若干根本的(重要的)论著都被归在伐致呵利的名下:《薄迦论》(Vâkyapadîya),有关句子和字词的哲学论著;《大疏义释》(Mahâbhâshyatîkâ),瑜伽派大宗师钵颠阇利(Patanjali)④所著《大疏》的注释;《薄迦论释》(Vâkyapadîyavrtti),对自己所著《薄迦论》所写的丛札;《观声界论》(Shabdadhâtusamîksha)。伐致呵利最初或多或少地运用了古代语言学理论评注或阐释《吠陀经》的传统,但最终伐致呵利还是发展出了一套他自己的哲学语言学理论。在更早的时期还有一些大师,比如公元前七世纪的语法学家波尼弥(Pânini)曾经提出过主宰梵语的一系列规则,他认为这些规则可以应用于《吠陀经》的文本;在二世纪,钵颠阇梨继承了波尼弥的观点,他主张研究语法才是对《吠

---

① 鸠摩罗·笈多一世(在位时间:415—455),笈多王朝第四代统治者,旃陀罗·笈多二世的儿子。在位期间虽内有叛乱,但尚能保持北印度安定的局面,此后国势衰落。

② 巴克特里亚是一个中亚古地名,古希腊人在此地建立希腊-巴克特里亚王国,中国史籍称之为大夏,此地一说为吐火罗,主要指阿姆河以南,兴都库什以北地区。

③ 兴都库什山脉是位于中亚,东西向横贯阿富汗的山脉。兴都库什这个名称的由来没有统一的说法,有许多学者、作家提出不同的理论。在亚历山大大帝的时代,它被认为是"印度的高加索山"或"印度河的高加索山",因此过去的记录者认为兴都库什山脉这个名称可能是因此而衍生出来的。

④ 印度圣哲钵颠阇利是《瑜伽经》的创作者,印度瑜伽在这部经典的基础上才真正成形,钵颠阇利赋予瑜伽理论和知识,形成了完整的理论体系和实践系统,开创了一个整体的瑜伽体系,所以钵颠阇利被尊为瑜伽之祖。

陀经》真理的研究,语法才是人们朗诵《吠陀经》的指导。伐致呵利将这些论点都转化到了哲学的竞技场之中。伐致呵利说,语法可以被认为是知性读经的一种工具,不仅可以用来考察神圣的《吠陀经》,还可以考察整个梵天的全部现实。伐致呵利假设人类语言就像梵天本身一样,不受制于时间事件的变化,而是一种包含无时间无空间的整体的东西,它在这种整体和它的每个组成部分之中得到命名。《薄迦论》第一节的第一行直接宣布出了伐致呵利的结论:语言是"一个没有起点和终点的东西,不朽的梵天的根本的本质就是'言'(the Word),宇宙创造(the Creation of the Universe)的时刻就是它自身的显现"。[25] 我们无须沉溺到权宜的翻译里面,就已经可以注意到伐致呵利的文章的本质,这一段话实质上与约翰在《约翰福音》(1:1)之中的宣言是完全一致的。

语言对于伐致呵利而言,既是神圣的创造种子,也是其创造的结果;既是永恒的再生的力量,也是由之生成的多种多样的事物。根据伐致呵利的说法,人们不能说语言是被创造的(无论是被神圣的存在创造,还是被人类创造),因为在语言之前不存在时间。正如一位梵文学者所说的那样,"语言[对于伐致呵利而言]与人类的存在或者任何有感觉的存在共存共亡"。[26]

我们知道,语言在对象和行动的口头表达中表达自己,语言几乎可以用无限的方式组合成声音来命名宇宙的多样性,甚至是在那些没有什么说服力的普遍存在之中表达自己。豪尔赫·路易斯·博尔赫斯的宇宙图书馆——《巴别塔图书馆》(the Library of Babel)是一个近乎无限的词汇容器,尽管其中大部分词汇没有任何意义:在这个故事的附注中,博尔赫斯提出,这个庞大的项目并不需要这样的一个图书馆——由无限数量的无限薄的页面组成的一卷书就足够了。在另一篇写在这个小说之前两年的短文之中,博尔赫斯曾经引用了西塞罗的表述,在《论神性》(Concerning the Nature of the Gods)中,西塞罗写道:"如果有无数多个二十一个字母表中所有字母的复本(不管是由金子还是由你想要的任何材料制成),如果把它们一起扔进某个容器,再把它们摇晃到地上，它们很有可能可以制作出恩尼乌斯的《编年史》(Annals of Ennius)①来，能够直接拿给读者们读。不过我很怀疑，这样做是不是真的有机会成功地生产出任何一行文字！"²⁷

西塞罗和博尔赫斯（还有许多其他人）都曾经指出，这种组合字母表的艺术，能够完整地命名出所有存在的事物和不存在的事物，甚至完整地命名出诸如宁录的那些难以理解的话语。但是伐致呵利认为语言并不只是命名事物和事物的意义（或者意义的缺失），但所有事物及其伴随的意义都来源于语言。根据伐致呵利的说法，感知到的事物和思想到的事物以及它们之间的关系，是通过语言给予出来的语词来定义的。这些形而上学概念显然就是真的。阿丽思跟伐致呵利的观点完全相反，在《阿丽思漫游镜中世界》(Through the Looking-Glass)中阿丽思对白皇后(White Queen)说，"试也没用啊，不会有的事情横竖是没法子信的"。"我敢说你是没很练习过的缘故，"女王反对说（她的观念与伐致呵利一样），"我像你那么大的时候啊，我每天老是练半个钟头。哼，有时候我一大早还没吃点心就已经信了六样不会有的事情了。"²⁸

伐致呵利的论点既反对传统佛教的论点，也反对婆罗门正理学派(Brahmin Nyâyas)（印度流派哲学之一）②的观念。传统佛教认为，意

---

① 昆图斯·恩尼乌斯(Quintus Ennius，公元前239—169)，罗马共和国时代的作家，被人们普遍认为是罗马诗歌之父，甚至罗马文学之父。曾在萨丁尼亚的老加图手下工作，老加图把他带到罗马，他后来的大部分时间都是在罗马度过的，并在公元前184年获得罗马公民身份。他从事教学和写作，毕生的目标就是成为"拉丁的荷马"，虽然他的著述迄今只留下残篇，但他对拉丁语文学的影响是深远的，他在诗体上的革新，也为罗马文学翻开了重要的一页。他对后世的卢克莱修和奥维德等诗人，都有深远的影响。

② 此处提到的婆罗门正理学派，主要从事正确的论证与论理的探求，根本经典是编纂于250—350年间的《正理经》。它是代表印度正统古典哲学的六个哲学派别（被称为"六派哲学"[ṣaddarśana]，亦作"正统派"[Astika]）之一。"六派哲学"或"正统派"），指成立于公元前后的六个出自婆罗门教的学派，兴起于笈多王朝时期，共同尊奉《吠陀经》。它们包括：弥曼差学派(Mīmāṃsā)，尊《弥曼差经》；吠檀多学派(Védānta 或 Uttara Mimamsa)，尊《梵经》；数论学派(Sāṃkhya)，尊《数论颂》；胜论学派(Vaiśeṣika)，尊《胜论经》；正理学派(Nyāya)，尊《正理经》；瑜伽学派(Yóga)，尊《瑜伽经》。

义是一种社会习俗,某种意义所具有的范围是关于那种社会习俗的集体想象力的投射。"树"这个词指的是一种木本多年生植物,因为说英语的人们都已经同意 tree 这个声音可以用来表示一种植物,而不是用来表示一滩水,所以"树"这个词的含义范围就包括橡木、柏树、桃树和其他的树木,因为在集体想象和习俗意义上,这些东西都可以被想象成一棵树。正理学派(Nyâyas)则认为,言语只是在涉及外部存在的事物时,才具有意义,并且只有事物与世界上的其他事物彼此相关的时候,才结合成句子。"树"表示一类多年生木本植物,因为树这样的东西确实存在于现实之中,并且语言允许我们构造"树在森林里"这样的词语,因为在现实之中,树和森林确实形成了一种真实的关系。[29]

伐致呵利认为,意义发生在使用语言的行为之中,既发生在发言者的话语之中,也发生在听众对这些话语的认识之中。后来的很多研究阅读技艺的理论家们都隐晦地认同伐致呵利的观点,他们主张文本的意义来自文本与读者的互动。"阅读,"伊塔洛·卡尔维诺(Italo Calvino)[①]写道,"意味着接近某种正在形成的东西。"[30] 伐致呵利称这个"正在生成的东西"为"苏波多"(sphota),这个术语可以追溯到波尼弥的术语,波尼弥用这个术语来表示"口语",而在伐致呵利的理论中,这个术语定义了"爆发"或者迸发出有意义的声音的行为。"苏波多"并不依赖于使用者说话的方式(或写作,所以风格或口音不是本质性的),但是在一个句子里的特定单词组合之中具有明确的含义。这个含义不能简化为它的组成部分:只有那些没有好好地掌握一门语言的人,才会为了理解一个句子而将这个句子分解成一个个的单词。在绝大多数情况下,听众(或读者)会将意义理解为一个整体,在灵光一闪的瞬间被传达出来。这种灵光一闪的瞬间正是由"苏波多"传达的,但是伐致呵利却认为,"苏波多"早已存在于听者的(或读者的)大脑之中。换用我们现代

---

① 伊塔洛·卡尔维诺(1923—1985),生于古巴哈瓦那,意大利作家。奇特和充满想象力的寓言和小说等作品,使他成为二十世纪最重要的意大利小说家之一。

的术语来说,当"为语言而准备的"大脑接收到"苏波多"的时候,就是这种灵光一闪到来的瞬间。

伐致呵利的观点则走得更远。如果感知和理解天生只是言语性行为,那么在我们所看到的东西和我们所相信的东西之间的痛苦的鸿沟、在我们所经历的东西和我们经验之中我们所知道的真和假之间的痛苦的鸿沟,就成了一个幻象。词语创造了存在着的现实的整体,也创造了我们关于现实的特殊看法;我们将世界称为从梵天之口"爆发"出来的可以交流的形式。这也正是但丁所努力表达他在天堂目睹的事情,这件事情被但丁描述为把表象"剥皮",以揭示人类话语之中的经验意义。

但丁相信语言是人类至高的属性,上帝只把语言赐给人类,而没有把它赐给其他的任何生物,既没有赠予动物,也没有赠予天使,这正是为了使得人类能够使用上帝所赐予的语言来表达人类在"为语言而准备的"头脑之中所形成的东西。根据但丁的说法,语言是统辖人类社会并使我们的共同生活成为可能的工具。我们所使用的语言是由约定俗成的符号组成的,这些约定俗成的符号能够让我们在我们语言的范围之内表达出我们的想法和经验。对于但丁而言,语言给予事物存在,只是通过命名这些事物来实现的,因为"没有任何东西可以生成它所不是的东西",正如他在《论俗语》中所说的那样。[31] 或许正是由于这个原因,但丁有意让《论俗语》成为一部未完成的著作,以此作为无法得到解答的追求的象征,而《论俗语》在这句未完的话中戛然而止:"拒绝的词语必须永远放在最后;所有其他的词语将不疾不徐,逐渐到达结论……"[32]

第七章　我是谁？

在我面前摆着一张照片，这是我在1960年代早期的某个时间拍摄的。照片上是一个青春期的男孩，他趴在草地上，眼睛从一张他正在涂抹绘画的纸板向上看着。他的右手拿着一支铅笔或钢笔。他戴着一顶帽子，穿着登山靴，腰上系着一件毛衣。他躺在砖墙的阴凉处，旁边有一棵看起来粗短的苹果树。一条短腿狗紧挨着他，让人想起躺在死去的十字军脚下的石墓旁边的狗。我就是那个男孩，但我却不认识我自己了。虽然我知道这是我，但那不是我的脸。

这张照片拍摄于半个世纪以前，在巴塔哥尼亚的某个地方，我在野营度假。今天看镜子的时候，我看到了一张疲惫的脸，膨胀的脸上满是灰白的头发和拉碴的白胡子。小眼睛周围满是皱纹，戴着窄框的眼镜，橄榄棕色的眼睛上带着几颗橙色的斑点。有一次，当我试图用护照进入英国时，护照上写着我的眼睛是绿色的，但是移民官盯着我的脸看了看，告诉我说我应该把它改成蓝色，否则下次就不允许我入境了。我知道有时我的眼睛看起来是灰色的。也许我的双眼的颜色会随着时间的变化而变化，就像包法利夫人那样，但是我不确定这种颜色的变化是否有意义。尽管如此，镜中的脸就是我，它必须就是我。但这却并不是我的脸。其他人通过我的特征就能够认出我；但是我却不行。曾经有个时候，在无意之中，我从商店的橱窗里看到了我的形象，我想知道那个走在我身边的肥胖的老人是谁。模模糊糊地，我开始害怕，如果有一天我

作者青年时期的照片。(图片承蒙作者提供)

真的看到自己走在街上,我不会认不出我自己吧。我确信我无法做到从排成一排的队列之中挑出我自己,我也无法从一张集体肖像之中轻易地认出我自己。我不确定这是不是因为我的面容特征老得太快了、太剧烈了,还是因为我自己所认识的自我比起我用心学会的那些印刷文字,并未深刻地在记忆中扎根。这个想法并不完全令人不愉快;它也有一点点令人欣慰的地方。做我自己,完全绝对地做我自己,没有特别的情况或观点可以否定我的这种认识,这让我又获得了一种愉快的自由感,我不再必须遵守诸如"我是谁"这样的诸多条件。

根据但丁的说法,基督教教义宣称在我们死后,我们将会在最后的审判之中再次获得我们尘世的身体:除了自杀的人之外,我们所有人都可以,"谁都阻不了——通行权是上天所授"。科学告诉我们,人体会周期性地自杀一次。我们的每个器官、每根骨头、每个细胞,每隔七年都会死亡一次,再重生一次。我们今天的所有身体特征都跟过去的我们不一样,可是我们却带着盲目的信心说,我们就是我们自己。所以问题来了，当我们说我们"是"我们自己的时候，我们的意思究竟是指什么？确认我们就是我们的识别标志是什么？那个不是我身体的形状、不是我的声音、不是我的触摸、我的嘴、我的鼻子、我的眼睛的东西——但是那就是我之为我的东西。这个东西就像一只胆怯的小动物，躲在层层诱捕它的笼子后面，我们看不见它。除了种种不确定的提示和微小的预感之外，没有任何伪装和面具能够让我向自己显现：叶子上的沙沙声、一种气味、一声低沉的咆哮。我知道它是存在的，我沉默寡言的自我。与此同时，我等待着。也许它的存在会得到确认，但或许只有到了我生命的最后一天，它才会从灌木丛中突然地出现，在某个瞬间完全向我显示出自己的面孔，然后就不再出现了。

维吉尔和但丁在炼狱山的岸边遇见了小加图。木刻描绘的是《炼狱篇》第一章,带有克里斯托福罗·兰迪诺的评论,1487 年印制。(贝内克珍本书 [Beinecke Rare Book] 和手稿图书馆 [Manuscript Library],耶鲁大学)

> 一个胖子在月光下的影子 　　130
> 　　先走在我走的路上；
> 我该转头就跑，他会来追我：
> 　　这是一个我必须认识的人。
> ——詹姆斯·里夫斯（James Reeves）①,
> 　　　　　　　　　　　　《未来的事》

　　为了让他的话不要被拒绝，"不疾不徐，逐渐到达结论"，贯穿他的旅程，但丁就像任何好奇的旅行者一样询问有关习俗和信仰的问题，询问他经过之地的地理和历史的问题。他特别热衷于知道他遇到的人是谁，从他第一次遭遇的人——维吉尔的灵魂那里，他要求这位诗人告诉他"不管你是真人／还是魅影，我都求你哀悯"！[1] 有一些灵魂（例如维吉尔的灵魂）直接回答了他；另一些人则拒绝回答他，但丁必须以承诺来贿赂他们，才能得到他们的回答，但丁必须承诺他们当自己到尘世的时候会讲述他们的故事；还有一些人被迫给出回答；还有好一些人则是由维吉尔为了但丁而向他们提问。在很多场合中，但丁认出了一些他活着时就认识的人的灵魂；而还有一些时候，灵魂在"另一个世界"中发生的转变很大，但丁无法认出他们来，这样的可怜的灵魂就必须告诉但丁他们是谁。

---

① 詹姆斯·里夫斯（1909—1978），英国作家，原名约翰·莫里斯·里夫斯（John Morris Reeves），主要以其诗歌、戏剧和对儿童文学以及收集的传统歌曲文学的贡献而闻名。他出版的书籍包括成人和儿童的诗歌、故事和选集。他还以文学评论家和广播家而闻名。

但是，这个旅程当然不仅仅只是一次侦察活动：但丁在这里了解他自己，并在以其他人为镜的过程之中发现他自己的悲惨和拯救的可能性。"另一个世界"并不是铁板一块：受到的惩罚、清除的罪恶，还有神圣的圣洁，有时候它们甚至会渗透到访客之中并影响他的好或坏。但丁感觉到了他自己内心的愤怒和骄傲的蔑视；在天堂的诸天之中照耀着天选之民的神圣之光，足以让他眼花缭乱而改变自我。通过维吉尔和贝缇丽彩的引导，但丁所见的这三幕视觉幻象就像一场正在为了他而进行的演出，这场演出将但丁自己的缺点、恐惧和犹豫、他受到的诱惑、错误、堕落，甚至他的启蒙时刻都在他眼前和耳边展现。整个《神曲》只呈现给一个观众，但那位独一无二的观众同时也是这部剧作的主角。换另一个角度来看的话，这部《神曲》也正是荣格派心理分析师克雷格·斯蒂芬森（Craig Stephenson）① 所定义的"仍然保留着剧场的、多方面模糊的、生活原型之中的剩余物，保有其中的记忆结构和限制性，行动和观察的认识论对立面就寓于其中，从内部了解自己并通过无我来了解我们的世界"的地方。[2]

但丁不仅通过灵魂的故事发现了他们是谁（或者说曾经是谁）。在距离炼狱山顶不远的地方，走在维吉尔和诗人斯塔提乌斯身后，但丁到达了贪婪者的圈层，在那里对这个世界事物过度的爱，必须通过永远得不到它的饥渴之状才能得到清除。当两位古代诗人谈论他们的诗歌技艺的时候，清除了骄傲之罪愆的但丁（这骄傲曾使他接受荷马在高贵城堡对他的欢迎），谦卑地走在他的老师们后面，从他们的对话之中学习：

> 两位诗人在前，我踏着步履
> 后随间，凝神听他们交谈，

---

① 克雷格·斯蒂芬森于1955年出生，是加拿大籍荣格派心理分析师与治疗师。毕业于瑞士的苏黎世荣格学院、楚米孔（Zumikon）心理剧学院，以及英国埃塞克斯大学（University of Essex）精神分析研究中心。自2001年开始执业，并于2006年开始从事心理剧场的治疗方法。另著有《被遗忘的爱神：神话、艺术、心理分析中的安特洛斯》，以及《心理学与视觉艺术：荣格针对涅尔瓦〈奥雷莉亚〉的讲义笔记》等作品。

从中领悟了一些作诗的规矩。

一大堆苍白无声的灵魂来迎接这三位诗人，他们的皮肤伸展在他们的骨头上，他们的眼睛黑暗空洞，像没有宝石镶嵌的指环。也许正是维吉尔和斯塔提乌斯关于诗歌的谈话使得但丁产生了这样的观念，即认为事物是它们自己的隐喻，为了将现实的体验翻译成为语言，我们有时候按照事物的名字来看待这个事物，将事物的特征看成它们的文字表象。"有谁在众脸中读出OMO这个字符，"但丁说，"就会轻易看见字母M的结构。"但丁的儿子皮埃特罗·阿利格耶里（Pietro Alighieri）在他对《神曲》的评注中注意到，但丁所描绘的图像在他的时代是众所周知的：在哥特式剧本中，"O"就像人眼，而"M"描绘的是这个人的眉毛和鼻子。[3]这符合《创世记》的传统，所有被造物都带着它们自身的名字表象在它们自己的外表上，因此上帝在创造之后立即命令亚当命名所有事物时，亚当能够正确地识别它们（《创世记》2：19—20）。

"OMO"这几个字母描绘出了一个人的脸，图片从一部十世纪西班牙手稿复制而来（大英图书馆［British Library］，add. ms. 30844）。（图片承蒙作者提供）

在柏拉图的《克拉底鲁篇》(Cratylus)中，苏格拉底也认为名字是人为的：对于苏格拉底来说，主张"我们的第一个词是神格赋予我们的"，这种观点并不是对事物命名的解释，而只是一种没有给出解释的借口。这场关于"命名"的柏拉图对话，是由两位朋友提出的，关于这两位朋友是谁，我们几乎什么都不知道（正如我们对苏格拉底一无所知一样），除了他们可能是柏拉图的老师以外。克拉底鲁(Cratylus)认为事物的名称包含了源于自然的"真理或正确"。另一个参与对话的赫谟根尼(Hermogenes)则不同意这种观点，他采取了智者的立场，认为语言是一种人类的创造物。"在我看来，你提出的任何名称都是正确的，如果你换一个名称，那么这个新名称也和老名称一样正确，"他说，"因为自然并没有把名字给予任何事物；所有这些名称都是一种习俗和使用者的习惯。"苏格拉底则认为（至少他提出了这样考虑这个观点的建议）"正确给予的名称是与它们所表示的事物相同的，名称是事物的形象"，但他接着说，从事物自身之中学习要比从事物自身的图像之中学习更高贵且更清楚。在《克拉底鲁篇》中，正如在许多柏拉图对话之中一样，辩论中的问题仍然是悬而未决的。[4]

名字从外部定义我们。即使我们自己选择一个名字来称呼自己，这个由名字建立起来的对我们的身份认同总是外在的，是我们为了方便他人而穿戴的一件"外衣"。但是，名称有时会承载一个人的本质。"我是查士丁尼，是罗马的君主"，六世纪编纂罗马法律体系[①]的皇帝如是宣称，并且在但丁的《天堂篇》中，为方便他的听众，但丁总结了整个罗马的历史。还有另一个例子，后来在太阳天，方济各会的波纳文图拉赞扬多明我修会的创始人，他还注意到"多明我"(Dominic 的意思是"属于上帝的")的名字是由多明我的父母给他起的，当"他完全向上主献身，/名字也以主名的所有格见称"。还有多明我的父母的名字，波纳文图拉注意到，菲力斯(Felice 意味着快乐)和卓凡娜(Giovanna 意味着"主的恩典"，根据圣哲罗姆的说法)回应的是《克拉底鲁篇》中的信条：

---

① 指《查士丁尼法典》。

>他父亲菲力斯呀,是有福有攸归!
>他母亲卓凡娜呢,也名实相符;
>名随义立时,名实都没有相违! ⁵

但是,一个名字并不能完满回答"我是谁?"这个问题,而且但丁在他的旅途结束的时候,也不是通过他的名字而得到知识,得出答案的。这个最终身份的问题,仍然值得进一步追问。

在《神曲》达到正中点的时候,在《炼狱篇》第三十章,鹰狮(Gryphon)牵引的战车出现在伊甸园之中,有三件本质性的事情同时发生了:维吉尔消失了,贝缇丽彩显现出她自己,但丁在整首诗中第一次也是唯一的一次被直呼其名。在他的诗人向导的消失和贝缇丽彩那即将令他羞愧难当的训斥之间,有个声音呼喊但丁的名字,让他转过身来相认,"我听到声音响起,并且直呼/我的名字时(在这里只好按实况/记录下来)",然后贝缇丽彩命令他看着她:

>留神看我。我就是,就是贝缇丽彩。
>这座山峰,你怎会纡尊攀跻?
>你不知道这里的人都幸福和恺? ⁶

与那耳喀索斯(Narcissus)①相反,那耳喀索斯被他自己在水中的倒影所吸引,而但丁则只是瞥了一眼忘川(Lethe)里的自己,就已经无法忍受,很快羞愧地扭过了头。

>我听后,目光望落清澈的泉水里;
>一瞥见自己,就立刻望向青草,

---

① 那耳喀索斯是古希腊神话中的美男子,他的美貌和骄傲都已经到了极致。有一天,那耳喀索斯走到清澈的湖边,竟然爱上了自己在水中的倒影。为了不愿意失去湖中美貌的自己,他日夜守在湖边,最终像花儿一样枯死。宙斯怜惜他,把他变成了水仙。

感到额上的羞赧沉重无比。[7]

下到地狱的深处，登上炼狱的边缘，但丁才发现了他自己的身份，但这不是由于听到有人喊了他的名字而知道的，而是通过他自己的形象的倒影。直到这里，在维吉尔的引导下，但丁有时只看到了其他人的堕落（尽管有时候但丁也会认为自己同样也有这样的堕落），但是直到现在，但丁才第一次意识到，他在看他自己的戏剧表演。但丁必须哭，他现在终于学到了，他不是为了在他之外的事情而哭，而是为了他内心深处的事物而哭，不是为了他亲爱的维吉尔的离开而哭，不是为了他对心爱的贝缇丽彩的爱而哭，而是为了他自己的罪愆而哭，最终他知道了自己是谁，所以他才可以因为他是谁而忏悔。然后他就可以喝了忘川的水，忘记一切。在天堂之中，没有任何关于罪愆的记忆。

"我是谁？"这个问题光由一个名字来回答是完全不够的，这并不像是一本书的标题可以完全透露全书的主题。《终成眷属》(*All's Well That Ends Well*)中懦弱的士兵帕洛(Parolles)有一个直指他使用话语来说谎和吹牛的名字（作为一个懂一点点法语的莎士比亚读者，我必须把这个名字理解为一个有意而为之的双关语）。帕洛自言自语的时候被两位爵爷偷听到了，他想寻求一种逃避这种羞辱的方法，于是第一次在这部戏剧之中，他自己对自己所说的一切都是实话。"他居然也会有自知之明吗？"其中一位爵爷问道，惊讶于这个傻瓜可以真正地推理。他可以，并且他确实这么做了，因为莎士比亚正试图让他笔下的这位叫作帕洛的人物一起寻找面具的背后是什么，是什么让他成为了他。这也就是为什么在不久之后，当最后的羞辱降临在他身上的时候，帕洛摆脱了自吹自擂(miles gloriosus)并且完全成为了他自己："可是既然我从此掉了官，"他说，"我还是照旧吃吃喝喝，照样睡得烂熟，像我这样的人，到处为家，什么地方不可以混混过去！"[8] "是我所是"，帕洛突然灵光一现，想到了潜藏于哈姆雷特那个被滥用的问题之下意义的答案，他不由自主地使用了神格对摩西的巨大无边的回答："我是自有永有的。"(I am that I am.)

偏颇地说，我们所是的，很可能是我们曾经认为自己所是，但又失去了的东西。"我在寻找那副脸，"一首叶芝的诗中，一位女士说，"在创世之前我曾有的脸。"① 有时候，身份的阴影似乎就像那张脸，半梦半醒，现在已然忘记，就像阿尔兹海默病早期的状态一样，我们会失去一部分保证我们成为现在的我们的东西，不论那是什么。在柏拉图的《会饮》中，阿里斯托芬提出人类曾经有三种性别，男性自太阳出生，女性自地球出生，还有来自月亮的雌雄同体，共有这两种性别的特征。雌雄同体是最强的，所以他们骄傲了（就像巴别塔的建造者们一样），他们要到天堂攻击诸神。为了防止这种情况，宙斯把每个雌雄同体的人都劈成了两半，男性的一半会永远地希望与女性的一半重聚，女性的一半也会永远地希望与男性的一半重聚。这就导致了三种类型相互混合：来自太阳的男性渴望来自太阳的男性，来自地球的女性渴望来自地球的女性，而来自月亮的雌雄同体现在被分割成了两个人，他们变成了异性恋，永远总是渴望自己曾经失去的另一半。"于是，"阿里斯托芬总结说，"我们个个都是世人符片，像比目鱼从一个被切成了两片。所以，每一符片总在寻求自己的[另一半]符片。"对于柏拉图笔下的阿里斯托芬来说，爱就是从这些渴望之中产生的冲动，通过回忆来了解我们是谁的欲望。9

我们身份的第一个暗示很早就到来了。在雅克·拉康（Jacques Lacan）对他称之为"镜像阶段"（mirror stage）的描述中，一个孩子在六个月到十八个月大时（这时的孩子仍然无法说话和控制其活动），如果他或她在镜子前里面对自己的形象，我们就可以观察到镜像阶段。孩子的反应之 就是喜悦，因为图像会显示这个孩子尚未实现的功能统一性。孩子会认出它将是什么，但同时这个图像又是一种幻觉，因为镜子里的图像并不是孩子本身。这个孩子认识到它自己是谁，这既是从识别开始，也可以说是从错误识别开始的，它既会从身体上理解身份认同，同时也进行了一种想象的创造。这面镜子就像是想象一样，也像是在舞台

---

① 《创世之前》（*Before The World Was Made*）是叶芝组诗《一个年轻又年老的女人》中的第二首诗歌。

上设置了一个使用第一人称单数的角色一般。兰波（Rimbaud）已经直觉地看出了这个问题，他写道：Car Je est un autre——"我是另一个"。阿隆索·吉哈诺（Alonso Quijano）既是一个体弱多病的喜欢骑士小说的绅士，也是一位勇敢而公正的叫作堂吉诃德的骑士；在全书的结尾，他终于允许自己承认说，他的文学化身是一种幻象，然后他就死了。在这种意义上，我们都是分身（Doppelgängers）：看到我们的双重性，并且拒绝它，这就是我们所有人的结局。[10]

为了完全知晓我们是谁，是什么构成了我们，甚至知晓那个我们称之为"无意识"的部分（也即卡尔·古斯塔夫·荣格［Carl Gustav Jung］定义为"潜能之中的现实"［reality in potentia］的那个部分），终其一生，我们都在追问着自己，我是谁。荣格认为，无意识给我们带来的线索出现在我们的梦境之中，"向回看的梦境（backward-looking dreams）或向前看的期待（forward-looking anticipations）"，荣格说，在所有文化中这些梦境和期待总是被视为关于未来的暗示。当无意识的图像变成了有意识的图像，告诉我们一些关于我们自己的事情的时候，它们会增加我们对自己是谁的感觉，就像我们在一部书籍之中已经阅读完毕的页面一样。在三世纪，奥古斯丁将这个过程比喻成吟唱一支赞美诗。"我要唱一支我所熟谙的歌曲，"他在《忏悔录》中提出，"在开始之前，我的期望集中于整个歌曲诗；开始唱后，凡我从期望抛进过去的，记忆都加以接受，因此我的活动向两面展开：对已经唱出的来讲是属于记忆，对未唱的来讲是属于期望；当前则有我的注意力，通过注意把将来引入过去。这个活动越在进行，则期望越是缩短，记忆越是延长，直至活动完毕，期望结束，全部转入记忆之中。"然而，与吟唱不同，无意识的深刻印象永远不会消耗殆尽。这种贯穿毕生的追求以及关于我们自己的直觉和启示的具显，荣格称之为"个体化"。[11]

在一篇1939年最初以英文出版，后来用德语重写并经过大量修改的标题为《意义的个体化》（The Meaning of Individuation）文章中，荣格将个体化定义为"一个人成为心理学上的'个-体'（in-dividual）的过程,换言之是一个独立且不可分割的统一或'整体',其中所有部分都连贯地组合在一起,包括那些对那个人来说感觉是不可思议的或者不熟悉的部分"。荣格第一次对个体化的定义,是他在六十四岁的时候给出的。差不多在二十年之后,在荣格去世之前的五年,他把他的一些与熟人的对话,还有一些他自己撰写的章节组合在一起,组成了一部思想自传。在这本书的最后,荣格再次引出了"个体化"这个观念,但这一次,"个体化"不再是荣格所感兴趣的那种可知的和痛苦的自我,而是他自己的思想地图之中其他巨大而未知的空间。"我对自己的感受越是不确定,"他写道,"我与所有事物的亲密感就增加更多。事实上,在我看来就好像是一种陌生化,这种陌生化的感觉在这么长时间以来把我从世界分开,开始把我转移到了我自身的内心世界里面,并向我揭示了一种意想不到的对我自己的陌生感。"[12]

"我存在的意义,"荣格写道,"就是人生正在向我提问。或者相反,我自己也是一个对世界提出的问题,我必须传达我的答案,或者我依赖于这个世界的回答。"[13] 我们既是整体的人类,也是个体的人类,所以在其他人的故事里回答"我们是谁"这个人生问题的尝试,在某种程度上会让我们感到愉悦。不过,文学并不是"世界的回答",而是一系列更多和更好的问题。就像但丁遇到的那些灵魂告诉但丁的故事一样,我们的文学更多或更少地给我们提供了一面可以有效地用于发现我们自己的秘密特征的镜子。我们心中的图书馆是关于"我们是谁"(或者"我们相信我们是谁")或者"我们不是谁"(或者"我们相信我们不是谁")的复杂地图。无论是像弗洛伊德那样欣赏歌德的《浮士德》早期的场景,还是像荣格那样被《浮士德》的结局所吸引,无论是像博尔赫斯那样喜欢康拉德多于简·奥斯汀,还是像多丽丝·莱辛那样更欣赏伊斯梅尔·卡达莱(Ismail Kadare)而不是村上春树,对这些选择,我们并不必然要采取一种文学理论之中的批判性立场,这些偏好更多地只是对反思性同情、同理心和认识问题的回答而已。我们的理解从来不是绝对的:文学不允许教条主义的倾向。相反,我们总是转变我们的忠诚,比如这一段时间我们喜欢某一部书的某一章节，以后一段时间我们又会喜欢其他的章节；这一段时间有一两个角色占据了我们脑海中的幻想，但以后另一段时间又会有别的角色取代了它们的位置。读者持久的爱，要比我们想象的更为罕见，虽然我们更喜欢相信我们考虑最多的文学品味不会随着岁月的流逝发生变化。但是我们确实会改变，我们阅读的口味也会改变，如果我们今天在考狄利娅（Cordelia）那里认出了我们自己，明天我们也会把高纳里尔（Goneril）视为我们的姐妹，最后在未来的日子里再与李尔王那个既愚蠢又让人喜爱的老年人攀亲戚。这种灵魂的"轮回"，才是文学之中最不偏不倚的奇迹。

然而虽然在所有的奇迹之中都能找出我们文学的历史，不过其中很少有能够像《阿丽思漫游奇境记》（Alice in Wonderland）的诞生那样令人惊讶的了。这个众所周知的故事值得我们再讲述一遍。在1862年7月4日下午，牧师查尔斯·路维基·多基孙（Charles Lutwidge Dodgson）和他的朋友李弗任德·鲁宾逊·达克华斯（Reverend Robinson Duckworth），以及基督教堂院长李德尔博士（Dr. Liddell）的三名年幼的女儿一起参加泰晤士河上进行的从牛津附近的弗利桥（Folly Bridge）到阁兹头村（Godstow）的三英里划船竞赛。"太阳太晒了，"很多年后阿丽思·李德尔（Alice Liddell）回忆说，"我们在河边的草地上登陆，抛开了船只，躲在我们找到的一大片刚堆出来的草垛下面的阴凉处。三个小朋友在这里开始了那个古已有之的请求：'给我们讲一个故事。'这就是《阿丽思漫游奇境记》这个令人愉快的故事的开端。有时查尔斯·路维基·多基孙先生为了取笑我们——也许他是真的很累了，他会突然停下来然后说，'欲知后事如何，且听下回分解'。'啊，可是那就要等到下一回了呀'，三小只会感叹说。然后经过一番说服，这个故事就又会重新开始。"划船回来之后，阿丽思追问查尔斯·路维基·多基孙会不会为她把这个冒险故事写出来。他说他会试试看，并且几乎整晚整晚地坐起来把这个故事写到了纸上，还加上了一些钢笔插画；之后人们经常在院长办公室客厅的桌子上看到《阿丽思地底漫游记》(Alice's Adventures Underground)这部小册子。三年之后，在1865 年，这个故事由伦敦的麦克米伦公司以"路易斯·加乐尔"的化名出版，标题是《阿丽思漫游奇境记》。[14]

李弗任德·达克华斯牧师准确地回忆起了这次短途旅行："在著名的从弗利桥到阁兹头村的旅途中，我划船桨，他就在船头摇舵，当时三位李德尔小姐是我们的乘客，这个故事实际上是为阿丽思·李德尔小姐讲述的，声音从我肩膀上划过，阿丽思·李德尔是我们演出的'艇长'。我记得我转过身跟他说，'多基孙，这是你一时兴起的浪漫吗？'他回答说，'是的，我正在边走边想呢'。"他在"边走边想"的正是阿丽思奇境漫游的故事，这个事实令人难以置信。阿丽思掉入兔子洞和地下探索，她的遭遇和她的发现，三段论、双关语和机智的笑话，一边构思一边连贯地把它讲述出来——这似乎是不可能的。奥西普·曼德尔施塔姆评论但丁《神曲》的结构时说，如果读者们相信摆在他们面前的文字是从诗人的眉头之中蹦出来，而不是进行了长时间的打草稿和锤炼的话，那他们就真是太天真了。奥西普·曼德尔施塔姆说，没有任何文学作品的写作会是灵感瞬间迸发而出的果实：写作是一个艰难的过程，是在经验丰富的技巧的帮助下，不断地试炼和纠正错误的过程。[15] 但是写作《阿丽思漫游奇境记》的情况就我们所知却并非如此：恰恰正是这样的不可能性，才恰恰可能就是事实本身。毫无疑问，在路易斯·加乐尔的脑海里或许早就创作出了许多这个故事里面的笑话和双关语，因为路易斯·加乐尔一直很喜欢谜题和文字游戏，并花了很多时间为了娱乐他和他的孩童朋友们构思出了这些谜题和文字游戏。但是光有一大堆技巧还不足以解释，这部作品为什么会有如此严密的逻辑和快乐的情节来完满地贯穿整个流畅的故事。

六年之后，路易斯·加乐尔发表了《阿丽思漫游奇境记》的续作《阿丽思漫游镜中世界》，这个故事确实是从路易斯·加乐尔平常的办公时间之中收获而来的故事，但是看起来《阿丽思漫游镜中世界》中棋盘游戏的构思并不比《阿丽思漫游奇境记》之中疯狂的纸牌游戏更加精妙，这两个故事之中所有精彩的废话显然都来自最初那个游玩的下午"一时兴起"的奇思妙想。据说，神秘的东西完全都是从神格的命令那里接受而来的，在文学史上就有一些众所周知的著名的创作例子——开德蒙（Caedmon）的《创作赞美诗》（Hymn of Creation）① 和柯勒律治（Coleridge）的作品《忽必烈汗》（Kubla Khan）就是这样的两个例子——但是我们却几乎从来没有不偏不倚地见证这些诗意的奇迹。而在《阿丽思漫游奇境记》的例子之中，李弗任德·达克华斯牧师的证词，似乎也是无懈可击的。

然而没有任何奇迹会是完全无法解释的。路易斯·加乐尔的故事在人类心灵之中具有更深刻的根源，这个根源远不是它作为幼儿读物的声名所能揭示的。《阿丽思漫游奇境记》读起来并不像其他任何儿童故事那样：它的地理环境深受其他业已建立的神话场所（比如乌托邦和阿卡迪亚）的影响。在《神曲》中，玛泰尔姐（Matilda）是守护在炼狱山顶峰的灵魂，她向但丁解释了黄金时代这个被所有诗人所吟唱但是长期以来被人们遗忘的天堂，这是一个失落的天堂，一个消失了的完美幸福的国度；也许"奇境"的尽头，正是对于这个理性健全的国度的无意识记忆，如果通过社会习俗和文化习俗的眼光去看，这是一个在我们看来完全疯狂的国度。[16] 无论阿丽思系列故事是不是具有一个故事原型，"奇境"总是似乎以某种形式或者其他形式存在：人们永远不会是第一次跟着阿丽思走下兔子洞，第一次穿过红皇后的迷宫王国。可以说只有李德尔三姐妹和李弗任德·达克华斯牧师出现在了创作之中，甚至他们一定也曾有某种似曾相识的感觉（deja vu）：在第一天之后，这个奇境进入了普遍想象力的领域，就好像伊甸园圣林一样，成了一个我们所有人都知道它存在，但又没有任何人曾经涉足其中的地方。奇境"不会出现在

---

① 开德蒙的《创作赞美诗》是一首古老的英语短诗，根据尊者毕德（Saint Bede the Venerable）的记载，开德蒙是七世纪左右的文盲牧民，他能够用他以前从未听过的词歌颂上帝。诗作创作于658年到680年之间，是有记录以来最早的古英语诗歌，是在对盎格鲁-撒克逊英格兰基督教化的生动记忆之中创作的。

任何地图上;永远不会存在的真正的地方"(正如梅尔维尔[Melville]注意到的另一个故事发生的原型场所),[17] 它是我们梦想生活之中反复出现的景观。

奇境当然是我们的世界,或者更确切地说,是我们这个世界上的事物的一个舞台,它们的展现正是为了让我们看到它们——不是以无意识的象征性的术语(尽管弗洛伊德如此解读),也不是作为一则阿尼玛寓言(an allegory of the anima)(按照荣格的解释),更不是基督教的比喻(尽管故事讲述者在从弗利桥到阁兹头村的旅程——这是一片"上帝之地"——之中,出现了各种愚蠢的名字),甚至也不是诸如奥威尔(Orwell)或者赫胥黎(Huxley)笔下的那种反乌托邦寓言(或许某些评论家会这么认为)。奇境只是一个我们每天都会发现自己身处其中的地方,这个地方看起来很疯狂,带着天堂、地狱和炼狱所分配给我们的东西——我们必须穿过这片地方,就像我们必须漫步人生路一样,遵循心牌皇帝(King of Hearts)的指引:"从起头的地方起,"他告诉白兔子,"一直到完的地方完;念完了然后再停止。"[18]

贯穿阿丽思的旅途,阿丽思(正如我们说过的但丁一样)只配备了一种武器:语言。我们是通过文字来穿过歙县猫的树林和心牌皇后的槌球场的。也正是通过语言,阿丽思才发现了"事物究竟是什么"和"事物所显现出来的是什么"之间的区别。正是靠着她的质疑,才连带出了奇境之中暗藏的疯狂,就像我们的世界暗藏在尊重传统的厚重人衣之下的疯狂一样。我们或许试图在疯狂之中找到其中的逻辑,正如公爵夫人试图在万事万物之中寻找出某种道德一样,可是事实却是如同歙县猫所告诉阿丽思的那样,我们在这个问题上并无选择:无论我们遵循哪条道路,我们都会发现自己处在一堆疯狂的人之间,我们必须尽可能地使用语言,牢牢把握住我们所认为属于我们的理智。语词透露给阿丽思的是,在这个令人眼花缭乱的世界之中唯一的一条无可争议的事实:在看似理性主义的面纱之下,我们都是疯子。如同阿丽思一样,我们冒着自己(以及所有其他的人)被自己的眼泪淹没的风险。我们喜欢像渡渡鸟那样思考，认为无论往什么方向跑，也无论我们奔跑得如何无力，我们所有人都应该成为赢家，我们所有人都有资格获奖。我们就像白兔子一样，左右发号施令，就好像其他人有义务（并且很荣幸地）为我们服务。我们也像毛毛虫一样，质疑像我们一样的生物是谁，但对我们自己是谁这个事知之甚少，即便我们就快不是我们自己了。我们和公爵夫人一样相信需要惩罚年轻人讨厌的行为，但我们对于那种行为的原因却不感兴趣。我们还像疯帽子一样，觉得只有我们才有权利在摆放食物和饮料的桌子上大吃大喝，我们玩世不恭地给饥渴之人供应葡萄酒，但是其实除了今天之外，我们每天都没有葡萄酒和果酱可供吃喝。在像红皇后那样的暴君的统治下，我们被迫去玩一个疯狂的游戏，道具又古怪——用的球是活的刺猬，用的槌棒是活的红鹭鹚①——当我们没有按照红皇后的指示行事的时候，她就会威胁我们要砍掉我们的脑袋。我们的教育方法，就像骨救凤（Gryphon）和素甲鱼（Mock-Turtle）向阿丽思解释的那样，要么做怀旧练习（教阿丽思微笑和悲伤），要么教她服务他人的培训课（教阿丽思如何把龙虾投掷入海）。然而我们的司法系统，却早在卡夫卡描述它之前，就已经像是审判心牌戛客（Knave of Hearts）的场景那样难以理解和极为不公。可是我们很少有人具有阿丽思在书中最后的勇气，为了我们的信念站起来（字面意思）并拒绝闭上嘴巴。因为在这种至高无上的公民不服从行为之中，阿丽思被允许从她自己的梦中醒来。不幸的是，我们不是。

我们的读者在阿丽思的旅程和但丁的旅程之中认识到，他们的旅程的同伴，同样也是出现在我们的生活之中的主角：追求梦想和失去梦想以及随之而来的眼泪和痛苦、生存的竞争、被奴役、迷茫的自我认同噩梦、不良家庭的影响、必须提交但毫无意义的仲裁、滥用权威、不当的教学、对不受惩罚的罪行和不公平的惩罚无能为力的知识，以及理性在长期以来反对非理性的斗争。所有这一切以及无所不在的疯狂感，实际上

---

① 参见路易斯·加乐尔著，《阿丽思漫游奇境记（附：阿丽思漫游镜中世界）》，赵元任译，商务印书馆，1988年，第八章，第107页。

都是对这本书内容的总结。

"假如要说明什么才是真疯,"哈姆雷特告诉我们,"那么除了说他疯了以外,还有什么话好说呢?"阿丽思或许也会同意这一点:疯狂就是把所有一切不疯狂的事物排除在外,因此奇境之中的每个人都会陷入歙县猫的格言("咱们这儿都是疯的")。但阿丽思不是哈姆雷特。她的梦不是噩梦,她从未犹豫过,她也从不认为自己是幽灵般的正义之手,她从不坚持要去把事情证明得清清楚楚,但她相信要立即采取行动。对于阿丽思来说,话语都是活生生的生物,而思考(与哈姆雷特的信念相反)并不会使事情变好或变坏。阿丽思肯定不希望她坚实的肉体融化掉,就像她也不愿意它突然猛长或缩小(虽然为了通过窄小的花园门,她希望她能像望远镜似的变小了)。阿丽思绝不会屈服于有毒的刀刃或醉酒,不过跟哈姆雷特的母亲一样,她也拿起了一只装满毒药的杯子:当她也拿起了那个写着"喝我"的瓶子时,阿丽思首先看的是这个瓶子的瓶身是否标有有毒的记号,"因为她曾经在书里看过好几件好故事,讲小孩子们怎样不乖就烫了手、怎么被野兽吃掉,还有别的可怕的事情,都因为他们总不肯记得大人交代的几条很简单的规矩"。比起那位丹麦王子和他的家人,阿丽思要更加理性。[19]

不过就像哈姆雷特一样,阿丽思在被塞进白兔子的房子里的时候一定也曾经困惑过,自己是不是也被困在了这样的一个小壳子里面,但是为了在将来成为无限空间的国王(或女王)阿丽思所做的并不仅仅只是担心而已:她努力争取赢得冠军的头衔,而在《阿丽思漫游镜中世界》中,她努力工作去赢得这个梦想之中的王冠的承诺。阿丽思生在严格的维多利亚时代的戒律之中,而不是宽松的伊丽莎白女王时代,阿丽思相信纪律和传统,她也没有时间抱怨和拖延。在她的奇境漫游之中,阿丽思就像一个得到了良好教育的孩子一样,她以简单的逻辑直面非理性。习俗(现实之中人为构造的产物)是针对幻想(自然现实)而制定的。阿丽思本能地知道,逻辑是我们对抗胡说八道和揭露其秘密规则的方式,阿丽思甚至还无情地对比她年长的人们(无论是面对公爵夫人还是疯帽子）应用逻辑。当她的论证被证明是无用的时，阿丽思坚持至少要把不公正的荒谬情况变得相对平淡一些。当红皇后要求法庭给出"先定罪——后断案子"，阿丽思果断地回答她说："胡说八道！"（Stuff and nonsense!）这也正是我们的世界之中绝大多数荒谬之事所应当得到的唯一答案。[20]

然而，阿丽思的旅程是一个她没有得到答案、只是获得了一个悬而未决的问题的旅程。在她的地下冒险和后来的镜中漫游之中，阿丽思会因为她并不是她所认为的自己是谁（甚至不再是谁）的问题而感到困扰，这也不可避免地走向了困扰着毛毛虫的那个可怕的难题："你是谁？""我——我不大知道，先生，"阿丽思有点不好意思地答道，"我现在不知道，——无论怎么，我知道我今儿早晨起来的时候是谁，可是自从那时候到这会儿，我想我变嘞好几回嘞。"毛毛虫严厉地告诉阿丽思要给出一个解释。"我怕我不能把我自己招出来，"她说，"因为我现在不是自己，您看，先生？"为了测试她，毛毛虫要求阿丽思背书，但是阿丽思背出来的东西却"背错啦"。阿丽思和毛毛虫都知道，我们是由我们所记得的事物来定义的，因为我们的记忆就是我们的自传，里面保有了我们关于我们自身的形象。[21]

等待写着"喝我"的瓶子里的饮品产生效果的时候，阿丽思问自己是否会"缩缩到没有了，如同吹灭了的蜡烛的火苗一样，那时候我倒不知道觉得像什么了？"答案就在《阿丽思漫游镜中世界》中腿得儿弟（Tweedledee）和腿得儿敦（Tweedledum）指着树林子里熟睡的红皇帝（Red King）的回答之中。"你猜他梦见的是什么罢？"腿得儿弟问道。阿丽思说，那谁猜得着啊！"自然是梦见你了！"腿得儿弟得意地拍起手来。"那么要是他一会儿梦里没有你了，你猜你就会在哪儿了？""自然还是在这儿了。"阿丽思自信地回答说。腿得儿弟轻蔑地反驳道："哼！你才不呐！你哪儿也不在啦。你不过是在梦里头的一种东西就是了，你想！"[22]

阿丽思知道她可能不叫"爱达"（Ada）或"媚步尔"（Mabel）（何

况"到底她是她,我是我"阿丽思心烦意乱地猜想道)[1];白兔子把阿丽思叫作玛理安(Mary Ann)[2];鸽子认为她是一条长虫[3];活花儿(Live Flower)觉得阿丽思也是一朵花[4];独角马以为阿丽思是神话里讲的那些怪物,并提出说,"你要相信有我,我就相信有你"[5]。我们的身份认同似乎取决于他人相信我们是谁。我们凝视着我们的电子产品的屏幕,一如水仙少年那耳喀索斯热切而恒常地凝望着湖水,我们期待我们的身份认同得到恢复或肯定,不过在此不是通过在我们周围的世界,也不是通过在我们内心生活的事工,而是通过那些虚拟地承认我们存在(我们也虚拟地承认他们存在)的他者发来的空洞信息,来确认我们自身的身份认同。最终若当我们死了,我们稍纵即逝的交流就成了检查关于我们是谁的线索,这有点像是王尔德构想的一则短短的寓言故事:

> 一个英俊的少年,每天都到一个湖边欣赏自己的美貌。他对自己的容颜非常痴迷,以致某一天掉进湖中溺水而亡。在他落水的地方长出了一株鲜花,人们把它称为水仙花。
>
> 水仙少年死后,山林女神们来到了湖边,发现它由一个淡水湖变成了一潭咸咸的泪水。
>
> "你为何流泪?"山林女神们问道。
>
> "我为水仙少年流泪。"湖回答说。
>
> "你为水仙少年流泪,我们一点儿也不惊讶,"山林女神们说道,"我们总跟在他的后面奔跑,但是,只有你有机会如此真切地看到他英俊的面庞。"
>
> "水仙少年长得美吗?"湖问道。

---

[1] 语出路易斯·加乐尔著,《阿丽思漫游奇境记(附:阿丽思漫游镜中世界)》,赵元任译,商务印书馆,1988年,第19页。
[2] 同上书,第41、45页。
[3] 同上书,第63、65页。
[4] 同上书,第205—209页。
[5] 同上书,第315页。

"有谁能比你更清楚这一点呢？"山林女神们惊讶地回答道，"他每天都趴在你的边沿欣赏自己的美貌。"

湖静默了片刻，最终说道："我是为水仙少年而哭，可是我从来没有注意他的容貌。我为他流泪，因为他每次面对我的时候，我都能从他的眼睛深处看到我自己的美丽。"[23]

阿丽思想到了另一种确定她可能会是谁的方式。当被困在兔子洞里的时候，阿丽思问自己她到底是谁，她拒绝成为她所不想成为的任何一个人。"他们要是把头伸着往底下叫：'上来罢，宝宝！'我就只往上瞧着对他们说：'那么我是谁？等到你们先告诉了我是谁，要是我喜欢做那个人，我才上来；要不是，我就还在这儿底下待着，等我是了一个别人再看。'"[24] 如果事情看上去似乎并没有意义的话，那么阿丽思就将要确保她自己为自己选择了一个意义（选择一个能够表示这种意义的身份）。她可能会跟荣格一样回应说："我必须传达我的答案，否则我就只能依赖于世界的回答了。"阿丽思必须把毛毛虫提出的问题转变成她自己的问题。

然而，尽管我们的世界看似跟阿丽思的奇境一样疯狂，但我们的世界同时也诱人地表明着它确实具有一个意义，如果我们认真地去看那些"胡说八道！"的背面，我们将会找到一些能够解释这个世界的东西。阿丽思漫游奇境的过程是以不可思议的精确性和连贯性展开的，因此作为读者的我们对于我们周围所有荒谬的东西，将会感到越来越强烈的难以理解。这整本书都具有某种禅宗公案或者古希腊悖论的特质，具有某种意义，同时又不可言喻，这是一种接近于启示的东西。我们的感受随着阿丽思坠入到了兔子洞里面，跟随阿丽思走完了她的旅程后，奇境之中的疯狂不是任意决定的，也不是全然无辜的。介于一半史诗和一半梦境之间，路易斯·加乐尔构想出来的这个故事为我们呈现出了一个必要的处于坚实的大地和仙境之间的空间，一个可以用一种或多或少更加明晰的术语（或者我们也可以将其翻译成"故事"）看到整个宇宙的绝佳视角。正如同数学公式让路易斯·加乐尔着迷一般,阿丽思的奇境漫游同样既是坚不可破的事实,也是崇高的奇思妙想。

《神曲》也是同样如此。在维吉尔之手的指引下穿过地狱的危险地形,或者在贝缇丽彩至关重要的微笑之中穿过天堂牢不可破的逻辑,但丁在这两种层面上同时行进着他的旅途:一种层面是铸就但丁(以及我们,但丁的读者)的血肉之躯的现实的层面,另一种层面则是可以重新思考和改变现实的层面。这种双重现实,就像栖息在树枝上的歙县猫一样,身边漂浮着令人眼花缭乱的可见的东西,消失在奇迹般的(和令人安心的)贝缇丽彩式微笑的幽灵之中。

第八章　我们在这儿做什么？

二十多岁时，我曾在布宜诺斯艾利斯的一家报刊工作，就在那一年，我被送到农村去采访一位叫作多明戈·加卡·哥特贾热那（Domingo Jaca Cortejarena）的牧师，他是莫内斯·卡松（Mones Cazón）教区的牧师，曾经把十九世纪何塞·埃尔南德斯（José Hernández）撰写的阿根廷民族诗歌《马丁·菲耶罗》（*Martín Fierro*）①翻译成题名为 *Matxin Burdin* 的巴斯克语（Basque）②译本。他是一个矮小的胖子，总是微笑着，他在 1930 年代末来到阿根廷，流亡期间就已经加入了修会。出于对欢迎他的国家的感激之情，他决定承担起翻译的任务，他的热情就像老年福尔摩斯研究养蜂术一样。在我们的采访中，他两次告辞，走向紫薇树下嗡嗡作响的蜂巢，在那里捣鼓了某些我看不明白的仪式。他在用巴斯克语与蜜蜂交谈。当他用西班牙语回答我的时候，他说得比较激动；当他与蜜蜂打交道的时候，他的动作和声音都很温柔。他说蜜蜂们的哼唱让他想起了潺潺的水流。他似乎完全不怕被蜇伤。"当你采集蜂蜜的时候，"他解释说，"你必须总是留下一些蜂

---

① 《马丁·菲耶罗》分为上下两部——《高乔人马丁·菲耶罗》和《马丁·菲耶罗归来》。这部具有代表性的民族史诗是阿根廷民族文学的瑰宝。

② 巴斯克语是一种使用于西班牙巴斯克地区的孤立语言。该语言在西班牙语中称作 vasco，在法语中称作 Basque，巴斯克语里则称为 euskara 或 euskera。巴斯克语的起源与系属争议很大。作为西欧唯一的孤立语言，巴斯克语与现存的任何语言没有发生学关系。

蜜在蜂巢里面。但是养蜂产业可不这样做,所有蜜蜂们会恨它,也会变得贪婪起来。因为蜜蜂是以慷慨回报慷慨的动物。"他很担心,因为他的许多蜜蜂都死掉了,他指责邻近的农民使用杀虫剂,不仅杀死了蜜蜂,还杀死了鸣禽。是他告诉我,当一个养蜂人去世时,必须有人去告诉蜜蜂,它们的养蜂人已经死了。从那时起,我希望当我死的时候,也会有人为我这样做,告诉我的书,我不会回来了。

穿过他凌乱的花园(他说他喜欢杂草),这位矮小的牧师观察到何塞·埃尔南德斯在他的诗作中犯了一个奇怪的错误。《马丁·菲耶罗》讲述了一个被军队征召之后脱逃的高乔人的故事。他被一名中士追杀,中士将他包围后,发觉他独自战斗到死的决心,便认为他(中士)不可能眼看一个勇敢的人被杀死,便转而与自己的队伍为敌,与这个逃兵结了盟。这位牧师说,在诗中,高卢人描述了陆地和天空,这就是错误所在:那是城里人做的事情,农村人不会为他们的风景驻足,因为风景就在那里。何塞·埃尔南德斯是城里的知识分子,他会对自然环境感到好奇;可是高乔人马丁·菲耶罗不会。

在学校里老师们教导我,何塞·埃尔南德斯的田园诗是在模仿维吉尔,但维吉尔的风景却不是何塞·埃尔南德斯年轻时波河河谷(Po valley)的风景(正如彼得·李维[Peter Levi]所观察到的),而更多的是一幅人工的图画,多情的牧羊人和养蜂人的灵感可能来自忒奥克里托斯(Theocritus)①。维吉尔(和西塞罗)是西班牙殖民地的诗歌学派最喜欢的经典作家;何塞·埃尔南德斯不可能研习过古希腊语,古希腊文化在天主教国家是被忽视的文化,因为它跟宗教改革学者们太过接近而让人不快。尽管有着田园的传统,维吉尔的森林、溪流和林间空地,被人们认为是真实存在的景观,而且他们告诉我,维吉尔关于养蜂和农耕的

---

① 忒奥克里托斯(约公元前300—公元前260)是古希腊著名诗人和学者,西方田园诗派的创始人。他早年在亚历山大学习,后返回西西里岛生活,一生创作诗歌,最出名的成就是田园诗歌。在此之前,田园诗歌只是一种与音乐结合起来的民间创作,忒奥克里托斯则将它彻底转化为一种纯文学的体裁。

建议,是非常合理的。何塞·埃尔南德斯喜欢消除一切人为的感觉,尽管他让他笔下的高乔人有哲学的思想并援引了所有的圣徒(正如维吉尔援引阿波罗和缪斯一样),何塞·埃尔南德斯成功地将他的角色设定在让人信服的位置上。马丁·菲耶罗的潘帕斯草原可以让人一眼就立即辨认出来:空旷之地突然出现的小屋或树木,一望无尽的地平线——法国作家德里厄·拉·罗谢尔(Drieu La Rochelle)① 描述这种地平线会让人产生一种"地平线眩晕"(horizontal vertigo)。如果何塞·埃尔南德斯犯下了我认识的这位巴斯克语牧师所指出的错误,那么他一定觉得自己就像拉·罗谢尔一样,是一名局外人,一个无法站在这种空旷地方、站在不受一丝干扰的天空下、不会被旋转的无边无际所吞噬的城里人。当马丁·菲耶罗寂寞地盯着星星看的时候,他看到的是他的情绪的一面镜子:

> 让人难过,在开阔的乡村,
> 一夜又一夜地,
> 凝视着上帝创造的星星
> 缓慢移动,
> 除了一个人的孤单和野兽,
> 没有任何陪伴。

诗歌中的观察者是人类,他观察到的景观受到了人类的愿望和遗憾的污染:隐含其中的问题是,"我在这里做什么?"。在古典田园诗中,风景是(或许是)对古希腊人所发明的那个幸福的黄金时代的怀旧式的模仿;在何塞·埃尔南德斯那里,这种怀旧当然是一种文学上的假象,

---

① 皮埃尔·德里厄·拉·罗谢尔(Pierre Drieu La Rochelle, 1893—1945)是法国的作家、编剧和政论家,在巴黎出生、生活和死亡。在1930年代,德里厄·拉·罗谢尔成为法国法西斯主义的支持者,是德国占领时期著名的通敌主义者。

但它在历史上同样也是真的。当何塞·埃尔南德斯让他的主人公说出以下这几句话时,他正在描述的不是一个充满愿景的魔法时代,而是马丁·菲耶罗在军队把他拖走之前对自己生活的记忆,或者他对自己生命的感受:

> 我认识这片土地,
> 农民住的地方,
> 那儿他有他的家,
> 他的孩子和妻子……
> 看到他每天日复一日地度过,
> 真是高兴啊。

"高乔"(gaucho)这个词是西班牙殖民者用来侮辱当地人的,后来这个词被当地人反过来骄傲地指称那些敢于与西班牙统治作斗争的人,但是在独立之后不久,这个词又重新出现了贬义内涵,指那些不聚集在城市里的、生活在土地上的人们。在城市居民眼中,"高乔人"是拒绝文明的野蛮人,正如多明戈·福斯蒂诺·萨米恩托(Domingo Faustino Sarmiento)在他的经典著作《法昆多:文明与野蛮》(*Facundo: Civilization and Barbarism*)① 这个题名中明确表示的那样。骑术精湛的骑兵和牧民无论选择何处栖身,都远离扩张的大都市,高乔人靠种植小作物和牧牛为生,偶尔也会受雇于有钱的牧场主(hacendados),这些牧场主买下了土地或者拥有了大量扩张的原始土地的所有权。政府强制征兵、征用他们的土地,以及本土袭击者越来越频繁的入侵,改变了

---

① 多明戈·福斯蒂诺·萨米恩托(1811—1888)是阿根廷学者、教育学家和社会活动家,后来成了阿根廷第七任总统。在1845年的著作《法昆多:文明与野蛮》中他认为,拉美的年轻国家必须决定是要继续保持落后、与世隔绝和不民主的状态(就像殖民时期和独立早期一样),还是选择像美国所做的那样接受启蒙运动和法国大革命的思想和制度。根据他的观点,独立之后"野蛮状态"盛行于绝大多数拉美国家,强人、军阀和领袖依靠蛮力实行专制统治。

这一切,马丁·菲耶罗体察到了这一变化。潘帕斯草原不再是一个任何人都可以不需要买卖地产合同就可以生存其中的开放的空间:对高乔人们来说,它现在变成了一个陌生的地方,除了声称买了地的人或者觉得具有开发它的所有权的人之外,不允许任何人踏足。对于这个高乔人来说,他和土地之间的关系是相互缠绕伴生的,一旦一个受了影响,另一个也会受到影响;对于土地所有者来说,土地是一种财产,应该为了获取最大的经济利益,尽可能有效地使用它。"你觉得我们在这个地球上究竟在做什么?",我的牧师问我,却没有期待我回答。"我所知道的全部事情只有一个,就是无论我们在这儿做些什么,这些蜜蜂都正在死去。"

但丁和维吉尔在自杀者之林。木刻描绘的是《地狱篇》第八章,带有克里斯托福罗·兰迪诺的评论,1487年印制。(贝内克珍本书[Beinecke Rare Book]和手稿图书馆[Manuscript Library],耶鲁大学)

151　　　　　　　　　弗拉基米尔：我们在这里做什么？这才是问题。
　　　　　　　　　　——塞缪尔·贝克特，《等待戈多》，第二幕

　　在但丁的地狱、炼狱、天堂三个领域之中，存在着两个层面的存在，一种是现实的存在，一种是对那种现实存在的反思性的存在。但丁的风景以及他在其中遭遇到的灵魂，既是真实的，也是想象的。《神曲》之中没有任何细节是随意写就的：读者沿着但丁的旅途，跟随但丁的路径，观看但丁所看到的东西。黑暗与光明、气味与声音、岩层、河流、飞流而下的声音像是嗡嗡作响的蜜蜂的溪水（就像我的巴斯克牧师曾经说过的那样）、开阔空地和裂谷、岩洞和空谷，这些都是精心构思的超越于这个世界的"另一个世界"。或者说，只有前两者：在天堂中，存在可感的存在物，但是它们没有可触摸的地貌，因为在天堂里既没有时间，也没有空间。

　　在《神曲》中主要生长着三种树林：黑暗森林，但丁遇到维吉尔之前进入的树林；可怕的自杀者之林，出现在《地狱篇》第八章；伊甸园圣林，在炼狱山顶部。天堂没有植被，除了疯狂生长的天堂玫瑰之外，它们是最高天中的灵魂的聚集。所有这三片森林都跟生活其中的居民密切相关：在它们的枝干下发生的事情界定了它们——作为故事设定场景而存在。但丁一如既往地展现了，我们的行动决定了我们的地理环境。

约翰·罗斯金（John Ruskin）①在评论他发现的所谓十三世纪"美的规律"（the laws of beauty）的时候说，"我相信所发现的这些终极真理，绝不是哲学上的，而是直觉上的"。毫无疑问，有一个庞大博学的图书馆支撑着《神曲》，但正如约翰·罗斯金正确提醒我们的那样，《神曲》中的每一个细节，并不一定都可以追溯到某种学术的考量：整个《神曲》极其精确，正是因为它过于精确，所以它不一定是但丁有意识地逐字逐句推敲过的。"弥尔顿奋力地，"罗斯金指出，"告诉我们关于他的地狱的一切，正是为了要让这个地狱尚未确定；可是但丁奋力地告诉我们关于他的地狱的一切，恰恰是为了让这个地狱确定。"基于这个原因，罗斯金说，在大胆越过炼狱山的火沙之后就到达了伊甸园，但丁进入了一个精心描述的"圣林"，这个"圣林"提醒读者们回想诗人但丁自打旅途一开始就进入的那座"黑林"。"这座无路可走的森林，对但丁来说，在他带着罪愆和缺点的日子里可能是最可怕的事物，而现在这座树林在他纯洁的日子里成了他的快乐来源。这座没有篱笆的森林作为一张罪恶的入场券，引导但丁走向了永恒惩罚的束缚和可怕的秩序，同样另一座没有篱笆的森林作为一张自由德性的入场券，引导但丁走向了爱和有序的永恒幸福。"[1]

自杀者之林给出了一个更为尖锐的例子。由半人马涅索斯（Nessus）引导，但丁和维吉尔穿过了惩罚谋杀者的血河，来到了这片阴暗的森林，在那里，他们有一次找不到可见的道路了。这片森林是由"否定词"开头的诗句构成的，在每三行诗句最开头的词语和整个第二节诗歌开头的所有单词都是nos。自杀者之林是一个存在本身就被否定了的地方。

> 涅索斯还未返回血河的另一边，
> 我们已经在一个丛林里面前行；

---

① 约翰·罗斯金（1819—1900）兴趣爱好广泛，他不仅是英国作家、艺术家、艺术评论家，还是哲学家、教师和业余的地质学家。1843年，他因《现代画家》（Modern Painters）一书成名，书中他高度赞扬了威廉·透纳（J. M. W. Turner）的绘画创作，这部作品以及其后的写作总计39卷，使他成为维多利亚时代艺术趣味的代言人。

> 看不到任何蹊径印在地面,
>
> 看不到绿叶丛;只见一片晦冥,
> 枝干都纠缠扭曲,并不光滑。
> 林中没有果子,只有毒荆;
>
> 榛莽是那么浓密,那么芜杂,
> 在切齐纳和柯内托的沼地上,
> 恶天的野兽所居也不会更可怕。

讨厌的妖鸟哈尔皮埃(Harpies)① 筑巢于这里的榛莽。这些妖鸟长着巨大的翅膀、人类的脖子和脸庞,双足是尖爪,腹部长满羽毛,无休止地凄惨尖叫,好像在宣告悲伤的事情就要来了。²

在进一步往前走之前,维吉尔告诉但丁,他们现在已经进入了地狱第七层的第二圈,并提示但丁注意去看"单凭我口讲,会叫你惊疑不置"的东西,因为在这个充满阴影的地方,言语是没有实体的:但丁听到了哀嚎,却没有看到任何人,他想知道是否有灵魂藏身灌木丛中。为了打消他的怀疑,维吉尔指示他从身边的其中一棵巨棘上掰下一根小荆棘。但丁服从了他的指示,于是发现,树枝在痛苦之中哭泣,"干吗要把我摧攀?"树桩开始流出黑暗的血液。

> 它就说:"干吗要把我摧攀?
> 难道你怜悯之心已全部丧失?
>
> 我们本来是人,现在变成了树干。

---

① 妖鸟哈尔皮埃是但丁《神曲·地狱篇》第十三章10—12行出现的怪物,按照古希腊文音译为"哈尔皮埃",意思是"掠夺者"。根据古希腊神话,妖鸟哈尔皮埃是有翼的女妖,专门夺人食物,摄取死者之魂。(参见但丁·阿利格耶里著,《神曲1·地狱篇》,黄国彬译注,外语教学与研究出版社,2009年,第208页脚注10—12。)

> 我们即使是毒蛇,曾经在世间
> 作恶,你的手也不该这么凶残。"

但丁惊恐地往后退了一大步,血液和话语一起从被掰折的树干涌出。在《埃涅阿斯纪》中,维吉尔描述了埃涅阿斯离开特洛伊海岸之后的情况,埃涅阿斯带着祭品去祭拜他的母亲、维纳斯女神,还有其他众神,拔下山茱萸灌木丛和桃金娘来铺设祭坛。突然,他惊奇地看到树桩开始渗出一滴一滴黑色的血珠,一道来自地下的声音告诉他,这是波利多鲁斯(Polydorus)的坟墓,被他的父亲普里阿摩斯(Priam)所信任的色雷斯国王奸诈杀害。³维吉尔意识到但丁已经忘记了在他史诗之中的这个章节(在想象的层面上),他认为有必要从经验上向但丁证明树木可以流血这个惊人的事实(在现实的层面上)。通过这样的做法,维吉尔提醒但丁,这两个层面对于充分地体验存在本身,都是必要的。

然而,"以功劳把刚才的罪过抹擦",现在维吉尔开始要求受伤的灵魂说出他是谁,以便但丁回到生者的世界之中能够恢复他的名声。(贯穿整个地狱的旅程,维吉尔[他自己的名声在尘世早已得到了保证]总是假设,所有死者都会关心生者对他们的看法。)后来他们发现,这棵哭泣的巨棘是政治家和诗人皮埃·德拉维雅(Pier delle Vigne)①,他是两座西西里岛的总理和腓特烈二世任命的部长,腓特烈二世就是那个在儿童身上进行残无人道的语言实验的神圣罗马帝国皇帝。皮埃·德拉维雅被诬告犯有叛国罪之后自杀了,现在他的灵魂受到惩罚,是因为他认为自己可以逃脱死亡的耻辱,"乃使公平的我被我不公平地对付"。⁴

只要血液能够流动,这些巨棘就会说话。看到但丁没有怜悯他们,他

---

① 皮埃·德拉维雅(1190—1249)出身卑微,后在神圣罗马帝国皇帝腓特烈二世治内历任要职,权重一时。他自夸自己拥有"腓特烈心中的两把钥匙":一把叫腓特烈二世的心打开,一把叫腓特烈二世的心关上。他后来失宠,1248年被弄瞎,1249年在狱中撞墙自杀。有关他的失宠,有两种说法:(一)受逸言所害;(二)他与教皇合谋企图毒杀腓特烈二世,结果罹祸。(参见但丁·阿利格耶里著,《神曲1·地狱篇》,黄国彬译注,外语教学与研究出版社,2009年,第209页脚注32。)

们现在开始乞求但丁，而看到他们之后，但丁也感觉到了一种强烈的怜悯，好像在进入这个无情的领地之后，但丁只感受过一次这样的怜悯之情，那就是在淫荡者的圈层里听到芙兰切丝卡（Francesca）的故事之后，但丁感受到了一阵强烈的怜悯之情。这种怜悯在某种程度上是一种对自己的怜悯，贯穿诗人但丁的整个痛苦的流亡之旅，他很有可能已经考虑过了自杀的可能性，但是旋即又拒绝了它。当然，自杀问题对但丁来说总是一个困扰着他的问题。在天主教的教义内部，自杀显然是一种对身体犯下的罪愆，因为身体是灵魂之圣殿。圣奥古斯丁曾经直截了当地将自杀还原成简单的谋杀，这是"十诫"中第六诫命严令禁止的事情："我们仍然应该把'不可杀人'的诫命当作一条适用于人类的，也即适用于其他人和自己的命令。杀死自己等于就是杀人。"[5] 但是在奥古斯丁（和但丁）所心爱的那些异教作家那里，自杀却通常被认为是一种崇高而光荣的行为。

在关于这一章诗句的深刻思考之中，奥尔加·塞达科娃追问，当皮埃·德拉维雅说"我们本是人"时，他指的是什么意思呢？奥尔加·塞达科娃建议我们这样理解：生而为人意味着要被听见，要能够说话。"人首先是一个信息，一个标志"，她写道。是什么标志呢？当然是一个将语言与血液相连接的标志，它遭受着为了用语言来表达的需要而不断寻觅语词的折磨。这或许正是为什么我们可以说（如果我们把奥尔加·塞达科娃的言论再推进一步的话），如果我们考虑到古代曾经将世界隐喻为一本在自然之中写就的大书，这本自然之书既反映了人类的苦难，又反映了人类施加给自然界的苦难。无论是人类的苦难，还是地球本身的苦难，它们都必须被翻译成反抗、忏悔或祈祷的语言。（几年前，不列颠哥伦比亚省的一张海报描绘了一幅遭受破坏的自然景观，海报空白处覆盖上莎士比亚《裘力斯·凯撒》[*Julius Caesar*]之中的诗句："啊！你这一块流血的泥土，有史以来一个最高贵的英雄的遗体，恕我跟这些屠夫曲意周旋。"① 在此将这片土地等同于凯撒受伤的躯体。）在

---

① 中译采用朱生豪先生译文，参见莎士比亚著，《裘力斯·凯撒》，第三幕第一场，收入：《莎士比亚全集》（增订本）第5卷，朱生豪译，译林出版社，1998年，第234页。

来自不列颠哥伦比亚省反对伐木的海报。

《论俗语》中，但丁指出，人类被驱逐出伊甸园之后，每一个人类个体都开始了一段痛苦的生活，如果一言以蔽之，那就只有："唉！"（Ahi!）[6]

奥尔加·塞达科娃相信，对于但丁而言，生命和暴力是两个绝对的对立面，从各方面来说，暴力都属于死亡的领域。如果这是真的，那么我们可以争辩说，当暴力在生活之中爆发时，它会把重要的、充满创造性的人类词汇，翻译成一种表示这个词语的阴暗内核的词汇，翻译成那种曾经被赠予我们而我们又丧失掉了的东西。而且因为在《神曲》中，语言构造了所有行动发生的场景，暴力语言的入侵将景观变成了某种适合妖鸟哈尔皮埃觅食的致命的贫瘠森林。在古代世界，妖鸟哈尔皮埃代表死者的灵魂，它们想要掠夺生者的灵魂。[7]因此，如果对自我的暴力抢夺是这个罪愆之人自己的存在，将自杀变成了一棵张口结舌且无花无果、只能通过血液表达自己的树木的话，那么对自然的暴力，蓄意制造出这样一片森林的行为就可以视作集体自杀的一种形式，它杀死了我们所属的那一部分世界，把生活的场地变成了荒地。

自从最早的新石器时代的农民开始，我们与大自然建立的关系就一直是一种成问题的关系，因为对于"如何从地球之中获得果实的收益，又不使土地贫瘠"这个问题，我们的反应是相当矛盾的。犁地、播种、收割、灌溉和施肥，保护作物不受虫害，为日后的需要储存食物，这些实践策略与关于自然作为伟大母亲的诗意想象一道，往往总是并行不悖地贯穿于我们的历史之中。

约翰·罗斯金注意到，森林在古代世界被认为是"财富的源泉和避难之所"，是神圣的、鬼魂出没的地方，总体来说对人类是有益的。[8]而在中世纪，这种景象开始发生了变化，人们以一种二元对立的方式重新想象它：农村现在被视为是一种危险的、文明城市的恶魔般的阴影，或者被视为一个苦行僧一般洁净的地方，与巴比伦的罪愆相对立。农村被描绘成一个野蛮的地方，为罪犯和野兽提供庇护之地，是逍遥法外的邪教和无法启齿的仪式的场所，还有可能被视为一个天堂般的领域，一个失落的黄金时代的家园，一个避开日常生活之中肮脏事业的圣地。这种二元对立的看法，同样反映在视觉艺术作品之中。在中世纪早期，许多艺术家都在关注如何尽可能地服从信仰的原则和肖像画的要求，他们逐渐抛弃了在希腊化的罗马曾经流行的某些世俗流派所画的装饰山水画的方式，转向了以日常生活作为背景描绘寓言式场景和圣经故事的方式。但丁自己正是这样一位敏锐的观察者，他对四季循环和自然变化，以及对农业和畜牧业技术能力的知识都有敏锐的观察，他以惊人的细节描绘出了他路过的诸般风景：它们是人类事件的舞台，是神格极具启发性创造的例证。不管是在幽暗的地狱中，裸体的苍白极度清晰地展现着他们受到的折磨，或在尘世的炼狱、在黄昏、漆黑的夜晚，灿烂的阳光照亮或遮蔽着痛苦上升的灵魂，但丁描述的风景都既非常真实，又具有深刻的象征意义，在整段旅程之中，形式和意义彼此相互揭示。

对于但丁而言，所有可能的智慧、关于自己存在的所有知识、所有关于上帝意志的直觉，都在自然界中彰显自身，在石头和星星中，"当神圣的大爱旋动美丽的三光，/那些星星已经与太阳为朋"。关于自然的经验是通过上帝在尘世之手而得到的，知晓如何与所有其他生物互动，同时也是一种认识我们自身在这个宇宙之中所处位置的方式。我们对自己做了什么，我们就对世界做下了什么；因此，按照但丁的"一报还一报"（contrapasso）方法，我们对世界做下了什么，我们就对自己做了什么。[9] 但丁的情绪和怀疑、恐惧和启示，都在他经过的日常生活的风景之中得到了回应；罪恶之囊中破碎的岩石、自杀者之林中痛苦的树木、玛泰尔妲的树林里繁茂的植被、地狱第七层的火沙，还有微风吹拂过的伊甸园圣林的草地，这些都在身体和精神上影响着但丁。

维吉尔也理解我们与自然关系的复杂性，理解我们的行为是如何决定自然的命运和我们自身的命运的。公元前42年在腓立比（Philippi），布鲁图斯（Brutus）和卡西乌斯（Cassius）[①] 的军队被击败之后，维吉尔

[①] 在公元前42年夏的腓立比之战，布鲁图斯和卡西乌斯被屋大维（后来的奥古斯都）与安东尼领导的军队击溃。布鲁图斯和卡西乌斯先后自杀，这是元老党人对凯撒主义的最后一次抵抗，结果完败收场。

失去了他的家庭农场，但是他的耕作经历在整部《农事诗》(Georgics)中都有很明显的表述，我们可以把《农事诗》理解成一部用散文写成的农业手册。在描述袭击农作物的害虫和杂草时，维吉尔告诫农民："除非你不断用钉耙追逐野草，用响声恐吓飞鸟，用修枝刀减少被遮盖土地上的阴影，通过祈祷呼唤降雨，不然你就要眼巴巴看着别人成堆的收成，在树林里，靠摇动橡树来慰藉你的饥饿了。"[10]

维吉尔的观点可以追溯到古希腊时代，在古希腊时期关于人类对自然界的责任，有两种观点非常盛行。其中一种是毕达哥拉斯的追随者宣称的观点，他们坚持认为树木具有灵魂。三世纪的哲学家波菲利（Porphyry）写道："为什么屠宰牛或羊是比起砍下了一棵冷杉或橡树更大的错误呢，难道人们看不到灵魂就植根在树木上吗？"另外一派观点是亚里士多德追随者宣称的观点，亚里士多德教导说，动物和植物的存在只是为了人类服务的。老普林尼（Pliny the Elder）响应了亚里士多德的判断，在一世纪，他宣称："正是为了产出木材，大自然创造出了……树木。"[11]

在公元前二世纪中叶的罗马，长期耕种小块面积土地的农民家庭被迫被强大的土地所有者驱逐，这些大地主们雇用奴隶投资农业。为了重振传统的农业社会的心智，在133年，格拉古兄弟（Gracchi brothers）① 制定了法律来控制土地改革，他们后来都成了保民官（tribunes）。同时，农业手册在整个罗马共和国开始流行起来：出现了一些翻译的作品，例如翻译迦太基人马戈（Carthaginian Mago）② 的著

---

① 提比略·格拉古（Tiberius Gracchus，公元前168—公元前133）和其弟盖乌斯·格拉古（Gaius Gracchus）被合称为格拉古兄弟，两人十多年内先后当选罗马保民官。他们尝试"释放土地，还富于民"，结果动土动到太岁头上，在元老和政敌的极度反感和反对之下，先是兄长提比略·格拉古遭乱棍打死。十多年后，弟弟盖乌斯·格拉古于公元前123年和公元前122年担任保民官一职，试图继承他兄长的事业进行改革，这导致了一次宪法危机。最后，于公元前121年，盖乌斯·格拉古被罗马元老院派来的军队逼迫自尽，两人努力改革的成果尽数被废。

② 公元前500年，古迦太基的农业作家马戈在其著作《论农业》中详细描述了酿造葡萄酒的具体工艺，今天地中海沿岸仍有这种工艺酿造的甜葡萄酒。这部著作在民间阅读量很高，也是罗马人在迦太基图书馆中唯一保留下来的著作。

作，还有一些其他的作品则属原创，作者们包括诸如加图（Cato）①、科路美拉（Columella）②和瓦罗（Varro）③。后来，奥古斯都皇帝鼓励诗人采取农业作为诗歌主题，这是为了促使人们相信"以传统的方式耕作是一个罗马士绅应该从事的真正职业"这样的观念。至于诗人们是否能够提供一些有关如何耕种的实用建议、如何改造大自然的神话，或者将乡村生活的乐趣与城市之中艰辛的商业活动进行比较，拉丁语的诗人们采取了各种不同的主题，他们作品的回声持续了几个世纪之久。12

关于中世纪农业方法的发展，没有太多文献留存下来供我们参看。在采用两田轮作制的地方，需要比古代希腊和罗马更多的劳动力和灌溉水源，这就导致人们发明出了许多更为有效的工具。阿拉伯征服者们把一些新作物和不需要灌溉的谷物带到了欧洲：其中最重要的是硬质小麦（在地中海地区的大部分地区成了最主要的作物）和高粱。虽然困顿的时代主要是由于洪水和干旱等自然原因造成的，但是人为因素（包括过度种植和过度采伐）也经常是造成饥荒的原因。在阿拉伯世界，有一种叫作hima（保护区）的制度，也即使某些地区的部落对某些土地拥有集体权利，它可以把过度放牧和过度耕种减少到最小的程度，但这个体系在欧洲

---

① 罗马最早的农业著作是由加图于晚年撰写的《农业志》（De Agri Cultura）。此处指的是小加图（Marcus Porcius Cato，公元前94—公元前46），古罗马政治家，斯多葛主义者，拥护罗马共和制，于公元前62年担任罗马护民官。公元前63年，西塞罗在罗马元老院发表《反喀提林阴谋》，小加图支持西塞罗，反对三巨头同盟的统治。内战爆发后，支持庞培，反对凯撒。后逃到北非，听到凯撒打败了庞培的军队时，小加图在乌提加（Utica）自杀。除了《神曲·炼狱篇》第一章中但丁将小加图作为炼狱守护者，称其为"老者"（实际上小加图卒时未满五十岁），致以极大敬意之外，但丁在《论世界帝国》和《爱的飨宴》中都致敬了小加图。

② 科路美拉（Lucius Junius Moderatus Columella，4—70）是罗马化的西班牙人，罗马帝国最重要的农业作家之一。一世纪生于加的斯附近，从其父继承了在西班牙及意大利的庄园，曾参与经营管理，并从事农牧业研究。后来充任军职，遍迹地中海沿岸各地。科路美拉著有十二卷《论农业》，主要以散文体写成，只有卷十以六音步的格律写成。他还有一部篇幅较为短小的有关农业的小册子，其中有关树木的一卷《论树林》仍存世。

③ 马尔库斯·特伦提乌斯·瓦罗（Marcus Terentius Varro，公元前116—公元前27）是古罗马学者和作家，先后写有七十四部著作，以渊博学识受到当时和中世纪学者的崇敬。他唯一流传到现在的完整作品是晚年的《论农业》，这是研究古罗马农业生产的重要著述。

无法实行。在十世纪或十一世纪，大部分土地已经荒废，农业安全已经衰落，货币经济已经无法向农民提供援助，一连串的瘟疫，导致了欧洲农业的普遍衰退。但丁借用维吉尔之口说，有一些灵魂正在地狱第七层饱受惩罚，因为他们生活"蔑视大自然，蔑视其充盈"。[13] 就如何对待自然世界这一问题而言，与但丁持相反立场的亚里士多德的观念显然流传更广。

亚里士多德对自然的看法产生了深远的影响。有一位从二十世纪五十年代早期开始持续写作的美国海洋生物学家，她发表了关于人类活动对自然的有害影响的很多著作。在1962年，她出版了《寂静的春天》（Silent Spring），这本书意在改变许多国家的健康政策，在世界各地发起环保主义运动。雷切尔·卡森（Rachel Carson）早年在美国鱼类和野生动物管理局工作，这份工作使她意识到了将原子废物倾倒入海产生的影响，以及当时尚未被发现的全球变暖现象；她对滥用杀虫剂的研究揭示，农业产业危险低效，且在向公众披露情况时有所隐瞒。她的传记作者，琳达·李尔（Linda Lear）指出，通过写作《寂静的春天》这部著作，"雷切尔·卡森不仅仅挑战了科学结构，或者促使人们实施新的杀虫剂的法规，科学机构对卡森和她的书的敌对反应已经表明，许多政府和行业官员都认识到，卡森不仅挑战了科学家有关新型杀虫剂益处的结论，而且削弱了这一群体的道德形象和领导力水平"。但丁可能会认定这些人就是犯下违背自然之罪的罪人，就像第七层中悲惨的灵魂一样，因为他们永远不会意识到他们对自然界肩负着责任，必须永远处在一片荒芜的景观中，在灼热的沙子上面奔跑，眼光朝着他们所亵渎的东西望去。"在惩罚暴力者的这些圈层里，"查尔斯·威廉姆斯（Charles Williams）[①] 注意到，"读者特别注意到了这里有一种不育的贫瘠感。血腥的河流、沉闷的森林、粗糙的沙滩，组成这个圈层的东西在某种程度上就是无花无果、不孕贫瘠的象征。"[14]

[①] 查尔斯·沃尔特·斯坦斯比·威廉姆斯（Charles Walter Stansby Williams, 1886—1945）是英国诗人、小说家、剧作家、神学家、文学评论家和墨迹文学社（The Inklings）的成员之一。

雷切尔·卡森认为，化学品的危险使用源于从业者对那些不是他们意欲的结果一概采取顽固的、熟视无睹的态度。她的理解（正如但丁的直觉）是，故意无视附带而来的致命后果，这意味着对大自然提供的"美好事物"（cose belle）故意视而不见，简直就是一种自我毁灭的形式，而这源于人类缺乏人性和不顾一切的贪婪。"控制自然，"雷切尔·卡森写道，"这是一个傲慢的短语，这个词诞生在尼安德特时期的生物学和哲学之中，那些人认为大自然的存在是为了人类的便利。"[15]

正如我们此前已经指出的那样，这也是亚里士多德的假设。对于亚里士多德而言，财产（而不是劳作）为男人提供了谋生的手段，并使得这个男人有权被称作一名公民。财产包括大自然为人类提供的食物：由游牧农民放牧的牛、被猎人捕获的野味、由渔民和捕手捕获的鱼和鸟，以及收获的果实。"同样明显的是，"亚里士多德写道，"植物的存在就是为了动物的降生，其他一些动物又是为了人类而生存。"（同样的还有奴隶，因为亚里士多德认为，抓住这些"低等人"并使之成为奴隶，是一种自然的人类活动。）[16]

亚里士多德的这两个互相缠绕的论点——我们具有利用自然的权利和我们具有利用其他"低等"人的权利——时至今日还仍然贯穿在我们的经济历史之中。在1980年，联合国环境规划署（UNEP）报告说，森林砍伐造成的荒漠化威胁着世界上35%的陆地面积和20%的世界人口。例如，亚马逊地区的森林砍伐数量非常庞大，2012年再次飙升至超过三分之一的面积（也是迄今为止最高峰的砍伐量），雇用了成千上万的人砍伐，这些人直到今天仍然在奴隶制的状态之下工作。来自世界野生动物基金会（World Wildlife Fund）的另一份报告指出，"穷人受到诱惑，从村庄里走了出来，他们被剥夺了家园，被带到偏远的大豆种植区，先砍树，再种大豆，他们在野蛮的条件下工作——经常处在枪口之下，毫无机会逃跑……那些生病的人直接遭到遗弃，并被其他人所取代"。[17]

近年来，一个全新的心理学分支探索了人类心灵与自然环境之间的这种关系。这个心理学分支的名字起得有点任性——生态心理学

（ecopsychology）（1992年由历史学家狄奥多罗·罗萨克［Theodore Roszak］首次使用，他也是"反文化"［counterculture］这一术语的创造者），这门生态心理学研究的是一种现象，类似于诗人第一次将暴风雨与狂暴的激情联系在一起，或者将开满花朵的田野与幸福的时刻联系在一起的时候所产生的心理学现象。约翰·罗斯金将这种现象描述为"情感误置"（pathetic fallacy）。生态心理学家试图分析我们对自然界的模仿，他们认为，由于我们是自然界之中不可分割的一部分，将我们与自然界相互分离的行为（通过无视、漠视、暴力、恐惧）将导致某种类似于心理自杀的行为。心理学家和诗人安妮塔·巴罗斯（Anita Barrows）说（可能引用的是亚里士多德），"只有通过把我们塑造成一种西方人的思维结构，我们才能会相信我们自己生活在一个被我们的皮肤所包围的'内部'，而每个人和其他所有人都生活在外面"。[18]

为了解释自己的心态和他自己的奇妙遭遇，但丁经常描述他对某个自然环境的回忆。到达了连接伪君子圈层通往盗贼深渊圈层的石桥的时候，但丁和他的向导都发现，这道石桥已经被粉碎掉了，于是，一种极为痛苦的感觉支配了他们的心灵。为了向读者解释他的感受，但丁联想到了他的一段记忆：

> 在新岁刚启、生机勃发的月份，
> 即太阳在宝瓶宫下把头发濯洗、
> 长夜开始向白昼看齐的时辰，
>
> 白霜在大地上抄写白姐姐的美仪、
> 设法在下方把她的形象描绘，
> 却鲜能握着笔坚持到底；
>
> 一个年轻的农夫，饲料匮乏，
> 起床向外面张望时看见田野

> 白茫茫的一片；于是拍着大腿，
>
> 返回屋中，走动着抱怨不迭，
> 像个可怜的人不知该怎么办；
> 然后再走出来，比刚才乐观了些，
>
> 因为这时，他看见世界已猝然
> 改变了面貌，于是拿起牧杖
> 去放牧，把羊群往外面驱赶。

在这样的段落中，但丁所回忆起的，与其说是亚里士多德关于自然的功利主义观点，不如说是维吉尔的观点（当然不是维吉尔《牧歌》[*Eclogues*] 之中的抒情诗行），也就是维吉尔在《农事诗》(*Georgics*) 之中的反思：维吉尔放弃了对农村生活的田园诗般的幻象，集中描绘了农业的艰辛和耕作的回报，以及农民对自然世界的责任。"在艰难时困苦激励着人前进，"维吉尔写道，"劳动征服了一切不利。"但是，他继续写道，"首先，树类被创生时，自然是多变的，／因为有的不借助任何人力的驱使，凭着／自发的力量降临，占据了广阔的田野和弯弯的河流，……／另一些则由埋下的种子萌发，／譬如林间高耸的栗树，以及亭盖巨大的尤庇特／的意大利橡树，或者对希腊人来说代表神谕的橡树"。正如维吉尔和但丁所理解的那样，这种自然的慷慨需要一种责任感。[19]

2014 年 3 月 31 日，政府间气候变化专门委员会（IPCC）发布了一份关于"世界各地人为气候变化"影响的报告。共有来自七十多个国家的三百零九名专家的作品被选入了这份报告，还有另外四百三十六位撰稿人的帮助，以及总共一千七百二十九名专家和政府审稿人。他们的结论是，由于气候变化带来的风险的本质越来越清楚，政府需要立即做出选择，到底是要遭受这些气候变化所带来的后果，还是要减少我们的国家经济所寻求的财政利润。这份报告确定了全球最容易受到影响的脆弱人群、行业和生态系统,并发现气候变化带来的风险来自我们的社会面对未来灾难的脆弱性和缺乏准备。气候变化带来的风险很大程度上取决于这些变化将会以什么样的速度和方式发生;这些将决定这种气候变化是否不可逆转。"持续增长的温室气体排放导致变暖程度升高,由此引发的风险很难得到控制,更严重的是,为了调整所做的持续投入即将面临极限",政府间气候变化专门委员会的其中一位小组主席补充说,气候变化已经严重影响了农业、人类健康、陆地和海洋生态系统、水供给,以及从热带到极地、从小岛到大洲、从最富裕的国家到最贫穷的国家的人们的生存环境。[20] 再一次,我们受到了警告。

但丁可能会认为亚里士多德是一位至高无上的思想家,"有识之士的老师",正如他称呼亚里士多德的那样,但是在他的《神曲》内部,却隐隐滋生出了一种直觉上的怀疑:或许在我们与上帝写就的另一本书的关系上,这位 maestro di color che sanno(有识之士的老师)是错的。[21]

第九章　我们应该在哪儿？

从我五十岁生日那天开始，我就不再计算我曾经待过的地方了。有些地方我只是待了几周，有些地方我待了几十年，或者更长的时间。对我来说，世界地图，不再像是那个自打我小时候起就放在我床边的地球仪，呈现出一个传统的球状，而是成了一种个人化的制图，其中最大的一块土地是我曾经待过最长时间的地方，而那些我短暂待过的地方就成了小岛。就像由生理学家给自己设计的模型一样，其中每个特征的大小都是根据我们心中关于它的重要性来设计的，我心中的世界模型则是一幅描绘我的个人经验的地图。

我家在哪里？这个问题对我来说很难回答。我的房子和我的图书馆就像甲壳类动物的外壳，但是我究竟沿着哪段海底慢慢爬行呢？"我现在没有国家，只有想象力"，德里克·沃尔科特写道。[①] 这句话放在今天对我来说仍然还是真实的，就像在我童年时期一样。我记得我小的时候，站在室内，我就开始想象自己是如何站在室外的花园里，然后是街道、社区、城市，再把视野一圈圈地扩大了，直到我以为我能看到在我的那些自然科学的书中所描述的宇宙之中黑暗的一个个点为止。斯蒂芬·迪达勒斯（Stephen Dedalus）在他的地理书的扉页上写下自己名

---

① 语出德里克·沃尔科特1979年的长诗《纵帆船"飞翔号"》（*The Schooner Flight*）第三节。

字①，然后再写下"元素周期表、克郎格斯伍德学院（Clongowes Wood College）、萨林斯（Sallins）、基尔代尔郡（County Kildare）、爱尔兰、欧洲、世界、宇宙"，做这些的时候，他的动机跟我是一样的。我们想要知道围绕着我们的那些东西的全部范围。

我居住的地方至少部分地定义了我，至少在我住在那里的时候。那里的市场或森林的存在，关于某些事件和某些习俗的知识，我周围的人所说的这一种语言而不是那一种语言，这些都在很大程度上改变了我的很多行为和反应。歌德观察到，"棕榈树下没有不受惩罚的人；在大象和猛虎出没的国度里，人的思想也必然会有变化"。当地的动植物塑造了我的特征。我在哪里？我是谁？这两个问题是交织在一起的，一个问题会引出另一个问题。离开一个地方之后，我会问自己，我现在有什么不同了？带着什么样的品味或触觉？说话用什么语调？思想和措辞上还有什么微妙的转变？

当然，记忆也可能是不同的。在劳伦斯·杜雷尔（Lawrence Durrell）②的《康斯坦斯；或，孤独的实践》（Constance; or, Solitary Practices）中有一位麦克劳德夫人（Mrs. Macleod），她在自己的日记《尼罗河上的英国女人》（An Englishwoman on the Nile）中，做出了这样的评论："在埃及，人们会一时冲动去做事情，因为没有可以让人反思的降

---

① 斯蒂芬·迪达勒斯是詹姆斯·乔伊斯的另一个文学自我，是其第一部半自传式小说《一个青年艺术家的画像》的主角和《尤利西斯》中的重要角色。Dedalus 指希腊神话中的著名工匠代达洛斯（Daedalus），他以蜡造成翅膀，与儿子伊卡洛斯（Icarus）一起逃出克里特岛，逃亡中伊卡洛斯得意忘形，不自觉飞到了高空，太阳的热力融化了他的翅膀；他最终难逃命运，掉进了大海，被大海吞噬。文中援引情节出自《一个青年艺术家的画像》，乔伊斯把 Dedalus 设定为主人公父子的家族姓氏，在这里留给了我们诠释的空间。此外，乔伊斯选择离开爱尔兰，可说是具有代达洛斯式自我流放的意味。

② 劳伦斯·杜雷尔（1912—1990）是英国旅居海外的小说家、剧作家、诗人、旅行作家。生于英属印度贾朗达尔，逝于法国。代表作《亚历山大里亚四重奏》（The Alexandria Quartet）等。《康斯坦斯；或，孤独的实践》是他在1974年至1985年出版的《阿维尼翁五重奏》（Avignon Quintet）的五部小说之中最重要的一部，该小说于1982年获得布克奖（Booker Prize）提名。

雨。"对于身处英格兰的苏丹人来说,情况则会恰恰相反:神秘的陌生人穆斯塔法·萨义德(Mustafa Sa'eed)在《移居北方的时节》(*Season of Migration to the North*)①中通过叙述者之口倾诉道,在潮湿的伦敦"我的灵魂里面没有一丝一毫的快乐"。我们身处的地方定义着我们,正如我们定义它一样。制图是一种相互创造的艺术。

我们提到名字的那些地方并不是同时存在的,是我们把它们联结了起来。宇宙受制于自身的量度、维度、速度和存续时间,正如在中世纪的人们对神格的定义一样,世界是一个圆圈,其中心无处不在,其边界无可寻觅。但是,我们不一样,我们的中心就在我们体内,从我们的秘密角落带到了宇宙的各个地方,我们说,"你围绕着我的周围运行"。家庭、乡镇、行省、祖国、大陆、半球,这些都是我们必要的发明,就像独角兽和蛇精怪一样。正如贝尔曼(Bellman)在《猎鲨记》(*The Hunting of the Snark*)中吟唱的:

每当贝尔曼大声提问:
墨卡托北极点、赤道、热带地域、寒带和子午线的用处是什么?
全体船员就会回答说:
"它们仅仅是一些通用的符号!"

贝尔曼忠实于他自己的主张,为他的船员提供了最好的和最准确的地图:一个完美而绝对的空白地图——我们尚未观察到的宇宙的确切定义,也正是如此。在这个空白的地图之中,我们绘制了正方形和圆形,还有从一个地方到另一个地方的路径,由此我们才拥有了"我们到过某个地方"和"我们是某个人"的假想。诺思洛普·弗莱(Northrop

---

① 苏丹小说家塔依卜·萨利赫(Tayeb Salih)1966年出版的经典后殖民阿拉伯小说,也是他最著名的小说之一。这部小说的主要关注点是英国殖民主义和欧洲现代性对非洲农村社会,尤其是苏丹的文化和特征的影响。

Frye）[①]讲述了一位医生朋友的故事，他与一位因纽特人导游一起穿越北极苔原的时候，遇到了暴风雪。在冰冷的黑暗中，身处他所知道的疆域之外，这位医生喊道："我们迷路了！"而他的因纽特人导游却若有所思地看着他，回答说："我们没有走丢。我们就在这里。"

我们正是我们心中地图的制图师，我们把自己包裹起来，标记在地图上的"这里"，我们相信我们四处移动，走向未知的领域，或许仅仅是为了改变我们所处的位置，或者是为了改变我们自己的认同感。所以我们相信，在某一个地方我们是独自一人的，我们向世界之外望去；而在另一个地方，我们却身处我们的弟兄中间，回看我们自己在过去曾经在某个地方迷了路。我们假装从家里跑到国外去旅行，从一种个体的体验来到了一个陌生的群体之中，从我们曾经所是的自己，走向了我们终将有一天会成为的自己，我们生活在一种不断流放的状态。但是，我们忘了，无论在我们处身何处，我们总是在"这里"。

[①] 赫尔曼·诺思洛普·弗莱（Herman Northrop Frye）是加拿大文学评论家和文学理论家。弗莱的第一本书《恐怖的对称》（*Fearful Symmetry*, 1947）重新诠释了威廉·布莱克的诗歌，赢得了国际声誉。其代表作《批评的剖析》（*Anatomy of Criticism*, 1957）是二十世纪最重要的文学批评理论之一。

维吉尔和但丁看到被困在冰里的叛徒。木刻描绘的是《地狱篇》第三十二章,带有克里斯托福罗·兰迪诺的评论,1487年印制。(贝内克珍本书[Beinecke Rare Book]和手稿图书馆[Manuscript Library],耶鲁大学)

> 永远不要去找认路的人问路,因为那样你
> 就无法迷路了。
> ——布雷斯洛夫的纳赫曼拉比,《纳赫曼拉比行事集》

1300年(基督教世界的第一个禧年[jubilee][①])复活节星期五的早上,这个时代距离亚里士多德主义认为"自然是一种服从性"的概念的时代已经过去了很久,但丁从一个黑暗的森林之中出现,试图向他的读者们描述他看到的景象,这副景象使他感到更加恐惧:"那黑林,荒凉、芜秽,而又浓密",死亡本身也不会比那黑林更加悲凄。但丁已经无法记起他是如何进入森林的,因为他那时已经睡着了,但是当他终于走出这片黑暗树林的时候,他看到在山谷的尽头一座上升的山出现了在他的面前,复活节的太阳从山顶升起。在他的文本中,但丁并没有给出这座森林的确切位置:它既无处不在,又不在任何地方,当我们的感官模糊的时候,我们就进入到了这片黑暗森林,当太阳的光线唤醒我们时,我们就已经出现在了那个地方,圣奥古斯丁称这个黑暗之地为"世界的苦林"。黑

---

① 禧年是犹太节日,根据犹太法律,土地每耕作了六年之后的一年,即第七年,就是安息年(shmita)。这一年不耕作,让土地休息。每七个安息年周期的后面一年(第五十年),就是禧年,不过另一种观点认为是第四十九年。在这一年,大地都要休耕,奴隶重获自由,债务一笔勾销,田地财产再次均分。教会庆祝禧年,始于1300年。当时欧洲连年战争,鼠疫肆虐,社会动荡不安。面对种种社会问题,教宗博尼费斯八世(Boniface VIII)就在1299年的圣诞节,颁布1300年为赦罪之年。此后,庆祝圣年的传统便慢慢形成。

暗的事情发生在黑暗之中,正如我们的童话告诉我们的那样,但是它可能还包含着另外一种可能,因为我们曾经被驱逐出来的那片森林也曾是一座花园①,通过另一个可怕的森林的道路几乎肯定就是我们抵达光明的应允之路。唯当但丁穿过这座"在我虔诚度过一夜"的森林之时,他才可以开始这段旅程,这段即将引导他了解自己的人性的旅程。1

整部《神曲》都可以既作为从森林之中出走的"出埃及记",也作为朝向人类境遇的朝圣之旅。(但丁自己也强调了正确阅读圣经"以色列出了埃及"2 这句经文的重要性②。)旅程不仅仅朝向朝圣者的个体展开,最重要的是,朝向这个个体作为人类整体的一名成员这种境况展开,这个境况受到了其他人所做的事情和所是之人的影响和救赎。在但丁的旅途中,每次离开森林之后,他都不会独自一人。3 要么他会遇到维吉尔,要么会遇到贝缇丽彩,或者与那些被谴责或拯救的灵魂交谈,要么那些恶魔或天使会走上前来,但丁通过不断地与他人对话而进步:他通过谈话而前进。但丁旅行的过程和讲述那段旅程的故事,这两者是重合的。

如前所述,谈话之所以可能,是因为死者并没有丢失掉语言这份上帝赠予他们的礼物:语言使得他们能够与生者沟通。这就是为什么尽管他们的身体形态在这个尘世被拖来拽去,但是当他们对但丁显现的时候,却能够被显而易见地辨认。但丁能够知道他是在与人说话,而不仅仅是在与无形的精神说话。在黑暗森林,但丁独自一人,而在此之后,但丁永远不会再次孤身。

但丁孤身一人的森林,恰恰是我们所有人自己必须通过的深林,以便我们更多地意识到我们自己的人性。它从可怕的黑暗之中升起,是一连串延绵无边的森林:有一些森林较为古老,比如我们文学开端之处,吉尔伽美什必须穿过的恶魔森林;或者又比如在追寻之旅中最先由奥德修斯穿过,然后埃涅阿斯紧随而过的那座森林;还有突然涌现的森林,比如那座活生生地向前生长打败了麦克白的森林,还有让无辜的小红帽、大拇指

---

① 此处指伊甸园圣林。
② 语出《旧约·诗篇》114:1。

汤姆、韩塞尔和葛雷特迷失方向的黑森林，还有萨德侯爵的不幸女主角们闯入的血腥森林，甚至还有鲁德亚德·吉卜林和埃德加·赖斯·巴勒斯（Edgar Rice Burroughs）①嘱咐孩子们的教育森林。还有一些森林在"另一个世界"的边缘，灵魂的夜晚的森林、充满色情痛苦的森林、充满威胁异象的森林、老年蹒跚的森林、展开青春期渴望的森林。亨利·詹姆斯的父亲在写给他的青春期儿子的一封信中，就曾经写到过这样的一座森林："每一个智识到了青年时代的男人都会开始怀疑生命并非一场闹剧；它甚至不是一场体面的喜剧；相反，生命的开花和结果，恰恰是在最深刻的悲剧性的深度之上、在本质是死亡的深度之上，由此滋生出了这个人生命的根源。每一个能够进行精神生活的人都具有一座自然的遗产，它是一座尚未被征服的森林，狼在那里嚎叫，淫秽的夜鸟喋喋不休。"4

这座尚未被征服的森林总是两面性的：它们给我们带来了一种幻觉，就好像它们就在这里、在黑暗中，其中有些什么动作发生了，但是我们知道这座森林不仅仅是由其中的树木和层层穿透进来的阳光所定义的，同时也由这座森林的框架所定义，围绕它们的土地为它提供了场景。我们被引诱着进入了森林，但是我们永远不能够忘记在外面还存在着"另一个世界"，它在等待着我们。森林里面可能是黑暗的（甚至我们还可以使用弥尔顿创造的那个被后人过度引用的短语："可见的黑暗"［darknessvisible］），但是一些网状和阴影的轮廓，允诺了黎明。在这个准备阶段，我们必须茕茕孑立、形影相吊地站在这个旅途开始的地方等待即将来的时刻：与他人相遇。

离开黑暗森林的阴影之后，在第三十二章，几乎在结束了地狱之旅的时候，但丁到达了叛徒的灵魂所在的冻湖，叛徒的脖子以下都被困在冰里。那些没有被冻住的可怕头颅呐喊着诅咒着，但丁不小心踢到了一只头颅，然后他觉得自己认出来了这个头，这个颤抖的头属于佛罗伦萨

---

① 埃德加·赖斯·巴勒斯是美国科幻小说作家，他在美国文学史上的地位虽然不高，但他的长篇系列小说《人猿泰山》可称得上是经典之作。

城的博卡·德利阿巴提（Bocca degli Abati），他背叛了他的政党，并在敌人的一边武装起来。但丁问这个愤怒的灵魂他叫什么名字，这一直是他贯穿整段神奇的旅程的习惯，然后但丁承诺说，等他回到活人里面的时候，他会通过写作带给这位罪人死后的名声。博卡回答说，他所希望的恰恰相反，他命令但丁离开，让他自己在不安之中待着。但丁因为受到侮辱而感到狂怒，他抓住了博卡的颈部，威胁要撕掉博卡头上的每根头发，直到得到博卡的回答为止：

"你拔光我的头发，"他听后答道，
"也不告诉你我是谁；就算你拷打
我的脑袋千遍，我也不会供招。"

听到这一点以后，但丁"用力绞扭，并且拔掉了好几撮"，让受到折磨的罪人在痛苦之中嚎叫。（另一个受刑被遣罪的灵魂向他放声喊道，"又疯啦，博卡？"——这样就揭露了他的名字。）[5]

旅途再往后走，但丁和维吉尔又遇到了更多禁锢在冰里的灵魂，他们在"那里，哭泣本身使他们无从哭泣"：他们的眼睛被冷冻的眼泪封死了。听到但丁和维吉尔在说话，其中一个灵魂乞求这两位陌生人，在他哭泣的泪水结冰之前，将其从他的眼睛上移除掉，"快扯开我脸上的硬幕"。但丁同意这样做，他发誓说："要是我不让你舒驰，／就让我堕入寒冰，在底层沉没"，可是作为交换，这位灵魂必须告诉他，他是谁。灵魂同意了，他解释说他叫作阿尔贝里戈修士（Friar Abrigo），因为谋杀侮辱了他的亲兄弟和侄子而受到谴责。然后阿尔贝里戈修士要求但丁伸出手来兑现自己的诺言，不过但丁拒绝了他："对他无礼，就等于对他有礼。"与此同时，由天国任命的一路以来陪伴但丁的向导维吉尔，却保持了沉默。[6]

维吉尔的沉默可以被视为默许。在此前的几个圈层之中，这两位诗人渡过斯提克斯泥沼（River Styx）的时候，但丁看到其中一个由于愤怒之罪愆而被谴责的灵魂从污秽的泥淖之水中升起,就像往常一样问他是谁。这个灵魂并没有告诉但丁他自己的名字,而是说他只是一个哭泣的人,但丁不为所动,用可怕的词汇诅咒了他。维吉尔很高兴,将但丁抱在了怀里,还用跟圣路加在他的福音书中用来赞美基督同样的话语赞美了他的学生。("怀你的那位女子,福分何其厚!")[7]但丁得到维吉尔的鼓励以后说道,再没有什么东西能够比看到罪人重新浸入到那盆罪恶的泥汤里面更让他高兴的了。维吉尔表示赞同,这一章诗篇以但丁感谢上帝许可他的愿望来结束。在森林之外,进入森林的规则并不是要遵循我们自己的道德准则:它们不仅仅只是我们自己的道德准则。

几个世纪以来,评注者们一直试图证明但丁的这种行为是合理的,例如他们试图运用托马斯·阿奎那认定的"高贵的愤慨"或"正义的愤怒"来论证,这种愤怒并不是愤怒的罪愆,而是被"正确的原因"所激发的具有德性的行为。[8]另一位受到惩罚的灵魂则兴高采烈地向但丁报出了自己作为罪人的姓名:他是多银翁菲利波(Filippo Argenti)①,但丁的佛罗伦萨同乡,但丁此前的政敌之一,后来在但丁被驱逐出佛罗伦萨之后,他还获得了一笔但丁被没收的财产。多银翁菲利波是因为让他的马匹穿上银子做的脚掌,而不是用铁做的脚掌,而获得了他的绰号"多银翁"(Silver);他对别人非常轻蔑,比如他骑马穿过佛罗伦萨的时候,双腿完全是伸展开来的,这样他就可以用路人的衣服来擦拭自己的靴子底了。薄伽丘形容他"瘦弱而强势,鄙视别人,容易动怒,性格古怪"。[9]多银翁菲利波的历史似乎带来了一种私人报复与任何更高尚的正义感交织在一起的情绪,这可能会驱使但丁以"正确的原因"之名诅咒他。

当然,问题在于如何解读"正确"这个词。在这种情况下,"正确"是指但丁对上帝无可置疑的正义的理解。"必死的人岂能比神公义

---

① 多银翁菲利波,argenti 是 argento(银)的复数。菲利波是黑党的成员,但丁的政敌,出身于佛罗伦萨的阿迪玛里(Adimari)家族中一支,身材魁梧,脾气暴躁,十分富有,因为微小的事情就会动怒。(参见但丁·阿利格耶里著,《神曲1·地狱篇》,黄国彬译注,外语教学与研究出版社,2009年,第133页脚注61。)

吗?"约伯的一位朋友问道,"人岂能比造他的主洁净吗?"(《约伯记》4:17)。在这个问题之中隐含着一种信念,就是相信对受到谴责之人抱有同情心是"错误的",因为它意味着反抗上帝深不可测的意志,并且还质疑了上帝的正义。在前三个章节的诗篇之中,当但丁听到芙兰切丝卡的故事的时候,他几乎要晕倒了,芙兰切丝卡被迫永远在风中旋转,这是对她的淫欲的惩罚。但是现在,随着一步一步地深入到这个地狱之旅里面,但丁的感伤日渐减少,对至高上帝权威的信仰逐渐增加。[10]

根据但丁的信仰,上帝订立的法律制度不可能是错误或邪恶的;因此,无论上帝决定的正义是什么,正义都必须如此,即使人类的理解力无法掌握这种正义的有效性。阿奎那在讨论真理与上帝正义之间的关系时认为,真理是一种在思想与现实之间的符合:对于人类而言,这种符合总是不完满的,因为人类的思想本质上是错误的;但是对于上帝而言,上帝的思想无所不包,对真理的理解是绝对的和完美的。因此,由于上帝的正义依靠祂的智慧赋予事物秩序,所以我们必须考虑将上帝的正义等同于真理。这就是阿奎那解释上帝的正义的方式:"因此上帝的正义按照符合上帝智慧的规则(这就是上帝正义的律法)的顺序建立事物,我们应该恰切地称之为真理。从而,我们也在人类事务之中讨论关于正义的真理。"[11]

但丁追求的这种"正义的真理"(他故意激发起冰潭中遭受折磨的囚犯的痛苦,他又渴望看到另一个囚犯在泥潭之中受尽折磨)这些都必须被理解(但丁的支持者说)成对上帝律法的顺从,接受来自上帝的更高级别的判断。但是对于大多数读者来说,这样简洁的解释并不那么令人满意。阿奎那还有另一个类似的论点,时至今日仍然被学者们拿出来讨论,这些人拒绝调查和控告那些官方谋杀者和施暴者,如果他们在行动时确实得到了官方命令。但是,几乎所有但丁的读者都会承认,无论这些神学论点或政治论点多么有说服力,但丁的这些描写地狱之中的段落,都让人感到不是滋味。也许其原因是,如果但丁的理由是基于上帝意志的本质,那么但丁的行为就应该被宗教教条重新审视,但丁破坏了这些教条,上帝贬低了人性,而不是提升了人性。同样地,对酷刑者隐含的宽容仅仅是因为据说他们的放纵发生在不可改变的过去，处在前政府法律的最高法之下，这些过去的法律并没有促进对当前政府政策的信仰，而是破坏了当前的信仰和政策。还有更糟糕的辩护：一条无可辩驳并且早就已经被人们用滥了的借口"我只是服从命令而已"，这种观点只是得到了策略性的接受，它需要新的权威，才能用来开脱罪责。

我们还可以有另一种看待但丁行为的方式。神学家们说，罪愆具有传染性，在罪人们面前，但丁被他们犯下的错误污染了：在淫荡者之中，但丁怜悯脆弱的肉体，几乎就要晕倒了；在愤怒者之中，但丁充满了野蛮的愤怒；在叛徒者之中，但丁甚至背叛了自己的人类状况；因为当然没有任何人（也包括但丁自己）在目睹了其他人的犯罪之后，自己不会犯下罪行。我们的错误并不在于邪恶的可能性本身，而在于我们同意作恶。在一个某些邪恶繁荣兴旺的景象之中，人们会更轻易地同意作恶。

场景是《神曲》的精髓：事情发生的地方几乎和那里发生的事情一样重要。这种关系是共生的："另一个世界"的地理状态为其中的事件和灵魂增添了色彩，装点了深渊和岩壁、树林与溪水。几个世纪以来，但丁的读者都明白，来生的地方应该符合物理现实，这种精确性极大地增加了《神曲》的力量。

但丁在广义上追随的是托勒密的观念，但是他受到亚里士多德宇宙论的影响更大，于是他的宇宙模型对托勒密的宇宙模型有所修正：地球是一动不动地处在宇宙中心的球体，地球周围有九个同心天，对应九个天使的等级。前七个天球是行星天：月亮天、水星天、金星天、太阳天、火星天、木星天和土星天。第八个天球是恒星天。第九个天球是水晶天，也称原动天（Primum Mobile），是天体昼夜旋转的无形源泉。围绕这些天球的是最高天，其中绽放着天堂玫瑰，天堂玫瑰的中心是上帝。地球本身分为两部分半球：北半球，是人类居住的陆地，中点是耶路撒冷，东起恒河，西至赫拉克勒斯支柱（直布罗陀）；南半球，是禁止人类进入的水域，中点是高耸的炼狱山，与耶路撒冷共享同一地平线。在炼狱山的顶部是伊甸园圣林。在耶路撒冷下面是地狱倒锥形的顶部，地狱的中心是撒旦（路西法），其堕落推高了土地，形成了炼狱山。两条河流、圣城和南部的山脉，形成了一个十字架的形状。地狱分为九个逐渐缩减的圈层，让人联想到圆形剧场的台阶。前五个圈层构成了地狱上层，接着是地狱下层，这是一个由铁墙加固的城市。忘川的水在地狱底部打开了一条裂缝，这是通往炼狱山底部的道路。

但丁对地理位置刻画得如此精准，于是文艺复兴时期的许多学者分析了诗中提供的信息，以确定但丁对这些罪人所处的领域的确切量度。其中有一位学者叫作安东尼奥·马内蒂（Antonio Manetti），他是佛罗伦萨柏拉图学院的成员，也是该学院的创始人、伟大的人文主义者马奇里奥·费奇诺（Marsilio Ficino）的朋友。安东尼奥·马内蒂是一名热忱的但丁读者，他利用他的政治关系来影响洛伦佐·德·美蒂奇（Lorenzo de'Medici），让洛伦佐·德·美蒂奇协助他将诗人但丁的遗体运回了佛罗伦萨，他对《神曲》的了解非常深入，写了一篇重要的序言，这篇导言收录在著名的《神曲》评注版之中——在1481年由克里斯托福罗·兰迪诺编辑出版，其中还有克里斯托福罗·兰迪诺对地狱的量度的思考。在他撰写的序言中，安东尼奥·马内蒂主要从语言学的角度讨论了整部《神曲》；在1506年他去世之后出版的一篇文章中，安东尼奥·马内蒂集中讨论了他对《地狱篇》地理的研究。

在文学领域和科学领域，每个具有原创性的论点都将引出与它相反的观点。另一位人文主义者亚历山德罗·维鲁特罗（Alessandro Vellutello）提出了与安东尼奥·马内蒂截然相反的观点，亚历山德罗·维鲁特罗是一名被收养的威尼斯人，他决定写一部关于但丁《地狱篇》地理问题的全新作品，亚历山德罗·维鲁特罗嘲笑安东尼奥·马内蒂的观点过于"佛罗伦萨"，他争论说，对《地狱篇》的地理问题应该引入更普遍化的考察。根据亚历山德罗·维鲁特罗的考察，克里斯托福罗·兰迪诺的测量结果是错误的，而根据前人计算得出自己计算结果的佛罗伦萨人安东尼奥·马内蒂只不过是"一个从独眼人那里寻求指导的盲人"而已。[12] 佛罗伦萨学院的成员收到评论以后，觉得受到了侮辱，他们发誓要复仇。

216　好奇心

在1587年，为了复仇，佛罗伦萨学院决心邀请一位才华横溢的年轻科学家来反驳亚历山德罗·维鲁特罗的观点——时年二十一岁的伽利雷奥·伽利略（Galileo Galilei）。伽利略在当时是一位未经官方认可的数学家，他对钟摆运动的研究和他发明的流体静力学标尺使得他在知识界声名大噪。伽利略接受了这个委托。他在佛罗伦萨维奇奥宫（Palazzo Vecchio）的二百人大厅举行的讲座，完整的讲座题目是：《在佛罗伦萨学院关于但丁地狱的形状、位置和大小的两个演讲》（*Two Lessons Read Before the Academy of Florence Concerning the Shape, Location and Size of Dante's Hell*）。[13]

在第一个演讲中，伽利略遵循安东尼奥·马内蒂对但丁地狱的描

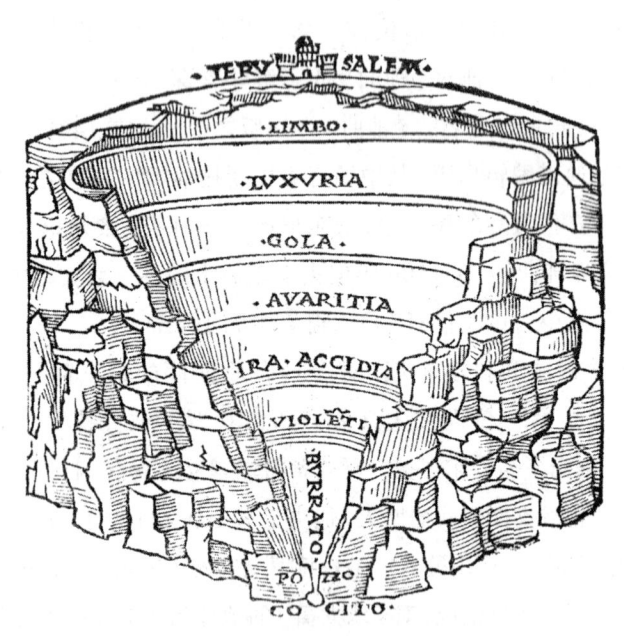

安东尼奥·马内蒂《对话录》（*Dialogo*）描绘的地狱的阶梯（佛罗伦萨，1506）。在幽域之后，从上到下是邪淫者（Lustful）、贪饕者（Glutous）、贪婪者（the Avaricious）、愠怒者和叹息者（Wrathful and Sullen）、施暴者（Violent）和污吏（Barrators）的罪恶之囊。井形结构的地狱阶梯最终通往冻湖（the Frozen Lake）。（图片承蒙李维奥·安布罗吉奥[Livio Ambrogio]提供。复印刊行已获许可。）

述,并在其中加入了他自己的计算式,其中博学地引用了阿基米德和欧几里得。例如为了计算路西法的身高,伽利略一开始就运用了但丁自己的陈述,宁录①的脸就跟罗马的圣彼得的青铜像一样长(在但丁的时代,这座青铜像就树立在罗马大教堂前面,大概有 7.5 英尺高),但丁的身高跟那个巨人宁录的身高的比例应该等于这个巨人的身高跟路西法的胳膊长度的比例。运用这条算式,阿尔布雷希特·丢勒(Albrecht Dürer)②绘制了一幅描述人体的图表(1528 年出版,名为《人类比例四书》[*Four Books on the Human Proportions*]),伽利略得出的结论是,宁录身高 645 英尺。根据这个数字,他还计算了路西法的手臂的长度,然后这个数字又使得他可以使用比例法则来确定路西法的身高:1935 英尺。根据伽利略的说法,诗意的想象力遵循普遍数学的法则。14

在第二个演讲中,伽利略揭露(并反驳)了亚历山德罗·维鲁特罗的计算,这个讲座的结论正是佛罗伦萨学园的成员们翘首以待的。不过令人惊讶的是,对于那些五个世纪之后阅读这两个演讲稿的人来说,在这两个演讲之中,伽利略都拥抱了托勒密的宇宙地心说的模型,也许这是因为他要否认亚历山德罗·维鲁特罗的观点并认同安东尼奥·马内蒂的观点,也或许是因为伽利略发现这种观点更适合用于阐释但丁的宇宙观。

一旦大仇得报,复仇的过程通常很快就会被人遗忘。佛罗伦萨学园的成员们此后再也没有任何人提到过这两个演讲,也再没有人提到过年轻的伽利略曾经对地狱结构所做的这种阐释,除了伽利略最后一名学生文森佐·维维亚尼(Vlncenzo Viviani)之外。文森佐·维维亚尼编辑了他的老师的作品集,于 1642 年伽利略去世之后发表。但是,某些文本总是具有无穷无尽的耐心。三个世纪之后,在 1850 年,意大利学者奥克塔

---

① 但丁在《地狱篇》第三十一章提到宁录。宁录是圣经人物,根据《创世记》(10:8—12),古实又生宁录,他是个打猎为生的猎户,孔武英勇,为世上英雄之首,后来参与建造巴别塔,挑战上帝的权威。在《神曲·地狱篇》的第八层,宁录是期待地狱撒旦的巨人之一。

② 阿尔布雷希特·丢勒(1471—1528),生于纽伦堡,德国画家、版画家及木版画设计家。丢勒的作品包括木刻版画及其他版画、油画、素描草图以及素描作品,其中版画最具影响力。

沃·吉格利（Octavo Gigli）在找寻一位十六世纪的一位不太著名的语法学家的作品的时候，发现了一份厚厚的手稿，他认为他认出了这个手稿的主人——手迹来自伽利略，因为他曾经很偶然地在一位雕刻家朋友的房子里看到过一张伽利略手稿（这就是学术圈的奇迹）。这正是伽利略关于但丁讲座的手稿，当时过分谨慎的佛罗伦萨学院的秘书并没有把这份手稿登记在册，因为这位年轻的数学家还没有被选为这个学院的正式成员，只是作为其中的一名客座研究者（这就是讨厌的官僚主义）。

很久以前，哥白尼的发现转变了我们世界的自我中心主义的视野，我们从一个很小的角落，逐渐变得越来越远，一直到了宇宙的边界。认识到我们人类只是侥幸的、渺小的、偶然的自我繁殖的一些分子而已，这种知识并不能给我们带来更高的希望或更伟大的雄心。但是哲学家尼古拉·乔洛蒙蒂（Nicola Chiaromonte）① 称之为"意识之虫"（the worm of consciousness）的东西，同样也是我们自身的一部分，因此无论如何转瞬即逝与遥不可及，我们作为这些星尘微粒同样也是一面镜子，反映万事万物，包括我们自己。[15]

这种适度的荣耀已经足矣。我们去世（还有在较小的层面上，宇宙也随着我们一道离世）只是一件我们自己需要记录的事件：当我们第一次开始阅读世界时，这种耐心和无益的工作就开始了。就像我们称世界为地理一样，我们称之为世界历史的是一部持续不断的编年史，我们在编撰这部编年史的时候，就假装在破译它。从一开始，这样的编年史据说是由它们的见证者讲述的，不管是真是假。在《奥德赛》第八卷中，奥德修斯赞美吟游诗人，因为游吟诗人咏唱了希腊人的不幸，"就仿佛你自己也在那里，或是从一个曾经在那里人那儿听来的"。[16] 在这句诗中"仿佛"一词是最本质的。如果我们接受这一点，那么历史就是我们所说的关于已发生之事的故事，即使我们为我们是不是真的见证了这个事情做辩护，不论多么努力，这种辩护都无法达成。

---

① 尼古拉·乔洛蒙蒂（1905—1972）是意大利作家，著名的左翼知识分子。1934年反对墨索里尼的法西斯主义逃往法国，1941年到纽约。主要著作有《历史的悖论》等。

几个世纪之后，在德国一个严肃的课堂上，黑格尔将历史分为三类范畴：由其假定的直接见证者写作的历史（原初的历史［ursprüngliche Geschichte］）；作为自身的沉思的历史（反思的历史［reflektierende Geschichte］）和作为哲学的历史（哲学的历史［philosophische Geschichte］），这最终导致了我们现在所称之为"世界历史"（Welt Geschichte）的出现，这是一个永无休止的故事，它包含在故事的讲述之中。伊曼努尔·康德早先设想了关于我们集体进化的两个不同的概念："Historie"定义了对事实的叙述，"Geschichte"则是对这些事实的推理——甚至是先验的历史，一种关于即将到来的事件过程的编年史。①黑格尔指出，在德语中Geschichte一词既包括客观意义，也包括主观意义，它同时意味着historia rerum gestarum（对已发生之事的描述）和res gestae（已发生之事）。对黑格尔来说，重要的是去理解（或保有一种我们已经理解了的幻觉）作为整体的各个事件的河流，包括河床、河岸边的观察者，但是为了更好地集中于这条河流的主流，黑格尔把这条河流的边缘、暗池和河口等等统统排除在外。17

在令人钦佩的文章《在西伯利亚拜读黑格尔的陀思妥耶夫斯基泪流满面》(Dostoyevsky Reads Hegel in Siberia and Burstsi nto Tears)中，匈牙利学者拉茨洛·冯德尔义（László Földényi）②表示，陀思妥耶夫斯基在他的西伯利亚监狱里面发现了这种恐惧：作为历史的受害

---

① 德语的Geschichte和Historie有区别，Geschichte来源于动词geschehen，意思是事情之发生，一般译作"历史"；而Historie就是指对发生的事情的知识，一般译作"历史学"，不过在中译文中我们通常都将其翻译成"历史"。按照从七世纪到十二世纪应用最广的百科全书式教科书——塞维利亚的伊西多尔（Isidore of Seville）《词源学》（*Etymologies or Origins*）中的定义，"历史是对事件的叙述。通过历史，我们认识到了过去曾经发生过的事情。'历史'这个词从希腊语的 ἀπὸ τοῦ ἱστορεῖν 衍生出来，也即'去看'或'去认识'的意思：在古代，所有写过历史的人都是当时在场并看到了所发生的事件，从而将其载入史册的"。（参见 *Theology and the Scientific Imagination: From the Middle Ages to the Seventeenth Century*, Amos Funkenstein, Princeton University Press, 1986, p. 207.）

② 拉茨洛·冯德尔义（1952—）是匈牙利布达佩斯戏剧电影大学艺术理论教授，文学评论家。《在西伯利亚拜读黑格尔的陀思妥耶夫斯基泪流满面》最初发表于2008年，2020年出版英译本。

者，他自己的存在却被历史无视，他的痛苦继续被人忽视，或者更糟糕的是，他遭受的苦楚在人类的总体的河流之中，根本没有服务于任何目的。黑格尔的主张在陀思妥耶夫斯基的眼中（以及在拉茨洛·冯德尔义的眼中），正如卡夫卡后来会对马克斯·勃罗德所说的那样："希望没有目的，至少只有我们的希望没有目的。"黑格尔的警示要比那些理想主义者们所提出来的虚头巴脑的存在要更加可怕：我们被（上帝）感知着，但我们丝毫没有被他看到。[18]

对拉茨洛·冯德尔义来说，这种假设是不可接受的（这在陀思妥耶夫斯基看来肯定也是不可接受的）。历史的进程之中不仅不能排除掉任何一个人，而且事实恰恰相反：每个人的承认都是将来历史的必要条件。我的存在和任何人的存在，都取决于你的存在，取决于任何其他人的存在，而且我们两人都必须对于黑格尔、陀思妥耶夫斯基和拉茨洛·冯德尔义来说存在，因为我们（还有匿名的其他人）都是他们的证明者和他们的承载者，我们的阅读赋予他们生命。这就是一条古老的直觉性的表述所说的意思：我们都是一个不可言喻的整体的一部分，其中的每一个个体的死亡、每个个体的特殊的痛苦，都会影响整个人类集体，这个整体不受每个物质自我的限制，而且但丁清楚地知道，他必须努力地通过他知晓的一部分人，来尝试理解整个整体。"意识之虫"啃噬着我们的意识，它也会证明我们的存在；否认这一点也没有用，即使是基于一种信仰行为而否认这一点也不行。"自己否认自己的神话，"（The myth that denies itself）拉茨洛·冯德尔义明智地说，"假装自己知道的信仰：正是这个灰色的地狱，正是这种随处可见的精神分裂症，让陀思妥耶夫斯基绊倒在了半路上。"[19]

我们的想象力让我们永远保有一个希望，一个超越了已经破碎的或者已经实现的希望之上的希望，一个目前看似无法实现的尚在前方但我们终将企及的希望，紧接着这个希望，在更远之处还有另一个希望。忘记了这种无限性（正如黑格尔为此试图削减他关于"历史"的重要概念），就可能会带给我们一种美好的幻觉：在这个世界上发生的事情和在我们的生活之中发生的事情是完全可以理解的。但是这恰恰将我们对宇宙问题的追问还原成了一种教理问答,将我们的存在还原成了一种教条。因此,正如拉茨洛·冯德尔义所说的(但丁也会同意这种看法),我们想要的并不是一种看似合理和可能的安慰,而是对未开发的西伯利亚地区的不可能性的探索,在此"这里"总是超越出了我们的论域。

如果"超越"意味着一个悬而未决的问题,那么它也意味着一个我们所构想的世界的中心,这个位置使我们能够声称我们对处于外面的其他人具有某种优越感。希腊人认为德尔菲神庙是宇宙的中心;罗马人声称罗马是宇宙的中心,罗马的秘密名字其实是"爱"(Roma 从后往前看是 Amor)。[20] 对于伊斯兰教徒来说,世界的中心是麦加;对于犹太人来说,世界的中心是耶路撒冷。古代中国认为泰山是宇宙的中心,与其他四座位于这个"中间之国"的神圣山脉之间距离相等。印度尼西亚人则认为巴厘岛才是宇宙的中心。而认为地理位置存在某个中心的假设,为那些认可这个中心的人们提供了某种身份认同,无论存在于这个中心"之外"的东西是什么,这些"之外"的地方都具有某种可以识别的属性,虽然人们经常感到这些"之外"的地方具有一些潜在的威胁或者容易传染的危险。

通过文化和商业的联系,通过想象和系统的对话,在这些"之外"的地方发生的事件,往往影响着离开他们的"中心"——家——的旅行者们。不过,并不是所有人都表现出了这种开放性和理解度,波斯的博学之士阿布·阿尔-拉伊汗·穆罕默德·伊本·艾哈迈德·比鲁尼纳斯(Abū al-Rayhān Muhammad ibn Ahmad al-Bīrūnīas),英文简称他作阿尔-比鲁尼(Al-Biruni)①,在十世纪访问了印度,在观察了当地的宗教

---

① 阿尔-比鲁尼(973—1048 [伊斯兰历 362—440],拉丁名 Alberonius)是十一世纪的穆斯林通才,作品和学术研究横跨物理和自然科学、数学、天文学、地理学、历史学、年代学和语言学等众多领域。阿尔-比鲁尼出生于波斯花剌子模城的卡斯(今乌兹别克斯坦境内),卒于加兹纳(今阿富汗中东部)。他毕生撰写了超过一百二十部著作,因详细记述十一世纪的印度而被誉为印度学的奠基人。月球上的比鲁尼环形山就是以他的名字命名。他同时也是将伊斯兰教以及波斯文献翻译成印度梵文文献,并且将印度梵文文献译出的伟大学者。

仪式之后，他评论说："如果他们持有的信仰与我们的不同，甚至这种信仰看起来对穆斯林来说是可憎的，我只能这样说：这正是印度教徒的信仰，这正是他们自己看待事物的方式。"不过帝国主义思想有一个悠远的传统，这个传统认为，让"之外"的人们改宗信仰的唯一方法就是奴役或者同化。在阿喀琉斯对他的儿子埃涅阿斯的话语中，诗人维吉尔明确表达出了这一点：

> 我相信有的将铸造出充满生机的铜像，造得比我们高明，有的将用大理石雕出宛如真人的头像，有的在法庭上将比我们更加雄辩，有的将擅长用尺绘制出天体的运行图，并预言星宿的升降。但是，罗马人，你记住，你应当用你的权威统治万国。这将是你的专长，你应当确立和平的秩序。对臣服的人要宽大，对傲慢的人，通过战争征服他们。[21]

在1955年，克洛德·列维-斯特劳斯（Claude Lévi-Strauss）①出版了一本即将成名的著作，在书中他尝试的是，当进入超出自己文化界限的民族并与之对话的时候，要克服帝国主义的视角。在依次考察了卡都卫欧族（Caduveo）、波洛洛族（Bororo）、南比克瓦拉族（Nambikwara）和吐比卡瓦希普族（Tupi-Kawahib）之后，列维-斯特劳斯找到了一种不需要专横地或者将这些人的思想转化为他自己的信仰体系来与这些民族沟通和学习的方式。在对一个简单的佛教仪式的反思评论中，列维-斯特劳斯写道："每一项志在了解的举动都毁掉那被了解对象本身，而对另一项性质不同的物件有利。而这第二种物件又要我们再努力去了解它，将之毁掉，对另外一种物件有利，这种过程反反复复永不止息，一

---

① 列维-斯特劳斯（1908—2009），法国作家、哲学家、人类学家、结构主义人类学创始人和法兰西科学院院士。列维-斯特劳斯的研究主要集中在人类亲属关系、古代神话以及原始人类思维本质三大方面，他把索绪尔的结构语言学研究纳入自己的神话研究当中，形成了自己独特的结构主义神话学。

直到我们碰到最后的存在,在那个时候意义的存在与毫无意义之间的区别完全消失:那也就是我们的出发之点。人类最早发现并提出这些真理已经有两千五百年了。在这两千五百年之间,我们没有发现任何新东西,我们所发现的,就像我们一个一个地试尽一切可能逃出此两难式的方法那样,只不过是累积下更多更多的证明,证实了那个我们希望能回避掉的结论。"对此,列维-斯特劳斯继续补充说,"这个非智(non-knowledge)的伟大宗教并非建基于我们没有了解能力上面。这个伟大宗教本身即是我们有能力了解的明证,并提升我们,使我们可以发现种种真理,这些真理存在的方式是实存(being)与知识(knowledge)互不相容的方式。经过一种特别大胆的行动,它把形而上学问题化约到人类行为的层面,在思想史上只有马克思主义也做到这一点。其宗派分别只存在于社会学的层面,大乘与小乘的区别在于个人的救赎到底是不是要建基于全人类的救赎"。²²

但丁的《神曲》似乎以否定的方式回答了这个问题。但丁的救赎取决于但丁自己,就像维吉尔在这次旅程之始夸赞但丁使他感到高兴的诗句一样:"你现在还怕什么?为什么还要/拖延?你的心怎么充满了怯懦,/没有一点半点的豪放骠骁?"²³ 但丁的意志,光凭但丁的意志,就可以使得他最终企及至福的异象,尽管中间会看到受到谴责的恐怖,并要将自身的七宗罪清除掉。然而……

但丁登上天堂之后看到的第一副图景,就是贝缇丽彩凝视着上帝的太阳。但丁将自己比喻成渔夫格劳克斯(the fisherman Glaucus)①,根据奥维德的说法,格劳克斯尝到了生长在岸边的魔法草之后,被这些魔法草所迷惑,渴望一头扎进更深的河谷之中,而但丁则充满了对神圣

---

① 根据奥维德《变形记》,海神格劳克斯原本是一名普通的渔夫。某一天他打鱼时,把捞起的鱼倒在草地上拣选。突然他发现:被他丢到草地上的死鱼一条一条都活过来,并且跳进河里游走了。好奇的他觉得一定是那些草有神奇魔力,于是摘了一些吞进肚子。之后他发现自己的头发变成海绿色漂在身后水面,上身双肩变宽了,原来的腿变成了鱼的尾巴,最后更是变成了海神。

的渴望。但是同时但丁也意识到，他来自人类的共同体，这是他的出处——生而为人并不是一种单一的状态，而是"多"之中的"一"。个人的意志、感受和思想对于这个个体来说，并不是孤立的体验。或者借用列维-斯特劳斯的话来说："就像个人并非单独存在于群体里面一样，就像一个社会并非单独存在于其他社会之中一样，人类并不是单独存在于宇宙之中。"借用了但丁描述其看到的最终异象时所采用的彩虹意象，列维-斯特劳斯总结说："即使有一天人类所有文化所形成的光谱或彩虹终于被我们的狂热推入一片空无之中，只要我们仍然存在，只要世界仍然存在，那条纤细的弧形，将我们与无法达致之点联系起来的弧形仍会存在，就会展示给我们一条与奴役之路相反的道路。"[24]

这就是悖论之所在：孤身经历了世界无法言喻的痛苦，试图有意识地向我们自己叙述这种经历，在不知不觉中我们就进入到了一个分享共同事物的世界，但是在这样的世界之中我们却意识到，沟通或者说彻底充分的沟通，变得不再可能了。通过敷衍的口头借口，我们让自己犯下了可怕的罪行，因为我们说，别人也做过这样的事情啊。在整个世界之中，我们无休止地重复同样的理由，以暴制暴，以背叛回报背叛。

黑暗森林是可怕的，但黑暗森林界定了自身以及自身的极限，并在如此界定的时候，黑暗森林把整个世界框在了外部，让我们能够辨别出我们想要企及的地方，无论是漫步海边，还是登顶山峰。但穿过这座黑暗森林之后，经验世界却并没有这样的边界。超越经验世界的一切事物（比如宇宙）既是有边界的，也是无限扩展的，这并不是说它完全没有边界，而是说这个边界是我们不可能设想的，无论是在"对已发生之事的描述"（historia rerum gestarum）之中，还是在"已发生之事"（res gestae）的舞台上，我们都完全没有意识到这个边界。在此，我们将自己定位为演员和见证者，我们每个人都是一个"单独的个体"，每个人都是"人性整体"之中的一部分。我们就生活在这里。

第十章　我们之间的差别是什么？

陪伴我童年的书籍之中，有许多书都属于"蓝色图书馆"（La Biblioteca Azul）系列。在"蓝色图书馆"系列丛书里面收录了西班牙语翻译的《淘气小威廉》（Just William）①故事集、儒勒·凡尔纳（Jules Verne）的多部小说，还有埃克多·马洛（Hector Malot）让我感到毛骨悚然的恐怖小说《苦儿流浪记》（Nobody's Boy）。我的堂妹有完整的"蓝色图书馆"丛书的伴侣系列——"玫瑰图书馆""粉红图书馆"，她每个月都会带着收藏家的骄傲，不加区分地买齐整个系列中最新出版的那些卷帙。作为一个男孩，一条不言而喻的规则就是，我只能被允许进入"蓝色图书馆"，而作为一个女孩，她只能被允许进入那些红色系的图书馆。有时我会问她某个她的藏书的书名——《绿山墙的安妮》（Anne of Green Gables）②或者塞居尔伯爵夫人（comtesse de Ségur）③写的那些故

---

① 《淘气小威廉》是由英国作家里奇马尔·克罗普顿（Richmal Crompton）撰写的三十九本系列丛书。这些书籍讲述了不守规矩的男生威廉·布朗的冒险经历。该系列丛书出版于1921年至1970年之间，历时近五十年，尽管每本书的写作背景都各不相同，但主人公仍然保持十一岁的年龄。

② 《绿山墙的安妮》是1908年由加拿大作家露西·莫德·蒙哥马利（Lucy Maud Montgomery）所著的长篇小说，其背景设定在作者蒙哥马利童年成长的地方——爱德华王子岛。作品讲述了自幼失去父母的纯真善良的安妮，十一岁时被绿山墙的马修和玛丽拉兄妹领养，她个性鲜明，富于幻想，而且自尊自强，凭借自己的刻苦勤奋，不但得到领养人的喜爱，也赢得老师和同学的关心和友谊。这是一部成长小说。

③ 塞居尔伯爵夫人（1799—1874），出生于俄国圣彼得堡，法国著名儿童文学女作家和法国儿童文学的创始人。她一生为孙子孙女写了很多故事，五十六岁时发表了第一部作品《新童话》，

事——但是我知道，如果我想要阅读它们，我就只能去找这本书没有被按照颜色区分的其他版本。

我们的童年还有很多很多这样统治我们的规则，它们区别了什么是适合男孩子的，什么是适合女孩子的，这种区别在两性之间树立起了无形但坚固的障碍。颜色、物体、玩具、运动，都会根据这种未经质疑的区隔来确定，它们会根据你不是谁，来告诉你，你是谁。在鸿沟的另一边是一个定义性别的领域，在另一个性别的领域里面生长的人们做着其他的事情，讲另一种语言，享有完全不同的权利，并还有一些特定的禁止她们做的事情。这是一条公理，被区分开来的一方无法理解另一方。光凭"她是个女孩"或者"他是个男孩"，就足以充分解释某一种特定的行为了。

文学就一如既往地帮助我颠覆了种种规则。阅读"蓝色图书馆"中的《珊瑚岛》(*The Coral Island*)①，让我感到了拉尔夫·罗孚尔（Ralph Rover）令人腻烦的谄媚姿态以及像削苹果一样削椰子的荒谬天赋。但是阅读《海蒂》(*Heidi*)②（这本书收录在中性的"彩虹经典版"）的时候，我知道她和我共有许多的冒险特征，当海蒂偷了柔软的蛋卷给她没有牙齿的爷爷吃的时候，我也在欢呼雀跃。在我的阅读之中，我就像一

（接上页）以后陆续发表的作品有由《小淑女》(1858)、《假期》(1859)、《苏菲的烦恼》(1864)三部小说构成的三部曲，以及《守护天神的客栈》(1864)、《喜怒无常》(1865)、《杜拉金将军》(1866)等。塞居尔夫人善于揣摩儿童心理，作品深受孩子们喜爱，被誉为"孩子们的巴尔扎克""法兰西全体孩子的好祖母"。

① 《珊瑚岛：太平洋故事》(*The Coral Island: A Tale of the Pacific Ocean*)是苏格兰小说家罗伯特·迈克尔·巴兰坦（R. M. Ballantyne）1857年的作品，描述了三个英国青年在南太平洋小岛上遭遇"血腥比尔"（Bloody Bill）领导的食人族的冒险故事。这本书面世后广受欢迎，是设想英国孩子在脱离了文明限制之后应该如何行事的绿林好汉冒险小说，这部小说的风格直接启发了威廉·戈尔丁（William Golding）写作《蝇王》(*Lord of the Flies*)。

② 《海蒂》是瑞士作家约翰娜·施皮里（Johanna Spyri）写的两部儿童文学，《海蒂的学徒和旅行年代》(*Heidis Lehr- und Wanderjahre*, 1880)和《海蒂应用她学到的东西》(*Heidi kann brauchen, was es gelernt hat*, 1881)的总称，这两部作品是迄今为止最著名和最畅销的经典儿童文学之一，直到今天人们在提到瑞士时，还会联想到施皮里笔下浪漫而理想的国度。

条鹦嘴鱼一样，转变着自己的性别。

　　强加的身份认同会滋生不平等。我们的个性和身体是我们个体身份认同的积极特征，但是我们却被教导得看不到这一点了，我们被引导着把它们看成是使我们跟那些不可知的、神秘的、生活在我们坚固城墙之外的外国人不同的特质。从人们第一次教导我们这种消极的教诲开始，又滋生出了很多别的教诲，最终我们建立起了一个巨大的影幕，从这个影幕之中映照出了人们所教过我们的那些我们所不是的东西。在我早年的童年时代，我从没有意识到有任何陌生的东西处于我的世界之外；但是后来，除了这一点之外我已经意识不到别的了。我从没有学到去认识我自己是一个普遍整体之中独一无二的一个部分，而是开始确信我是一个独立的实体，而其他人则与这个会回答我名字的孤独生物不同。

伊甸园里的但丁和贝缇丽彩正准备升上天堂。木刻描绘的是《天堂篇》第一章,带有克里斯托福罗·兰迪诺的评论,1487年印制。(贝内克珍本书[Beinecke Rare Book]和手稿图书馆[Manuscript Library],耶鲁大学)

男人害怕女人会嘲笑他们。

女人害怕男人会杀了她们。

——玛格丽特·阿特伍德（Margaret Atwood）①

在我们的历史中，我们曾有很多次自豪地宣称每一个单个的个体都是组成整个人类全体的一部分。每一次说出这个崇高的命题，我们都曾反对过、修改过、寻找过它的例外情况，而最终是为了击败它，直到这样的命题再次被宣告出来。然后再一次，我们允许这样一个平等社会的概念短暂地重新浮现出来，然后又再一次让它沉沦了下去。

对公元前五世纪的柏拉图而言，社会平等意味着男性公民享有平等的权利，其人数非常有限。异邦人、妇女和奴隶，都被排除在这个特权圈层之外。在《理想国》中苏格拉底提出的问题是要去发现"正义"的真正含义（或者更确切地说，关于一个真正正义的男人的定义），他是通过讨论"什么样的社会是正义的"来实现的。

正如柏拉图的所有对话一样，《理想国》是一段漫无边际的对话，既没有令人满意的开始，也没有明显的结论，有时候它揭示出了对老问题的全新回答方式，有时候是天南地北地聊出一个答案。特别值得注意的是，《理想国》缺乏重点。苏格拉底引导这段对话的进行，从试

---

① 玛格丽特·阿特伍德（1939— ），加拿大诗人、小说家、文学评论家、女权主义者、社会活动家。她是布克奖与亚瑟·克拉克奖的得主，七次入围加拿大总督奖，两次获奖。

图得出一个定义,到下一个定义,但是没有一条定义在读者看来是对的定义。《理想国》读起来就像是一系列的建议和草案,为最终永远不会获得的发现做准备。当咄咄逼人的智者色拉叙马霍斯(Sophist Thrasymachus)宣称,正义只不过是"极大的无知",不正义是一种"不谨慎",虽然我们知道他是错的,但是苏格拉底的讯问却并不会证引出无可辩驳的证据来证明色拉叙马霍斯的错误:苏格拉底的追问将导向一场关于不同社会和政体的优点和缺点、公正和不公正的大讨论。[1]

苏格拉底认为,正义必须包含在这一类事物之中,"如果一个人想要快乐,就必须爱其自身,而不是只爱由它产生的结果"。但是如何定义这种快乐呢?"爱其自身"又是什么意思?它的结果又是什么?在此,"正义"的定义还没有得到定义呢。苏格拉底(或柏拉图)并不希望我们花时间去考虑这一个接一个的奇怪问题:对话流之中的思想,才是他所感兴趣的东西。所以,在讨论什么是正义的人,或者什么是不正义的人之前,苏格拉底提议人们先去调查一番什么是正义的城邦,什么是不正义的城邦。"我来告诉你:我想我们可以说,有个人的正义,也有整个城邦的正义。"[2] 显然,为了寻求正义的定义,柏拉图的对话离那个不可言喻的目标越来越远,与其说柏拉图的对话在寻找一条通往问题回答的直路,不如说《理想国》提出了一场总是被推迟的旅行,他的每一次离题和停顿,都会让读者感到神秘莫测与知性的乐趣。

面对《理想国》之中提出的开放式问题,我们可以提供什么样的答案?如果每种形式的政府都在某种意义上是邪恶的,如果没有任何可以夸耀其道德健全和道德公平的社会,如果政治本身就是一种臭名昭著、备受谴责的活动,如果每一种集体事业都有可能崩溃进而导致一个个恶棍涌入其中,那么对于共同的或多或少平静的生活和从集体协作、互帮互助中获益,我们还能有什么希望?色拉叙马霍斯关于各种不正义德性(virtues of injustice)的声明,无论在读者们看来是多么地荒谬,在许多世纪以来,一直被社会体系(无论是什么样的社会体系)的剥削者们重复。这些是封建地主的论据,是奴隶贩子及其客户的论据,是暴君和独裁者的论据,也是那些应该对周期性的经济危机负责的金融大鳄们的论据。保守主义者们所宣称的"自我中心主义的好处"(virtues of egotism)、跨国公司所捍卫的公共产品和服务的私有化、银行家们所鼓吹的毫无约束的资本主义的好处,都是对色拉叙马霍斯的"正义就是强者的利益"的论点的不同方式的"翻译"。³

色拉叙马霍斯反讽式的结论基于许多假设,事实上,这条可能会被人们认为是不正义的观点,恰恰正是自然法的结论。奴隶制的合理性,是通过论证"被征服者不配享有胜利者的特权"或者"非我族类是劣等的"这样的观点来得到证明的;厌女症的合理性,恰恰正是通过颂扬父权制的好处,界定每一种性别所应当具有的权利和角色,来得到论证的;还有恐同症的合理性,恰恰正是通过发明出一套男性和女性之间"正常"性行为的标准,来得到论证的。在每一种情况下,随着这些等级制度的建立,都会同时伴随着一套充满符号和隐喻的词汇的运用,例如女性就被赋予了被动的角色(从而就她们的家务活动遭到诋毁或者居高临下的赞美,维吉尼亚·伍尔芙(Virginia Woolf)认为这是一种错误,她指出一个女人最初的任务就是要"杀死房子里面的一个天使"),而男性则被赋予了主动的角色(鼓励战争的暴力和其他种类的社会竞争)。虽然这并不是一种普遍的观念——例如在索福克勒斯的戏剧《俄狄浦斯在科罗诺斯》(Oedipus at Colonus)中,俄狄浦斯谈到了希腊和埃及的男人和女人角色的不同:"因为在那个国家(埃及),男人们坐着在门内/在织机上工作,妻子出门/每天谋求生计"——这是一种根深蒂固的象征化的角色形象(将女性跟言辞联系起来,将男性与行动联系起来)衍生出来的结果。当然,他们的观念是相反的,所以在《伊利亚特》中,一旦女性角色开口说话,战争立马就停止了。⁴

但是在传统上,女性的言论必须保持在私密的范围之内;公开言论被认为是男人的特权。在《奥德赛》中,当佩涅洛佩在公众场合介绍一位粗鲁无礼的吟游诗人时,忒勒玛科斯(Telemachus)告诉他的母亲,只要是言论,"男人就会看到那个"。但有时,女性的私人演讲和公共演讲在古希腊是不可分开的。在德尔菲神庙中，女先知（Sibyl）坐在一个三足鼎上开口说话，阿波罗预言的精神从蒸气之中进入她的阴道，从而（正如古典学学者玛丽·比尔德［Mary Beard］所主张的）这就在"吃饭和说话的嘴"与性器官的"嘴"之间建立起了一种明确的联系。5

父权制甚至还会要求得到社会的认同或者城市的认同。雅典命名的传说就是一个很好的例子。圣奥古斯丁曾经引用罗马历史学家马尔库斯·特伦提乌斯·瓦罗（Marcus Terentius Varro）①的权威表述，重述了这则故事。一棵橄榄树和一道喷泉突然出现在未来被称作是"雅典"的城市所处的地方。

> 依照范罗（Varro），这城名雅典，是由米内瓦而来，希腊人称她为雅典娜。由地下忽然生出一颗橄榄树，在另一处找到一口泉水，使国王万分惊异；他乃遣人去问代尔福的亚波罗神，这奇迹的意义，并当做何事。亚波罗答说：橄榄树指点米内瓦（或雅典娜），水指点内多纳（或波塞冬），你们可任意用二神的城，奇迹就是指点这事。
>
> 得到神的答复后，且格贝王，召集了全城的男女，当时此地，女人亦参加会议，来作选举。会议时，男人赞成内多纳，女人主张米乃瓦，他们多一票，所以米乃瓦就得胜了。于是内多纳大怒，海中风浪大作，并蹂躏雅典人的土地。为邪魔兴风作浪，是容易的事。
>
> 同一作者又说，为平息内多纳的忿怒，雅典人给女人三种罚：此后她们失去投票权，子女不取母亲的名字，不能取雅典名字。
>
> 这样，这座文艺之母的城子，许多大哲学家的故乡，是希腊最出色的，因着邪魔的欺骗，男女二神竞争，因为女人胜利，乃取名雅典；然而受了败者的磨难，当罚胜利者的胜利，恐惧内多纳的水，胜

---

① 马尔库斯·特伦提乌斯·瓦罗（公元前116—公元前27）是第一位有著作留下来的拉丁语研究者。他学识渊博，兴趣广泛，著述甚丰（共写过四百九十卷书），包括语言、农事、古董、文学、法律、历史等，但流传下来的只有一部语言学著作（《论拉丁语》[De Lingua Latina]）和一部农业著作（《论农事》[Rerum Rusticarum]），据传两本书都是在他八十岁高龄以后写成的。

过米乃瓦的武器。

女人受罚后,米乃瓦女神亦失败了:她虽然胜利,但不帮助投自己票的女人,因此她们丧失了投票权,子女不能取她们的名字,至少可称为雅典人,得到雅典神的名字,因为她们曾用自己的票,打败了男神。

由此可见,若不立刻当讨论别事,有多少可说的事!

也许"有多少可说的事"并不是那么显而易见的。格拉达·勒纳(Gerda Lerner)① 在一篇关于父权制起源的重要论文之中指出,她称之为"奴役女性"(the enslavement of women)的阶段,早于阶级形成和阶级压迫之前,早在公元前2000年,在美索不达米亚地区,通过将女性繁衍和生殖的性能力转化成商品,这种"奴役女性"状况得以形成。根据格拉达·勒纳的判断,这代表"私人财产的第一次积累"。男女之间建立起了一种社会契约,其中男性提供经济支持和物质保护,女性提供性服务和照顾家庭。贯穿历史的始终,虽然性别认同的概念随着社会变迁的流动会有所不同,但是这种社会契约却依然存在,并且为了断言其自身的假设的有效性,就需要讲述这个在两性之间的等级差异的故事从开端之处就具有一种神圣的起源,这些讲述存在于关于雅典起源的传说里,存在于潘多拉的故事中,还寄身在夏娃的寓言之内。[6]

西蒙·德·波伏娃(Simone de Beauvoir)指出如果只读父权制神话中那些从女性主义视角可以轻松重新诠释的部分,是存在危险的。然而,尽管重新诠释和复述这些故事可以使得这些故事具有完全相反的走向,但是有时可以用来帮助我们重新想象出新的身份和新的契约。例如在但丁所在的流行厌女症的十三世纪,社会结构中存在的某些差距和撕裂的状况,使得人们可以开始想象这些最基本的故事的全新版本——这

---

① 格尔达·勒纳(1920—2013)是第一位凭借女性史研究获得教职的学者,她建议女性史研究者们比较女性和她们的兄弟所获得的机遇。勒纳对女性历史的贡献,不仅在于她通过微观实证发掘了曾经被忽略的女性的历史,而且在于她对女性历史研究的多重理论思考。

些全新的故事即便没有成功有效地颠覆了父权制的规范，它们也至少企图将这些父权制规范的旧故事置于不同的环境之中并改变它们的意义。对于但丁来说，他总是紧张地抱着基督教神学的指令和他自己的私人道德观念，但是难题就在于如何在基督教教义的框架之内实现涵盖所有人（包括男人和女人）的公平正义的问题。通过贝缇丽彩的声音，还有其他的男性和女性的人物，但丁表达了相信理性、逻辑进步和启蒙的能力存在于所有人之中的信念，而且不同的人在这些能力上程度的不同，是由恩典决定的，而不是由每个人的性别决定的。贝缇丽彩向但丁解释道：

> 万物的本性，在我提到的秩序中，
> 因命分不同，乃有不同的倾向：
> 或远离物源，或靠近物源而聚拢。
>
> 因此，物性乃越过生命的大洋，
> 航向不同的港口。每一种物性，
> 都乘着天赋的本能浮过海疆。[7]

虽然但丁的世界分配给每个人不同的位置（农民或女王、教皇或战士、妻子或丈夫）以及连带的不同的权利与义务，每个人可以根据自由意志来选择承担或拒绝这些权利和义务，但男人和女人生活在相同的道德准则之下，他们要么必须服从它，要么承担后果。有关人类生活存有大量问题以及意识到我们想要知道的东西总是在我们的视野之外，这种情况对于男女来说都一样。

但丁在临终忏悔的炼狱遇到的那个自称为琵亚（Pia）的微弱、短暂且充满爱的灵魂，在她出场的七行诗句之中她说，"吾生由锡耶纳赐胚，遭马雷马摧毁"。历史学家们可能讨论过她，不过后来没什么进展，这个琵亚可能是某个"萨琵亚"（Sapia），她被她的丈夫谋杀，她的丈夫把她扔出窗外，要么是因为嫉妒，要么是因为他想娶另一个女人。她和但丁说话，乞求但丁记得她，但后来她又温柔地注意到，但丁将会在他的旅程中疲惫不堪，他需要休息。在琵亚的故事中，重要的不是这是一个被男人冤枉的女人，而是这是一个富有同情心的灵魂，她需要从过去不公正的对待之中重新恢复某种平衡。[8]

人类的痛苦是平等的，这一点在《神曲》中有过很多次明确的展现。在地狱的第二层，但丁与因过度之爱或者错误之爱而受惩罚的灵魂相遭遇（克里奥佩特拉和海伦、阿喀琉斯和特里斯坦），但丁感到强烈的怜悯之情，几乎要晕倒了。然后，离开了淫荡旋风之后，芙兰切丝卡前来为她自己和她受谴责的情人保罗（Paolo）说话，因为她和保罗将永远地被囚禁起来，她告诉但丁他们是如何爱上彼此的——在他们阅读兰斯洛特（Lancelot）与桂妮薇（Guinevere）①的故事的时候。听到他们的忏悔，但丁感受到同样的怜悯之情，但这次他的感觉如此强烈，就好像感觉到自己正在死去一样："并且像一具死尸卧倒在地。"但丁的这种越来越怜悯他人痛苦的悲伤，变成了同情（compassion，或曰"共情"或"通感"），这是对他的提醒，因为他也犯下了与这些恋人一样的罪愆。正如但丁所知，文学是最有效的学习同情的工具，因为文学有助于读者参与到人物的情感之中去。兰斯洛特与桂妮薇的秘密之爱存在于古老的亚瑟王传奇小说之中，它揭示了出了芙兰切丝卡和保罗尚未知晓的他们自己所正在感受到的爱情；保罗和芙兰切丝卡的爱，又向但丁揭示出了他自己对旧爱的回忆。在这道爱情的走廊里面，《神曲》的读者将会是下一面镜子。[9]

《神曲》之中提出的最复杂的道德困境之一，就是诸如一个人被迫受罪或者犯下了一个臭名昭著的罪愆这种情况之中的自由意志问题。在什么时候，受害者成为了他们的施害者的共谋？什么时候阻力停止

---

① 根据《亚瑟王》故事，兰斯洛特是亚瑟王圆桌武士中的第一勇士，他与王后桂妮薇（亚瑟王之妻）的恋情导致了他与亚瑟王之间的战争。兰斯洛特温文尔雅又相当勇敢、乐于助人。他曾出发去寻找过圣杯，但由于骄傲没有成功。在王后桂妮薇开始进行火焰的试练时，兰斯洛特为了将她从火中救出而发动了一次不必要的战斗，这导致了圆桌骑士的分裂。在这场战斗后，兰斯洛特为了忏悔他的罪过，当了僧侣。

了,默许开始了? 我们自己的选择和决定的限制在那里? 在天堂里面,但丁与两个女子的灵魂相遇,她们受到男人的胁迫,违背了自己的宗教誓言。琵卡尔姐(Piccarda)① 是但丁的朋友佛瑞塞·多纳提(Forese Donati)的妹妹,她是但丁在月亮天遇到的第一个灵魂,也是但丁唯一一个没有在他人的帮助之下自己认出来的人(因为在天堂里,灵魂会获得一种超越尘世的美,这会将她们的容貌变得与她们活着时的样子不同)。琵卡尔姐被她的另一个兄弟科尔索·多纳提强行从修道院掳走,嫁给了一个有权势的佛罗伦萨家族,这种联姻对她兄弟的政治生涯有好处。不久之后琵卡尔姐死了,现在她身处在天堂里最低的圈层。但丁遇到的第二个灵魂是康斯坦丝(Constanza)②,她是但丁在炼狱中遇到的叛军领袖曼弗雷德(Manfred)的祖母(我们将在本书第十二章讨论曼弗雷德)。跟琵卡尔姐的情况一样,康斯坦丝也是从修道院之中被拉拽出来,被迫嫁给神圣罗马帝国皇帝亨利六世的,但丁根据传奇故事撰写了这段诗篇,他把这个传说当成了事实。然而,琵卡尔姐声称,尽管康斯坦丝被迫放弃了她的修女面纱,但是"心中的头巾却一直把她系引",正是这个充满意志的行动,确保了她在天堂之中拥有一席之地。这首诗篇以吟唱"万福玛利亚"的歌声结束,这是一首赞美玛丽亚的赞美诗,是她心中恒久而坚定的基督教信仰的象征。随着她的话语的精神重量,琵卡尔姐消失了,"隐退,如水中重物,沉没于深渺"。[10]

---

① 琵卡尔姐·多纳提(Piccarda Donati),出家当修女后,被娘家人掳走,基于政治利益,被迫嫁给佛罗伦萨黑党显贵罗塞利诺·德拉托萨(Rossellino della Tosa),毁弃出家誓言。但丁对这个事件印象极深,虽然佛瑞塞·多纳提是但丁的朋友,但科尔索·多纳提(Corso Donati)是但丁的政敌,后来科尔索·多纳提在《神曲·炼狱篇》第二十四章82—87行出现。(参见但丁·阿利格耶里著,《神曲3·天堂篇》,黄国彬译注,外语教学与研究出版社,2009年,第34页脚注49。)

② 康斯坦丝(1152—1198)在意大利文拼写作Constanza,德文拼写为Konstanz,是西西里国王罗哲二世(Roger II,约1093—1154)之女和王位继承人,德意志国王兼神圣罗马帝国皇帝亨利六世(Heinrich VI,1165—1197)之妻,腓特烈二世之母。但丁在《神曲·天堂篇》第三章109—120行,将会见到她。(参见但丁·阿利格耶里著,《神曲2·炼狱篇》,黄国彬译注,外语教学与研究出版社,2009年,第42—43页脚注113。)

《神曲》中所有这些遭遇都表明，人类将比他/她所处的环境更加强大，这种信念又会增强另一种对人类自由和平等的信念。压迫总是一种压迫，要么通过符号压迫，要么通过物质行动来压迫，而每一种革命都是一种抗争，要获取对那些符号的控制权的斗争。"受压迫的那群人，"格拉达·勒纳说，"虽然他们也分享和参与到主宰者所控制的那些占主要地位的符号之中，但是他们也会发展出属于他们自己的符号。在革命变革的时代，这些就成了创造替代性符号的重要推动力。"[11]

　　康斯坦丝和琵卡尔妲所受到的折磨在象征性的意义上是一种女性的意志和占主宰地位的意志之间的冲突，并且是一种比较教条主义的框架，《神曲》在这个框架之中题写其自身，并且它们共同反映出了一个更庞大的"男性三位一体"的象征。然而，在这个象征性的文本中，但丁建立了一个他的个人化的"女性三位一体"，为琵卡尔妲和康斯坦丝提供了力量。万福玛丽亚的歌声，《路加福音》一章 28 节天使加百列见到玛利亚并且宣告她就是弥赛亚的孕育者的话语，都让女性在天堂中的神圣位置，放在了关于意志自由问题的讨论的顶端，而自由意志是一种使所有人类平等的力量。作为男性主人公的但丁，通过三位女性人物的代祷才获得拯救：圣母玛利亚"我请你搭救的人在中途受挫，/天上高贵的娘娘对他哀怜"；圣露西受圣母玛利亚的指示帮助但丁"你的信徒需要你"（忠实是因为但丁信仰圣露西）；圣露西找到贝缇丽彩之后，贝缇丽彩问道"为什么不搭救那个曾经/爱你的人呢"，[12] 但丁获得拯救的那副救赎异象，将由圣父上帝、基督和圣灵一共赐予他，但是但丁将会获得救赎这个事情本身，则是由这三位神圣女性共同设计的。

　　在我们这个时代，性别区隔的象征不是通过神学教条来起作用，而是通过日常的社会互动工具来起作用的。在能够回应孩子提问的视听游戏和互动屏幕发明之前，有的是音乐盒、会说话的娃娃、吠叫的小狗，和咯咯笑的小丑。拉一下绳子，转一转钥匙，这个玩具就会变得活灵活现，发出有所意指的声音。第一个会说话的玩偶会说"你好""跟我玩"和"我爱你"之类的话。后来玩具士兵也有了声音："战斗！""你是勇敢的！""攻击！"。不出所料，可以说话的玩具还是带着传统的标签，其说话的内容与人们通常认为适合男孩或女孩的玩具相对应。（在二十世纪八十年代的某个时候，一群女权主义活动人士购买了许多能够说话的芭比娃娃和特种部队的玩偶，把它们的音箱交换以后将它们送回商店。买到了这些被篡改了的玩具的顾客发现，当他们的孩子启动玩偶的声音时，特种部队的玩偶会用少女的语气抱怨说"我想去购物！"而芭比娃娃则会凶狠地咆哮着说"杀！杀！杀！"。）[13]

这些象征性的性别表征不会带来男女平等。在我们绝大多数的社会中，正如在定义象征语言的时候所显示的那样，只有占主导地位的阳性（男性）才具有存在的现实性。语法也同样证实了这一点。例如在法语和西班牙语中，一个句子的复数主语如果同时由阳性元素和阴性元素构成，那么阳性元素总是占主导地位。"如果你要说一百个女人和一只猪，"诗人尼古拉·布罗萨尔（Nicole Brossard）①评论说，"这只猪占上风。"[14]

女性身份处在社会赋予女性的角色之外，缺乏一种词汇，甚至在重新定义"作为一个整体的人性"的重大历史事件中也是如此。在法国大革命时期的一些基本文本中人们可以找到这样臭名昭著的例子。

绝大多数革命者相信，尽管每一个社会都具有文化和政治特征上的特殊性，但是所有人类都拥有同样的基本需求。他们把让-雅克·卢梭在《论人类不平等的起源》（*Discourse on Inequality*）之中描述的普遍"自然权利"（natural rights）的概念设为前提观念，这些革命者们试图在新的社会背景下界定这些权利。卢梭所说的人的职责，并不仅仅依靠理性来决定，而是依靠自我保存和同情他的同胞来决定的。因此，一个由具有平等责任和权利的人们所组成的社会，有权选择自己的政府形式和自己的法律体系。在这种背景下，个人自由并不是基于传统或历史的等级秩序，而是基于自然法则：人是自由的，因为他是人。罗伯斯庇

---

① 尼古拉·布罗萨尔（1943—），加拿大诗人、小说家、散文家，从1965年开始发表了二十多部书，通过幽默的颠覆性作品，她影响了整一代人对后现代主义和女性主义的看法。1974和1984年，她两次获得加拿大的总督文学奖。

尔（Robespierre）宣称，法国大革命"捍卫人类的事业"。这个辩护细节后来写进了《人权与公民权利宣言》（*Declaration of the Rights of Man and of the Citizen*）里面。15

这份《人权与公民权利宣言》是一份很长的文件。原版由1789年8月的国民议会通过的十七篇文章组成，它成了1791年法国宪法的序言。后来的《人权宣言》（*Declaration of the Rights*）做了一些改动和缩减，被用作1793年宪法的序言，后来的扩写版的《公民的人权和义务宣言》又成了1795年宪法的宣言。这些"宣言"（就像革命本身一样）"只有一条原则：滥用改革的原则。但就像这个统治之中的一切都是一种滥用一样，这些宣言来自滥用，但一切又都发生了变化"。16

制定这些"宣言"的讨论漫长而复杂。双方在辩论中相互较量：一方是反对法国大革命的人，他们担心政治秩序、社会秩序、道德秩序不稳定；另一方是空想家（ideologues），他们由捍卫功利主义社会理论的哲学家领导。在通过1789年最终采用的"宣言"之前，他们讨论了不下三十个版本的"宣言"，其中大部分对预防更多的城市、乡村的暴力和一种全新的"专制的瘟疫"（plague of despotism）起到了关键作用。他们中的大部分人都认同法国新教徒领导者让-保罗·拉布·圣艾蒂安（Jean-Paul Rabaut Saint-Etienne）①的观念，主张"宣言"的语言应该具有"如此清晰、真实和直接的原则……每个人都应该能够掌握和理解这些原则，甚至要到学校里可以用《宣言》来做儿童识字的字母表的程度"。17

最有说服力的辩论者是神父西埃耶斯（abbé Sieyès）②。西埃耶斯论

---

① 让-保罗·拉布·圣艾蒂安（1743—1793）是法国新教徒的领袖，也是一位温和的法国革命者。

② 伊曼努尔-约瑟夫·西埃耶斯（Emmanuel-Joseph Sieyès, 1748—1836），法兰西天主教会神父，法兰西大革命、法兰西执政府和法兰西第一帝国的主要理论家之一，法兰西督政府督政官、法兰西执政府执政官。西埃耶斯的《什么是第三等级？》成为了事实上的大革命宣言并促使三级会议转变成为1789年6月的国民议会。1799年，西埃耶斯煽动雾月政变（11月9日），协助拿破仑·波拿巴得到权力。他还新创了一个未发表的《社会学》手稿，对新生的社会科学理论做出显著贡献。

证说，所有人都臣服于欲望，因此他们总是不断地渴望舒适和幸福。在大自然中，男人为了自身利益，利用自身智慧，成功地占据了自然世界的主导地位。但是当他们处于社交场合时，他们的幸福取决于他们的同胞是否被视为手段或障碍。因此，个人之间的关系既可以采取战争的形式，也可以采取互惠效用的形式。西埃耶斯认为前者是非法的，因为它取决于强者欺压弱者的强大力量。相反，后者导致了所有公民之间的合作，社会义务从一种牺牲转变成了一种好处。因此，个人的第一项权利必须是"他对自己的所有权"。根据西埃耶斯的说法，"每个公民都有权利保留看法，走出去，去思考，去写作，去出版，去发行，去工作，去生产，去保护，去运输，去交换和去消费"。对这些权利的唯一的限制，就是个人的这些权利不可侵犯他人的权利。[18]

但是这些普遍的权利无疑并不普遍。在"宣言"中确立的第一项区别就是哪些法国公民可以获得公民权利，哪些不可以，这是在"主动的"和"被动的"男性社会成员之间进行的区分。1791年的法国宪法将"主动的公民"定义为所有年纪在二十五周岁以上拥有独立财产（这意味着他们不能做家庭服务）的男人。财产（通常以土地为代表）、金钱和社会条件，被视为定义公民身份的特征。在1792年以后，公民被定义为二十一周岁以上具有谋生手段的男子，拥有财产不再是必要条件。这种在富人和穷人之间、贵族和平民的区别，看似已经被遗弃了，但是两性之间的差异却仍然被认为是自然的，并且仍然还保留着。巴黎公社的首席检察官皮埃尔-加斯帕德·肖梅特（Pierre-Gaspard Chaumette）①反对女性参政的权利，他提出了一个这样的问题："从什么时候起，人们可以放弃自己的性别了？什么时候起，女人放弃了对家庭和儿童婴儿床的虔诚照顾，走进公共场所，在参议院的画廊或酒吧里面高谈阔论，这体面吗？难道大自然把家务委托给男人去做了吗？她（大自然）给了我们

---

① 皮埃尔-加斯帕德·肖梅特（1763—1794），十八世纪法国大革命时期雅各宾派左翼领袖之一。

乳房让我们喂养我们的孩子吗？"对此，数学家和哲学家德·孔多塞侯爵（de Condorcet）①回答说："为什么让那些暴露于怀孕和暂时不适状态的女性无法享受任何权利，却从不想象一下去剥夺那些每年冬天都会患痛风、更容易感冒的男人们的权利呢？"[19]

革命赋予女性某些权利，允许她们离婚，允许她们管理一些夫妻财产，但是这些权利却在后来受到了拿破仑的限制，并被波旁王朝撤销了，1893年的公约宣布"儿童、疯子、妇女和那些被受到降级处罚的人"不能被视为法兰西公民。[20]革命者认为，自然权利并不包含政治权利。但是有些人不同意。最初的"宣言"颁布两年之后，在1791年，一位四十三岁的剧作家奥兰普·德古热（Olympe de Gouges）②出版了《女权和女性公民的权利宣言》（Declaration of the Rights of Woman and of the Female Citizen），她要完善和纠正那份错漏百出且极不公平的原始文献。

奥兰普·德古热于1748年出生于蒙托邦。为了符合习俗，她出生证明上的父亲名字叫作皮埃尔·古兹（Pierre Gouze），蒙托邦的一名屠夫，但她被认为是法国中产阶级文人蓬皮尼昂侯爵（Le Franc de Pompignan）和安-奥兰普·蒙塞特（Anne-Olympe Mouisset）的女儿。她的一生都会把缺席的蓬皮尼昂侯爵理想化，对她而言蓬皮尼昂侯爵是一位"不朽的天才"。不过她的同时代人却并不认同她对蓬皮尼昂侯爵的高度赞扬：他对社会阶层低于他的人总是流露出贵族的蔑视，他冷漠的文学风格为他赢得了来自伏尔泰③的嘲弄，伏尔泰说蓬皮尼昂侯爵的《神圣之诗》

---

① 1790年，马奎斯·扎岁塞发表了《关于承认女性公民权》的小册子，声称男女都有平等权利，女性与男性一样享有天赋人权。孔多塞的理论深深影响了下文的奥兰普·德古热。

② 奥兰普·德古热（1748—1793），原名玛丽·古兹（Marie Gouze），法国女权主义者、剧作家、政治活动家，她的有关女权主义和废奴主义的作品拥有大量受众。1789年提出了与《人权宣言》相抗衡的《女权和女性公民的权利宣言》，宣言要求废除一切男性特权，但不久她就被送上断头台，此后女权俱乐部也被解散。

③ 1760年3月，六十六岁的伏尔泰和蓬皮尼昂侯爵（1709—1784）竞争候补科学院的空缺席位，蓬皮尼昂侯爵在致辞中攻击"哲人党"（Philosophers），几乎同时伏尔泰写作了《"当时篇"：1760年解释3月10日在法兰西学院会上一篇发言》，这部小册子正是为了还击蓬皮尼昂侯爵，两人由此结仇。

奥兰普·德古热，1784 年（卡那瓦莱博物馆 [Musée Carnavalet]，巴黎）。(INTERFOTO / Alamy)

(*Sacred Poems*)之所以值得称赞,是因为"没人愿意碰它们"。[21]

她在十六岁的时候就嫁给了一个比她大很多的("我不爱的人,既不富裕也不是贵族")、在她二十岁的时候去世的男人。丈夫去世后,她拒绝按照习俗被称为寡妇奥布里(Widow Aubry),她为自己发明了一个由她母亲的教名和她自己姓氏的变体组合而成的名字。她渴望成为一名剧作家,但由于她是文盲,就像她那个时代的大多数女人一样,她没有成长在特权的圈子,所以起初她不得不自学阅读和写作。在1870年,她离开蒙托邦前往巴黎。那时她三十二岁。[22]

几乎每个人都试图阻止她从事写作。她的父亲,老侯爵蓬皮尼昂拒绝承认她是他的女儿,连他也试图劝阻她不要成为剧作家。在蓬皮尼昂侯爵死前不久,他曾致信奥兰普·德古热,信中这样说道:"如果连你这种性别的人在你的作品之中都成了有逻辑的深刻的人,那么我们成了什么?我们,男人,如今突然变得如此肤浅和无足轻重?告别了我们曾经引以为傲的优越感!女人会对我们发号施令……或许我们可以允许妇女从事写作,但为了这个世界仍然充满欢乐,还是应该禁止她们写作,以免她们以此为标榜。"尽管如此,她仍坚持写作了大约三十个剧本,许多现在已经丢失,但其中有几部剧本曾在法兰西剧院(Comédie française)公演。她对自己在戏剧方面的才华深信不疑,吹嘘自己可以五天之内写出一部完整的剧本来,她甚至挑衅了当时最成功的剧作家、《费加罗的婚礼》(*The Marriage of Figaro*)的剧作者皮埃尔·奥古斯丹·卡隆·德·博马舍(Pierre Augustin Caron de Beaumarchais)①,要搞一次决斗式的写作,因为博马舍说法兰西剧院不应该公演妇女写作的戏剧。奥兰普·德古热打赌说,如果她赢了,她答应把这些钱用作六个年轻女子结婚的嫁妆。可是博马舍压根就没有"屈尊"回复。[23]

在她的戏剧(这同样也是她的政治传单)中,奥兰普·德古热为了

---

① 皮埃尔·奥古斯丹·卡隆·德·博马舍(1732—1799),《费加罗的婚礼》《塞维利亚理发师》等脍炙人口经典作品的剧作者。

实现革命者所吹嘘的那种难以捉摸的普遍平等进行了战斗。她恳求要争取女性跟男性平等的权利，也反对奴隶制，认为允许黑人被买卖的偏见是贪婪的白人商人唯一的借口。奴隶制最终被革命议会于1794年2月4日颁布的一项法令废除；差不多十五年之后有一部为了褒扬"论争或奋力参与废除奴隶贸易行动的勇敢者"的荣誉名录，奥兰普·德古热是唯一在列的女性。[24]

与其他革命女性，比如热情的罗兰夫人（Girondin Madame Roland）[①]不同，奥兰普·德古热坚持认为，女性应该在政治领域发出声音并且在公民大会之中占有一席之地。罗兰夫人则温顺地宣称："除了由我们心灵所支配的帝国，我们不想要任何别的帝国；除了在你们心中的王座之外，我们不想要任何其他的王座。"然而奥兰普·德古热则坚持认为："既然女性有权登上断头台；那么她们也应该有权利登上政坛。"十九世纪的历史学家儒勒·米什莱（Jules Michelet）[②]记录下了这些话，但他同时却将奥兰普·德古热视为一名"歇斯底里"的女人，因为她会根据自己的心情改变自己的政治立场："她在1789年7月是个革命者，后来在看到国王在巴黎被囚禁之后，于10月6日成为保皇派。然后又在1791年6月成了共和党人，她觉得逃走了的路易十六已经犯了叛国罪，但是后来当路易十六被带上法庭时，她又投票给了他，只因自己的喜好。"[25]

《女权和女性公民的权利宣言》反对的正是儒勒·米什莱的厌女症式判断。这份宣言不仅修正和补充了其中跟男性相对的对应物；除了《人

[①] 罗兰夫人（1754—1793），全名为玛莉-简妮·罗兰（Marie-Jeanne Roland de la Platière），父姓菲力普（Phlipon），法国大革命时期著名的政治家、吉伦特党领导人之一。她的丈夫让-马利·罗兰（Jean-Marie Roland vicomte de la Platière）也是吉伦特党的领导人之一。她被控告为保皇派的同情者，并被不公正地判处死刑，但事实上，她是因为罗伯斯庇尔对吉伦特派的大清洗，在1793年11月8日被雅各宾派送上断头台的。两天后，其夫在鲁昂郊外的一处简陋住所里自杀。

[②] 儒勒·米什莱（1798—1874），法国十九世纪著名历史学家，在近代历史研究领域中成绩卓越，被学术界称为"法国最早和最伟大的民族主义和浪漫主义历史学家"。他主张"完整地复活过去"，其写作历史的目的，是以重建过去来显示公义并期待改造社会，所以他也被视为年鉴派史学的鼻祖。

权宣言》之中的公民自由之外，它还增加了所有个体的权利，还有其他事项，比如承认非婚生子女、为未婚母亲提供法律援助、子女具有要求生物学上的父亲承认的权利、离婚案件支付抚养费，还有用"社会契约"取代婚姻誓言，从法律上承认已婚夫妇和事实婚姻，这些正是今天的民事法合同的先驱。奥兰普·德古热还提议所有儿童，无论婚生子还是非婚生子，都有继承权，但这一点只有等到1975年才能正式变为法国的法律。也许是出于外交原因，奥兰普·德古热把她的《女权与女性公民的权利宣言》献给了女王玛丽·安托瓦内特①。但这并不是一个明智的决定。

奥兰普·德古热既不是出色的剧作家，也不是深刻的政治理论家；她是一个关心社会平等宣言的女人，而这种平等明显在事实上遭到了否定。革命的立法者们设计出了规章和制度，而奥兰普·德古热则将她包含情感的批评指向了他们的不足之处，这种争论并不是从司法角度进行的，而是站在一种政治观点上进行的，奥兰普·德古热是作为一个尽职尽责的、有感情的个体来提出她的观点的。

在她的小册子和她的演讲中，奥兰普·德古热不明智地表达了自己对吉伦特党（Girondins）的同情，吉伦特党是一个由不同派别组成的政党，他们希望终结君主制，但也抵制不断增长的革命暴力，唯一的共同立场是，他们都反对雅各宾派（支持中央政府）的执政。为了惩罚她，雅各宾派下令将她在公众场合剥光衣服鞭打。（这是一种针对叛逆女性的常见酷刑程序：几乎同时，另一位革命家戴洛瓦涅·德·梅立古尔［Théroigne de Méricourt］②也遭受了公开的鞭打，并被关押在沙普

---

① 玛丽·安托瓦内特（1755—1793），奥地利女大公，生于维也纳，是神圣罗马帝国皇帝弗朗茨一世与皇后兼奥地利大公、波希米亚及匈牙利女王玛丽娅·特蕾莎的第十五个孩子，法国国王路易十六的妻子，死于法国大革命。

② 安妮-约瑟夫·戴洛瓦涅（Anne-Josèphe Théroigne），又名泰尔瓦涅（Terwagne），她出生在梅立古尔（Méricourt），现今是比利时列日（Liège）南部的一处村庄。据说她参加了1789年7月14日的攻占巴士底狱事件，并以男装或骑马的姿态带领了同年10月从巴黎到凡尔赛的著名女性大游行。1793年5月15日，戴洛瓦涅在国民工会门外被一群雅各宾派女性攻击，她们不赞成戴洛瓦涅对雅各宾派的看法，在大庭广众之下掀起戴洛瓦涅的裙子，予以鞭刑。

提厄 [La Salpêtrière] 的精神病院里，十年后由于残酷的对待失去了理智，她去世了。）一天下午，奥兰普·德古热走出商店时，暴徒袭击了她。袭击者一边撕裂她的衣服，一边抓住她的头发，向围观人群喊道："出价二十四苏，拿下奥兰普·德古热夫人的头，谁要？"奥兰普·德古热平静地回答他："我的朋友，我出三十苏，我要求优先竞价权。"她在人群的欢笑声中得到了释放。[26]

最终，她对吉伦特党的同情导致她被逮捕。逮捕的借口是，她印刷了一张反动海报。在充满动荡的 1793 年的夏天，奥兰普·德古热被关押在了臭名昭著的巴黎市政厅的三楼，靠近巴黎司法宫（Palais de Justice）。她的腿上有伤口，还发烧了，不得不躺在一个有虱子出没的房间里，待了两个星期。在此期间，她设法写了一些信件为她自己的案情辩护或者请求宽恕，但她的举动经常被一名宪兵监视着。她受到审判之后，实际上她并没有得到真正为自己辩护的机会，被转移到了其他监狱，并且最终到了巴黎古监狱（Conciergerie），来到一个关押女性死囚的牢房里。最后一根救命稻草是，她宣称自己怀孕了，因为孕妇可以不用上断头台。但是她的请求遭到了拒绝，1793 年 11 月 3 日上午她的死刑执行令被宣布；而由于下雨，行刑时间被推迟到了下午。许多见证她的死亡的匿名证人中的一位后来说，她死得"平静而安详"，她是雅各宾派野心的受害者。当然，她自己要"谴责恶棍"的目的也害了她。[27]

奥兰普·德古热寻求所有人之间平等的决心并不仅仅是为了她自己。"不公正"是，或者也应该是一种受到人们普遍关注的问题，而那些为此斗争的人们的性别并不应该是论证之中所要考虑的问题。"我们是上帝在尘世中的传道人，"堂吉诃德说，"也是执行他的正义的武器。"[28] 奥兰普·德古热会同意这种观点。不平等很可能主要是由于一种性别为了巩固他们的社会或政治权力而造成的，但是平等却并不是一个性别问题。

我们几乎所有人（甚至连那些犯下不可原谅的暴行的人）都像苏格拉底、堂吉诃德、奥兰普·德古热和但丁一样，知道正义和平等是什么，以及它们不是什么。不过我们显然并不知道如何在每个场合都正义地行动（无论是个人行动还是集体行动），以使我们每个人在我们所称之为"我们的"社会之中，都得到公正和平等的对待，无论是作为公民，还是作为个人。我们每个人的内心都有一股力量促使我们不去考虑同胞，而追求物质和自我满足的利益，但同时也有一股相反的力量，它使我们去感受一些更精微的利益，也即当我们愿意提供、分享、给予对共同体有用的东西时所产生的那种利益。一些事情告诉我们，对财富、权力和名声的野心可以是很大的驱动力，可我们自身以及世界的经验最终会证实，就其自身而言，这些野心毫无价值。

在《理想国》的最后几页，苏格拉底说，奥德修斯的灵魂在去世之后，被问到要选择哪一种新的生活，"抛开他的野心，带着他以前工作的记忆"，从他提出的所有可能的英雄生活和伟人生活之中，这位传奇的冒险家最后选择的生活是"一个普通的无牵无挂的人"，并且"他欢欢喜喜地选择了它"。[29] 这可能是奥德修斯第一次做出真正正义的行为。

第十一章　动物是什么？

我的童年几乎没有动物。有时我被带到特拉维夫的公园里面玩，那里有巨大的乌龟在沙丘上爬行。布宜诺斯艾利斯的动物园里面也有些悲惨的动物，它们的样子跟是我们买来喂鸭子和天鹅的饼干上印的动物形象相匹配。在一次我生日的时候，人们送了我一些用混凝纸（papier-mâché）做的诺亚方舟里面的动物。只有等我成年以后过了很久，我才养了一条狗。

我们与动物的关系，既拷问着我们自身的身份认同，也拷问着动物的身份认同。我们与动物之间确立的关系是什么？这种关系究竟是建立在我们一厢情愿的基础上，还是建立在动物的本性基础上？当我看到一只动物的时候，我会知道我的感受，也知道我应该如何反应，但是这只动物又是如何感受到我，又将如何反应呢？我的语言里面没有任何元素能够用来表达处于这段关系的另一端的事物的本质（或许我只能打个比喻），但是这个另一端肯定是存在的，只是我无法定义它罢了。文学作品对此的表述也不清不楚：在《奥德赛》中，奥德修斯的狗死在他主人的脚下；维吉尼亚·伍尔芙的《阿弗小传》（Flush）[①]中，伊丽莎

[①] 《阿弗小传》是伊丽莎白·巴雷特·勃朗宁的可卡犬的传记，以狗的视角叙述了女诗人勃朗宁夫人缠绵病榻的年月，近距离地见证了她与诗人勃郎宁的相识相恋，参与了他们的私奔，从阴郁湿冷的英国伦敦来到了阳光明媚的意大利乡间，开始了自由自在的美妙生活。此作品极具想象力，混合了弗吉尼亚·伍尔芙的小说和非小说风格，出版于1933年。她在写完《海浪》后完成了这部作品。此作品使伍尔芙回归了撰写英国历史时想象力丰富的写作风格。

白·巴雷特·勃朗宁的狗,随着主人变了,它也变了;狄更斯的《雾都孤儿》(Oliver Twist)中比尔·赛克斯(Bill Sykes)①的狗出于忠诚而背叛了它的主人;加缪的《局外人》里面,默尔索(Meursault)的邻居殴打狗,那只狗的死亡又给它的主人带来了痛苦——所有这些都是通过将它们的行为转化为它们的人类同伴的带有情感的词汇来界定的。但是,站在族类鸿沟另一边的我们,又能怎么样明确地说把它出来呢?

我生命中曾有两只狗(虽然动词"有"暗示着占有,但这是一种认识论上的错误)。第一只狗是在计算机变得司空见惯之前养的,名字是我的儿子取的,叫作"苹果"(Apple),它是一只聪明的杂交狗,急急躁躁的、喜欢玩、充满警惕心,跟着我们在多伦多的公园里面,热衷于与其他狗交往。第二只狗叫作"路茜"(Lucie),它是一只聪明、温柔、充满爱心的伯恩山地犬,与我们一起住在法国。这两只狗都改变了我:它们的存在迫使我思考超越于自身所处世界界限的自己,同时无须陷入到人类互动所需要的社会仪式之中。当然,跟狗相处也有仪式,但当我和我的狗在一起时,这些仪式又是肤浅的,伪装得还有某种坦诚。在她面前,我感到我自身之中存在着某种坦诚,当狗的眼睛望向我的眼睛的时候,就好像反射出了一段尘封的记忆。当谈到那只狗的古老的亲戚——狼(在但丁那里狼恰恰是所有的恶的象征)的时候,巴里·洛佩兹(Barry Lopez)②说"狼会对人类的想象发挥强大的影响力。当你凝视它的时候,它会回视你。贝拉库拉印第安人(The Bella Coola Indians)相信,曾经有人试图把所有的动物都变成人,但是这个尝试只是把狼的眼睛变成了人的眼睛。人们突然想解释当与狼四目相对时,人的经历的感受——他们的恐惧、他们的仇恨、他们的尊重、他们的好奇心"。

路茜是一名很好的倾听者。我对它朗读我手边的任何书的时候,她

---

① 《雾都孤儿》这部小说中的一个经典罪犯角色。

② 巴里·霍尔斯敦·洛佩兹(Barry Holstun Lopez, 1945—)是一位美国作家、散文作家和小说家,其作品因其人道主义和环境题材而闻名。他凭借《北极梦》获得非小说类国家图书奖,而《狼与人》则入围了国家图书奖。

都安静地坐着听，我总是在想，当她听这些音符流动的时候，她关注的点是什么：难道是我的声音？还是句子的节奏？还是超越了她的理解力的那些话语所带来的意义的阴影？"要允许神秘，也就是对你自己说，'可能会有更多，有可能我们不理解的事物'，"洛佩兹说，"但这并不是要诅咒知识。"

年轻的巴勃罗·聂鲁达（Pablo Neruda）[①]对自己和自己的狗之间的关系感到困惑，他写道：

203
>
> 我的狗，
> 如果上帝在我的诗文中，
> 我就是上帝。
> 如果上帝在你悲伤的眼中，
> 你就是上帝。
> 在这个巨大的世界上没有任何人，
> 会跪在我们面前。

[①] 内夫塔利·里卡多·雷耶斯·巴索阿尔托（Ricardo Eliécer Neftalí Reyes Basoalto，1904—1973），笔名巴勃罗·聂鲁达，智利外交官与诗人，1971年诺贝尔文学奖得主。

但丁和维吉尔看到三头犬刻耳柏洛斯（Cerberus）在夹杂着冰雹、污水以及飞雪的暴风雨中攻击贪饕者。木刻描绘的是《地狱篇》第六章，带有克里斯托福罗·兰迪诺的评论，1487年印制。（贝内克珍本书［Beinecke Rare Book］和手稿图书馆［Manuscript Library］，耶鲁大学）

> 204　　　这只狗，力大凶猛，当它开始咬，
> 　　　　如果你摔倒在地，它不会伤害你；
> 　　　　　　这，是出于慈悲。
> ——费尔南多·德·罗哈斯，《塞莱斯蒂娜》，4.5

每次但丁与"另一个世界"的其他灵魂相遇，都会引发一种人类正义的行为，这种正义反对上帝的最终正义。起初，但丁为地狱中受到煎熬的灵魂深感痛心；他在地狱之中走得越深，就越是认识到上帝无可置疑的正义压倒了他的人类情感。并且随着他自己的灵魂慢慢苏醒，正如我们已经看到的那样，但丁开始激烈地诅咒那些正在受到上帝惩罚的罪人，甚至还参与到了对这些罪人的惩罚之中去。

但丁用了一些侮辱和贬义性的比喻来描述丧失灵魂的罪人和邪恶的恶魔，所有这些比喻之中有一条比喻贯穿其中。维吉尔说，愤怒者都是"狗"。从那时起，在穿越死者王国的旅途之中，但丁不断在重复着他的老师使用的这个古老的词汇。因此，但丁告诉我们说，在地狱第七层中的挥霍者都被"黑色的母狗，饿馋，迅疾"追逐；在火雨之中奔跑的那些燃烧的高利贷者"就像一些狗只，在夏天遭到/跳蚤、苍蝇或牛虻叮咬，/一会儿用嘴，一会儿用爪去抵搔"；一个追求准男爵夫人的恶魔就像是被"脱绳的猛犬追逐"；其他恶魔则"如一群暴怒的恶狗咆哮出击"，并且

"将凌驾于咬噬幼兔的恶狗之上"。赫卡贝（Hecuba）①痛苦的哀嚎被贬低成"像狗一般狂吠"；但丁看到被困在该隐界（Caïna）冰池之中的叛徒"狗一样的面庞"；未曾忏悔的博卡"狂吠着谩骂"像一只饱受折磨的狗一样；还有乌戈利诺伯爵（Count Ugolino）啃啮着红衣主教乌尔吉诺（Cardinal Ruggiero）的头骨，"继续用利齿咬噬那可怜的颅骨。/那利齿像狗牙，最善于啃啮骨头"；还有炼狱第二层的圭多·德尔杜卡（Guido del Duca）②，他称阿雷佐人（Aretines）③"恶狗狺狺……而吠"。[1] 还有很多诸如此类关于狗的比喻的例子。愤怒、贪婪、野蛮、疯狂、残忍：这些似乎都是但丁在狗身上发现的特质，被应用到了地狱之中的居民身上。

在但丁的宇宙观念中，人的性质由两种方式塑造：一种由上帝的恩典，上帝根据完满性的等级秩序，把这些性质分配给宇宙之中的万事万物；另一种出于天球（heavenly bodies）的影响，它们会削弱这些性质、加强这些性质或者甚至改变这些性质。正如沙尔·马特（Carlo Martello）④在金星天向但丁解释的，这些影响可以改变遗传特征，让孩子不再跟随父母的脚步。[2] 一旦上帝赋予人们这些性质，那么这些性质依赖于我们个人意志产生效果：我们都对自己的行为负有道德责任。在

---

① Εκάβη 又译"赫卡柏"，古希腊神话中特洛伊国王普里阿摩斯的妻子，生育五十个儿子，二十个女儿，特洛伊城破之后目睹孩子惨死，自己也被杀。古希腊悲剧作家欧里庇德斯著有同名戏剧作品。

② 圭多·德尔杜卡（约1170—1250），1199年担任里米尼最高执行官，属于吉伯林派。（参见但丁 阿利格耶里著，《神曲2·炼狱篇》，黄国彬译注，外语教学与研究出版社，2009年，第197页脚注10。）

③ 阿雷佐人由吉伯林党统治，其拉丁语训诫是 A cano non magno saepe tenetur Aper（野猪常被小狗逮）。因此，但丁比喻阿雷佐人为恶狗。（参见但丁·阿利格耶里著，《神曲2·炼狱篇》，黄国彬译注，外语教学与研究出版社，2009年，第199页脚注46。）

④ 沙尔·马特（Charles Martel, 1271—1295）在法国历史上有两位，这里的沙尔·马特是安茹的查理二世的长子，1290年加冕为匈牙利君王，未曾即位。后来本应继承那不勒斯和普罗旺斯王位，但先于其父而卒，未能继位。1294年3月，沙尔·马特到过佛罗伦萨，可能跟但丁认识。（参见但丁·阿利格耶里著，《神曲3·天堂篇》，黄国彬译注，外语教学与研究出版社，2009年，第105页脚注31。）

火星的影响下，我们选择如何运用我们的愤怒，是为了正义还是为了自私的目标；同样在火星的影响下，我们决定我们的暴力是要用来反对上帝的敌人，还是用来反对上帝的作品。

神学、占星术以及天文学在但丁的时代都被认为是有价值的科学，这些科学可以使得我们更好地理解我们的目的，而我们的目的来自上帝的意愿并受到母教会（Mother Church）的统治。占星术被认为是教会用于辨别的、必要且实用的工具：例如在 1305 年，红衣主教们在佩鲁贾集会欢迎最近在法国登上教皇宝座的克莱门特五世（Clement V），他们声明："将安全地占据圣彼得的宝座光芒四射的你……对于（现在）每一颗在其宫位之中的行星都有很大的影响。"³ 占星术认为给克莱门特五世投票是正确的选择。

根据中世纪的宇宙论，人类受行星和恒星的影响而被塑造，其中至少有一部分受到形成了黄道带的行星和恒星的塑造（这些星体也形成了其他一些较小的星座），因为所有的天体正如但丁所告诉我们的那样，都受到决定一切的上帝之爱的影响。⁴ 在那些影响我们行为的较小的星座之中，有三个星座在传统上带有狗的名字：大犬星座（Canis Major）、小犬星座（Canis Minor）和维纳斯的猎犬（Canes Venatici）。虽然在《神曲》中但丁并没有提到这三个星座的名字，但是第三个星座——维纳斯的猎犬是通过暗示来呈现的。在到达月亮天之前，但丁警告他的读者，从这一刻开始，他们将难以跟随他的脚步，因为与但丁不同的是，这些读者缺乏诸神的帮助："阿波罗在导航；弥涅瓦把惠风扇鼓；/ 九缪斯为我指引大小熊星座。"大熊星座（Ursa Major）在大多数宇宙图中都有描述，有两只猎犬即维纳斯的猎犬追逐着它，北边的猎犬名为星点（Asterion）①，南边的叫作喜悦（Chara）。作为维纳斯的创造物，这两只猎犬都是欲望的化身，既探寻着尘世的爱，也探寻着神圣的爱。虽然有

---

① 古希腊语 ἀστήρ 就是星星的意思，Asterion 来源于这个词。

人说但丁在天堂的上升之途就发生在但丁的生日星座双子座（Gemini）下面，但在他进入恒星天的时候，天球的全部安排都向他显现了出来，最北边的天球由大熊星座主宰，被维纳斯的猎犬（Canes Venatici）追逐。这两只猎犬是disio（欲望）的标志，最终被爱改变。[5]

或许我们可以把满是星座的天堂里面的这些猎犬的回声，视作"天穹啊，大家都仿佛相信，在尘寰，/生命的境况因你的运行而更改"。在《神曲》中提到的唯一一只正面的、充满活力的狗是"一只猎狗"（veltro）（或者灰色猎犬），在旅途开始的时候维吉尔第一次提起它，后来但丁自己又默默地提到了它：它会把这头母狼逐出众城，把她赶回地狱，不再穷追。[6] 这是一个传统的预兆：在《罗兰之歌》（Chanson de Roland）中，查理曼大帝就梦到了这样一只灰色猎狗，薄伽丘在他对《神曲》前十七章的评注（1373年公开出版）中解释说，"灰色猎犬是犬类之中一个非常不利于狼的狗的亚种——如果一只灰色猎犬到来了，那就'会给她（母狼）带来痛苦的死亡'"。大多数评论者都将这只"灰色猎犬"视为罗马帝国皇帝卢森堡家族的亨利七世（Henry VII of Luxembourg），但丁非常钦佩他，把他称为"凯撒和奥古斯都的接班人"。[7] 无论如何，这只灰色猎犬与其说是一只猎犬，不如说它是希望获得救赎的象征，是集体的或者社会的"欲望"。

把一个人称为"狗"，这在几乎任何语言中都是一种寻常而且没有特色的侮辱词，这些语言之中当然包括但丁所使用的十三、十四世纪的意大利托斯卡纳方言。不过但丁对这个词语的使用却并不寻常：当他使用一个普通的词汇来表达的时候，这个词读起来就不再普通了。例如，但丁曾使用经典的"蓝宝石的蓝"来描述天空的颜色（比如著名的诗行"东方那块蓝宝石的渥彩"），这句诗里面同时包含了"像石头一样坚硬"和"像空气一样温柔"的矛盾含义，还有来自东方的双重含义：宝石是来自东方的物质，也象征着东方天空的破晓。[8]《神曲》中的狗带有的内涵并不仅仅是侮辱性的，主宰这个词的意涵是某种臭名昭著和卑鄙的东西。需要针对这种无情的表述来提个问题。

但丁几乎所有书籍都是在流亡期间写作的,他根本不会认为那些房子是他自己的,因为这些房子不在他的佛罗伦萨,而在他的记忆中。他既很喜欢自己的房子,又像讨厌不忠的情妇那样讨厌自己的房子,既因为她的美丽而赞美她,又因为她的罪愆而鄙视她。但丁在诗歌的开篇处揭示了自己的这一种双重牵挂:"佛罗伦萨人但丁·阿利吉耶里在此开始了他的《神曲》,无关道德。"⁹ 毫无疑问他的资助人——斯加拉大亲王康格兰德、小圭多·达·波伦塔①,还有其他人——对但丁很好,给他提供了舒适的房间和知性的对话,但是家总是在别的什么地方,一个不存在的地方。被驱逐出佛罗伦萨之后,但丁一定会感觉到,这座城市的大门很可能一直在模仿地狱之门:它的口号不是"来者呀,快把一切希望启扬",而是"离开者必须放弃所有希望"。¹⁰ 然而但丁就像一只被鞭打了一顿的狗一样,仍然无法放弃回家的所有希望。

阿尔巴尼亚小说家伊斯梅尔·卡达莱(Ismail Kadare)② 评论说,地狱之中的居民"奇怪地像流亡的移民,包括我们这个时代的移民。他们故事的片段、他们感伤的热情、他们爆发的愤怒、双方阵营中的政治新闻、他们对信息的渴望、他们最后的愿望,这一切似乎都来自同一堆黏土和同一群人。这种相似性就在于,如果我们将他们混合在一起,那么今天的读者起初可能会难以把但丁的文字与我们这个时代的那种编年史或者新闻报道区分开来"。¹¹

对每一次流亡,无论是在地狱还是在难民营,记忆之物的缺席总是恒久不变的痛苦的来源。"别的痛苦即使大,"芙兰切丝卡在淫荡旋风之中说道,"也大不过回忆着快乐的时光/受苦。"但丁在盗贼所处的蛇坑之中询问了皮斯托亚(Pistoia)的掠夺者凡尼·富奇(Vanni Fucci),因为他预言了佛罗伦萨悲伤的未来,还有归尔甫派白党的失败,使得这

---

① 指 Guido Novelo da Polenta,参见原书第 17 页。
② 伊斯梅尔·卡达莱(1936—),阿尔巴尼亚当代作家。2016 年获得耶路撒冷奖。2019年获得第二十六届纽斯塔特国际文学奖(该奖素有"美国诺贝尔文学奖"之称)。

种制造痛苦的意图更加明显了:"为了困扰你,我先向你言说。"被放逐的人们说,他们的痛苦来自总是感到被孤立,生活在一个不由他们自己选择的地方,生活在不由他们自己树立起来的高墙之内,他们周围的东西都是借来的,而且他们总是客人,从不是主人。这正是但丁的高曾祖父向他传递出来的核心信息——但丁的高曾祖父在火星天,他曾是一名十字军,名字叫作卡查圭达,他是这样描述但丁未来即将经受的放逐的:

> 所有最为你疼爱珍重的东西,
> 你注定要留下。这种经验,
> 是放逐之弓射出的第一支箭镞。
>
> 你要领略别人的面包有多咸;
> 而且要感受,在别人的楼梯举步
> 上落,行程是如何辛酸多艰。[12]

流亡具有某种奴役的性质,这种状态就是没有任何属于你的东西,你也不属于任何人,处身异国统治者的羽翼之下:就连你的身份都将被没收,从属于你的老师或者恩主。流亡是一种形式的失去,失去了建立地方和时间的经验,它们消解成了一个不复存在的地点和时间,对丁这个地点和时间的记忆成了某种在记忆之中多次遭到改变的记忆、被记住的记忆,关于一个记忆的记忆的记忆,直到最终所有最为你疼爱珍重的东西都失去了,成了一个遥远的幽灵。也许是因为这个原因,《神曲》是一个失去之物的目录——首先当然是失去了佛罗伦萨;失去了所有但丁所"未完成的"过去之死;失去了诸如布鲁涅托·拉丁尼(Brunetto Latini)这样的老师;失去他心爱的人贝缇丽彩,她在尘世终会死去;失去他敬爱的向导维吉尔,后来维吉尔就不能把他带到更远的地方了;然后再一次在最高天永远地失去了天堂里的贝缇丽彩——甚至在最后一刻失去了圣贝尔纳,这位老人将但丁指引向了那个不可言喻的地方，那个神圣的中心，"所见的伟景，凡语再不能交代"。[13] 但丁所能掌握的东西都不能长久，除了他现在必须给未来的读者们所树立的这部令人难忘的层层覆盖的重写羊皮手稿。因为流亡者只被允许做一件事：重写羊皮卷（transcription）。

流亡是一种流离失所的状态，但它同样也是一种变态的旅行形式，因为朝圣者之所以不可能的目标，恰恰是他知道他被禁止的目标；他向一个无法到达的地方朝圣。所以，正是处于流亡的状态，一种正如但丁在《爱的飨宴》中将自己形容为"一艘没有风帆或者方向舵的帆船"的状态，在这种状态之中但丁还梦想着写作他关于"另一个世界"的诗歌（这是一段充满好奇心的旅程，通过了三个对于但丁来说全然陌生的领域），这就毫不奇怪了：一名被逝者的灵魂围绕的神童，一只仍然拥有凡人身体的怪物，一具在永恒领域投下阴影的身体，一个尚未死亡的活人。例如，他向布鲁内托·拉蒂尼保证，"您对我此生的解说，我将会笔录"，但是他从未说过，"当我再次重回佛罗伦萨"，就好像是他已经知道他再也见不到他心爱的城市了。卡查圭达告诉他，"因为他们的险诈会受到惩罚；/ 其后，你却会得享绵长的寿命"。在那个未来里面，抛开了他的同胞现在带给他的羞辱，对但丁来说这是文学史认可他的承诺，但是这并不是对他重返佛罗伦萨的承诺。[14]

啃噬面包，饱尝泪水，攀爬不熟悉的梯子，但丁肯定曾经有很多次寻求生活的陪伴，但他并没有寻求他善意的房主的陪伴，他要找的陪伴者是一个他不需要对这个人表示出过于殷勤的感激之情的人，一个可能会让他从渴望和自怜的情绪之中分散注意力的人。他的书籍和纪念品（他从一个地方带到另一个地方所能够携带的极少数的东西）尽管足以陪伴他，但是这些物品只能简单地提醒他自己，有一个他再也回不去的家，而他每买到一个新东西，每买到一本新书，就像他人生之中的每一个崭新的经历一样，最终的结果一定是一场背叛。那么但丁将如何忍受这种缓慢而无情地走向他未来的人生呢，离他所失去的那些最为疼爱珍重的东西越来越远？失去了维吉尔，失去了贝缇丽彩（那个冷若冰霜的贝缇丽彩,在任何情况下都拒绝对但丁友善的陪伴),失去了他的朋友,再没人陪伴但丁在佛罗伦萨的街道闲逛,讨论哲学和诗歌以及爱的法则,那么但丁又如何能够把当下展现出来的景象付诸笔墨?他又如何能够找到一起听他所听到的音乐的理想倾听者,如何找到一个宽宏一切的第一读者,来分享他的这些语词和意象呢?在这样的状态下,但丁或许可能会下意识地看一眼他房主养的狗吧。

　　老人自然可以轻松地怀旧,卡查圭达提醒但丁,古代的佛罗伦萨是清醒和谦虚的,当时的风尚是谨慎;女人们正忙着带孩子搞家务,喜欢讲述特洛伊和罗马的古代英雄的故事教育孩子。[15] 尽管卡查圭达批评但丁的时代,不过在大多数托斯卡纳(Tuscan)家庭还是继续维持了相对简单和休闲的生活。在十三世纪关于锡耶纳、佛罗伦萨,还有其他托斯卡纳城市的室内设计的描述,陈述的是布置粗陋的房间,有时装饰着几幅挂毯和错视画(trompe-l'oeil paintings)①,通常还有装满鲜花的五颜六色的花瓶。宠物也很常见。鸟儿挂在窗边的笼子里,就像是马萨乔(Masaccio)② 和洛伦采蒂(Lorenzetti)③ 的壁画所展示的那样。猫依偎在卧室的壁炉旁。(佛罗伦萨人弗朗科·萨克提[Franco Sacchetti]④ 建议说,男人应该裸体从床上起床,这样才能避免猫把"一些下垂的物体"当作玩具。)甚至连鹅都可以养在室内;在莱昂·巴蒂斯塔·阿尔贝蒂(Leon Battista

---

① 错视画是一种非常逼真的绘画,目的就是使人们误以为画中表现的物体是真实的。
② 马萨乔(1401—1428)原名托马索·德·塞尔·乔凡尼·德·西蒙(Tommaso di Ser Giovanni di Simone),意大利文艺复兴时期伟大的画家,他的壁画是人文主义最早的里程碑,他也是最早绘画裸体和使用透视法的画家之一(此前很少运用这些形象和技法),他画中的人物摆出了历史上从没有见过的自然姿势。
③ 安布齐奥·洛伦采蒂(Ambrogio Lorenzetti, 1290—1348),锡耶纳画派的代表,活跃在大约1317年到1348年之间。他在锡耶纳市政厅绘制了《善政与恶政的寓言》(The Allegory of Good and Bad Government)。
④ 弗朗科·萨克提(1335—1400)是意大利诗人和小说家,他的诗作有十四行诗、抒情短诗、谐趣诗、情歌、狩猎短歌等。《故事三百篇》(Novelle)是他的代表作,大致写于1385—1392年间,实际流传下来仅三百二十三篇,其中包括一些不完整的片段。这部故事集受到薄伽丘《十日谈》的明显影响,但又别具一格。

Alberti)①的《文艺复兴时期的佛罗伦萨家庭》(*Il libro della famiglia*)②中,他建议使用鹅来看家护院。¹⁶ 当然了,狗也可以看家护院。

  蜷缩在床脚或壁炉边的地板上的狗;站在门槛上观看的狗或者在桌子下面等待投喂的狗。小狗(Lapdogs)③ 陪伴在纺纱轮前的女士们的身边,灰色猎犬耐心地等待它们的主人带它们出去打猎。布鲁涅托·拉丁尼④ 在他的《宝藏》(*Livre du trésor*)中指出,狗比任何其他动物更爱人类;只有从母狗和狼媾和生出的小狗才是邪恶的。大多数的狗至死都忠于主人:经常能够看到犬只日夜守护在他们主人的尸体前面,有时甚至会伤心而死。根据布鲁涅托·拉丁尼的说法,狗能够理解人的声音。与但丁同时代的博韦的皮埃尔(Pierre de Beauvais)在他的《动物论》(*Bestiary*)⑤ 中观察到,狗通过舔舐伤口来治愈伤口,它们就像是聆听我们忏悔并治愈我们悲伤的牧师一样。塞维利亚的伊西多尔(Isidore

---

  ① 莱昂·巴蒂斯塔·阿尔伯蒂(1404—1472)是文艺复兴时期意大利的建筑师、建筑理论家、作家、诗人、哲学家、密码学家,是当时的一位通才。他被誉为是真正复兴时期的代表建筑师,将文艺复兴建筑的营造提高到理论高度。著有《论建筑》《论雕塑》和《论绘画》。

  ② 《文艺复兴时期的佛罗伦萨家庭》这部书共四卷(前三卷出版时间 1433—1434 年,第四部出版于 1441 年),介绍了阿尔贝蒂家族三代人的族谱:童年时代(第一卷)、婚姻生活(第二卷)、家庭财产和银行账目(第三卷)、友谊是比家庭和婚姻关系更重要的关系(第四卷)。英文版为《文艺复兴时期的佛罗伦萨家庭:家庭图册》(*The Family in Renaissance Florence: I Libri Della Famiglia*, Renée Neu Watkins trans., Wavel and Press, 2004)。

  ③ 这种小狗并不是特定的品种,是一种体形小、性格友好的狗的通称。

  ④ 布鲁涅托·拉丁尼(约 1220—1294),意大利哲学家、公证员和政治家,生于佛罗伦萨贵族家庭,属于归尔甫派。他的作品有用意大利语写作的《小宝藏》(*Tesoretto*)和法语散文《宝藏》,这是日常生活大百科全书式的知识,后来法语《宝藏》被视为现代欧洲语言之中的第一部百科全书。在但丁的《神曲》中,布鲁涅托·拉丁尼是但丁在其父去世之后的向导。(参见《神曲·地狱篇》第十五章 82—87 行。)

  ⑤ 博韦的皮埃尔生平未知,现代学者有时候称他为"博韦人",他的《动物论》应该完成于 1218 年之前。在书中他称自己为"译者",这或许因为他是在翻译一本拉丁文《动物学》(或者是《博物志》(*Physiologus*))的一个版本)。他又说自己的写作是因为受到一位"菲利普"(Philipon)的要求,这个人可能是 1217 年去世的博韦主教菲利普·德·德勒(Philippe de Dreux)。《动物论》有两个版本:长的版本七十一章,短的版本三十八章。有学者主张长的版本是由短的版本扩写而成,也有学者认为短的版本是长的版本的缩写。

猎犬古因福特（Guignefort）被他的主人残忍地杀死了。图片出自约翰内斯·保罗（Johani Pauli），《施姆普和恩斯特》(*Schimpf und Ernst*，斯特拉斯堡，1535，页XLVI v⁰）。（法国国家图书馆）

of Seville）在《词源学》(*Etymologies*) 中解释了狗（canis）之所以获得 canis 这个名字，是因为狗的吠叫声音就像是在歌唱（canor）诗人写出的诗歌一样。[17]

根据古老的传说，狗应该早在人类可以看到天使之前，就已经认识到了天使的存在。伴随多比（Tobit）之子多俾亚（Tobias）[①] 与天使的旅程的狗就是这样的一个例子（这也是整个圣经文学之中唯一的一条好狗）。狗不仅可以意识到这些发光者；它们同样也可以成圣。十三世纪在里昂地区，一只灰色猎犬以圣名古因福特（Saint Guignefort）的名字受到了尊崇。根据传统，这条叫作古因福特的灰色猎犬的任务就是留在家里照顾

[①]《多俾亚传》或译为《多比传》，属于天主教和东正教旧约圣经的一部分，但不包括在新教的旧约圣经里，在犹太人的重要经典《塔木德》及其他拉比文学里，它被引用过几次。这部文本在公元前约 280 年埃及王托勒密二世时与其他次经一同被收录在希腊语七十士译本中，并被天主教及东正教接纳为正典的一部分。不过，大多数新教教会都不接纳本书篇为正典，有些教会列为次经。该书的两个名称，一个是依其中父亲多比的名称来命名，一些中译本就是沿用这个称呼只是翻成《多比传》，天主教则是以其子多俾亚之名称之为《多俾亚传》。

一个摇篮里的婴儿。有一条蛇试图攻击这个孩子，古因福特杀死了这条蛇。当主人回来时，他看到那只狗身上有蛇血，认为蛇已经袭击了孩子。出于愤怒，他杀死了忠犬古因福特，后来却发现婴儿安然无恙。于是，古因福特被追认为殉道者，因为保护了孩子，古因福特获得了圣徒的地位。[18]

在维罗纳、阿雷佐、帕多瓦和拉文那，但丁坐在他租来的房子的桌前，脑海中充满了他希望用言语表达出来的意象，但是又痛苦地发现，就像是在他旅程开始的森林里面一样，"啊，那黑林，真是描述维艰"！因为人类的语言是一种不忠诚的东西，它与狗完全不同。[19] 庞大而压倒性的神学、天文学、哲学和诗歌体系全部都压在了但丁身上，强迫他使用它们的法则和原则。但丁的想象力可以自由地构想，但是总是处在不可逆转的宇宙结构之中，总是处在上帝掌握普遍真理的假设之中。不可宽恕的罪愆、救赎的阶段、神格持有绝对统治的九个天球，这些都是但丁所拥有的事实；而他的任务则是建立起语词、人、情境和景观，这样才能使得他和他的读者们一同进入到这个意象之中并且在其中探索，就好像它是一个由木头、水和石头制造的地理景观一样。慢慢地，围绕着他笔下建立的角色，但丁列出了他的参演名单：他最心爱的诗人维吉尔，他欲望的对象、死去的贝缇丽彩，过去出现在但丁生活中的男人和女人，活在他的书籍之中的异教徒英雄，教会万年历中的圣徒。还要列出地点和场景：记忆中的街道和建筑、山脉和山谷、夜晚和破晓的天空、田野和村庄里的工人、店主和工匠、农场的动物、野兽，尤其还有穿过佛罗伦萨的云端飞翔而过的鸟类——所有这些都是为了尽可能说明，他所知道的事物，凡语再不能交代。

三十多年充满好奇心的生活观察，终于在这些意象之中找到了自己的位置：一头舔舐它的口鼻的公牛，这样的场景可以是在托斯卡纳乡村随处可以瞥见的场景，但丁用这样的意象来描绘地狱第七层的高利贷者撕扯自己的嘴巴；身处罗马的但丁看到禧年的朝圣者在圣彼得广场来来去去，就像地狱之中朝着相反方向前进的贪婪者和挥霍者一样；在阿尔卑斯山被一团突如其来的雾气笼罩而眼目茫然，感觉阳光慢慢地通过云层透出光彩，这些惊喜之情在炼狱山的第三层，被比喻成但丁迟缓而来

安德里亚·迪·博纳尤托（Andrea di Bonaiuto）画作《好战和胜利教会的寓言》（*Allegoria della Chiesa militante e trionfante*）中的猎犬，细部。（新圣母玛利亚博物馆，西班牙礼拜堂，图片承蒙佛罗伦萨旧宫博物馆［Musei Civici Fiorentini］提供。）

的理解力；葡萄园里的工人必须要确保葡萄酒在炎热的盛夏不干不燥，这个意象被但丁用来描述天堂中的圣多明我（Saint Dominic），他殷勤地呼号说自己要侍奉我主。[20]

　　大量如潮水般涌出的记忆图像，可能会使得但丁再次无意识地低头看了一眼他的房东的狗。当他们视线相交的时候，相信每一个人的经验是对另一个人的试金石并且每一个记忆都是无尽的记忆链条之中的一个环节的但丁，可能已经回忆起了另一只（或者几只）狗，在他还是个孩子时，这只狗在他父母的家里穿行，当这个只有五岁的孩子哀悼他的母亲时，躺在他的身侧，后来他们又养了另一只狗，陪伴在看着憔悴的父亲尸体的青年但丁身边。在四年之后，一只狗在他身边小跑着陪伴这对新婚夫妇步入教堂；一只狗目睹了他的第一个儿子乔万尼（Giovanni）的诞生；当但丁得知转瞬即逝令人难以忘怀的贝缇丽彩·坡提纳里（Beatrice Portinari）已嫁为人妇溘然长逝时，一只狗静静地坐在角落里。流亡的但丁面前的狗，可能会在但丁的脑海里面，滋生出一群暗含在但丁记忆之中的狗：佛罗伦萨的狗、维罗纳的狗、威尼斯的狗、拉文那的狗，在疲惫路上的狗、在肮脏旅馆里的狗，一大串关于狗的记忆缓慢地混合，就像在地狱第八层中受罚的小偷不断变换的形体，从狗变成狗再变成狗，这些人包括他的恩主和保护人斯加拉大亲王康格兰德（Cangrande 的意思就是"大狗"），《天堂篇》的献词很可能是写给他的。[21]

托马斯·阿奎那认为人死之后，当灵魂离开身体时，因为人不再需要食物，所以天堂里面不可能有动物。相应于此，除了一些具有寓言意义的野兽——鹰、狮鹫——之外，但丁的天堂没有具有羽毛和毛皮的动物。圣奥古斯丁（他臭名昭著的观点之一就是认为动物不会受苦）暗示说，尽管愚蠢的动物无法与天上的美丽相比较，但是毫无疑问可以有助于装饰我们尘世的领域。他写道，"将缺乏知性、感性或者生命的野兽、树木，以及其他可变和有朽事物的缺陷看成活该遭受的谴责，这种观点是荒谬的。这些缺陷确实使得它们的本质衰退，容易解体；但是这些生物从它们的创造者的意志那里获得了它们的存在样态，创造者的目的是让它们以它们自身在四季流逝之中的变化和繁衍，给宇宙的低阶部分带来完满性；而这是一种就其自身而言的美，这种美的位置应该处在建构这个尘世的各种东西之间"。奥古斯丁呼应的是西塞罗的观点，西塞罗认为，说宇宙不可能不为了人而创造，这种观点是荒谬的。难道宇宙有可能是"为了动物而设计的吗？"，这位罗马贵族问道。"众神不太可能会为了那些愚蠢且非理性的生物而劳烦自己去干所有的事情。那么我们应该主张世界是为了谁的目的而创造出的呢？毫无疑问，是为了那些活生生的存在物，它们能够运用理性"。尽管从奥古斯丁的时代开始一直到我们的时代不断有物种灭绝，但是地球上仍然有八百七十万种"愚蠢且非理性的生物"物种，其中大部分物种对于我们来说仍是未知的；时至今日，其中只有七分之一的物种得到了分类。[22]

人们普遍认为，魔鬼通常会表现出一种"愚蠢且非理性的生物"的形象：一条蛇、一只山羊、一条狗。不过，有几位基督教父，例如圣安布罗修（Saint Ambrose）在他的《创世六日》（*Hexameron*）①中坚持认为，我们至少要从狗的身上学习感恩（gratitude）。"对于天然本性就具有本能地表达感激之情并且警惕守卫它们主人的安全的狗，我该说什么好呢？因此，圣经呵斥忘恩负义者、懒惰者和怯懦者：'哑巴狗，不能叫唤。'②因此这就赋予了狗吠叫的能力，以保护它们的主人和它们的家园。因此你应该为了基督的缘故学会使用你的声音，以免贪婪的狼群攻击祂（上帝）的羊圈。"23

尽管经验中大多数狗都是具有感恩之心的仆人（我们期待动物具有的那些德性，往往正是我们自己所缺乏的），流行小说里面却很少出现"感恩"这种狗的特性。在十二世纪法国的玛丽（Marie de France）③的寓言中（但丁很可能读过这些寓言），只有一个故事展现了一只忠诚的狗；而在所有其他的寓言故事中，它们是爱争吵、嫉妒、八卦和贪婪的。正是因为它们贪婪（正如评注者们所指出的那样），狗会吃掉它们的呕吐物。狗也是愤怒的化身：因此，古代神话中的三头犬刻耳柏洛斯（Cerberus）④被但丁安置在贪婪者的圈层当守卫，"这时候正把亡魂剥撕抓刺"。在佛罗伦萨城流传着一条迷信，如果做梦梦到一只狗，尤其是如果狗咬噬你的脚跟的话，这将是疾病甚至死亡的征兆。同样这也是

---

① 《创世六日》是米兰的圣安布罗修（1484 [1500?]—1550）的代表作之一。圣安布罗修以教会博士而闻名，他是第一位提出关于教会与国家关系的教父，他的观点将成为中世纪基督教在这个问题上的普遍观点。此外作为主教、教师、作家和作曲家，圣安布罗修也因为圣奥古斯丁受洗闻名。

② 语出《以赛亚书》（56：10）."他看守的人是瞎眼的，都没有知识，都是哑巴狗，不能叫唤。但知作梦，躺卧，贪睡。"

③ 法国的玛丽生平不详，因为她只在两处地方被提到过她是一位叫作玛丽的女性，来自法国。学者们认为法国的玛丽可能生活在十二世纪晚期（约 1160—1199），是一位受过教育的女性。虽然来自法国，但她很可能是在英国的宫廷生活和写作。目前托名于她的著作有三部：《寓言集》（*Fables*）、拉丁语翻译圣人生平的著作《圣帕特里克炼狱传奇》（*Espurgatoire Saint Patriz*），还有《籁歌》（*Lais*）。

④ 刻耳柏洛斯（Κέρβερος）是为冥王哈得斯守护冥府入口的三头犬，它允许每一个死者的灵魂进入冥界，但不让任何人出去。赫西俄德在《神谱》中说它有五十个头，后来的艺术作品大多表现它有三个头，这可能是为了便于雕刻和绘画。

生育的征兆；圣多明我的母亲在怀着后来奠定多明我修会（Dominican Order）的奠基人多明我的时候，也梦到了一条狗，狗的嘴里叼着燃烧的火炬；仿佛为了证成这条预兆，圣多明我后来成了每一名异端的劲敌，并且在他去世之后，他还被认为是点燃宗教裁判所之火的责任人。[24]

但丁的《神曲》是一个人看到的异象，但它也成功地实现了普遍化。但丁的亲身经历、他的信仰、他的疑虑和恐惧、他个人关于荣誉和公民责任的概念，都被刻印在了一个并不是由他自己创造的系统之中，这个宇宙是由无可置疑的上帝创造的，上帝极度的爱允许诗人惊鸿一瞥他的创造物，这就跟上帝自己具有三个位格一样。一旦但丁看到这一异象，尽管缺乏正确的词语来描述它——"这一刻，是我必须（对这项任务）认输的时候"，但丁承认——必须把它写在纸上，这部诗作必须找到某种形式（尽管所使用的语言令人生厌且非常含糊），才能向读者彰显我主（epiphany）。为了达到这个目的，但丁将充满诗意的优雅诗行和无能的誓言编织在一起，将启示的瞬间和无知的间歇编织在一起，把整首诗作编制在了一个既定的、无可逆转的、意识形态化的框架之内，只有神学（而不是艺术或理性）才能接近它。诗人但丁有时可能不会同意上帝的这个系统，有时可能会对此感到困惑，或者他甚至会受到怜悯和恐怖的感觉的支配，试图让这样坚如磐石的严酷系统软化一些。不过但丁也知道，为了证成他自己的诗行，为了他自己的声音被聆听到，这个系统必须坚定，并且作为上帝的诗人，他必须写下"我获任文书，要传抄的义理"。[25] 这种坚定而正统的观点属于粗暴证明上帝审判（God's judgment）的例子之一，是对上帝的慈悲（God's mercy）、极乐（bliss）的神圣等级，以及地狱之中惩罚级别的无需理由的证明：所有这些都超出了人类的理解力，就像我们的古怪行为必然超出了狗的理解力一样。

甚至还有：对于但丁而言，要想坚持自己的人性，那么上帝的系统就必须超越于任何理解的可能性的范围："不可理解性"（incomprehension）必须是构成上帝实体的其中一部分，正如上帝的"永恒"（eternity）和"全在"（omnipresence）的属性一样，它们存在于事物之中而不可得见,其庄严程度如同《希伯来书》(11：1)之中所写的"信"(faith)。① 一旦上帝的系统看上去是由我们"无能的"(incapacity)理解力和"无能为力的"(inability)判断力所定义的,那么但丁就可以求诸那些在本质上构成了他的诗人身份的力量:将语词用作象征和用作事实的能力,使得他能够懂得他人的痛苦和快乐的感受,使他具有能够运用理性并且意识到这种理性是具有界限的感知力。要做到所有这些事情,但丁必须在他丰富的经验之中进行选择,并把一些鼓舞人心和具有启发性的现实留在一边。例如在《神曲》之中,没有任何地方是留给他的妻子或他的孩子的,这些是诗歌中仅有的几次有意而为之的缺席,是为了能够保留住诗人整全的世界。而遗憾的是,但丁所遗漏的经验,正是但丁曾经拥有犬只陪伴的那些经历。

然而,在《神曲》中时不时浮现出来的东西并不只是狗本身,而是某种类型的知识以及狗所具有的慷慨和忠诚的品性,一种尝试理解并跟从和遵守的品质,它们时不时浮现在《神曲》之中。正如我们看到的,但丁似乎无法仅在一个字面的意思上使用单词,因为诗人但丁使用的词语,并不仅仅只是局限在它们平常的含义上。但丁确实运用了狗和它们众所周知的暴躁本性来界定地狱、炼狱和天堂这三个领域之中的兽性和罪愆,但另一方面,狗的真实特性在这部作品中也并不是完全缺席的。

从《地狱篇》第一章到《炼狱篇》第二十一章,主角但丁都处在维吉尔的引导和保护之下,维吉尔的能力有限,因为他的学识并不是依靠信仰而是通过知性,而这位导师教导他的学生相信他的理智,运用他的记忆,给他的爱赋予意义。引导和保护,在传统上是狗履行的职责,但是在此,这位迷途的基督教诗人与古罗马诗人之间建立的关系之中,但丁却成了被引导者,他的行事像是一只流浪的野兽,像女神维纳斯所拥有的上千只猎犬之中的一只,代表着欲望。而实现守护这个功能的人,正是维吉尔,"你是我的老师"——但丁从一开始是这么称呼维吉尔

---

① 《希伯来书》十一章主要讲信心:"信就是所望之事的实底,是未见之事的确据。"

的。在炼狱山的山顶上，在伊甸园圣林的边缘，就在他们即将上升天堂之际，但丁将自己描述成一只由牧羊人维吉尔豢养的山羊。"山羊"很好地融入了田园风光的场景，不过但丁也可以自称是"维吉尔的猎犬"，因为贯穿他们整个长途跋涉的旅程，总是维吉尔在发号施令，维吉尔说出了正确的词语，或者做了清楚的标记，维吉尔称赞或责备但丁的判断和行动，换言之也可以说，维吉尔"拥有"但丁，受贝缇丽彩之托，维吉尔在照顾但丁，直到可以把他交付给那位神圣的存在。分别之前维吉尔对但丁说的最后一句话，口吻就像是驯狗人对一只得到了良好训练的狗发出的号令一样："不必再等我盼咐，望我指点；/ 你的意志自由、正直而健康。"现在但丁就知道应该如何表现了，他进了伊甸园"那座圣林"，这座古代诗人谈到黄金时代的时候总会歌咏的圣林。但丁已经变得像是那种忠诚而富有爱心的生物一样了，但丁有一次看向了他的老师，这位站在树林边缘的老师仍然微笑着，然后他驯顺地转向了一位漂亮的女士，她将继续引导他的征程，做他期待已久的新主人。[26]

《神曲》是一首具有各种证据、几乎难以察觉的精妙之处、显性和隐含的内涵、正统神学和颠覆性的解释、严格的等级秩序和平衡的友谊的诗歌。为了构建出这座令人难以想象的建筑，但丁从每个可用的词汇库之中借用了各种词汇：拉丁语和普罗旺斯语、普通语言和新诗歌中的词汇、古代的话语和孩子们的唠叨、科学的术语和梦话般的语言——不过但丁剥夺了这些词语原有的功能和其中迄今仍然回响着的先前的意涵，从而让这些词汇以无穷无尽的多重含义服务于自身并且揭示自身的意义。每一次，当好奇的读者们以为他们正在追随一条故事线索的时候，他们又会发现这个故事线索的下面、上面和旁边，还隐藏着很多别的故事线索：每个叙述都同时既得到了颠覆，也得到了增强，每一帧图像都同时既得到了放大，也被还原成了最根本的本质。但丁第一次告诉我们的那片他曾经在其中迷了路的森林，是托斯卡纳地区常见的树林，但它同时也是象征着我们的罪愆之林，这是维吉尔在自己的诗作之中将埃涅阿斯引入的森林。那第一片森林包含《神曲》中的所有森林：亚当之树的森林、基督十字架的森林,从真正道路上迷失的森林,还有可以再次找回真正道路的森林,通往地狱之门的森林,炼狱山的山峰上面阴森的树林,树上捆绑着自杀者灵魂的森林——这些都是对伊甸园之中充满光明的圣林的影子一般的模仿。在《神曲》之中,没有任何一件事物只具有一重含义。正如黑暗森林并不只是一片森林一样,但丁也不仅仅只是但丁,用来诅咒邪恶之人的狗也不仅仅只是邪恶的狗:它同样也是这首诗的主角,朝圣诗人但丁自己,就像一只流浪狗一般,迷失在荒凉而且危险重重的森林里。从《神曲》的第一行诗歌开始(读者将会突然惊奇地发现),这只狗就早已趴伏在了但丁的脚边,带着它所有的诗性本质,悄无声息地进入到了这首诗篇之中。

第十二章　我们行为的后果是什么？

我从没有用武器开过火。在我上高中的最后一年，我的一个朋友带了一把枪去上课，他还想要教我们如何使用它。我们大多数人都拒绝了。后来我发现，我的朋友是与军政府作战的阿根廷游击队运动之中的一员；他的父亲（也是他讨厌的人），曾在政府支持的臭名昭著的海军机械学校（Mechanical School of the Navy）酷刑部门做医生。

在1969年，我离开了阿根廷，正是暴行开始的那一年。我的离开并不是基于政治目的，纯粹是出于私人的原因：我想去看看世界。在警方独裁统治的时期，有超过三万人被绑架和折磨，还有许多人被杀。受害者不仅是那些持不同政见者；任何持不同政见者的任何亲戚、朋友或熟人都可能被拘留，并且如果有任何人出于任何原因让军事委员会（Junta）[①]不乐意了，都会被认定为恐怖分子。

在军政府任职期间，我只回过阿根廷一次，当时人们已经意识到了军队所制造的恐怖氛围，但是我并没有成为抵抗组织的一员。"在这段不公正的时期，"我的另一位朋友曾告诉我说，"你只可以做这两件事。要么你可以假装什么都没发生，你可以假装你听到的隔壁的邻居的尖叫声只是在吵架而已，假装那个似乎已经人间蒸发了的人很可能只是去放

[①]　军事执政团又称军事委员会，由军人组成委员会来控制政府、行使治权，是一种以委员会制进行寡头统治的政治制度。它类似于军政，通常都会走向军事独裁。

长假了；要么你也可以学会开枪，没有任何别的选择。"但是，或许活下来并做一个见证者，可以作为另一种选择。司汤达认为，政治是文学拴在脖子上的磨盘，他把隐藏在一部小说里面的政治观点比作是在音乐会上开枪，我认为他隐含地赞同我们的第三个选项。

军政府首脑豪尔赫·拉斐尔·魏地拉将军（General Jorge Rafael Videla）[①]为他自己的行为做辩护，他说"恐怖分子不仅仅是携带炸弹或者手枪的人，他也是传播跟基督教文明的价值观念相反观点的人。我们捍卫西方的基督教文明"。这种为谋杀做辩护的理由已经变得司空见惯了：捍卫真信仰、幸存的民主制、保护无辜者、预防更大的损失，这些都成了为杀害他人做辩护的借口。英国工程师和自由撰稿记者安德鲁·肯尼（Andrew Kenny）在给伦敦《观察家报》写作的一篇文章中，就采用了这样的论据来为原子弹轰炸广岛（造成六万多人立即死亡，超过十二万人在更缓慢的痛苦之中死亡）做辩护："无论我怎么看待这个事件，我看到的都只是，这颗炸弹拯救了数以百万盟军和日本人的生命。"在安德鲁·肯尼访问广岛的时候，肯尼对产业奖励馆（Promotion Hall）[②]大为赞叹，这是一座四层楼的大楼，1915年一位捷克建筑师为它设计了一座绿色的小圆顶，这座建筑离原子弹投放的目标很近。"原子弹，"肯尼写道，"大大改进了它，使它成了一个美学的对象，将它从一个普通的丑陋建筑，变成了一个受灾之后的杰作。"

那天在课堂上，看着我朋友手中的枪，我同样把这支枪视作了一件美学的对象。我想知道，这样一件可爱的东西是怎么生产出来的。我问

[①] 豪尔赫·拉斐尔·魏地拉（1925—2013），阿根廷军人、政治人物，以发动政变手段，自任为阿根廷总统。他被视为独裁者，在统治期间，因为在肮脏战争中对异议人士的整肃行为，备受争议。

[②] 广岛县产业奖励馆（The Hiroshima Prefectural Industrial Promotion Hall）残存的骨架被特别保留下来并改建成了原子弹爆炸圆顶（Atomic Bomb Dome）作为"广岛和平纪念碑"（Hiroshima Peace Memorial），表达对人类最终消灭核武器的希望。

自己（就像布莱克观察老虎一样①），制造枪支的人在造枪的时候心里在想什么呢，他在造枪的时候是不是要说服他自己呢；就像我想知道，那些如此热衷于完善军队的酷刑工具的工匠们，到底有没有想过他们制作的工具被付诸实施的场景呢。我还记得法国大革命期间约瑟夫-伊尼亚斯·吉约丹（Joseph-Ignace Guillotin）②最后被自己发明的工具处死掉了的神奇故事；对于约瑟夫-伊尼亚斯·吉约丹这位希望知晓他自己的作品的意义的工匠来说，他最终被施行绞刑的这一幕必须要实现。我认为我朋友的枪是一件美丽的东西，如果我们无视它的用途的话。这支枪让我想起了我曾经在巴塔哥尼亚发现的一只小动物的头骨，这只头骨被昆虫侵蚀，被雨水抛光，只剩下一个细长的鼻子和一个单一的眼窝，就像一个微型的独眼巨人。在尽可能最长的时间里，我一直把这个头骨放在桌子上，用来警示我自己。③

---

① 《虎》（The Tyger）是威廉·布莱克诗集《天真与经验之歌》（Songs of Innocence and Experience）的《经验之歌》（Songs of Experience）之中的一篇象征性很强的抒情诗，热情赞扬了老虎的形象，与之相对的是《天真之歌》（Songs of Innocence）之中的《羊》（The Lamb），它是一则冷漠的社会预言。老虎是一种与羊所代表的优雅和秩序所对立的力量，新的世界将在羊与虎的角力碰撞之中诞生。

② 约瑟夫-伊尼亚斯·吉约丹（1738—1824），出生于法国西南部城市桑特，是一名法国医生，也是共济会会员，1789年入选国民制宪议会。他是废除残酷死刑的主要倡导者之一，推动通过了一项要求所有死刑应由一个简单而高效的装置来执行的法律，使得斩首不再显示贵族的特权，尽量减少死刑不必要的折磨和痛苦。

③ 头骨在艺术作品中一般是"人皆有死"（memento mori）主题的标志，比如西方古典绘画中用于圣哲罗姆的书房（圣哲罗姆是早期基督教会中知识最渊博的一位，西方文化里的智者化身）以及描绘忏悔的抹大拉的场景（鞭子、十字架、圣书、油灯是经常与骷髅头骨共同出现的一套符号组合。倘若珠宝与骷髅一起出现，则意味着物质与精神的对比），经常出现头骨的隐喻。骷髅头骨除了代表死亡，同样隐喻着静修苦行、归属于天国的财富，甚至是"信仰"本身。

维吉尔和但丁开始攀登炼狱山。木刻描绘的是《炼狱篇》第四章,带有克里斯托福罗·兰迪诺的评论,1487年印制。(贝内克珍本书[Beinecke Rare Book]和手稿图书馆[Manuscript Library],耶鲁大学)

222

> 爱因斯坦：但同样，我们无法逃避我们的责任。
> 我们有人性这个巨大的力量源泉。它
> 赋予了我们施加条件的权利。如果
> 我们是物理学家，那么我们必须成为权力政治家。
> ——弗里德里希·迪伦马特[①]，
> 《物理学家》(*The Physicists*)第二幕

像狗一样学习顺从和遵守规则，这对但丁来说需要经过一个漫长而痛苦的过程。在炼狱山的脚下，当不知道应该走哪条路（《神曲》的奇境里面没有路标）的时候，但丁和维吉尔遇到了一组缓慢地走向他们的人。那些灵魂都是直到死亡的时刻都没有顺从教会的人们的灵魂，不过他们在弥留之际悔改了。因为他们在生前反抗牧羊人的领导，所以他们现在必须以群龙无首的状态出现，持续的时间要比他们在尘世徘徊的时间长三十倍。维吉尔在但丁的建议之下友善地问他们知不知道"这座山在哪里的地形/倾斜得较缓，能让人向上登攀"。

---

① 弗里德里希·迪伦马特（Friedrich Dürrenmatt, 1921—1990），瑞士德语剧作家、小说家。《罗慕路斯大帝》《老妇还乡》《物理学家》等名作奠定了他在世界戏剧界的声誉。1962年问世的《物理学家》讲述了一个天才物理学家研究出了一种能够发明一切的万能原理，因担心这一发明被政治家利用去毁灭人类，便装疯躲进疯人院。物理学家逃避政治的愿望只是一种空想，论文最后还是落入了象征大垄断资本家的院长之手。

当一群小绵羊离开羊栏,
一只、两只、三只起了步,同类
就会羞怯地低着头,眼睛往下看;

领先的一直做什么,其余的就追随;
领先的一停,后至的就向前推拥,
憨直而温驯,不知道事情的原委。
只见那幸运的一群,行动也相同;
闻言后,领先的就走向我们这边,
神色谦和,走路的姿态庄重。¹

这些灵魂胆怯地告诉维吉尔,他和但丁必须转身回头,领着他们继续往前走。突然间,其中一个灵魂群脱离了他的同伴,问但丁是不是认识他。但丁仔细地看了看,然后见到这个问他话的灵魂"是个金发的俊男,器宇大方,/ 只是有一道眼眉被切成两边"。不过但丁的记忆也像他自己一样是有朽的,他否认自己遇见过这个男人。然后这个灵魂展示自己胸口之上的旧伤,就像垂死的基督肋骨上由罗马长矛造成的那道伤。他告诉但丁,自己是曼弗雷德,康斯坦丝皇后的孙儿,但丁最终将在天堂跟康斯坦丝皇后见面。²

曼弗雷德,尽管他只向但丁说他是一位皇后的孙子,但是实际上他是腓特烈二世的私生子,这位皇帝在《地狱篇》之中和其他伊壁鸠鲁主义者们一起被放在了异教徒的圈层(后来,腓特烈二世将成为德意志民间传说之中的一位浪漫英雄,他会在死亡之后继续生活着,这要归功于在一个远离世界、由乌鸦守卫的地下城堡中的一道魔法咒语)。³ 而在历史上,曼弗雷德长期以来都是一个野心勃勃、纵欲、无情的角色形象。他成为吉伯林派事业的领导者,反对教皇与归尔甫派和安茹的查理(Charles of Anjou)①

---

① 查理一世(1226—1285),也称安茹的查理,是那不勒斯和西西里的国王。其父为法国国王路易八世,其兄为路易九世。1246年查理一世受封为普罗旺斯伯爵,并陪同路易参加第七次十字军东征。

之间的联盟。在他父亲去世时,他是西西里摄政王,直到他同父异母的兄弟康拉德(Conrad)能够登上王位;几年以后,康拉德死了,曼弗雷德代表康拉德的儿子摄政。在 1258 年,一条谣言宣布说他侄子死了,于是曼弗雷德自己加冕自己,成了西西里和普利亚(Puglia)①的国王。

新当选的教皇乌尔班四世(Urban Ⅳ)宣称,曼弗雷德是一个篡位者,并将西西里的王位颁给了安茹的查理。此外因为激烈地反对罗马,曼弗雷德还被烙上了敌基督者的烙印,两次被逐出教会,一次是在 1254 年被教皇英诺森四世(Innocent Ⅳ)逐出教会,还有一次是在 1259 年被教皇乌尔班逐出教会。七年之后,安茹的查理在贝纳文托战役(the battle of Benevento)成功杀死了他的对手曼弗雷德,并且作为一位宽宏大度的胜利者,他让他的对手光荣地下葬于一堆石头之下,不过那块土地并没有得到献祭。然后,随着怨恨和报复情绪的增长,新教皇克莱门特四世(Clement Ⅳ)命令科森扎主教(bishop of Cosenza)让曼弗雷德的尸体"诅咒谴谪"地四分五裂,再扔进韦尔德河(River Verde),这条河标志着那不勒斯王国的边界。4

但丁的同时代人对曼弗雷德的判断,存在着很大的分歧。在吉伯林派看来,曼弗雷德是一个英勇的人物,一个反对罗马教皇的僭主野心的自由斗士。对于归尔甫派里面的黑党来说,曼弗雷德是一个凶手,一个与撒拉逊人联合起来反对教皇亚历山大四世(Pope Alexander Ⅳ)的异教徒。布鲁涅托·拉丁尼指控说,曼弗雷德杀死了他的父亲,杀死了他的同父异母的兄弟、他的两个侄子,还试图谋杀康拉德仍处在襁褓之中的小儿子。所以这个一道眼眉被切成两边的金发俊男兼英雄,会深深吸引着后世的拜伦和柴可夫斯基。

但丁的站队是归尔甫派里面的白党(现在这一派跟吉伯林派融合在一起了),他想到曼弗雷德这位意大利最后一位神圣罗马帝国的代表的

---

① 普利亚,又名阿普利亚(Apulia)是意大利南部的一个大区,东邻亚得里亚海,东南面临爱奥尼亚海,南面则邻近奥特朗托海峡及塔兰托湾。

时候,会把他看成是在神圣罗马帝国和教会之间冲突的象征性化身、反对教会干涉世俗事务的领导者。在但丁看来,教会的民事权力已经贬低了它的精神事业,使得这个机构变成了一个粗俗而政治化的舞台。在天堂的恒星天里面,耶稣基督的受膏者圣彼得的存在,也是为了不遗余力地反对罗马教廷的腐败和滥权:

> 在凡间占我宗座,借篡夺行径
> 占我宗座,占我宗座的家伙,
> 把我的墓地化为污水沟;邪佞
>
> 从这里下堕后,因沟里的血腥、秽浊
> 而沾沾自喜。不过在圣子眼中,
> 那宗座依然是无人填补的空廊。[5]

神圣罗马帝国和教会都必须遵循基督对凯撒的教诲"凯撒的归凯撒,上帝的归上帝":曼弗雷德完成了这个等式的第一部分。正如在《地狱篇》中穆罕默德的灵魂撕裂了自己的胸膛,这象征着他对基督徒信徒所做的分裂("看哪,你看我怎样剖张",他对但丁说),曼弗雷德受伤的胸部,恰恰象征着神圣罗马帝国体内的创伤,这个帝国在上帝的眼中还没有得到救赎,尽管曼弗雷德为此不懈做出了很多努力。但是对于但丁来说,试图挽回传奇的君士坦丁赠礼(Donation of Constantine)① 所引发的灾难性后果的曼弗雷德,才理应是基督教的无冕之王。[6]

根据中世纪的传说,君士坦丁皇帝临终之前,将帝国的世俗权力割让给了教会,限制了帝国的权威,允许教皇处理民事事务。(在十五世

---

① 君士坦丁赠礼是一份伪造的罗马皇帝法令,内容是 315 年 3 月 30 日,罗马皇帝君士坦丁大帝签署谕令,将罗马一带的土地赠送给教宗。当时教会相信该文件为真实,后来意大利人文主义者洛伦佐·瓦拉(1407—1457)考据认为这份文件是八世纪至九世纪的伪造。

纪，人文主义者洛伦佐·瓦拉[Lorenzo Valla]证明，君士坦丁赠礼只是一份伪造的文件。)贝缇丽彩后来将君士坦丁赠礼比喻成一件跟亚当的堕落同样灾难深重的事件。尽管但丁认为这件事情是君士坦丁大帝作为帝王的严重错误，但是但丁仍将君士坦丁大帝放在正义的统治者们所身处的天堂之中，并且但丁通过鹰徽的声音为他的行为辩解，"他用意虽好，却以恶果为收成"。[7]

曼弗雷德同样也是一个证明教皇所具有的逐出教会（excommunication）的权力是一种有限权力的例子。但丁一再断言说，上帝的慈悲是无限的，甚至连迟到的忏悔，用垂死的气息说出他的忏悔的人，如果他转向"宽宏的神，一边涕泗浪浪"的话，也可以得到拯救。在但丁的时代，教会试图排除掉教皇绝罚的附属条款，也即宣布上帝赦免任何"即使在生命的尽头忏悔"的特权。[8]对于但丁来说，这种绝对的诅咒旨在宣传教皇所具有的力量是暂时性的，而不是宣传上帝的怜悯具有压倒一切的品质。对一个罪人的生命做出一个真正的结论，这个结论应当不是一个完满的句号，而是一种不断进行的状态，无休止地追问这个罪人自己的行为，这是一种在好奇心的驱使之下为了很好地理解自我而进行的精神再生的过程。为了强调他的观点，但丁将受伤的曼弗雷德比作复活的耶稣基督，在《路加福音》（24：40）和《约翰福音》（20：27）中，复活的耶稣基督向心存怀疑的多马（Thomas）展示他的伤口。约翰·弗里切罗（John Freccero）[①]在一篇具有启发性的文章中讨论到了曼弗雷德的伤口，他注意到，福音书的文本"充满了各种迹象，它们需要读者同样心存跟多马相同的怀疑。由于门徒们看到了基督伤痕累累的身体，所以约翰的文本将会被充满信仰的人们阅读"。约翰·弗里切罗指出，同样的类比也可以应用在解读但丁的诗歌之中："曼弗雷德的伤口划过一个由稀薄空气制成的身体，这代表但丁自己也沉浸入了历史的进程之中。他们

[①] 约翰·弗里切罗（1931—），是北美但丁学的学术领袖，哈罗德·布鲁姆称他是"健在的，最优秀的但丁批评家"。他的代表作《但丁：皈依的诗学》已经由朱振宇教授翻译成中文。

就好像是在自己写作自己一样,但丁自己在历史的页面上做出了自己的标记,他见证了一条如果不被记录下来就可能无法被人们觉察的真理。"⁹

曼弗雷德采用下面这段话向但丁解释自己:

> 真是可怕,我生时所犯的罪!
> 不过大慈大悲有广阔的襟怀;
> 投靠他的,他都会搂诸臂内。
> …… ……
> 一个人尽管遭他们诅咒谴谪,
> 但是,只要希望仍有绿意,
> 永恒之爱重返时就不受阻遏。
>
> 不错,一个人跟神圣的教会为敌
> 而死,即使在生命的尽头忏悔,
> 也要被摒于这崖岸;在世上无礼
>
> 一年,死后到了这里,就得
> 等三十年。刑期因虔诚的祈祷
> 而缩短,则不在这规限之内。¹⁰

曼弗雷德的故事是一个伤痕累累的故事。在这段诗歌开篇的时候,维吉尔是通过注意到时间已经到了那不勒斯的晚上,来向我们提示时间的,那不勒斯是维吉尔的骨殖从布林迪西(Brindisi)①移走之后存放的

---

① 语出《神曲·炼狱篇》第三章26—27行,维吉尔说"埋葬吾躯的地方已经日暝。/吾躯是从布林迪西卜葬那波利的"。(参见但丁·阿利格耶里著,《神曲2·炼狱篇》,黄国彬译注,外语教学与研究出版社,2009年,第32页。)维吉尔是曼图亚人,传说他死于布林迪西(拉丁语:Brundusium/Brundisium),位于阿普利亚,后来骨殖依奥古斯都大帝命令迁葬那不勒斯。此处维吉尔的意思是,其生前(即灵魂与肉体相合时)能成黑影,而灵魂则不能遮断光线。

地方；曼弗雷德解释说，他的骨殖可能还埋在贝纳文托（Benevento）附近的桥下，在河边散落，被雨水冲刷，被风吹动。维吉尔的骨殖在帝王的命令之下被分散了，曼弗雷德的骨殖则在教会的命令之下分散了；这两个人的情况，都是暂时流离失所，等待着复活之日的承诺。在一个每天都有暴力致死的世界里，在一个战争不再是例外状态、成了法则的世界里，悔改的罪人获得救赎的承诺，对于回答先知的问题"这些骸骨能复活吗？"，是至关重要的。[11]

几乎跟但丁同时代的法国诗人让·德·蒙（Jean de Meung）①指出，战争的暴力就在于我们所有人都在其中充当士卒；他的版本中曼弗雷德的故事，是用一种描述下一盘棋牌游戏的语言呈现出来的。这是一种古已有之的形象，它可以追溯到诸如《摩诃婆罗多》这样的梵语文本。在十四世纪早期威尔士史诗《马比诺吉昂》（Mabinogion）②中，两位敌对的国王在下棋，他们的军队正在附近的山谷里打仗。其中一位国王，看到他的对手不会投降，于是将金棋子砸碎。事后不久，一名满身是血的信使来了，宣布他的军队已经全军覆没。将战争的形象比喻成下一盘国际象棋，这在后来开始变得常见，比如安茹的查理在谈到即将到来的与曼弗雷德进行的贝纳文托战役时，也同样运用了这样的比喻：他答应惩戒这个恶人"就像是移动一个在棋盘中间误入歧途的棋子一样"。[12]

1266年2月26日的贝纳文托战役是关于曼弗雷德的故事叙事的历史核心，也是在神圣罗马帝国和教会之间冲突的又一个象征性的事件。在但丁生长的那个世纪里面，人们已经看到了战争艺术之中的几个重要方面的转变：运用雇佣兵打仗的情况不断增多，利用装备的骑兵吓唬和分散敌人军队的"冲击战术"（shock tactics），部署诸如射石炮这样的射弹武器；这些都使军队可以在更远的距离杀掉更多的敌人。[13] 在

---

① 让·德·蒙（1250—1305），法国作家，以续写《玫瑰传奇》而闻名。
② 《马比诺吉昂》是英国文学中最早的散文故事之一，最初是在十二世纪至十三世纪用中古威尔士语写成的。它有很多译本，因此人们普遍认为它是一部作品，分为四个部分，即"分支"。相互关联的故事可以被解读为神话、政治主题、浪漫故事或神奇的幻想。

贝纳文托战役中，这两支军队都用了雇佣军，不过只有安茹的查理运用了冲击战术，这种冲击战术在打击充满自信的曼弗雷德方面大获成功。不过，双方都没有使用火枪：传统武器就足以砍伤曼弗雷德了，他的刀伤竟使得但丁在地府没能认出这位英俊的战士。十四世纪插画本《新编年史》(Nuova cronica)展示安茹的查理用他的长矛刺穿了曼弗雷德（对这个战争的过程的描述当然是寓言性的，因为我们没有历史证据来说明当时的具体情况），曼弗雷德眉毛上的伤口可能是由刀剑或者锛斧（doloire）或者斧头造成的。¹⁴ 刀剑、长矛和斧头是军队里面常见的武器；射石炮和其他的射弹武器在当时仍然相当罕见。

火枪可能是十二世纪在中国发明的，并且在大约三个世纪之前火药就已经发明出来了。（火药配方首次出现在九世纪的一本道教手卷之中，告诫炼丹术士不要随意地混合各种东西来合成物质。）在传统上，中国的火药与古代中国的"焚香"(smoking out)实践有关，每个家庭都依照律令做这些熏蒸仪式。这些做法不仅可以用作预防措施，而且还早在四世纪的时候就开始用于战争，在围攻期间使前进的部队能够隐藏在烟幕之中，还有使用泵和炉子产生有毒的烟雾轰击敌人的做法。在对中国的科学和技术的经典研究之作中，李约瑟(Joseph Needham)指出"中国的技术和科学的一个基本特征"就是"对远距离行动的信念"(the belief in action at distance)。在战争中，这表现在使用携带火焰的箭头还有所谓的"希腊火"(Greek fire)作为武器。"希腊火"也即用石脑油作燃料的燃烧战车，最先是七世纪拜占庭发明出来的，有可能由阿拉伯商人带到中国。¹⁵

虽然在欧洲，直到但丁死后的1343年，阿尔赫西拉斯地区(Algeciras)^①的摩尔人才首次使用射石炮，攻击了基督徒的军队——但在欧洲的记录中第一次提到火药的成分，是在此前的一个世纪，英国学

---

① 阿尔赫西拉斯是西班牙南部的一个港口城市，位于安达卢西亚自治区加的斯省，邻近英国海外领地直布罗陀，是直布罗陀湾最大的城市。

者罗杰·培根（Roger Bacon）在一篇文章之中谈到这个话题。"我们可以，"在1248年罗杰·培根写道，"用硝石和其他物质，人工合成一个火种，它可以远距离发射出去……只需要使用非常少量的这种材料，就可以产生很多光热，还将会伴随可怕的轰隆声。它有可能摧毁一座城镇或一个军队。"¹⁶ 罗杰·培根加入的是方济各会，他也是教皇克莱门特四世（Clement Ⅳ）的朋友，他曾看到过一场中国烟花的表演，表演之后他可能就已经了解了火药，而火药则是由其他去过远东的方济各会的修士们带到欧洲的。

具有讽刺意味的是，欧洲的第一批射石炮或者说加农炮是由一些工匠制作的，这些工匠制作的在传统上却恰恰是和平的象征，他们是铸钟的工匠。很有可能，第一座射石炮就是一口钟，这口钟颠倒过来，里面填满石头和火药。早期的这些加农炮非常粗糙、不精确，而且对使用者和打击目标来说都是很危险的。它们也不能轻易移动：在十四世纪，人们把这些加农炮堆积得高高的，等围攻结束之后再拆除它们。¹⁷

在《神曲》里面，但丁确实没有提到过火药，但是在描述惩罚威尼斯军舰厂（Arsenal of Venice）的污吏的那道壕沟时，但丁描述的并不是造船的地方，而是一个修船的地方，破损的战艇在冬季得到修补。它是一个修复中心，而不是死亡贩子们的中心，它跟另一个恐怖的闹剧场面形成了鲜明的对比，那个场景描绘的是赃官们沉没在沸腾着的沥青中，他们的肉体被愤怒的恶魔用钩子撕裂了。¹⁸

这个场景以另一种方式呈现了曼弗雷德的故事。但丁在这里显得是一个懦弱的旁观者，滑稽地害怕那些恶魔般的狱守们可能会对他做些什么。与恶魔谈判之后，但丁遵照维吉尔的命令，躲在一块岩壁后面观看下流勾当，直到维吉尔喊他走上前来：

> 于是，导师对我说："你呀，借桥面
> 藏身，在那些石头中间蹲伏；
> 现在安全了，请返回我的身边"。¹⁹

在其他例子中，比如在穿过惩罚愠怒者和叹息者的迷雾笼罩的斯提克斯泥沼（Styx）[①]时，但丁陷入到了这团泥泞无状的污泥之中，但他却很高兴看到泥沼里面的罪人受到酷刑的惩罚。但是在观看这些受到惩罚的污吏时，但丁的好奇心却大为不同。现在，但丁既想要观看，又想要不被看到，而他偷窥的乐趣，起源于某种尚未获得界定的故事类型。

在以"原子弹之父"著称的朱利叶斯·罗伯特·奥本海默（J. Robert Oppenheimer）后来讲述给他的朋友们的一个故事之中，他受到了类似于普鲁斯特在《在斯万家那边》（Du côté de chez Swann）中讲述的那种被禁止的好奇心的故事的极大影响。罗伯特·奥本海默心中熟知凡特伊小姐（Mademoiselle Vinteuil）怂恿她的同性恋情人向她死去父亲的照片吐痰的段落，"或许她不曾想到，邪恶是一种如此稀有、如此变态、如此异乎寻常的境界"，普鲁斯特注意到凡特伊小姐，"一旦她学会了在自己身上（一如在别人身上）感到对人家造成的苦难无动于衷——这种无动于衷，无论换成别的什么说法，其实就是以冷血的、长久的形式表现的残忍"。[20] 正是对污吏们所受苦难的这种漠不关心的态度，凸显出了但丁的反应与对之前场景的反应大为不同。

人们把罗伯特·奥本海默称为现代版本的浪漫主义英雄，他喜欢拜伦笔下的曼弗雷德（但不喜欢但丁笔下的曼弗雷德），像拜伦笔下的曼弗雷德一样，他无法悔改他的罪，并且在"探索被禁止的未知领域"和"感到这样做是有罪的"的情绪之间徘徊。出生于富裕犹太家庭的罗伯特·奥本海默放弃了自己的信仰，他在纽约市的一个很大的公寓里面长大，他爱好慈善的父亲在那里积累了很多非凡的艺术收藏品。罗伯特·奥本海默就在雷诺阿与梵高之间长大，他的父母引导他承担起帮助那些不幸的人的义务，为此他创立了美国国家童工委员会

[①] 语出《神曲·地狱篇》第七章108行"就流入一个叫斯提克斯的泥沼"。斯提克斯（Στύξ）是冥界五河之一，《埃涅阿斯纪》中记载斯提克斯盘曲九回，围住了冥王哈得斯。（参见但丁·阿利格耶里著，《神曲1·地狱篇》，黄国彬译注，外语教学与研究出版社，2009年，第121页脚注108。）

（National Child Labor Committee）和美国有色人种促进协会（National Association for the Advancement of Colored People）等组织。罗伯特·奥本海默是一个早熟的孩子，喜欢独处，喜欢提问，对科学充满热情，特别喜欢化学。然而，数学是他的弱项。后来他成了一位杰出的理论物理学家，名闻天下，但是从专业标准上看，他的数学水平至少在他的同事们看来并不足以令人印象深刻。正如曼弗雷德一样，引起罗伯特·奥本海默兴趣的正是构成世界的实体的物质运作方式，而不是统治主宰这些实体的抽象规则。[21]

作为一个爱好独处的年轻人，罗伯特·奥本海默表现得有点不够稳定。他有时是忧郁的，拒绝说话或者跟旁边共处的人打招呼；有时他又很奇怪地欣快，朗诵法语文学的冗长段落和那些神圣的印度教文本；还有几次他接近疯狂地出现在他的朋友面前。有一次，在他就读剑桥大学的那一年，他在他的导师的桌子上留下了一个有毒的苹果，这件事后来的解决方式就是他的父亲答应让他去看精神科医生。很多年以后，当罗伯特·奥本海默成为洛斯阿拉莫斯国家原子实验室（Los Alamos atomic laboratory）的主任之后，他的同事们还是发现他有点神经质。一方面，他经常陷入自身的抽象思考中，沉默且冷漠；另一方面，由于他的自由主义观点，情报部门怀疑他是一名共产主义间谍，对他很不尊重，可是他还是毫无保留地服从军事当局的监督。战争结束之后，罗伯特·奥本海默恳求美国和苏联共享他们的技术知识，认为这样才能避免核对决，但是他的对手们却从他的这种和解态度之中，找到了足以视他为叛徒的理由。

从但丁时代开始的早期残酷的射石炮，进化出了今天如何制造一颗核弹的问题，这不仅仅是一个概念性的问题，同时也是一个工程技术上的问题。因为害怕德国人有可能会在美国科学家之前研制出这种炸弹，洛斯阿拉莫斯国家原子实验室的建设一定要快，即使基本的物理问题仍待解决，也得要快："通过远距离来行动"这种策略需要在"这究竟是一种什么行动"的问题解决之前就完全形成方案。当陆军中将莱斯利·格罗夫斯将军（Brigadier General Leslie Groves）①选择罗伯特·奥本海默来担任洛斯阿拉莫斯国家原子实验室主任的时候，罗伯特·奥本海默给他留下的深刻印象就在于，这位科学家比他的其他同事们要更明白如何从抽象的理论走向具体施行问题的实践层面。

1945年5月7日德国投降时，情况发生了变化，核攻击的威胁结束了。是年7月份，一份请愿书开始在奥本海默的同事们之间流传，敦促政府不要运用原子弹，"除非将对日本施加的条款细节公之于众，并且日本在知晓这些条款之后拒绝投降"。罗伯特·奥本海默的名字并没有出现在1945年7月17日签署了请愿书的七十个名字之中。[22]

在1945年7月17日的前一天，7月16日，一颗原子弹在罗伯特·奥本海默工作的某个地方进行了测试，这颗原子弹叫作"三位一体"（Trinity）。在一个保护屏障后面观察受控爆炸的影响，罗伯特·奥本海默看起来一定很像隐藏在泥沼之中观察恶魔活动的但丁。随着第一颗原子弹爆炸，释放出那朵著名的蘑菇云，罗伯特·奥本海默在二十年之后提到，当时有人向他提起《薄伽梵歌》（Bhagavad Gita）之中的一行诗歌，天神毗湿奴试图说服有朽的凡人王子履行职责，并对他说："现在我成了死神，世界的毁灭者。"[23]

成功试验之后，他们提出了一系列可以攻击的日本城市作为投放原子弹的目标：广岛、小仓、新潟和长崎。在最终决定投掷原子弹之前的几天，这个城市才最终确定了下来：选择广岛，因为它是唯一一个没有盟军战俘营的地方。1945年8月6日当地时间上午8点14分，一架以飞行员保罗·蒂贝茨（Paul Tibbets）母亲的名字命名的飞机艾诺拉·盖（Enola Gay）投下了炸弹。保罗·蒂贝茨回忆说，两个冲击波之后是眩目的强光。在第二个爆炸发生之后，"我们转过身来回看广岛。这个城

---

① 莱斯利·理查德·格罗夫斯（1896—1971），美国陆军中将，1918年毕业于美国西点军校。常年于美国陆军中服役。第二次世界大战期间曾主持美国曼哈顿计划并获得成功，第二次世界大战结束后获授中将并荣退。

市隐藏在一片可怕的云之后……沸腾,蘑菇一样冒出来,可怕而且还高得惊人"。[24]

贯穿罗伯特·奥本海默的一生,普鲁斯特笔下那一段落之中的二元对立强烈地冲击着他。一方面,他崇敬科学探询,知性的好奇心引领着他探求宇宙力学内在的问题;另一方面,他直面了这种好奇心的后果,无论是在他的个人生活中(他以自我为中心的野心使他成了一个具有曼弗雷德式自我中心主义的人),还是在他的公共生活中(作为一名科学家,他成了需要对有史以来最强大的杀人机器负责的人)。罗伯特·奥本海默从未谈到过这种好奇心本身的后果(无论是在其程度上还是在其界限上),而是只谈到了这种好奇心的运行机制。

一名叫作西姆斯神父(Father Siemes)的耶稣会牧师当时就在广岛附近,轰炸之后,在写给上司的一份报告中,他写道:"问题的关键在于,目前形势的全面战争是不是合理的,即使它服务于一个正当的目的。难道这个全面战争里面不存在物质和精神上的邪恶吗?这种邪恶的结果可能远远超过任何善行所引发的后果。对这个问题,什么时候我们的道德家们能够给我们一个明确的回答?"但丁的回应是由在正义统治者们所处的正义者天堂(Heaven of the Just)中的鹰徽给出的:上帝的正义不是人类的正义。[25]

一位罗伯特·奥本海默的传记作者引用了那段普鲁斯特的文字,将其与奥本海默在人生的尽头所做的一个声明进行了比较,这段声明出自奥本海默参加的一个由文化自由协会(Congress for Cultural Freedom)——一个战后成立(并获得美国中央情报局资助)的反共组织——赞助的会议上的讲话:

直到目前为止,我还处在我几乎无限延长的青少年时光里,那时我几乎没有采取任何行动,几乎什么都没做,或者做任何事情都失败了,不管是写一篇关于物理学的文章,或者是做一次讲座,或者是我应该如何阅读,我应该怎么跟朋友交谈,我应该如何去爱，这些事情都没有在我心里引起特别的反感或者错误感……这是不可能的……对我来说，和别的人一起生活，不需要去理解我所看到的事物，只是真理的一个部分……为了试图从这样的状况之中突破出来，成为一个有理性的人，我必须要意识到我自己所做的事情是有效的，并且是很重要的，可是事实并非完全如此，我还必须引入一种互补的看待这些事情的方式，因为其他人看待这些事物的视角，跟我不一样。我需要知道他们看到了什么，我需要他们。[26]

曼弗雷德也是如此。光有他自己的视角是不够的，他必须跟但丁讲述出他自己的故事，这不仅是为了让但丁回到尘世的时候，为他女儿、那位"好的康斯坦丝"获得救赎而祷告。曼弗雷德，作为象征和寓言，作为历史游戏之中的一枚棋子和一首不朽诗篇之中的诗行，他需要知道但丁怎么看待他的故事，并且是如何把他的故事翻译成自己诗篇之中的语词的。在这种反思活动之中，曼弗雷德可能会感受到一种对受害者获得救赎的同情心，了解彻底忏悔的重要性，相信他自己肯定能够获得救赎，尽管他毫无疑问已经犯下了那些"可怕的罪愆"。

第十三章 我们能够拥有什么？

金钱的概念与我无关。小时候，我从未觉得在我的大富翁账单与从我母亲钱包里跑出来那些账单之间，除了形式上不同还有什么真正的区别：一种是在我与朋友一起玩的游戏中使用的账单，另一种是我父母在晚上玩卡牌游戏的时候使用的账单。艺术家乔治恩·胡（Georgine Hu）会描画那些她称之为"钞票"的作品，她把作品画在厕纸上，而且她还用这个"钞票"给为她做咨询的精神科医生付钱。

金钱是商品或服务的价值的象征，纸币发明出来不久后，金钱就普遍失去了这层意义，变得简单地只等同于自身：钱就等于钱。相反，文学和艺术符号则允许无限制的阐释，因为它们所象征的东西是真实的。《李尔王》在文学的意义上，讲的是关于一个失去一切的老人的故事，但是我们的阅读却不能止步于此：这则故事充满诗意的现实性是经久不衰的，它呼应着过去、现在和未来所发生的事情。相反，一美元的钞票只是一美元的钞票：无论是由美国联邦储备委员会发行的一美元，还是由天真的艺术家制作的一美元，除了它的表面是纸之外，纸币没有任何现实性。法国国王菲利浦六世（Philip Ⅵ）曾经表示说，因为他是国王，所以他说什么东西有什么价值，那个东西就是有什么价值。

前段时间，一位精于财务的朋友试图跟我解释这样一条真理，在国内和国际交易之中提到的大宗金钱实际上并不是真的：它们是信念中的筹码，由深奥的统计数据和算命先生的预测支撑着。我的朋友说得很有

乔治恩·胡,《纸币》(*Money Bills* [细部], ABCD: Une Collection d'Art Brut [Actes Sud: Paris, 2000])。(图片已获布鲁诺·德查莫 [Bruno Decharme] 的友好许可。)

道理,就好像经济学这门科学或多或少竟是科幻文学的一个分支一样。

正如詹姆斯·布坎(James Buchan)[①]在他非凡的著作之中将金钱称作"冻结的欲望"来阐明金钱的意义那样:"欲望化身"提供了"一种想象中的奖励,就好像是爱人之间的奖励一样"。在我们这个世纪的早期,布坎解释说,"金钱看似在珍贵和美丽的菜肴之中得到了确保,人们只能在梦中构想金钱内在的本性和能力"。后来,这种确保成了仅仅是"由一群人里抛出一个权威"来保障的,最先是由王子,然后是由商人,然后银行。

虚假的信念会滋生出怪物。如果信任空洞的符号,就会产生金融

[①] 詹姆斯·布坎(1954—),苏格兰小说家、历史学家、记者和经济学家,《冻结的欲望:质询金钱的意义》(*Frozen Desire: An Inquiry into the Meaning of Money*, 1997)一书的作者,他主张现代形式的金钱是一种抽象的快乐。

官僚主义的机会诡计和繁文缛节的规则，进而还有对很多人而言令人费解的法律和可怕的惩罚，也即只有对那些幸福的极少数人而言才是狡猾的会计策略和令人震惊的财富。人们用于处理和摆脱世界金融工具的时间和精力，使就连格列佛的设计家科学院（Gulliver's Academy of Projects）官僚气的成员们极尽努力试图从黄瓜之中提取阳光的发明，都会自叹弗如。① 官僚主义感染了我们的每个社会，甚至感染了"另一个世界"之中的每个人。在地狱的第七层，那些违背自然行事的罪人们被迫不断地奔跑，布鲁涅托·拉丁尼（Brunetto Latini）向但丁解释说，"这群人，有谁想蹉跎／而稍停片刻，就要躺上一百年，／烈火鞭答他们无处闪躲"。但这个解释就像在大多数官僚程序中出现的解释一样，没有给出任何解释。

2006年阿根廷经济危机期间，加拿大丰业银行（Canadian Scotiabank）和西班牙桑坦德银行（Spanish Banco de Santander）连夜关闭，抢劫了数以千万阿根廷人的储蓄，使得阿根廷地区的中产阶级流连失所，被迫当街乞讨。显然，再也没有人会相信公民社会的正义了。这种意识形态的丧失和对法律结构的信仰的缺失，归根结底的原因就在于国际金融巨头及其赚取快钱的政策，还有制度的腐败。不可否认，要想让上层阶级腐败并不困难，因为就连军队甚至还有工会的领导者们都从他们从事的每一次商业交易中收取了或多或少的回扣。与此同时，高利贷者的关注点只是不要让他们的利息变少了。即使在军事独裁统治的恐怖结束之后，阿根廷的金融和智囊力量看似已经被榨取干净了，但是那些高利贷者们还是从中赚取了巨额的利润。在1980年至2000年之间（根据世

---

① 指斯威夫特《格列佛游记》对效仿飞岛国勒皮他（Laputa）用抽象的理论处理实际事物的国家巴尔尼巴比（首都拉格多）的讽刺。该地居民不事生产，只学到勒皮他的数学知识的皮毛，却沾染了十足的轻浮之风，其中最精英的学院叫做"伟大的拉格多科学院"（the Grand Academy of Lagado），还有很多类似的"设计家科学院"（参见《格列佛游记》第三卷4—6章）。曼古埃尔意指拉格多科学院的一项令人喷饭的研究："八年以来他都在埋头设计从黄瓜里提出阳光来，密封在小玻璃瓶里，在阴雨湿冷的夏天，就可以放出来使空气温暖。"（参见乔纳森·斯威夫特著，《木桶的故事 格列夫游记》，主万、张健译，人民文学出版社，2000年，第336页。）

界银行《2011年世界发展计划书》），借款给拉丁美洲政府的私人放款人获得了比他们的贷款高出一千九百二十亿美元的钱款。在这些年份里，国际货币组织借给拉丁美洲七百一十三亿美元，获得八百六十七亿美元的偿还款，实现总利润一百五十四亿美元。

早在五十多年前，庇隆（Perón）长期担任阿根廷总统期间，他就像迪士尼的史高治叔叔（Uncle Scrooge）①一样喜欢吹牛。他吹嘘说，他"再也没法沿着中央银行的走廊走路了，因为里面挤满了金锭"。但是在1955年庇隆逃离了这个国家之后，中央银行的走廊里面空无一文，庇隆本人却出现在了国际金融界列出的世界上最富有之人的名单上。庇隆统治结束之后，盗窃案件接续发生并且持续增加。国际货币基金组织多次向阿根廷提供的援助资金，被同样一堆著名的痞子中饱私囊：牧师、将军、商人、企业家、国会议员、银行家、参议员。他们的名字在每个阿根廷人那里都耳熟能详。

国际货币基金组织拒绝再向阿根廷继续提供援助的原因，是担心这笔钱再次被洗劫一空（盗贼们彼此之间都太过清楚彼此的惯习了）。这对数以千万计的阿根廷人来说，根本不是什么好事，他们没有任何东西可以吃，没有房子可以安睡。在很多社区，人们重新开始了以物易物的易货交易。一段时期内，黑市（parallel economy）也让他们活了下来。就像烘焙和缝纫一样，诗歌成了一种货币：作家会用一首诗，换取一顿饭或者一件衣服。曾经有一段时间，这种临时系统奏效了。然后放高利贷的人又回来了。

---

① 史高治·麦克老鸭（Scrooge McDuck），别名史高治叔叔（Uncle Scrooge）或者叫"小气叔叔"，是迪士尼公司创作的经典漫画角色之一他的名字Scrooge源于狄更斯首创的二百一十三个英文词语之一。在《圣诞颂歌》中，一位名叫埃比尼泽·斯克鲁奇（Ebenezer Scrooge）的人物是个彻头彻尾的守财奴，由此Scrooge一词成了"吝啬鬼"的代名词。在二十世纪七十年代，由该词派生出来的Scrooge-like也开始在英语中使用，表示"吝啬"的意思。在本译本第301页，曼古埃尔提到了《圣诞颂歌》中的吝啬鬼埃比尼泽·斯克鲁奇。

但丁穿过黑暗森林,受到三只野兽的威胁。木刻描绘的是《地狱篇》第一章,带有克里斯托福罗·兰迪诺的评论,1487年印制。(贝内克珍本书[Beinecke Rare Book]和手稿图书馆[Manuscript Library],耶鲁大学)

第十三章 我们能够拥有什么？ 293

> 欲望，这一头贪心不足的饿狼，
> 得到了意志和权力的两重辅佐，
> 势必会把全世界供它的馋吻，
> 然后把自己也吃去了。
> ——莎士比亚,《特洛伊罗斯与克瑞西达》
> 1.3.119—124 ①

当时的历史学家对曼弗雷德的态度不如对但丁来得宽容。在十四世纪末期，列奥那多·布鲁尼（Leonardo Bruni）② 强调说，曼弗雷德实际上是"一个小妾的后代，虽然他的亲戚们反对，但是曼弗雷德还是得到了贵族的名字"。跟曼弗雷德几乎同时代的乔万尼·维拉尼（Giovanni Villani）③ 写道："他和他父亲一样荒淫……在小丑、皮条客和妓女的陪伴下非常高兴，总是穿着绿色的衣服。终其一生，他挥霍无度，（又及）他是个不关心上帝和上帝的圣徒的伊壁鸠鲁主义者，仅仅是

---

① 中译采用：莎士比亚著,《特洛伊罗斯与克瑞西达》，第一幕第三场，收入:《莎士比亚全集》(增订本)第2卷，朱生豪译，译林出版社，1998年，第294页。
② 列奥那多·布鲁尼（1370—1444），意大利文艺复兴时期人文主义者和历史学家，曾任佛罗伦斯执政官、教皇秘书。
③ 乔万尼·维拉尼（1276—1348），意大利银行家和外交官，他撰写了有关佛罗萨历史的《新编年史》（Nuova Cronica）。他还是佛罗伦萨的政治家，但后来因工作的一家贸易公司破产而名声不振，锒铛入狱。

为了身体的享乐。"[1] 但是曼弗雷德的罪愆，就像斯塔提乌斯的罪愆一样（后来还有更多这样的人），似乎只是挥霍，而不是贪婪。

出现在但丁离开黑暗森林、试图攀登美丽山峰路途上的三只野兽，维吉尔会告诉但丁，其中有一只是"母狼"。激起但丁写作这三只野兽的灵感，来自《旧约》的《耶利米书》，这三只野兽被召唤出来惩罚耶路撒冷的罪人："因此，林中的狮子必害死他们；晚上（或译：野地）的豺狼必灭绝他们；豹子要在城外窥伺他们。凡出城的必被撕碎；因为他们的罪过极多，背道的事也加增了"（《耶利米书》5：6）。一如既往，凡是但丁提到的生物和他描述的地方，都是曾经真实的事物或者真实事物的象征。他的描绘绝不仅仅是象征性的：它们总是允许人们对其进行各种层次的解读，这也是但丁在写给斯加拉大亲王康格兰德的信中鼓励的阅读他诗作的方式，他在信中阐述了他的诗歌的写作计划，还说他的读者应该从字面释义法开始，然后是寓意释义法、道德释义法，还有寓言释义法或者神秘释义法。[2] 不过，甚至连这种多层次的阅读，都是不够的。

第一只野兽是一只豹子或猎豹，"僄疾的猛豹／全身被布满斑点的皮毛覆裹"，根据古罗马传统，就像狗代表欲望一样，作为维纳斯的猛兽，这第一只野兽在但丁的动物之中，是一种色欲的隐喻，代表我们自我放纵的青年时代里引诱着我们的诱惑。第二只野兽是一只狮子，"饿得凶相尽显，／这时正仰着头"，这只狮子就不是圣马可的象征了，它是骄傲的象征，国王的罪愆，它们将在我们的成年期临到我们身上。第三只野兽是一只母狼。

> 然后是一只母狼，骨瘦如柴，
> 躯体仿佛充满了天下的贪婪。
> 就是她，叫许多圣灵遭殃受害。
>
> 这头母狼，状貌叫人心寒。
> 见了她，我就感到重压加身，
> 不敢再希望攀爬眼前的高山。[3]

到目前为止，但丁的情绪在希望与恐惧之间摇摆：害怕森林，但是后面的高峰闪烁着安抚人心的光芒；想象淹没在深海之中，又感觉在岸上获救；害怕豹子，但又直觉到自己遇见这头野兽之后或许会在晨曦之中遇到一点好事。直到遇到母狼，但丁感到他可能无法安全到达山顶了。因此，就在维吉尔出现来引领他之前，但丁发现自己已然失去了希望。

如果豹子的罪愆代表那些自我放纵之人的罪愆，狮子代表那些缺乏理性之人的罪愆，那么母狼的罪愆代表的就是贪欲之人的罪愆，渴望空虚的东西，追求尘世的财富，超过了对天堂救赎的向往。保罗的同伴提摩太写道："贪财是万恶之根。有人贪恋钱财，就被引诱离了真道，用许多愁苦把自己刺透了。"（《提摩太前书》6：10）在通往救赎的道路上，但丁受到了这种贪婪饥饿的诱惑，不是用具体的物质来诱惑他，而是通过尘世之中的名声来诱惑他——通过财富产生的名声，通过占有获得的承认、来自他的同胞的赞誉——所有的这些隐秘的渴望，都将他拖回到了黑暗森林的边缘，并且重重地把他压垮，所以他不再能够期待精神的上升。但丁知道他还犯下了许多其他的罪愆——他年轻时候的欲望，这让他从对贝缇丽彩的记忆，转向了对另一个女人的渴望；还有永远不会完全缺席的反复出现的骄傲，即使在他与死者谈话时也会出现，直到他在伊甸园中被贝缇丽彩训诫为止。但是母狼的罪愆却属于另一种罪愆，这种罪愆不仅威胁到了但丁，还威胁到了整个社会，甚至威胁到了整个世界。为了免受威胁，维吉尔告诉但丁，他必须选择走另一条道路：

> 这只畜生，曾令你惊叫呼号。
> 她守在这里，不让任何人上路。
> 过路的会遭她截杀，不得遁逃。

> 这畜生的本性，凶险而恶毒，
> 贪婪的胃口始终填塞不满，
> 食后比食前更饥饿，更不知餍足。[4]

但这种可怕的欲望之罪愆究竟是什么呢？没有任何罪愆是独一无二的；所有罪愆都可以相互混合，互相依赖。对一个错误对象过度的爱导致贪婪，贪婪是一些其他的恶习的根源：贪婪、高利贷、过度浪费、无以遏制的野心，以及还有这些都加在一起，对那些阻止我们得到我们想要的东西的愤怒，和对那些拥有的东西超过我们自己的人的嫉妒。因此，母狼的罪愆有很多个名字。圣托马斯·阿奎那（再次成为但丁的道德法则无可避免的源泉）这次引用了该撒利亚的圣巴西里乌斯（Saint Basil）①，他注意到："这是饥饿男人的面包，你拥有它；这是赤裸男人的斗篷，你拥有它；这是继续用钱的男人的金钱，你拥有它；但是你却尽你所能地挥霍着你本来可以用来救赈的东西。"正如阿奎那补充说的，欲望或贪婪，一方面包含了不公正地获得或者保有其他人的财物，违背了正义；而另一方面它意味着一种对财富的过度的爱，将对财富的爱置于慈爱（charity）之上。虽然阿奎那辩称，当对财富的爱不再胜过对上帝的爱时，贪婪就不是一个致命的罪愆，而是一个轻微的罪愆。他总结说"对财富的欲望，恰当地说，给心灵带来了黑暗"。如果骄傲是反对上帝的最大的罪愆，那么贪婪就是反对全人类的最大的罪愆。这是一种与光明相背离的罪愆。5

在但丁的宇宙论中，贪婪的位置是根据贪婪的程度而定的。在地狱的第四层，可以找到贪婪者和挥霍者的位置；在第六层，可以找到抢劫人民的暴君和抢劫人们的暴力的亡命之徒的位置；在第七层，可以找到高利贷者和银行家们的位置；在第八层，可以找到普通盗贼、出卖过教会职位和公职的罪人的位置；在第九层是最大的叛徒，撒旦（路西法），他垂涎上帝本身的终极力量。然而在炼狱之中，这个体系则颠倒了过来（因为上升意味着从最差到最好），这里面有一些新的贪婪的变种和贪婪的后果。在炼狱的第二层，可以找到嫉妒者；第三是愤怒者；第五层是贪婪者和挥霍者。

---

① 该撒利亚的圣巴西里乌斯（Καισαρείας Βασίλειος, 330—379）也称为大圣巴西里乌斯（"Αγιος Βαβίλειος ὁ Μένας），是四世纪该撒利亚主教，卡帕多奇亚教父之一，捍卫正统尼西亚教义。

贪婪者的惩罚和涤罪有很多方式：在由财富之神普路托斯守卫（维吉尔称之为"这只恶狼"）的地狱第四层，贪婪者和挥霍者的数目比别处都多，他们从相反的方向吼叫着，用胸膛把一块块的巨物滚挪，再迎面相撞，在相撞的一刻转身过来，把巨物向后推动，大喊大叫着"干吗要挥霍？"，还有"干吗要吝啬？"。就这样，他们在阴暗的圆坑中转身，各自绕回对面的位置，一再喊着那句话向彼此讽诵。但丁注意到，这里面受到惩罚的灵魂大多削了发，维吉尔解释说他们是一些教士、教皇和红衣主教。可是但丁并没有认出他们之中的任何一个人来，因为正如维吉尔所说的，"你在徒然空讲。/盲目的一生使他们肮脏得面目/模糊，再无人认得他们的形象"。维吉尔继续说道，他们嘲笑财富之神所拥有的东西，而现在"即使把月下现有的黄金合并，/再加上古代的藏量，都不能给这伙/倦魂中的任何一个人带来安宁"。人类无法理解上帝的智慧，上帝允许地上的财富在人和人之间分配和再分配，使得其中一些人富起来，另一些人穷下去，这个过程无止无尽，变动不居。[6]

"贪婪"（avarice）是《神曲》中一个经常出现的主题；而挥霍（spendthrifts）的罪愆并没有得到多少讨论。不过斯塔提乌斯的例子是例外。在炼狱中，维吉尔相信斯塔提乌斯已经因为贪婪而受到了谴责，并问他的诗人同行，像斯塔提乌斯这样的男人怎么会犯下这样的错误呢。斯塔提乌斯微笑着解释说，他的罪愆恰恰相反。

> 之后，我知道，我们的手，舒展
> 翅膀挥霍时会张得太大，结果
> 我后悔莫及，如后悔余罪一般。[7]

然后浪费（prodigality）这个主题就被抛在了一边，但丁后来还进一步追溯了贪婪这个主题。在财富之神的神秘运作之中，有些人不仅仅贪婪，他们还试图从别人的痛苦之中获利：在地狱之中遇到贪婪者之后，再往下走三层，但丁就会遇到这些人。从深渊之中召唤出有翅膀的怪兽格里昂（Geryon）以后，维吉尔告诉但丁说，当他指示怪兽格里昂如何带他们下降的时候，但丁应该去跟那群蜷缩在燃烧的沙滩边上的人们交谈一下。

> 他们的痛苦，使他们睚眦欲裂；
> 双手在左挥右拍；一会儿拨抛
> 炎土，一会儿想把烈火抓灭。
>
> 就像一些狗只，在夏天遭到
> 跳蚤、苍蝇或牛虻咬叮，
> 一会儿用嘴，一会儿用爪去抵搔。⁸

这是维吉尔第一次（也是唯一的一次）派但丁自己去观察一群罪人，可是但丁并没有认出他们中的任何一个来，正如他之前在贪婪的圈层里也没有认出那些罪人是谁一样。坐在燃烧的沙滩上，这些眼睛固定在地上的罪人是银行家，犯了高利贷的罪愆：他们的脖子上挂着带有他们家庭纹章刺绣的钱袋子①。其中一个罪人说他来自帕多瓦，他告诉但丁，在他周围的人都是佛罗伦萨人。这一段话很短，似乎聚焦在这些有罪而受谴责的灵魂身上是不必要的，而且但丁还是完全以鄙视的态度对待他们的。他们就像失去了理智的野兽，被囚禁在他们的贪婪之中。他们的姿势就像是绣在他们自己的钱袋子上的动物一样，一个人的钱袋子上绣了一只狼吞虎咽的大雁，另一个人的钱袋子上绣了一头贪婪的鹅——但丁在这里看到，他们就像是比萨人（Pisan）②，像一头在舔舐

---

① 黄国彬先生翻译成"囊"，本译本第401页采用此译法。此处为便于理解，直译为"钱袋子"。

② 指《神曲·地狱篇》第三十三章76行提到的比萨人，出卖比萨城堡的乌戈利诺伯爵（Ugolino della Gherardesca, 1220—1289）的儿子，这个阴魂"继续用利齿咬噬那可怜的颅骨"。（参见但丁·阿利格耶里著，《神曲1·地狱篇》，黄国彬译注，外语教学与研究出版社，2009年，第492页。）

自己鼻子的牛。

高利贷是违反自然的罪愆,因为它们是依靠无法孕育的东西增长的:金和银。高利贷者们的活动是以钱生钱,它既不扎根在泥土里,也不扎根在照顾他们的同胞的活动里。因此对他们的惩罚就是让他们永远盯着地面,他们把财富弄到手的地方,然后他们还要在别人的陪伴下感受到失去。但丁的同时代人锡耶纳的格拉德(Gerard of Siena)① 写道,"高利贷是邪恶的,与邪恶相伴相生,因为高利贷使得一个自然的东西超越了它自身的本质,使得一个人为的东西超越了创造它的技能,这是完全违反自然的"。锡耶纳的格拉德的论点是,自然事物——油、酒,还有粮食——都具有自然价值;人造的东西——硬币和金银锭子——其价值按照重量来测量。高利贷同时篡改了这两者,为前者设定更高的价格,并要求后者不断违背自然地增加自己。高利贷与劳作(work)正好相反。十五世纪的西班牙语诗人豪尔赫·曼里克(Jorge Manrique)② 认识到,在这个区分了"靠手吃饭的人们/,和富人"的世界,只有死亡才能使我们变得平等。[9]

教会严厉地看待高利贷行为。从1179年第三次拉特兰大公会议(the Third Lateran Council)③ 到1311年维埃纳大公会议(Council of Vienna)④,教会都命令将高利贷者逐出教籍,不能举行基督教葬礼,除非他们首先退还债务人的利息,并禁止地方政府宣布高利贷者的活动合法。这些宗教处方具有古代犹太人拉比律法的根源,古代犹太人的拉

---

① 中世纪意大利经院哲学家,最初在意大利学习,然后到锡耶纳和巴黎大学教书,1330年左右返回意大利,在博洛尼亚大学和锡耶纳大学讲课,直到1336年左右去世。最有名的著作是对彼得·伦巴德《箴言四书》第一卷的评注,这个评注本目前大概有三十个抄本留存下来。

② 豪尔赫·曼里克(约1440—1479),西班牙文艺复兴时期的诗人和军人。他写作的抒情诗以及一首悼念其父罗德里戈·曼里奎的挽歌《祭父词》(Coplas por la muerte de su padre)于他死后出版。

③ 第三次拉特兰会议是天主教会于1179年3月召开的第十一次大公会议,由教宗亚历山大三世主持,共有三百零二位主教参与。

④ 维埃纳公会议是1311年至1312年在法国里昂付近的都市维埃纳举行的第十五次天主教大公会议。教宗克莱门五世在法国国王腓力四世的强力施压下,命令圣殿骑士团解散。

比律法严令禁止犹太人向同胞收取利息（虽然可以向非犹太人收取利息）。与之相呼应的是，圣安布罗修有点措辞激烈地写道："你没有权利收取利息，除非你是那位有权生杀予夺的人。"圣奥古斯丁认为，收取利息在任何情况下都不亚于将抢劫合法化。然而，虽然理论上高利贷既是一种罪恶，又是一种宗教罪行，但是实际上在中世纪意大利蓬勃发展的货币经济实践中，这些禁令几乎没有得到任何维护。例如，佛罗伦萨公民时不时会被迫以5%的利率借钱给他们的政府。律师和会计师找到了绕过反高利贷的法律的方法，比如提供虚构的销售文件，将贷款视作投资，或者在法律自身之中寻找漏洞。[10]

在欧洲，我们可以把教会反对高利贷的法律，视为要创造一种经济理论的尝试。它取决于这样的假设，即取消贷款利息将会使所有人都可以享受"消费信贷"。尽管教会之中存在着这些绝妙的禁止高利贷的意图，但是实际上的例外情况（正如但丁所明确表示的那样）却远远超过了理论的规则。在反高利贷的政法颁布三个世纪之后，教会改变了策略，解除了放贷的限制，允许放贷者收取适度的利息。然而，高利贷仍然继续被人们视为既是一个道德问题，也是一个实际问题，尽管梵蒂冈的银行业务在不断增长，但是对高利贷作为一种罪恶的谴责从未停止。[11]

高利贷一直是一个备受欢迎的文学主题，至少在盎格鲁-撒克逊人的世界之中如此，比如狄更斯笔下的埃比尼泽·斯克鲁奇就是高利贷形象最著名的文学化身。正如《神曲》一样，《圣诞颂歌》（*A Christmas Carol*）① 分为三个部分，就像但丁一样，埃比尼泽·斯克鲁奇进入每个部分都是通过精灵引导的。《神曲》让但丁目睹了罪人的惩罚，还有他们如

---

① 《圣诞颂歌》最初于1843年出版发行，是狄更斯第一本也是最有名的一本关于圣诞节的书。这是一篇寓言，讲的是冷酷无情的守财奴埃比尼泽·斯克鲁奇在圣诞前夜，先是见到已故的合伙人雅各·马莱的鬼魂，又在同一晚见到三个造访的魂灵——圣诞的过去之灵、现在之灵和未来之灵——每个魂灵都让埃比尼泽·斯克鲁奇看到他自己过去的行径，让他明白，他的厌世之举给他人带来了何等深重的伤痛。

何洗涤罪恶和赎罪。在《圣诞颂歌》中,埃比尼泽·斯克鲁奇的出场也有点类似这三个步骤:罪人的惩罚,涤罪的机会,还有救赎的可能性。但是在《神曲》中的罪愆有很多,狄更斯《圣诞颂歌》故事里面的罪只有一个,就是贪婪,贪婪是所有其他罪愆的根源。贪婪使得埃比尼泽·斯克鲁奇抛弃了爱情,背叛了朋友,抛弃了亲情,背弃了整个人类。跟他订婚的年轻女子又将他从订婚的誓言之中解放了出来,她说"一个金子做的偶像"取代了她,进入了他的心。而埃比尼泽·斯克鲁奇则以银行家的逻辑回答说:"这就是这个世界所谓的公正?比起贫穷,没有什么得到过更刻薄的掠夺;对于努力追求财富一事,又人人装作义愤填膺地喊打。"[12]

埃比尼泽·斯克鲁奇被每个人避而远之,即使是最友善的导盲犬也避之唯恐不及。"这正是,"狄更斯说,"他所喜欢的东西。在拥挤的人生道路上沿着他的方向前进,警告所有具有人类同情心的人离他远点。"他是"一个狭隘、扭曲、吝啬、琐碎、执拗、贪婪的年老罪人",他的罪愆谴责他是一个被抛弃的人,就像那些身处地狱第七层边缘的银行家一样,被圈在他们单一的痛苦之中。他悲惨的生活是对隐士和神秘主义者所追求的沉思生活的拙劣模仿,四世纪埃及的马卡里乌斯(Macarius of Egypt)[①]声称这些人们"与上帝一同喝醉",而他的劳作(数钱)才是对真实劳动的模仿。[13]

狄更斯是关于劳作生活的伟大编年史家,他也是一位愤怒于银行家和官僚阶层无聊劳动的批评家。在《小杜丽》(*Little Dorrit*)中,有一个财务员麦尔利先生(Mr. Merdle),他是一个"拥有巨大资源的人——巨大的资本——政府的影响力"。他的资源是:"最好的计划。它们很安全。它们很确定。"只有在他毁掉了成百个这样的计划之后,人们才认识到麦尔利先生"是一个完美的流氓……当然,非常聪明!一个人很难不欣赏这个家伙。他一定是这样的一个骗子界的高手。他很知道人们——

---

① 埃及的马卡里乌斯(300—391)是一名埃及基督教僧侣和隐士,他也被称为"长老马卡里乌斯""大圣玛加里"或"沙漠之灯"。

如此完全地掌控他们——他跟那帮人做了那么多事情"！[14] 现实生活中也有一位麦尔利先生，他叫伯纳德·麦道夫（Bernard Madoff）①，这个男人从 2010 年的经济危机之中获取了巨额利润，欺骗了很多的人。不同于无忧无虑的麦道夫先生，麦尔利先生在他的计划失败之后羞愧地割喉自尽。但是在这个世界上的其他麦尔利先生们却继续相信着这个信条：金钱是一种能够因为其自身的目的而获取的"善好"的象征。

金钱是一个复杂的象征。诺贝尔经济学奖获得者保罗·克鲁格曼（Paul Krugman）在他为《纽约时报》撰写的专栏之中，曾经列举出了三个例子来解释金钱所具有的迷宫般的表象。[15] 第一个例子是巴布亚新几内亚的一个露天坑，波尔盖拉金矿（the Porgera gold mine），这个金矿因侵犯人权和破坏环境而臭名昭著，但是自从 2004 年以来黄金价格增长了两倍以后，这个金矿还在被开采。第二个是虚拟矿，在冰岛雷克雅奈斯半岛（Reykjanesbaer）的比特币矿，它使用数字化的货币"比特币"，人们买比特币是因为他们相信未来别人还会愿意买它。"就像黄金一样，比特币可以被挖出来，"保罗·克鲁格曼说，"你也可以创造新的比特币，但是需要解决非常复杂的数学问题，运行计算机需要大量的运算容量和大量的电力。"在比特币矿这个例子中，真正的资源都被用来创造一些没有明确用途的虚拟对象了。

金钱的第三种表象的例子是一个假设性的例子。保罗·克鲁格曼解释说，在 1936 年，经济学家约翰·梅纳德·凯恩斯（John Maynard Keynes）主张，需要扩大政府支出以恢复充分的就业。但是在那个时候，就像在现在一样，对这一建议有很强烈的政治反对声音。凯恩斯言不由衷地反讽，并且提出了一个替代性的方案：让政府在废弃的煤矿里面埋葬一堆装了现金的瓶子，然后再让私营部门自己花钱去把它们挖出

---

① 伯纳德·劳伦斯·麦道夫（Bernard Lawrence Madoff, 1938—2021）是美国金融界的经纪人，前纳斯达克主席，后开了自己的对冲基金——麦道夫对冲避险基金，作为投资骗局的上市公司。他设计的一个庞氏骗局，令投资者损失五百亿美元以上，其中包括众多大型金融机构。麦道夫的骗局曾在美国证券交易委员会等机构的监管之下长期运作而未被察觉。

来。这种"完全无用的支出"将使国民经济"极大地提升"。凯恩斯的观点还走得更远。他指出，现实中的金矿开采，实际上跟他说这个替代性的方案非常类似。挖掘黄金的矿工费尽力气从地底下挖出现金，但是现金其实可以无限量地生产出来，因为印刷机基本上没有任何成本。大部分黄金刚被挖出来，转头就进了纽约联邦储备银行（Federal Reserve Bank of New York）的保险柜。金钱只是具有虚拟的意义：金钱已经成了自我指涉之物，就像但丁笔下的银行家们挂在脖子上的钱袋子一样，反映他们主人的身份，并且反之亦然。金钱创造了高利贷，高利贷又是钱生钱。

但是，我们对金钱的痴迷又从何而来呢？金钱是什么时候发明的？我们最早的著作并没有提到造币，只有物物交易、货物和牲畜的清单。考虑到这个问题，亚里士多德认为，金钱起源于自然的以物易物：人们需要不同的物品，不同的物品之间需要进行交换，但是由于很多物品不容易运输，所以人们发明了金钱来作为交换的手段。"最初，金钱的数量取决于大小和重量，"亚里士多德写道，"但最终金属片被盖上了印章。这就使得称重和度量不再必要了。"一旦某种东西被规定为货币，亚里士多德继续说道，货物交换就变成了贸易，具有货币利益的商业活动就更关注铸币类型的金钱，而不那么关注于产品的买卖了。"确实，"亚里士多德总结道，"财富往往被视为一堆钱，因为赚钱和贸易，就是为了赚到这样的一堆钱。"虽然对于亚里士多德而言，出于统治的目的赚钱可能是必要的，但是如果金钱导致了高利贷的活动，那么金钱就成了有害的东西，因为"所有获得财富的方式之中，高利贷是最违反自然的行为"。对亚里士多德而言，这种荒谬性在于混淆了手段和目的，或者混淆了工具和工作。[16]

在《爱的飨宴》中，但丁以不同的眼光分析了这种荒谬性。[17]在讨论通往幸福的两条道路（沉思的生活和行动的生活）之间的区别的时候，但丁提到了《路加福音》十章马利亚和马大的例子。与那些假装过着行动生活却实际上并没有投入任何真正劳动的赚钱人的劳动不同，马利亚的工作非常出色，甚至与她不停做家务劳动的姐姐马大相比也是如此。但丁拒绝认为手工劳作比知识工作更优越，他把这两种工作都比作蜜蜂的工作，蜜蜂不但生产蜜蜡，也生产蜂蜜。

根据路加的记载，逾越节前六天在伯大尼，马大和马利亚为了感谢耶稣将她们的兄弟拉撒路由死里复活，举办了一次宴席。当马大在厨房干活儿的时候，马利亚坐在她们的客人耶稣的脚前，坐听他讲道。马大的活儿太多不堪重负，要马利亚去厨房帮她干活。但是耶稣说："马大！马大！你为许多的事思虑烦扰，但是不可少的只有一件；马利亚已经选择那上好的福分，是不能夺去的。"但丁将阐释基督的话语作为一种手段，来说明每一种道德德性都来源于选择正确的部分，无论所选择的是什么，这是根据每个人是谁来分配的。对于马利亚来说，"那上好的福分"就是坐在她的救主的脚下，不过但丁同样也并没有摒弃掉马大所面对的烦恼和困扰。

发生在伯大尼这户人家里面的场景，为几个世纪以来的阐释者们投下了阴影。基督徒和非基督徒们都把那些每天忙于日常劳作的人和那些被服侍的人区分开来，因为后者总被认为是具有更高的地位和更富有精神意涵的。最初这种在行动的生活和沉思的生活之间的二分法被人们理解为是精神性的，但这种二分法很快又被理解为（或被误解为）两种人之间的区分，一种是那些享有特权的人，他们或者靠近神圣或（世俗的）权力，或者就拥有这种权力，另一种是在世界各地的厨房和血汗工厂里面奔波劳作的人们。

拉撒路的妹妹马利亚以她的多种形象被人们所尊崇：王者、有权势的人、聪明的人、神秘者、教士和英雄人物，所有这些都是属于那种命运已经分配给他们"那上好的福分"的人。但是马大也永远不会缺席。马大坚持着每天提供食物、饮料和舒适的工作，而她不显眼的生活，随同埃及法老出现在华丽的行宫里，出现在记叙了中国皇帝的浩瀚的竹简里，嵌在了庞贝富人庭院的马赛克里，画在《圣母领报》

（Annunciation）的背景里，在伯沙撒（Belshazzar）①的盛宴上面给人倒酒，半藏在罗马式教堂的柱子后面，在多贡人雕刻的拱门上与坐着的神祇构成对照。但丁从未忘记那些"用手劳作"的人：在《神曲》中，我们有时遇到在尼德兰建造堡垒的泥瓦匠、在威尼斯军舰厂里修补舰船的沥青锅炉匠、命令学徒用钩子把大肉块钩到大口锅里面去的厨师、被霜冻覆盖了他们早前种下的作物的绝望农民、骑兵营里的士兵（但丁本人肯定也曾经当过骑兵）。

中世纪晚期在欧洲第一次出现把工人活动作为明确主体的绘画，不再把铁匠或者渔夫描述为"火神的锻造厂"（Vulcan's Forge）②或"捕鱼的神迹"（The Miraculous Catch）③的相伴随的从属形象，而是把他们作为明确的主体，我们可以认为这种转变是跟后封建社会开始使用文献记录自身转变同时发生的。在著名的十五世纪的插画手稿《贝里公爵的豪华时祷书》（Les Très Riches Heures du Duc de Berry）④之中，每张月份插画，都描绘了农民、木匠、牧羊人和收割者，他们都在从事他们的劳作活动，这些画与其说是在描绘不断变化的季节，不如说这是这些甘于劳作的社会成员们的自画像。它们是第一次具体地把劳作生活之中的某个特定时刻展现出来的尝试。

---

① 伯沙撒（？—公元前539）是新巴比伦王国的最后一位统治者（严格来说是共同摄政王），那波尼德斯之子。他与波斯人居鲁士作战的失败导致了巴比伦王国的灭亡。《但以理书》第五章记载了关于他的一些事迹，但是后人质疑此记载的真实性。

② "火神赫淮斯托斯的锻造"是一个经典神话形象，卡拉瓦乔有一幅名叫《火神的锻造厂》的画作。

③ 耶稣首先招收的使徒是加利利海边的渔夫西门彼得和他的兄弟安德烈，然后是西庇太的儿子雅各、约翰兄弟俩，耶稣对他们说："来跟从我，我要叫你们得人如得鱼一样。"《路加福音》记载，在耶稣呼召使徒西门时为众人展现了第一次捕鱼奇迹。耶稣让常年碰运气打鱼的西门彼得奇迹般的获得了满满一网鱼。《约翰福音》中还记载了另一次捕鱼奇迹，发生在耶稣死后复活之后。两次捕鱼奇迹都在艺术作品和文学作品中展现，第一次捕鱼奇迹时耶稣在船上，第二次捕鱼奇迹时耶稣在岸上。

④ 《贝里公爵的豪华时祷书》或《贝里公爵豪华日课经》，又称《豪华时祷书》《最美时祷书》，是一本于中世纪发表的法国哥特式泥金装饰手抄本，内容为祈祷时刻所做祈祷的集合。该书由林堡兄弟为赞助人约翰·贝里公爵而作，创作于1412年至1416年。

卡拉瓦乔也许是第一批改变从文学中借鉴素材这种绘画传统做法的画家之一。尽管表面上他把无产阶级模特作为构建圣经中的戏剧场景的演员，但是事实上圣经场景成了一幅展现普通劳作场景的借口。卡拉瓦乔的这种设计如此明显，里面包含的明显意图如此令人震惊，所以（据说）在1606年，加尔默罗会拒绝了他们委托他画的《圣母安息》（Dormition of the Virgin），因为卡拉瓦乔用一名在台伯河上自溺的年轻怀孕妓女的尸体做绘画模特。观众在看这幅画的时候所看到的并不是绘画的题名所说的圣母最终的安息，而是看到了一具起初被社会剥削然后被社会遗弃了的怀孕女性的死尸。（还有一个类似的丑闻是在1850年由约翰·埃弗雷特·米莱斯［John Everett Millais］①绘制的画作《基督在双亲家里》［Christ in the House of His Parents］被禁引发的，查尔斯·狄更斯等人攻击这幅画作，因为这幅画作敢于把神圣家族表现为一个普通木匠的血肉之家［像马大那样］，而不是将神圣家族作为一个沉思的精神共同体［像马利亚那样］）。[18]

直到印象派的探索开始，劳作才成了为其自身之故而存在的东西，以其日常的英雄主义和悲剧性内涵，成了一个值得在画作之中表现的主题。维米尔（Vuillard）的女裁缝、莫奈的女服务员、图卢兹-罗特列克（Toulouse-Lautrec）的洗衣女，以及后来意大利分割画派（Italian Divisionism school）②描绘工人斗争的画作，他们都推动了一个看上去即便不是那么全新、但也终于走上了时代舞台的主题。在这些画作之中，人类的劳作不仅得到了表现，而且画家还会对此有所评价，画家们不但评价人类劳作这种活动本身，还评价这种人类劳作的后果（剥削和

---

① 约翰·埃弗雷特·米莱斯（1829—1896），英国画家，"拉斐尔前派兄弟会"最早的奠基者之一。

② 分割画派是新印象派绘画的特征风格，将颜色分离成与光学相互作用的单个点或贴片，通过要求观察者以光学方式组合颜色，而不是物理混合颜料，分割画派画家认为它们在科学上可以实现最大的光度。乔治·修拉（Georges Seurat）于1884年创立了这种色彩变化的风格，分割主义与点彩画是共同发展的，点彩画是通过使用点的油漆定义来进行分割的，并不一定专注于颜色的分离。

疲惫)、原因(野心或饥饿),以及附带到来的悲剧(偶然事件和武装镇压)。其中很多这样的绘画都披上了多愁善感或浪漫化的外衣,但1917年十月革命之后,这些意象在俄罗斯画作中只有装饰性价值,在苏联和后来中国当代艺术之中的画作则只有纯粹的图形价值。在共产主义美学中,这些画作失去了其中大部分的反抗特性。从某种意义上说,它们还重新恢复了中世纪早期画作之中描绘的劳动者所具有的非人化的角色。政治图像和商业广告图像对劳作的刻画,成了一种对马大劳作的模仿,就像高利贷成了一种对马利亚劳作的模仿一样。

但是,摄影是一种自从莫奈的时代开始应用的技术,它使得观者以一种居高临下的姿态去理解马大的劳作图景。使得观者站在审视的位置上,(广告领域之外的)照片塑造了劳动者活动的框架,这种照片既是一种文献,同时也成了一种审美对象,这种图片既需要一种政治背景的叙事,同时也遵循各种不同的构图和光线的规则。在老彼得·勃鲁盖尔(Breughel)①的画作《巴别塔》(*Tower of Babel*,这幅画作一共有三个不同的版本)之中,十六世纪爬在梯子上的小泥瓦匠们在观者眼中与其说是在受到奴役,不如说他们更多地共同构成了圣经叙事的集体元素。继老勃鲁盖尔之后,又过了四个世纪,巴西摄影师塞巴斯蒂昂·萨尔加多(Sebastião Salgado)②展出了一系列老勃鲁盖尔风格的照片,在亚马逊河床的一个可怕的采石场的墙壁上,赤贫的淘金者们蜂拥而至。看到这样的照片,观者只可能产生一种解读,就是这些淘金者都是 些受害者,是我们这个时代中那些受到谴责而处身尘世的地狱之中的人类。在塞巴斯蒂昂·萨尔加多早期的一次展览中,他引用了但丁对受到谴责的灵魂的描述,那些受到谴责的灵魂聚集在冥河(Acheron)的河床边:

---

① 老彼得·勃鲁盖尔(Pieter the Elder Breughel,约1525—1569),文艺复兴时期布拉班特公国的画家,以地景与农民景象的画作闻名。1559年,他省略名字Breughel当中的"h",而在作品上署名Breugel。

② 塞巴斯蒂昂·萨尔加多(1944—),巴西社会纪实摄影师、摄影记者。他曾旅行超过一百个国家来完成他的摄影专题。

252

> 在秋天，树上的叶子会嗖嗖
> 零落，一片接一片的，直到枝干
> 目睹所有的败叶委堕于四周。
>
> 亚当的坏子孙见召，也这样从河岸
> 一个接一个的向船里投扑下坠，
> 恍如鹰隼听到了主人的呼唤。[19]

像塞巴斯蒂昂·萨尔加多那样纪录片式的照片不可避免地呼应着某些故事，这些故事使得这些照片在隐喻或寓言上具有了一种形象或者一种观点。塞巴斯蒂昂·萨尔加多照片中大量的工人大军可以与但丁地狱之中的那些受到惩罚的灵魂相比较，但他们同时也是巴比伦的建造者，是建造金字塔的奴隶，是尘世间所有汗水和痛苦浇筑的人类劳作的隐喻图像。这与观众的字面阅读不冲突，与塞巴斯蒂昂·萨尔加多的照片的真实价值不冲突，但它同时允许塞巴斯蒂昂·萨尔加多的摄影作品获得另一个层面的故事，正如但丁所争辩说的：追溯我们的历史，拯救马大的形象，否则要让它们自己浮出水面，是很困难的。

1885年奥斯卡·王尔德的儿子西里尔（Cyril）出生，1886年，他的另一个儿子维尤安（Vyvyan）出生，此后奥斯卡·王尔德为他们撰写了一系列短篇小说，这些小说后来发表在两部小说集里。其中第二部小说集叫作《石榴之家》（*A House of Pomegranates*），开头是一则叫作"少年国王"（The Young King）的故事。人们找到一名年轻的牧童，说他是王位的继承人，把他带到皇宫。在他加冕前一晚，少年国王做了三个梦，他梦到他的王冠、权杖和斗篷由"痛苦的白手"①编织，所以他拒绝

---

① 此处采用巴金先生的译文："因为我这件袍子是在忧愁的织机上用痛苦的白手织成的。红宝石的心上有的是血，珍珠的心上有的是死。"以下关于"少年国王"的引文皆采用巴金先生译文，不再分别注释。（参见奥斯卡·王尔德著，《王尔德全集》[小说童话卷]，荣如德、巴金等译，中国文学出版社，2000年，第396、398页。）

穿戴它们。为了让他改变主意,人们告诉他说,受苦就是那些人的分内事,"给一个严厉的主子做工固然苦,可是找不到一个要我们做工的主子却更苦啊"。"富人和穷人不是弟兄吗?"年轻的国王问道。"是的,"他们回答说,"那个阔兄长的名字叫该隐。"[20]

少年国王的第三个梦,梦到了死和贪婪,死和贪婪躲在一个石洞的阴处,守着一群正在热带森林之中挣扎劳作的工人。因为贪婪不会空手离开,她的骨瘦如柴的手中紧紧抓住几颗谷子,而死亡则会通过屠宰掉所有贪婪的人,来回应贪婪。这就是王尔德对于在他一个世纪之后的塞巴斯蒂昂·萨尔加多的照片所描述的场景的表述:"他看见一大群人在一条干了的河床上做工。他们像蚂蚁似的挤在崖上。他们在地上挖了些深坑,自己下到坑里去。有的人拿着大斧在劈岩石;有的人在沙里掏摸……他们你叫我、我喊你地忙来忙去,并没有一个偷懒的人。"[21]然后,在塞巴斯蒂昂·萨尔加多的照片之外,是地狱的第五层,贪婪握紧了她的拳头。

第十四章　我们如何给出事物的秩序？

即便早在我的孩童时代，我就已经开始习惯根据我的旋转地球仪上的彩色斑块来看待世界是怎么样分裂的。我学会了说"土"（earth）来表示我手里拿起的泥块，说"地球"（Earth）来表示我的老师告诉我的在太阳周围无休止地盘旋着的巨大得无法看见全貌的泥块。每次我移动，大块泥土标记着我的生活的流逝，就像一座滴答作响的时钟，仿佛时间（我的时间）可以用拳拳一握来衡量，每一握拳都是独一无二的，某个地方的某个处所，有些事情真真切切发生在我的身上。作为一个标记时间的地方，我们脚下的土地在我们的象征词汇中，意味着出生、生活和死亡的价值。

地图集、天体图、百科全书、词典，这些东西都试图规定我们所知道关于地球和天空的一切，并将其罗列出来。我们最早的书籍是苏美尔人的列表和目录，给各种事物命名、把它们分类到各种范畴之中，似乎这些行为就能让我们了解它们一样。在小时候，对书籍的排序已经向我暗示出了各种按照主题、大小、语言、作者、颜色来分类的好奇联想。在我的书架上，所有书籍的分类逻辑看上去都是成立的，每一种秩序都会把其中所包含的书籍转变成我此前从未曾注意到的某些事物。举例说，《金银岛》可以放在有关海盗主题的那堆书中，可以放进有棕色封面的书中，可以放进中等尺寸的书中，可以放进由英文写就的书中。我给予了它所有这些分类标签，但是这些标签的意思究竟是什么呢？

一些神话学研究者将"土"视为构成我们的东西,上帝通过模仿自身的形象塑造我们,并把我们分配到一个特定的地点和角色上面去;"土"同样也是我们食物的来源、我们饮水的容器;归根结底,"土"是我们回归的家园,也是我们最终尘归尘、土归土之后的去向。这些范畴都定义了"土"。在我高中时,一个古怪的老师给我们的讲述了一则禅宗故事。一位弟子问他的老师,什么是生命。老师用手抓起一把土,让它从他的手指缝中流淌而下。然后学生又问老师,什么是死亡。老师重复了相同的手势。这名弟子再问,佛是什么。老师再次重复了他的手势。弟子低头感谢老师的回答。"但那些并不是答案,"老师说,"那些是问题。"

但丁和维吉尔思考对西门派（贩卖圣职者）的惩罚，他们的头被强塞进石头洞里面。木刻描绘的是《地狱篇》第十九章，带有克里斯托福罗·兰迪诺的评论，1487年印制。（贝内克珍本书［Beinecke Rare Book］和手稿图书馆［Manuscript Library］，耶鲁大学）

第十四章 我们如何给出事物的秩序？

> 大地不争论，
> 　　不可悲，不安排，
> 不尖叫、不匆忙、不说服、不威胁、不承诺，
> 　　不歧视，不想象失败，
> 不封闭任何事物、不拒绝任何事物、不把任何人关在门外，
> 它知晓所有权力、事物和国家，不把任何人关在门外。
> ——瓦尔特·惠特曼，《草叶集》

花了好长时间去适应那些从第七层升上来的强烈得令人难以抵挡的恶臭（施暴罪在第七层受到惩罚），维吉尔和但丁躲在了一块巨大的石头后面，这块石头说自己是"教皇阿拿斯塔斯（Pope Anastasius）①之囹圄"，教皇阿拿斯塔斯因为持有异端的观点而受到惩罚。趁着等待的机会，维吉尔告诉但丁地狱底下各层的安排，这是为了让但丁为那些仍在前方的可怕区域做好准备。与这个试图扰乱和混淆神圣律法的异教徒相遇之后，维吉尔仔细描述了有序的地狱世界，我们可以把它理解成一个强有力的提醒：宇宙之中的一切事物，就像在《神曲》的宇宙之中的一

---

① 这里的教皇阿拿斯塔斯指的是教皇阿拿斯塔斯二世（Pope Anastasius Ⅱ），据说他信奉"基督只有人性，没有神性"这样的异端思想。但是但丁相信基督既有神性也有人性，因此在《神曲》中把阿拿斯塔斯打入地狱。但是也有学者指出，此处阿拿斯塔斯可能是阿拿斯塔斯一世，阿拿斯塔斯一世是491—518年神圣罗马帝国的皇帝。（参见但丁·阿利格耶里著，《神曲1·地狱篇》，黄国彬译注，外语教学与研究出版社，2009年，第174页。）

切事物一样，都有着一个精心分配的独特地方。在这种严格而有序的背景中，诗中所有人类的戏剧得以展现，有时会详细地提到这些场景，其他时候却几乎没有提到过这些背景的细节。但是，因为来生的这三个领域之中的一切都具有一个理由和合理的解释（即使这种解释不是按照人类的逻辑或者不是基于一种人类能够理解的理由），同样每一种惩罚、净化和奖励都被严格地和不可改变地限制在了一个前定系统（preestablished system）之中的特定地方，这是对上帝心灵之中的完美秩序的镜像反映。早先引用的那段铭刻在地狱门口的话，对于整个"另一个世界"来说都是有效的："造我的大能是神的力量，/是无上的智能与众爱所自出。"[1]因为地狱跟宇宙其他部分一样，同样也是上帝的创造，因此地狱之中的完满性也同样不能比宇宙的其他部分更少。

维吉尔在地理方面对但丁的教导建立在一段噩梦般的旅程之上，正如我们所见，其中充满泥土和石头的风景，跟伽利略后来所能够计算出的测量结果同样精确。维吉尔将他的论述分成了两部分：首先，他描述了将要看到的地狱的各个部分，然后，他回答了但丁关于已到访过的区域的问题。

紧接着异教徒的圈层之后，就是有罪的奸人的圈层，这些人的理智之中具有意志的部分。这些受到谴责的灵魂分裂成了两种，一种是那些不假思索地犯下不公正之罪愆的人，一种是那些有选择地犯下不公正之罪愆的人，后一种人犯下的错误更可怕。前者寄居在第七圈层，这里面又分为三个小圈层：对邻人施暴的人、对自己施暴的人、对上帝施暴的人。那些通过理性犯下不公正之罪愆的人，将在下一个圈层里面受到惩罚，包括那些以各种形式犯有欺诈罪的人。在第九层（也就是最后一层）是叛徒的圈层；在这一层的正中心是最大的叛徒，撒旦（路西法）。在回答但丁的问题时，维吉尔告诉他，从第二圈层到第五圈层——邪淫者、贪饕者，贪婪者和挥霍者，以及愤怒者——这些人的罪愆是纵欲，根据亚里士多德的《尼各马可伦理学》（*Nicomachean Ethics*），这一种罪被认为不及"恶"(malice)的罪愆严重①,所以这些人处在地狱的狄斯之城(City of Dis)②的火墙之外。2

在通往炼狱山(Mount Purgatory)的半路上,维吉尔提到了相同的范畴,并为了但丁(和读者)之便而予以阐释。这里,安排的根据不再是亚里士多德,而是基于基督教关于自然的罪愆和德性的教义。在等待太阳升起时(因为炼狱的规则禁止他们在夜间旅行),在访问那些清除自己的懒惰罪愆的灵魂之前,维吉尔向但丁解释了炼狱的图层。在这里,维吉尔说,统治的力量是爱(无论是自然之爱还是理性之爱),爱不仅会打动造物主,也会打动受造物。

> 先天的爱心绝不会有乖偏;
> 后天的爱心却会有舛讹:因目标
> 错误,因爱的太深或太浅。3

爱的范畴由各种罪愆代表,这些罪愆最终都在炼狱山上面被洗涤殆尽。那些爱错了对象的人是骄傲的人、嫉妒的人和愤怒的人;那些爱得缺乏活力的人是懒惰的人;那些把他们的爱过于强烈地倾注于世俗之物上面的人是贪婪的人、贪饕的人和邪淫的人。在上升的路途上,每一组人都被严格地分配在了一个地方。炼狱里面具有严格的科层制。

---

① 《尼各马可伦理学》第七卷1节、7节、8节区分了德性和自制,主张需要避开三种品质.恶、不自制和兽性(参见亚里士多德著,《尼各马可伦理学》,廖申白译注,商务印书馆,2003年,尤其第191页和第208页,以及各处)。但丁区分纵欲和恶的范畴源自亚里士多德的《尼各马可伦理学》,这种观念受到了阿奎那的盖棺认证,阿奎那还将西塞罗区分的"狮子之罪"和"狐狸之罪"(力量[vis]和欺骗[fraus],De officiis 1.13)引入到了亚里士多德对放纵和恶的概念区分之中。不过但丁接纳的亚里士多德的概念模式仍然存在问题,但丁对纵欲(不自制)、暴力和欺骗这三重罪愆的区分,不能简单等同于亚里士多德区分的"恶、不自制和兽性"(malitia、incontinentia、bestialitas)这三重罪愆。(参见Richard Lansing ed., The Dante Encyclopedia, 2010, Routledge, pp.190-191。)

② "狄斯之城"语出《地狱篇》第八章68行,"狄斯"意大利文是Dite,拉丁文是Dis,相当于希腊文的Πλούτων(冥王普路同),在《神曲》里是撒旦的别称。"狄斯之城"属于地狱的下层,用来惩罚凶暴、欺诈、阴险的亡魂。(参见但丁·阿利格耶里著,《神曲1·地狱篇》,黄国彬译注,外语教学与研究出版社,2009年,第134页脚注68。)

天堂跟其他两个区域有些不同，因为即使像我们之前看到的那样，天国是分割成几个的，但其中每一个蒙恩的灵魂，无论处在哪里，都应该是完全幸福的。就像被但丁问到，在天堂之中的灵魂是否会渴望更高的位置之后，琵卡尔妲回答但丁：

> 兄弟呀，我们的意志因明爱之力
> 而安恬，只企求本身所获的一切，
> 不再渴望其他的任何东西。

琵卡尔妲动容地总结说："君王的意志是我们的安宁所居。"根据上帝的意志，宇宙存在于一个在天堂和尘世上（以及在尘世下界）的完美而不变的秩序之中，其中的万事万物都已经被分配到了它的恰切位置（proper place）。[4]

我们是有秩序的受造物。我们不信任混乱。虽然经验基于盲目而无忧无虑的慷慨来到我们这里，并没有可被识别的系统，也没有可以理解的理由，但是我们却违顾事实，反其道而行，相信法则和秩序，并将我们的神祇描绘成一丝不苟的档案工作者和教条式的图书馆员。我们遵循我们认为是宇宙之方法的东西，我们把所有的东西都变成了文件和隔间；我们热情地排序，我们分类，我们贴标签。我们知道，我们所谓的世界没有任何有意义的开端，也没有可以理解的终结，它没有明显的目的，在它疯狂时也没有什么办法。但我们却坚持认为：宇宙必须具有意义，宇宙必须指涉某些东西。所以我们将空间划分为不同的区域，将时间划分为天，然后我们一次又一次地感到困惑，因为空间拒绝被限制在我们的地图集所规定的边界之内，而时间也总是溢出了我们书写的历史书的日期边界。我们收集物品建造房屋，希望我们建立起的壁垒能够使内容和含义连贯一致。我们不会让任何对象或集合之中存在着的内在歧义吸引我们的注意力，它们就像是在燃烧的荆棘丛中发出的声音一样说道，"我就是我"[①]。"好的，"我

---

① 语出《出埃及记》(3:14)，"我是自有永有的"(I am that I am)；"耶和华的使者从荆棘里火焰中向摩西显现"。

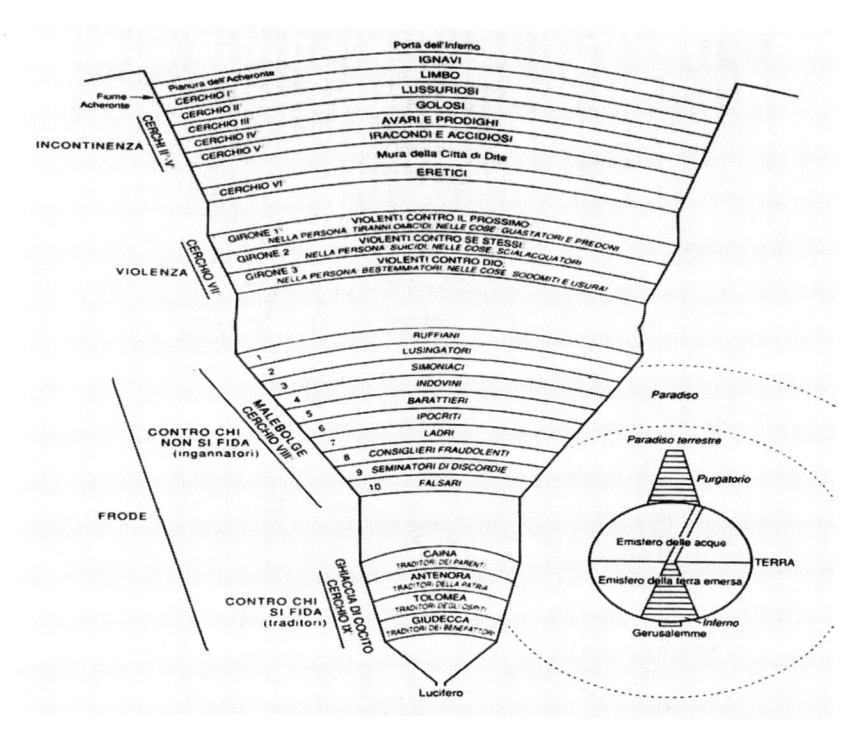

安娜·玛利亚·乔万西·列奥那蒂(Anna Maria Chiavacci Leonardi)版《神曲》之中绘制的地狱结构图(Milan: Mondadori, 2007), vol. 1, pp. xlx—xlxi。(使用已获许可)从上至下,从左到右看,分别是:(第一部分)地狱之门;地狱过道:骑墙派;阿刻戎河(祸川);未领洗者/第二层—第五层,第一层,幽域;第二层,邪淫者;第三层,贪饕者;第四层,贪婪者和挥霍者;第五层,愤怒者和懒惰者;(第二部分)施暴罪/第七层,第一圈,向他人施暴,向人施暴:僭主和谋杀者;向事物施暴:抢劫者和掳掠者;第二圈,向自己施暴,向人施暴:自杀者;向事物施暴,败家精;第三圈,向上帝施暴,向人施暴,亵渎者;向事物施暴,鸡奸者和高利贷者;(第三部分和第四部分)欺诈罪(第三部分)对没有施信者的/(欺诈)罪,第八层:1. 淫媒、诱奸者;2. 谄谀者;3. 神棍;4. 占卜者;5. 污吏;6. 伪君子;7. 盗贼;8. 献诈者;9. 制造分裂者;10. 作伪者;(第四部分)对施信者的(欺诈)罪/泣川;第九层,该隐界,出卖亲属者;安武诺尔界,出卖祖国或所属团体者;多利梅界,出卖客人界;犹大界,出卖恩人者;撒旦(路西法)。右图:天堂;伊甸园圣林;炼狱;尘世;水半球;地半球;地狱,耶路撒冷(维尔·舒特[Will Schutt]译)①。

---

① 中译采用:但丁·阿利格耶里著,《神曲1·地狱篇》,黄国彬译注,外语教学与研究出版社,2009年,第73页。

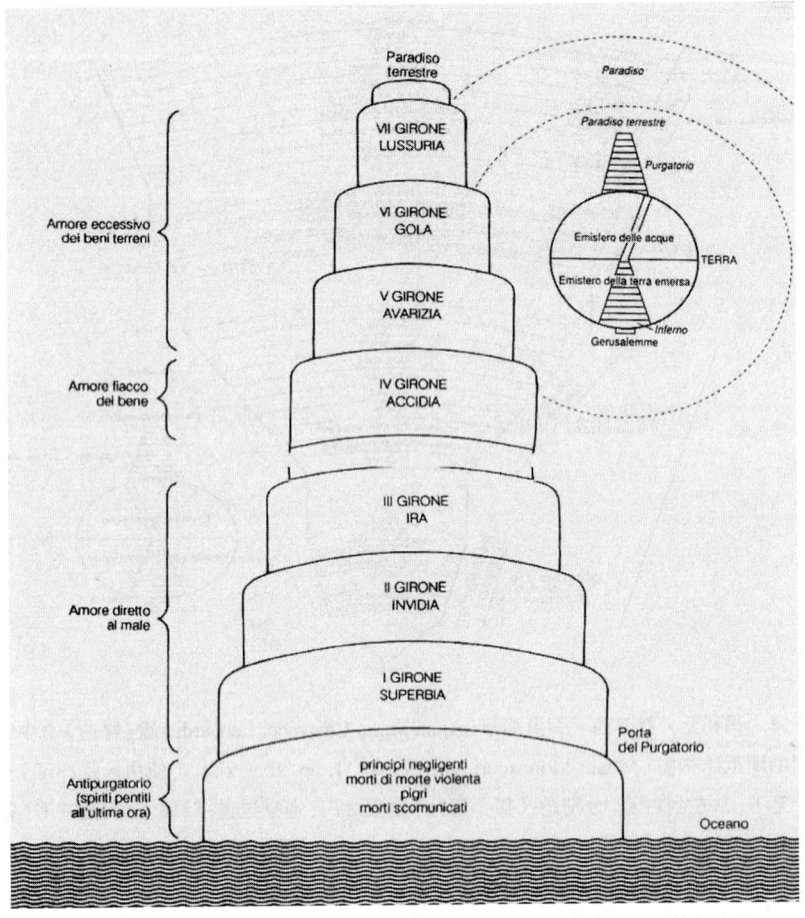

安娜·玛利亚·乔万西·列奥那蒂（Anna Maria Chiavacci Leonardi）版《神曲》之中绘制的炼狱结构图（Milan: Mondadori, 2007), vol. 2, pp. xlviii—xlix。（使用已获许可）从上至下，从左到右看，分别是：伊甸园圣林；（第一部分）耽溺之爱，第七层：邪淫者；第六层，贪饕者；第五层，贪婪者和挥霍者；（第二部分）不足之爱，第四层，懒惰者；（第三部分）乖邪之爱，第三层，愤怒者；第二层，嫉妒者；第一层，骄傲者；炼狱之门；（第四部分）炼狱前区（临终忏悔者），失职君主；临终忏悔的横死者；慵怠者；身受绝罚者；海滩。

右图：天堂；伊甸园圣林；炼狱；尘世，水半球；地半球；地狱，耶路撒冷（维尔·舒特译）[①]。

[①] 中译采用：但丁·阿利格耶里著，《神曲1·地狱篇》，黄国彬译注，外语教学与研究出版社，2009年，第74页。

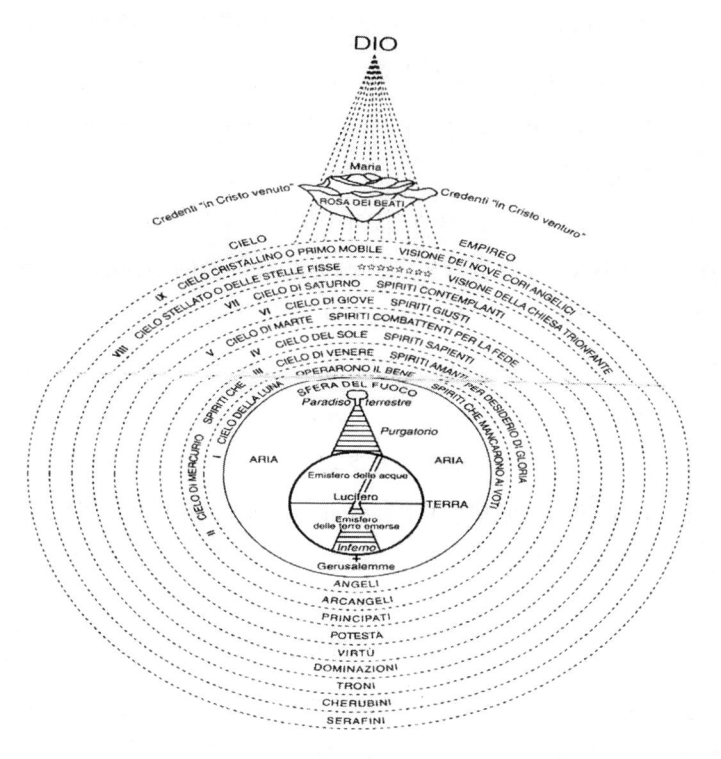

安娜·玛利亚·乔万西·列奥那蒂（Anna Maria Chiavacci Leonardi）版《神曲》之中绘制的天堂结构图（Milan: Mondadori, 2007），vol. 3, pp. lviii–lix。（使用已获许可）从上至下，从左到右看，分别是：上帝；相信基督者；玛利亚/天堂玫瑰；相信基督者；（最高天）天堂/属天的；第九重天，（天）水晶天或原动天；（属天的）天使的凯旋；第八重天，（天）恒星天；（属天的）基督、玛利亚和福灵的凯旋；第七重天，（天）土星天；（属天的）默祷的福灵；第六重天，（天）木星天；（属天的）正直的福灵；第五重天，（天）火星天；（属天的）战争的福灵；第四重天，（天）太阳天；（属天的）智慧的福灵；第三重大，（天）金星天；（属天的）施爱的福灵；第二重天，（天）水星天；（属天的）行善以求荣耀的福灵；第一重天，（天）月亮天；（属天的）爽誓的福灵；（中间圈层）火；伊甸园圣林；炼狱；空气火焰/空气火焰；尘世：水半球；撒旦；地半球；地狱，耶路撒冷；（下半圈）奉使天神；宗使天神；统权天神；大能天神；异力天神；宰制天神；上座天神；普智天神；炽爱天神（维尔·舒特译）[①]。

[①] 中译采用：但丁·阿利格耶里著，《神曲1·地狱篇》，黄国彬译注，外语教学与研究出版社，2009年，第75页。

们补充说,"但你也是一丛荆棘——蒺藜"①,应该摆放在植物标本馆里面。我们相信,位置可以帮助我们理解不同的事件及其领导者,并且他们的冒险事件和遭遇的不幸事件所处的位置,将由我们分派给他们的位置来定义。我们信任地图。

在哈佛大学做一场关于小说的讲演之前,弗拉基米尔·纳博科夫(Vladimir Nabokov)曾经做出了一份他准备讲授的小说的位置图,就像以前在二十世纪四十年代和二十世纪五十年代出版的袖珍版侦探小说里面常有的"犯罪场景"图一样:《荒凉山庄》(Bleak House)②中夹带着一幅英国地图,《曼斯菲尔德庄园》(Mansfield Park)中带着一幅苏萨顿庄园(Sotherton Court)的草图③,《变形记》(The Metamorphosis)中的萨姆纱(Samsa)家里面的起居室草图;还有《尤利西斯》中列奥波德·布鲁姆(Leopold Bloom)穿过都柏林的路径图。[5]纳博科夫当然理解环境与叙事之间的这种不可分割的关系(这种关系同样也构成了《神曲》的本质)。

博物馆、档案馆和图书馆,每一个场馆都是一座地图,一个定义分类的地方,把预定的序列组织起来的领域。即使一所收集了各种显然是异质性的物品的机构,在没有明确目的的情况下,看起来似乎都已经打上了一个标签(这个标签并不是由其中任何一个部分所标注的):例如收藏家的名字,或者收集它们的场景,或者整体的范畴(里面囊括了各种物体)。

第一所大学博物馆——第一座为促进研究一组特定对象的目的而建成的博物馆——是成立于1683年的牛津大学的阿什莫林博物馆(Ashmolean

---

① 语出《列王纪下》(14:9):以色列王约阿施差遣使者去见犹大王亚玛谢,说:"黎巴嫩的蒺藜差遣使者去见黎巴嫩的香柏树,说:'将你的女儿给我儿子为妻。'后来黎巴嫩有一个野兽经过,把蒺藜践踏了。""蒺藜"又译"黑刺李",这个意象出现于许多古代文学文献,通常以动物、树木、植物为比喻,一如此处的用法。圣经中的其他例子包括《以赛亚书》(10:15)、《以西结书》(17:3—8;19:1—9)等等。此处约阿施视自己为强壮的香柏树,视亚玛谢为脆弱易折的小蒺藜。

② 《荒凉山庄》旧译《萧斋》,发表于1852年至1853年之间,是狄更斯最长的作品之一,它以错综复杂的情节揭露英国法律制度和司法机构的黑暗。

③ 语出《曼斯菲尔德庄园》第六章,诺里斯太太喊道:"Sothern Court is the noblest old place in the world."("苏萨顿庄园是世界上最壮观的古宅了。")。

Museum)①。这座博物馆的中心陈列着一系列奇怪而精彩的藏品,这些藏品是由两位十七世纪植物学家和园林学家父子——他们的名字都叫约翰·特雷德斯坎特(John Tradescant)——收藏的,通过驳船从伦敦送往牛津大学。这座博物馆最早期的馆藏目录里面罗列了其中的一些珍品:

- 巴比伦背心。
- 来自土耳其的各种各样的蛋;有一颗龙蛋。
- 耶路撒冷族长的复活节蛋。
- 凤凰尾巴的两根羽毛。
- 石鸟的爪子:正如作者所报道的那样,它能抓住一头大象。
- 来自毛里求斯岛的渡渡鸟;因为长得太大,不能飞。
- 野兔头,长三英寸的粗糙的角。
- 豹蟾鱼,有一条带刺。
- 从梅子石(Plum-stones)上切割下来的东西。
- 用来温暖修女双手的铜球。[6]

一根凤凰的羽毛、一个修女的暖球、一条豹蟾鱼,还有一个长角的野兔头,这些东西之间几乎没有任何共同之处:将它们结合在一起的,是这些东西的魅力,在三个世纪以前,这种魅力在约翰·特雷德斯坎特父子的思想和心灵之中浮现。无论这些物体是否代表了这两位约翰·特雷德斯坎特的贪婪欲或者好奇心,无论这些事物是真实的还是美妙的,两位约翰·特雷德斯坎特对世界的看法或者他们的灵魂之中反映出来的黑暗的地图,和那些在十七世纪晚期访问阿什莫林博物馆的人,通过造访统治着两位约翰·特雷德斯坎特的激情(如果可以这么说的话),都进入了一个有序的空间。个人的想象力可以使世界融贯,秩序被表象了出来。

---

① 牛津大学阿什莫林博物馆,全称为阿什莫林艺术与考古博物馆(The Ashmolean Museum of Art & Archaeology)是英国第一个公共博物馆,世界上最早的公共博物馆之一,世界上规模最大、藏品最丰富的大学博物馆,它的形成标志着近代博物馆的诞生。

然而正如我们所知，无论秩序是多么融贯，没有任何秩序是不偏不倚的。因此，对所有加诸物体、心灵或观念之上的范畴系统都必须予以怀疑，因为它用"意义"污染了这些观念、人和对象。阿什莫林博物馆中的巴比伦背心和复活节彩蛋，构成了一种十七世纪关于私有财产的观念；地狱之中的罪人和天堂之中蒙恩的人共同演出了他们各自的戏剧，共同代表了十三世纪基督教的宇宙观和但丁关于世界的内在视野。从这个意义上说，《神曲》是一座想象中的宇宙博物馆，一个无意识地表现出恐惧和欲望的舞台，一座为了启蒙我们而设立的包罗万物的图书馆，其中诗人把自己的激情和愿景向我们陈列和展示了出来。

在中世纪，教堂和贵族手中积聚了大量这种诡异的收藏品，但是将一个人私人的激情暴露在公众视野中的习惯，在欧洲可以追溯到十五世纪末期。当时各个国家的首脑已经开始积累起了一些世界上最伟大的艺术收藏品，例如在维也纳、梵蒂冈、西班牙的埃斯科里亚尔（Spain's El Escorial）①、佛罗伦萨和凡尔赛宫，很多更小规模的个人收藏同样开始由私人开展了起来。其中有一个私人收藏是由曼图亚侯爵（marquis of Mantua）的妻子伊莎贝拉·德·埃斯特（Isabella d'Este）完成的，她之所以购买艺术作品，不是基于虔诚的理由，也不是为了装饰房子，她开创了为物品本身而收集的收藏方式。到那时为止，富人收集艺术品主要是为了美化家庭空间或者提高声望。伊莎贝拉·德·埃斯特扭转了这个过程，她专门找出一个房间作为她所收集的物品的"架子"。在她的camerino（或曰"小房间"，这个房间后来成了艺术史上最著名的一个最早的私人博物馆）里面，伊莎贝拉·德·埃斯特展出了一系列在她的时代最好的艺术家"画故事的画作"。她的眼光很好：为了给她的"小房间"找到艺术作品，她指示她的经纪人接近曼特尼亚

---

① 西班牙的埃斯科里亚尔修道院位于西班牙马德里市西北约五十公里处的瓜达拉马山南坡。该建筑名为修道院，实为修道院、宫殿、陵墓、教堂、图书馆、慈善堂、神学院、学校八位一体的庞大建筑群，气势磅礴，雄伟壮观，并珍藏欧洲各艺术大师的名作，有"世界第八大奇迹"之称。

（Mantegna）①、乔万尼·贝利尼（Giovanni Bellini）②、达·芬奇、佩鲁吉诺（Perugino）③、乔尔乔内（Giorgione）④、拉斐尔和米开朗琪罗。在这串名单里面，确实有一些艺术家完成了她的委托。7

一个世纪之后，收藏的激情占据了各家各户，不仅仅是像伊莎贝拉·德·埃斯特这样的贵族的家宅，那些富有的资产阶级也是如此，拥有一座私人收藏馆，成了社会地位、财富或学识的象征。弗朗西斯·培根所称之为"普遍自然的典范成了私有的"整句话，逐渐可以在许多律师和医生的院子里面看到。法语单词cabinet原指一件带可锁抽屉或木板镶嵌的空间（就像camerino）的家具，这种家具当时在富裕的家庭中变得司空见惯。在英格兰，cabinet（橱柜）被称为closet（壁橱），这个词来自拉丁语*clausum*（意指"封闭"），表明一个空间的私人性质。在欧洲的其他地区，把不同性质的物品收集在一起的个人收藏，被称为"珍奇屋"（cabinet de curiosités）或"珍品陈列室"（Wunderkammer）⑤。在接下来的几个世纪之中最著名的珍奇屋的主人，要数布拉格的鲁道夫二世（Rudolph II in Prague）⑥、因斯布鲁克的安布

---

① 安德烈亚·曼特尼亚（Andrea Mantegna，约1431—1506）是一名意大利画家，也是北意大利第一位文艺复兴画家。他是罗马考古学家雅科波·贝利尼的女婿及学生。安德烈亚在透视法上做了很多尝试，以此创造更宏大更震撼的视觉效果，比如在《哀悼死去的基督》中，他选择从基督的脚的角度描绘基督的尸体。

② 乔万尼·贝利尼（1430—1516）是意大利文艺复兴时期艺术家。雅科波·贝利尼的小儿子。他的姐姐嫁给了安德烈亚·曼特尼亚，所以他的早期作品受到曼特尼亚作品的影响。新颖的笔法和神韵气质是他后期画作的特色，这些对于后来的艺术家，如乔尔乔内等将成为重要的影响因素。

③ 皮埃特罗·佩鲁吉诺（Pietro Perugino，1446—1523）是意大利文艺复兴时期的画家，活跃于文艺复兴全盛期。其最著名的学生是拉斐尔。

④ 乔尔乔内（约1477［1478？］—1510）是意大利文艺复兴时期的艺术大师，威尼斯画派的画家。

⑤ "珍品陈列室"或"珍奇屋"是十五世纪到十八世纪间欧洲收藏家用于陈列自己收藏的稀奇物件和珍贵文物的屋子，是博物馆的前身。

⑥ 鲁道夫二世（1552—1612）是哈布斯堡王朝的神圣罗马帝国皇帝。他也是匈牙利国王、波希米亚国王和奥地利大公。传统历史观点认为鲁道夫是一个碌碌无为的统治者，他的政治失误直接导致了三十年战争的爆发；但他同时又是文艺复兴艺术的忠实爱好者，他对神秘艺术和知识的热衷，促进了科学革命的发展。

拉斯城堡的斐迪南二世（Ferdinand Ⅱ in Ambras Castle at Innsbruck）①、哥本哈根的沃雷·沃尔姆（Ole Worm in Copenhagen）②、圣彼得堡的彼得大帝（Peter the Great in Saint Petersburg）③、斯德哥尔摩的古斯塔夫·阿道夫（Gustaf Adolphus in Stockholm）④和伦敦建筑师汉斯·斯隆爵士（the architect Sir Hans Sloane in London）⑤。在这些人的培育之下，好奇心在家庭之中拥有了自己的位置。⁸

有时缺钱了，这些出于好奇心的收藏家们就会采取各种巧妙的手段。1620年，学者卡西亚诺·德尔·波佐（Cassiano dal Pozzo）⑥在他位于罗马的家中收集了一些东西，这些东西既不是原创的艺术品、也不是正宗的手工制作的著名建筑物的模型、更不是他的那些富人同行们追求的自然历史标本，而是一些由各种专业绘图人员委托制作的图纸，上面画着各种奇怪的物体、生物和古董。他称之为他的"纸制博物馆"（Paper Museum）。在伊莎贝拉·德·埃斯特的"小房间"和两位约翰·特雷德斯坎特的收藏之中，主要的设计，还有附加其上的秩序，都是个人化的，遵从其主人的个体历史建立起的"格式塔"（Gestalt）规范。现在，这些

---

① 位于奥地利因斯布鲁克郊区的安布拉斯城堡以往是斐迪南二世（1578—1637）的居所，保有不少他的收藏品，后来城堡易主给神圣罗马帝国皇帝鲁道夫二世，他也用来保存收藏品，之后有很长一段时间这座城堡处于半荒废状态，直到19世纪末才又被整修成统治者的夏宫。

② 沃雷·沃尔姆（1588—1654），丹麦医生及古物研究家，Wormian bones（颅骨缝间骨）以他名字命名。

③ 彼得一世·阿列克谢耶维奇·罗曼诺夫（Пётр Алексеевич Романов，1672—1725），为俄罗斯帝国罗曼诺夫王朝的沙皇（1682—1725）以及俄罗斯皇帝（1721—1725）。在位期间力行改革，使俄罗斯现代化，定都圣彼得堡，人称彼得大帝（Пётр Великий）。

④ 斯德哥尔摩的古斯塔夫·阿道夫（1594—1632），瑞典皇帝（1611—1632），三十年战争时期将瑞典军事力量带到顶峰，帮助欧洲恢复政治和宗教平衡。

⑤ 汉斯·斯隆爵士（1660—1753），爱尔兰物理学家、自然学家，二十四岁入选皇家学会（Royal Society），人们认为喝巧克力是他发明的。大英博物馆成立于1753年，是在收藏家汉斯·斯隆爵士捐给国家的七万多件个人藏品遗赠的基础上成立的。

⑥ 卡西亚诺·德尔·波佐（1588—1657），研究古罗马文物的意大利学者，曾担任枢机主教弗朗西斯科·巴尔贝里尼的秘书，也是尼古拉·普桑的长期赞助人。他对炼金术也感兴趣，是早期欧洲科学发展史上较重要的人物之一。

规范有了一个新特征：事物自身不再必须是真实的。实物现在可以被它们在想象中的表象代替。因为这些复制品要比原件便宜很多，而且更容易获得，所以纸制博物馆甚至允许普通人都能成为收藏家。借用来自文学的"代现现实"（surrogate reality）这个概念（指的是一种体验的表象相当于这种体验本身），纸制博物馆使得收藏家们在他或她的屋檐之下，拥有整座宇宙的影子模型。不过并不是每个人都支持这种观念，他们会援引十五世纪新柏拉图主义学者马奇里奥·费奇诺的批评观点，"那些处在他们自身的悲惨之中的人们，更喜欢事物的影子，而非事物本身"。⁹

收藏影子的观念古已有之。托勒密王朝时期的诸多国王都意识到，要在埃及的范围之内收集起整个已知的世界是不可能的，于是他们构想出了在亚历山大里亚城里面建造一座建筑物并利用其进行收藏的想法，他们收集一切人们可以找到的、世界上任何知识的每一个代表，然后下令把所有可以找到、获取、复制或盗取的卷轴或石板都带到他们的世界图书馆里面来。每一艘停靠在亚历山大里亚城港口的船只，都不得不放下他们携带的所有书籍，用以制作副本，之后原件（或者有时是副本）将被退还给书籍的所有者。据推测，在鼎盛时期，著名的亚历山大里亚城图书馆收藏了超过五十万卷轴的书籍。¹⁰

设置一个展示信息的有序的空间，始终是一件有危险的事情，因为，正如所有搭架子或者建框架的情况一样，所有安排无论其意图如何地中立，总是会影响所展示的内容。一首包罗万象的诗歌，可以被读作一则宗教寓言、一场奇幻冒险，或者自传性的朝圣，就像一座世界图书馆一样，其中手写的、印刷的或者电子的文本，都会把这座世界图书馆之中所收集的每个元素，翻译成构成这座世界图书馆的框架的语言。没有任何结构是不包含意义的。

托勒密王朝亚历山大里亚城的精神继承人是一位非同寻常的男人——1868年8月23日出生于布鲁塞尔一个金融家和城市规划师家庭的保罗·欧特雷（Paul Otlet）。孩童时期开始，保罗·欧特雷就对给事物排序的活动非常感兴趣：他的玩具、他的书、他的宠物。他最喜欢的游戏就是跟他的小弟弟一起记账,在整齐的行列之中列出借记和借款,还有填写时间表和编目。他也喜欢给花园里的植物划定各自的区域,给牲畜栏里面的动物建造一排排整齐的畜栏。后来有一段时间,这一家人搬到了法国海岸边地中海上的一个小岛屿,保罗·欧特雷开始收集各种零碎的小东西——贝壳、矿石、化石、罗马钱币,还有动物头骨——他用这些小零碎建造了一座属于他自己的"珍奇屋"。在十五岁的时候,保罗·欧特雷与几位学校的朋友一起创立了一个私人收藏家协会,并为其成员严格编辑了一本杂志——《科学》(La Science)。大约在同一时间,保罗·欧特雷在他父亲的图书馆里面发现了一套《拉鲁斯大百科全书》(Encyclopédie Larousse)①,"这套书,"他后来说,"解释了一切,给出了所有事物的答案。"[11] 不过,这套多卷本的《拉鲁斯大百科全书》对于这个雄心勃勃的年轻人来说,范围还是太小了,保罗·欧特雷开始了一项全新的计划,这个计划一直到了几十年之后,我们才能看到一点点它的面貌:保罗·欧特雷准备制作一本世界百科全书,其中不仅包括答案和解释,还包括人类所提出的全部的问题。

1892 年,年轻的保罗·欧特雷遇到了昂利·拉封丹(Henri Lafontaine)②,这位昂利·拉封丹即将因为他为国际和平运动所作的努力,获得 1913 年的诺贝尔和平奖。这两个人开始变得形影不离,就像福楼拜笔下无穷无尽地探取信息的布瓦尔和佩居榭③一样。保罗·欧

---

① 《拉鲁斯大百科全书》是法国最主要的一部综合性大百科全书,1865 年由创编人皮埃尔·拉鲁斯(Pierre Larousse)主持,法国拉鲁斯出版社出版兼具词典和百科全书双重性质的《十九世纪万有大词典》(Grand Dictionarie Universal du XIXc Siecle Francaise),1876 年出齐,共十五卷,是以后出版的各种以拉鲁斯命名的百科全书的基础。

② 昂利·拉封丹(1854—1943)是比利时的国际律师,1907 年至 1943 年期间担任国际和平局局长。

③ 1881 年的《布瓦尔与佩居榭》(Bouvard et Pécuchet)是福楼拜最后一部实验性的作品,他决意批判"各门科学中方法的缺陷",创作一部"以人类愚蠢为主题的百科全书"。小说主人公布瓦尔与佩居歇原本都是抄写员,厌倦了毫无智力愉悦的生活,希望在学问中找到生命的快乐,试图理解和验证人类所有的知识。然而他们每涉足一个新领域,探索的努力都以失败和丧失兴趣告终,他们沮丧地发现,没有任何一门科学、任何一种信仰彻底符合人类理性所标榜的客观性和准确性原则。

特雷和昂利·拉封丹会在一起搜索图书馆和档案馆，以便收集为了编撰每一个知识领域所需要的大量书目来源。受到美国人麦尔维·杜威（Melvin Dewey）① 在1876年发明的图书馆分类系统的启发，保罗·欧特雷和昂利·拉封丹决定在世界范围的书目编目上使用杜威的系统，他们写信给杜威，要求获得许可。结果他们在1895年创建了国际书目局（Office international de Bibliographie），总部在布鲁塞尔，但在许多其他国家都有通讯员。在这个研究所刚成立的最初几年，一支年轻的女性员工队伍开创了图书馆和档案馆的编目，她们将数据转录到7.5厘米×12.5厘米大小的索引卡上面，每天大约创建两千张索引卡。在1912年，这个研究所办事处的卡片数目一度达到了一千多万张；还有另外数十万个图像文件，包括摄影、图像、透明胶片、电影剧照和电影卷轴。

保罗·欧特雷相信，电影以及最近发明的（但还没有变得普及的）电视，都是未来的信息传输方式。为了培养这个想法，他开发了一种革命性的机器（类似于缩微胶卷），这种机器以照相的方式复制书籍，并把书籍的页面投影到屏幕上。他称他的发明是一个bibliophote（或曰"投影书"），他还设想了有声书籍的可能性，或者说书籍在远距离的传播，以及在三维空间之中可视的书籍的可能性——早在全息图像发明之前的五十年，他就做出了这些设想——这些都可以用来使个体的公民在自己家中获取这些书籍，就像今天的互联网一样。保罗·欧特雷称这些小工具都是"书籍的替代品"。[12]

在保罗·欧特雷的想象中，杜威十进制分类法能够延伸到可视化的程度，它能够在广人的文档迷宫之中使用，因此保罗·欧特雷绘制了一个图表，把麦尔维·杜威设计的系统比喻成太阳，当光线远离中心时，

---

① 麦尔维·杜威（1851—1931）是图书馆使用的杜威十进制图书分类法（DDC）的发明者，该分类法已成为世界上使用最广泛的图书馆分类方法。杜威在美国图书馆业中所扮演的角色不可忽视。1876年，他促成了美国图书馆协会（ALA）的建立；他还是《图书馆杂志》（Library Journal）的创刊人和编辑。1883年杜威成为纽约市哥伦比亚学院（今哥伦比亚大学）的图书馆员，并于1887年创立了世界上第一个图书馆学院。

这些光线会扩散并繁殖，拥抱人类知识的每一个分支。这副图景不可思议地类似于但丁最终看到的异象，三个发光的圆圈最终合为一体，把它们组合在一起的光芒播撒遍布整个宇宙，包含一切，就是一切。

> 永恒之光啊，你自身显现，
> 寓于自身；你自知而又自明；
> 你自知、自爱，而又粲然自眄！ ¹³

保罗·欧特雷总是一位热诚的收藏家，他想象中的世界档案馆不会遗漏掉任何东西。就像犹太人在开罗革尼撒藏经室经卷（Cairo Geniza）①的收藏一样，他们保存了每一张纸，因为其中都可能包含有我们所不知道的上帝之名，保罗·欧特雷也保存了一切。¹⁴ 举一个小例子：在1890年度蜜月之前，年轻的保罗·欧特雷和他的新娘在巴黎卢浮宫百货公司（Grands Magasins du Louvre in Paris）称了体重。小票显示，保罗·欧特雷重达七十公斤，他的妻子五十五公斤，这些小票被保罗·欧特雷悉心保存在玻璃纸做的包装袋里，我们今天可以在一个装有他的各种各样的卡片和论文的纸板箱里面看到它们。"你在配件之中看到了本质"，一位朋友对保罗·欧特雷说，而这也正是解释保罗·欧特雷的无所不包的好奇心的一种非常有用的方式。¹⁵

收藏最终都会走向编目和分类。保罗·欧特雷的孙子尚（Jean）回忆道，有一天，他们一起在沙滩上漫步，有一些水母被冲到了沙滩上。保罗·欧特雷停了下来，将这些水母堆积成了金字塔的形状，然后从背心的口袋里拿出了一张空白卡片，写下了这个生物在国际书目局的分类

---

① 中世纪时期，穆斯林帝国的中心开罗聚居着大量犹太居民，他们将所有写有上帝之名的文件，保存在本·以斯拉犹太教堂（Ben Ezra Synagogue）的储藏室里。十九世纪，英国学者首先发现了这批文献的重要性，将其运送到英国，大部分保存在剑桥大学。这批文献被称为"开罗革尼撒藏经室经卷"。这些经卷涵盖内容甚为广泛，从账本、法律文件、圣经到书信、笔记、诗歌，记录语言包括阿拉伯文、希伯来文、希腊文、拉丁文等，为研究中世纪穆斯林帝国中不同信仰者的文化和生活打开了一扇独特的窗口。

编号"5933"。数字"5"表示一般的科学类别,接下来的是"9",它被缩小到动物学,然后加上了数字"3"表示腔肠动物,还有另外一个"3"代表具体到水母:"5933"。然后他把卡片固定到在这个胶状金字塔的顶部,他们接着散步。¹⁶

保罗·欧特雷喜欢给事物排序的这种激情,使他支持挪威建筑师亨德里克·安德森(Hendrik Andersen)① 提出的一个乌托邦项目,这个项目旨在建设一个理想城市,服务于"世界和平与和谐中心"(World Center for Peace and Harmony)。这个理想城市有几个意向选址:弗拉芒地区的特尔菲伦(Tervuren in Flanders)、罗马附近的菲乌米奇诺(Fiumicino near Rome)、君士坦丁堡、巴黎、柏林,还有新泽西州的某个地方。这个雄心勃勃的梦想,在政治家和知识分子之中激起了许多怀疑的声音。亨德里克·安德森的好朋友亨利·詹姆斯(Henry James)很喜欢这位挪威人的雕塑,但是他痛恨这种庞大计划的概念。在写给亨德里克·安德森的一封信中,亨利·詹姆斯称他的这位朋友是一个自大狂。他写道,"在这个令人厌倦的世界上,当你告诉我如此异想天开、与任何事实脱离任何关系的事情,我怎么能站在你这一边支持你呢???就连让我用字母表里的一个字母来支持你,我都做不到。"亨利·詹姆斯不应该感到惊讶:作为一个小说家,他已经表明了他对自大狂性格特征的理解深刻程度。1897 年,亨利·詹姆斯在小说《波英顿的珍藏品》(Spoils of Poynton)中解剖了加雷思夫人(Mrs. Gereth)许多年来在她华丽的房子波英顿(Poynton)里面收集艺术品(bric-à-brac)② 的痴迷爱好。"要创造这样一个地方,"詹姆斯写道,"本来就是有充分的尊严的;当存在着如何捍卫它的问题时,最激烈的态度就是最正确的态度。"亨

---

① 亨德里克·克里斯蒂安·安德森(Hendrik Christian Andersen, 1872—1940),一名挪威裔美国雕塑家,画家和城市规划师。

② 早在维多利亚时代就使用的词语 bric-à-brac 或 bric-a-brac 指的是较小的艺术品收藏,例如装饰精美的茶杯和小花瓶,玻璃穹顶下的羽毛或蜡花组成,装饰的蛋壳、瓷俑、微型画或立式相框中的照片等。

德里克·安德森的理想城市跟保罗·欧特雷的国际书目局中收集的如山的数据一样，就像是波英顿这座房子对加雷思夫人的意义一样，是所有事物的全体，它太过于珍贵，所以它不能接受任何形式的求全责备。"这个房子里面有着我们可以为之饿死的东西！"加雷思夫人说道，"它们是我们的宗教，它们是我们的生活，它们就是我们！"正如亨利·詹姆斯明确表示的，这些"'东西'当然是世界的总和；但只有对于加雷思夫人来说，世界的总和只是一些罕见的法国家具和东方瓷器。她可以尽力想象没有这些东西的人们是什么样子，但她无法想象有些人会不想要这些东西，也不会惦记这些东西"。[17] 和保罗·欧特雷一样，亨德里克·安德森也有着类似的想法。亨利·詹姆斯的批评并没有受到他的重视。

保罗·欧特雷对这个项目非常着迷，现在他已经开始称呼他的这个项目为"世界博物馆"（Mundaneum），按照他的设想，这个"世界博物馆"将会包括一个博物馆、一个图书馆、一个大礼堂，还有一个致力于科学研究的独立建筑。他提议在日内瓦建立这个"世界博物馆"，以"分类一切事物，按照一切事物来分类，并且为了一切事物而分类"（Classification of everything, by all and for all）这句话作为箴言。当时最著名的建筑师查尔斯-爱德华·让纳雷-格瑞斯（Charles-Edouard Jeanneret-Gris）——他更为人所知的名字是勒·柯布西耶（Le Corbusier）[①]——支持这个项目，并为保罗·欧特雷的城市画了一张大胆的草图；苏格兰裔美国百万富翁安德鲁·卡内基（Andrew Carnegie）表示愿意为此项目提供资助。但是在 1929 年 10 月，华尔街的崩溃结束了来自美国人的财政资助的所有希望，保罗·欧特雷的乌托邦式的项目几乎被人忘光了。[18]

然而"世界博物馆"的基本概念，各种收藏品"被视为我们普遍的文献体系的一部分，作为一部人类知识调查的百科全书，作为一个庞大

---

① 勒·柯布西耶（1887—1965）是二十世纪人们公认最重要的建筑师之一，"功能主义之父"，致力于让居住在拥挤城市的人们有更好的生活环境，是国际现代建筑协会的创始成员之一。

的书籍、文件、目录和科学对象的知识宝库"，在他们的编目序列之中保持不变，直到1940年仍存放在布鲁塞尔五十周年纪念公园（Palais du Cinquantenaire）①里面。[19] 1940年5月10日德国军队入侵比利时，保罗·欧特雷和他的妻子被迫放弃了他们珍贵的藏品，在法国寻求庇护。已然无望拯救他的分类世界的时刻，保罗·欧特雷曾向贝当将军（Marshall Pétain）②、罗斯福总统，甚至希特勒致信恳求。但他的努力无济于事。他收藏物品的地方被拆除，他精心设计的家具被转移到了巴黎司法宫，他的书和文件被装进了盒子里。1944年9月4日布鲁塞尔解放后，保罗·欧特雷回到家中，发现卡片索引和图标文件已被第三帝国"新艺术"的展览取代，纳粹摧毁了书目局编目的六十吨期刊，图书馆精心收藏的二十万卷书籍也已经消失了。保罗·欧特雷伤心欲绝，1944年去世。

保罗·欧特雷去世之后，他巨大的项目剩下来的东西全被存放在了肮脏破旧的布鲁塞尔解剖研究所里面。几经流离失所，到了1992年，这些四散的藏品最终找到了安全的落脚之地——比利时蒙斯城翻修过的一家二十世纪三十年代的百货商店。经过艰苦的努力重组，终于在1996年，新的"世界博物馆"敞开了大门。[20]

也许我们可以在保罗·欧特雷1916年的日记条目中，找到他为什么如此痴迷收藏的解释。保罗·欧特雷说，他在青春期患了一次病（据他说这是一种混合了猩红热、白喉、脑膜炎和斑疹伤寒的病症）之后，他失去了对文本的记忆，再也无法用心学习诗歌或散文。为了解决这

---

① 五十周年纪念公园又称"禧年公园"，位于比利时布鲁塞尔欧洲区最东部。这个U形建筑物的大部分是由利奥波德二世领导的比利时政府委托，为1880年的全国展览会建造，以纪念比利时独立五十周年。

② 亨利·菲利普·贝当（Henri Philippe Pétain，1856—1951），是法国陆军将领、政治家，也是法国维希政府的元首和总理。贝当曾在第一次世界大战期间担任法军总司令，带领法国与德国对战，有民族英雄之誉。1918年升任法国元帅。然而，第二次世界大战之初，他向入侵法国的纳粹德国投降，至今在法国仍被视为叛国者。他在战后被判死刑，后经特赦改为终身监禁。

个问题,他解释说,"我学会了通过理智记忆纠正我自己的记忆"。[21] 保罗·欧特雷无法自己记住事实和数据之后,或许想象他的"国际书目局"或"世界博物馆"可以作为一种"代现记忆"(surrogate memory),这种"代现记忆"可以通过索引卡、图像、书籍和其他文件来实现。可以肯定,保罗·欧特雷热爱这个世界,渴望了解这个世界之中的事物的一切,然而,就像维吉尔所描述的那些罪人一样,他的错误就在于他的爱指向了一个错误的对象,或者他的爱过于充满活力。希望他所相信的上帝会在他的心中找到这样的爱,原谅这位编目员。

在1975年,豪尔赫·路易斯·博尔赫斯可能受到了保罗·欧特雷这个角色的启发,写了一篇题名为"代表大会"(The Congress)的长篇故事,故事中的男主角试图编纂一部囊括世界上任何事物的百科全书。[22] 这个版本的虚构世界,最终被证明是不可能的,或正如叙述者所总结的,这个世界是无用的,因为我们所喜悦和悲伤的世界已经存在了。在最后的几页,这位雄心勃勃的百科全书编撰者带着他的研究人员乘坐马车穿越过了整座布宜诺斯艾利斯,但是他们现在所看到的那个城市,其中的房屋、树木和人,并不陌生而独特:这个城市是这些研究人员自己创造的,他们曾经勇敢地尝试去创造出这样的一座城市,现在,他们突然惊奇地意识到,这座城市其实一直存在着。

第十五章　然后呢？

1990年代的某个时候，当我到访柏林时，作家斯坦·佩斯基（Stan Persky）带我去看柏林画廊（Gemäldegalerie）收藏的老卢卡斯·克拉纳赫（Lucas Cranach the Elder）的画作《青春之泉》（Fountain of Youth）。这是一幅绘制在中等大小的画布上的画作，以透视技法和繁多的细节描绘了一个长方形游泳池，泳池里充满了愉快的裸体男人和女人。老人们出现在画作的左侧，推着手推车；年轻人的裸体在另一边，那里有一堆红色的帐篷等待着他们，就像路易斯·加乐尔笔下的鲨鱼非同寻常地喜欢洗澡机一样。①

老卢卡斯·克拉纳赫的绘画，让斯坦·佩斯基和我讨论了这个话题：如果可能的话，我们是否想要延长我们的生命。我说，可预见的生命终结并没有使我害怕或担心；反之，我喜欢在心中保有生命的观念和对此的结论，把不死的生命比喻成一部无穷无尽的书，这个比喻无论多么迷人，最终都会让人厌烦。然而斯坦·佩斯基认为，无尽地、或许永远地（如果他没有疾病和衰弱的话）生活下去，这将会是一件很好的事。他说，生命如此令人愉快，他从来都不想让生命结束。

---

① 《猎鲨记》（The Hunting of the Snark）是英国诗人路易斯·加乐尔于1874年创作的含义晦涩的打油诗，当时他四十二岁。这首诗借鉴了小说《阿丽思漫游镜中世界》的短诗"炸脖龙"（Jabberwocky）中的人物和混成词的方式，但是它是一个独立的作品。

当我们进行那次谈话时，我还不到五十岁；十五年以后，我比以往任何时候都更加坚信，无穷无尽的生活是不值得过的。我不认为我还有几十年的时间可活：如果没有把整部生命的书卷确定地摆放在我的手中，我很难知道我还剩多长时间可以活，但是我很确定我正处在这部书卷的最后一章。发生了这么多事情，很多人物来去匆匆，有很多地方我曾经到访过，我不认为我的故事还能够继续很多很多页面，剩下的不过只是不连贯和失控的胡言乱语。

《诗篇》的作者告诉我们，"我们一生的年日是七十岁，若是强壮可到八十岁；但其中所矜夸的不过是劳苦愁烦，转眼成空，我们便如飞而去"。① 如今我离"七十"这个数字已经不到十年了，直到最近的我看来，它才变得不那么像 π 的最后一位数字② 那样，离我异常遥远。我意识到，现在我必须称自己处于"晚年"了，我的身体不断地要把其所有负担压到我的心神上，它就好像在嫉妒我给予我的思想的关注更多，试图要通过蛮力将它们排除在外一样。不久以前我曾想象过，我的身体只在我的青年时期统治着我，在我成熟的时候，我的心灵会占据统治的地位。而且由于这个看法，我相信身体和心灵这两者都在我生命之中占据了一半的地位，我想象它们将不引人注意地公平地统治，一个统治完了之后，另一个会安静地接着统治。

一开始，我怀疑，事情就是这样运转的。在我的青春期和青年期，我的思绪似乎是一团混乱而不确定的存在，笨拙地侵犯无忧无虑的身体统治的生命，无论思绪在哪儿发现了身体，身体都很快乐。但是矛盾的是，我的身体却感觉不如思绪那么坚固了，我只有通过敏锐的感官，才能感受到身体的存在，嗅到早上凉爽的空气，或者晚上穿过整座城市，在阳光下吃早餐，或者在黑暗中拥抱爱人的身体。甚至连读书都是一种身体的活动：触摸、气味、文字在页面上的外观，这些是我与书籍的最基

---

① 语出《诗篇》90：10。

② 无理数 π 没有最后一位数。

本的关系。

现在我的快乐主要来自我的思考,梦想和想法要比以往任何时候都更丰富和更清晰。思绪想要进入它自身的领地,但年迈的身体却像一个被废黜的暴君一样,拒绝退缩,经常引起我的注意:咬、抓、按、啸或落入一种麻木或无根据的疲惫状态。腿烧着疼、骨头发冷、手被抓住了、一个不知道是什么的钝器刺激了我肠道的某个地方,这些都让我从读书、谈话和思考活动之中分心。在我年轻的时候,我总觉得自己好像总是独自一人,甚至他人陪伴我的时候也是如此,因为我的身体从不叨扰我,从没有像是羞耻的分身(Doppelgänger)一样从我之中分离过。我的身体是绝对和不可分割的、整体的自我,就像彼得·施莱米尔(Peter Schlemiel)①的身体一样,它是单独的、无敌的、没有影子的。现在即使我独自一人,我的身体也总像一名不速之客那样存在着,当我想要思考或者睡觉的时候,身体会发出声响,当我坐着或者走路的时候,肘击我的身侧。

在我小时候很喜欢的一则格林兄弟讲述的故事里面,人们在一条乡村公路上面抓到了死神,然后他被一位年轻的农民救了出来。为了感谢他的行为,死神给了他的救助者一个承诺:他无法使这个农民免于死亡,因为所有的人都必须死,但是在死神为他而来之前,死神会派遣他的使者先送消息。几年之后,死神出现在了这个农民的家门口。这个吓坏了的男人提醒死神信守他的诺言。"难道我没有把我的消息送给你吗?"死神问道,"难道发烧没有来袭击你、撼动你、把你击垮?难道眩晕没有来让你头晕目眩?难道抽筋没有来抽搐你的四肢?牙痛没来啮咬你的脸颊吗?除此之外,难道我的兄弟沉睡(Sleep)没有让你在每天晚上都想起我吗?晚上你躺在床上的时候,难道你不是好像就已经死掉

---

① 1814年的德语小说《彼得·施莱米尔的神奇故事》(Peter Schlemihls wundersame Geschichte)的主人公,作者是阿德尔伯特·冯·夏米索(Adelbert von Chamisso),讲述了年轻人彼得·施莱米尔把影子出卖给魔鬼,变得富可敌国的故事。

了一样吗？"

我的身体似乎每天都迎接着这些信息，准备接受它们的主人。"长眠"的前景，从来没有一点儿困扰我，但是情况也已经改变了。当我年轻的时候，死亡仅仅是我文学想象力的一部分，它是发生在邪恶的继母和坚强的英雄身上的事情，发生在邪恶的詹姆斯·莫里亚蒂教授（Professor Moriarty）[①]和勇敢的阿隆索·吉哈诺（Alonso Quijano）[②]身上的事情。一本书的结尾是可以想象的，（如果书很好）人们便会感叹这个结尾，但是我无法刻画出我自己生命终结的可能性。就像所有的年轻人一样，我是不朽的，时间可能是被无限期地赋予给我的。正如梅·司文逊（May Swenson）[③]所说的：

> 是不是只有一个呢
> 我十岁的夏天？那它必须
> 是个漫长的夏天——

今天，夏天很短暂，我们几乎没有把花园的椅子放进花园里面去，就又把它们收了起来；我们挂了圣诞节的灯，但好像只开了几个小时而已，然后新的一年又来了，然后又是新的十年。这种匆忙并没有让我感到不安：我已经习惯了阅读我喜欢的故事的最后一页的这种加速节奏。我感到有点遗憾，是的。我知道，那些我已经非常了解的人物，将不得不说出他们的最后一句话，做出他们最后的手势，在难以接近的城堡周

[①] 詹姆斯·莫里亚蒂教授是柯南·道尔笔下的一个虚构的反派角色，为大侦探夏洛克·福尔摩斯的主要对手。他是数学系的教授，在一般人眼中拥有良好的声誉，但他其实是世界犯罪组织首脑，被福尔摩斯在《最后一案》中称为"犯罪界的拿破仑"，最后在莱辛巴赫瀑布的决斗中摔下瀑布。

[②] 在塞万提斯笔下，勇敢的阿隆索·吉哈诺在读了骑士小说之后，才将自己取名为"堂吉诃德"。

[③] 安娜·蒂尔达·梅（Anna Thilda May），笔名梅·司文逊（1913—1989），美国诗人和剧作家。哈罗德·布鲁姆认为她是二十世纪最重要和最具原创性的诗人之一。

围再走上一圈,或者被绑在鲸鱼的背上漂流入海雾的深处。但是,所有需要整理的东西都已经收拾整齐了,任何尚未解决的问题仍然未能得到解决。我知道我办公桌的摆放是令我满意的,我收到的信件大多已经回复掉了,我的书籍都在它们应该摆放的正确地方,我的写作或多或少已经完成了(不是我的阅读,因为那当然属于野兽的本性)。我罗列出的"要做的事情"的清单在我面前放着,上面还有许多没有被叉划掉的待办事项;它们一直在那里,而且总是如此,无论多少次我已经几乎要完成到列表清单的底部了。就像我的图书馆一样,我"要做的事情"的清单本来就应该是要做不完的。

《塔木德》的作者说,严厉禁止通过思想和行为来确定一个人的名字是否写在《生命册》(Book of Life)上,意味着我们自己必须对自己是不是写在了书上负责,我们必须成为我们自己的书写者。在那种情况下,只要我能够记忆,我就一直在通过别人的话语,从那些作者(比如斯坦·佩斯基)的口述之中,写下我的名字,当然我也有幸通过他们的书籍写下了我的名字。在他的一封信中,彼特拉克承认他读过维吉尔、波爱修和贺拉斯,而且还不止读过一次,而是数千次,如果他现在(他在四十岁时写下的这段话)停下来不再阅读他们的作品,那么在他的余生之中,他们的书籍仍然会留在他的心中,"因为他们在我的心里生了根,如此深刻以至于我常常忘记这些作品是谁写的,就像有人因为长期拥有并使用了一本书那样,我自己成了这些书的作者,这些书是为我所有的"。我赞同他的话。正如彼特拉克所理解的那样,读者的亲密信念在于,个体书写是不存在的:存在的只有一个文本,无限的和碎片化的文本,通过这个文本,我们根本不用担心这个文本的连续性问题、时代错乱的问题,或者官僚气地主张所有权的问题。自从我第一次开始阅读以来,我就知道我的思考都只是在引用,我写的都是其他人写过的,除了重新改编和重新安排作品的野心,我再不能有其他写作野心。在这个任务中我获得了极大的满足。与此同时,我确信没有任何满足感可以像这种满足感一样,是真正永恒的。

我发现想象自己的死亡，要比想象万物的死亡更容易。尽管有神学和科学的想象，但是从我们的自我中心观点来看，是很难设想世界末日的：一旦观众离开，舞台将会变成什么样子？要是最后连旁观者都没有了，那么最后时刻的宇宙会是什么样子的呢？这些看似陈腐的难题，表明了我们的想象力是在什么意义上受到了第一人称单数的人的意识所限制的。

塞涅卡讲述了九十岁的塞克·图兰尼乌斯（Sextus Turannius）的故事，在卡利古拉（Caligula）的统治下，当皇帝解除他的职务时，"他命令家人把他放好了，然后开始围在他的床边哭泣，就好像他死了一样。这个家庭哀悼他们年迈失业的主人，直到他们主人的职务又恢复了为止"。凭借这一策略，塞克·图兰尼乌斯实现了一个似乎不可能完成的任务，他成了他自己葬礼的见证人。十七世纪之后，出于不太实际的原因，古怪的美国商人"老爷"蒂莫西·德克斯特（Timothy Dexter）①伪造了自己已经死亡的消息，这是为了了解人们对此会做何反应。由于假寡妇在葬礼上没有表现出足够的痛苦，在他起死回生之后，失望的蒂莫西·德克斯特狠狠地打了她一顿。

我的设想则更加温和：我只是看到自己被终结了，不再有任何决定、思想、恐惧和情感，此时此刻也不再有任何可察觉的感觉，无法使用"去存在"（to be）这个动词。

---

① 蒂莫西·德克斯特（1747—1806）是一名美国商人，他几乎没受过教育，以其独特的做生意的方式和古怪的性格著称。尽管他是商界巨富，但当时美国上流社会的成员都拒绝跟他往来。他五十岁的时候写作了《万事通的泡菜或土布衣的真理》（*A Pickle for the Knowing Ones Or Plain Truth in a Homespun Dress*），里面吐槽了政治、教士和他老婆，但是没有任何标点，连首字母的大写都是随意为之的。刚开始蒂莫西·德克斯特担心书卖不出去，免费派送，后来这本书居然很受欢迎，重印了八次。在第二版里，蒂莫西·德克斯特增加了一页共十三行标点供给读者参考。

米诺斯把每个罪人安排到他在地狱的位置上去。木刻描绘的是《地狱篇》第五章,带有克里斯托福罗·兰迪诺的评论,1487年印制。(贝内克珍本书 [Beinecke Rare Book] 和手稿图书馆 [Manuscript Library],耶鲁大学)

> 这儿……没谁死了……只有……我……我……
> 快死了……
> ——安德烈·马尔罗（André Malraux），
> 《王家大道》（*La Voie voyale*）①

世界永远在这里，但我们却不是。不过在《神曲》中，死亡是不存在的。或者更确切地说，但丁遇到的幽灵，他们的死亡在故事开始之前就已经发生了。在那之后，每一个人类灵魂都在地狱、炼狱和天堂这三个可怕的王国之中活着，直到审判日那天。但丁发现，身体的死亡夺取的只是人的很小一部分，也许人的意志并不包括在内。语言仍然属于他们，所以那些迷途的人和被拯救的人，都可以说出他们生前是谁以及他们现在是谁，并将他们死亡的那一刻通过言辞翻译出来而得以重温。有很多引文提到了个体是如何稍纵即逝的：其中最负盛名的是维吉尔，维吉尔告诉但丁他的身体，"我在吾躯内投过身影"，从布林迪西而来，埋葬在那波利；贝缇丽彩指责但丁，"越门槛进入灵魂的第二阶段"（她在

---

① 安德烈·马尔罗（1901—1976），法国著名作家、公共知识分子。他认为从暹罗到柬埔寨吴哥有一条从前的王家大道，沿途寺庙林立，肯定有不少漏编的古迹，于是1923年马尔罗偕妻子在法属柬埔寨旅游时，从吴哥古迹的女王宫偷走了四件女神像，案件轰动一时。马尔罗很快被逮捕，失窃的女神像也随即被送回柬埔寨。《王家大道》叙述了一个笼罩着死亡阴影的故事：一位西方男子来到东南亚，冒着生命危险深入丛林去探寻古代遗址中的佛寺浮雕，并把它们运出去卖掉。其内容几乎就是马尔罗自己丛林冒险之旅的写照。

二十五岁时去世），但丁背叛了她；乌戈利诺伯爵（Count Ugolino）可怕的死亡是因为被他的敌人红衣主教乌尔吉诺（Cardinal Ruggiero）囚禁在饥饿之塔（Tower of Hunger）里面并判他死于饥饿和吞噬自己的孩子（根据博尔赫斯的说法，历史里面真实的乌戈利诺伯爵应该只是做过其中一个事情，但是在但丁的诗中，这两件事情乌戈利诺伯爵都做了）；在血腥森林里的自杀；彼得·达米安被迅速宣布死亡；还有我们在本书的前面讨论过的曼弗雷德之死。[1]《神曲》与其说是一场在死亡之中的演练，不如说是一次记录死亡的演练。要知道等待他的将是什么，有死者但丁向那些经历过死亡的人们提出问题。这就是他的好奇心引领他到达的地方。

在那个"可怕的地方"，维吉尔告诉但丁说，他将"看见古时的幽灵痛苦残存，/ 名为本身的第二次死亡悲咷"，要求《启示录》（英语文学之经典的圣约翰《启示录》）中所宣告的最终毁灭的到来。[2] 根据其作者帕特莫斯岛的约翰（John of Patmos）的叙述，到了那可怕的一天，死者将会受到审判，会在《生命册》寻找他们自己的名字：如果他们的名字没有出现在那张不可预想的页面上，那么他们就会进入永恒燃烧的火焰之中受到谴责。"死亡和阴间也被扔在火湖里，"约翰说，"这火湖就是第二次的死。"（《启示录》20：14）。

在基督教的欧洲，死亡的图像在隐喻上具有古老的根源：例如在庞贝古城的马赛克镶嵌画中显示的死亡骷髅会跳舞的形象，是这种可怕形象在中世纪早期的第一次出现，画像中死亡骷髅呼吁所有人——年轻人和老年人，富人和穷人——加入他（或她，因为在拉丁语中，死亡是一个女人）。不过这种可怕的死亡形象并不是普遍的。例如在1967年三岛由纪夫（Yukio Mishima）写道：

> 日本人一直以来都意识到了这一事实：死亡隐藏在所有日常行为之下静静等待着。但他们的死亡观念是直截了当的、充满快乐的。外国人则可能有另一种关于可恶和可怕的死亡的概念。拟人

化的死亡的概念，比如就像中世纪欧洲人所想象的那样带着镰刀的骷髅形象的死神，在日本是不存在的。在日本的死亡观念也与另一些国家流行的认为死亡是一个主人或一种主宰的死亡观念不同，直到今天，就算在现代城市的旁边、在烈日下，那种古代遗留下来的观念覆盖上了层层茂密的装饰，依然留存着。我的意思是指墨西哥的阿兹特克人和托尔特克人的死亡观念。不，我们的死亡观念并不是一种好斗的死亡观念，而是一种纯净的水之源泉，从中涌出的清泉无止无休地流向世界各地，直到现在的很长一段时间，这种观点滋养和丰富了日本人的艺术。[3]

无论死亡是被快乐地期盼，还是被令人畏惧地防范，问题依然在于：超出最后之门槛的东西究竟是什么，如果死亡是一道门槛的话？佛教徒认为佛陀教导的四条崇高的真理给人们提供出了一种逃离死亡和重生之无尽循环的拯救之道，这种拯救首先是由佛陀自己体验的。在佛陀死后（或 Parinibbana［般涅槃］[①]，意思是"地上的存在全面寂灭"），佛陀的继续存在就像信徒所说的是一种"在缺席之中的存在"一样。后来的佛陀即弥勒（Maitreya 或 Metteyya）[②] 为了启迪他的弟子即将到来的世界，写下了一篇诗意的文本——《未来史教说》[③]（*The Sermon of the Chronicle-*

[①] 般涅槃，又译为波涅槃、般泥洹、波利昵缚男、波利昵缚喃、圆寂、入灭度、入灭等；是在"涅槃"前加"般利"或"般"；也称大般涅槃、摩诃波涅槃。佛教术语，可以认为是对涅槃的新译，只有证悟菩提者，如释迦牟尼佛在八十岁时宣布将要舍寿，即称之为"般涅槃"。（参见《大般涅槃经》）

[②] Maitreya 是梵语，Metteyya 是巴利语。弥勒，意译为慈氏，音译为梅呾利耶、梅怛俪药，是释迦牟尼佛的继任者，将在未来娑婆世界降生成佛，成为娑婆世界的下一尊佛，在贤劫千佛中将是第五尊佛，常被尊称为当来下生弥勒尊佛或弥勒佛。弥勒佛在大乘佛教中现为等觉菩萨，也有称为妙觉菩萨，是八大菩萨之一，大乘经典中又常称为阿逸多菩萨。他被唯识学派奉为鼻祖，其庞大思想体系，以《瑜伽师地论》为代表，而由无著、世亲菩萨阐释弘扬，深受中国佛教大师道安和玄奘等人的推崇。

[③] 《未来史教说》，依据一百四十二颂巴利文本《未来史》（*Anāgatavaṃsa*）衍生而来。（参见 Udaya Meddegama trans. and John C. Holt ed., *Anāgatavaṃsa Desanā: The Sermon of the Chronicle-to-Be*, Delhi: Motilat Banarsidass, 1993, p. 10。）

To-Be），宣布最后一位佛陀死亡之后会有"五种逐渐消失的方式"："证悟消失、教法消失、修行消失、外相消失、舍利消失。"多重缺失将宣告出一个人类无法获得真理的时代。所有事物终结之后，都将看到最后一位僧侣打破神圣的戒律，关于神圣文本的记忆淡化，僧侣的袈裟和属性失去了意义，所有佛教圣物都毁于大火。"那么'劫'（Kappa）①或曰世界的循环将被消灭"，这篇庄严的文献如是记载说。⁴

对于琐罗亚斯德的教徒来说，死亡是恶灵安哥拉·曼纽（Angra Mainyu）②的创造。起初，世界已持续存在了两个连续的各长为三千年的时代，首先是精神的形式，然后是物质的形式，然后受到了恶灵的攻击，恶灵创造了疾病来反对健康，创造了丑陋来反对美丽，创造了死亡来反对生命。三千年之后，在公元前1700年至1400年之间，先知查拉图斯特拉（或曰琐罗亚斯德）出生在波斯，预示着神圣的启示，使人类能够与恶灵安哥拉·曼纽做斗争。根据琐罗亚斯德教的圣书《阿维斯塔》（*Zend-Avesta*），现在的时代自从琐罗亚斯德去世之日期开始再过三千年，邪恶将被永远地打败。直到那时，每个人的死亡都会更接近琐罗亚斯德教徒称之为"（时间尽头的）复兴"（Frashokereti）③的那个有福的时刻。⁵

在犹太教和基督教的传统中，最早的启示论文学可以追溯到公元前五世纪末，根据《塔木德》，古代犹太人的预言随着最后的先知——玛拉

---

① "劫"的梵语为kalpa，巴利语为kappa，音译劫波、劫跛、劫簸、羯腊波。意译为分别时分、分别时节、长时、大时、时。原为古代印度教极大时限之时间单位。佛教对于"时间"之观念以"劫"为基础来说明世界生成与毁灭之过程。

② 阿里曼（Ahriman），又译阿赫里曼，即安哥拉·曼纽（Angra Mainyu）。琐罗亚斯德教（祆教）中善神阿胡拉·马兹达的宿敌，一切罪恶和黑暗之源，居住在深渊之中。世界乃善神阿胡拉·马兹达与恶神阿里曼不断争斗之场所，阿胡拉·马兹达终将击败并驱逐阿里曼，所有人将得到审判和救赎，升入天国。

③ Frashokereti是阿维斯塔语，琐罗亚斯德教义认为，创造最初是完美的，但后来被恶破坏了。在末日，邪恶将被毁灭，其他一切事物将与上帝完全统一，善的教义最终会战胜恶。"（时间尽头的）复兴"会伴随着末日审判，是琐罗亚斯德教派末世论的观念。

基（Malachi）①、哈该（Haggai）②和撒迦利亚（Zechariah）③的预言——而结束。⁶ 但预言性质的异象继续被记录了下来，不再是以先知之名宣告他个人的声音，而是匿名或借用了古代先贤的名字。除了《但以理书》之外，这个全新的先知文学传统的其余部分，有些成了《哈加达》④的一部分，它主要是犹太人处理非律法主题的《塔木德》文献。古典的先知文献描述了人类不端行为导致末日到来时会发生的事件，呼告一个永恒的黄金时代的到来。这些大灾难会导致异教王国的沦陷，被拣选之人会得到救赎，让他们从流亡之途回到应许之地，建立普遍的和平与正义。虽然承认这些异象，新的先知宣告了一场战争：不仅是在上帝的子民和不信的人之间的有朽者的战争，还是一场在善良之主人和邪恶之主人之间的异世界的战争。在早期圣经预言中，救赎之主就是上帝自己；新的救世主宣告了一个弥赛亚的到来，这个弥赛亚的本性既是人性的，又是神性的。这些后来的预言写作自然将会滋养出一些新生的追随基督信仰的信仰者。

《旧约》教导说，人活在尘世上时才有可能建立与上帝的关系。在一个人死后——在犹太人的传统中，在人死之后，语言是被排除在外的——所有与神的接触都被切断了。"死人不能赞美耶和华，下到寂静中的也都不能"，《诗篇》的作者写道（《诗篇》115∶17）。无论一个人能做什么来取悦上帝，他都必须在尘世上完成，否则就根本无法完成。但是在公元前一世纪，犹太人之中开始出现一些不同的、更富有希望的观念。来生的存在，对坏事的报应和对良好行为的报偿，以及身体复活的概念（虽然所有

---

　　① 玛拉基是《旧约》中的最后一卷先知书《玛拉基书》的作者，也是旧约中最后一位先知，生活在约公元前430年代，是被掳后犹大地的一位忠诚犹太人，极有可能是一位祭司先知。

　　② 哈该生活在巴比伦灭亡后的时代，根据《哈该书》内容的推断，哈该所身处的时代应该与撒迦利亚及玛拉基一样，同属犹太人从巴比伦回到家乡——耶路撒冷的年代。在哈该做先知期间，犹太人返回故乡重建耶路撒冷和耶和华上帝的圣殿，它们在巴比伦攻陷耶路撒冷的时候被毁。《哈该书》在《旧约》十二小先知书的第十卷。

　　③ 撒迦利亚（天主教译为匝加利亚）是《希伯来圣经》中的人物，犹大王国的先知，《撒迦利亚书》的作者。撒迦利亚和以西结一样，也出身于祭司家庭。他是比利家的儿子，易多的孙子。在巴比伦囚房时期，生在巴比伦。

　　④ 参见本书第126页脚注④。

这些观念的初级形式可以追溯到圣经的经典文本）成了犹太人信仰的基本原则。有了这些原则，即使在肉体去世后，也能够接近上帝，人类的永生也得到了确保，这使一个人在当时当下的行事变得极为重要。这些古老的确定性在连续的释经学解读之中被同化和转化，在《启示录》中达到了顶峰，最终成了但丁《神曲》的核心。对于但丁而言，作为生者，我们都需要对我们自身的行为和我们自己的生命负责任，不仅是在尘世，也超越尘世。当我们沿着生命这条道路旅行直到我们生命的终点之时，我们在锻造我们自身的奖励和惩罚。但正是这些奖惩，构成了关于人之成人（individual-to-be）的责任的基本宣言。不过对于但丁来说，即便是死亡之后，我们也不会陷入沉默的惩罚之中：死者仍然保留语言这个礼物，所以他们可以通过言辞来思索将有什么事情要出现。

伊斯兰教承诺，人死之后，有罪之人会被施以惩罚，信徒会得到奖励。"我确已为不信者预备许多铁链、铁圈和火狱。善人们必得饮含有樟脑的醴泉，即真主的众仆所饮的一道泉水，他们将使它大量涌出。他们履行誓愿，并畏惧灾难普降日。他们为喜爱真主而赈济贫民、孤儿、俘虏。'我们只为爱戴真主而赈济你们，我们不望你们的报酬和感谢。我们的确畏惧从我们的主发出的严酷的一日。'"① 这种恐惧是富有成效的：在身体死亡之后，真主会用丝绸制作的长袍、躺椅、阴凉的树荫、水果、银盘和姜味的清水奖励信徒，就像珍珠一样闪闪发光的永远年轻的男孩会把它们奉上。在十二世纪，伊本·阿拉比（Ibn 'Arabi）② 解释说，罪人"应该以丑陋的形式聚集起来，甚至连猿猴和臭猪的聚集都会比罪人的聚集要看起来更好些"。财富的积累是永恒幸福的一道障碍：

---

① 语出《古兰经》76：4—10。中译均采用《古兰经》，马坚译，中国社会科学出版社，2013 年。
② 伊本·阿拉比（1165 年生于安达卢西亚，1240 年 11 月 16 日卒于大马士革），著名的伊斯兰神秘主义哲学家，通过他对伊斯兰思想的第一次完全的哲学表达，给伊斯兰思想以秘传的、神秘主义的维度。他在伊斯兰思想史上的重要意义在于在将苏菲神秘主义学说系统化和理论化，主要的作品有《麦加启示》(*The Meccan Revelations*) 和《智慧晶棱》(*The Bezels of Wisdom*) 等。

与先知相伴的阿布·胡赖拉（Abu Huraryra）先知说，贫穷的信徒会比富有的信徒提早半天进入天堂。⁷

在复活日，即Al-yawm al-qiyama（也称为Al-yawm al-fasal［分拣日］和Al-yawm al-din［宗教日］）那一天，各人对自己就是明证，关于这一天更详尽的记录在《古兰经》第七十五章。"在那日，许多面目是光华的，是仰视着他们的主的。在那日，许多面目是愁苦的，他们确信自己必遭大难。"①没有人知道这个可怕事件的确切日期（只有真主知道，甚至先知也无法改变它），但在那一天，死者将会复活，"尽管你们变成石头，或铁块，或你们认为更难于接受生命的什么东西"②。复活日会由一系列重要的迹象宣告出来：假弥赛亚麦西哈·旦扎里（Masih ad-Dajjal）③的出现；麦地那被废；尔萨麦西哈（Isa，在伊斯兰教命名法之中的耶稣）归来，他将击败假弥赛亚麦西哈·旦扎里（Masih ad-Dajjal）和所有的假宗教；歌革与玛各部族的释放④；麦加被攻击和天房克尔白（Kaaba）被毁灭⑤；一阵甜美的南风将使所有的真信徒死亡。这时《古兰经》的所有经文都会被人们遗忘，所有关于伊斯兰教的知识都将被鄙弃，一个恶魔般的野兽将出现在幸存者面前，他们残暴荒淫，一片巨大的乌云笼罩大地，太阳从西方升起，天使伊斯拉菲尔（angel Israfil）⑥的第一

---

① 语出《古兰经》75：22—25。

② 语出《古兰经》17：50—51。

③ 阿拉伯语"麦西哈"指"触摸、去摸"，"旦扎里"是"遮蔽、隐藏"的意思。伪弥赛亚乃通过玩弄手法和骗术的方式来瞒哄世人，在圣训中，旦扎里之所以被称为麦西哈，是因为他的一只眼睛瞎掉了，这只瞎掉的眼睛就好像是被人触碰了一样。

④ 歌革与玛各部族，出现在圣经的《创世记》《以西结书》《启示录》《古兰经》之中，有不同的形象，例如人、超自然生物（巨人或恶魔）、民族团体等。这两个部族被认为数千年来始终被铁门挡在世界边缘，在末世之日将挣脱束缚。

⑤ Kaaba也作Quaaba，中译克尔白，也称天房，位于麦加，伊斯兰教认为它是由先知易卜拉欣及其子在安拉意志下重建的"亚当之屋"，后来穆罕默德清除了其中的偶像，改作穆斯林礼拜的地方，迄今依然是全世界穆斯林做礼拜时朝向的正向。

⑥ Israfil又作Israfel、Sarafiel或Israphel意为"天使之音"，是"燃烧的天使"，伊斯兰教中审判日吹响号角的天使之一，传说天使伊斯拉菲尔会在最后末日降临耶路撒冷的圣岩上，吹起威严的号角，以唤醒和鼓舞那些因审判而沉醉已久的死者灵魂。据说伊斯拉菲尔全身上下数百个口舌，具有一神之下万物之中最美好的声音，能用千百种语言以赞美真主安拉。

声号角让所有活着的生物死亡；最后第二声号角响起，死者将会复活。[8]

西班牙学者米格尔·阿辛·帕拉西奥斯（Miguel Asín Palacios）[①]认为，但丁或许知晓伊斯兰教的启示论传统，并且他可能是通过在科尔多瓦地区印制的《圣训》（hadith）[②]的拉丁语译本知晓伊斯兰教启示论的。虽然米格尔·阿辛·帕拉西奥斯关于伊斯兰教对《神曲》的影响的理论，在很大程度上被人们认为是不可信的，但是他的批评者们却必须要接受"中世纪基督教的宗教思想中存在着伊斯兰教主题的入侵"的可能性。一旦米格尔·阿辛·帕拉西奥斯提出了他的基本论点，那么他的论证其实看起来就很明显了：来自安达卢斯（Al-Andalus，一个培育了西班牙地区的三种文化（伊斯兰教、基督教和犹太教）之间流畅的对话的文明）的伊斯兰教文本被翻译成了拉丁文，这些文本其实很容易就可以流传到意大利的文化中心，它们在那里肯定会吸引诸如但丁这样杂食性读者的关注。这些文本之中值得注意的是《宽恕之信》（Epistle of Forgiveness），这是一部由十一世纪的叙利亚诗人阿布·阿拉·阿拉-马阿里（Abu l-'Ala' al-Ma'arri）[③]撰写的关于天堂和地狱之旅的讽刺游记，它不可抗拒地唤起了西方读者对于但丁《神曲》之中关于"另一个世界"的对话。在《宽恕之信》中，作者取笑了一位他认识的不见经传和迂腐陈旧的语法学家，说这个人在死之后已经在"另一个世界"中

---

① 米格尔·阿辛·帕拉西奥斯（1871—1944）是西班牙的伊斯兰研究学者，也是一位罗马天主教神父。他以研究但丁《神曲》中的伊斯兰思想闻名，代表著作是《〈神曲〉中的伊斯兰启示论》（La Escatologiamusulmana en la Divina Comedia, 1919）。

② 《圣训》意为"叙述"，是伊斯兰教先知穆罕默德的言行录，由后人所编。《圣训》形成于八至九世纪，其主要内容是先知对教义、律例、制度、礼仪及日常生活各种问题的意见主张。也包括他的行为准则和道德风范。圣门弟子谈论宗教、经训和实践教理等的言行，凡经他认可和赞许的也被列为《圣训》的范围，但有的属于伪托。

③ 阿布·阿拉·阿拉·马阿里（973—1057），在阿巴斯王朝时期出生于（今叙利亚）的阿勒颇附近，是一位阿拉伯哲学家、诗人和作家。尽管他持有一种有争议的非宗教的世界观，但他仍被认为是最伟大的古典阿拉伯诗人和哲学家之一。他在巴格达创作流行诗歌，但拒绝出售他的作品。母亲去世后，他回到叙利亚生活。有学者主张他的《宽恕之信》（Resalat Al-GhufranI，创作于约1033年）影响了但丁《神曲》的创作。

克服了官僚主义的困难,与过去的那些著名诗人、哲学家和异教徒们进行了一场对话交锋,甚至还跟魔鬼本人进行了亲切交谈。⁹

伊斯兰作者们将"第二次死亡"与"第一次死亡"区分开来,认为死亡是真正信徒生命的最高点和积极的行为。十世纪有一系列由匿名的作者撰写的著作,这些作者们属于位于巴士拉和巴格达的一个神秘的兄弟会,我们知道他们名为"纯洁兄弟会或真诚兄弟会"(Ikhwan al-Safa),他们有一个文本题名为"为什么我们会死"(Why We Die),这个文本通过一系列扩展的隐喻描述了死亡的行为。身体是一艘船,世界就是大海,死亡是我们渴望前往的海岸;世界是一个赛马场,身体是一匹高贵的马,死亡是目的,上帝是给出奖赏的国王;世界是一个种植园,生命是季节的连续;往生(hereafter)是一个把谷物脱粒成糠的筛板。"因此,"这段文字写道,"死亡是一件明智的事情,是一种慈悲,因为只有在我们离开我们的物理框架、离开了我们的身体之后,我们才能到达我们的真主那里。"¹⁰

毫无疑问,伊斯兰教的复活日在某些特征上跟它的基督教对照物是一样的。根据二世纪的基督教会领袖伊里奈乌(Iranaeus)①的说法,图密善(Domitian)统治下的最后几年(95年或96年),帕特莫斯岛的约翰被赋予了异象。在传统上(也是错误地)帕特莫斯岛的约翰被认定为就是那个受到耶稣喜爱的门徒福音传教士约翰,据说在福音传教士约翰年老的时候,他来到了帕特莫斯岩石丛生的荒野之中,把他的幻象形诸文字。¹¹

约翰的《启示录》是一部令人难忘的神秘的诗意文本,它记录了死亡并不是结束,而是善和恶之间斗争的一个阶段。它的结构围绕着数字"七":七个字母、七个封印、七个小号、七个异象、七个瓶子,最后还有七个异象。对于那个令人痛苦的问题"我们将会变成什么样?",约翰《启

---

① 伊里奈乌(Ειρηναίος),基督教会的主教,被罗马大公教会和正教会封为圣人,新教尊称为教父。主要著作包括《驳异端》(Adversus Haereses,驳斥诺斯替主义者马可安)和《使徒教义的实证》等。

示录》做出的回应是，会有很多可怕的景象"叫他将必要快成的事指示他的众仆人"（《启示录》1：1）并引导读者破译它们。启示的奥秘被描绘成一部封闭的书，被七个封印锁住，允诺理解这本书是天使给约翰吃下去的一部打开着的书籍，这是对《以西结书》（2：10）的一个隐喻的回应，在《以西结书》中先知同样也得到了一本书，"他将书卷在我面前展开，内外都写着字，其上所写的有哀号、叹息、悲痛的话"。因此，上帝赋予的异象对那些不信的人来说是不可理解的（封印住的），对那些信仰者们来说是可理解的（可消化的）。这是对阅读活动的最古老和最持久的刻画之一：吃掉文本，以便理解它，使其成为自己身体的一部分。

已知对《启示录》最早的拉丁语解读，是在施蒂里亚地区（Styria）（今在奥地利）的佩特瑙主教（bishop of Pettau）维克多里努斯（Victorinus）[①]在四世纪写作的，他在戴克里先（Diocletian）皇帝的统治下殉难。不过维克多里努斯撰写的圣经评注，除了对《创世记》第一章和《启示录》最后一章的解读片段之外，其他解读都没有流传下来。维克多里努斯认为基督徒所受到的迫害恰恰可以证明世界末日即将来临，维克多里努斯在约翰《启示录》中看到了他所处时代的事件，这些事件（他以为）将于基督统治后的一千年终结。[12]

维克多里努斯的解读是令人信服的。在 1000 年以后的很久，读者们仍然继续将约翰看到的异象，解读成一部关于当代历史的编年史。比如直到 1593 年，苏格兰的一位发明了小数点和对数的数学家约翰·纳皮尔（John Napier）[②]出版了一部叫作《关于整部〈约翰启示

[①] 佩特瑙的圣维克多里努斯（Saint Victorinus of Pettau or of Poetovio, ? —303 [304?]）是伊里奈乌的学生，生平著作主要是对《启示录》的评注。

[②] 约翰·纳皮尔（1550—1617）是苏格兰数学家、物理学家、天文学家和神学家。他最为人所熟知的数学贡献是发明对数以及滑尺的前身——纳皮尔的骨头计算器。他的著作《奇妙的对数规律的描述》（*Mirifici Logarithmorum Canonis Descriptio*）总共有三十七页的解释和九十页的对数表，对于后来的天文学、力学、物理学、占星学的发展都非常重要。纳皮尔把他的数学天分也应用到了神学上，他根据《启示录》预言世界末日，认为世界末日将在 1688 年或者 1700 年到来。

录〉的完整发现》(*A Pleine Discoverie of the Whole Revelation of St. John*)的著作,回应了维克多里努斯对《启示录》的解读。约翰·纳皮尔激进地反对天主教,在这本书中他提出了一个基于他对《启示录》的阅读而得出的时间轴。运用西班牙无敌舰队的失败作为上帝站在新教徒这一边的证明,约翰·纳皮尔解释说历史的第七个、也是最后一个时代的号角声,是从1541年约翰·诺克斯(John Knox)① 开启苏格兰宗教改革开始的,并且根据他的计算,世界末日将在1786年到来。这些有序解读的当代传承者,是美国福音派复兴主义者,如葛培理(Billy Graham)②。葛培理在约翰所看到的异象之中看到了哈米吉多顿(Armageddon)③ 的威胁或到来。[13]

但在四世纪,维克多里努斯对《启示录》的历史化的解读,并没有被教会的权威所接受,特别在君士坦丁大帝之后教会的力量不断增长,维克多里努斯的解读就更不被接受了。尽管圣哲罗姆对维克多里努斯评注的评注,给予了这位殉道的学者一个教会作者的显著位置,但是圣哲罗姆也主张,维克多里努斯的解读是有问题的,对《启示录》的解读应该用寓意解读法,而不是字面解读法。圣哲罗姆巧妙地找到了一个既能够融合维克多里努斯的解读,又没有否定现在教会的胜利者的解决方案。圣哲罗姆主张,《启示录》呈现出了一系列在历史之中反复重演的类型化的事件,周期性地提醒我们,审判之日即将来临:在巴比伦开始吹响的号角声音在今天仍然响亮。第二次死亡还在等着我们呢。[14]

---

① 约翰·诺克斯(1513—1572),著名宗教改革领袖,创办了苏格兰长老会,身列日内瓦"宗教改革纪念碑"的四巨人之一。1540年改信新教加尔文派,1559年重返苏格兰,与玛丽女王对垒,带领苏格兰教会进行宗教改革,被誉为"清教主义的创始人"。

② 葛培理(William Franklin Graham Jr. ,1918—2018),美国基督教新教福音派布道家,是第二次世界大战以后福音派教会的代表人物之一,在中产阶级以及适当保守的新教徒中享有盛誉。

③ 英语根据希腊语 Ἀρμαγεδών 读音的转写,语出《启示录》(16∶16):"于是,那些鬼魔的灵把众君王都召集到一个地方;希伯来语叫作'哈米吉多顿'。"哈米吉多顿是世界末日之时列国混战的最终战场,在新约圣经《启示录》的异兆中"哈米吉多顿"这个词只出现过一次。

在《上帝之城》中，圣奥古斯丁似乎同意圣哲罗姆的这种带着包容性的解释。根据奥古斯丁的说法，通过一系列在某些人看起来可能会令人困惑的图像，《启示录》向它的可能读者们揭示出了真正教会的历史，以及他们自身的个体冲突，但通过阅读某些清晰的段落，《启示录》对每一个读者都谈到了个人如何战胜黑暗，走向光明。奥古斯丁严厉批评了那些相信千年王国结束之时身体会复活并且可以享受"最无拘无束的肉体飨宴"的人们。奥古斯丁说，第一次复活将使得那些人获得"不仅仅是从死亡的罪恶之中再次复活［将来到的］生命，而且还［继续］以这种新的生命条件新生"。奥古斯丁总结道："这种再次复活将使他们分有第一次复活；然后第二次死亡对此无能为力。"¹⁵ 但丁从黑暗森林之中走来，遵循奥古斯丁的阅读，向着最后的异象朝圣。

受到这些评论的滋养，中世纪基督教启示论者们会认为死亡并不是结束：灵魂是有来世的。即便如此，来世也不是存在的最后阶段。当最后的号角声响，最终的时刻即将到来，在最后的一声命令之中，灵魂将会知晓他们自身故事的真实结论。期待公正的分派，真的基督徒应该以仪式般的平静，面对他们最后的时刻，应该安静地把他们的灵魂托付给他们的创造者，也即亚里士多德意义上的至高之善（Supreme Good），所有事物都终将回归于它。

根据历史学家菲利普·阿里耶斯（Philippe Ariès）①的观点，这种温和看待死亡的态度可以追溯到第一个千禧年的结束。在基督教的欧洲曾将死亡视为"驯服"（domesticated）——也就是说由一种仪式系统所控制，这种仪式让垂死的人痛苦地意识到他或者她正处于生命的最后一刻。¹⁶ 这个濒死的痛苦之人应该主动将身体置于预定位置等待死亡，脸朝着天堂的方向平躺，接受他或她参与在一个传统仪式中，这种

---

① 菲利普·阿里耶斯（1914—1984）是法国中世纪史学者、社会史名家、无政府主义者，以对儿童史、家庭史和死亡观念史的研究享誉于世，代表作品有《旧制度下的儿童和家庭生活》（或译《儿童的发现》）和《面对死亡的人》等。

仪式将死亡密室变成了一个公共的空间。

人们开始把死亡理解为一种安慰，一种充满希望的观念，这种观点或许直到启蒙运动的怀疑主义之前都非常流行；死亡被视为一个安全的避风港，是地上生活最后的安息之地。至于伊斯兰教，他们把死亡描绘成一个渴望已久的港口，一片收获之后的禾场，一场比赛的终点线，而基督教则在其中增添了一个等待人生终结的小旅馆的意象。"我的女士，如果旅行者经过一天的疲惫，想要回到旅程的开始，回到同一个地方，那么他肯定是疯了。"我们在《塞莱斯蒂娜》中读到，"对我们生命中拥有的所有事物来说，拥有它们比期待它们更好，因为每当我们从旅程开始更进一步的时候，我们就离旅程终结更近了一步。对于疲倦的人来说，再没有什么比一间小旅馆要更加甜美或更加愉快的了。所以就是这样，虽然年轻时很开心，但真正明智的老人根本不愿意重返年轻，因为年轻人缺乏理性和良好的判断力，所以他们除了爱他们所失去的东西之外，就不爱任何别的东西了。"[17]

根据菲利普·阿里耶斯的说法，第一个千禧年的结束，标志着我们处理死亡的方式发生了变化：在生者的生活范围之内接受死者。在古罗马，公民法禁止 *in urbe*（在城墙内）埋葬死者。菲利普·阿里耶斯说，这个习俗的改变并不是因为人们重新考虑了欧洲的葬仪，而是经由北非尊重殉教者的遗体并将他们埋葬在教堂里（首先是在市郊，然后就在任何一座教堂的选址上）的习俗而来的。[18] 教堂和教堂墓地成了同一个地方，成了生者所居住之所附近的一个部分。

随着死者融入那些生者的世界之中，死亡的仪式便具有了双重的意义：表现死亡的"表演"，以第一人称单数，"我"的消亡为终结的审判日表演；以及有责任哀悼和纪念的生者对这个行动的见证。死亡的繁文缛节转移进了充满爱欲的领域，例如在浪漫主义运动的艺术和文学领域经常出现的那样。死亡获得了哥特式的美感。埃德加·爱伦·坡判断说，一名美丽的女人的死"毫无疑问地是这个世界上最具诗意的话题"。[19]

二十世纪和二十一世纪的工业化社会倾向于把死亡排除出去。我们这个时代的死亡发生在医院和护理院之中,远离家庭或公众的视线。死亡"变得可耻而被禁止了",菲利普·阿里耶斯主张,甚至人们还隐瞒着病人他将要死亡这件事情直到最后的时刻。然而现代战争在某种程度上剥夺了死亡的个体性。两次世界大战以及它们产生的一直延续至今的屠杀,使死亡成了复数的,吞噬每个个体的死亡以无休止的统计数据和集体纪念碑的形式出现。克里斯托弗·伊舍伍德(Christopher Isherwood)① 与一名年轻的犹太电影制作人交谈时提到,这恰恰是在以数以万计的数字抹除人类。伊舍伍德提到,有六十万同性恋者在纳粹集中营被杀害,但年轻人对此却丝毫没有受到触动的样子:"可是希特勒杀死了六百万犹太人",他严肃地说。伊舍伍德回头看着他,问道:"你是干什么的?搞房地产的?"[20]

尽管舞台上演着死亡,尽管寂寂无名地死亡,或者作为大多数人之中的一员而死亡,我们可能会因之得到安慰和保证,但是我们仍然不想"绝对地"死去(die absolutely)。在2002年,《新科学家》(New Scientist)杂志的编辑杰里米·韦伯(Jeremy Webb)向读者们提供了一个奖项:获奖者在他们去世后,他或她的身体将在密歇根人体冷冻研究所(Cryonics Institute of Michigan)经过处理后被慢慢地冷却到极低温的状态,在那里无限期地保持在液氮中。"虽然精子、胚胎、病毒和细菌已先被冷冻然后恢复生命,但大量的肌肉、骨骼、大脑和血液的复苏则更具挑战性。在 $-196°C$ 的温度以下没有腐烂的过程也没有生物的作用,"韦伯解释道,"人体冷冻法的整个重点在于你将自己置身于深深的冰冻状态之中,直到技术获得了能够让你重生的专业知识为止。"[21]

"我们会变成什么样?""我们会永远消失吗?""我们能从坟墓中归来吗?",这些问题之下隐含着许多种不同的死亡观念。我们究竟是

---

① 克里斯托弗·伊舍伍德(1904—1986)是小说作家、剧作家、自传作家和电影编剧,他出生于英国,1946年加入美国国籍,是一名同性恋者,代表作有《柏林故事》及《独身男人》,两者均曾被搬上银幕。

将死亡视为人生的最后一个章节，还是将其视为第二卷的开端，我们是否因为无法了解死亡而害怕死亡，是否因为相信在死亡的另一边就是对我们在尘世上的行为的报复而害怕死亡，无论我们是否会在想到我们将不复存在的时候陷入深深的怀念，会同情那些我们抛下的留在尘世上的人们，我们将死亡视为一种存在状态（或不存在的状态）的刻画，将我们的死亡观念定义为一种行为，一种最终的游荡的行为。"即使我相信灵魂不朽这个信念是错误的，"在一世纪的西塞罗以不同寻常的简单语言写道，"但我很乐意我有这个错误的信念，因为这种信念让我感到高兴，只要我活着，我就想保留这种信念。"[22]

除了我们自己无法实现我们自己的死亡之外，随着年龄的增长，我们还会不断地意识到其他人在我们的人生之中日益缺席。我们发现我们已经很难说再见了。每一次告别都以秘密的怀疑来困扰着我们，我们怀疑这可能是最后一次见面；我们试图尽可能长时间地站在门口挥手。我们不会因为这种明确的缺席而放弃。我们不希望去相信这种解散具有绝对的权力。这种怀疑是对信仰者的一种安慰。当圣贝尔纳为了但丁的救赎向圣母祈祷的时候，圣贝尔纳请求圣母"把众霾驱离其肉体，让他可以／目睹至高的欣悦在眼前彰显"。[23]

塞涅卡（但丁当然读过他，不过但丁只是在幽域［Limbo］的高贵城堡［Noble Castle］中用一个单一的词组"讲道德的塞涅卡"［moral Seneca］①承认了这一点）曾经研究过古希腊的斯多葛派，但他的生活并没有遵从斯多葛派的卓越教诲。在塞涅卡的著作中，他以坚忍的清醒态度指出，死亡绝对不能吓唬我们："这不是说我们拥有的时间太少，"他用银行家一般的语言写信给他的朋友，罗马粮食供应的主管者，泡林努斯（Paulinus），"这是说我们失去了的时间太多。如果我们仔细分配时间，那么生命足够长了，我们能够分配的部分对我们想干的雄心勃勃的事业来说已经足够多了。"[24] 当然，这些想法即便是在一世纪的罗马，也

---

① 语出《地狱篇》第四章141—142行，中译"利用言辞／劝世的塞涅卡"，参见但丁·阿利格耶里著，《神曲1·地狱篇》，黄国彬译注，外语教学与研究出版社，2009年，第62页。

不是一种全新的观念。从很早的时候开始，罗马人就已经设想了来生，来生取决于我们如何更好地（或者如何糟糕地）经营我们的此世。

"存在着一个连续的生命序列、连续统一、内在不朽"，这种观念在铭文集中得到了优美的总结，在《拉丁铭文集成》（*Corpus Inscriptionum Latinarum*）这部伟大的拉丁语墓志铭文集中："我是灰烬，灰烬是土，土是女神，因此我没有死。"[25] 宗教教义、民事法条、美学和伦理、高雅的哲学和低级的神秘主义：一切都取决于这种清晰的三段论。

如果死者并没有彻底消失的话，那么与他们建立某种关系可能会变得更加方便：人们能够有机会与死者交谈，最重要的是，死者有机会发言，就像在《神曲》中一样。这些对话最早在文学中的例子，可以从古代的墓葬之中看到，墓碑上刻着献给死者的话，就像但丁进入地狱的狄斯之城以后提到的那些话一样。[26] 在那些最古老的墓葬之中，意大利景观是由伊特鲁里亚人（Etruscan）建造的，用葬仪庆典的场景和逝者的肖像典雅地装饰起来。罗马人延续了这种消失的伊特鲁里亚文明的习俗，在墓碑上添加了铭文。起初这些墓碑只是宣布了这个名字，用冷静的话语赞美了逝者，祝愿他或她的灵魂没有痛苦地航行到下一个地点（"愿大地给你照明！"）或者礼貌地介绍这位逝去的陌生人（"致敬，逝去的您啊！"）。虽然简洁仍然还是墓志铭的一个特征，但是随着时间推移，墓志铭变得不再传统，而是更加抒情，旨在模仿与逝去朋友或亲人的对话，或者说在死者和生者之间建立一种"人皆有死"的联系。然而，翻译成文字的话，最衷心的感情和最深沉的悲伤都可能是刻意人为的。最终，墓志铭成了一种文学体裁，成了紧随挽歌的小弟。

在乔治·巴萨尼（Giorgio Bassani）的小说《芬奇-孔蒂尼花园》（*The Garden of the Finzi-Contini*）①的第一章，一群人参观了罗马北部的

---

① 《芬奇-孔蒂尼花园》（又译《费尼兹花园》），作者乔治·巴萨尼以普鲁斯特式的笔法娓娓讲述了二次大战来临之前，费拉拉的犹太青年在与世隔绝的芬奇-孔蒂尼家族花园中最后的无忧无虑的青葱岁月。1970 年这部小说被改拍成了同名的电影。

伊特鲁里亚公墓。一个年轻的女孩问她的父亲，为什么古代人的墓葬相比于年代更近的人的墓碑，唤起我们的悲伤更少一些呢？"这很容易理解，"父亲说，"那些最近去世的人离我们更近，正是因为这个我们才爱他们更多。至于伊特鲁里亚人，他们已经死了很长时间，时间太长了就好像他们从来没有活过，甚至好像他们已经永远地死掉了一样。"27

无论是在时间上更靠近我们，还是离我们很久了，死者都会引发起我们的好奇心，因为我们知道我们迟早都会加入他们之列。我们想知道事情是如何开始的，我们也想知道它们将如何结束。我们试图想象，世界如果没有我们会怎么样，我们以一种令人不安的努力去想象一个没有叙述者的故事，一副没有见证者的风景。但丁巧妙地颠倒了这个过程：他想象的世界不是没有他的世界，而是没有其他人的世界，或者更确切地说，他想象了一个他自己活着而所有其他人都死掉了的世界。他给了他自己站在生者的视角上探索死亡的力量，晃荡在那些终极问题已经得到了或恐怖或喜悦回答的死者中间。

《神曲》是一首没有尽头的诗。它的结束同样也是它的开始，因为只有到了最后的异象之时，当但丁终于看到了不可言说的异象的时候，这位诗人才可以开始讲述他这段旅程的编年史。在 1986 年，博尔赫斯在日内瓦去世之前，很快地构思出了一部短篇小说（不过他再没有机会把它写出来了），这部小说是一部关于但丁在威尼斯的故事，但丁在梦中给《神曲》写了一部续集。博尔赫斯从未曾解释过这部续集可能的样子，但也许在他的朝圣之旅的第二部，但丁会回到尘世，然后在尘世之中死去，这个场景就好像是对他的杰作《神曲》的镜像模仿，但丁的灵魂会游荡在这个充满血肉的世界之中，跟他的同时代人交谈着。毕竟，在他疲惫的流亡期间，他的感觉一定会跟流亡者们一样，觉得自己像一只鬼魂一样，游荡在生者之中。

第十六章　事情为什么是这样子？

我的家庭女教师在1940年代初逃离了纳粹德国的魔掌，经过一段与家人渡过的艰难旅程之后，她抵达了巴拉圭，受到了亚松森码头上挥舞着的横幅的欢迎。（这是发生在阿尔弗雷多·斯特罗斯纳［Alfredo Stroessner］①军事统治期间的事情了。）最终她来到了阿根廷，我的父亲雇佣了她，她成了我们的家庭教师，在我父亲任职以色列的时候，她还陪伴着我们。她很少谈到她在德国的岁月。

她是一个忧郁而安静的人，在特拉维夫，她并没有结交什么朋友。在她所拥有的少数几位朋友之中，有一位瑞士女人，她与她时不时一同看电影。这位瑞士女人的前臂上有一个文身，是一串号码，有点模糊。"永远不要问玛丽亚这是什么"，她警告我，没有给我任何解释。而我自然也从来没有问过。

玛丽亚从来没有隐藏过她的文身，但她总是避免去看着它或者触摸它。我试图让我的双眼远离开这个文身，但这似乎是不可抗拒的，就像是在水下面看到了一行诗歌，引诱着我去破译它的意思。直到我长大了，了解到了纳粹曾经给他们的受害者（主要是在奥斯威辛集中营）使用的编码系统之后，我才终于懂了。布宜诺斯艾利斯有一名年迈的

---

① 阿尔弗雷多·斯特罗斯纳·马蒂奥达（Alfredo Stroessner Matiauda, 1912—2006）是巴拉圭前总统和军事独裁者（1954—1989）。

296 波兰籍图书管理员，他也是奥斯威辛集中营的幸存者，也有这种文身，他有一次对我说，这个文身会让他回想起他曾经在卢布林市立图书馆整理过的书籍之中的电话号码，很久以前在他年轻的时候，他曾在那里帮过忙。

但丁和维吉尔会见邪恶的献诈者(the evil counselors)。木刻描绘的是《地狱篇》第二十六章,带有克里斯托福罗·兰迪诺的评论,1487年印制。(贝内克珍本书[Beinecke Rare Book]和手稿图书馆[Manuscript Library],耶鲁大学)

> 我相信我在地狱,所以我存在。
> ——亚瑟·兰波(Arthur Rimbaud),
> 《地狱一夜》(*Nuit de l'enfer*)①

这个地球上有一些地方,从那里归来的人,归来却赴死。

在1943年12月13日,二十四岁的普里莫·莱维(Primo Levi)被法西斯民兵逮捕,拘留在了位于摩德纳(Modena)附近的佛索利(Fossoli)集中营。九个星期后,普里莫·莱维承认了自己是"犹太人种族的意大利公民",他和所有其他的犹太囚犯一起,被送到奥斯威辛集中营。他说,所有的人,"甚至还有孩子,甚至还有老人,甚至还有病人"。1

在奥斯威辛集中营,普里莫·莱维和他所在的工作小队(Kommando)的其他五人被分派的任务之一,就是要把一个被埋在地下的汽油箱的内部刮干净。这项工作令人筋疲力尽,残酷而危险。小组里最年轻的人,是一名叫尚(Jean)的二十四岁阿尔萨斯学生,在集中营疯狂的官僚机构之中,分派给他的任务叫作Pikolo,也就是从事杂务文书的工作。在完成其中一项任务的过程中,尚和莱维不得不在一起共处了一个小时,尚请莱维教他意大利语。莱维同意了。很多年之后,在他的回忆录《如

---

① 亚瑟·兰波(1854—1891),诗歌《地狱一夜》出自《地狱一季》(*Une saison en enfer*, 1873),兰波最杰出的诗篇。《地狱一季》完成后,十九岁的兰波从此封笔。

果这是一个人》(Se questo è un uomo,这部书的美国版重新以《从奥斯威辛幸存》为题)中,莱维回忆起了这个场景,当时,突然之间《神曲》中的"尤利西斯诗篇"(Ulysses canto)浮现在了他的脑海中,他也不知道这是为什么。当这两个年轻人走向厨房时,莱维试图用他不太利索的法语向这个阿尔萨斯人解释,但丁是谁,《神曲》的内容,还有为什么尤利西斯和他的朋友狄奥墨得斯会因为欺骗了特洛伊人而永远在双重火焰之中燃烧。莱维为尚吟诵了这段令人钦佩的诗句:

> 火焰听后,较大的一条火舌
> 喃喃自语间就开始晃动扭摆,
> 恰似遭强风吹打而震颤攲侧;

> 然后火舌把顶端摇去摇来,
> 像一条向人讲话倾诉的舌头
> 甩出一个声音,说道:"早在……"

在那之后,再想不起来了。记忆,在最好的时候背叛了我们,在最糟糕的时候,也没有给我们什么更好的服务。记忆的碎片、文本的碎片回到了他的脑海,但这还不够。然后莱维想起了另一句诗行,ma misi me per l'alto mare aperto……:

> 不过,当我航入深广的沧溟……[2]

尚是乘船旅行来的,莱维认为这种体验将会使他更好地理解但丁使用的misi me,这要比je me mis这个莱维对这句诗粗俗的法语翻译,在语言上的力量强大得多;misi me指的是把自己投向屏障的另一面的行为,是朝着"甜蜜的东西,凶猛的远方"的行动。在他们短暂的休息即将结束之时,莱维还回忆起了这段:

> 试想想，你们是什么人的儿郎；
> 父母生你们，不是要你们苟安
> 如禽兽，而是要你们德智是尚。³

突然间，莱维听到了他脑海中的诗行，就好像他第一次听到它们那样，他说"就好像号角响起，就像上帝之声"。有那么一会儿，他忘了他是什么，他身处哪里。他试图向尚解释这些诗行。然后他背诵如下：

> 就有一座山出现在我们眼前；
> 山形因距离而暗晦；其巍峨峭陡，
> 我好像从未见过。⁴

再多的诗行就没有了。"我情愿拿今日份例汤交换，"莱维说，"要是能知道'我好像从未见过'这句诗跟最后一行诗之间是怎么连接的。"他闭上了眼睛，咬住了他的手指。已经很晚了，这两个年轻人已经走到了厨房。然后记忆把他的诗行扔给了他，就好像把硬币扔给乞丐一样：

> 一连三次撞得它跟大水旋舞；
> 到了第四次，更按上天的安排，
> 使船尾上弹，船头向下面倾覆。⁵

莱维把尚从对例汤的渴望中拖了回来，他认为趁早使尚这个年轻人听一下《神曲》，去理解"按上天的安排"很有必要；因为在明天，他们中的一个人可能就已经死掉了，或者他们可能永远不会再见面。莱维说，他必须向他解释"关于中世纪的事情，关于如此人性和如此必然且又出人意料的时代错乱的事情，但更重要的是，这个硕大无朋之物只有我看到了，只有我在直觉的一瞬间看到了，也许这就是我们命运的理由，也许这就是我们今天存在在这里的理由"。

他们回到了队列里面，回到了其他工作小队，肮脏而衣衫褴褛地抬着汤羹的人之中。官方宣布当天的例汤将是卷心菜和萝卜汤。莱维想起来这篇诗篇的最后一行：

直到大海再一次把我们掩盖。[6]

在吞噬尤利西斯的巨大浪潮中，莱维所想到并想交流的那"硕大无朋之物"究竟是什么？

或许普里莫·莱维的经历是读者可能获得的最终极的体验了。不过，我能否以任何方式限定这种体验为最终极的体验呢，我有点犹豫，因为有些事物是超出语言可以言说的能力范围的。然而，尽管语言不能完整传达任何体验，但是在某些恩典的时刻，语言可以触及不可言说之物。贯穿但丁的整个旅程之中有很多次，但丁说"凡语再不能交代"；那种凡语再不能交代的东西，正是普里莫·莱维从但丁的诗歌之中抓住的东西，那种他自己难以理解自身境遇的东西。但丁的经历就存在于他的诗行之中；普里莫·莱维的经历则存在于他以肉身写就的话语之中，或者这些话语消失在了肉体之中，迷失在了肉体之中。集中营之中的囚犯被剥掉了衣服，剪掉了头发，他们的身体和面部消瘦，他们的名字被纹刻在他们的皮肤上的数字取代；这些词语短暂地恢复了一些被撕扯掉了的东西。

如果奥斯威辛集中营的囚犯希望他们的名字流传下来，换言之，希望他们仍然是人的话，那么他们就必须找到自己（普里莫·莱维说）这样做的力量，"去做点事情，以便藏身在名字背后的那个我们，就像曾经的我们一样，仍然还存在着"。与尚的这次谈话就是莱维第一次（莱维说）开始意识到，没有什么语言能够表达我们在听到"消除一个人"的时候所感受到的冒犯。"灭绝营"（extermination camp）这个词在此具有了双重的含义，但即便如此，也不足以说明这里正在发生着什么。这就是在《地狱篇》第九章里，维吉尔为什么无法为但丁打开"狄斯之城"大门的原因：尽管绝大多数事情都是通过语言而为人们所知晓的，但是地狱，绝对的地狱，是不可能经由理性而被认识的——甚至也不能通过非凡的诗人维吉尔的白银般的诗句而被认识。地狱的经验逃避语言,因为它只能交给不可言说之物,这也正是尤利西斯说"按上天的安排"(as pleased Another)时所指的意思。

但是在但丁的地狱和奥斯威辛之间,还存在着一个本质性的、至关重要的区别。在地狱之中,在无知者所在的第一圈(其中的人们遭受的唯一的折磨,只是没有任何希望的期待而已)之外,地狱是一个分派报应的地方,里面的每个罪人都要对他或她犯下的罪愆负责。但是相反,奥斯威辛集中营是惩罚没有过错的人们的地方,或者如果这些人们有什么过错的话,那些过错不过就是跟我们每个人都有的过错一样的过错而已,可是他们受到惩罚却根本不是因为那些错误。在但丁的地狱里,所有的罪人都知道他们为什么会受到惩罚。当但丁问他们,让他们讲述他们自己的故事时,他们都可以说出他们遭受痛苦的原因;即使他们不同意他们应该遭受那样的惩罚(例如博卡·德利阿巴提[Bocca degli Abati]的情况),这只是基于他们的骄傲或愤怒,或者他们为了忘却的欲望。但是在《论俗语》中但丁说,人需要的是被听到,而不是去听,"这是基于我们在将我们自然的情感转化为一种有序的行动的时候所感到的快乐"。[7] 这就是罪人与但丁说话的原因,所以但丁可以听到他们的声音;这也正是为什么死者能够保留语言,这一点与《诗篇》作者们的观点刚好相反。作为生者的但丁,一次又一次地缺乏能够描述可怕景象和后来荣耀的语言,而那些被谴责的、被剥夺了所有的安慰和平静的死者,他们奇迹般地拥有一条能够说话的舌头,能够说出他们因为曾经做过什么,所以继续在这里做着什么。即使在地狱之中,语言仍然给我们赋予存在。

然而在奥斯威辛集中营,语言对于解释不存在的错误或者无意义的惩罚而言毫无用处,言辞具有了另一种变态的和可怕的意义。在奥斯维辛集中营里面有一个笑话(可见即使在痛苦的地方也有幽默):"换作集中营的俚语,怎么说'永无'(never)这个词?" "Morgen früh" ——'明天一早'。"

然而对于犹太人来说,语言——特别是字母 beth——是上帝影响他的创造物的工具，因此不管语言遭到了何等误用，它都不可能被贬低。[8] 知性（intellect）是语言所在之地，也是人类的驱动之力，而不是身体，身体是语言的通道。因此，犹太正统派认为，"英雄主义"这个概念与精神的勇气之间有着千丝万缕的联系，还有"神圣的勇敢"（bravery with holiness）或者用希伯来语来说就是 Kiddush ha-Shem（尊主之名为圣），这些是他们抵抗纳粹的根源。他们相信凡人击败邪恶不应该通过身体，因为邪恶不能够通过身体的行为被打败：只有神意（Divine Providence）才能决定邪恶是否胜利。对于大多数正统派的犹太人来说，抵抗的真正的武器是良心、祈祷、冥想和奉献。"他们相信，背诵《诗篇》的一章相比起直接杀死一个德国人来说，更加能够影响事件的进程——不一定是立即地影响事件的进程，而是在造物主与他的受造物之间无限进程的某个时刻影响事件的进程。"[9]

尤利西斯的地狱和但丁的地狱之中的其他灵魂都受到了惩罚，这种惩罚是他自己在与他的创造者之间的有限进程之中塑造而成的。在但丁的想象中，我们自己（而不是上帝）对我们自己的行为负责并且承担后果。但丁的世界不是荷马的世界，在荷马的世界中，行事怪诞的诸神为了自娱自乐或者个人的目的，玩弄我们人类的命运。但是但丁相信，上帝给了我们每个人一定的能力和可能性，但同样正是自由意志这件上帝馈赠给我们的礼物，使我们能够做出自己的选择并承担这些选择的后果。根据但丁的说法，即便是惩罚的性质本身，都是由我们的过犯（transgression）所决定的。尤利西斯被判在分叉的火焰之中一直燃烧到看不见为止，这是因为他的罪愆，他劝告他人从事欺诈的行为是偷偷摸摸的行事，并且因为他是通过言语、通过口舌犯了罪愆，他就得在火焰之舌里面受到永恒的折磨。在但丁的地狱之中，每一种惩罚都有其理由。

但是奥斯威辛集中营却是另一种非常不同的地狱类型。普里莫·莱维抵达奥斯维辛集中营之后不久，在一个可怕的冬天，生病口渴，被关在一个巨大又冰凉的地方，他看到一条冰柱挂在窗外。于是他伸出手来折断了冰柱，但一名警卫从他身上抢走了它，并把它扔掉，然后将莱维推回到他的位置。"Warum？"莱维用他蹩脚的德语问道，"为什么？""Hier ist kein warum，"警卫回答说，"这儿没有为什么。"¹⁰ 这个臭名昭著的回答，正是奥斯威辛集中营这个地狱的精髓：在奥斯维辛集中营之中，跟但丁的地狱完全不同的就是，"为什么"是不存在的。

在十七世纪，德国诗人西里西亚的安格鲁斯（Angelus Silesius）① 试图谈论玫瑰的美丽，他写道，Die Rose ist ohne warum："玫瑰没有为什么。"¹¹ 这当然是另一个不同的"为什么"：玫瑰的"为什么"仅仅超出了语言所能够描述的能力，但并非超越了语言的认识论范围。但是奥斯威辛集中营的"为什么"却同时超越了两者。要明白这一点，我们必须既和普里莫·莱维一样，也和但丁一样，仍然保有顽固的好奇心，因为我们与语言的关系总是令人沮丧的。把我们的体验转化成语言，这件事一次又一次地偏离我们的目的：语言是如此贫乏，不能跟经验充分地贴合在一起：当事件让我们高兴的时候，语言让我们失望；当事件让我们不高兴的时候，语言让我们痛苦。对但丁来说，"啊，那黑林，真是描述维艰！"但他又说，他必须试着这样做，"为了复述黑林赐我的洪福"。但是，正如贝缇丽彩告诉他的那样，"不过凡人的心意和智能，获赋／羽翼时强弱有别"。¹² 但丁可能尽可能地做出尝试，就像尽管并不像但丁那么有天赋的我们所尽可能地尝试一样，这可能会使我们的意志坚信，语言这个工具创建出了它自己的语义领域。

这个语义的领域总是多层次的，因为我们和语言之间的关系，总是一种我们与过去和现在和未来的关系。当我们使用语词时，我们正在运

---

① 约翰·谢弗勒（Johann Scheffler，1624—1677）是德国天主教神父和医师，神秘主义者和宗教诗人。生长在路德修会，于1653年改宗天主教，并化名西里西亚的安格鲁斯，字面意思为"西里西亚的天使"。Die Rose ist ohne warum 诗句出自他在1657年出版的短诗集《基路伯的漫游者》（Der Cherubinische Wandersmann），基路伯是智天使，传统上也泛指天使，这句诗亦另有中译为"玫瑰无意"，这是一种神秘主义思想，认为玫瑰花不因你看它而开，也不因你不看它而谢，而且不能以语言的方式彻底表达，因为如果进入可以说的层面，追问"为什么"，就会容易落入一种二元对立。博尔赫斯在演讲集《七夜》（Seite Noches，1980）中曾经引用这句诗，后期海德格尔对此诗作亦有详尽的哲学解读与阐发。

用的是我们之前的言语所积累的经验；我们正在运用存储在音节之中的多重含义，我们运用它们使得我们对世界的阅读，成了对我们自己和对他人都是可以理解的东西。之前的用法在我们自己的滋养下，改变、维持和破坏着我们目前的用法：无论我们何时说话，我们总是用声音在说话，甚至连第一人称单数事实上也是复数。而当我们用火舌说话时，许多火舌都是来自古代的火焰。

早期的基督教教父们热衷于寻找一种可以使得异教徒的智慧符合耶稣信条的策略，在解读《使徒行传》"摩西学了埃及人一切的学问，说话行事都有才能"（《使徒行传》7：22）这句话的时候，这些早期基督教父们认定，古希腊人是从摩西那里学到了他们的哲学。摩西在埃及人那里受到教育，正是通过摩西的话，柏拉图和亚里士多德的先驱们才接收到了关于真理的暗示。据说通过改变元音，"摩西"这个名字已经成为了一位荷马之前的传说中的诗人穆赛俄斯（Musaeus）①，他曾经是俄耳甫斯（Orpheus）②的弟子。[13] 因此，在十二世纪，博学之士圣维克多的理查德（Richard of Saint-Victor）③——但丁把他在天堂中的位置排在塞维利亚的圣伊西多尔（Saint Isidore of Seville）④和尊者毕德（the

---

① 被归功于俄耳甫斯创作的许多诗词与歌曲，都由他的弟子雅典人穆赛俄斯（Μουσαῖος）从色雷斯带到希腊，据说穆赛俄斯创造了阿提卡献祭诗。在《伊翁篇》中柏拉图指出，诗人们受到了俄耳甫斯和穆赛俄斯的启发，但那些更伟大的诗人则受到荷马的影响。

② 俄耳甫斯（Ὀρφεύς）是希腊神话中的音乐家，他的歌唱和音乐是最为著名的，拥有使人类与动物为之感动的力量，甚至可以平静一场激烈的风暴，传说俄耳甫斯是色雷斯人，参加过阿耳戈英雄远征，亦以与其妻欧律狄刻的悲情故事而为人所铭记。古希腊有一个以俄耳甫斯命名的教派，以俄耳甫斯秘仪著称，存在于公元前六世纪或者更久以前。

③ 圣维克多的理查德（？—1173）是苏格兰人，十二世纪哲学家、神秘主义神学家，在巴黎大学受教育，后入巴黎圣维克多修道院，是圣维克多的休格（Hugh of Saint-Victor）的学生之一，其著作因为被阿奎那引用而流传，最重要的作品是《论三位一体》（De Trinitate）。

④ 塞维利亚的圣伊西多尔（也作Isidorus Hispalensis，约570—636）西班牙塞维利亚地区的主教、神学家和中世纪百科全书式学者。其代表性著作是二十卷《词源学》（Etymologiarum sive Originum libri XX），塞维利亚的圣伊西多尔根据基督教教义和当时培养神职人员的要求，将所搜集到的古希腊、罗马作家的著作和基督教教父的著作，加以汇集、整理，并予以阐释。《词源学》一书问世后长达几百年之中，一直是西欧各修道院学校和主教座堂学校教授"七艺"课程最有权威性的教科书之一，成为中世纪早期西欧人了解希腊、罗马文化的重要途径。

Venerable Bede)① 的旁边——宣称"埃及是所有学问之母"。¹⁴

在四世纪后期，圣哲罗姆为他自己做辩护，人们指控他赞美异教徒诗歌的古老火焰，而没有赞美救赎的基督徒之火，对此圣哲罗姆主张，为了充分探索上帝之言，必须使用最好的工具。西塞罗和他的伙伴们虽然从没听到过真正的上帝之言，但是他们已经完善了语言这门工具，而基督教作家们现在已经可以受益，可以运用这种工具了。至于究竟哪一种才是更好的智慧来源，这一点当然毫无疑问。尊者皮埃尔（Peter the Venerable）② 在1160年写了一封信给隐修的爱洛漪丝（Héloïse），称赞她在结束与皮埃尔·阿伯拉尔（Peter Abelard）③ 的悲惨恋情之后进入到了这个修道院隐修。"你更换了数个研究领域，"他写道，"用那些更好的代替了它们。你没有选择逻辑学，而是选择了福音，没有选择物理学，而是选择了《使徒行传》，没有选择柏拉图，而是选择了基督，没有选择学园，而是选择了修会。现在，你是一位完全的真正的女哲人了。"¹⁵

在圣哲罗姆时代的一千年之后，但丁主张，不仅是语言和较早的观念，而且连全部的异教徒的想象力（*imaginaire*）都可以运用于更高的目的，贯穿整部《神曲》，基督徒圣徒、古代神祇、佛罗伦萨公民和希腊和罗马的英雄们，都加入到了这部漫长的三方冒险之中，这部作品没有任何时代错乱的症候。在地狱的第一圈之中，维吉尔受到了在他之前时代的诗人们的欢迎，荷马本人来到高贵城堡（Noble Castle）前面迎接维吉尔，带着庄严的"致敬啊，向地位崇高的诗灵"。荷马的同伴们也同样把但丁迎接进入到这所"精致的学院"之中，即使维吉尔会笑称对这位佛罗伦萨诗人的待遇或

---

① 尊者毕德（Bede又作Baeda）是七世纪英国僧侣、神学家和历史学家，有"教会博士"之称，代表作《英吉利教会史》（*Historia ecclesiastica gentis Anglorum*）在英国历史学上有重要地位。

② 尊者皮埃尔（约1092—1156），又作蒙特布瓦谢的皮埃尔（Peter of Montboissier），克鲁尼修会托钵僧，他被尊为圣人，但是并没有正式封圣。1140年皮埃尔·阿伯拉尔的学说被教会谴责的时候，尊者皮埃尔把他接入克鲁尼修会，让他和教皇和圣贝尔纳修好。他同时把十字军东征运动变成了非暴力的传教活动，修订了第一部拉丁语译本《古兰经》。

③ 皮埃尔·阿伯拉尔（1079—1142），另译彼得·阿伯拉尔，法国著名神学家和经院哲学家，一般认为他开创概念论之先河，与爱洛漪丝合葬在巴黎郊外的拉雪兹公墓。

者有点夸张了。但丁的诗艺现在已成了同一个伟大的永恒的诗歌圈子的一部分，与那些大师们的作品一起分享相同的言辞上的胜利和失败。[16]

这是一个诗歌传承的问题。《埃涅阿斯纪》中狄多女王（Dido）承认的"旧时火焰的痕迹"，在但丁于炼狱之中最终看到贝缇丽彩的时候，再次燃烧，但丁对维吉尔说，"旧焰的标志，此刻我可以识别"，但丁充满敬畏。[17] 同样的形象，但丁在一个完全不同的背景下，不再作为一项隐喻，用来描绘尤利西斯的灵魂在地狱里对他说话时候的分叉的火焰：火焰的颜色是由它的多情的古人所决定的。但是，我们不应该忘记围绕尤利西斯灵魂的古代火焰，同样也包裹住了狄奥墨得斯的灵魂。古老的火焰有两条火舌，但只能有一个尖端，那条更大的尖端火舌能够让其他人听到自己的声音。因此，我们或许可以问问沉默的狄奥墨得斯的火舌，如果换成狄奥墨得斯的话，他又将如何讲述这同一个故事呢？

在奥斯威辛集中营里，普里莫·莱维回忆起了古代火焰的火舌，他听到了回旋着的声音fatti non foste a viver come bruti（你不能像个野兽一般地生活），这句话令他想到了他自己被滥用的人性，这句话也警示他不要放弃，不过现在这句话不是由维吉尔所说，不是由但丁所说，而是由勇敢而且过于雄心勃勃的尤利西斯（自然是但丁笔下杜撰的尤利西斯的话）所说，这成了一句鼓舞人心的话语，尤利西斯用这句话来鼓舞他身边的人们追随他，"那么，别阻它随太阳航向西方，／去亲自体验没有人烟的国度"。但是普里莫·莱维已经不记得尤利西斯的这段讲话最后具体讲了什么。在普里莫·莱维脑海中起舞的诗句，带出了对另一种生活的记忆："山形因距离而晦暗"的山峦，让他想起了坐火车从米兰返回都灵的途中，傍晚的黄昏之时所看到的其他山脉，还有令人敬畏的"按上天的安排"迫使他让尚在一瞬间的直觉之中明白他们为什么会这样，以及他们究竟身处何处。[18] 但是，这一启示到此为止。记忆潜入了我们沉没的图书馆，过去的书页之中只有少数看似随意的段落得到了留存，为什么选择这些呢，我们无从知晓，也许这些选择明智地阻止了普里莫·莱维意识到，即使他可能已经追随着尤利西斯的呐喊，拒绝像野兽一般生活，但他仍然像尤利西斯和他的手下一样，达到了那个温柔的太阳的另一边，那一边是被定罪之人的地方。居住其中的人们，处境令人难以忍受。

在《伊利亚特》中，狄奥墨得斯是个可靠的人，一名勇敢而嗜血的战士，一个如果认为自己做的事情是正义的话、愿意为之战斗到底的纪律严明的谋略家。"不要对我说逃跑的话"，当一辆特洛伊木马战车行进过来，人们告诉他很危险的时候，狄奥墨得斯这么说道。"你劝不动我。/我的血统不容我在作战的时候逃跑，/或是退缩，我的力量依然充沛。"① 狄奥墨得斯比尤利西斯更理性，比阿喀琉斯更可靠，比起埃涅阿斯更是一个好士兵。狄奥墨得斯受到一种几乎无意识的好奇心的驱动，想要知道我们的命运是取决于我们自己，还是完全取决于显然全能的诸神的意志；甚至这种好奇心驱使着他攻击众神。特洛伊战争是一场人类与诸神势均力敌的战争。当埃涅阿斯就要被狄奥墨得斯扔过来的一块巨石砸中，阿芙洛狄忒为了救她的儿子埃涅阿斯突袭而来时，狄奥墨得斯将他的矛斜插在了阿芙洛狄忒的手腕，然后挑衅阿波罗，让这位太阳神不得不求助于战争之神阿瑞斯来阻止他。"那个可恶的狄奥墨得斯，他居然敢打诸神之父宙斯！"② 然后，狄奥墨得斯又同样袭击了战神。"因此他们没有血，被称为永生的天神"③，荷马说，但是他们可以受伤，当他们流血时，他们流的不是人类的那种血，而是一种称为"灵液"（ichor）的以太般的流体。¹⁹ 通过攻击不朽的诸神，狄奥墨得斯发现诸神也遭受着痛苦，因此他们可以了解和感受人类遭受的痛苦：古代诸神受到的伤害预示着其他神祇所受的折磨和死亡，在几个世纪之后，出现在各各他山的十字架上。一个能够受苦的上帝，一个允许自己承受自己

---

① 语出《伊利亚特》第五卷251—254行。中译采用：荷马著，《伊利亚特》，收入：《罗念生全集》（第五卷），罗念生译，上海人民出版社，2007年，第118页。

② 语出《伊利亚特》第五卷380行，此处译文按照曼古埃尔的英文直译。罗念生先生的中译为"达那奥斯人甚至向天神挑战"。（参见荷马著，《伊利亚特》，收入《罗念生全集》（第五卷），罗念生译，上海人民出版社，2007年，第122页。）

③ 语出《伊利亚特》第五卷340—341行。中译采用：荷马著，《伊利亚特》，收入：《罗念生全集》（第五卷），罗念生译，上海人民出版社，2007年，第121页。

所理解的痛苦的上帝：这就是悖论。

马丁·布伯（Martin Buber）讲述了以下这个故事：

> 维也纳皇帝颁布了一项法令，要求让那些在加利西亚的、已经被压迫惨了的犹太人更加悲惨。在那时，有一个名叫费弗尔（Feivel）的认真好学的人，住在拉比以利麦莱赫（Rabbi Elimelekh）①的学习所（House of Study）。一天晚上他起身，进入了这位义者（zaddik）②的房间，并对他说："老师，我有一个针对上帝的诉讼。"就在他说完这话的时候，他自己都对自己的言语感到震惊了。
>
> 但是拉比以利麦莱赫回答他说："很好，但是法院晚上不开庭。"
>
> 第二天，两个义人（zaddikim）来到了莱扎伊斯克（Lizhensk）③，他们是来自科茨尼茨的拉比以斯雷尔（Israel of Koznitz）④和来自卢布林的雅各布·以撒（Jacob Yithak of Lublin）⑤，他们也一起住在拉比以利麦莱赫的家里。吃完午餐之后，拉比把那个与他交谈过的男人叫来了，他说："现在告诉我们你要诉讼什么吧。"
>
> "我现在没有力气去做了。"费弗尔摇摇晃晃地说道。

---

① 莱扎伊斯克的拉比以利麦莱赫（Rabbi Elimelech Weisblum of Lizensk, 1717—1787），是哈西德运动早期的一个大拉比，以利麦莱赫（Elimelech）名字的意思是"（我的）神是王"。拉比以利麦莱赫为圣徒的地位和功能建立了系统性的论述。

② 约在1710年，多夫·波尔（Dov Baer）创立了第一个哈西德教团，不久在波兰、俄罗斯、立陶宛和巴勒斯坦也纷纷成立了许多小社团，每个分社由一个义人（tzaddiq 或 zaddik）领导，其共同的礼拜仪式包括大声呼叫和纵情歌舞以达到狂喜入神状态。1772年，正统派犹太教把他们逐出教会，但哈西德派继续蓬勃发展。

③ 莱扎伊斯克（波兰语 Leżajsk，乌克兰语 Лежайськ，意第绪语 ליזשענסק），地名，今波兰境内。

④ 科茨尼茨的拉比以斯雷尔（1737—1814），也作 Yisroel Hopstein 或科茨尼茨的马吉德（讲道人，Maggid of Koznitz），是波兰科茨尼茨地区哈西德派的创始人，拉比以利麦莱赫的学生之一，写了许多关于哈西德教派和喀巴拉主义的著作。

⑤ 卢布林的雅各布·以撒（Yaakov Yitzchak HaLevi Horowitz，约1745—1815），据说他可以通过超自然的方式隔着很远的距离看到"先知"或者"异象"，也被尊称为"卢布林的先知"（the Seer of Lublin），是波兰地区哈西德运动的早期领导者之一。

"那我给你力量。"拉比以利麦莱赫说。

然后费弗尔开始说话了。"为什么我们要跟这个帝国捆绑在一起呢？上帝在《托拉》之中并没有说过'为了我，以色列的子孙是仆从'之类的话。即使他已经把我们送到了外邦人的土地，但是无论我们身处在哪里，他都必须给我们充分的自由来侍奉他。"

对此，拉比以利麦莱赫回答说："我们知道上帝的答复，因为它也写在了那些谴责摩西和先知的经文段落之中。但是现在，原告和被告都应该按照规定离开法庭，让法官不受他们的影响。所以出去吧，拉比费弗尔。您呢，世界之主，我们不能把您送出去，因为您的荣耀充满在大地上，如果没有您的存在，我们之中的任何一个人，片刻都不能存活。但是我们在此通知您，我们也不会让自己受到您的影响。"

然后这三个人默默地闭着眼睛坐着，开始判决。一个小时以后，他们把费弗尔叫了进来并给了他判决的结果：他是对的。而在同一小时之内，维也纳法令（edict in Vienna）①也被取消了。[20]

如果狄奥墨得斯可以从分叉的火焰之中说话，那么他也必然会知道，众神都是可能犯错误的，这也许是他会告诉但丁的事情：身为人类这一点并不能阻止我们遭受非人类的折磨，在每一项人类事业之中都有其无法言说出来的阴影，在我们一生之中的"一点点的能耐"（brief vigil）之中，我们可能会仅仅因为心血来潮或某个人的意愿或意志，出于不可理解的原因在渴望已久的山峦面前突然倾覆。[21] 狄奥墨得斯可能向但丁说过跟尤利西斯同样的话，但是如果他们来自分叉火焰之中的另一条火

---

① 奥地利大公爵阿尔伯特五世（Archduke Albrecht Ⅴ，1418—1463）在1421年颁布了"维也纳法令"（Wiener Geserah），在1421年3月12日将拒绝改宗基督教的维也纳犹太人活生生烧死。所有犹太人在奥地利的财物都被毁了，许多犹太家庭流亡在外，直到十六世纪才回到奥地利。但是在1670年，维也纳又有一次大规模驱逐犹太人的行动。直到1852年，这项法令才开始有所改变。在纳粹第三帝国大屠杀之前，这段时期是犹太人在奥地利的黄金时期。

舌，那么但丁所听到的他们的话语也许会有所不同，这些话语不再充满骄傲和野心，而是充满了绝望和愤怒，普里莫·莱维当时可能已经回忆起了这番言论，但他并没有把这番言论看成是一种对救赎的承诺，而是把它看作一条不公正和不可理解的判决。也许狄奥墨得斯未曾说出口的言语，才是普里莫·莱维所突然理解到的"硕大无朋之物"之中的一部分，他希望把这部分内容跟尚讲。

文学从不承诺任何东西，除了告诉我们，无论我们是多么努力地想要达到最远的地平线，我们终将失败。但即使没有任何阅读是完成了的，没有任何页面是最后一页，如果我们回到一部我们熟悉的文本，重新阅读它或者重新回忆它，都会让我们的航行走得更远一点。而我们"疯狂地飞驰"（正如但丁描述尤利西斯的探寻所使用的词汇一样）将会使我们离意义本身更接近一点点。²² 正如尤利西斯发现的那样，无论我们最终可能达到什么样的理解，我们最后得出的解读肯定不会是我们起初期待的那一种。几个世纪的言语变迁，使得维吉尔的古焰变成了一片意义的森林，没有什么被丢失，也没有什么是确定的，也许很可能当我们当下需要某个词语的时候，那个语词已经回到了我们口中，它们确实可以拯救词穷的我们，但是那也只是在当时当刻而已。言辞总是保有另一种我们把握不到的含义。

弗兰茨·卡夫卡在《在流放地》（The Penal Colony）中设想了一种用于惩罚人的机器，在囚犯们身上刺上一种神秘的字。²³ 临死之前，在最后的某个时刻，当针扎到了囚犯的肉体中，囚犯才能找出自己过错的性质和受到惩罚的原因。早在奥斯威辛集中营建立之前的十六年之前，卡夫卡就去世了，但是他构想出来的这个机器，尽管无情和致命，却向人们作出了对"为什么？"这个问题的某种回答——不管这个答案有多别扭，来得有多迟。奥斯威辛却没有回答。在1945年1月，普里莫·莱维被放了出来，然后他作为作家，在新的读者群之中继续生活了一段时间。但是不管他多么努力想要重新过一个正常的生活，他都理解不了任何一点点东西，他理解不了"为什么"。然而，在分叉的双重火焰之中的某个地方，莱维捕捉到了隐藏着的另一个声音的痕迹，莱维肯定曾经达到过一种更好的理解，能够解释为什么那里从来没有存在过"为什么"。

在他去世之前不到一年的时间里，在献给拉丁诗人贺拉斯的一封信中，普里莫·莱维写道，"我们的生命比你的生命长，但它既不是更快乐，也不是更安全，我们也不确定诸神会不会给我们的昨天一个明天。我们也将加入影子的领域，跟我们的父亲埃涅阿斯、图鲁斯（Tullus）、安库斯（Ancus）还有你在一起；我们也是如此傲慢，如此自信，我们也将回归尘土和阴影之中"。²⁴ 莱维回归到了尘土和阴影之中，就像但丁和维吉尔、贺拉斯一样，莱维的火焰也将和他们一样，继续向我们说话。或许坚持不懈的声音，正是诗歌唯一真正的存在理由。

诗歌不提供答案，诗歌无法抹去苦难，诗歌也不会让那些心爱的死者们复生，诗歌不能保护我们免受邪恶的侵犯，诗歌不会给我们道德的力量或者道德的勇气，诗歌不为受害者复仇也不惩罚施害者。只有当星辰是良善的时候，诗歌所能做的是给予我们提出问题的词语，回应我们的痛苦，帮助我们回忆死者，为邪恶的行事命名，教导我们反思复仇和惩罚的行为，甚至反思善本身，即使善好已经不复存在。一段古老的犹太祈祷词谦卑地提醒我们："主啊，帮我们挪开挡在路中间的石头吧，这样到晚上小偷就不会摔倒了。"²⁵

自从有了语言，我们早就知道或者总是已经知道诗歌的这种力量，《炼狱篇》第一章，很明显地可以证明我们知晓这种知识。尤利西斯的影子巧妙地掩盖了这些诗篇，他没能到达孤山脚下。遵循炼狱守护者加图的向导，维吉尔"按另一个人的指示"（尤利西斯讲述自己的冒险故事时使用了同样的语词）用芦苇绑住但丁。跟随维吉尔站在海滩上，但丁看到在正要靠近的载满灵魂的船只的另一面，"我也不知道是什么（白）"的东西是驾驶着船只的天使的翅膀；而在尤利西斯的叙述中，他和他手下的水手们"以桨为翼"。尤利西斯强力地捍卫了自身炙热燃烧的好奇心，但这被天使冷冰冰的态度和明显的沉默抵消，天使劝告犯错的灵魂回归到真正的道路上去。甚至在船只到达之前，但丁还暗自将他

自身的期待和勇敢的尤利西斯的期待对立起来,他认为尤利西斯虽然身体已航行到了远方,但其灵魂仍然被深锁在内陆之地:

> 这时,我们仍在濒海处犹疑,
> 就像考虑走什么途径的人,
> 心神在前行,身体却留在原地。[26]

接下来发生的场景非同寻常。

在从船只上面走下来的灵魂之中,但丁认出了他的朋友卡塞拉(Casella),在那些愉快的时光里面,卡塞拉给但丁的一些诗句配上了音乐。但丁为了安慰自身的灵魂,请求卡塞拉再为他唱一次歌,"我的灵魂吧;它跟我的肉体/来到这地方,已经气虚力弱"——因为"昔日,有一些情歌/常常使我的欲念平息。如果/新法下你可以吟唱,而你又记得/这些歌"。卡塞拉同意了,然后开始唱出在他们友谊的岁月里但丁自己创作的一首诗。在炼狱海滩上纯净的空气中,卡塞拉的声音之美,使维吉尔和其他新来的灵魂都聚集在了一起,欣喜若狂。他们站在那里,"我们正在全神贯注,倾听着/他的歌声",直到古代人加图突然冲向他们,愤怒地叫他们回去干他们自己的神圣事业,提醒他们旅行的伟大目的,并提到了上帝对摩西的劝告:"在山根也不可叫羊群牛群吃草。"[27]

这些羞愧的灵魂突然就像一群受了惊吓的鸽子那样散开了,卡塞拉的歌声结束了,但在此之前,但丁从来未曾如此人性化、如此精妙、如此真实地向我们展示,即便是在我们人生旅程之中最重要的时刻,即使我们的灵魂能否得到拯救这个问题仍然悬而未决,艺术仍然是本质。即使身处奥斯威辛集中营,里面的一切似乎都已经丧失掉全部的重要性和意义,但是诗歌仍然可以激起普里莫·莱维这样的囚犯内心之中生命的残余,可以给人的直觉提供某种"硕大无朋之物",点燃古老的好奇心灰烬之中的火花,使它再次迸发出来,融入那团永恒的火焰之中。

第十七章　什么才是真的?

二十世纪八十年代末的某个时候,加拿大杂志《周六之夜》(*Saturday Night*)派我去罗马报道一个奇怪的故事。有两名五十多岁的魁北克姐妹,妹妹是带着儿子和女儿的寡妇,姐姐一直未婚,她们一起从她们在魁北克的村子到印度旅行,坚称这是一段充满异国情调的假期。在罗马中途停留期间,她们因为携带的一个手提箱里面被发现有着几公斤海洛因而被意大利警方拘留。这对姐妹解释说,这个行李箱是女儿的一位朋友在印度送给她们的,这个人安排了她们的旅行,带着她们游玩了好几个印度城市。然而,警察却无法追查到这名男子;女儿解释说,他是一位善意提供帮助的偶然认识的人,他给她的母亲和她的阿姨安排了这一生仅此一次的假期。

在罗马,我被允许采访两位姐妹。她们被免除了住监狱牢房,可以在本笃会修女们的监督之下入住一个宗教住所。这姐妹俩都给我讲出了一个关于她们苦难的连贯而可信的故事,她们说自己完全没有意识到送给她们的行李箱里面含有毒品这个事实。那个男人为她们做完所有这些事之后,她们觉得自己不好拒绝掉他这个很简单的请求,他只是要请她们把行李箱带回加拿大而已。在魁北克,女儿证实了她们讲的故事。

在本笃会的住所进行采访期间,一位始终微笑着的修女在场监督着我们,我注意到这对姐妹之中的姐姐总带着一副困惑的表情和一种在我看来是不信任或恼怒的语调。她的态度里面有些东西,让我觉得也许她怀疑她的妹妹在这个阴谋之中掺和了一手，也许这事还有她妹妹女儿的帮助。或者她已经怀疑是妹妹的女儿构陷了她们，但现在母亲却为了保护她的孩子没有讲出完整的故事。或许我误解了她的表情和语气，或许这姐妹俩都犯了罪。也许她们曾经计划过一起走私，妹妹的女儿才是一无所知的。或许她们都是无辜的，她们说的只是简单的事实罢了。姐姐的态度之中有某种我无法解读其中含义的东西。真实发生了的事情是什么？这是不可能得知的。

最后，在一次有点混乱的审讯之后，法官认定这两名女性无罪，允许她们返回自己的村子。不过，其中仍然疑点重重。几年之后，妹妹宣称自己的生活已经变得无法忍受，因为还有很多人仍然怀疑她们，尽管她们根本没有犯罪。

我们都知道，我们经历的事件在其最充分和最深刻的意义层面上超越了语言的界限。在我们的生活中，即使对于最小的事件的讲述也无法真正正确地解释发生的事情，无论多么强烈的记忆都不可能等同于我们记忆中的那个东西。我们试图把发生的事情与我们的语言联系起来，但言语总是不足以表达，于是在失败无数次之后我们才明白，最接近于真实版本的现实，只能在我们编造的故事之中找到。在我们最强大的虚构之中，在我们的叙述之网下，现实之复杂性才能够像面具背后的一张脸那样浮现出来。说真话的最好方式，就是撒谎。

在骑着怪兽格里昂降落到深渊之后，但丁看到了受到惩罚的放高利贷者们，挂着他们带徽号的囊。木刻描绘的是《地狱篇》第十七章，带有克里斯托福罗·兰迪诺的评论，1487 年印制。（贝内克珍本书 [Beinecke Rare Book] 和手稿图书馆 [Manuscript Library]，耶鲁大学）

第十七章　什么才是真的？

> 善戏谑的彼拉多曾说，"真理是什么呢？"，说了之后，又不肯等候回答。
> ——弗朗西斯·培根，《论真理》①

根据十七世纪喀巴拉主义者加沙的拿单（Nathan of Gaza）②的主张，从永恒而神性的火焰之中迸发出来的光是双重的，就像燃烧着尤利西斯和狄奥墨得斯的分叉的火舌：一重是"孕育思想"之光，另一重是"思想的虚空"之光，这两种品质都存在于同一道火焰之中，相互对话。"这个，"格尔肖姆·肖勒姆（Gershom Scholem）③写道，"就是肯定上

---

① 中译采用：弗·培根著，《培根论说文集》，水天同译，商务印书馆，1983年，第5页。

② 拿单·本雅明·本·以利沙·海因姆·哈利维·阿什肯纳兹（Nathan Benjamin ben Elisha Hayyim ha'Levi Ashkenazi, 1643—1680）又称"加沙的拿单"，是一位神学家和先知，出生于耶路撒冷，1663年结婚后移居加沙，是十七世纪奥斯曼帝国犹太史上影响最大的假弥赛亚运动的鼓吹者之一。这次弥赛亚运动的开创者是沙巴台·泽维（Sabbatai Zevi, 1626—1676），他年轻时研究过喀巴拉主义，后同一名叫作萨拉（Sarah）的女性结婚，萨拉声称她命中注定要成为一位弥赛亚的新娘，于是沙巴台·泽维由其门徒和先知加沙的拿单宣布为弥赛亚，在加沙的拿单的鼓吹和号召下，沙巴台·泽维的影响越来越大。1665年沙巴台·泽维到君士坦丁堡试图说服奥斯曼帝国苏丹，却被关进监狱。当世界各地犹太人疯狂变卖产业准备追随沙巴台·泽维这位弥赛亚回故土巴勒斯坦的时候，这位弥赛亚沙巴台·泽维却在苏丹面前改宗伊斯兰教了。弥赛亚幻象一下子破灭，这对当时的绝大多数犹太人产生了毁灭性的影响。

③ 格哈德·肖勒姆（Gerhard Scholem, 1897—1982）是在德国出生的犹太哲学家和历史学家，喀巴拉现代学术研究的创始人，从德国移民到以色列之后改名为格尔肖姆·肖勒姆（Gershom Scholem），成为耶路撒冷希伯来大学第一位犹太神秘主义教授。他朋友包括包括瓦

帝自身存在于辩证唯物主义的进程之中最激进和最极端的证据。"[1]

但丁的上帝之光也体现出了这种明显的对立。在维吉尔的引导下，但丁到达了地狱第七层第二圈的边缘之边时，这一点变得更加清晰了起来。经过了惩罚施暴自然者的炙热沙地，维吉尔领但丁来到了一条嘈杂的瀑布前。在那里，维吉尔让但丁解开了系在他腰间的绳索（用同样这条绳索，维吉尔现在说，他要去抓住那头先前穿越过黑暗森林之外的小路上的斑豹）并将其投进深渊之中。接收到这条信号之后，从深渊的深处升起了欺诈的象征——有翅膀的怪兽格里昂。

怪兽格里昂将但丁和维吉尔驮到地狱第八层罪恶之囊，威廉·布莱克（William Blake）在1824年至1827年间创作的一百零二幅《神曲》水彩插画之一。（维多利亚国家美术馆，澳大利亚，墨尔本，费尔顿[Felton]捐献/布里奇曼图像[Bridgeman Images]）

（接上页）尔特·本雅明（Walter Benjamin）和列奥·施特劳斯（Leo Strauss），书信选集业已出版。肖勒姆最著名的是讲义《犹太教神秘主义主流》（1941）和传记《萨贝塔伊·泽维，神秘的弥赛亚》（1957），《论喀巴拉及其象征主义》（1965）有助于在犹太人和外邦人中传播有关犹太神秘主义的知识。

这条腰带的象征意义让所有由始至终评注《神曲》的学者们感到深深地困惑。早期的大多数《神曲》读者们都倾向于认为，这条腰带是一个欺诈的象征，但这种解释却并不那么令人信服：欺诈行为不具备征服欲望（豹子）的能力，而是用来煽动欲望（因为欲望产生了欺骗，就像虚假的承诺是诱惑者施展的技艺的一部分一样）。维吉尔必须运用某些善好东西来对抗邪恶，而不是运用一种罪恶对付另一种罪恶。评注学者布鲁诺·纳尔迪（Bruno Nardi）①主张，这根腰带具有双重的圣经象征意义：在《旧约》和《新约》中，腰带都是能够绑住欺诈的正义之绑带和束缚欲望的贞操带。²

无论这条腰带的象征意义是什么，但丁意识到，维吉尔的举动将会带来一种新的"新的东西"（novità），一种回应"新奇的信号"（nuovo cenno）的全新东西，这是他的向导维吉尔赠予他的全新标志。然后，但丁向他的读者们添加了这条警告：

> 啊，有些人，不但可以察看
> 行藏，而且还可以洞悉肺腑。
> 跟他们在一起，真的不可以怠慢！³

在即将进入地狱的欺诈圈的时候，但丁提醒他的读者们，虽然开明的维吉尔可以读懂他的思想，但是大多数普通人都只会通过其行为来评判他人，而无法了解到这些行为背后的想法。很多时候，人们证明能够验证真理的行为，后来又被发现是假的。

从深渊召唤出来的怪兽格里昂似乎是欺诈的化身，这个生物长着一张看上去非常诚实的人脸，⁴爪子毛茸茸的，身体上缠绕着小圈和结子，就像东方人制造的地毯，它的整条尾巴都在虚空中颤摇，一条蝎子般长在末端的毒叉也随摇动的尾巴上翘。②不过在向读者描述这种吓人的

---

① 布鲁诺·纳尔迪（1884—1968）是当代最著名的但丁研究者之一。
② 参见《神曲·地狱篇》第十七章10—27行，中译采用：但丁·阿利格里耶著，《神曲1·地狱篇》，黄国彬译注，外语教学与研究出版社，2009年，第253—255页。

异象之前，但丁停顿了一下，说道：

> 经历了貌似虚假的灼见真知，
> 一个人应该尽量把嘴巴堵塞；
> 否则，清白的真相会带给他羞耻。

> 在这里，我却不能沉默。读者呀，对着
> 这歌曲的调子，我向你发誓（但愿
> 这些调子是长受欢迎的乐歌）：

> 我亲眼看见……[5]

然后，但丁跟我们讲述了怪兽格里昂的故事。

到目前为止追随着但丁听故事的读者们，或许已经听到过了许多天才和奇迹（至少但丁的这段旅程并不是只有他自己一个人），但是就连这些读者们也是第一次面对这么超出寻常的一道奇迹，所以甚至连诗人但丁自己也感觉到他需要在此停一下，好在让他在自己的作品里面发个誓，发誓说他现在跟我们叙述的东西都是真的。也就是说，几乎正好到了地狱旅程差不多一半的地方，但丁向我们发誓他诗歌的真实性，发誓说接下来一个章节的诗歌内容是真实发生了的事情，虽然他的诗歌实际上是一种虚构。然而，在一系列令人眩晕的逻辑链条之中，但丁告诉读者，在这精心写就的诗行中，他的同谋，也即他即将讲述的诗性谎言，其分量跟事实真理相等。但丁将整个虚构大厦作为对这一点的证明：从这个诗性谎言之网中，他得以向读者讲述。无论读者相信的是什么，跟随诗人到目前为止，读者的信念都要接受以下的测试：如果读者感觉到真的有一片森林，远处有一座高山，一位幽灵般的同伴，一个可怕而高耸的门户，从那里可以进入地狱的环形景观（很少有读者在一行接一行地阅读之后没有这样的感受，这就是但丁的故事中坚实的现实性所在），那么现在这同一位读者必须承认诗人即将讲述的真相或者否认所有这一切。但丁并没有向他的读者们要求说他们必须同样要具有基督教宗教所需要秉持的那种"信";他要求读者们对诗歌具有"信",这种"信"不同于神所启示真理的原则,仅仅通过言辞而存在。

然而,但丁允许这两种真理在《神曲》之中并行不悖地共存。在炼狱山的顶端,伴随神圣的盛会,但丁看到了《启示录》中的四只野兽向他走来,他是这么形容这四只野兽的外观的——"四头生物,都有六只翅膀"——为了便于读者理解,但丁接着说:"不过,请看以西结如何描说／自己所见","只是就翅膀而言,约翰和以西结有别而和我相契"。[6]但丁宣称,他自己主张的权威性来自帕特莫斯岛的约翰,他说翅膀的数目是六个(《启示录》4:8),而以西结在他的异象中则声称翅膀的数目是四个(《以西结书》1:6)。但丁并不羞于把自己放在与《启示录》的作者们相同的地位上:他是《神曲》的作者,他也目证了《约翰福音》的权威性。

维吉尔同样也向但丁证明了自己的权威性。当但丁第一次遇到维吉尔的时候,维吉尔的影子前来引导但丁,但丁对这位《埃涅阿斯纪》的作者说,"你是我的老师——我创作的标尺",但丁还承认,"给我带来荣誉的优美文采,／全部来自你一人的篇什"。[7]从维吉尔的诗作之中,但丁学会了表达他自身的体验,而mio autore(我的创作)这个词,则承载了双重的意义:"我最崇拜的书的作者"和"创造我的人"。词汇、语法、音乐:这些都是谎言,而读者们在心灵之中接受了所有的这些谎言,重建出了一种关于世界的经验。

作为最清晰的但丁评论者之一的约翰·弗里切罗提出了这样一个问题:"一个人类作者是否可以……通过模仿现实……来模仿神学寓言。"他接着说:"事实上,模仿的效果恰恰相反,它把寓言断章取义,然后把寓言转化成了讽刺。因此它并没有引申出隐喻的意义,相反,通过不断地持续肯定然后否定其自身是一种虚构,现实主义将意义本身反转了过来。借用但丁的术语,我们可以说现实主义有时是带着谎言面孔的真理;有时是看起来像真理的欺诈。"[8]

在写给斯加拉大亲王康格兰德的一封著名的信中,但丁明确引用了亚里士多德,他指出,根据其存在的距离远或近的程度,我们同样可以说它远离真理或接近真理。[9] 他指的是约翰·弗里切罗所提到的文学形式,也即寓言,寓言的真理取决于诗人能把他所隐喻的图像带到距离所寓言的主体多么切近的地方。但丁将这种关系比作一种依赖关系:儿子与父亲、仆人与主人、单数和倍数、部分和整体。在所有这些情况下,某种东西的"存在"取决于其他东西(如果我们无视单数的话,我们就无从知道倍数是什么),因此某个事物的真理取决于另一个其他东西的真理。如果其他东西是欺诈性的,那么人们所思考的这个东西将同样也被欺诈所感染。欺骗,正如但丁一直提醒我们的那样,是具有传染性的。

圣奥古斯丁在他最早的两篇关于撒谎的长篇论文(但丁很可能很熟悉这两篇论文)之中主张,如果一个人说出的某个事情是错的;并且如果这个人相信他所说的东西是真的,或者已经被人们说服了他所说的就是真的,那么他就不是在说谎。奥古斯丁区分了"相信"和"被说服":那些相信的人可能会认识到,他们对他们所相信的东西了解得并不多,但是却毫不怀疑这个东西的存在;那些被说服的人则会认为他们知道一些事情,只是他们并没有意识到关于这个事情他们其实所知甚少。根据奥古斯丁的说法,如果一个人没有说谎的意图,那么这个人就不是在说谎:表象与真相之间的差异问题,才是说谎的问题所在。奥古斯丁说,例如一个人可能会错误地把一棵树当成一堵墙,但是这并不是一种欺诈行为,除非这个人有意如此。"欺诈,"奥古斯丁说,"并不在于事物本身之中,而是存在于觉知之中。"大欺骗者撒旦——"魔鬼是骗子,又是谎言之父"(一个被定罪的灵魂在地狱中是这么提醒维吉尔的)——当他欺骗亚当和夏娃时,他意识到他正在犯下欺诈之罪,而亚当和夏娃的罪愆就在于,他们选择了他们清楚知道是被禁止的东西。我们的祖先,通过他们的意愿,本来可以选择不成为欺诈的同谋者;可是相反,他们却让自己远离了真理,并使用了他们的自由意志,走上了错误的道路。每一个旅行者都可以选择他想要走的路。但丁已经在奥古斯丁称之为"充满了罗网和危险"的黑暗森林中迷失了方向，不过但丁选择听从维吉尔的建议，现在他正走在真正的道路上。[10]

奥古斯丁关于说谎问题的观点，来源于有争议的保罗的《加拉太书》。"我写给你们的不是谎话，这是我在神面前说的"（《加拉太书》1：20），保罗之所以这么说，是为了要更有利于论证他的观点。保罗举了一个关于欺骗的例子，这是他自己的亲身经历，他描述了自己曾经遭遇过的让他同为一个使徒的特殊时刻。扫罗（后来称为保罗）曾经是一名狂热的犹太人，因其坚定地迫害那些皈依了基督教的犹太人而臭名昭著。在去往大马士革的途中，他看到了一道耀眼的光芒，然后他听到了耶稣的声音，耶稣问他为什么要迫害他。扫罗跌倒在地，发现他再也看不到东西了。三天之后，他的视力被大祭司亚拿尼亚（Ananias）恢复，亚拿尼亚用保罗这个名字给他施洗（《使徒行传》8：9）。在扫罗皈依成保罗之后，保罗与使徒彼得区分了他们各自的传教工作：彼得在犹太人之中传教，保罗向非犹太人传道。

十四年后，基督教会的领导者们聚集在耶路撒冷，决定非犹太人在皈依耶稣信仰之前，不必要接受割礼（也就是说，成为犹太人）。会议结束后，保罗去了安提阿，彼得在一段时间后加入了他。起初，彼得与安提阿教会的外邦人一起吃饭，但是当来自耶路撒冷教会的犹太人到了以后，他离开了外邦人的桌子，"他因怕奉割礼的人"（犹太人），坚持要外邦人的基督徒遵守犹太人的饮食律法。保罗对彼得的做法感到恼怒，彼得没有认识到坐上基督的餐桌所需的唯一东西就是"信"，"因他有可责之处，我就当面抵挡他"："你既是犹太人，若随外邦人行事，不随犹太人行事，怎么还勉强外邦人随犹太人呢？"（《加拉太书》2：12；2：11；2：14）。

在圣哲罗姆对保罗书信的评注中，以及在403年写给奥古斯丁的一封信中，圣哲罗姆主张，这段经文并不代表彼得和保罗两位使徒之间存在真正的争执。不过圣哲罗姆的观点还没有到那么激进地主张"这两位领导者出于为了他们的听众的考虑而共同上演了一出教学场景"的地步，圣哲罗姆只是拒绝认为在彼得和保罗之间存在着教义的对立。根据圣哲罗姆的观点，争议存在于这两位使徒关于一个问题的两种不同看法，这两位使徒都没有行欺骗之事，他们只是为了说明同一个论点而站在了彼此相互对立的立场上。[11] 奥古斯丁认为不然。他说，承认在安提阿会议期间发生了一点轻微的异见，就相当于承认阐释宗教教义之中有一条谎言，进言之承认在圣经之中有一条谎言。此外，保罗对彼得的批评是有充分根据的，因为旧的犹太仪式对于皈依新的信仰来说没有意义；因此，对任何一个想要掩饰的人来说，这些都是无用的。根据奥古斯丁的说法，当时发生的事情其实是，彼得并没有意识到他是在掩饰，直到保罗向他揭露真相。无论如何，任何情况下的欺骗，对于一个真正的基督徒的行为来说，都是绝对不合理的。

从这个角度来看，难道小说的谎言真的是带着伪装的真理吗？或者说，它们只是带有欺骗性的故事，这些带有欺骗性的故事使得我们从我们真正应该关注的真理面前抽身开来？在《忏悔录》中奥古斯丁说，在他的青春时期，他在学校里阅读拉丁经典，"我被迫去记英雄埃涅阿斯的漫游，可同时，我却完全记不住我自己的那些飘忽不定的道路。当时我为狄多的死，为她的失恋自尽而流泪；而同时，因为远离你，我的上帝，以及远离我的生活，我几乎要死去，可我从来没有为这些困境掉一滴泪"。如果被禁止阅读这些书，那么年轻的奥古斯丁会"因为无法阅读那些让[他]感到难过的东西而感到难过"。老年奥古斯丁认为，那个悬挂在教授文学的教室入口处的幕帘，"并非神秘事物的象征，而更多是错误的遮布"。[12]

当但丁第一次见到格里昂时，怪兽的外表在他看来似乎"足以令大胆的人心惊目眩"。只有当维吉尔向他解释这个怪物真的是谁的时候，但丁才了解到格里昂的存在真相：

> 啊！看眼前这头尖尾的野兽。
> 它可以穿山、破垣、摧毁刀斧。
> 啊，就是它，使天下玷污蒙垢！

维吉尔从历史文献中引经据典：通过欺骗，马萨格泰（Massagetae）

的女王托米丽司（Tomyris）①越过山脉击败了波斯人的国王居鲁士（Cyrus）②；通过欺骗，希腊人突破了特洛伊的城墙。但是格里昂的欺骗更加糟糕。传说他是一个伊比利亚国王，有三个巨大的身体在腰部相连，为了抢劫旅行者然后杀死他们，格里昂会假装欢迎他们。但丁保留了格里昂这个名字，但是改变了他的形态：但丁把格里昂塑造成了伊甸园里蛇的象征，蛇欺骗了夏娃，导致了全人类的堕落。13

在炼狱第三层，但丁讨论了小说与真理的关系：但丁遇到了一位学识渊博的威尼斯朝臣——伦巴第人马尔科（Marco Lombardo）③，他在一片令人窒息的烟雾阴云之中清洗自己的愤怒之罪。伦巴第人马尔科跟但丁讲述了自由意志的问题。如果一切是预定，那么人们就不能判断一种罪愆究竟是对还是错，而愤怒只是一种对不可避免的情况的机械反应。但是无论在普遍法则之下事先将各种事情规定得多么充分，在这个框架之内的人类仍然可以进行自由选择。星辰可能对我们的行为有所影响，但它们并不对我们自己的最终决断负责。

> 你们这些凡人，什么偏差
> 都归咎诸天，仿佛诸天
> 按着定数把万物旋动牵拉。

> 果真如此，你心中的自由意念

---

① 托米丽司是马萨格泰人的女王，公元前六世纪在位。马萨格泰人是位于今里海东岸哈萨克斯坦境内的游牧民族。公元前530年，居鲁士大帝入侵马萨格泰，杀死托米丽司之子，托米丽司倾全国之力以还击，在一场惨烈的肉搏战中击败波斯军，杀死居鲁士并将他的头颅浸在盛血的革囊里。托米丽司是唯一一个在大战役中击败居鲁士大帝的帝王，她的胜利也延缓了波斯帝国征服中东的进程。希罗多德的《历史》记载了这个事件。

② 居鲁士大帝即居鲁士二世（公元前598—公元前530），圣经里《以斯拉记》所记载的古列王。古波斯帝国（即波斯"第一帝国"）阿契美尼德王朝的缔造者。居鲁士以伊朗西南部的一个小首领起家，经过一系列征战而胜利，打败了米底、吕底亚和巴比伦，统一了大部分的古中东地区，建立了从印度到地中海的特大帝国。

③ 伦巴第人马尔科出生自意大利北部伦巴第家族，有贤德，大约生活在十三世纪。但丁在《神曲·炼狱篇》第十六章提到他。

> 就被摧毁。那时候，行善致福、
> 为恶遭殃的公理就不再得见。
>
> 诚然，诸天把行动向你传播——
> 不能说全部；即使能这样说，
> 你仍有光明向善恶照耀流布，
>
> 同时有自由意志。与诸天初搏，
> 自由意志如果能承受颓疲，
> 又善获培养，就会凡攻必破。
>
> 自由人哪，你们受更大的神力，
> 更好的本性主宰。你们的心灵
> 由神力创造，非诸天的管辖所及。[14]

伦巴第人马尔科所论证的是，宇宙对我们的行为几乎是漠不关心的（indifferent）：我们在脑海中创造出了那些我们所遵循所受约束的法则。但如果真是这样，那么小说（由我们的想象力所创造的世界，对奥古斯丁和但丁来说是《埃涅阿斯纪》创造的世界，以及对于我们来说是《神曲》创造的世界）具有塑造我们对世界的想象和对世界的理解的力量。想象力通过语言呈现给我们，语言将我们的想法传达给他人，语言这种工具不仅仅帮助我们实现了这种努力，同时也重新创造了我们尝试相互沟通的现实。

在但丁之后的四个世纪，大卫·休谟（我们在本书的开头提到过他）将会从启蒙运动的角度，重新思考这个问题。在他的《人性论》中，休谟认为人类众生发明了"自然法则，当人们观察到社会对于他们的共存是必不可缺的，并且发现，如果不约束他们自然的欲望，便不可维持任何一种的交往"，然后休谟继续说，除了这些法则之外，我们不能发明其他的法则：这些是用来解释我们所居住的宇宙的法则。¹⁵ 就像是任何法律一样，自然法则虽然可以被打破，但是它们不能被随意地打破，或者在任意的时间被打破。

休谟的论证涉及了真理问题。真理就像是一种法律，这条法律可以不被遵守，但是一个人不可能一直不遵守它。如果不遵守真理，每当真相为"黑色"时，如果我通过说"白色"来不遵守它，那么我的"白色"最终会被解释为"黑色"，并且我撒谎所用的词语，将会通过我不断地使用这些词语，改变了它们的含义。同样地，道德法则必须源于对于什么是真理的感知，植根于我们的意识之中，并且以一种得到了普遍接受的方式而表达了出来：休谟称之为"任何自然的道德约束力"。¹⁶ 否则，道德就只是一个相对的概念，并且是支持酷刑的论证，例如斯大林或皮诺切特（Pinochet）①的特殊"自然法则"，将和它的反对论证同样地有效。自由意志将允许人们基于"自然的道德约束力"思考一个行为的好坏，而它跟实施这个行为的人究竟是有罪还是无罪毫无关系。

还有一种情况会使问题变得更加复杂，如果一个行为本身被人们判断为不好的，但这个行为却致力于一个在人们看来是美好的事业，那么对这种情况应该怎么判断呢？在 2013 年 12 月 5 日，纳尔逊·曼德拉（Nelson Mandela）逝世，全世界各地的政界人士都赞扬了这位结束了南非种族隔离并且为所有人共同的道德法则斗争的伟人。然而，少数保守的英国议员却提起了玛格丽特·撒切尔（Margaret Thatcher）的表述，拒绝哀悼曼德拉，撒切尔大人曾将曼德拉的非洲国民大会（African National Congress）描述为一个希望建立"共产主义式的黑人独裁统治"的"典型的恐怖组织"，这些保守派英国议员还继续说，曼德拉曾经是一名坐在疾驰摩托车上投掷炸弹的恐怖分子。保守党议员马尔科姆·里夫金德爵士

---

① 奥古斯托·何塞·拉蒙·皮诺切特·乌加尔特（Augusto José Ramón Pinochet Ugarte, 1915—2006），智利军事独裁者，智利迄今为止任职时间最长的总统，统治智利长达十六年半，并在下台后继续担任陆军总司令直至 1998 年。1973 年，他在美国支持下通过流血政变，推翻了苏联支持的民选左翼总统阿连德，建立右翼军政府。

(Tory MP Sir Malcolm Rifkind)还宣称,"纳尔逊·曼德拉并不像我们所听到的那样是一个圣人",而是"一个玩弄手段的政治家。他实际上深信他的职业生涯早期开展的那些武装斗争,也许在他后来的职业生涯中,他仍在某种程度上相信这一点"。在马尔科姆·里夫金德爵士看来,圣徒不可能是政治家,这位爵士显然从未听说过圣方济各·泽维尔(Saint Francis Xavier)①和圣女贞德(Saint Joan of Arc)的事迹。[17]

在1995年,正式废除种族隔离制度后的第五年,南非人民成立了所谓的"真相与和解委员会"(Truth and Reconciliation Commission),这是一个集中的司法机构,允许人权受到侵犯和迫害的受害者出来做证。不仅受害者被呼吁出来做证;迫害者也是如此,他们可以为自己辩护,并要求民事和刑事大赦。在2000年,这个委员会被正义与和解研究所(Institute for Justice and Reconciliation)取代。这个命名的变化,被认为是代表了一种从建立真理到建立正义的转变。如果没有可以判定有罪的体制,认识到有罪这件事情注定是一项毫无成果的行动。"有罪,"在1998年纳丁·戈迪默(Nadine Gordimer)②宣称,"现在是并且曾经是毫无成效的。"[18]

在1963年对曼德拉的一次审判之中,曼德拉曾表示,他活着就是为了实现民主自由社会这个理想,为了这个理想,他已经准备好去死了。"我,从来就不是一名士兵,从来没有上过一次战场,从未向某个敌人开过一枪,我的任务却是组建一支军队",曼德拉在他的自传中写道。[19]由于受到他可能会被捕的警告,曼德拉转入了地下,学习如何制造炸弹,以伪装的方式穿越非洲。他在1963年被捕入狱之后,拒绝了放他

---

① 圣方济各·泽维尔,生于伊比里半岛的纳瓦尔王国,后成为耶稣会之传教士被派往东方,自里斯本出发后曾先后抵达莫桑比克、印度果阿及马六甲等地,并于1549年抵达日本,为天主教传教士至日本传教之先驱。企图向中国传教,然于途中病逝。于1622年被罗马教廷封为圣人。

② 南非白人女作家纳丁·戈迪默(1923—2014)出生于南非约翰内斯堡附近的矿山小镇斯普林斯。她的父母都是犹太裔移民,父亲来自立陶宛,祖上由荷兰迁往南非定居,母亲是英国人。戈迪默自幼生活在约翰内斯堡外的小镇隔离区里,逐渐认识到种族隔离不是由于上帝意志,而是由于人为使然。在创作生涯中,她始终把注意力集中于描写南非隔离区生活的人民。她在1991年获得诺贝尔文学奖,是南非历史上首位诺贝尔文学奖获得者。

自由的提议，直到南非政府清除了司法听证会的所有障碍为止。他后来说，在整个审判期间支撑着他的是"一种对人类尊严的信仰"。保守派议员称之为"恐怖主义行为"的活动对实现这种尊严是必要的。为了打破不公正的法律，做出所谓的恐怖主义的行为，对曼德拉来说却恰恰是一种公正的行为和道德的义务。

纳丁·戈迪默的小说为种族隔离政权时期的不公正行为提供了长期和深刻的记录，她认为在一个法律不公正的社会之中，犯罪和惩罚（以及真理和欺骗）成了随意的道德观念。"如果你是黑人，"她说，"如果你在种族隔离时期生活过，你就会习惯，人们一直从监狱里面进进出出。只因为在外出时他们没有把正确的文件放进口袋里面。如果不违法或者面临被监禁的风险，他们就无法从一个城市自由移动到另一个城市。这样的话，成为监狱里的囚犯就没有什么好感到耻辱的，因为你进入监狱无须犯下什么罪行。"[20] 但是，在一个充满罪行的统治政权下犯下诸如恐怖主义这样的行事，这是不是一种犯罪行为呢？

但丁知道，这个问题并不简单。当但丁在地狱的泣川里参与了折磨博卡·德利·阿巴提的时候①，他是不是道德的呢，难道这是因为但丁受到了博卡·德利·阿巴提的叛国罪的波及和受到了难以捉摸的神意的影响？还是说但丁受到了特定环境的诱惑，在那种环境中，所有社会习俗都可以随意背叛自己信任的人，语言不再能够交流真理，因之他才干出了这样不道德的事情？但丁是在人类的自然的道德法则的范围内真实地行事吗，还是说就如同现在受到酷刑的那些罪人们在受到惩罚之前就违反了这些法则那样，但丁同样也已经违反了这些法则吗？

对于但丁而言，自由意志是知性基于给定的现实所进行的选择，但是这种现实在我们的知性、想象力、梦境和身体感觉之中已经改变了。我们可以自由选择，但同时我们也受到我们所获得的关于世界的知识转化到我们的理解之中的约束。为了要理解这个悖论，但丁提供了一条公

---

① 地狱第九层。

民法的隐喻，公民法必然遏制公民的绝对自由，但与此同时公民法也允许人们选择如何在该法律的范围之内行事的自由。因为灵魂像一个婴儿一样，首先沉溺在提供给他的快乐之中，然后，除非有一位老师来引导他，否则这个灵魂就会像一个被宠坏的孩子那样继续沉溺在这些快乐之中，因此一定要有一种克制人的欲望的约束。尤利西斯和宁录正是受到惩罚的例子。在炼狱第三层，伦巴第人马尔科解释说：

> 所有要立法加以约束控扣；
> 要有一位君主——这位君主，
> 至少要辨得出真城的塔楼。[21]

天国之城（The Celestial City）在此世是无法实现的，但是通过远眺这个理念之城，一瞥这个理念之城的观念，一个公正的统治者可能会帮助城邦按照它的原则来生活。那么，法律和良好的政府将支持我们的道德选择。不幸的是，根据但丁的说法，在他的时代并没有这样的政府存在（当然在我们的时代也没有这样的政府存在）。在埃涅阿斯建立的那个充满希望的城市和十四世纪分崩离析的罗马（当时的教皇如此腐败，辱没了自己的圣职，主宰着尘世上这个卑微的王国）之间，但丁声称我们拥有建立不会助长欺骗之社会的自然权利。

休谟去世之后的一个世纪，珀西·比希·雪莱（Percy Bysshe Shelley）写道，为了反对欺骗的社会，我们必须做的就是"去希望，直到希望/从它自己的残骸之中，创造它所沉思的事情"。[22] 这同样也正是曼德拉秉持的信念。

在但丁去世之后的五个世纪，另一位意大利人试图探究真理的本质和说谎的艺术。卡洛·科洛迪（Carlo Collodi）① 为他的木偶想象出了各种冒险经历，其中一个故事已经成了民间传说的一部分：当匹诺曹对

---

① 卡洛·科洛迪（1826—1890）是意大利作家，最著名的作品是《木偶奇遇记》。

蓝色仙女撒谎时,他的鼻子就变长了。被邪恶的猫和狐狸遗弃之后,匹诺曹被从挂着他的橡树上取下来,蓝色仙女把他放在床上,问他发生了什么事。但匹诺曹太害怕或羞于说实话,而且众所周知,每次撒谎后,他的鼻子都会长长一点。"谎言,我亲爱的孩子,"仙女向他解释说,"马上就会被人识破,因为它有两种表现方式:一种是腿变得很短,另一种是鼻子变长。"[23] 匹诺曹显然属于后者。

但仙女所说的这种表现方式究竟意味着什么呢?匹诺曹鼻子变长的谎言是要避免承认他所做过的事情的顽固手段。其结果就是,他加长的鼻子成了自由移动的障碍,甚至让他离不开房间。这些此时此刻的谎言,把他钉在了一个地方,因为他不会认识到他自己行事之中的真理,所以他无法前进也无法推进他生命之中的故事。就像政治家和金融家的谎言一样,匹诺曹的谎言也在破坏他自己的现实,甚至摧毁他应该珍惜的东西。匹诺曹的冒险经历和但丁的《神曲》已经指明,我们对现实的认识引导着我们从一章走到另一章,从一首诗读到另一首诗,揭示出我们自身的真理。如果否认那个现实的话,那么任何关于真理的讲述都成了不可能的事情。

关于"腿变得很短"的谎言,蓝色仙女并没有给我们举出任何例子,但我们可以想象这些例子可能会是的样子。在《天堂篇》第五章多变的月亮天,贝缇丽彩向但丁解释通往上帝慈爱之路的方式,"会走向所见的美善前"。约翰·弗里切罗注意到,托马斯·阿奎那在他对彼得·伦巴德《箴言四书》的评注中认为,思维必须通过知性和情感走向上帝,但由于我们的堕落状态,我们的知性在理解力上要比我们的爱情在情感之中更弱。因为我们看到善好的能力,超越了我们对自己做好事的能力,我们度过了人生,但是我们的双脚却落在了后面。但丁在《神曲》的开头就是这么描述自己是怎么往前走的,在离开黑暗森林之后,但丁看到了黎明之光点亮的山峰:

> 我让倦躯稍息,然后再举步
> 越过那个荒凉无人的斜坡。

途中，着地的一足总踏得稳固。²⁴

在他对《神曲》的评注中，薄伽丘对这种一瘸一拐地往前走的描述，提供了一种字面上的解释，他认为但丁只描述了一种上升的过程，这自然会导致一只脚总是低于另一只脚。然而约翰·弗里切罗在他博学地讨论身体部分符号学功能的论述中，认为但丁的形象描绘了灵魂在知性和情感双"脚"上行走，就像我们的血肉之上的双足使我们前进一样。但丁时代经院哲学的思想家们认为，最稳固的脚（pes firmior）是左脚，约翰·弗里切罗同样追随这种看法，他将右脚跟知性（选择、感觉或理性的开端）关联了起来，将左脚跟情感关联了起来。²⁵ 双足仍然踏在大地上，左脚阻止旅行者正确地前进，阻止旅行者脱离尘世的关切，以将他的思想放置在更高的事物之上。

但是如果没有神圣恩典的帮助，那么完美地达到善好是不可能的，诗人如此挣扎着，由于左脚急切的爱，蹒跚而行，仍然想要执着于感官世界，但又受到他的右脚上知性的敦促，要他走上形而上学的发现之旅；但丁必须尽他所能地运用自己的知性来塑造一些与他模糊的感知和不确定的直觉有关的东西。他知道他现在"我们如今仿佛对着镜子观看，模糊不清"，借用圣保罗的话来说，他相信"我如今所知道的有限，到那时就全知道"这个承诺（《哥林多前书》13：12）。圣保罗的话来自他对"慈爱"的讨论，贝缇丽彩在描述了移动的双脚这个意象以后，同样也描述了慈爱，现在这种慈爱将但丁与尘世之中的事物联系在了一起。要忠实地描述他被允许看到和理解的东西，但丁必须一方面不要被"慈爱"和给予他的"温煦的爱焰"分心，另一方面，要使他的知性更加敏锐，能够把即将到来的异象变成文字。贝缇丽彩告诉他：

此刻，在你心里，我已经目睹
永恒的光芒辉耀。仅是这光芒，
一经目睹，就永点爱的情愫。²⁶

越是接近他预定的目标,但丁的爱也就将不得不转向那个不可言状的至高之善,他的知性必须下降到跟他同样的尘世朝圣者们一样的高度。无论是接受异象还是报道异象,但丁明白,他必须撒谎,言说真实的谎言,承认"错误真实",[27] 构建一个像格里昂一样的怪物,它会提升问题,而且不会背叛它的问题。因此,就像所有认识到自己有缺陷的知性和受束缚的情感的真正诗人一样,但丁给我们——他的读者——提供了一套"腿变得很短"的谎言,通过这段谎言,我们同样也可以分享一段但丁的旅程,并且充满希望地追随我们不断展开的追问。

　　作家们用知性或情感去追求的那种知识,其实就潜藏在他们所感知的东西和他们所想象的东西的张力之中。他们把这种脆弱的知识传递给了我们——他们的读者,这又加剧了我们的现实和书页上写出来的现实之间的紧张关系。世界的经验和言辞的经验都在同时抢夺着我们的知性和爱。我们想要知道我们在哪里,因为我们想知道我们是谁:我们神奇地相信,场景和内容是可以相互解释的。我们是具有自我意识的动物——也许还是地球上唯一具有自我意识的动物——我们能够通过提问,通过将我们的好奇心诉诸言辞来体验这个世界,就像文学所证明的。在一个连续的"给予和接受"的过程中,世界提供给我们的是谜一般的证据,这使我们将这些证据变成了故事,而这些故事反过来又给世界带来了一种怀疑的感觉和一种不确定的连贯性,后者又继续引发了进一步的问题。世界给我们提供出了一些让我们得以感知到它的线索,我们在叙事结构之中排列出这些线索,使得它们对我们显得比真理还要真切。随着我们的前进,我们继续编织这些线索,所以我们对现实本身的讲述,就对我们而言成为了现实。"你甚至说不出宇宙是无垠的,因为要说就得先认识这种无垠,"福楼拜《圣安东尼的诱惑》(*Temptation of Saint Anthony*)中的魔鬼说道,"'形式'也许是你的错觉,'实体'也许是你的想象。世界既是万物永不停息的消长过程,如果表象反倒不是最真实的东西,那么幻象就该是唯一真实的了。"[28] 幻象正是唯一的真实:当我们说"作家知道"时,这也许正是我们所想要传达的意思。

但丁和维吉尔遇见古代财神普路托斯。木刻描绘的是《地狱篇》第七章,带有克里斯托福罗·兰迪诺的评论,1487年印制。(贝内克珍本书[Beinecke Rare Book]和手稿图书馆[Manuscript Library],耶鲁大学)

注　释

除非另有说明，否则所有译文均为我自己[①]的翻译。所有圣经引文都来自詹姆斯国王钦定版圣经。

导言

1　"婴儿讲话在某种意义上是为了重-构'共-在'（being-with）的经验，……或者重-构'个人秩序'"：Daniel N. Stern, *The Interpersonal World of the Infant: A View from Psychoanalysis and Developmental Psychology*（New York: Harper Collins, 1985）, p. 171。

2　Michel de Montaigne, "An Apology for Raymond Sebond," 2.12, in *The Complete Essays*, trans. and ed. M. A. Screech (Harmondsworth, U. K.: Penguin, 1991), p. 591.[②] 根据泡赛尼阿斯（约二世纪）的记录，"认识你自己"和"凡事勿过度"（Nothing Too Much）这两句话是记录在德尔菲神庙大门上献给阿波罗的箴言。参见 Pausanias, *Guide to Greece*, vol.1: *Central Greece*, trans. Peter Levi（Harmondsworth, U. K.: Penguin, 1979）, 10.24, p. 466。柏拉图对话中有六篇曾经讨论过这条德尔菲箴言：《卡尔米德篇》（*Charmides*, 164D），《普罗泰戈拉篇》（*Protagoras*, 343B），《斐德若篇》（*Phaedrus*, 229E），《斐勒布篇》（*Philebus*, 48C），《法义》（*Laws*, 2.923A），《阿尔喀比亚德前篇》（*I. Alcibiades*, 124A, 129A and 132C）。参见 *The Collected Dialogues of Plato*, ed. Edith Hamilton and Huntington Cairns（Princeton: Princeton University Press, 1973）。

3　Michel de Montaigne, "On Physiognomy," 3.12, in *Complete Essays*, p. 1176.

4　Michel de Montaigne, "On Educating Children," 1.26, in *Complete Essays*, p. 171.

5　《约伯记》28：20。《约伯记》没有给我们提供任何答案，反而给我们抛出了

[①] 指曼古埃尔。

[②] 中译采用：蒙田著，《蒙田随笔全集》（中卷），马振骋、潘丽珍、丁步洲译，译林出版社，2001年，第208页，略有改动。

一堆"真问题"①。在诺思洛普·弗莱（Northrop Frye）看来，这些真问题"能让我们以很好的问题形式提出问题，但是答案却会欺骗我们，不让我们正当地提出这些问题"。参见Frye, *The Great Code: The Bible and Literature,* ed. Alvin A. Lee, volume 19 in the *Collected Works*（Toronto: University of Toronto Press, 2006）, p. 217. Michel de Montaigne, "On Democritus and Heraclitus," 1.50, in *Complete Essays*, p. 337。

6 参见Richard Dawkins, *The Selfish Gene*, 30th anniversary ed.（Oxford: Oxford University Press, 2006）, pp. 63-65。

7 Samuel Beckett, *Worstward Ho* (London: John Calder, 1983), p. 46.

8 Honoré de Balzac, *Le Chef-d'oeuvre inconnu* (Paris: Editions Climats, 1991), p. 58.

9 Francis Bacon, *New Atlantis*, in *The Advancement of Learning and New Atlantis*, ed. Arthur Johnston (Oxford: Oxford University Press, 1974), p. 245.

10 将一个问题形诸文字，会使它与我们自身的经历疏离开来，并使之成为语词探索的对象。"人与人之间活生生的体验和再现式的体验，在语言的迫使下分离了开来"：Stern，*Interpersonal World of the Infant*，p. 182。

11 MS lat. 6332, *Bibliothèque nationale*, Paris, 图片复制自：M. B. Parkes, *Pause and Effect: An Introduction to the History of Punctuation in the West*（Berkeley: University of California Press, 1993）, pp. 32-33。

12 *Paradiso*, XXV: 2, "al quale ha posto mano e cielo e terra."（"由天和地一起命笔。"）

13 Giovanni Boccaccio, *Trattatello in laude di Dante*, ed. Luigi Sasso (Milan: Garzanti, 1995), p. 81; Jorge Luis Borges, "Prólogo," in *Nueve ensayos dantescos*, ed. Joaquín Arce (Madrid: Espasa-Calpe, 1982), pp. 85-86; Giuseppe Mazzotta, *Reading Dante* (New Haven: Yale University Press, 2014), p. 1; Osip Mandelstam, "Conversation on Dante," in *The Selected Poems of Osip Mandelstam*, trans. Clarence Brown and W. S. Merwin (New York: New York Review of Books, 2004), p. 151; Olga Sedakova, "Sotto il cielo della violenza," in *Esperimenti Danteschi: Inferno 2008*, ed. Simone Invernizzi (Milan: Casa Editrice Mariett, 2009), p. 107.

14 但这篇东西从来没有写出来，不过在1965年我曾见到博尔赫斯和比奥伊（Bioy）讨论过他们想写的这篇文章，想把它作为他们的反讽文章集之中的一篇：*Crónicas de Bustos Domecq*（Buenos Aires: Losada, 1967）。

15 *Paradiso*, XVIII: 20-21, "Volgiti e ascolta; / ché non pur ne' miei occhi è

---

① 中译采用：蒙田著,《蒙田随笔全集》（上卷），潘丽珍、王论跃、丁步洲译，译林出版社,2001年,第337页。

paradiso."("你转身听听——天堂啊,不光在我的眸子里头。")

16　Martin Buber, *Tales of the Hasidim*, vol. 1, trans. Olga Marx (Oxford: Oxford University Press, 1948), p. 76.

17　*Inferno*, I: 91, "A te convien tenere altro vïaggio."("得走别的路——这样你才能藏躲。")

18　Montaigne, "Apology for Raymond Sebond," 2.12, p. 512,引自 *Purgatorio* XXVI: 34-36, "così per entro loro schiera bruna / s'ammusa l'una con l'altra formica, / fors ea spïar lor via e lor fortuna."("蚂蚁在黑压压的队伍里,也会/这样碰头:彼此以鼻子相触,/也许在问路和探寻前程的安危。")

19　Michel de Montaigne, "On Educating Children," 1.26, in *Complete Essays*, p. 170;*Inferno* XI: 93, "Non men che saver, dubbiar m'aggrata."("解答了我的疑难后,给我欣慰。"[①])

20　*Paradiso* II: 1-4, "O voi che siete in piccioletta barca, / desiderosi d'ascoltar, seguiti /dietro al mio legno che cantando varca, // tornate a riveder li vostri liti."("你们哪,置身于一叶小小的舢板,/为了亲聆乐曲,在后面跟随/我的船,听它唱着歌驶过浩瀚。/回航吧,重觅你原来的水湄。")

第一章　什么是好奇心?

章节开篇[②]: Sir Arthur Conan Doyle, *The Hound of the Baskervilles*(1902)(London: John Murray, 1971), p. 28。

1　Roger Chartier, "El nacimiento del lector moderno. Lectura, curiosidad, ociosidad, raridad," in *Historia y formas de la curiosidad,* ed. Francisco Jarauta (Santandor: Cuadernos de la Fundación Botín, 2012), pp. 183-210; *The Jerusalem Bible: Reader's Edition*, gen. ed. Alexander Jones (Garden City, N. Y.: Doubleday, 1966), p. 905.

2　Plato, *Theaetetus* 149A-B, trans. F. M. Cornford, in *The Collected Dialogues of Plato*, ed. Edith Hamilton and Huntington Cairns (Princeton: Princeton University Press, 1973), pp. 853-854.

3　Inferno, VIII: 1, "Io dico, seguitando, che assai prima."("说到这里,我必须指出,

---

①　中译采用:蒙田著,《蒙田随笔集》(上卷),潘丽珍、王论跃、丁步洲译,译林出版社,1996年,第167页。

②　中译采用:阿·柯南道尔著,《福尔摩斯探案集》(中),俟萤译,群众出版社,1995年,第579页。

早在……")

4 Giovanni Boccaccio, *Trattatello in laude di Dante*, ed. Luigi Sasso (Milan: Garzanti, 1995), p. 70.

5 同上书,第 71—72 页。路易吉·萨索(Luigi Sasso)注意到,这些诗行都来自兄弟会的伊拉里奥神父(Brother Ilaro)写给乌古乔内·德拉·法圭欧拉(Uguccione della Faggiuola)的书信,保存在薄伽丘自己的笔记《茨巴尔多内·洛伦佐抄本》(*Zibaldone Laurenziano*)①之中;而这封信本身很可能是薄伽丘自己杜撰的。

6 Francesco Petrarca, *Familiares*, 21:15, 转引自 John Ahern, "What Did the First Copies of the Comedy Look Like?" in *Dante for the New Millennium*, ed. Teodolina Barolini and H. Wayne Storey (New York: Fordham University Press, 2003), p. 5。

7 Gennaro Ferrante, "Forme, funzioni e scopi del tradurre Dante da Coluccio Salutatia Giovanni da Serravalle," in *Annali dell'Istituto Italiano per gli Studi Storici*, 25 (Bologna: Il Mulino, 2010), pp. 147-182.

8 *Inferno* I: 114, "per loco etterno"("穿过无尽的幽昧。"); II: 31-32, "Ma io, perché venirvi? o chi 'l concede?/ Io non Enea, io non Paulo sono."("至于我,去干吗呢?谁给我力量? / 我不是埃涅阿斯,不是保罗。")

9 *Apocalypse de Pierre*, 16: 2-3, and *Apocalypse de Paul*, 32 a-b, in *Écrits apocryphes chrétiens*, vol. 1, ed. François Bovon and Pierre Geoltrain (Paris: Gallimard, 199), pp. 773, 810.

10 Dante Alighieri, *Vita nova*, II: 5, in *Le opere di Dante: testo critico della Società dantesca italiana*, ed. M. Barbi et al. (Florence: Bemporad, 1921), p. 3.

11 Dante Alighieri, *Questio de aqua et terra*, I:3, in *Opere di Dante*, p. 467.

12 *Paradiso*, XXXIII: 33, "sì che 'l sommo piacer li si dispieghi"("目睹至高的欣悦在眼前彰显。"); *Convivio* III: XI, 5, in *Opere di Dante*, p. 229.

13 *Paradiso* X:89, "la tua sete"("去给你解渴。"); X:90, "se non com'acqua ch'al mar non si cala."("就像水之奔腾向下,结果却拒绝向大海回归。")

14 G. K. Chesterton, *Saint Thomas Aquinas* (New York: Doubleday, 1956), p. 59.

15 同上书,第 21 页。

16 Thomas Aquinas, *Summa Theologica*, prologue, 5 vols., trans. Fathers of the English

---

① 这是薄伽丘 1330 年左右用意大利语手书的无所不包的笔记,其中有对但丁和彼特拉克的拉丁语诗行的改写。这个抄本又名《茨巴尔多内》(*Zibaldone*),洛伦佐·美第奇图书馆编号 29 : 8 (Biblioteca Medicea Laurenziana Plut. 29.8),因此也称《洛伦佐抄本 29 : 8》(*The Laurentian Manuscript XXIX 8*)。

Dominican Province (1948; repr. Notre Dame, Ind.: Christian Classics, 1981), vol. 1, p. xix.

17　Aristotle, *Metaphysics*, 980.a.21; Thomas Aquinas,"Exposition of *Metaphysics*," 1.1-3, in *Selected Writings*, ed. and trans. Ralph McInerny (Harmondsworth, U. K.: Penguin, 1998), pp. 721-724.

18　Saint Augustine, *The Retractions,* 2.24, in *The Fathers of the Church*, vol. 60, ed. and trans. Sister Mary Inez Bogan (Washington, D. C.: Catholic University of America Press, 1968), p. 32; Saint Augustine, *De Morib. Eccl.* 21, 引自 Aquinas, *Summa Theologica*, pt. 2.2, q. 167, art. 1, vol. 4, p. 1868。

19　阿奎那引用了圣哲罗姆《写给达玛的第二十一封书信》(*Epist.* XXI *ad Damas*)："我们看到很多教士背叛福音书和先知、阅读舞台剧，还唱着田园小情歌。"(*Summa Theologica*, pt. 2, art. 1, vol. 4, p. 1869)。

20　Bernard de Clairvaux, *Sermones super Canticum Canticorum, Ser. 36*, in *S. Bernardi Opera II*, ed. J. Leclerq (Rome: Editiones Cistercienses, 1958), p. 56; Alcuin, *De Grammatica*, PL 101, 850 B, 引自 Carmen Lozano Guillén, "El concepto de gramática en el Renacimiento," *Humanistica Lovaniensia: Journal of Neo-Latin Studies* 41（1992): 90。

21　Bruno Nardi, "L'origine dell'anima umana secondo Dante," in *Studi di filosofia medievale* (Rome: Edizioni di Storia e Letteratura, 1960), p. 27.

22　*Paradiso* XXXIII: 142-145, "All' alta fantasia qui mancò possa; / ma già volgeva il miodisiro e il velle, / sì come rota ch' egualmente è mossa, / l'amor che move il sole e l'altrestelle."（"高翔的神思，至此再无力上攀；/ 不过这时候，吾愿吾志，已经/ 见旋于大爱，像匀转之轮一般；/ 那大爱，回太阳啊动群星。"）

23　David Hume, "My Own Life"（1776), 引自 Ernest C. Mossner, "Introduction," in Hume, *A Treatise of Human Nature,* ed. Ernest C. Mossner (Harmondsworth, U. K.: Penguin, 1969), p. 17。

24　David Hume, *A Treatise of Human Nature* (London, 1739), title page; Hume, "My Own Life," 引自 Mossner, "Introduction," p. 17。

25　Hume, "My Own Life," 引自 Mossner, "Introduction," p. 17。

26　Isaiah Berlin, *The Age of Enlightenment: The Eighteenth Century Philosophers* (1956), 引自 Mossner, "Introduction," p. 7; Hume, *Treatise of Human Nature*, ed. Mossner, p. 41。

27　Hume, *Treatise of Human Nature*, ed. Mossner, pp. 499-500; Aquinas, *Summa Theologica*, pt. 2.2, q. 167, vol. 4, p. 1870.

28　Hume, *Treatise of Human Nature*, pp. 495, 497.

29　The chevalier de Jaucourt, "Curiosité," in Denis Diderot and Jean Le Rond d'Alembert, *Encyclopédie; ou, Dictionnaire raisonné des sciences, des arts et des métiers* (Paris, 1751), vol. 4, pp. 577-578.

30　*Inferno*, XXVIII: 139-141, "Perch' io partii così giunte persone, / partito porto il mio cerebro, lasso! / dal suo principio ch'è in questo troncone."（"我把紧连的人伦离间断送，/ 因此，唉，头颅要离开本茎，/ 与身躯分开，要我拿在手中，/ 好让我向人展示所得的报应。"）

31　Boccaccio, *Trattatello in laude di Dante*, p. 51.

32　*Inferno*, XX: 19-21, "Se Dio ti lasci, lettor, prender frutto / di tua lezione, or pensa per te stesso / com' io potea tener lo viso asciutto."（"读者呀，愿上帝/ 让你在书中采果。请你想一下，/ 我怎能避免弄湿自己的面颊？"）

33　参见 Denise Heilbronn, "Master Adam and the Fat-Bellied Lute," *Dante Studies* 101（1983）: 51-65。

34　*Inferno*, XXX: 131-132, "Or pur mira! / che per poco è teco non mi risso."（"唉，还在看吗？/ 再看下去，我就会不高兴。"）; 148, "ché voler ciò udire è bassa voglia."（"偷听的欲望是卑劣的欲望。"）

35　Seneca, "On Leisure," 5.3, in *Moral Essays*, vol. 2, trans. John W. Basore (Cambridge: Harvard University Press, 1990), pp. 190-191. 我[①]对译文有轻微的改动。

第二章　我们想知道什么？

章节开篇: Jean-Jacques Rousseau, *Emile; ou, De l'éducation*, bk. 1, ed. Charles Wirz and Pierre Burgelin (Paris: Gallimard, 1969), p. 89.

1　*Inferno*, XXVI: 25, 29, "Quante 'l villan ch'al poggio si riposa, /...vede lucciole giù per la vallea"（"一个农夫，要是在山上停歇/……萤火虫时明时灭。"）; 52-53, "chi è 'n quel foco che vien sì diviso / di sopra"（"谁藏在那朵裂顶/ 而来的火焰？"）; 82, "quando nel mondo li alti verse scrissi"（"在世上写高词伟句之际。"）; 93, "prima che sí Enea la nomasse."（"早在埃涅阿斯为卡耶塔命名前。"）

2　同上书, 97-98, "dentro a me l'ardore / ch'i' ebbi a divenir del mondo esperto"（"却不能把我的渴思压抑于心内，/ 因为我热切难禁，要体验世情。"）; Alfred Lord Tennyson, "Ulysses"（1842）, in *Selected Poems*, ed. Michael Millgate（Oxford: Oxford University Press, 1963）, p. 88。

3　Torquato Tasso, *Gerusalemme liberata*, ed. Lanfranco Caretti, XV: 25 (Milan: Mondadori, 1957), p. 277.

---

①　指曼古埃尔。

4　'Abd-ar-Rahmân b. Khaldûn Al-Hadramî, *Al-Muqaddina: Discours sur l'Histoire Universelle*, translated from the Arabic and edited by Vincent Monteil, 3rd ed., 6.39（Paris: Sinbad/Actes Sud, 1997）, p. 948. 伊本·赫勒敦引用《古兰经》2：142。

5　*Inferno*, XI: 60, "e simile lordura"（"以及同类的奸邪。"）; XXVI: 58-63, "e dentro da la lor fiamma si geme / l'agguato del caval che fé la porta / onde uscì de' Romani il gentil seme. // Piangesvisi entro l'arte per che, morta, / Deîdemìa ancor si duol d'Achille, / e del Palladio pena vi si porta."（"他们在自己的火焰中呻吟受苦，/ 因他们以木马设伏，打开了门口，/ 让罗马人高贵的子孙涌出。他们在火中哀恸，悔自己的计谋，/ 使得伊达弥亚死后仍哀悼阿喀琉斯。/ 帕拉斯之罚，他们也正在承受。"）Leah Schwebel, "'Simile lordura,' Altra Bolgia: Authorial Conflation in Inferno 26," *Dante Studies* 133 (2012): 47-65.

6　参见 Giuseppe Mazzotta, *Dante, Poet of the Desert: History and Allegory in the "Divine Comedy"*.（Princeton: Princeton University Press, 1979）, pp. 66-106。

7　我们不清楚但丁笔下的尤利西斯（就像丁尼生所相信的那样）是不是回到伊萨卡之后就走上了他最后的那段不归的旅途，我们也不清楚但丁笔下的尤利西斯是不是不再回来，并且完成了他在荷马笔下的冒险之旅后是否还在继续冒险。

8　Oscar Wilde, *The Importance of Being Earnest* (London: Nick Hern Books, 1995), p. 32.

9　"Philo," in Louis Jacob, *The Jewish Religion: A Companion* (Oxford: Oxford University Press, 1995), p. 377.

10　Saint Augustine, *On Genesis* (Hyde Park, N. Y.: New City Press, 2002), p. 83.

11　Hesiod, *Theogony and Works and Days*, trans. Dorothea Wender（Harmondsworth, U. K.: Penguin, 1973）, pp. 42, 61; Joachim du Bellay, *Les Antiquitez de Rome*, 引自 Dora and Erwin Panofsky, *Pandora's Box: The Changing Aspects of a Mythical Symbol*, 2nd rev. ed.（New York: Harper and Row, 1962）, pp. 58-59。

12　罗伯特·路易斯·史蒂文森 1880 年 12 月 26 日写给托马斯·史蒂文森夫人的信，引自 *The Letters of Robert Louis Stevenson to His Family and Friends*, vol. 1, ed. Sidney Colvin (New York: Scribner's, 1899), pp. 227-229。

13　*Paradiso* XXXIII: 94-96, "Un punto solo m'è maggior letargo / che venticinque secoli a la 'mpresa / che fé Nettuno ammirar l'ombra d'Argo."（"事后只一瞬，我仿佛已昏睡不寤，/ 印象比海王二十五个世纪前 / 惊视阿尔戈船倒影的故事还模糊。"）

14　Cited in "Questions," in Jacob, *Jewish Religion*, p. 399.

15　*Paradiso*, XXXIII: 85-87, "Nel suo profondo vidi che s'interna, / legato con amore in un volume, / ciò che per l'universo si squaderna."（"在光芒深处，只见宇宙中散

往/四方上下而化为万物的书页,/合成了三一巨册,用爱来订装。")

16 参见Agostino Ramelli, *Diverse et artificiose macchine* (Paris, 1588)。利娜·博尔佐尼(Lina Bolzoni)对此的讨论：Lina Bolzoni, *La stanza della memoria: modelli letterari e iconografici nell'età della stampa*, (Milan: Einaudi, 1995), p. 64。

17 Orazio Toscanella, *Armonia di tutti i principali retori* (Venice, 1569). 博尔佐尼(Bolzoni)对此的讨论：Bolzoni, *Stanza della memoria*, pp. 69-73。

18 "La scienza del perché",引自Bolzoni, *Stanza della memoria*, p. 48。

19 *Purgatorio*, II: 11-12, "gente che pensa suo cammino / che va col core, e col corpo dimora."("就像考虑走什么途径的人,/心神在前行,身体却留在原地。")这章诗篇的结尾处是一个与好奇心的冲动相反的比喻："come uom che va, nè sa dove riesca" (132)("像前行的人不知何路可遵。")

20 Carlo Ossola, *Introduzione alla Divina Commedia* (Venice: Marsilio, 2012), p. 40。

21 Dante Alighieri, *Epistola* XIII: 72, in *Le opere di Dante: testo critico della Società dantesca italiana*, ed. M. Barbi et al. (Florence: Bemporad, 1921), p. 440; *Inferno*, I: 91, "A te convien tenere altro viaggio"("得走别的路。"); V: 22, "Non impedir lo suo fatale andare."("不要阻挡啊,他注定来到这地方。")

22 Seneca, *Epistulae morales*, ed. and trans. R. M. Gummere, vol. 1, *Ep.* 88(Cambridge: Harvard University Press, 1985); Héraclite, *Allégories d'Homère*, 70: 8, translated from the Greek by Félix Buffière(Paris: Belles Lettres, 1962), p. 75; Dio Chrysostom, "Discourse 71," in *Discourses* 61-80, trans. H. Lamar Crosby(Cambridge: Harvard University Press, 1951), p. 165; 关于爱比克泰德,参见Silvia Montiglio, *From Villain to Hero: Odysseus in Ancient Thought*(Ann Arbor: University of Michigan Press, 2011), pp. 87-94。

23 参见Raymond Klibansky, Erwin Panofsky, and Fritz Saxl, *Saturn and Melancholy*(London: Nelson, 1964), p. 77。

第三章　我们怎样推理？

章节开篇：Fernando de Rojas y "Antiguo Autor", *La Celestina: Tragicomedia de Calisto y Melibea*, 3.3, ed. Francisco J. Lobera, Guillermo Serés, Paloma Díaz-Mas, Carlos Mota, Iñigo Ruiz Arzaluz, and Francisco Rico(Madrid: Real Academia Española, 2011), p. 110; Simone Weil,引自Roberto Calasso, *I quarantanove gradini*(Milan: Adelphi, 1991), p. 121。

1 *Paradiso*, XXIV: 25-27, "Però salta la penna e non lo scrivo: / ché l'imagine nostra

a cotai pieghe, / non che 'l parlare, è troppo color vivo."（"因此，我的笔只好略而不叙。/ 我们的描摹（尤其是言语），色彩/太鲜艳，绘不出歌声褶子的萦纡。"）

2 同上书, 40, "ama bene e bene spera e crede"（"他的爱心、希望、信仰贞定。"）; 46-51, "Sí come il baccialier s'arma e non parla / fin che l'maestro la question propone, / per approvarla, non per terminarla, //cosí m'armava io d'ogne ragione / mentre ch'ella dicea, per esser presto / a tal querente e atal professione".（"老师提出问题提供学生答辩——/ 不是裁决——之前，学生会保持/沉默，并做好准备。我发言之前，/ 也是这样：贝缇丽彩说话时，/ 我设法收集自己的理据，以响应/ 老师，以便答问时能够称职。"）

3 同上书, 79-81, "Séquantunque s'acquista / giú per dottrina, fosse cosí 'nteso, / non lí avria loco ingegno di sofista."（"下界所得的教义，/ 如果都能够这样加以理解，/ 诡辩者的小聪明，就无所施其技"）。

4 Bonaventure, *Les Sentences* 2, in *Les Sentences; Questions sur Dieu: Commentaire du premier livre de sentences de Pierre Lombard*, translated from the Latin by Marc Ozilou (Paris: PUF, 2002), p. 1.

5 参见 Etienne Gilson, *History of Christian Philosophy in the Middle Ages*（New York: Random House, 1955）, pp. 246-250。

6 Aristotle, *Topics, Books I and VIII with Excerpts from Related Texts*, trans. Robin Smith（Oxford: Clarendon, 1997）, p. 101（诽谤者和盗贼）; Aristotle, *On Sophistical Refutations*; *On Coming-to-be and Passing Away*; *On the Cosmos*, trans. E. S. Forster and D. J. Furley（Cambridge: Harvard University Press, 2001）, esp. pp. 13-15（导致其他人也犯错误）; Aristotle, *Topics,* p. 127（完全不相关的前提）。

7 G. B. Kerferd, *The Sophistic Movement* (Cambridge: Cambridge University Press, 1981), p. 1.

8 Thomas Mautner, *The Penguin Dictionary of Philosophy*, 2nd ed. (Harmondsworth, U. K.: Penguin, 2005), p. 583; Martin Heidegger, *Plato's Sophist*, trans. Richard Rojcewicz and André Schuwer (Bloomington: Indiana University Press, 2003), p. 169; Lucian, "The Passing of Peregrinus," in *Lucian*, ed. and trans. A. M. Harmon (Cambridge: Harvard University Press, 1936), vol. 5, chap. 13.

9 引自 Marcel Bataillon, *Erasmo y España*, translated from the French by Antonio Alatorre（Mexico City: Fondo de Cultura Económica, 2007）, p. 506。

10 François Rabelais, *Gargantua and Pantagruel,* bk. 1, chap. 19, trans. Sir Thomas Urquhart and Pierre Le Motteux (New York: Knopf, 1994), p. 66.①

---

① 中译采用：拉伯雷著，《巨人传》，成钰亭译，上海译文出版社，1984年，第79页。

11　参见Lucien Febvre, *Le problème de l'incroyance au XVIe siècle: La religion de Rabelais*（Paris: Albin Michel, 1942）。

12　参见Mikhail Bakhtin, *Rabelais and His World*, trans. Helene Iswolsky（Bloomington: Indiana University Press, 1984）, pp. 362-363。

13　Rabelais, *Gargantua and Pantagruel*, bk. 5, chap. 48, p. 806; chap. 37, p. 784; chap. 48, p. 807.[①]

14　德勒兹，引自Barbara Cassin, *L'Effet sophistique*（Paris: Gallimard, 1995）, p. 20。

15　参见W. K. C. Guthrie, *A History of Greek Philosophy*, vol. 3（Cambridge: Cambridge University Press, 1969）, p. 282。

16　参见Kerferd, *Sophistic Movement*, p. 38。

17　*The Greek Sophists*, ed. and trans. John Dillon and Tania Gregel (Harmondsworth, U. K.: Penguin, 2003), pp. 119-132.

18　Plato, *Lesser Hippias*, 363c-d, trans. Benjamin Jowett, in *The Collected Dialogues of Plato*, ed. Edith Hamilton and Huntington Cairns (Princeton: Princeton University Press, 1973), p. 202.

19　W. K. C. Guthrie, *The Greek Philosophers from Thales to Aristotle* (London: Routledge, 1960), p. 66.

20　I. F. Stone, *The Trial of Socrates* (Boston: Little, Brown, 1988), pp. 41-42; Harry Sidebottom, "Philostratus and the Symbolic Roles of the Sophist and the Philosopher," in *Philostratus*, ed. Ewen Bowie and Jas Elsner (Cambridge: Cambridge University Press, 2009), pp. 77-79.

21　Xenophon, "On Hunting" 13, 引自Jacqueline de Romilly, *Les Grands Sophistesdans l'Athène de Périclès*（Paris: Editions de Fallois, 1988）, p. 55。

22　斐洛斯特拉托斯，引自Sidebottom, "Philostratus and the Symbolic Roles of the Sophist and the Philosopher", p. 80; Lucian of Samosata, *The Rhetorician's Vade Mecum*, 15, in *The Works of Lucian of Samosata*, trans. H. W. and F. Fowler（Oxford: Oxford University Press, 1905）, p. 52。

23　参见Mario Untersteiner, *I sofisti*（1948; repr. Milan: Mondadori, 2008）, p. 280。

24　Plato, *The Republic,* bk. 5, 462c-e, 463a-e, trans. Paul Shorey, in *Collected Dialogues of Plato*, pp. 701-703.

[①] 中译采用：拉伯雷著，《巨人传》，成钰亭译，上海译文出版社，1994年，第1103—1104页。

25 Plato, *Protagoras*, trans. W. K. C. Guthrie, in *Collected Dialogues of Plato*, pp. 319-20.

26 Plato, *Lesser Hippias*, 365b, p. 202.①

27 同上书，376a-b，第 214 页。②

28 同上书，376c，第 214 页。③

29 Stone, *Trial of Socrates*, p. 57.

30 Michel de Montaigne, "An Apology for Raymond Sebond," 2.12, in *The Complete Essays*, trans. and ed. M. A. Screech (Harmondsworth, U. K.: Penguin, 1991), p. 656.

31 George Steiner, "Where Was Plato?" *Times Literary Supplement*, 26 July 2013, p. 11.

32 Plato, *Theaetetus*, 149A-B, trans. F. M. Cornford, in *The Collected Dialogues of Plato*, pp. 853-854.

第四章 我们怎么能够"看到"我们思考的东西？

章节开篇：Dante Alighieri, *De vulgari eloquentia*, edited and translated from the Latin by Vittorio Coletti（Milan: Garzanti, 1991），p. 25。

1 R. H. Charles, *The Apocrypha and Pseudepigrapha of the Old Testament* (Oxford: Clarendon, 1913), p. 75.

2 *Paradiso*, XVIII: 73-78, "E come augelli surti di rivera, / quasi congratulando a lorpasture, / fanno di sé or tonda or altra schiera, // sí dentro ai lumi sante creature / volitando cantavano, e facienssi / or D, or I, or L in sue figure."（"如群鸟从水湄起飞向空中跃趋，/ 仿佛因食料丰美而不胜欢忭，/ 一时圆，一时以其他形状相聚，/ 烨烨众光里，圣洁的光灵在翩翩 / 飞舞歌唱，歌唱间依次聚成 / D 形、I 形、L 形后继续蹁跹。"）

3 内沙布尔的阿塔尔（十二世纪）④提到了这种圣鸟，这种鸟要寻找他们的王——席穆夫。许多个世纪以后，它们意识到自己就是席穆夫，席穆夫也就是它们。博尔赫斯也曾经把这两种鸟做了类比，参见 Jorge Luis Borges, "El Simurgh y el águila," in

---

① 中译采用：柏拉图著，《柏拉图全集》（第一卷），王晓朝译，人民出版社，2002 年，第 279 页。
② 中译采用：同上书，第 295 页。
③ 中译采用：同上书，第 295—296 页。
④ 内沙布尔的阿塔尔（Fariduddin Attar, 1145—1230），全名为阿布·哈米德·本·阿布·伯克尔·易卜拉欣（Abū Ḥamīd bin Abū Bakr Ibrāhīm），波斯伊斯兰教苏菲派著名诗人和思想家，笔名法立德尔丁。出生并成长于内沙布尔，因此常称作内沙布尔的阿塔尔，代表作是《百鸟朝凤》(*The Conference of the Birds*) 和《神圣之书》(*Ilāhī-Nāma*)。

Nueve ensayos dantescos（Madrid: Espasa Calpe: 1982），pp. 139-144。

4　*Purgatorio*, X: 95, "visibile parlare"（"可以用眼睛亲睹"）; *Inferno*, III: 1-9, "Per me si va ne la città dolente, / per me si va ne l'etterno dolore, / per me si va tra la perduta gente. // Giustizia mosse il mio alto fattore; / fecemi la divina podestate, / la somma sapïenza e 'l primo amore. // Dinanzi a me non fuor cose create / se non etterne, e io etterno duro. / Lasciate ogne speranza, voi ch'intrate."（"由我这里，直通悲惨之城。/ 由我这里，直通无尽之苦。/ 由我这里，直通堕落众生。/ 圣裁于高天激发造我的君主；/ 造我的大能是神的力量，/ 是无上的智慧与众爱所自出。/ 我永远不朽；在我之前，万象 / 未形，只有永恒的事物存在。/ 来者呀，快把一切希望弃扬。"）

5　*Inferno*, III: 17, "genti dolorose"（"悲惨的群伦"）; 21, "dentro alle segrete cose."（"凡眸不能目睹的景物之前。"）

6　*Purgatorio*, IX: 112-114（"于是，天使在我额上以剑刃 / 之尖划了七个P，然后说：'进入 / 里面之后，要洗去这些伤痕'。"）; 131-132, "Intrate; ma faccivi accorti / che di fuor torna chi 'n dietro si guata."（"进去吧；不过你们要知道，/ 往后张望的，都要从里面退出。"）

7　Saint Augustine, *De Magistro*, 8, in *Les Confessions, précedées de Dialogues philosophiques*, bk. 1, ed. Lucien Jerphagnon (Paris: Gallimard, 1998), p. 370.

8　Julian Jaynes, *The Origin of Consciousness in the Breakdown of the Bicameral Mind* (New York: Houghton Mifflin, 1976).

9　Plato, *Phaedrus*, 274d-e, trans. R. Hackforth, in *The Collected Dialogues of Plato*, ed. Edith Hamilton and Huntington Cairns (Princeton: Princeton University Press, 1973), p. 520; G. K. Chesterton, "A Defense of Nonsense," in *The Defendant* (London: Dent, 1901), p. 14.

10　Nic Dunlop, *The Lost Executioner: A Journey to the Heart of the Killing Fields* (NewYork: Walker, 2005), p. 82.

11　Inca Garcilaso de la Vega, *Comentarios reales*, in *Obras completas del Inca Garcilaso*, vol. 2 (Madrid: Colección Rivadeneira, 1960).

12　同上书，第67页。

13　所有关于圣塞维诺的信息都来自这部版本绝佳的圣塞维诺《辩护书》：Sansevero, *Apologetic Letter*, translated into Spanish and edited by José Emilio and Lucio Adrián Burucúa: Raimondo di Sangro, *Carta Apologrética*（Buenos Aires: UNSAM Edita, 2010）。

14　这一点同样适用于书写社会和口传社会。"所有社会都知道'口头'运用两种不同的、彼此没有交集的交流系统：一种基于语言，另一种基于目光所见"：Anne-

Marie Christin, *L'Image écrite ou la déraison graphique* (Paris: Flammarion, 1995), p. 7。

15 Robert Bringhurst, *The Elements of Typographic Style* (Vancouver: Hartley and Marks, 1992) p. 9.

16 参见 Marcia and Robert Ascher, *Code of the Quipu: A Study in Media, Mathematics and Culture* (Ann Arbor: University of Michigan Press, 1981), p. 102。

17 Pedro Cieza de León, *Crónica del Perú: Cuarta parte*, vol. 3, ed. Laura Gutiérrez Arbulú (Lima: Pontificia Universidad Católica del Perú y Academia Nacional de la Historia, 1994), p. 232.

18 Bringhurst, *Elements of Typographic Style*, p. 19.

第五章 我们怎么提问？

章节开篇: Solomon Volkov, *Conversations with Joseph Brodsky: A Poet's Journey Through the Twentieth Century*, trans. Marian Schwartz (New York: Free Press, 1998), p. 139; Joseph Brodsky, "The Condition We Call Exile," in *On Grief and Other Reasons: Essays* (New York: Farrar, Straus and Giroux, 1995), p. 33; Brodsky, "Venetian Stanzas I," in *To Urania* (New York: Farrar, Straus and Giroux, 1988), p. 90。

1 *Purgatorio*, III: 34-42, "Matto è chi spera che nostra ragione / possa trascorrer la infinita via / che tiene una sustanza in tre persone. // State contenti, umana gente, al quia: / ché, se potuto aveste veder tutto, / mestier no era parturir Maria; // e disïar vedeste sanza frutto / tai che sarebbe lor disio quetato, / ch' etternalmente è dato lor per lutto." ("一体三位所走的那条路 / 无尽无穷, 有谁敢指望我们! / 以凡智去跨越, 谁就是愚鲁之徒。/ 安于知其然吧, 你们这些凡人。/ 如果你们早已把万物识遍, / 又何须烦劳玛利亚去分娩妊娠? / 你们已见过一些人在徒然想念。/ 按理, 他们早已得到了安舒; / 可是想念却变成了痛苦无限。"); 43-44, "io dico d'Aristotile e di Plato / e di molt' altri." ("我是指亚里士多德和柏拉图 / 和很多别的人。")

2 Thomas Aquinas, *Summa Theologica*, pt. 1, q. 2, art. 2, 5 vols., trans. Fathers of the English Dominican Province (1948; repr. Notre Dame, Ind.: Christian Classics, 1981), vol. 1, p. 12; Francis Bacon, *The Advancement of Learning*, I: v. 8, in *The Advancement of Learning and New Atlantis*, ed. Arthur Johnston (Oxford: Oxford University Press, 1974), p. 35.

3 *Paradiso*, XXVI: 115-117, "non il gustar del legno / fu per sé la cagion di tanto esilio, / ma solamente il trapassar del segno" ("孩子呀, 告诉你, 口尝该树的鲜果, / 本身并不是长期放逐的原因; / 僭越界限才是真正的过错。"); 124-132, "La lingua ch'io parlai fu tutta spenta / innanzi che a l'ovra iconsummabile / fosse la gente di Nembròt

attenta: // ché nullo effetto mai razïonabile, / per lo piacere uman che rinovella / seguendo il cielo, sempre fu durabile. // Opera naturale 'ch'uom favella; / ma cosí o cosí, natura lascia / poi fare a voi secondo che v'abbella."("我说的语言，宁录的族人希望/大展妄图前已经完全灭绝。/那妄图，不过是无从实现的莽撞。/因为，任何由理智产生的谋略，/都不会持久，人的爱恶之情，/会随天穹的运转而涌升减却。人类说话的能力是天赋的资禀：/不过怎样说，说是用何种语言，/则由他们按自己的喜好决定。")

4 同上书，132-138。（"在我坠落地狱受折磨之前，/ I 是凡间对至善的称呼；把我/覆裹的欣悦就由这至善彰显。/后来，至善又称EL——也恰当不过。/凡人的用语和树叶的叶子相仿佛：/按时序——萌发，——脱落。"）

5 Dante Alighieri, *De vulgari eloquentia,* edited and translated from the Latin by Vittorio Coletti (Milan: Garzanti, 1991), pp. 14-15.

6 参见Louis Ginzberg, *The Legends of the Jews,* 7 vols., vol. 1: *From the Creation to Jacob,* trans. Henrietta Szold (Baltimore: Johns Hopkins University Press, 1998), pp. 5-8。

7 引自Gershom Scholem, *Kabbalah* (New York: Dorset, 1974), p. 12。犹太传统认为，《密西拿》是绝对不会出错的。

8 参见《马太福音》（6：22—23）："眼睛就是身上的灯。你的眼睛若亮了，全身就光明；你的眼睛若昏花，全身就黑暗。你里头的光若黑暗了，那黑暗是何等大呢！"

9 Jorge Luis Borges, "La biblioteca de Babel," in *Ficciones* (Buenos Aires: Sur, 1944), pp. 85-95.

10 "质点"有十个，它们是：王冠（the Crown）、智慧（wisdom）、理解（understanding）、慈悲（loving kindness）、力量或判断（power or judgment）、美丽（beauty）、胜利（victory）、荣耀（splendor）、根基（foundation）和王国（sovereignty）。据说律法（mitzvot）有六百一十三条，其中三百六十五条是否定的（"勿做"）还有二百四十八条是肯定的（"要做"），参见Louis Jacobs, *The Jewish Religion: A Companion* (Oxford: Oxford University Press, 1995), pp. 450、350。

11 *Purgatorio,* XXII: 137-138, "cadea de l'alta roccia un liquor chiaro / e si spandeva per le foglie suso."（"就在岩壁的一边，清水柔柔/自高崖下洒，纷纷把树叶沾湿。"）在《地狱篇》第六章中但丁谴责了伊壁鸠鲁主义者们，但他只是谴责了伊壁鸠鲁主义者们认为身体死亡之后灵魂也同时死亡的观点，而不是谴责了伊壁鸠鲁关于至高快乐的观点。

12 关于这道泉水参见*Purgatorio,* XXII: 65; *Purgatorio,* XXI: 97-98, "mamma / fumi, e fummi nutrice, poetando."（"我开创/诗境时，它是我的娘亲、我的保姆。"）

13 *Purgatorio,* XXI: 131-132, "Frate / non far, ché tu se' ombra e ombra vedi"（"兄弟呀，/别这样；我们是幽灵，都没有形体"）; 136, "trattando l'ombre come cosa salda"

("视幽灵为实体"); *Inferno*, I: 82-84, "lungo studio e'l grande amore / che m'ha fatto cercar lo tuo volume." ("啊,你是众诗人的荣耀和辉光,/ 我曾经长期研读你,对你的卷帙/孜孜。")

14　参见 Sandra Debenedetti Stow, *Dante e la mistica ebraica*(Florence: Editrice La giuntina, 2004), pp. 19-25。

15　Umberto Eco, *La ricerca della lingua perfetta* (Rome: Laterza, 1993), pp. 49-51.

16　参见 Stow, *Dante e la mistica ebraica*, pp. 41-51; *Paradiso*, XXXIII: 140, "la mia mentefu percossa."("幸亏我的心神获灵光燨然/一击。")

17　参见 Plato, *The Republic*, bk. 2, 376d-e, trans. Paul Shorey, in *The Collected Dialogues of Plato*, ed. Edith Hamilton and Huntington Cairns(Princeton: Princeton University Press, 1973), p. 623; *Purgatorio*, XV: 117。

18　参见 Giovanni Carlo Federico Villa, *Cima da Conegliano: Maître de la Renaissance vénitienne*, translated from the Italian by Renaud Temperini(Paris: Réunion des musées nationaux, 2012), p. 32。

19　H. Strack and G. Stemberger, *Introducción a la literatura talmúdica y midrásica* (Valencia: Institución San Jerónimo, 1988), p. 76.

20　参见 B. Netanyahu, *Don Isaac Abravanel, Statesman and Philosopher*, 5th ed., rev.(Ithaca: Cornell University Press, 1998), p. 122。

21　参见 Herbert A. Davidson, *Moses Maimonides: The Man and His Works*(Oxford: Oxford University Press, 2005), p. 72。

22　*Pirke de Rabbi Eliezer: The Chapters of Rabbi Eliezer the Great According to the Text of the Manuscript Belonging to Abraham Epstein of Vienna*, trans. Gerald Friedlander (NewYork: Sepher Hermon Press, 1981), p. 63.

23　参见 Eco, *Ricerca della lingua perfetta*, p. 50。

24　参见 Attilio Milano, *Storia degli ebrei in Italia*(Turin: Einaudi, 1963), p. 668; Rainer Maria Rilke, "Eine Szene aus dem Ghetto von Venedig," in *Geschichten vom lioben Gott*(Wiesbaden: Insel Verlag, 1955), p. 94。

25　阿布拉瓦内尔基于数学算出来的救赎预言(无疑阿布拉瓦内尔自己对此深感骄傲)在接下来的好几个世纪给犹太人等待弥赛亚的耐性投下了深深的阴影,所以一直到了1734年,威尼斯的拉比会堂还要颁布一项法令去绝罚一个叫作摩西·查姆·卢扎托(Mosè Chaím Luzzatto)①的人,这个人宣称他的一个伙伴就是被期待的弥赛亚,他

---

①　摩西·查姆·卢扎托(1707—1746),也以希伯来语首字母缩写词 RaMCHaL 闻名,是著名的意大利犹太拉比、喀巴拉教徒和哲学家。

说弥赛亚来临的时间可能在阿布拉瓦内尔算出的预言时间之后的大概 231 年。参见 Riccardo Calimani, *The Ghetto of Venice*, trans. Katherine Silberblatt Wolfthal (New York: M. Evans, 1987), pp. 231-235。

26 Gideon Bohak, *Ancient Jewish Magic: A History* (Cambridge: Cambridge University Press, 2008), pp. 358-359.

27 参见 Marvin J. Heller, *Printing the Talmud: A History of the Earliest Printed Editions of the Talmud* (Brooklyn, N. Y.: Im Hasefer, 1992), p. 7。

28 伯姆贝格引自 Calimani, *Ghetto of Venice*, pp. 81-82。

29 *Editoria in ebraico a Venezia*, catalogo de la mostra organizzata da Casa di Risparmio di Venezia, Comune di Sacile (Venice: Arsenale Editrice, 1991).

30 Heller, *Printing the Talmud,* pp. 135-182.

31 同上书,第 142 页。

32 Marc-Alain Ouaknin, *Invito al Talmud*, trans. Roberto Salvadori (Turin: Bottati Boringhieri, 2009), p. 56；关于地图,参见此书前衬页：Calimani, *Ghetto of Venice*。

33 Gilbert K. Chesterton, *Orthodoxy* (New York: John Lane, 1909), p. 108.

34 感谢宾夕法尼亚大学犹太研究所的亚瑟・基戎（Arthur Kiron）提供了这个信息。基戎先生向我提到了这本书：George M. Stratton, "The Mnemonic Feat of the 'Shass Pollak,' " *Psychological Review* 24, no. 3 (May 1917): 181-187。

35 Saint Bonaventure, *Collationes in Hexaemeron,* 13.12, 引自 Hans Blumenberg, *Die Lesbarkeit der Welt* (Frankfurt-am-Main: Suhrkamp, 1981), p. 73。

36 例如参见 Marina del Negro Karem, "Immagini di Potere: Il Leone Andante nel Battistero di San Marco di Venezia," *Atti dell'Istituto Veneto di Scienze, Lettere ed Arte* 162 (2003-2004): 152-171。

37 *Mishneh Torah: The Book of Knowledge by Maimonides*, 根据《波德林抄本》（*Bodleian codex*）编撰整理而成,有导言、《圣经》文献和《塔木德》文献、注释,以及英译：Moses Hyamson (Jerusalem: Feldheim, 1981)。

第六章 语言是什么？

章节开篇：Lewis Carroll, *Through the Looking-Glass and What Alice Found There*, in *The Annotated Alice*, ed. Martin Gardner (New York: Clarkson Potter, 1960), p. 269；*Paradiso*, XXXIII: 140-141, "la mia mente fu percossa / da un fulgore in che sua voglia venne"（"幸亏我的心神获灵光熠然／一击,愿望就这样唾手而得"）；*Inferno*, XXVIII: 139-141。

1　例如参见 *Inferno*, XXX: 130-132; *Purgatorio*, XIII: 133-141。

2　*Inferno*, XXVIII: 4-6, "Ogne lingua per certo verria meno / per lo nostro sermone e per la mente / c'hanno a tanto comprender poco seno."（"一切唇舌肯定会相形见绌，/ 因为，我们的言辞、记忆太狭偏，/ 容纳不下这么繁多的事物。"）

3　Ovide, *Les Métamorphoses*, 6.382-400, 丹尼乐·罗伯特（Danièle Robert）从拉丁语编辑和翻译而来的双语版本：Danièle Robert（Paris: Actes Sud, 2001）, pp. 246-249; *Paradiso*, I: 19-21, "Entra nel petto mio, e spira tue / sí come quando Marsïa traesti / de la vagina de le membra sue."（"光临我怀啊，让你的灵气翕张，/ 就像你昔日把马胥阿斯 / 拔离他的肢体，如拔剑于鞘囊。"）

4　*Inferno*, I: 1-7.

5　尽管没有任何证据可以显示塞万提斯读过《神曲》，但是在十七世纪的时候《神曲》的很多章节在当时已经是耳熟能详了，在堂吉诃德攻打风车的那一幕场景中，堂吉诃德相信那些风车是巨人，这可能是受到了但丁的这个章节的启发，因为但丁就把巨人看成了高塔。

6　《创世记》6：4；不过但丁讲述的这个故事的来源并不是《创世记》的文本，而是圣奥古斯丁关于《创世记》的评注，参见 *The City of God*, 15.23, trans. Henry Bettenson (Harmondsworth, U. K.: Penguin, 1984), p. 639。*Inferno*, XXXI: 76-81, "Elli stessi s'accusa; / questi è Nembrotto per lo cui mal coto / pur un linguaggio nel mondo non s'usa. // Lasciànlo stare e non parliamo a vòto; / ché cosí è a lui ciascun linguaggio / come 'l suo ad altrui, ch'a nullo è noto."（"然后，导师说：'他叫宁录，在叱 / 自己。今日，世人的言语不再 / 统一，完全归咎于他的鬼办法。/ 不要再徒耗唇舌了；让我们离开。/ 别人说的语言，他一窍不通；/ 他所说的，也没有谁会明白。'"）

7　Domenico Guerri, *Di alcuni versi dotti della "Divina Commedia"* (Città di Castello: Casa Tipografica-Editrice S. Lappi, 1908), pp. 19-47.

8　Jorge Luis Borges, "La muerte y la brújula," in *La muerte y la brújula* (Buenos Aires: Emecé Editores, 1951), p. 131.①

9　*Inferno*, VII: 1. 关于这句诗行的各种阐释的简要解释传统，参见安娜·玛利亚·乔万西·列奥那蒂编订的《神曲》版本：Anna Maria Chiavacci Leonardi's edition of the *Commedia* (Milan: Mondadori, 1994), p. 233。（但丁遵循的是中世纪传统，不过他可能混淆了冥王普路同和财神普路托斯。）*Inferno* VII: 14, "l'alber fiacca."（"因桅杆断折而塌成一堆。"）

---

①　中译采用：博尔赫斯著，《死亡与指南针》，王永年译，收入：《杜撰集》，上海译文出版社，2016年，第33页。

10　Herodotus, *The Histories*, II: 2, trans. Aubrey de Sélincourt, revised, with an introduction and notes by A. R. Burn (Harmondsworth, U. K.: Penguin, 1972), pp. 129-130.

11　Salimbene de Adam, *Chronicle of Salimbene de Adam*, ed. and trans. Joseph L. Baid, B. Giuseppe, and J. R. Kane (Tempe: University of Arizona Press, 1986), p. 156.

12　Oliver Sacks, *Awakenings,* rev. ed. (New York: Dutton, 1983), pp. 188-189; Rainer Maria Rilke, "The Panther," in *The Selected Poetry of Rainer Maria Rilke*, ed. and trans. Stephen Mitchell (New York: Random House, 1982), pp. 24-25.

13　*Inferno*, XXXI: 127-129, "Ancor ti può nel mondo render fama, / ch'el vive, e lunga vita ancor aspetta / se 'nnanzi tempo grazia a sé nol chiama"（"他仍能恢复你在世上的声名。/ 他是活人。如果圣恩在上方 / 不提前宠召, 他仍会享受高龄"）; 142-143, "al fondo che divora / Lucifero con Giuda"（"那吞咽 / 撒旦和犹大的坑底"）; 145, "come albero in nave."（"如船桅上挺。"）

14　Louis Ginzberg, *The Legends of the Jews*, 7 vols., vol.1: *From the Creation to Jacob*, trans. Henrietta Szold (Baltimore: Johns Hopkins University Press, 1998), pp. 177-180. 金兹伯格（Ginzberg）罗列出了把创世时的上帝作为第一位统治者的拉比文献。上帝之后, 接下来有七位有死的统治者: 宁录、约瑟（Joseph）、所罗门（Solomon）、亚哈（Ahab）、尼布甲尼撒（Nebuchadnezzar）、居鲁士（Cyrus）和马其顿的亚历山大（Alexander of Macedon）。最终这些人之后又会有第九个也就是最后的一位普世统治者: 弥赛亚。参见 Ginzberg, *Legends of the Jews*, vol. 5: *From the Creation to Exodus*, p. 199。

15　Ginzberg, *Legends of the Jews*, vol.1, p. 180.

16　Michael A. Arbib, *How the Brain Got Language: The Mirror System Hypothesis* (Oxford: Oxford University Press, 2012), p. ix.

17　同上书, 第84—85页。

18　Franz Kafka, "Ein Bericht für eine Akademie," in *Die Erzählungen*, ed. Roger Hermes (Frankfurt-am-Main: Fischer Tagebuch Verlag, 2000), pp. 322-333. 在1906年, 阿根廷作家莱奥波尔多·卢贡内斯（Leopoldo Lugones）想象出了一个故事: 一个人试图教一只猿猴说话, 因为他坚信猿猴能够讲话, 只是数千年来人们一直没有这样教猿猴说话而已, 这样就可以使它们避免被迫为人类工作。在这则故事之中, 这个男人首先尝试了一种教聋哑人的教学方法, 然后他又诉诸威胁和惩罚。可是毫无成果。这个培训过程, 最后直到这只可怜的野兽的身体虚弱到了这个男人得知它即将死亡的程度才结束。这时突然, 猿猴在痛苦中大声喊叫（"如何解释一千年以来从来没有说过话的动物的声音音调？"）出了这些词语: "主人, 水, 主人, 我的主人。"对于莱奥波尔多·卢贡内斯而言, 人类和猿猴起初使用同一种共同的语言: Leopoldo Lugones, "Yzur," in

Las fuerzas extrañas（Buenos Aires: Arnoldo Moeny hermanos, 1906）, pp. 133-144。①

19　*Paradiso*, I: 70-71, "Trasumanar significar per verba / non si poria"（"超凡的经验非文字所能宣告，/ 对将来借神恩登仙的人"）; Thomas Aquinas, *Summa Theologica*, pt. 1, q. 12, art. 6, 5 vols., trans. Fathers of the English Dominican Province (1948; repr. Notre Dame, Ind.: Christian Classics, 1981), vol. 1, p. 53.

20　出自代致呵利的 *Nîti Sataka*。引自 Barbara Stoler Miller, ed. and trans., *The Hermit and the Love-Thief: Sanskrit Poems of Bhartrihari and Bilhana*（New York: Columbia University Press, 1978）, p. 3。

21　义净法师，引自 Amartya Sen, "China and India," in *The Argumentative Indian: Writings on Indian Culture, History and Identity*（London: Allen Lane, 2005）, p. 161。

22　参见 R. C. Zaehner, ed. and trans., *Hindu Scriptures*（New York: Knopf, 1992）, p. x。

23　*The Upanishads*, trans. Swami Paramananda (Hoo, U. K.: Axiom, 2004), p. 93; Ralph Waldo Emerson, "Brahma," in *Selected Writing of Ralph Waldo Emerson*, ed. William H. Gilman (New York: New American Library, 1965), p. 471.

24　参见 Romila Thapar, *A History of India*, vol. 1（Harmondsworth, U. K.: Pelican, 1966）, pp. 140-142。

25　K. Raghavan Pillai, ed. and trans., *The "Vâkyapadîya": Critical Text of Cantos I and II, with English Translation, Summary of Ideas and Notes* (Dehli: Motilal Banarsidass, 1971), p. 1.

26　B. K. Matilal, *The Word and the World: India's Contribution to the Study of Language* (Delhi: Oxford University Press, 1992), p. 52.

27　Jorge Luis Borges, "La biblioteca de Babel," in *El jardín de los senderos que se bifurcan*（Buenos Aires: Sur, 1941）, pp. 85-95; Cicero, *De natura deorum*, 2.37.93, trans. H. Rackham（Cambridge: Harvard University Press, 2005）, p. 213, 引自 Luis Borges, "La biblioteca total," *Sur* 59（August 1939）: 13-16。

28　Carroll, *Through the Looking-Glass*, p. 251.②

29　参见 Tandra Patnaik: *Sabda: A Study of Bhartrihari's Philosophy of Language*（New Delhi: D. K. Print World, 1994）。

---

①　莱奥波尔多·安东尼奥·卢贡内斯·阿盖洛（Leopoldo Antonio Lugones Argüello, 1874—1938），阿根廷诗人、散文家、小说家，他的诗作通常被认为是西班牙语现代诗歌的奠基作品。

②　中译采用：路易斯·加乐尔著，《阿丽思漫游奇境记（附：阿丽思漫游镜中世界）》赵元任译，商务印书馆，1988年，第271页。

30　Italo Calvino, *Se una notte d'inverno un viaggiatore* (Turin: Giulio Einaudi, 1979), p. 72.

31　Dante Alighieri, *De vulgari eloquentia*, edited and translated from the Latin by Vittorio Coletti (Milan: Garzanti, 1991), p. 23.

32　同上书,第 99 页。

第七章　我是谁?

章节开篇: *Inferno*, XIII: 105, "chè non è giusto aver ciò ch'om si toglie."("谁都阻不了——通行权是上天所授")。

1　*Inferno*, I: 66, "qual che tu sii, od ombra od omo certo!"("不管你是真人/还是魅影,我都求你哀悯!")

2　Craig E. Stephenson, "Introduction," *Jung and Moreno: Essays on the Theatre of Human Nature* (London: Routledge, 2014), p. 14.

3　*Purgatorio*, XXII: 127-129, "Elli givan dinanzi, ed io soletto / diretro, ed ascoltava i lor sermoni / h'a poetar mi davano intelletto"("两位诗人在前,我踏着步履/后随间,凝神听他们交谈,/从中领悟了一些作诗的规矩"); XXIII: 32-33, "Chi nel viso de li uomini legge 'omo' / ben avria quivi conosciuta l'emme"("有谁在众脸中读出 OMO 这个字符,/就会轻易看见字母 M 的结构"); Pietro Alighieri, *Il "Commentarium" di Pietro Alighieri nelle redazioni Ashburnhamiana e Ottoboniana*, ed. Roberto della Vedova and Maria Teresa Silvotti (Florence: Olschki, 1978).

4　参见 Diogenes Laertius, *Lives of the Philosophers*, 3.6, trans. R. D. Hicks(Cambridge: Harvard University Press, 1995), vol. 1, p. 281; Plato, "Cratylus," trans. Benjamin Jowett, in *The Collected Dialogues of Plato*, ed. Edith Hamilton and Huntington Cairns(Princeton: Princeton University Press, 1973), p. 422。①

5　*Paradiso*, VI: 10, "Cesare fui, e son Giustiniano"("我是查士丁尼,是罗马的君主"); XII: 68-69, "quinci si mosse spirito a nomarlo / dal possessivo di cui era tutto"("他完全向上主献身,/名字也以主名的所有格见称。"); Vincenzo Presta, "Giovanna," in *Enciclopedia Dantesca*, vol. 9 (Milan: Mondadori, 2005), p. 524; *Paradiso*, XII: 79-81, "Oh padre suo veramente Felice! / oh madre sua veramente Giovanna, / se, interpretata, val come si dice!"("他父亲菲力斯呀,是有福有攸归! /他母亲卓凡娜呢,也名实相符;/名随

---

①　中译采用:柏拉图著,《柏拉图全集》(第二卷),王晓朝译,人民出版社,2003 年,第 58、131 页。

义立时,名实都没有相违!")

6　*Purgatorio*, XXX: 62-63, "quando mi volsi al suon del nome mio, / che di necessità qui si registra"("我听到声音响起,并且直呼/ 我的名字时[在这里只好按实况/ 记录下来]"); 73-75, "Guardaci ben! Ben son, ben son Beatrice. / Come degnasti d'accedere al monte? / non sapei tu che qui è l'uom felice?"("留神看我。我就是,就是贝缇丽彩。/ 这座山峰,你怎会纡尊攀跻? / 你不知道这里的人都幸福和恺?")

7　同上书, 76-78, "Li occhi mi cadder giú nel chiaro fonte; / ma veggendomi in esso, i trassi a l'erba, / tanta vergogna mi gravò la fronte."("我听后,目光望落清澈的泉水里;/ 一瞥见自己,就立刻望向青草,/ 感到额上的羞报沉重无比。")

8　William Shakespeare, *All's Well That Ends Well*, 4.1. 48-49 and 4.3. 371-374, in *The Complete Works of Shakespeare*, ed. W. J. Craig (London: Oxford University Press, 1969).①

9　William Butler Yeats, "A Woman Young and Old," in *The Collected Poems of W. B. Yeats* (London: Macmillan, 1979), p. 308; Plato, *Symposium*, trans. Michael Joyce, in *Collected Dialogues of Plato*, pp. 542-545.②

10　David Macey, "Mirror-phase," in *The Penguin Dictionary of Critical Theory* (Harmondsworth, U. K.: Penguin, 2000), p. 255; Arthur Rimbaud, Lettre à Georges Izambard, 13 mai 1871, in *Correspondance*, ed. Jean-Jacques Lefrère (Paris: Fayard, 2007), p. 64. 关于这个表述的另一则几乎相同的表述,参见兰波在1971年5月15日写给保罗·德梅尼(Paul Demeny)的信。

11　Carl Gustav Jung, "Conscious, Unconscious and Individuation" in *The Archetypes and the Collective Unconscious*, trans. R. F. Hull (Princeton: Princeton University Press, 1980), p. 279; Saint Augustine, *Confessions*, 11.28, trans. R. S. Pine-Coffin (Harmondsworth, U. K.: Penguin, 1961), p. 278.

12　Jung, "Conscious, Unconscious and Individuation," p. 275; Carl Gustav Jung, *Memories, Dreams, Reflections*, recorded and ed. Aniela Jaffé, trans. Richard and Clara Winston, rev. ed. (New York: Vintage, 1965), p. 359.③

13　Jung, *Memories, Dreams, Reflections*, p. 318.

14　Carroll, *Alice's Adventures in Wonderland*, in *The Annotated Alice*, ed. Martin

---

①　中译采用:莎士比亚著,《莎士比亚全集》(增订本)第2卷,朱生豪译,译林出版社,1998年,第444、457页。

②　中译采用:刘小枫编译,《柏拉图四书》,生活·读书·新知三联书店,2015年,第205页。

③　中译采用:奥古斯丁著,《忏悔录》,周士良译,商务印书馆,1997年,第256页。

Gardner (New York: Clarkson Potter, 1960), p. 22.

15　同上书，第 22—23 页；Osip Mandelstam, "Conversation on Dante," in *The Selected Poems of Osip Mandelstam*, trans. Clarence Brown and W. S. Merwin (New York: New York Review of Books, 2004), p. 117。

16　*Purgatorio*, XXVIII: 139-141.

17　Herman Melville, *Moby-Dick; or, The Whale*, ed. Luther S. Mansfield and Howard P. Vincent (New York: Hendricks House, 1962), p. 54.

18　Carroll, *Alice's Adventures in Wonderland*, p. 158.①

19　William Shakespeare, *Hamlet*, 2.2. 93, in *Complete Works*②; Carroll, *Alice's Adventuresin Wonderland*, 30, 31.③

20　Carroll, *Alice's Adventures in Wonderland*, p. 161.④

21　同上书，第 67 页⑤。

22　同上书，第 32 页⑥；Carroll, *Through the Looking-Glass*, p. 238⑦。

23　Carroll, *Alice's Adventures in Wonderland*, pp. 37-38, 59, 75; Carroll, *Through the Looking-Glass*, pp. 201, 287; Oscar Wilde, "Narcissus," in *Poems in Prose*, in *The Works of Oscar Wilde*, ed. G. F. Maine (London: Collins, 1948), p. 844⑧。

24　Carroll, *Alice's Adventures in Wonderland*, p. 39.⑨

第八章　我们在这儿做什么？

章节开篇：Peter Levi, *Virgil: His Life and Times*（London: Duckworth, 1998），p. 35; Drieu La Rochelle, *L'Homme à cheval*（Paris: Gallimard, 1943），p. 15; José Hernández, *El*

---

①　中译采用：路易斯·加乐尔著，《阿丽思漫游奇境记（附：阿丽思漫游镜中世界）》，赵元任译，商务印书馆，1988 年，第 165 页。

②　中译采用：莎士比亚，《莎士比亚全集》（增订本）第 5 卷，朱生豪译，译林出版社，1999 年，第 310 页。

③　中译采用：路易斯·加乐尔著，《阿丽思漫游奇境记（附：阿丽思漫游镜中世界）》，赵元任译，商务印书馆，1988 年，第 81、13、11 页。

④　中译采用：同上书，第 169 页。

⑤　中译采用：同上书，第 55、57 页。

⑥　中译采用：同上书，第 13 页。

⑦　中译采用：同上书，第 253 页。

⑧　中译采用：王尔德，《水仙少年》，2022 年 9 月有效：https://www.douban.com/group/topic/40518579/。

⑨　中译采用：路易斯·加乐尔著，《阿丽思漫游奇境记（附：阿丽思漫游镜中世界）》，赵元任译，商务印书馆，1988 年，第 21 页。

gaucho Martín Fierro（Buenos Aires: Ediciones Pardo, 1962）, pp. 44, 10（原书中即有省略号）。

1　John Ruskin, *Modern Painters*, in *The Complete Works of John Ruskin*, vol. 3 (London: Chesterfield Society, n. d.), pp. 208, 209; *Purgatorio*, XXVIII: 2, "foresta spessa"（"圣林"）; *Inferno*, I: 2, "selva oscura"（"黑林"）; Ruskin, *Modern Painters*, p. 214.

2　*Inferno*, XIII: 1-11, "Non ra ancor di là Nesso arrivato, / quando noi ci mettemmo per un bosco / che da neun sentiero era segnato. // Non fronda verde, ma di color fosco, /non rami schietti, ma nodosi e 'nvolti; / non pomi v'eran, ma stecchi con tòsco. // Non han sì aspri sterpi né sí folti / quelle fiere selvagge che 'n odio hanno / tra Cecina e Cornetto i luoghi cólti."（"涅索斯还未返回血河的另一边，/ 我们已经在一个丛林里面前行；/ 看不到任何蹊径印在地面，/ 看不到绿叶丛；只见一片晦冥，/ 枝干都纠缠扭曲，并不光滑。/ 林中没有果子，只有毒荆；榛莽是那么浓密，那么芜杂，/ 在切齐纳和柯内托的沼地上，/ 恶天的野兽所居也不会更可怕。"）

3　*Inferno*, XIII: 21, "cose che torrien fede al mio sermone"（"单凭我口讲，会叫你惊疑不置"）; 32, "Perché mi schiante?"（"干吗撕我？"）; 35-39, "ricomociò a dir: 'Perché mi scerpi? / non hai tu spirto di pietade alcuno? // Uomini fummo, e or siam fatti sterpi: / ben dovrebb' esser la tua man piú pia / se state fossimo anime di serpe."（"它就说："干吗要把我摧攀？"/ 难道你怜悯之心已全部丧失？/ 我们本来是人，现在变成了树干。/ 我们即使是毒蛇，曾经在世间/ 作恶，你的手也不该这么凶残。"）; Virgil, *Aeneid*, 3.19-33, in *Eclogues, Georgics, Aeneid*, 2 vols., trans. H. Rushton Fairclough (Cambridge: Harvard University Press, 1974), vol. 1, pp. 348-350.

4　*Inferno*, XIII: 52-53, "'n vece / d'alcun' ammenda"（"以功劳把刚才的罪过抹擦。"）; 72, "ingiusto fece me contra megiusto."（"乃使公平的我被我不公平地对付。"）

5　Saint Augustine, *City of God*, 1.20, trans. Henry Bettenson (Harmondsworth, U. K.: Penguin, 1972), p. 32.

6　*Inferno*, XIII: 37, "uomini fummo"（"我们本是人"）; Olga Sedakova, "Sotto il cielo della violenza," in *Esperimenti Danteschi: Inferno 2008*, ed. Simone Invernizzi (Milan: Casa Editrice Marietti, 2009), p. 116; Dante Alighieri, *De vulgari eloquentia*, edited and translated from the Latin by Vittorio Coletti (Milan: Garzanti, 1991), p. 9.

7　参见 Sir Paul Harvey, *The Oxford Companion to Classical Literature*（Oxford: Clarendon, 1980）, p. 194。

8　Ruskin, *Modern Painters*, p. 212.

9　*Inferno*, I: 39-40, "quando l'amor divino / mosse di prima quelle cose belle."（"当神圣的大爱旋动美丽的三光，/ 那些星星已经与太阳为朋。"）。"Contrapasso"（"一报还一报"）是但丁从托马斯·阿奎那的思想中借用的一个术语，描述对某种特定罪的惩罚或清除。例如，对夺走了不属于他们的东西的盗贼的惩罚，就是让他们失去属于他们的一切东西，包括他们的人形。

10　Virgil, *Georgics*, 1.155-159, in *Eclogues, Georgics, Aeneid*, vol. 1, pp. 90-91.①

11　Porphyry, *De abstinentia*, 1.6, and Pliny the Elder, *Naturalis historia*, 16.24.62, 引自 J. Donald Hughes, "How the Ancients Viewed Deforestation", *Journal of Field Archeology* 10, no. 4（winter 1983）: 435-445.

12　Alfred Wold, "Saving the Small Farm: Agriculture in Roman Literature", *Agriculture and Human Values* 4, nos. 2-3（spring-summer 1987）: 65-75. 在十八世纪英国，萨缪尔·约翰逊爵士（Samuel Johnson）嘲笑了他的同时代人对于田园的迷恋。在讨论到某位格兰革博士（Dr. Grainger）的《甘蔗，诗作一首》（*The Sugar-Cane, a Poem*）时，萨缪尔·约翰逊爵士跟他的传记作者兼好友詹姆斯·鲍斯韦尔（James Boswell）评论说："他能用一条甘蔗写啥呢？那是不是还有别的什么人就可以写些《香菜圃，诗作一首》或者《甘蓝园，诗作一首》啦？"参见 James Boswell, *The Life of Samuel Johnson*（London: T. Cadell and W. Davies, 1811）, vol. 3, p. 170. 十九世纪南美洲曾有一个经典例子就是智利人安德烈·贝洛（Andrés Bello）的:《托里德地区农业颂》（*Silva a la agricuturaen la zona tórrida*）。

13　*Inferno*, XI: 48, "spregiando Natura, e sua bontade."（"并蔑视大自然，蔑视其充盈。"）

14　Linda Lear, "Afterword," in Rachel Carson, *Silent Spring*（Harmondsworth, U. K.: Penguin, 1999）, p. 259; Charles Williams, *The Figure of Beatrice: A Study in Dante*（Woodbridge, U. K.: Boydell and Brewer, 1994）, p. 129. 在传统上，鸡奸者（sodomites）就是"反自然的罪人"，他们故意放弃性交这种性行为"合法"的目的。但是许多学者，尤其是安德列·帕萨德（André Pézard, *Dante sous la pluie de feu*［Paris: Vrin, 1950］）主张，"反自然的罪人"是因为他们对"什么是自然的"这个问题做出了"盲目的判断"，才以不同的方式犯下了罪愆。不过《神曲》中并没有提及"鸡奸"或"鸡奸者"。然而在《神曲·炼狱篇》第二十六章 40 行中，一群灵魂呼喊着"所多玛与蛾摩拉"，指的正是这两座平原城市发生的"罪恶甚重"（《创世记》18:20），而对此另一组回应是在接下来的两行诗句，但丁提到米诺斯（Minos）的妻子帕西法厄（Pasipha）与一头公牛交配并生了牛头怪物米诺陶洛斯（Minotaur）。这两类人都被归为过度淫荡、同性恋和兽交，并且由于这些罪人都是在炼狱山上最高的一圈（最接近伊甸园圣林的地方）受刑罚的，因此对但丁来说，这是七宗罪之中最不严重的一种。

---

①　中译采用：维吉尔著，《农事诗》，2022 年 9 月有效：https://www.douban.com/group/topic/38998676/?start=0#!/i!/ckDefault。

15　Carson, *Silent Spring,* p. 257.

16　Aristotle, *The Politics,* 1.8, trans. T. A. Sinclair (Harmondsworth, U. K.: Penguin, 1962), pp. 38-40.①

17　"Assessing Human Vulnerability to Environmental Change: Concepts, Issues, Methods, and Case Studies" (Nairobi: United Nations Environmental Programme, 2003), www. unep. org/geo/GEO3/pdfs/AssessingHumanVulnerabilityC. pdf; "Social Issues, Soy, and Defenestration," *WWF Global,* http: //wwf. panda. org/about_our_earth/about_forests/deforestation/forest_conversion_agriculture/soy_deforestation_social/.

18　Theodore Roszak, *The Voice of the Earth* (Grand Rapids, Mich.: Phanes, 1992), p. 2; Ruskin, *Modern Painters,* p. 155; Anita Barrows, "The Ecological Self in Childhood," *Ecopsychology Newsletter* 4 (Fall 1995), 引自 David Suzuki (with Amanda McConnell), *The Sacred Balance: Rediscovering Our Place in Nature* (Vancouver: Greystone/Toronto: Douglas and McIntyre, 1997), p. 179。

19　*Inferno,* XXIV: 1-15, "In quella parte del giovanetto anno / che 'l sole i crin sotto l'Aquario tempra / e già le notti al mezzo dí sen vanno, // quando la brina in su la terra assempra / l'imagine di sua sorella bianca, / ma poco dura a la sua penna tempra, // lo villanello a cui la roba manca, / si leva, e guarda, e vede la campagna / biancheggiar tutta; ond' ei si batte l'anca, // ritorna in casa, e qua e là si lagna, / come 'l tapin che non sa chesi faccia; / poi riede, e la speranza ringavagna, // veggendo 'l mondo avec cangiata faccia /in poco d'ora, e prende suo vincastro / e fuor le pecorelle a pascer caccia."（"在新岁刚启、生机勃发的月份，/ 即太阳在宝瓶宫下把头发濯洗、长夜开始向白昼看齐的时辰，/ 白霜在大地上抄写白姐姐的美仪，/ 设法在下方把她的形象描绘，/ 却鲜能握着笔坚持到底；/ 一个年轻的农夫，饲料匮乏，/ 起床向外面张望时看见田野/ 白茫茫的一片；于是拍着大腿，/ 返回屋中，走动着抱怨不迭，/ 像个可怜的人不知该怎么办；/ 然后再走出来，比刚才乐观丁些，/ 因为这时，他看见世界已猝然/ 改变了面貌，于是拿起牧杖/ 去放牧，把羊群往外面驱赶。"②) Virgil, *Georgics,* 1.145-146, in *Eclogues, Georgics, Aeneid,* vol. 1, pp. 90-91; *Georgics* 2.9-16, 同上书，第 116—117 页。

20　Working Group II, AR5, Final Drafts, IPCC, 网络路径: http: //ipcc-wg2. gov/AR5/report/final-drafts/（2013 年 11 月访问有效）。政府间气候变化专门委员会的成员

---

①　中译采用：亚里士多德著，《亚里士多德全集》（第九卷），颜一、秦典华译，中国人民大学出版社，1997 年，第 17 页。

②　中译采用，2022 年 9 月有效：https://www.douban.com/group/topic/38998676/?start=0#!/i!/ckDefault。

并不是第一批发出这一警告的世界知名科学家。早在1992年11月18日,在里约热内卢举行的地球峰会(历史上最大的国家首脑会议)召开五个月之后,来自世界各地的一千六百位科学家(其中许多人是诺贝尔奖得主)发表了《世界科学家们警告人类》(*World Scientists' Warning to Humanity*),用强硬的语言阐明了危险:"人类与自然世界处于一个不断碰撞融合的过程中。人类活动对环境和关键资源造成了严重的、往往不可逆转的破坏。如果不加以遏制,我们目前的许多做法将给人类社会以及动植物界带来巨大的未来风险,并且可能改变我们生存的世界,它将无法以我们所知的方式维持生命。如果我们要避免我们目前的道路即将造成的冲突,那么就亟须做出根本的改变……在十年到几十年之内,我们可能还有改变这种威胁的机会,一旦错过机会,人类的前景会不可估量地变坏。我们是世界科学界的资深人士,特此向全人类发出警告。如果要避免人类的巨大痛苦和我们全球的家园在这个星球上不可挽回地毁灭,我们管理地球和生命的方式亟须做出巨大的改变。"在《神圣的平衡》(*The Sacred Balance*)一书第4页至第5页,生态学家大卫·铃木(David Suzuki)表示,当这份文件发布给媒体时,只引起了极少报纸的注意。《华盛顿邮报》和《纽约时报》都拒绝了这份文件,称之"不具有新闻价值";而报纸编辑们则会故意地避免承认他们看过这份警告,回避随之而来对他们缺乏回应所应该承担的责任。

21 *Inferno* IV: 131, "maestro di color che sanno."("我看见了有识之士的老师。")

第九章 我们应该在哪儿?

章节开篇①: Derek Walcott, "The Star-Apple Kingdom," in *Selected Poems,* ed. Edward Baugh(New York: Farrar, Straus and Giroux, 2007), p. 129; James Joyce, *A Portrait of the Artist as a Young Man*(New York: Random House, 1928), pp. 11-12; Johann Wolfgang Goethe, *Die Wahlverwadtschaften*, ed. Hans-J. Weitz(Frankfurt-am-Main: Insel Verlag, 1972), p. 174; Lawrence Durrell, *Constance; or, Solitary Practices*(London: Faber and Faber, 1982), p. 50; Tayeb Salih, *Season of Migration to the North*, trans. Denys Johnson-Davies(Harmondsworth, U. K.: Penguin, 2003), p. 30; Lewis Carroll, *The Hunting of the Snark*, ed. Martin Gardner(Harmondsworth, U. K.: Penguin, 1967), p. 55; Northrop Frye, "Haunted by Lack of Ghosts: Some Patterns in the Imagery of Canadian Poetry"(26 April 1976), in *Northrop Frye on Canada*, ed. Jean O'Grady and David Staines(Toronto:

---

① 中译采用:歌德著,《歌德文集》(第6卷),杨武能等译,人民文学出版社,1999年,第312—313页。

University of Toronto Press, 2003), p. 476.①

1　*Inferno*, I: 5, "selvaggia e aspra e forte"（"那黑林，荒凉、芜秽，而又浓密"）；7, "amara"（"和黑林相比，死亡也不会更悲凄"）；21, "la notte, ch'i' passai con tanta pieta."（"在我凄然度过的一夜。"）②

2　参见*Purgatorio* II: 146, *Convivio* II: 1, 6-8, and *Epistola* XIII: 21, in *Le opere di Dante: testo critico della Società Dantesca italiana*, ed. M. Barbi et al. (Florence: Bemporad, 1921), pp. 172, 438, 以及各处。

3　唯一的例外情况就是维吉尔让他的学生自己下去看地狱中的高利贷者是如何受罚的：*Inferno*, XVII: 37-78。

4　Henry James, *Substance and Shadow; or, Morality and Religion in Their Relation to Life* (Boston: Ticknor and Fields, 1863), p. 75.

5　*Inferno*, XXXII: 100-102, "Ond' elli a me: 'Perchè tu mi dischiomi, / nè ti dirò ch'io sia, nè mostrerolti, / se mille fiate in sul capo tomi'"（"'你拔光我的头发，'他听后答道，/'也不告诉你我是谁；就算你拷打/我的脑袋千遍，我也不会供招。'"）；104, "più d'una ciocca"（"用力绞扭，并且拔掉了好几撮"）；106, "Che hai tu, Bocca"?（"又疯啦，博卡？"）

6　同上书，XXXIII: 94, "Lo pianto stesso lí pianger non lascia"（"那里，哭泣本身使他们无从哭泣"）；112, "i duri veli"（"你们哪，快扯开我脸上的硬幕"）；116-117, "s'io non ti disbrigo, / al fondo de la ghiaccia ir mi convegna"（"要是我不让你舒驰，/就让我堕入寒冰，在底层沉没"）；150, "e cortesia fu lui esser villano."（"对他无礼，就等于对他有礼。"）

7　同上书，VIII: 45, "benedetta colei che 'n te s'incinse."（"怀你的那位女子，福分何其厚！"）。

8　Thomas Aquinas, *Summa Theologica*, pt. 1.2, q. 47, art. 2, 5 vols., trans. Fathers of the English Dominican Province (1948; repr. Notre Dame, Ind.: Christian Classics, 1981), vol. 2, p. 785. 为但丁行为做辩护的评注者们有：Luigi Pietrobono, "Il canto VIII dell' *Inferno*," *L'Alighieri* 1, no. 2 (1960): 3-14, and G. A. Borgese, "The Wrath of Dante," *Speculum* 13 (1938): 183-193。不同意但丁的行为的评注者们有：E. G. Parodi, *Poesia e storia nella "Divina Commedia"* (Vicenza: Neri Pozza, 1965), p. 74, and Attilio Momigliano, *La "Divina Commedia" di Dante Alighieri* (Florence: Sansoni, 1948), pp. 59—60。不过还有很多评注者同时秉持这两种观点。

9　Giovanni Boccaccio, *Il Decamerone*, 9.8 (Turin: Einaudi, 1980), pp. 685-689.

---

① 中译采用：刘易斯·卡罗尔著，《猎鲨记》，李珊珊译，人民文学出版社，2018 年，第 11 页。
② 曼古埃尔在正文的引用略有改动。

10 *Inferno*, V: 141-142.

11 Aquinas, *Summa Theologica*, pt. 1, q. 21, art. 2, vol. 1, p. 119.

12 Ricardo Pratesi, introduction to Galileo Galilei, *Dos lecciones infernales*, translated from the Italian by Matías Alinovi (Buenos Aires: La Compañía, 2011), p. 12.

13 Galileo Galilei, *Studi sulla Divina Commedia*（Florence: Felice Le Monnier, 1855）; 也参见Galileo, *Dos lecciones infernales*, and Galileo Galilée, *Leçons sur l'Enfer de Dante*, translated from the Italian by Lucette Degryse（Paris: Fayard, 2008）。

14 *Inferno*, XXXI: 58-59（宁录的脸）; XXXIV: 30-31（撒旦[路西法]的胳膊）。

15 Nicola Chiaromonte, *The Worm of Consciousness and Other Essays*, ed. Miriam Chiaromonte (New York: Harcourt Brace Jovanovich, 1976), p. 153.

16 Homer, *The Odyssey*, 8.551, trans. Robert Fagles (New York: Viking Penguin, 1996), p. 207.

17 参见François Hartog and Michael Werner, "Histoire," in *Vocabulaire européen des philosophies*, ed. Barbara Cassin（Paris: Editions du Seuil, 2004）, p. 562; Georg Wilhelm Friedrich Hegel, *Lectures on the Philosophy of World History*, trans. Hugh Barr Nisbet（Cambridge: Cambridge University Press, 1975）, pp. 27, 560。

18 László Földényi, *Dostoyevski lee a Hegel en Siberia y rompe a llorar*, translated from the Hungarian by Adan Kovacsis (Madrid: Galaxia Gutenberg, 2006); Max Brod, *Franz Kafka* (New York: Schocken, 1960), p. 75.

19 Földényi, *Dostoyevski lee a Hegel en Siberia y rompe a llorar*, p. 42.

20 参见John Hendrix, *History and Culture in Italy*（Lanham, Md.: University Press of America, 2003）, p. 130。

21 Al-Biruni, *Le Livre de l'Inde*, edited and translated from the Arabic by Vincent Mansour-Monteil (Paris: Sinbad/UNESCO, 1996), pp. 41-42; Virgil, *The Aeneid*, 6.847-853, trans. C. Day Lewis (Oxford: Oxford University Press, 1952), p. 154①.

22 Claude Lévi-Strauss, *Tristes tropiques*, trans. John and Doreen Weightman (London: Jonathan Cape, 1973), p. 411.②

23 *Inferno*, II: 121-123, "Dunque: che è? perché, perché restai, / perché tanta viltà nel core allette? / perché ardire e franchezza no hai?"（"你现在还怕什么？为什么还要 / 拖

---

① 中译采用：维吉尔著,《埃涅阿斯纪》,杨周翰译,译林出版社,1999年,第170页。

② 中译采用：克洛德·列维-斯特劳斯著,《忧郁的热带》,王志明译,中国人民大学出版社,2009年,第517页。

延？你的心怎么充满了怯懦，/没有一点半点的豪放骠骁。"）

24　Lévi-Strauss, *Tristes tropiques*, p. 414①.

第十章　我们之间的差别是什么？

1　Plato, *The Republic*, 1.20, trans. Paul Shorey, in *The Collected Dialogues of Plato*, ed. Edith Hamilton and Huntington Cairns (Princeton: Princeton University Press, 1973), p. 597.

2　同上书, 2.1, 第 605 页; 2.10, 第 614 页②。

3　同上书, 1.12, 第 589 页。

4　Virginia Woolf, "Speech to the London and National Society for Women's Service," in *The Essays of Virginia Woolf*, vol. 5: *1929-1932*, ed. Stuart N. Clarke (London: Hogarth, 2009), p. 640; Sophocles, *Oedipus at Colonus*, ll. 368-370, in *The Theban Plays*, trans. David Grene (New York: Knopf, 1994), p. 78.《伊利亚特》中男性角色和女性角色的这种区分，是由亚历山德罗·巴瑞齐奥（Alessandro Baricco）做出的，参见 Alessandro Baricco, *Omero, Iliade*（Milan: Feltrinelli, 2004）, pp. 159-160。

5　Homer, *The Odyssey*, 1.413, trans. Robert Fagles（New York: Viking Penguin, 1996）, p. 89; Mary Beard, "Sappho Speaks," in *Confronting the Classics*（London: Profile, 2013）, p. 31.（在她这部文集的后记里面，玛丽·比尔德注意到，回看她自己的观点，她对德尔菲女祭司的不同的"嘴"的表述"可能有点儿太过激动"［p. 285］）。

6　Saint Augustine, *The City of God*, 18.9, trans. Henry Bettenson (Harmondsworth, U. K.: Penguin, 1984), pp. 771-772; Gerda Lerner, *The Creation of Patriarchy* (New York: Oxford University Press, 1986), p. 213③.

7　Simone de Beauvoir, *Le Deuxième Sexe* (Paris: Gallimard, 1949), p. 31; *Paradiso*, I: 109-14, "Ne l'ordine ch'io dico sono accline / tutte nature, per diverse sorti, / più al principio loro e men vicine; // onde si muovono a diversi porti / per lo gran mar de l'essere, e ciascuna / con istinto a lei dato che la porti."（"万物的本性，在我提到的秩序中，/因

---

①　中译采用：克洛德·列维-斯特劳斯著,《忧郁的热带》, 王志明译, 中国人民大学出版社, 2009 年, 第 521—522 页, 略有改动。

②　中译采用：柏拉图著,《理想国》, 郭斌和、张竹明译, 商务印书馆, 2002 年, 第 57 页。

③　中译采用：圣奥古斯丁著,《天主之城》, 吴宗文校注, 台湾商务印书馆, 2008 年, 第 683—684 页。该段引文, 曼古埃尔没有分段, 此处为方便读者理解, 译文按照《天主之城》中译版分段方式引用, 台译人名与大陆通行译名略有出入, 但不影响大意, 读者可推之。

命分不同，乃有不同的倾向：/ 或远离物源，或靠近物源而聚拢。/ 因此，物性乃越过生命的大洋，/ 航向不同的港口。每一种物性，/ 都乘着天赋的本能浮过海疆。"）

    8 *Purgatorio*, V: 130-136, "Siena mi fé, disfecemi Maremma."（"吾生由锡耶纳赐胚，遭马雷马摧毁。"）

    9 *Inferno*, V: 142, "E caddi come corpo morto cade."（"并且像一具死尸卧倒在地。"）保罗和芙兰切丝卡可能阅读的是十三世纪关于兰斯洛特和亚瑟王传奇的小说。

    10 *Paradiso*, III: 117, "non fu dal vel del cor già mai disciolta"（"心中的头巾却一直把她系引。"）；123, "come per acqua cupa cosa grave."（"隐退，如水中重物，沉没于深渺。"）

    11 Lerner, *Creation of Patriarchy*, p. 222.

    12 *Inferno*, II: 94-95, "che si compiange / di questo'mpedimento"（"我请你搭救的人在中途受挫，/ 天上高贵的娘娘对他哀怜。"）；98, "il tuo fedele"（"你的信徒需要你"）；104, "ché non soccori quei che t'amò tanto."（"为什么不搭救那个曾经/ 爱你的人呢？"）

    13 玛利亚·瓦尔纳（Marina Warner）私下聊天的时候跟我讲了这个故事。

    14 "S'il y a cent femmes et un cochon, le cochon l'emporte." 参见尼古拉·布罗萨尔2013年3月11日在卡尔加里大学（University of Calgary）做的帕吉特/ 霍伊讲座（the Paget / Hoy lecture）："意义的易变性"（The Volatility of Meaning）。

    15 Robespierre, "Discours du 15 mai," in *Oeuvres de Maximilien Robespierre*, 10 vols. (Paris: Armand Colin, 2010), vol. 6, p. 358.

    16 J. -P. Rabaut Saint-Etienne, *Précis historique de la Révolution*（Paris, 1792）, p. 200, 引自 Jeremy Jennings, "The *Déclaration des Droits de l'Homme et du Citoyen* and Its Critics in France: Reaction and *Idéologie*", *Historical Journal* 35, no. 4（1992）: 840。

    17 The comte d'Antraigues, 引用出处同上，p. 841；Archives parlemantaires, VIII (Paris, 1875), p. 453, 引用出处同上。

    18 同上书，第842—843页。

    19 肖梅特，引自 Joan Wallach Scott, "French Feminists and the Rights of 'Man,'" *History Workshop* 28（Autumn 1989）: 3; Marquis de Condorcet, *Sur l'admission des femmes au droit de cité*（1790）, in *Oeuvres*, ed. A. Condorcet O'Connor and A. F. Arago, 3 vols.（Paris: Firmin Didot, 1847）, vol. 2, pp. 126-127。

    20 《1893公约》，引自 Benoîte Groult, *Ainsi soit Olympe de Gouges*（Paris: Grasset, 2013）, p. 57。

    21 同上书，第50页；*Voltaire en sa correspondence*, ed. Raphaël Roche, vol. 8（Bordeaux: L'Escampette, 1999）, p. 65。

22 Olympe de Gouges, *Mémoire de Mme de Valmont* (Paris: Côté-Femmes, 2007), p. 12.

23 蓬皮尼昂侯爵，引自 Groult, *Ainsi soit Olympe de Gouges*, pp. 25-26。

24 美国废奴运动者们从《神曲》之中找到了继续他们的斗争的精神指引，并且在十九世纪至二十世纪之间，非裔美国作家们仍然不断在《神曲》之中找到启发和指引。参见 Dennis Looney, *Freedom Readers: The African American Reception of Dante Alighieri and the "Divine Comedy"* (Notre Dame, Ind.: Universityof Notre Dame Press, 2011)。

25 Jules Michelet, *Les Femmes de la Revolution*, 2nd rev. ed. (Paris: Adolphe Delahays, 1855), p. 105.

26 Groult, *Ainsi soit Olympe de Gouges*, pp. 75-77.

27 Ms 872, fols. 288-289, Bibliothèque historique de la Ville de Paris, 引自 Olympede Gouges, *Écrits politiques*, 1792-1793, vol. 2 (Paris: Côte-femmes, 1993), p. 36。

28 Miguel de Cervantes, *El Ingenioso Hidalgo Don Quijote de la Mancha*, 1.13.

29 Plato, *The Republic*, 10.15, p. 835.

第十一章　动物是什么？

章节开篇：Barry Holstun Lopez, *Of Wolves and Men* (New York: Scribner's, 1978), pp. 4, 284; Pablo Neruda, "Si Dios está en mi verso," in *Crespucularia* (1920-1923), in *Obras Completas*, vol. 1 (Barcelona: Galaxia Gutenberg, Círculo de Lectores, 1999), pp. 131-132。

1 *Inferno*, VIII: 42, "via costà con li altri cani"（"你滚开！走那些狗的路！"）; XIII: 125, "nere cagne, bramose e correnti"（"黑色的母狗，饿馋，迅疾"）; XVII: 49-51, "non altrimenti fan di state i cani / or col ceffo or col piè, quando son morsi / o da pulci o da mosche o da tafani"（"就像一些狗只，在夏天遭到/跳蚤、苍蝇或牛虻叮咬，/一会儿用嘴，一会儿用爪去抵搔"）; XXI: 44, "mastino sciolto"（"脱绳的猛犬追逐"）; XXI: 68, "cani a dosso al poverello"（"如一群暴怒的恶狗咆哮出击"）; XXIII: 18, "'l cane a quella lievre ch'elli acceffa"（"将凌驾于咬噬幼兔的恶狗之上。"）; XXX: 20, "si come cane"（"像狗一般狂吠。"）; XXXII: 71, "visi cagnazzi"（"看见一千张面庞。"）; XXXII: 105, "latrando"（"狂吠着谩骂。"）; XXXIII: 77-78, "co' denti, / che furo a l'osso, come d'un can, forti"（"继续用利齿咬噬那可怜的颅骨。/那利齿像狗牙，最善于啃啮骨头。"）; *Purgatorio*, XIV: 46-47, "botoli...ringhiosi."（"恶狗狺狺……而吠。"）

2 *Paradiso*, VIII: 97-148.

3 Guillaume Mollet, *Les Papes d'Avignon*, 9th rev. ed. (Paris: Letouzey and Ané, 1950), p. 392.

4 *Paradiso*, XXXIII: 145。

5 同上书, II: 8-9, "Minerva spira, e conducemi Appollo, / e nove Musi mi dimostran l'Orse"（"阿波罗在导航；弥涅瓦把惠风扇鼓；/九缪斯为我指引大小熊星座"）; XXII : 152; XXXIII : 143。

6 *Purgatorio*, XX: 13-14, "nel cui girar par che si creda / le condizion di qua giù trasmutarsi"（"天穹啊, 大家都仿佛相信, 在尘寰, /生命的境况因你的运行而更改"）; *Inferno*, I: 101; *Purgatorio*, XX: 13-15.

7 "D'enz de sale uns veltres avalat": La Chanson de Roland, 57.730, edited and translated into modern French by Joseph Bédier (Paris: L'Edition d'art, 1922), p. 58; Giovanni Boccaccio, *Esposizioni sopra la Comedia di Dante*, ed. Giorgio Padoan, in *Tutte le opere di Giovanni Boccaccio*, ed. Vittore Branca (Milan: Mondadori, 1900), vol. 6, p. 73; *Inferno*, I: 102, "che la farà morir con doglia"（"到一只猎狗/叫她惨死"）; Dante Alighieri, *Epistola* VII: 5, in *Le opere di Dante: testo critico della Società Dantesca italiana*, ed. M. Barbi et al. (Florence: Bemporad, 1921), p. 426.

8 *Purgatorio* I: 13, "dolce color d'oriental zaffiro."（"东方那块蓝宝石的渥彩。"）

9 Dante Alighieri, *Epistola* XIII: 10, in *Opere di Dante*, p. 437.

10 *Inferno*, III: 9, "Lasciate ogne speranza, voi ch'intrate."（"来者呀, 快把一切希望启扬。"）

11 Ismail Kadare, *Dante, l'incontournable*, translated from the Albanian by Tedi Papavrami (Paris: Fayard, 2005), pp. 38-39.

12 *Inferno*, V: 121-123, "Nessun maggior dolore / che ricordarsi del tempo felice / ne la miseria"（"别的痛苦即使大, /也大不过回忆着快乐的时光/ 受苦"）; XXIV: 151, "E detto l'ho perché doler ti debbia!"（"为了困扰你, 我先向你言说。"）; *Paradiso*, XVII: 55-60, "Tu lascerai ogne cosa diletta / più caramente; e questo è quello strale / che l'arco de lo essilio pria saetta. // Tu proverai sì come sa di sale / lo pane altrui e come è duro calle / lo scenderee 'l salir per l'altrui scale."（"所有最为你疼爱珍重的东西, /你注定要留下。这种经验, /是放逐之弓射出的第一支箭镝。/你要领略别人的面包有多咸; /而且要感受, 在别人的楼梯举步/上落, 行程是如何辛酸多艰。"）

13 同上书, XXXIII: 55-56, "maggio / che 'l parlar mostra."（"所见的伟景, 凡语再不能交代"）。

14 Dante Alighieri, *Convivio* I: 3, in *Opere di Dante,* p. 147; *Inferno*, XV: 88, "Ciì che narrate di mio corso scrivo"（"您对我此生的解说, 我将会笔录。"）; *Paradiso*,

XVII: 98-99, "s'infutura la tua vita / via più là che 'l punir di lor perfidie."（"因为他们的险诈会受到惩罚；/ 其后，你却会得享绵长的寿命。"）

15　*Paradiso*, XV: 97-126.

16　Franco Sacchetti, *Trecentonovelle* (Rome: Salerno, 1996), p. 167; Leon Battista Alberti, *Il libro della famiglia*, ed. Ruggiero Romano and Alberto Tenenti; rev. ed., ed. Francesco Furlan (Turin: Giulio Einaudi, 1996), p. 210.

17　Brunetto Latini, *Li Livres dou tresor* (The Book of the Treasure), trans. Paul Barrette and Spurgeon Baldwin (New York: Garland, 1993), pp. 133-134; Pierre de Beauvais, *Bestiaire*, in *Bestiaires du Moyen Age*, set in modern French by Gabriel Bianciotto (Paris: Editions Stock, 1980), p. 65; San Isidoro de Sevilla, *Etimologías,* chap. 12, ed. J. Oroz Reta and M. A. Marcos Casquero (Madrid: Biblioteca de Autores Cristianos, la Editorial Católica, 2009).

18　Tobit 5: 16 and 11: 4; David Gordon White, *Myths of the Dog-Man* (Chicago: University of Chicago Press, 1991), p. 44.

19　*Inferno*, I: 4, "dir qual era è cosa dura."（"啊，那黑林，真是描述维艰！"）

20　*Inferno*, XVII: 74-75; XVIII: 28-33; *Purgatorio*, XVII: 1-9; *Paradiso*, XII: 86-87.

21　*Inferno*, XXV: 58-66.

22　Thomas Aquinas, *Summa Theologica*, pt. 1, q. 102, art. 2, 5 vols., trans. Fathers of the English Dominican Province (1948; repr. Notre Dame, Ind.: Christian Classics, 1981), vol. 1, p. 501; Saint Augustine, *On the Free Choice of the Will*, 3.23.69, in *On the Free Choice of the Will, On Grace and Free Choice, and Other Writings*, ed. and trans. Peter King (Cambridge: Cambridge University Press, 2010), p. 52 (animals do not suffer); Saint Augustine, *The City of God*, 2.4, trans. Henry Bettenson (Harmondsworth, U. K.: Penguin, 1984), p. 475; Cicero, *De natura deorum*, 2.53.133, trans. H. Rackham (Cambridge: Harvard University Press, 2005), p. 251; Pierre Le Hir, "8, 7 millions d'espèces," *Le Monde*, 27 Augus 2011.

23　Saint Ambrose, *Hexameron*, chap. 4, trans. John. J. Savage (Washington, D. C.: Catholic University of America Press, 1961), p. 235.

24　Marie de France, "Le Lai de Bisclavret," in *Lais*, ed. G. S Burgess (London: Bristol Classical Press, G. Duckworth, 2001); *Inferno*, VI: 18, "graffia li spiriti ed iscoia ed isquatra"（"这时候正把亡魂剥撕抓刺"）; *Paradiso*, XII: 58-60.

25　*Paradiso*, XXX: 22, "vinto mi concedo"（"这一刻，是我必须认输的时候"）; X: 27, "quella materia ond'io son fatto scriba."（"我获任文书，要传抄的义理。"）

26 *Inferno*, I: 85, "lo mio maestro"（"你是我的老师"）; *Purgatorio*, XXVII: 86; XXVII: 139-40, "Non aspettar mio dir più né mio cenno; / libero, dritto e sano è tuo arbitrio"（"不必再等我吩咐，望我指点；/ 你的意志自由、正直而健康"）; XXVIII: 2, "la divina foresta."（"那座圣林。"）

第十二章　我们行为的后果是什么？

章节开篇: Stendhal, *Le Rouge et le noir*, ed. Henri Martineau（Paris: Editions Garnier Frères, 1958）, p. 376; obituary of General Jorge Rafael Videla, *El País*, 17 May 2013; Andrew Kenny, "Giving Thanks for the Bombing of Hiroshima", *The Spectator*, 30 July 2005.

1 *Purgatorio*, III: 76-77, "dove la montagna giace, / sì che possibil sia l'andare in suso"（"告诉我们，这座山在哪里的地形/ 倾斜得较缓，能让人向上登攀"）; 79-87, "Come le pecorelle escon del chiuso / a una, a due, a tre, e altre stanno / timedette atterando l'occhio e l'muso; // e ciò che fa la prima, e l'altre fanno / addossandosi a lei, s'ella s'arresta, / semplici e quete, e lo 'mperché non sanno; // sí vid' io muovere a venir la testa / di quella mandra fortunata allotta, / pudica in faccia e ne l'andare onesta."（"当一群小绵羊离开羊栏，/ 一只、两只、三只起了步，同类/ 就会羞怯地低着头，眼睛往下看；/ 领先的一直做什么，其余的就追随；领先的一停，后至的就向前推拥，/ 憨直而温驯，不知道事情的原委。/ 只见那幸运的一群，行动也相同；闻言后，领先的就走向我们这边，/ 神色谦和，走路的姿态庄重。"）

2 同上书, 107-108, "biondo era e bello e di gentile aspetto / ma l'un de' cigli un colpo avea diviso"（"是个金发的俊男，器宇大方，/ 只是有一道眼眉被切成两边。"）; *Paradiso*, III: 109-120。

3 *Inferno*, X: 119. Friedrich Rückert, "Barbarossa" (1824), in *Kranz der Zeit* (Stuttgart: Cotta, 1817), vol. 2, pp. 270-271.

4 *Purgatorio*, III: 132, "a lume spento"（"蜡烛熄灭"）。"Sine croce, sine luce"（"没有十字架，没有光"）是中世纪在被驱逐出教会的人的葬礼上讲的咒语。

5 *Paradiso*, XXVII: 22-27, "Quelli ch'usurpa in terra il luogo mio, / il luogo mio, il luogo mio che vaca / ne la presenza del Figliuol di Dio, // fatt' ha del cimitero mio cloaca/ del sangue e de la puzza; onde 'l perverso / che cadde di qua sú, là giú si placa."（"在凡间占我宗座，借篡夺行径/ 占我宗座，占我宗座的家伙，/ 把我的墓地化为污水沟；邪佞/ 从这里下堕后，因沟里的血腥、秽浊/ 而沾沾自喜。不过在圣子眼中，/ 那宗座依然是无人填补的空廓。"）

6 基督受伤出现了三次：《马可福音》（12：17）、《马太福音》（22：21），和《路加福音》（20：25）；*Inferno*, XXVIII：30, "vedi com'io mi dilacco."（"看哪，你看我怎样

剖张。"）。

7　Lorenzo Valla, *On the Donation of Constantine,* trans. G. W. Bowersock (Cambridge: Harvard University Press, 2007); *Purgatorio*, XXXIII: 55-57; *Paradiso*, XX: 56, "sotto buona intenzion che fé mal frutto."（"他用意虽好，却以恶果为收成。"）

8　*Purgatorio*, III: 120, "piangendo, a quei che volontier perdona"（"宽宏的神，一边涕泗浪浪"）; 137, "al fin si penta."（"即使在生命的尽头忏悔。"）《天主教百科全书》（*The Catholic Encyclopedia*）是这样定义"绝罚"的："罗马教宗区分了三种类型的逐出教门：较轻微的逐出教门指的是一个人不顾教会逐出教门的禁令跟另一个人保持联系；较重的逐出教门是由教皇宣读判决的；绝罚或者说对于犯下最严重罪行之人的惩罚，只能由教皇本人来宣判。宣读这段判决的时候，教皇身着领布、圣带和紫罗兰色的外套，戴着他的主教冠，并由十二名神父协助他穿上衣服，举着点燃的蜡烛。他坐在祭坛前或者其他合适的地方宣读绝罚令，这道公式化的绝罚令结尾如下：'因此，以全能的上帝、圣父、圣子、圣灵、使徒保罗、使徒之首（Prince of the Apostles）和所有圣徒的名义，凭借天上地下约束我们和放松我们的力量，我们剥夺N——他本人、他的所有同伙，以及所有教唆者，剥夺他们我主的圣体与圣血的圣餐，我们将他从所有基督徒社会之中驱逐，我们将他排除在我们天上地下圣洁的母教会（Mother Church）的怀抱之外，我们宣布他已被逐出教会并被绝罚，并且我们断定他被遣责，随着撒旦和他的天使以及所有恶贯满盈的人一起，在永恒的火焰之中炙烤，只要他不能破坏掉恶魔的镣铐，忏悔直到教会满意；我们让他到撒旦那里去受身体的折磨，以便在审判之日他的灵魂仍有可能得到救赎'。此时所有助手回答，*Fiat, fiat, fiat*（尔旨承行，尔旨承行，尔旨承行）①。然后教皇和十二位神父将他们一直举着的燃烧着的蜡烛扔在地上，书面通知牧师和附近的主教，告知被逐出教门者的名字和被逐出教门的原因，以使他们与他再无联系"（[New York: Appleton, 1905-1914], vol. 1）。

9　John Freccero, "Manfred's Wounds," in *Dante: The Poetics of Conversion*, ed. Rachel Jacoff (Cambridge: Harvard University Press, 1986), pp. 200-201.

10　*Purgatorio*, III: 121-141, "Orribili furon li peccati miei; / ma la bontà infinita ha sí gran braccia, / che prende ciò che si rivolge a lei. //…Per lor maladizion sí non si perde, / che non possa tornar, l'etterno amore, / mentre che la speranza ha fior del verde. // Vero è che quale in contumacia more / di Santa Chiesa, ancor ch'al fin si penta, / star li convien da questa ripa in fore, // per ognun tempo ch'elli è stato, trenta, / in sua presunzïon, se tal decreto / piú corto per buon prieghi non diventa."（"真是可怕，我生时所犯的罪！/ 不过大慈大悲有广阔的襟怀；/ 投靠他的，他都会搂诸臂内。/……一个人尽管遭他们诅咒谴谪，/ 但是，只要希望仍有绿意，/ 永恒之爱重返时就不受阻遏。/ 不错，一个人跟神圣

---

① 语出《创世记》（1:3），和合本翻译为"要有光"，天主教会仪式中意为"承行主旨"。

的教会为敌/而死,即使在生命的尽头忏悔,/也要被摒于这崖岸;在世上无礼/一年,死后到了这里,就得/等三十年。刑期因虔诚的祈祷/而缩短,则不在这规限之内。")

11　*Purgatorio*, III: 25-27, 124-132;《以西结书》37: 3。

12　Guillaume de Lorris and Jean de Meung, *Le Roman de la rose*, Continuation par Jean de Meung, vv. 6705-6726, ed. Daniel Poition(Paris: Garnier-Flammarion, 1974), p. 204; *The Mabinogion*, trans. Lady Charlotte Guest(London: Dent, 1906), pp. 142-150; 安茹的查理,引自 Arno Borst, *Medieval Worlds: Barbarians, Heretics and Artists*, trans. Eric Hansen(Chicago: University of Chicago Press, 1992), p. 209。

13　参见 Charles W. C. Oman, *The Art of War in the Middle Ages*, A. D. 378-1515, rev. and ed. John H. Beeler(Ithaca: Cornell University Press, 1953), pp. 7-9。

14　Giovanni Villani, *Nuova cronica*, ed. Giovanni Porta (Parma: Ugo Guanda, 1991).

15　Joseph Needham, with the collaboration of Ho Ping-Yü, Lu Gwei-Djen, and Wang Ling, *Chemistry and Chemical Technology: Military Technology; The Gunpowder Epic*, vol. 5, pt. 7 of *Science and Civilisation in China* (Cambridge: Cambridge University Press, 1986), pp. 1-7 and 579.

16　Francis Bacon, *The Works of Francis Bacon*, 10 vols. (London: W. Baynes and Son/Dublin: R. M. Tims, 1824), vol. 9, p. 167.

17　James Burke, *Connections* (London: Macmillan, 1978), p. 70.

18　*Inferno*, XXI: 7-18.

19　同上书,88-90, "E 'l duca mio a me: 'O tu che siedi / tra li scheggion del ponte quatto quatto, / sicuramente omai a me to riedi. '"("于是,导师对我说:'你呀,借桥面/藏身,在那些石头中间蹲伏;/现在安全了,请返回我的身边。'")。

20　普鲁斯特,引自 Ray Monk, *J. Robert Oppenheimer: A Life Inside the Center* (New York: Anchor, 2012), p. 114。[①]

21　Kai Bird and Martin J. Sherwin, *American Prometheus: The Triumph and Tragedy of J. Robert Oppenheimer* (New York: Knopf, 2005).

22　"A Petition to the President of the United States," 17 July 1945, U. S. National Archives, Record Group 77, Records of the Chief of Engineers, Manhattan Engineer District, Harrison-Bundy File, folder 76, 参见网站:http: //www. dannen. com/decision/45-07-17. html。

23　罗伯特·奥本海默,引自 Robert Jungk, *Brighter than a Thousand Suns: A*

[①] 中译采用:马塞尔·普鲁斯特著,《追寻逝去的时光(第一卷):去斯万家那边》,周克希译,人民文学出版社,2010年,第171页。

Personal History of the Atomic Scientists, trans. James Cleugh（Harmondsworth，U. K.: Penguin, 1960）。

24　保罗·蒂贝茨，引自Monk, J. *Robert Oppenheimer*，p. 462，省略号为原著者所加。

25　西姆斯神父，引自John Hersey, *Hiroshima*（New York: Knopf, 1946），pp. 117-118; *Paradiso*, XVIII: 91-93。

26　罗伯特·奥本海默，引自Monk, J. *Robert Oppenheimer*，p. 115，省略号为原著者所加。

第十三章　我们能够拥有什么？

章节开篇：Bruno Ducharme, Estelle Lemaître, and Jean-Michel Fleury, eds. , ABCD: *Une collection d'Art Brut,* ouvrage réalisé à l'occasion de l'exposition "Folies de la beauté," au Musée Campredon de l'Isle-sur-la Sorgue, du 8 juillet au 22 octobre 2000（Arles: Actes Sud, 2000）, pp. 282-283; James Buchan, *Frozen Desire: The Meaning of Money*（New York: Farrar, Straus and Giroux, 1997）, pp. 18, 269; *Inferno*, XV: 37-39, "qual di questa gregga / s'arresta punto, giace poi cent' anni / sanz' arrostarsi quando 'l foco il feggia"（"这群人，有谁想蹉跎/而稍停片刻，就要躺上一百年，/烈火鞭笞他们无处闪躲"）; World Bank indicators in *Le Monde diplomatique*, February 2002, p. 13; Félix Luna, *Argentina: de Perón a Lanusse, 1943-1973*（Buenos Aires: Planeta, 2000）, p. 43。

1　Leonardo Bruni, *History of the Florentine People*, 1.2. 30, ed. and trans. James Hankins (Cambridge: Harvard University Press, 2001), p. 141; Giovanni Villani, *Nuova cronica*, ed. Giovanni Porta (Parma: Ugo Guanda, 1991), vol. 2, p. 52.

2　Dante Alighieri, *Epistola* XIII, in *Le opere di Dant: testo critico della Società Dantsca italiana*, ed. M. Barbi et al. (Florence: Bemporad, 1921), pp. 436-446.

3　*Inferno*, I: 32-33, "leggera e presta molto, / che di pel macolato era coverta"（"哎哟，在靠近悬崖拔起的角落，/赫然出现了一只骠疾的猛豹/全身被布满斑点的皮毛覆裹"）；关于这只维纳斯熟悉的豹子，参见维吉尔《埃涅阿斯纪》第一章323页；*Inferno*, I: 47, "con la test' alta, e con rabbiosa fame"（"饿得凶相尽显，/这时正仰着头"）; 49-54, "Ed una lupa, che di tute brame / sembiava carca ne la sua magrezza, / e molte genti fé già viver grame, // questa mi porse tanto di gravezza / con la paura ch'uscia di sua vista, / ch'io perdei la speranza de l'altezza."（"然后是一只母狼，骨瘦如柴，/躯体仿佛充满了天下的贪婪。/就是她，叫许多圣灵遭殃受害。/这头母狼，状貌叫人心寒。/见了她，我就感到重压加身，/不敢再希望攀爬眼前的高山。"）。

4 同上书, 94-99, "ché questa bestia, per la qual tu gride, / non lascia altrui passar per la sua via, / ma tanto lo 'mpedisce che l'uccide;// e ha natura sì malvagia e ria, / che mai non empie la bramosa voglia, / e dopo 'l pasto ha più fame che pria."（"这只畜生，曾令你惊叫呼号。/ 她守在这里，不让任何人上路。/ 过路的会遭她截杀，不得遁逃。/ 这畜生的本性，凶险而恶毒，/ 贪婪的胃口始终填塞不满，/ 食后比食前更饥饿，更不知餍足。"）。

5 Thomas Aquinas, *Summa Theologica*, pt. 2, q. 32, art. 5, 5 vols., trans. Fathers of the English Dominican Province (1948; repr. Notre Dame, Ind.: Christian Classics, 1981), vol. 3, p. 1322.

6 *Inferno*, VII: 8, "maledetto lupo"（"这只恶狼。"）；30, "'Perchè tieni?' e 'Perchè burli?'"（"干吗要挥霍？干吗要吝啬？"）；53-54, "la sconoscente vita che i fé sozzi, / ad ogne conoscenza or li fa bruni"（"你在徒然空讲。盲目的一生使他们肮脏得面目/ 模糊，再无人认得他们的形象"）；64-66, "tutto l'oro ch'è sotto la luna / e che già fu, di quest' anime stanche / non potrebbe fare posare una."（"即使把月下现有的黄金合并，/ 再加上古代的藏量，都不能给这伙/ 倦魂中的任何一个人带来安宁。"）

7 *Purgatorio*, XXII: 43-45, "Allor m'accorsi che troppo aprir l' ali / potean le mani spendere, e pente' mi / così di quel come de li altri mali."（"之后，我知道，我们的手，舒展/ 翅膀挥霍时会张得太大，结果/ 我后悔莫及，如后悔余罪一般。"）

8 *Inferno*, XVII: 46-51, "Per li occhi fora scoppiava lor duolo; / di qua, di là soccorrien con le mani / quando a' vapori, e quando al caldo suolo; // non altrimenti fan di state i cani / or col ceffo o col piè, quando son morsi / o da pulci o da mosche o da tafani."（"他们的痛苦，使他们睚眦欲裂；/ 双手在左挥右拍；一会儿拨抛/ 炎土，一会儿想把烈火抓灭。/ 就像一些狗只，在夏天遭到/ 跳蚤、苍蝇或牛虻咬叮，/ 一会儿用嘴，一会儿用爪去抵搔。"）

9 Gerard of Siena, "On Why Usury Is Prohibited," translated from MS 894, fol. 68r-68v, Leipzig, Universitätsbibliothek, quoted in *Medieval Italy*, ed. Katherine L. Jansen, Joanna Drell, and Frances Andrews (Philadelphia: University of Pennsylvania Press, 2009), p. 106; Jorge Manrique, "Coplas a la muerte de su padre," in *Obras completas*, ed. Augusto Cortina (Madrid: Espasa-Calpe, 1979), p. 117.

10 John T. Gilchrist, *The Church and Economic Activity in the Middle Ages* (New York: Macmillan, 1969), p. 218.

11 同上书, 第 221 页。

12 Charles Dickens, *A Christmas Carol*, in *The Complete Works of Charles Dickens*, vol. 25 (New York: Society of English and French Literature, n. d.), p. 34.

13 同上书, 第 5、4 页；Pseudo-Macarius, *Spiritual Homilies*, quoted in Jacques Lacarrière, *Les Hommes fous de Dieu*（Paris: Fayard, 1975）, p. 1。

14　Charles Dickens, *Little Dorrit*, in *Complete Works of Charles Dickens*, vol. 25, pp. 171, 352.

15　Paul Krugman, "Bits and Barbarism," *New York Times*, 22 December 2013.

16　Aristotle, *The Politics*, 1.8 and 1.11, trans. T. A. Sinclair (Harmondsworth, U. K. : Penguin, 1962), pp. 42-43, 46.

17　Dante Alighieri, *Convivio*, IV: XVII, 10, in *Opere di Dante*, p. 285.

18　Helen Langdon, *Caravaggio: A Life* (London: Chatto and Windus, 1998), pp. 250-251; Peter Ackroyd, *Dickens* (London: Sinclair-Stevenson, 1990), p. 487.

19　Sebastião Salgado, *Trabalhadores: Uma arqueologia da era industrial* (São Paulo: Companhia das Letras, 1997), pp. 318-319; *Inferno*, III: 112-117, "Come d'autunno si levan le foglie / l'una appresso de l'altra, fin che 'l ramo / vede a terra tutte le sue spoglie, // similmente il mal seme d'Adamo / gittansi di quel lito ad una ad una / per cenni come augel per suo riciamo."（"在秋天，树上的叶子会嗖嗖/零落，一片接一片的，直到枝干/目睹所有的败叶萎堕于四周。/亚当的坏子孙见召，也这样从河岸/一个接一个的向船里投扑下坠，/恍如鹰隼听到了主人的呼唤。"）荷马最早使用了这个意象，不过但丁可能是从维吉尔那里借用了这个意象。

20　Oscar Wilde, "The Young King," in *A Garden of Pomegranates* (1891), in *The Works of Oscar Wilde*, ed. G. F. Maine (London: Collins, 1948), p. 232.

21　同上书，第 229 页。

第十四章　我们如何给出事物的秩序？

1　*Inferno*, III: 5-6, "fecemi la divina podestate, / la somma sapïenza e 'l primo amore."（"造我的大能是神的力量，/是无上的智能与众爱所自出。"）

2　Aristotle, *Nicomachean Ethics,* 7.1-6.

3　*Purgatorio*, XVII: 94-96, "Lo naturale è sempre sanza errore, / ma l'altro puote errar per mal obietto / o per troppo o per poco di vigore."（"先天的爱心绝不会有乖偏；/后天的爱心却会有舛讹：因目标/错误，因爱的太深或太浅。"）

4　*Paradiso*, III: 70-72, "Frate, la nostra volontà quïeta / virtù di carità, che fa volerne/ sol quel ch'avemo, e d'altro non ci asseta"（"兄弟呀，我们的意志因明爱之力/而安恬，只求本身所获的一切，/不再渴望其他的任何东西"）; 85, "E 'n la sua volontade è nostra pace."（"君王的意志是我们的安宁所居。"）

5　Vladimir Nabokov, *Lectures in Literature*, ed. Fredson Bowers (New York: Harcourt Brace Jovanovich, 1980), pp. 62, 31, 257, 303.

6　阿什莫林博物馆的馆藏目录引自 Jan Morris, *The Oxford Book of Oxford*（Oxford: Oxford University Press, 1978）, pp. 110-111。

7　George R. Marek, *The Bed and the Throne: The Life of Isabella d'Este* (New York: Harper and Row, 1976), p. 164.

8　Francis Bacon, *Gesta Grayorum* (1688) (Oxford: Oxford University Press, 1914), p. 35;Roger Chartier, ed. *A History of Private Life*, vol. 3: *Passions of the Renaissance*, trans. Arthur Golhammer (Cambridge: Harvard University Press, 1989), p. 288; Patrick Mauriès, *Cabinets of Curiosities* (London: Thames and Hudson, 2011), p. 32.

9　Lorenza Mochi and Francesco Solinas, eds. *Cassiano dal Pozzo: I segreti di un Collezionista* (Rome: Galleria Borghese, 2000), p. 27; Marsilio Ficino, *Book of Life*, trans. Charles Boer (Irving, Tex.: Spring, 1980), p. 7.

10　Luciano Canfora, *La biblioteca scomparsa* (Palermo: Sellerio, 1987), p. 56; Mustafa El-Abbadi, *La antigua biblioteca de Alejandría: Vida y destino*, translated from the Arabic by José Luis García-Villalba Sotos (Madrid: UNESCO, 1994), p. 34.

11　保罗·欧特雷，引自 Françoise Levie, *L'Homme qui voulait classer le monde: Paul Otlet et le Mundaneum*（Brussels: Impressions Nouvelles, 2006）, p. 33。

12　同上书，第107、271页。

13　*Paradiso*, XXXIII: 124-126, "O luce etterna che sola in te sidi, / sola t'intendi, e da te intelleta / e intendente te ami e arridi!"（"永恒之光啊，你自身显现，/ 寓于自身；你自知而又自明；/ 你自知、自爱，而又粲然自晒！"）

14　参见 Adina Hoffman and Peter Cole, *Sacred Trash: The Lost and Found World of the Cairo Geniza*（New York: Schocken, 2011）。

15　引自 Levie, *L'Homme qui voulait classer le monde*, p. 72。

16　同上书，第69—70页。

17　亨利·詹姆斯1912年4月4日的书信，收入 *Letters*, vol. 4, ed. Leon Edel（Cambridge: Harvard University Press, 1984）, p. 612; Henry James, *The Spoils of Poynton*（London: Bodley Head, 1967）, pp. 38, 44。

18　Levie, *L'Homme qui voulait classer le monde*, p. 225。

19　引自 W. Boyd Rayward, "Visions of Xanadu: Paul Otlet（1868-1944）and Hypertext," *Jasis* 45（1994）: 242。

20　Levie, *L'Homme qui voulait classer le monde*, pp. 293-308。

21　同上书，第47—48页。

22　Jorge Luis Borges, "El congreso," in *El libro de arena* (Buenos Aires: Emecé, 1975).

第十五章 然后呢？

章节开篇：*The Book of Common Prayer*（1662），90: 10（Cambridge: Cambridge University Press, 2003），p. 463; Jakob und Wilhelm Grimm, "Die Boten des Todes," *Die Märchen der Brüder Grimm*（Leipzig: Insel Verlag, 1910），pp. 294-295; May Swenson, "The Centaur," in *To Mix with Time: New and Selected Poems*（New York: Scribner's, 1963），p. 86; Francesco Petrarca, *Le familiari,* vol. 3: *bks. 12-19*, 22: 2, ed. Vittorio Rossi（Florence: Casa editrice Le Lettrere, 2009），p. 68; Seneca, "On the Shortness of Life," in *The Stoic Philosophy of Seneca*, trans. Moses Hadas（Garden City, N. Y.: Doubleday, 1958），p. 73; Samuel L. Knapp, *The Life of Lord Timothy Dexter, with Sketches of the Eccentric Characters That Composed His Associates, Including His Own Writings*（Boston: J. E. Tilton, 1858）。

1 *Purgatorio*, III: 26, "dentro al quale io facea ombra"（"我在吾躯内投过身影"）；*Purgatorio*, XXX: 124-125, "su la soglia fui / di mia seconda etade"（"越门槛进入灵魂的第二阶段"）；*Inferno*, XXXIII: 13-75；"《神曲・地狱篇》倒数第二章（对于但丁的研究者们来说）耳熟能详的伟大的七十五行诗，但是其中产生了一个在艺术加工和历史现实之间的问题……在饥饿之塔中，乌戈利诺伯爵到底是吃了他最爱的人的尸体呢还是没吃呢，但丁在诗篇之中营造了一种交织着的不精确、不确定的奇诡事件。因此带着这样的烦恼，但丁梦到了乌戈利诺伯爵，并且在未来的时光之中可能还会继续做这样的梦"（Jorge Luis Borges, "El falso problema de Ugolino," in *Nueve ensayos Dantescos*［Madrid: Espasa Calpe, 1982］）；pp. 105 and 111; *Inferno*, XIII: 31-151; *Paradiso*, XXI: 124; 参见上文第十二章。

2 *Inferno*, I: 116-117, "li antichi spiriti dolenti / ch'a la seconda morte ciascun grida."（"看见古时的幽灵痛苦残存，/ 名为本身的第二次死亡悲咄。"）

3 Yukio Mishima, *La ética del samurái en el Japón moderno*, translated from the Japanese by Makiko Sese y Carlos Rubio（Madrid: Alianza Editorial, 2013），p. 108.

4 *Anagata Vamsadesance: The Sermon of the Chronicle-To-Be*, trans. Udaya Meddagama, ed. John Clifford Holt（Delhi: Motilal Banarsidass, 2010），p. 33.

5 Mary Boyce, *Zoroastrians: Their Religious Beliefs and Practices*（London: Routledge, 2001），pp. 56-70.

6 *Talmud Megillah* 15a.

7 *The Koran*, sura 76, trans. N. J. Dawood, rev. ed.（Harmondsworth, U. K.: Penguin, 1993），p. 413-414; Ibn 'Arabi, quoted in Mahmoud Ayoub, *The Qur'an and Its Interpreters*（Albany: State University of New York Press, 1984），vol. 1, p. 125; Abu Huraryra, 引自同

上, vol. 1, p. 89。

    8 *Koran,* sura 75, p. 412; sura 33, p. 299; sura 6, p. 97; sura 17, p. 200; Imam Muslim, *Sahih Muslim,* vols. 1-4, trans. Abdul Hamid Sidiqi (Dehli: Kitab Bharan, 2000), p. 67.

    9 Miguel Asín Palacios, *Dante y el Islam* (1927) (Pamplona: Urgoiti, 2007), p. 118; Louis Massignon, "Les recherches d'Asín Palacios sur Dante," *Ecrits mémorables,* vol. 1 (Paris: Robert Laffont, 2009), p. 105; Abu l-'Ala' al-Ma'arri, *The Epistle of Forgiveness,* vol. 1: *A Vision of Heaven and Hell,* ed. and trans. Geert Jan van Gelder and Gregor Schoeler (New York: New York University Press, 2013), pp. 67-323.

    10 "Why We Die", in *Rasa'il Ikhwan al-Safa*(《真诚兄弟会书信集》), 收入 *Classical Arabic Literature: A Library of Arabic Literature Anthology,* select. and trans. Geert Jan van Gelder（New York: New York University Press, 2013）, pp. 221-222。

    11 G. B. Caird, *A Commentary on the Revelation of St. John the Divine* (New York: Harper and Row, 1966), p. 11.

    12 "Victorinus," in *The New Catholic Encyclopedia* (Farmington Hills, Mich.: CUA Press and the Gale Group, 2002).

    13 参见 Crawford Gribben and David George Mullan, eds., *Literature and the Scottish Reformation*（Cape Breton, Canada: Ashgate, 2009）, p. 15。科学神教教主 L. 罗恩·贺伯特（L. Ron Hubbard）和他的追随者们同样都采取了这样的启示论解读。

    14 参见 E. Ann Matter, "The Apocalypse in Early Medieval Exegesis," in *The Apocalypse in the Middle Ages,* ed. Richard K. Emmerson and Bernard McGinn（Ithaca: Cornell University Press 1992）, pp. 38-39。

    15 Saint Augustine, *The City of God,* trans. Henry Bettenson (Harmondsworth, U. K. : Penguin, 1984), pp. 906-918, 907, 918.

    16 Philippe Ariès, *Essais sur l'histoire de la mort en Occident du Moyen Age à nos jours* (Paris: Editions du Seuil, 1975), p. 21.

    17 Fernando de Rojas y "Antiguo Autor," *La Celestina: Tragicomedia de Calisto y Melibea,* 4.5, ed. Francisco J. Lobera, Guillermo Serés, Paloma Díaz-Mas, Carlos Mota, Iñigo Ruiz Arzalluz, and Francisco Rico (Madrid: Real Academia Española, 2011), p. 110. 这种关于小旅馆的形象同样出现在西塞罗的《论老年》(*De senectute*)中："因此,当我告别人世,我将会感到自己就好像在离开一个寄居的旅馆,而不是离开家。"收入 Cicero, *Selected Works,* trans. Michael Grant, rev. ed.（Harmondsworth, U. K.: Penguin, 1971）, p. 246。

    18 Ariès, *Essais sur l'histoire de la mort en Occident,* p. 30.

    19 Edgar Allan Poe, "The Philosophy of Composition," in *On Poetry and the Poets,*

vol. 6 of *The Works of Edgar Allan Poe*, ed. E. C. Stedman and G. E. Woodberry (New York: Scribner's, 1914), p. 46.

20　Ariès, *Essais sur l'histoire de la mort en Occident*, p. 67; 克里斯托弗·伊舍伍德引自 Gore Vidal, "Pink Triangle and Yellow Star", *Nation*, 14 October 1981。

21　Tim Radford, "A Prize to Die For," *The Guardian*, 19 September 2002. 至于那些赢得了大奖却又不想等到重生的那一天的人们，奖品可以换成一趟夏威夷之旅。冰冻身体以便在未来的某一天可以死而重生，这是霍华德·法斯特（Howard Fast）写作的某个故事的主题: Howard Fast, "The Cold, Cold Box," in *Time and the Riddle* (Pasadena, Calif.: Ward Ritchie Press, 1975), pp. 219-231。

22　Cicero, "On Old Age," p. 247.

23　*Paradiso*, XXXIII: 32-33, "ogne nube li disleghi / di sua mortalità co' prieghi tuoi."（"足以求你用祷告给他帮忙，/ 把众霾驱离其肉体，让他可以 / 目睹至高的欣悦在眼前彰显。"）

24　*Inferno*, IV: 141, "Seneca morale"; Seneca, "On the Shortness of Life," p. 48.

25　《拉丁铭文集成》（CIL）是从古罗马帝国统治的所有地区收录而来的古代拉丁语铭文大全。既有个人墓志铭，也有集体墓志铭，这些都为我们全方面理解罗马时期的生活和历史提供了参考。这部《拉丁铭文集成》至今仍然由柏林-布兰登堡科学与人文学院（Berlin-Brandenburgische Akademie der Wissenschaften）出版新的版本和增补，可以访问网站: http: //cil. bbaw. de/cil_en/index_en. html。

26　*Inferno*, IX: 112-120.

27　Giorgio Bassani, *Il giardino dei Finzi-Contini* (Turin: Giulio Einaudi, 1962), p. 3.

第十六章　事情为什么是这样子？

1　Primo Levi, Se questo è un uomo (Milan: Einaudi, 1958), p. 10.

2　*Inferno*, XXVI: 85-90, "Lo maggior corno de la fiamma antica / cominciò a crollarsi mormorando / pur come quella cui vento affatica. // Indi, la cima in qua e in là menando /come fosse la lingua che parlasse, / gittò voce di fuori e disse: 'Quando...'"（"火焰听后，较大的一条火舌 / 喃喃自语间就开始晃动扭摆，/ 恰似遭强风吹打而震颤敧侧；/ 然后火舌把顶端摇去摇来，/ 像一条向人讲话倾诉的舌头 / 甩出一个声音，说道: '早在……'"）；100 ("ma misi ...")（"不过，当我……"）

3　Levi, *Se questo è un uomo*, 这个段落出现在本书第 102—105 页；*Inferno*, XXVI: 118-120, "Considerate la vostra semenza. / fatti non foste a viver come bruti, / ma per seguir virtute e conoscenza."（"试想想，你们是什么人的儿郎；/ 父母生你们，不是要你

们苟安 / 如禽兽，而是要你们德智是尚。"）。

4　*Inferno*, XXVI: 133-135, "quando n'apparve una montagna, bruna / per la distanza, e parvemi alta tanto / quanto veduta non avëa alcuna."（"就有一座山出现在我们眼前； / 山形因距离而暗晦；其巍峨峭陡， / 我好像从未见过。"）

5　*Inferno*, XXVI: 139-141, "Tre volte il fé girar con tutte l'acque; / a la quarta levar la poppa in suso / e la prora ire in giù, com' altrui piacque."（"一连三次撞得它跟大水旋舞； / 到了第四次，更按上天的安排， / 使船尾上弹，船头向下面倾覆。"）

6　*Inferno*, XVI: 142, "infin che 'l mar fu sovra noi richiuso."（"直到大海再一次把我们掩盖。"）

7　Dante, *De vulgare eloquentia*, I: v, edited and translated from the Latin by Vittorio Coletti (Milan: Garzanti, 1991), pp. 10-11.

8　Louis Ginzberg, *Legends of the Jews*, 7 vols., vol. 1: *From the Creation to Jacob*, trans. Henrietta Szold (Baltimore: Johns Hopkins University Press, 1998), pp. 5-8. 更多关于这种创造的传说，参见本书上文第五章。

9　Philip Friedman, *Roads to Extinction: Essays on the Holocaust*, ed. Ada June Friedman (New York: Jewish Publication Society of America, 1980), p. 393.

10　Levi, *Se questo è un uomo*, p. 25.

11　Angelus Silesius, *Cherubinischer Wandersmann*, bk. 1, sect. 289, ed. Louise Gnädinger (Stuttgart: Philipp Reclam, 1984), p. 69.

12　*Inferno*, I: 4, "dir qual era è cosa dura"（"啊，那黑林，真是描述维艰！"）; 8, "per trattar del ben ch'i' vi trovai"（"为了复述黑林赐我的洪福"）; *Paradiso*, XV: 79-81, "Ma voglia e argomento ne' mortali...diversamente son pennuti in ali."（"不过凡人的心意和智能，获赋 / 羽翼时强弱有别。"）

13　Henri de Lubac, *Medieval Exegesis: The Four Senses of Scripture*, vol. 1, trans. Mark Sebac (Grand Rapids, Mich.: Eerdmans, 1998), p. 41. 亨利·德·卢拜克（Henri de Lubac）认为，穆赛俄斯是俄耳甫斯的老师，而不是他的学生。

14　*Paradiso*, X: 131 ; Richard de Saint-Victor, *Liber exeptionum*, pt. 1, bk. 1, chap. 23, p. 3, ed. Jean Châtillon (Paris: Vrin: Paris, 1958), p. 12.

15　Giles Constable, *The Letters of Peter the Venerable*, 2 vols., vol. 1, bk. 4: 21 (Cambridge: Harvard University Press, 1967).

16　*Inferno*, IV: 80, "Onorate l'altissimo poeta"（"致敬啊，向地位崇高的诗灵"）; 94, "bella scuola."（"英杰聚首。"）

17　Virgil, *Aeneid*, 4.23, " veteris vestigia flammae"（"旧时火焰的痕迹"）; *Purgatorio*, XXX: 48, "cognosco i segni de l'antica fiamma."（"旧焰的标志，此刻我可以

识别。")

18　*Inferno*, XXVI: 117, "di retro al sol, del mondo sanza gente"（"那么，别阻它随太阳航向西方，/去亲自体验没有人烟的国度"）; 133-134, "bruna / per la distanza."（"山形因距离而晦暗。"）

19　Homer, *The Iliad*, 5.279-281, 526, 384, trans. Robert Fagles (Harmondsworth, U. K.: Viking/Penguin, 1990).

20　Martin Buber, *Tales of the Hasidim*, trans. Olga Marx (New York: Schocken, 1991), pp. 258-259.

21　*Inferno*, XXVI: 114, "picciola vigilia."（"一点点的能耐。"）

22　同上书, 125, "folle volo."（"疯狂地飞驰。"）。

23　Franz Kafka, "In der Strafkolonie," in *Die Erzählungen und andere ausgewählte Prosa*, ed. Roger Hermes (Frankfurt-am-Main: Fischer Verlag, 2000).

24　Primo Levi, "Caro Orazio," in *Racconti e saggi* (Turin: La Stampa, 1986), p. 117.

25　"Lord, let Your light," in George Appleton, ed., *The Oxford Book of Prayer* (Oxford: Oxford University Press, 1985), p. 275.

26　*Purgatorio*, I: 133, "com' altrui piacque"（"按另一个人的指示"）; II: 23, "un non sapeva che bianco"（"我也不知道是什么"）; *Inferno*, XXVI: 125, "de' remi facemmo ali"（"我们以桨为翼"）; *Purgatorio*, II: 10-12, "Noi eravam lunghesso mare ancora, / come gente che pensa a suo cammino, / che va col cuore e col corpo dimora."（"这时，我们仍在濒海处犹疑，/就像考虑走什么途径的人，/心神在前行，身体却留在原地。"）

27　*Purgatorio*, II: 110-111, "l'anima mia, che, con la sua persona / venendo qui, è affannata tanto!"（"我的灵魂吧；它跟我的肉体/来到这地方，已经气虚力弱！"）; 106-8, "Ed io: 'Se nuova legge non ti toglie / memoria o uso a l'amoroso canto / che mi solea quetar tutte mie voglie"（"于是我说：'昔日，有一些情歌/常常使我的欲念平息。如果/新法下你可以吟唱，而你又记得/这些歌，就请你以歌声稍稍振作。'"）; 这首诗引自《爱的飨宴》第三卷: "Amor che ne la mente mi raggiona"（"爱情在我的心中与我论理。"）; *Purgatorio*, II: 118-119, "...tutti fissi e attenti / a le sue note"（"我们正在全神贯注，倾听者/他的歌声"）; Exodus 34:3。

第十七章　什么才是真的？

章节开篇：这对姐妹获释几个月之后讲述她们的故事。参见Laurence and Micheline Levesque, *Les Valises rouges*（Ottawa: Editions JCL, 1987）。

1　Gershom Scholem, *Dix propositions anhistoriques sur la Cabale* (Paris: Editions de l'éclat, 2012), p 43.

2　Bruno Nardi, *Saggi e note di critica Dantesca*（Milan: Riccardo Ricciardi Editore, 1966）, p. 333；例如可参见《以赛亚书》（11：5）："公义必当他的腰带；信实必当他胁下的带子。"在天主教教会中，一般弥撒开始之前，神父会戴上腰带并祈祷："主耶和华啊，请用圣洁的带子绑住我。"

3　*Inferno*, XVI: 118-120, "Ahi quanto cauti li uomini esser dienno / presso a color che non veggion pur l'ovra, / ma per entro i pensier miran col senno!"（"啊，有些人，不但可以察看/行藏，而且还可以洞悉肺腑。/跟他们在一起，真的不可以怠慢！"）

4　薄伽丘在提到怪兽格里昂的时候用的是阴性的表述"厄瑞玻斯（Erebus）和夜神的女儿"（*Genealogy of the Pagan Gods*, bk. 1, chap. 21, ed. and trans. Jon Solomon［Cambridge: Harvard University Press, 2011］, pp. 137-139）。在一幅《神曲》插画中，威廉·布莱克给怪兽格里昂画了一张没有胡子的雌雄同体的脸。

5　*Inferno*, XVI: 124-130, "Sempre a quel ver c'ha faccia di menzogna / de' l'uom chiuder le labbra fin ch'el puote, / però che sanza colpa fa vergogna; // ma qui tacer non posso;e per le note / di questa comedìa, lettor, ti giuro, / s'elle non sien di lunga grazia vòte, // ch'i' vidi …"（"经历了貌似虚假的灼见真知，/一个人应该尽量把嘴巴堵塞；/否则，清白的真相会带给他羞耻。/在这里，我却不能沉默。读者呀，对着/这歌曲的调子，我向你发誓（但愿/这些调子是长受欢迎的乐歌），/我亲眼看见……"）

6　*Purgatorio*, XXIX: 94, "ognuno era pennuto di sei ali"（"四头生物，都有六只翅膀"）; 100, "ma leggi Ezechïel, che li dipigne"（"不过，请看以西结如何描议/自己所见"）; 104-105, "salvo ch'a le penne, / Giovanni è meco e da lui si diparte."（"只是就翅膀而言，约翰和以西结有别而和我相契。"）

7　*Inferno*, I: 85, "lo mio maestro, e il mio autore"（"你是我的老师——我创作的标尺"）; 86-87, "tu se' solo colui da cu'io tolsi / lo bello stilo che m'ha fatto onore."（"给我带来荣誉的优美文采，/全部来自来你一人的篇什。"）

8　John Freccero, "Allegory and Autobiography," in *The Cambridge Companion to Dante*, 2nd ed., ed. Rachel Jacoff (Cambridge: Cambridge University Press, 2007), pp. 174-175.

9　Dante Alighieri, *Epistola* XIII: 5 in *Le opere di Dante: testo critico della Società dantesca italiana*, ed. M. Barbi et al. (Florence: Bemporad, 1921), p. 436.

10　*Inferno*, XXIII: 144, "bugiardo e padre di mensogna"（"魔鬼是骗子，又是谎言之父"）; Saint Augustine, *Confessions*, 10.35, trans. R. S. Pine-Coffin (Harmondsworth, U.K.: Penguin, 1961), p. 242.

11　圣哲罗姆的引用参见 Jean-Yves Boriaud, note to "Le Mensonge" in Saint Augustin, *Les Confessions, précédées de Dialogues philosophiques,* vol. 1, édition publiée sous la direction de Lucien Jerphagnon (Paris: Pléiade, 1998), p. 1363。

12　Augustine, *Confessions*, 1.13, pp. 33, 34.

13　*Inferno*, XVI: 132, "meravigliosa ad ogni cor sicuro"（"足以令大胆的人心惊目眩"）; XVII: 1-3, "Ecco la fiera con la coda aguzza, / che passa i monti e rompe muri e l'armi! / Ecco colei che tutto 'l mundo apuzza!"（"啊！看眼前这头尖尾的野兽。/ 它可以穿山、破垣、摧毁刀斧。/ 啊，就是它，使天下玷污蒙垢！"）; Herodotus, *The Histories*, 1.205-216, trans. Aubrey de Sélincourt, revised, with an introduction and notes, by A. R. Burn (Harmondsworth, U. K.: Penguin, 1972), pp. 123-126；关于格里昂的传说，参见 Boccaccio, *Genealogy of the Pagan Gods*, bk. 1, chap. 22, vol. 1, p. 139。

14　*Purgatorio*, XVI: 67-81, "Voi che vivete ogne cagion recate / pur suso al cielo, pur come se tutto / movesse seco di necessitate. // Se così fosse, in voi fora distrutto / libero arbitrio, e non fora giustizia / per ben letizia, e per male aver lutto. // Lo cielo i vostri movimenti inizia; / non dicco tutti, ma posto ch'i 'l dica, / lume v'è dato a bene e a malizia, // e libero voler; che, se fatica / ne le prime battaglie col ciel dura, / poi vince tutto, se ben si notrica. // A maggior forza e a miglior natura / liberi soggiacete; e quella cria / la mente in voi, che 'l ciel non ha in sua cura."（"你们这些凡人，什么偏差/ 都归咎诸天，仿佛诸天/ 按着定数把万物旋动牵拉。/ 果真如此，你心中的自由意念/ 就被摧毁。那时候，行善致福、/ 为恶遭殃的公理就不再得见。/ 诚然，诸天把行动向你传播——/ 不能说全部；即使能这样说，/ 你仍有光明向善恶照耀流布，/ 同时有自由意志。与诸天初搏，/ 自由意志如果能承受颓疲，/ 又善获培养，就会凡攻必破。/ 自由人哪，你们受更大的神力、/ 更好的本性主宰。你们的心灵/ 由神力创造，非诸天的管辖所及。"）

15　David Hume, *A Treatise of Human Nature*, 3.2. 8, ed. Ernest C. Mossner (Harmondsworth, U. K.: Penguin, 1969), p. 594.①

16　同上书，第594页。②

17　Julian Borger, "World Leaders Not Ready for Reconciliation with Mandela," *Guardian,* 6 December 2013; Jason Beattie, "Tory Grandee Smears Nelson Mandela," *Daily Mirror*, 9 December 2013.

18　Dwight Garner, "An Interview with Nadine Gordimer," *Salon*, 9 March 1998.

19　Nelson Mandela, *Long Road to Freedom* (New York: Holt, Rinehart and Winston,

---

① 中译采用：休谟著，《人性论》（下册），关文运译，商务印书馆，1997年，第583页。

② 中译采用：同上书，第583页。

2000), p. 176.

20 Garner, "Interview with Nadine Gordimer."

21 *Purgatorio*, XVI: 94-96, "Onde convenne legge per fren porre; / convenne rege aver, che discernesse / de la vera cittade almen la torre." ("所有要立法加以约束控扣；/ 要有一位君主——这位君主，/ 至少要辨得出真诚的塔楼。")

22 Percy Bysshe Shelley, *Prometheus Unbound*, 4.573-574, in Shelley, *The Major Works*, ed. Zachary Leader and Michael O'Neill (Oxford: Oxford University Press, 2003), p. 313.

23 Carlo Collodi, *Le avventure di Pinocchio*, bilingual edition, trans. Nicolas J. Perella (Berkeley: University of California Press, 1986), p. 211.

24 *Paradiso*, V: 6, "così nel bene appreso move il piede" ("完美的炯目/观照时，会走向所见的美善前"。); John Freccero, "The Firm Foot on a Journey Without a Guide," in *Dante: The Poetics of Conversion*, ed. Rachel Jacoff (Cambridge: Harvard University Press, 1986), pp. 29-54.

25 *Inferno*, I: 28-30, "Poi ch'èi posato un poco il corpo lasso, / ripresi via per la pieaggia diserta, / sì che 'l piè fermo sempre era 'l più basso" ("我让倦躯稍息，然后再举步/越过那个荒凉无人的斜坡。/途中，着地的一足总踏得稳固"); Freccero, "Firm Foot on a Journey Without a Guide," p. 31.

26 *Paradiso*, V:1, "caldo d'amore" ("温煦的爱焰"); 7-9, "Io veggio ben sì come già resplende / ne l'intelletto tuo l'etterna luce, / che, vista, sola e sempre amore accende." ("此刻，在你心里，我已经目睹/永恒的光芒辉耀。仅是这光芒，/一经目睹，就永点爱的情愫。")

27 *Purgatorio*, XV: 117, "non falsi errori." ("错误真实。"①)

28 Gustave Flaubert, *La Tentation de Saint Antoine*, ed. Claudine Gothot-Mersch (Paris: Gallimard, 1983), p. 214②.

---

① 此处黄国彬先生译文略有歧义，另可参考田德望先生译文"真实不虚"，参见但丁·阿利格耶里著，《神曲·炼狱篇》，田德望译，人民文学出版社，1997年，第179页。

② 中译采用：福楼拜著，《福楼拜小说全集》（中），王文融、刘方译，人民文学出版社，2002年，第613页。

致　　谢

为了写作这本书,我使用过但丁《神曲》的很多版本和评论。安娜·玛利亚·乔万西·列奥那蒂(Anna Maria Chiavacci Leonardi)由蒙那多利出版社(Mondadori)于1994年首次出版的《神曲》,在我看来是最好的意大利语版。跟我的口味最接近的英文版本,是保持了原版的音律和力量的威廉·斯坦利·默温(W. S. Merwin)翻译的《神曲》,可惜他只翻译完了《炼狱篇》和《地狱篇》的前两章,因为他说他不喜欢圣贝尔纳,并不想在圣贝尔纳的陪伴之下升到《天堂篇》里面去。除了但丁这位"领导、贤主、老师"(duca, signore e maestro)①之外,我还注意到了其他几位作家,他们同样在我阅读《神曲》的时候引导着我:柏拉图、奥古斯丁、阿奎那、蒙田、休谟,还有《塔木德》的秘密作者们,似乎比起我以前读过的书,这些作者们出现在《神曲》这本书中的频率更高,这些神明们也同样引领着路易斯·加乐尔、福楼拜、塞万提斯和博尔赫斯。

我的几位编辑用评论和勘误忠实地帮助了我。他们是:汉斯-尤根·巴尔姆斯(Hans-Jürgen Balmes)、瓦雷拉·齐奥姆皮(Valeria Ciompi)、约翰·多纳蒂希(John Donatich)、露易兹·施瓦茨(Luiz Schwarcz)和玛丽-凯瑟琳·瓦舍(Marie-Catherine Vacher),对他们致以我最深的感谢。还要感谢法比奥·牧兹·法尔肯尼(Fabio Muzi Falconi)、弗朗索瓦·尼森(Françoise Nyssen)、圭勒莫·奎贾斯(Guillermo Quijas)、阿图若·拉蒙尼达(Arturo Ramoneda)、贾维尔·瑟托(Javier Setó)和古文·图兰(GüvenTuran)对这部书的信

---

① 语出《神曲·地狱篇》第二章140行。中译采用:但丁·阿利格耶里著,《神曲1·地狱篇》,黄国彬译注,外语教学与研究出版社,2009年,第30页。

任,因为在很长的时间里,这本书只存在于一个标题里面。还要感谢莉瑟·伯格温(Lise Bergevin)恒久的友谊和慷慨。

对这本书的图书设计师索尼娅·山农(Sonia Shannon)、图像研究者丹尼尔·德·奥兰多(Danielle D'Orlando)、索引制作者阿列克夏·塞尔夫(Alexa Selph)、校对者杰克·波尔巴赫(Jack Borrebach),以及拥有一双鹰眼的苏珊·莱媞(Susan Laity)——她一丝不苟的编校指出了我的诸多错讹之处(errori falsi),我要向他们致以最深切的感谢。

一如既往地,我要对我的老朋友和经纪人吉列尔莫·沙维尔松(Guillermo Schavelzon)表示最深切的谢意,我们的谈话终于不再只是关于疾病了。还要感谢芭芭拉·格拉汉姆(Bárbara Graham),感谢她为我所做的一切。

还有很多支持和帮助我、给我提供各种信息的朋友们:绍尔·巴希(Shaul Bassi)教授、莉娜·博尔松尼(Lina Bolzoni)教授、吕锡安-让·伯德(Lucien-Jean Bord)神父、何塞·布鲁楚阿和路齐奥·布鲁楚阿(José and Lucio Burucúa)教授、伊瑟尔·格罗菲尔(Ethel Groffier)教授、塔里克·S. 喀瓦吉(Tariq S. Khawaji)教授、皮埃罗·洛·斯托罗戈(Piero Lo Strologo)、何塞·路易斯·穆尔(José Luis Moure)博士,鲁西·帕贝尔(Lucie Pabel)、哥特瓦尔德·潘柯夫(Gottwalt Pankow)、伊林纳·史密斯(Ileene Smith)(他们是跟我最早讨论这个写作计划的人,并且他们鼓励我探求这个写作主题),还要感谢吉利安·汤姆(Jillian Tomm)博士、卡里德·S. 雅赫雅(Khalid S. Yahya)博士和马尔塔·佐齐(Marta Zocchi)。

我的写作也得到了许多高效的图书馆员的大力帮助,尤其是拉文那古典图书馆(Biblioteca Classense in Ravenna)的馆长多纳蒂诺·多米尼(Donatino Domini)、维埃纳省立图书馆(Bibliothèques départementales de la Vienne)的帕特里卡·茹内(Patricia Jaunet)、宾夕法尼亚大学犹太研究所(Jewish Institute Collections of the University of Pennsylvania)的主任亚瑟·基戎(Arthur Kiron)、和伦敦图书馆(London Library)的盖伊·彭曼(Guy Penman)、阿曼达·科普(Amanda Corp)和艾玛·维格海姆(Emma

Wigham)。他们捍卫了西西里的狄奥多罗斯(Diodorus Siculus)对"灵魂诊所"(Clinic of the Soul)——这段雕刻在埃及图书馆门口的铭文——的定义。还要感谢C.杰·艾文(C. Jay Irwin)在写作第一阶段给予我的帮助。

本书之中的某些部分曾以各种(早期初稿的)形式出版,发表在《狄斯康特》(*Descant*)①、《精神》杂志(*Geist*)②、《纽约时报》、《帕纳索斯》(*Parnassus*)③、《共和报》(*La Repubblica*)④、《三便士评论》(*Threepenny Review*)⑤,以及《提奥多尔·巴尔莫勒》(*Théodore Balmoral*)⑥。非常感谢雪瑞·布夏德(Thierry Bouchard)、克里·贾拉德(Kyle Jarrard)、赫伯特·雷波维茨(Herbert Leibowitz)、温蒂·列瑟尔(Wendy Lesser)、卡伦·穆汉伦(Karen Mulhallen)、司提芬·奥斯波涅(Stephen Osborne)和达里奥·帕帕拉多(Dario Pappalardo)。

但丁相信,在我们的人生的旅程中,如果恩典允许的话,我们会找到一位灵魂同伴,他会帮助我们,引领我们穿越幽森黑暗的树林,反思我们的问题,帮助我们发现一切我们想要发现的事物;最重要的是,这个灵魂同伴的爱,是使我们活着的理由。一如既往,献给"甜蜜和亲爱的向导"(dolce guida e cara)克雷格(Craig)。

阿尔维托·曼古埃尔
蒙迪翁(Mondion),2014年5月5日

---

① 《狄斯康特》是一份加拿大期刊,该杂志始办于1970年,其刊名 *Descant* 在英文中的意思是"多声部音乐中的上方声部";在词源上,这个词的意思是高于或远离其他人的声音,有时也译为"最高音"。

② *Geist* 是德语"精神"的意思,此处提到的《精神》杂志,是一份自1990年以来每季度出版的加拿大文学杂志。

③ 此处提到的《帕纳索斯》应该是指《帕纳索斯:诗歌评论》(*Parnassus: Poetry in Review*),它是一本成立于1973年的美国文学杂志,于2019年停刊。

④ 《共和报》是意大利日报,1976年在罗马创办。

⑤ 《三便士评论》是1980年创刊的美国文学杂志,季刊,主要发表小说、回忆录、诗歌、散文和文学批评等题材。

⑥ 《提奥多尔·巴尔莫勒》是1985年创立的法语文学杂志。

索　引

本索引所标页码为英文版页码，即本书页边码

Abelard, Peter，皮埃尔·阿伯拉尔 304
Abravanel, Isaac，以撒克·阿布拉瓦内尔 93—97, 339n25
Abu Huraryra，阿布·胡赖拉 283
Abulafia, Abraham，亚伯拉罕·阿布拉菲亚 89—91
Acts of the Apostles，《使徒行传》303, 318
Adam 亚当, 38, 86—87；Ulysses as，尤利西斯作为亚当 35—36
Aeneid（Virgil），《埃涅阿斯纪》（维吉尔）14, 19, 28—29, 33
Aeolus，埃俄罗斯 46—47
afterlife. See death and the afterlife，来世，参见死亡和来世
Aggadah，《哈加达》281
agriculture：in ancient Rome，农业：古罗马的农业 158；and humans' responsibility towards nature，农业和人类对自然的责任 157—159
Akiva ben Yoseph，拉比阿基瓦·本·约瑟夫 98
Alberti, Leon Battista，阿尔贝蒂，莱昂·巴蒂斯塔 210
Albertus Magnus，大阿尔伯特 22
Al-Biruni，阿尔-比鲁尼 179
Alboino della Scala，阿尔伯伊诺亲王 17
alchemy，炼金术 76

Alcidamas，阿尔西达马斯 59
Alcuin of York，约克的阿尔昆 23—24
Alembert, Jean Le Rond d'，让·勒朗·达朗贝尔 26
Alexander, Pope，亚历山大四世，教皇 223—224
Alexandria, Library of，亚历山大里亚城，亚历山大里亚城的图书馆 266
Alice's Adventures in Wonderland. See Carroll, Lewis《阿丽思漫游奇境记》，参见路易斯·加乐尔
All's Well That Ends Well（Shakespeare），《终成眷属》（莎士比亚）134
al-Ma'arri, Abu l-'Ala'，阿布·阿拉·阿拉·马阿里 284
alphabet：combinatory possibilities of，字母表：组合字母表的可能性 123；Hebrew，希伯来字母表 88
Al-Rashid, Haroun，哈里发哈伦·拉希德 66
Ambrose, Saint，安布罗修，圣徒 214, 244
Anastasius, Pope，阿拿斯塔斯，教皇 257
anathema，绝罚 225, 352n8
Andersen, Hendrik，安德森，亨德里克 269—270
animals：Augustine's view of，动物：奥古斯丁看待动物的观点 213—214；as con-

stellations, 动物作为星座 205—206; devil manifestedas, 恶魔以动物的形象显现 214. See also dogs, 也参见"狗"条目

Antaeus, 安泰奥斯 116

Apocalypse (Revelation): as described in the *Commedia* 启示录文学（启示）:《神曲》中刻画的启示论 316; interpretations of, 对启示录文学的阐释 285—288

Apocalypse of Paul,《保罗启示录》20

Apocalypse of Peter,《彼得启示录》20

Aquinas, Saint Thomas. See Thomas Aquinas, Saint, 阿奎那, 圣托马斯, 参见托马斯·阿奎那, 圣徒

Arabian Nights,《一千零一夜》66, 120

Argenti, Filippo, 多银翁菲利波 171

Argentina: economic crisis in, 阿根廷：经济危机 237; militaryatrocities in, 阿根廷的军事暴行 219—220; under Perón, 庇隆统治下的阿根廷 238

Ariès, Philippe, 阿里耶斯, 菲利普 288, 289

Aristophanes, 阿里斯多芬 135

Aristotle, 亚里士多德 21, 22, 54, 108—109, 173, 316; on money, 亚里士多德论金钱 247; nature as viewed by, 亚里士多德自然观 158, 159, 161, 162, 163; *Nicomachean Ethics*,《尼各马可伦理学》258

artistic endeavor, as "false image", 艺术作品, 作为"虚假的图像"91—92; See also literature, 也参见文学; poetry, power of 诗歌, 诗歌的力量; stories, 故事

Ashmolean Museum, 阿什莫林博物馆 263, 264

Asín Palacios, Miguel, 阿辛·帕拉西奥斯, 米格尔 284

astrology, as science in Dante's time, 天文学, 在但丁的时代作为一门科学 205—206

Athens, naming of, 雅典, 雅典的命名 187—188

atomic bomb, building of, 原子弹, 原子弹建筑 230—233

Attar, Fariduddin, 内沙布尔的阿塔尔 336n3

Atwood, Margaret, 阿特伍德, 玛格丽特 185

Auden, W. H., 奥登, W. H. 84, 85

Augustine, Saint, 奥古斯丁, 圣徒 23, 38, 136, 154, 168, 187; animals as viewed by, 奥古斯丁看待动物的观点 213—214; *City of God*,《上帝之城》287—288; *Confessions*,《忏悔录》319; on lying, 奥古斯丁论撒谎 317, 318—319

Augustus, Emperor, 奥古斯都, 皇帝 158

Auschwitz, 奥斯威辛 307—308, 309; as distinguished from hell, 奥斯威辛与地狱之间的区别 302; language as instrument of resistance at, 语言作为在奥斯威辛的抵抗手段 301—302; Primo Levi at, 在奥斯维辛的普里莫·莱维 297—300, 304—305

automata, 自动机 76

avarice, sin of, 贪婪, 贪婪之罪 242—243

Babel, Tower of, 巴别塔 21, 45; curse of, 巴别塔的诅咒 86

Bacon, Francis, 培根, 弗朗西斯 4, 86, 265, 313

Bacon, Roger, 培根, 罗杰 228

Barbari, Jacopo de', 巴尔巴里, 雅各布·德 101, 102

Barrows, Anita, 巴罗斯, 安妮塔 161

Bartolomeo della Scala, 巴尔托罗缪·德拉·斯卡拉 17

Basil, Saint, 巴西里乌斯, 圣徒 241

Bassani, Giorgio, 巴萨尼, 乔治 292

Beard, Mary, 比尔德, 玛丽 187

Beatrice : as Dante's guide in the *Commedia*, 贝缇丽彩：在《神曲》中但丁的向导 7, 21, 24, 52, 67, 130, 133—134, 145, 189, 208—209, 241, 325—326; as venerated in the *Vita nova*,《新生》致敬贝缇丽彩 19, 20

Beaumarchais, Pierre Augustin Caron de, 博马舍, 皮埃尔·奥古斯丹·卡隆·德 197

Beauvais, Pierre de, 博韦的皮埃尔 210

Beauvoir, Simone de, 波伏娃, 西蒙·德 189

Beckett, Samuel, 塞缪尔·贝克特 151

bee keeping, 养蜂 147—148

Bellay, Joachim du, 贝莱, 阿希姆·杜 40

Benedict XI, Pope, 本笃十一世, 教皇 17

Benevento, Battle of, 贝纳文托战役 226—227

Berlin, Isaiah, 柏林, 以赛亚 25

Bernard of Clairvaux, Saint, 克莱尔沃的圣贝尔纳, 圣徒 21, 23, 209, 291

Bertran de Born, 贝特洪·德波恩 27—28

Bezzuoli, Giuseppe, 贝许欧利, 朱塞佩 227

Bhagavad Gita,《薄伽梵歌》232

Bhartrihari, 伐致呵利 120—125

Biblia rabbinica,《拉比圣经》99

bitcoins, 比特币 246

Boccaccio, Giovanni, 薄伽丘, 乔万尼 6, 14, 16, 18, 28, 86, 171, 206, 325

Boethius, 波爱修 16

Bomberg, Daniel, 伯姆贝格, 丹尼尔 99—101

Bonaiuto, Andrea di, 博纳尤托, 安德里亚·迪 213

Bonaventure, Saint, 波纳文图拉, 圣徒 53, 103, 133

Bonet de Lattes, 博内特·德·莱特 97

Boniface VIII, Pope, 博尼费斯八世, 教皇 17

bonobo apes, 倭黑猩猩类人猿 118—119

books : alternative forms of, 书籍：书籍的其他形式 267—268; arranging of, 书籍排序 255—256; as oracles, 书籍作为神谕 83—84; See also Jewish books, published in Venice, 也参见在威尼斯出版的犹太书籍; literature 文学; reading 阅读

Borges, Jorge Luis, 博尔赫斯, 豪尔赫·路易斯 6, 89, 113, 279, 292—293, 336n3; "The Congress",《代表大会》271; Universal Library of, 博尔赫斯的世界图书馆 123

Bragadin, Pietro, 布拉格丁, 皮埃特罗 99

Breughel, Pieter the Elder, 勃鲁盖尔, 老彼得; *Tower of Babel*,《通天塔》, 250

Bringhurst, Robert, 布林赫斯特, 罗伯特 80, 81

Brod, Max, 勃罗德, 马克斯 119, 178

Brodsky, Joseph, 布罗茨基, 约瑟夫 84

Browning, Elizabeth Barrett, 勃朗宁, 伊丽莎白·巴雷特 201

Bruni, Leonardo, 布鲁尼, 列奥那多 239

Buber, Martin, 布伯, 马丁 306—307

Buchan, James, 布坎, 詹姆斯 236—237

Buddha, 佛陀 280—281

Buddhism, and death, 佛教, 和死亡 280—281

Burroughs, Edgar Rice, 巴勒斯, 埃德加·赖斯 169

Byron, George Gordon, Lord, 拜伦, 乔治·戈登, 勋爵 230

cabinet de curiosités, 珍奇屋 265

Cacciaguida, 卡查圭达 67, 208, 209, 210
Caedmon, 开德蒙 139
Cage, John, 凯奇, 约翰 72
Caligula, Emperor, 卡利古拉, 皇帝 277
Calvino, Italo, 卡尔维诺, 伊塔洛 124
Camus, Albert, *The Outsider*, 加缪, 阿尔伯特, 《局外人》202
Cangrande della Scala, 斯加拉大亲王康格兰德 14, 16, 18, 213, 239, 316
cannons, 射石炮 228
Caravaggio, 卡拉瓦乔 *Dormition of the Virgin*, 《圣母安息》249—250
Carnegie, Andrew, 卡内基, 安德鲁 270
Carroll, Lewis（Charles Lutwidge Dodgson）, 路易斯·加乐尔（查尔斯·路维基·多基孙）; *Alice's Adventures in Wonderland*, 《阿丽思漫游奇境记》138—145; *The Hunting of the Snark*, 《猎鲨记》166—167; language and questioning in works of, 路易斯·加乐尔作品中的语言和追问 140—145; *Through the Looking-Glass*, 《阿丽思漫游镜中世界》123, 139
Carson, Rachel, 卡森, 雷切尔 159—160
Carvajal, Luis de, 卡瓦哈尔, 路易斯·德 55
Casares, Adolfo Bioy, 冈萨雷斯, 阿道夫·比奥伊 6
Casella, 卡塞拉 309
Cassiano dal Pozzo, 卡西亚诺·德尔·波佐 265
Castelvetro, Ludovico, 卡斯泰尔韦特罗, 洛多维科 44
categorical systems, 范畴体系; meaning imposed upon, 给范畴体系赋予意义 264—266
Cato, 加图 158, 308

Cavafy, Constantin, 卡瓦菲斯, 康斯坦丁诺斯 84
center of the universe, 宇宙中心; as perceived by various cultures, 各文化所认为的宇宙中心 178—179
Cerberus, 三头犬刻耳柏洛斯 214—215
Champollion, Jean-François, 商博良, 让-弗朗索瓦 79
Charlemagne, 查理曼大帝 206
Charles Ⅲ, King, 查理三世, 国王 76
Charles de Valois, 瓦卢瓦的查理 17
Charles of Anjou, 安茹的查理 223, 226, 227
Chartier, Roger, 侯歇·夏提尔, 13
Chaumette, Pierre-Gaspard, 肖梅特, 皮埃尔-加斯帕德 194—195
Chesterton, G. K., 切斯特顿, 吉尔伯特·基思 72, 102
Chiaromonte, Nicola, 乔洛蒙蒂, 尼古拉 177
chimpanzees, 大猩猩 118
China, firearms invented in, 中国, 发明火枪 227—228
Christian dogma, 基督教义; Dante's acknowledgment of, 但丁对基督教义的认识 128, 189, 258
Cicero, 西塞罗 4, 5, 123, 214, 290, 303; *Scipio's Dream*, 《西庇阿之梦》19
Cieza de Leon, Pedro, 希萨·德·莱昂, 佩德罗 81
Cino da Pistoia, 皮斯托亚的奇诺 18
Clement V, Pope, 克莱门特五世, 教皇 205
climate change, 气候变化 162—163
Coleridge, Samuel Taylor, 柯勒律治, 撒母耳·泰勒 139
collections and collectors, 收藏品和收藏家 263—266

Collodi, Carlo, 科洛迪, 卡洛 324

Columella, 科路美拉 158

Comentarios reales,《印卡王室述评》; the Inca Garcilaso, 印加·加西拉索 73—75

Commedia,（Dante),《神曲》(但丁) 5—7, 52—53; ancient influences on, 古代作品对《神曲》的影响 304; beasts in,《神曲》中的野兽 239—240; Beatrice's role in, 贝缇丽彩在《神曲》中的角色 7, 21, 24, 52, 67, 130, 133—134, 145, 189, 208—209, 241, 325—326; as catalogue of losses,《神曲》作为失去之物的目录 208—209; death in,《神曲》中的死亡 279, 282; and Dickens's *Christmas Carol*,《神曲》与狄更斯的《圣诞颂歌》245—246; dogs in,《神曲》中的狗 204, 207, 212—213, 217; early copies of,《神曲》早期抄本 18—19; ethical dilemmas in,《神曲》中的道德困境 191—192; geography of,《神曲》中的地理 173—176, 257; human suffering in,《神曲》中的人类苦难 190—192; *Inferno*,《神曲·地狱篇》, 27—228, 29, 70, 111, 112—113, 114, 116, 151, 152—153, 161—162, 170, 207—208, 224, 229—230, 240—241, 243, 252, 257, 260, 314—315; Islamic influencesin, 伊斯兰教对《神曲》的影响 284; as journey through the forest, 穿过森林的《神曲》之旅 168—171, 180—181, 217, 288, 325; Primo Levi's recitation of, 普里莫·莱维背诵《神曲》297—299; maps of the three realms of,《神曲》三界地图 260—262; Montaigne's reading of, 蒙田的《神曲》解读 8; natural world as described in,《神曲》中描述的自然世界 151—157, 161—162; *Paradiso*,《神曲·天堂篇》23, 24—25, 41—42, 52, 67—69, 87, 111—112, 133, 189, 224, 257, 262, 268, 325, 326; poetic truth inherent in,《神曲》之中内在的诗性真理

Commedia,（Dante)《神曲》(但丁) 315—317, 319—320, 324—326; probable sources for,《神曲》构思的可能来源 19—20; *Purgatorio*,《神曲·炼狱篇》8, 68—69, 70, 85, 90—91, 133—134, 222—223, 225—226, 242—243, 257, 261, 308—309, 320, 323, 345n14; readings of,《神曲》解读 7—9; role of language in,《神曲》中语言的作用 68—70; Ulysses as character in,《神曲》中尤利西斯这个人物 33—34, 36, 40—41, 44—46, 297—299, 302, 304—305; Virgil as Dante's guide in,《神曲》中维吉尔作为但丁的向导 19, 27—29, 36, 44, 68—70, 113, 116, 130, 145, 152—153, 170—171, 180, 216—217, 222—223, 230, 257—258, 308—309, 313—314, 316; the writing of,《神曲》的写作 14, 16, 17—19

concentration camps. See Auschwitz, 集中营, 参见奥斯威辛

Condorcet, marquis de, 德·孔多塞侯爵 195

Conegliano, Cima de, 大科内利亚诺 *The Lion of Saint Mark*,《圣马可的狮子》92, 104—105

Congress for Cultural Freedom, 文化自由协会 233

Constantine, Emperor, 君士坦丁, 皇帝; Donation of, 君士坦丁赠礼 224—225

Constanza, 康斯坦丝 191—192

constellations, 星座 205—206

Convivio(Dante),《爱的飨宴》(但丁) 21, 209, 248

Copernicus, 哥白尼 176—177

Corbusier, Charles-Édouard-Jeanneret Le, 柯布西耶, 查尔斯-爱德华·让纳雷-格瑞斯·勒 270

Corinthians, First Epistle to the,《哥林多前书》325

Corinthians, Second Epistle to the,《哥林多后书》19

Corpus Inscriptionum Latinarum,《拉丁铭文集成》291, 358n25

Cortejarena, Domingo Jaca, 哥特贾热那, 多明戈·加卡 147

Cousin, Jean the Elder, 老让·库辛 39

Covarrubias, Sebastián de, 戈瓦鲁比亚斯, 塞巴斯蒂安·德 13

covetousness, sin of, 贪婪之罪 241—242

Cranach, Lucas the Elder, 老卢卡斯·克拉纳赫 273, 274

Cratylus, 克拉底鲁 131—132

cryonics, 人体冷冻 290

curiosities, collectors of, 珍品陈列室 265—266

curiosity, 好奇心 1—2; Aquinas's perspective on, 阿奎那论好奇心 23—24; in Dante's *Commedia*, 但丁《神曲》中的好奇心 13—14, 27—29, 52—53; about death and the dead, 关于死亡和死者的好奇心 292—293; definitions of, 好奇心的定义 13, 23—24; *encyclopédistes*' perspective on,《百科全书》对好奇心的解释 26—27; Hume's perspective on, 休谟论好奇心 25—26, 27; methods of pursuing, 追求好奇心的方法 42—44; Montaigne's perspective on, 蒙田论好奇心 2—3; as motivating force, 好奇心是一种推动力 24—25; the nature of, 好奇心的本质 11—12; obstacles to, 好奇心的障碍 27—29; paradox inherent in, 好奇心的内在悖论 42; perversions of, 好奇心的变体 23; punishment for, 好奇心的惩罚 39—41; and questioning, 追问的好奇心 4—5, 45—47, 85—86; Seneca's perspective on, 塞涅卡论好奇心 29

Curiosity(exploratory spacecraft),"好奇心号"探测器 46—47

curiosity machines, 好奇机器 42—44

Cusi, Meshullam, 库斯, 梅叔拉 98

Damian, Peter, 达米安, 彼得 279

Dante Alighieri: and composition of the *Commedia*, 但丁·阿利格耶里: 但丁与《神曲》的写作 14, 16, 211—212; in exile from Florence, 但丁被佛罗伦萨放逐 17, 67, 207, 208—209, 211—213; on the history of language, 但丁论语言的历史 86—88; portrait of, 但丁肖像 15; women in society of, 但丁《神曲》社会中的女性 189—192; See also Beatrice, 也参见贝缇丽彩; *Commedia*,《神曲》; *Convivio*,《爱的飨宴》; *De vulguri eloquentia*,《论俗语》; *Questio de aqua et terra*,《水土探究》; *Vita nova*,《新生》

death and the afterlife, 死亡和来生 273—278; and the Apocalypse, 死亡和启示论 285—288; Buddhist beliefs regarding, 佛教有关死亡的信仰 280—281; Christian beliefs regarding, 基督教有关死亡的信仰 285—288; in the *Commedia*,《神曲》中的死亡 279, 282; experienced as absence of others, 他者缺席的死亡体验 290—

291； iconography of, 死亡图像 280； Islamic beliefs regarding, 伊斯兰教有关死亡的信仰 283—284； Judeo-Christian beliefs regarding, 犹太教和基督教有关死亡的信仰 281—282； metaphors of, 死亡的隐喻 284—285； personification of, 死亡的人格化 275—276； prophetic visions of, 先知看到的死亡异象 281—282； Seneca on, 塞涅卡论死亡 291； Zoroastrian beliefs regarding, 琐罗亚斯德教派有关死亡的信仰 281

Declaration of the Rights of Man,《人权宣言》193—195

Declaration of the Rights of Woman,《女权和女性公民的权利宣言》195, 197—199

Dedalus, Stephen, 迪达勒斯, 斯蒂芬； See Joyce, James, 参见詹姆斯·乔伊斯

deforestation, 森林砍伐 160； See also forests, 也参见森林； nature, 自然

Deleuze, Gilles, 德勒兹, 吉尔 57

delle Vigne, Pier, 德拉维雅, 皮埃 153, 154

Delphi, 德尔菲 178—179

Deuteronomy, book of,《民数记》96, 98

De vulgari eloquentia（Dante）,《论俗语》（但丁）65—66, 86—88, 125, 154, 301

Dewey, Melvin, 杜威, 麦尔维 267

Dewey decimal system, 杜威十进制分类法 267, 268

Dexter, Timothy, 德克斯特, 蒂莫西 278

Dickens, Charles, 狄更斯, 查尔斯 250； *A Christmas Carol*,《圣诞颂歌》245—246； *Little Dorrit*,《小杜丽》246； *Oliver Twist*,《雾都孤儿》201—202

Diderot, Denis, 狄德罗, 德尼 26

Dio Chrysostom, 金口狄翁 45

Diocletian, Emperor, 戴克里先, 皇帝 285

Diomedes, 狄奥墨得斯 33, 305—306, 307

Dodgson, Charles Lutwidge 多基孙, 查尔斯·路维基； See Carroll, Lewis, 参见路易斯·加乐尔

dogs： in the *Commedia*, 狗：《神曲》中的犬 204, 207, 212—213, 217； as constellations, 犬作为星座 205；"dog" as term of insult, "狗"作为骂人话 204, 207； as faithful companions, 狗作为忠诚伴侣 210—211； in literature, 文学中的狗 201—203； as omen, 狗作为预兆 215； rage embodied by, 狗代表愤怒 214—215

Dominic, Saint, 圣多明我 215

Donati, Corso, 多纳提, 科尔索 17

Donati, Forese, 多纳提, 佛瑞塞 191

Don Quixote（Cervantes）,《堂吉诃德》（塞万提斯）49, 109, 135, 199, 340n5

Dostoyevsky, Fyodor, 陀思妥耶夫斯基, 费奥多尔 177—178

Doyle, Arthur Conan, 亚瑟·柯南·道尔爵士 13

Duckworth, Robinson, 达克华斯, 鲁宾逊 138, 139—140

Dürer, Albrecht, 丢勒, 阿尔布雷希特 176

Durrell, Lawrence, 劳伦斯·杜雷尔 *Constance*,《康斯坦斯；或, 孤独的实践》166

Dürrenmatt, Friedrich, 迪伦马特, 弗里德里希 222

Ecclesiasticus,《传道书》13, 26

Eco, Umberto, 埃科, 翁贝托 91

ecopsychology, 生态心理学 160—161

educational institutions, 教育机构 3—4, 8

Einstein, Albert, 爱因斯坦, 阿尔伯特 222

Eliezer ben Hyrcanus, Rabbi, 以利撒尔·本·

希卡努斯,拉比 94—95, 98

Encyclopédie(Diderot and Alembert),《百科全书》(狄德罗和达朗贝尔)26—27,

Encyclopédie Larousse,《拉鲁斯大百科全书》267

Epictetus, 爱比克泰德 45

Epistle of Forgiveness(al-Ma'arri),《宽恕之信》(阿布・阿拉・阿拉-马阿里)284

Erasmus, 伊拉斯谟 55, 63

Este, Isabella d', 伊莎贝拉・德・埃斯特 264—265

Etruscan tombs, 伊特鲁里亚人墓葬 291—292

Eve, as Pandora, 夏娃, 作为潘多拉的夏娃 39—40

Exodus, book of,《出埃及记》94

Ezekiel, book of,《以西结书》94, 285, 316

Faulkner, Barry, 福克纳, 巴里 95

Felice da Prato, 费利克斯・普拉特西斯 99

Ferdinand, King, 费迪南, 国王 96

Ficino, Marsilio, 费奇诺, 马奇里奥 174, 266

Flaubert, Gustave, 福楼拜, 古斯塔夫 327

Florence, domestic life in, 佛罗伦萨, 佛罗伦萨的家庭生活 210

Földényi, László, 冯德尔义, 拉茨洛 177—178

forests : in the *Commedia*, 森林:《神曲》中的森林 151—156, 168—170 ; as metaphor, 森林作为隐喻 169—170 ; See also nature, 也参见自然

Francesca, 芙兰切丝卡 154, 172, 190—191

Francesco da Barberino, 巴伯里诺的法兰西斯科 18

Freccero, John, 弗里切罗, 约翰 225, 316, 324—325

Frederick II, Emperor, 腓特烈二世, 皇帝 115, 153, 223

free will, 自由意志 190, 192, 319—320 ; and civil law, 自由意志与公民法 323 ; dilemma of, 自由意志的困境 191, 317 ; as gift of God, 自由意志作为上帝的馈赠 302, 320 ; and morality, 自由意志与道德 321, 323

French Revolution, 法国大革命 220—221 ; equality for women in, 法国大革命中的女性平权 193—199

Freud, Sigmund, 弗洛伊德, 西格蒙德 137

Frost, Robert, 弗罗斯特, 罗伯特 84

Frye, Northrop, 弗莱, 诺思洛普 167

Fucci, Vanni, 富奇, 凡尼 208

Galatians, Epistle to the,《加拉太书》317—318

Galileo Galilei, 伽利雷奥・伽利略 174—176, 257—258

Garcilaso de la Vega, the Inca, 加西拉索・德拉维加, 印加人 74—75, 77

Garden of the Finzi-Contini(Bassani),《芬奇-孔蒂尼花园》(巴萨尼)292

gauchos, 高乔人 148—150

geese, 鹅 210

gender identity : grammatical manifestations of, 性别认同在语法中的表现 192—193 ; in literature, 文学中的性别认同 183—184 ; and patriarchal authority, 性别认同与父权制 187—189 ; and social equality, 性别认同与社会平等 192—199 ; symbolic representations of, 性别认同的符号表征 192—193 ; and traditional roles, 性别认同与传统的性别角色

186—187；See also women, 也参见女性
Genesis, book of,《创世记》38, 113, 117—118, 131
Gerard of Siena, 锡耶纳的格拉德 244
Geri del Bello, 杰里·德尔贝洛 28
Geryon, 怪兽格里昂 243, 313—315, 319
Ghibellines, 吉伯林派 16—17, 223—224
Gigli, Octavo, 吉格利, 奥克塔沃 176
Gilgamesh, King, 吉尔伽美什, 国王 73
Giorgi, Domenico, 格奥尔基, 多米尼科 79—80
Girondins, 吉伦特党 198—199
Giustiniani, Marco, 圭斯蒂尼阿尼, 马可 99
God, as light, 上帝, 作为光的上帝 313
God, word of : interpretation of, 上帝, 上帝之言：对上帝之言的阐释 87—90, 119；Torah as,《托拉》作为上帝之言 88—89, 93—97, 104
God's justice : Aquinas's view of, 上帝的正义：阿奎那论上帝的正义 172；Dante's understanding of, 但丁对上帝正义的理解 171—173, 204, 215—216, 225, 233
Goethe, Johan Wolfgang von, 歌德, 约翰·沃尔夫冈·冯 31
good, the, 善 326；curiosity as path towards, 好奇心作为通往善的道路 24, 27；death perceived as, in Christian tradition, 死亡被视为善, 在基督教传统中 288—289
Gordimer, Nadine, 戈迪默, 纳丁 322—323
Gouges, Olympe de, 奥兰普·德古热 195—199
Gracchi brothers, 格拉古兄弟 158
Graffigny, Françoise de, 格拉菲尼, 弗朗索瓦·德 78
Graham, Billy, 葛培理 287
Greece, ancient, women in, 古希腊, 古希腊的女性 187—188
greed. See avarice, sin of, 贪婪, 参见贪婪之罪
Grimms' Fairy Tales,《格林童话》65, 66, 275—276
Groves, Leslie, 格罗夫斯, 莱斯利 231
Guelphs, 归尔甫派 16—17, 223—224
Guerri, Domenico, 圭埃里, 多梅尼科 113
Guido Novelo da Polenta, 小圭多·达·波伦塔 17, 18
Guignefort, Saint, 古因福特, 圣徒 211
Guillotin, Joseph-Ignace, 吉约丹, 约瑟夫-伊尼亚斯 220—221
gunpowder, early use of, 火药, 早期使用火药 227—229
Gupta, Chandra II, 旃陀罗·笈多二世 121
Gupta, Kumara, 鸠摩罗·笈多一世 121
Gupta dynasty, 笈多王朝 121—122
Guthrie, W. K. C., 古斯里, 威廉·基思·钱伯斯 58

Ham（son of Noah）, 含（挪亚之子）117
Hamlet（Shakespeare）,《哈姆雷特》（莎士比亚）41, 141, 142
Harpies, 妖鸟哈尔皮埃 152, 156
Hebreo, Leon, 希伯来人莱昂 74, 94
Hebrew, preeminence of, 希伯来, 希伯来语的优越性 87—88, 89—90, 113
Hebrew alphabet, 希伯来字母表 88
Hebrews, Epistle to the,《希伯来书》215
Hegel, Georg Wilhelm Friedrich, 黑格尔, 格奥尔格·威廉·弗里德里希 57；history as conceived by, 黑格尔的历史观 177—178
Heidegger, Martin, 海德格尔, 马丁 54
Hell, Dante in, 地狱, 地狱中的但丁 68—70, 300—301, 311

Henry VI, Holy Roman Emperor, 亨利六世, 神圣罗马帝国皇帝 191

Henry VII, Emperor, 亨利七世, 皇帝 207

Heraclitus, 赫拉克利特 45

Hermes, 赫尔墨斯 60—61

Hermogenes, 赫谟根尼 132

Hernández, José, 埃尔南德斯, 何塞; *Martín Fierro*,《马丁·菲耶罗》147, 148—150

Herodotus, 希罗多德 114—115

Hesiod, 赫西俄德 38—39

Hevelius, Johannes, 赫维留, 约翰 206

hima, 保护区 158—159

Hippias, 希庇亚 45, 57—58, 59—60, 61—63

Hiroshima, atomic bomb dropped on, 广岛, 在广岛投掷原子弹 220, 232

history, Hegel's concept of, 历史, 黑格尔的历史概念 177—178

Hitler, Adolf, 希特勒, 阿道夫 270

Homer, 荷马 131; *Iliad*,《伊利亚特》7, 14, 187, 305; *Odyssey*,《奥德赛》14, 19, 46—47, 177, 187, 201

homophobia, 恐同症 186—187

Horace, 贺拉斯 308

Hu, Georgine, 胡, 乔治恩 235, 236

humanism, 人文主义 53

Hume, David, 休谟, 大卫 29; *A Treatise of Human Nature*,《人性论》25—26, 320—321

Huns, 匈奴人 122

Ibn 'Arabi, 伊本·阿拉比 283

Ibn Khaldun, 伊本·赫勒敦 35

identity, 身份/认同 127—129; adolescents' search for, 寻找身份认同的青少年时代 49—50; children's awareness of, 孩童对身份认同的意识 135; name as, 名字作为身份 132—133; and place, 身份和地方 165—167; See also gender identity, 也参见性别认同

Ikhwan al-Safa, 纯洁兄弟会或真诚兄弟会 284—285

imagination and humans' sense of place, 想象, 想象和人类的空间感 178—179; as tool for survival, 想象作为生存工具 3; truth embodied in, 内在于想象之中的真理 315—327; of the writer, 作者的想象 9

individuation, 个体化; Jung's concept of, 荣格的个体化概念 136—137

injustice : justifications for, 不公正 : 为不公正辩护 219—220; Thrasymachus on, 色拉叙马霍斯论不正义 185, 186

Intergovernmental Panel on Climate Change（IPCC）, 政府间气候变化专门委员会 162—163, 345—346n20

International Monetary Fund（IMF）, 国际货币基金会 237—238

Irenaeus, Saint, 伊里奈乌, 圣徒 40, 285

Isherwood, Christopher, 伊舍伍德, 克里斯托弗 290

Isidore of Seville, 塞维利亚的伊西多尔 210

Islam, and death, 伊斯兰教, 和死亡 283—285

I-Tsing, 义净 120—121

Jacopo Alighieri（Dante's son）, 雅科波·阿利格耶里但丁之子 16, 18

James, Henry, 詹姆斯, 亨利 169; *Spoils of Poynton*,《波英顿的珍藏品》269—270

Japan : concept of death in, 日本 : 日本人的死亡观 280; as target of atomic bomb, 日

本作为原子弹袭击的目标 220, 232

Jason (captain of the Argonauts), 伊阿宋 (阿尔戈斯船长) 40—41

Jaucourt, chevalier de, 德若古骑士 27

Jaynes, Julian, 杰恩斯, 朱利安 71—72

Jeremiah, book of, 《耶利米书》 239

Jerome, Saint, 哲罗姆, 圣徒 92, 287, 318

Jewish books, 犹太书籍; published in Venice, 威尼斯出版的犹太书籍 98—101

Jews, 犹太人; persecution of, 迫害犹太人 295—296; and language as instrument of resistance, 语言作为犹太人的反抗工具 301—302; See also Auschwitz, 也参见奥斯威辛; Judaism, 犹太教; principles of 犹太教教义

Job, book of, 《约伯记》 2—3, 171

John, Gospel of, 《约翰福音》 225

John of Patmos, 帕特莫斯岛的约翰 279, 285, 287, 316

Johnson, Samuel, 萨缪尔·约翰逊爵士 344n12

John the Baptist, Saint, 施洗约翰, 圣徒 92

John the Evangelist, Saint, 福音传教士约翰, 圣徒 88, 92

Joyce, James, 乔伊斯, 詹姆斯 34; *Portrait of the Artist as a Young Man* (Stephen Dedalus character in), 《一个青年艺术家的画像》(《一个青年艺术家的自画像》中的主人公斯蒂芬·迪达勒斯) 165—166

Judah the Prince, Rabbi, 犹大王子, 拉比 89

Judaism, 犹太教; principles of, 犹太教教义 93—98; See also Kabbalah, 也参见《喀巴拉》; Talmud, 《塔木德》; Talmudic tradition, 《塔木德》传统; Torah, as word of God, 《托拉》作为上帝之言

Judeo-Christian beliefs, about death, 犹太教-基督教传统有关死亡的信念 281—282, 285—288

Julius Caesar (Shakespeare), 《裘力斯·凯撒》(莎士比亚) 154

Jung, Carl Gustav, 荣格, 卡尔·古斯塔夫 136—137

justice, 正义; See God's justice, 参见上帝的正义; Socrates: on justice and equality, 苏格拉底: 论正义和平等

just society, 正义的社会 199; Socrates' concept of, 苏格拉底关于正义社会的观念 185—186; See also natural rights, 也参见自然权利

Kabbalah, 《喀巴拉》 88—89, 97—98

Kabbalists, 喀巴拉主义 79—80

Kadare, Ismail, 卡达莱, 伊斯梅尔 207—208

Kafka, Franz, 卡夫卡, 弗兰茨 16, 119, 141, 178; The Penal Colony, 《在流放地》 307—308

Kalidasa, 迦梨陀娑 121

Kant, Immanuel, 康德, 伊曼努尔 177

Keats, John, 济慈, 约翰 16

Kenny, Andrew, 肯尼, 安德鲁 220

Kerford, G. B., 科福德, 乔治·布里斯科 54

Keynes, John Maynard, 凯恩斯, 约翰·梅纳德 247

Kipling, Rudyard, 吉卜林, 鲁德亚德 66, 169

knowledge, as virtue, 知识, 知识作为德性 36

Knox, John, 诺克斯, 约翰 287

Kommareck, Nicolas, 孔玛瑞克, 尼古拉斯 76

Krugman, Paul, 克鲁格曼, 保罗 246—247

Lacan, Jacques, 拉康, 雅克 135
La Celestina (Rojas),《塞莱斯蒂娜》, 罗哈斯 49, 50—51, 289
Lafontaine, Henri, 拉封丹, 昂利 267
Landino, Cristoforo, 兰迪诺, 克里斯托福罗 174
landscape, See forests, 风景, 参见森林; nature, 自然
language: Bhartrihari's theories of, 语言: 伐致呵利的语言理论 122—125; Dante's history of, 但丁的语言观 86—88, 125; as gift, 语言作为馈赠 35—36; as human attribute, 语言作为人类属性 118—119, 125; as instrument of curiosity, 语言作为人类好奇心的工具 14, 33, 45—47, 86—87; layers of meaning in, 语言中的多重意义 303—304; limitations of, 语言的界限 9, 68, 111—112, 311—312; origins of, 语言的起源 113—115, 341n18; power of, 语言的力量 299—300, 303—305, 308—309; theories of, 语言理论 71, 118, 120—125
La Rochelle, Drieu, 拉·罗谢尔, 德里厄 148—149
Latini, Brunetto, 拉丁尼, 布鲁涅托 208, 209, 210, 224, 237
laws: Hippias's view of, 律法: 希庇亚论律法 59—60; and moral choices, 律法和道德选择 323—324
Lear, Linda, 李尔, 琳达 159
lectura dantis, 但丁文学 7—8
Leo X, Pope, 利奥十世, 教皇 99
Lerner, Gerda, 勒纳, 格拉达 188—189, 191

Lerner, Isaias, 莱恩纳, 以赛亚 49—51
Levi, Peter, 莱维, 彼得 148
Levi, Primo, 莱维, 普里莫 307, 308, 309; at Auschwitz, 在奥斯威辛的普里莫·莱维 297—300, 304—305
Lévi-Strauss, Claude, 列维-斯特劳斯, 克洛德 179—180, 181
Liddell, Alice, 李德尔, 阿丽思 138—140
Life of Adam and Eve,《亚当和夏娃生平》67
literature: creation of, 文学: 文学创作 16; dogs in, 文学作品中的狗 201—203; gender as manifested in, 文学作品中的性别表现 183—184; as instrument of compassion, 文学作为共情的工具 190—191; as mirror of ourselves, 文学作为我们自身的镜子 137; revisiting of, 重读文学 307
Lives of the Fathers,《天父生平》20
Livy, 莱维 76
Lombard, Peter, 伦巴德, 彼得 324—325
Lombardo, Marco, 伦巴第人马尔科 319—320, 323
Lopez, Barry, 洛佩兹, 巴里 202
love, categories of, 爱, 爱的范畴 258—259
Lucian of Samosata, 萨莫萨塔的琉善 54, 59
Lucifer, 撒旦（路西法）242, 258
Lugones, Leopoldo, 卢贡内斯, 莱奥波尔多 341n18
Luke, Gospel of,《路加福音》171, 192, 225; Mary and Martha in,《路加福音》中的马利亚和马大 248—249

Mabinogion,《马比诺吉昂》226
Macarius of Egypt, 埃及的马库里乌斯 246
Madoff, Bernard, 麦道夫, 伯纳德 246

Magi，三博士 44

Mago，马戈 158

Maimonides，迈蒙尼德 90，93，104，105

Malaspina, Moroello，马拉斯皮纳，摩洛埃罗 14

Malot, Hector，马洛，埃克多 183

Malraux, André，马尔罗，安德烈 279

Mandela, Nelson，曼德拉，纳尔逊 321—323，324

Mandelstam, Osip，曼德尔施塔姆，奥西普 6，138—139

Manetti, Antonio，马内蒂，安东尼奥 174，175

Manfred：at the Battle of Benevento，曼弗雷德：贝纳文托战役中的曼弗雷德 226—227，279；conflicting views of，关于曼弗雷德的相反观点 223—224；as symbol，曼弗雷德作为一个象征 225—226，233；wounds of，曼弗雷德的伤口 225—226，227

Manguel, Alberto：reflections on the end of life，曼古埃尔，阿尔维托：曼古埃尔反思生命的终点 274—278；stroke suffered by，曼古埃尔中风 107—110

Manrique, Jorge，曼里克，豪尔赫 244

Manutius, Aldo，马努齐奥，阿尔多 4

Manutius the Younger，小阿尔多·马努齐奥 4

Marie Antoinette，玛丽·安托瓦内特 198

Marie de France，法国的玛丽 214

Mark, Saint, lion of，圣马可的狮子 92，104—105

Martello, Carlo，马特，沙尔 205

Marx, Karl，马克思，卡尔 52

Mary Magdalene，抹大拉的马利亚 92

Masih ad-Dajjal，麦西哈·旦扎里 283

Matthew, Gospel of，《马太福音》44

Mazzotta, Giuseppe，马佐奥塔，朱塞佩 6

Medici, Lorenzo de', 美蒂奇，洛伦佐·德 174

Meier, Melchior, *Apollo and Marsyas*，梅尔基奥尔·梅尔，《阿波罗和马胥阿斯》，112

Melville, Herman，梅尔维尔，赫尔曼 140

memory，记忆 298—299

Méricourt, Théroigne de，梅立古尔，戴洛瓦涅·德 198

Messiah, coming of the，弥赛亚，弥赛亚的到来 97，339n25

Meung, Jean de，蒙，让·德 226

Michelet, Jules，米什莱，儒勒 197

Millais, John Everett，米莱斯，约翰·埃弗雷特 250

Milton, John，弥尔顿，约翰 151

Mishima, Yukio，三岛由纪夫 280

Mishnah，《密西拿》89

misogyny，厌女症 186

money，金钱 235—238；Aristotle on，亚里士多德论金钱 247；as symbol，金钱作为象征 235，246—247

Montaigne, Michel de，蒙田，米歇尔·德 63；on Dante，蒙田论但丁 8；*Essays*，《蒙田随笔集》2—3

Montesquieu，孟德斯鸠 78

Montfaucon de Villars, Abbot，蒙法孔·德·维拉，神父 76

Moses，摩西 94—95，303，309

Mouisset, Anne-Olympe，蒙塞特，安-奥兰普 195

Mundaneum，世界博物馆 270，271

Nabokov, Vladimir，纳博科夫，弗拉基米尔

263

Nahman of Bratslav, Rabbi, 布雷斯洛夫的纳赫曼, 拉比 41, 168

names: as identity, 名字: 作为身份 131—133; Socrates on, 苏格拉底论命名 132

Napier, John, 纳皮尔, 约翰 287

Narcissus, 那耳喀索斯 133, 143—144

Nardi, Bruno, 纳尔迪, 布鲁诺 24, 313

Nathan of Gaza, 加沙的拿单 313

natural rights: limitations on, 自然权利: 自然权利的限度 195; as manifested during the French Revolution, 法国大革命表现出的自然权利 193—195

nature: Aristotelian attitude towards, 自然: 亚里士多德自然观 158, 159, 161, 162, 163; as described in the *Commedia*, 《神曲》中描述的自然 151—157, 161—162; humans'relationship with, 人与自然的关系 148—150, 156—163; nostalgia for, 缅怀过去的大自然 149—150; violence to, 对自然施暴 154—156; See also forests, 也参见森林

Nazis, 纳粹 271, 295; resistance to, 抵抗纳粹 301—302

Needham, Joseph, 李约瑟 228

Nephilim, 伟人 113

Neruda, Pablo, 聂鲁达, 巴勃罗 202—203

Newton, Isaac, 牛顿, 艾萨克 25

Nimrod, 宁录 113—114, 116—117, 175—176

nominalists, 唯名论 171

Nyâyas, 正理学派 123—124

Odysseus 奥德修斯; See Ulysses, 参见尤利西斯

Odyssey, 《奥德赛》; See Homer, 参见荷马;

Ulysses, 尤利西斯

Office international de Bibliographie, 国际书目局 267

Oppenheimer, J. Robert, 奥本海默, 朱利叶斯·罗伯特 230—233; compared to Manfred, 奥本海默和曼弗雷德作比较 230, 231

order, 秩序; human inclination towards, 人类倾向于秩序 259—263, 271; See also categorical systems, 也参见范畴体系; meaning imposed upon, 给范畴体系赋予意义; collections and collectors, 收藏品和收藏家

Ossola, Carlo, 奥索拉, 卡罗 44

Otlet, Paul, 欧特雷, 保罗; as collector, 保罗·欧特雷作为收藏家 266—271

Ouaknin, Marc-Alain, 瓦克宁, 马克-阿兰 100

Ovid, 奥维德; *Metamorphoses*, 《变形记》16, 20

Pandora: Eve as, 潘多拉: 夏娃作为潘多拉, 39—40; jar of, 潘多拉的盒子 39—40

Pânini, 波尼弥 122, 124

Paolo, 保罗 190—191

Paolo, Giovanni di, 乔万尼·迪·保罗 69

Paper Museum, 纸制博物馆 265—266

Paracelsus, 帕拉塞尔苏斯 77

Patanjali, 钵颠阇梨 122

pathetic fallacy, 感情误置 161

patriarchal authority, 父权制 187—189

Paul, Saint, 保罗, 圣徒 19, 215, 317—318

Pauli, Johannes, 保罗, 约翰内斯 211

Pericles, 伯利克里 60, 63

Perón, Juan, 庇隆, 胡安 238

Persico, Nicolà, 珀西科, 尼科拉 76

Persky, Stan, 佩斯基, 斯坦 273, 277
Pétain, Marshall, 贝当, 将军 270
Peter, Saint, 彼得, 圣徒 52, 224, 318
Peter the Venerable, 尊者皮埃尔 304
Petrarch, 彼特拉克 18, 277
Pézard, André, 帕萨德, 安德列 345n14
phantasia, 想象 108—109
Philip VI, King, 菲利浦六世, 国王 235
Philo of Alexandria, 亚历山大里亚的斐洛 38, 93
Philostratus, 斐洛斯特拉托斯 57, 59
photography and photograph of goldmine workers, 照片和挖掘金矿的工人的照片 251—253
Phrygian, 弗里吉亚语; as primordial language, 弗里吉亚语作为原初语言 115
Piccarda, 琵卡尔妲 191—192, 259
Pietro Alighieri, (Dante's Son), 皮埃特罗·阿利格耶里（但丁之子）8, 131
pilpul, 争辩 41
Pinocchio, 匹诺曹 324
place, and human identity, 地方/处所, 和人类认同 165—167, 176—181
planets and stars, 行星和星星; as influence on human behavior, 行星和星星对人类行为的影响 205—206
Plato, 柏拉图 54, 57, 58, 59, 60; *Cratylus*,《克拉底鲁篇》131—132; on language, 柏拉图论语言 72; *The Republic*,《理想国》185—186, 199
Pliny the Elder, 老普林尼 158
Plutarch, 普鲁塔克 57
Pluto, 普路同 114
Plutus, 普路托斯 242
Poe, Edgar Allan, 坡, 埃德加·艾伦 289
poetry, power of, 诗歌的力量 308—309

politics: art of, 政治: 治理术 60—61; Stendhal's view of, 司汤达的政治观 220
Polydorus, 波利多鲁斯 153
Pompignan, marquis Le Franc de, 蓬皮尼昂, 法国的侯爵 195, 196
Porphyry, 波菲利 158
Portinari, Beatrice, 坡提纳里, 贝缇丽彩 212; See also Beatrice, 也参见贝缇丽彩
printing presses, early, 早期的出版社 76; See also Jewish books, published in Venice, 也参见威尼斯出版的犹太书籍
Protagoras, 普罗泰戈拉 60—61
Proust, Marcel, 普鲁斯特, 马塞尔; *Du côté de chez Swann*,《在斯万家那边》230, 232
Psalms and Psalmists,《诗篇》和《诗篇》作者 105, 274, 282
Psammetichus, 普萨美提克 114—115
Ptolemy (astronomer), 托勒密（天文学家）; the universe as depicted by, 托勒密描述的宇宙 173
Pythagoras, 毕达哥拉斯 21, 158

Quechua language, 克丘亚语; See *quipu*, 参见绳结
Questio de aqua et terra (Dante),《水土探究》（但丁）20—21
questioning, 提问 4—5, 31—32; in *Alice's Adventures in Wonderland*,《阿丽思漫游奇境记》中的提问 140—145; books as facilitators of, 书籍有利于提问 83—84; as instrument of curiosity, 提问作为好奇心的工具 14, 33, 45—47; language as tool for, 语言作为提问的工具 86—87, 111—112
question mark, 问号 4
quipu: interpretation of, 绳结: 阐释绳结 74—

76，80—81；Sansevero's study of，圣塞维诺的绳结研究 77—80

Qur'an，《古兰经》35，283；See also Islam, and death，也参见伊斯兰，和死亡

Rabelais, François，拉伯雷，弗朗索瓦 55—56

Ramelli, Agostino，拉梅利，阿戈斯蒂诺 42

Rashi，拉比拉什 98，100

reading：art of，阅读：阅读的技艺 9；challenges inherent in，内在于阅读中的挑战 7；as infinite enterprise，阅读是一项永无休止的事业 92—94；See also literature，也参见文学

realists，实在论 71

reasoning, approaches to，论证，论证方式 51，52—62

Reeves, James，里夫斯，约翰 130

Revelation, book of，《启示录》280，285，316；See also Apocalypse，也参见启示论

Richard of Saint-Victor，圣维克多的理查德 303

Rifkind, Sir Malcolm，里夫金德，马尔科姆爵士 321—322

rights，权利；See natural rights，参见自然权利

Rilke, Rainer Maria，里尔克，莱纳·玛利亚 97；The Panther，《豹》115—116

Rimbaud, Arthur，兰波，亚瑟 135，297

Robespierre, Maximilien de，罗伯斯庇尔，马克西米连·德 193

Rojas, Fernando de，罗哈斯，费尔南多·德 204；See also La Celestina，也参见《塞莱斯蒂娜》

Roland, Madame，罗兰夫人 197

Roma, Immanuel de，罗马的以马内尔 96

Romano, Yehuda，罗马的耶胡达 96

Roosevelt, Franklin，罗斯福，富兰克林 270

Roszak, Theodore，罗萨克，狄奥多罗 160—161

Rousseau, Jean-Jacques，卢梭，让-雅克 32，193

Ruggiero, Cardinal，乌尔吉诺，红衣主教 279

Ruskin, John，罗斯金，约翰 151—152，156，161

Sacchetti, Franco，萨克提，弗朗科 210

Sacks, Oliver，萨克斯，奥利弗 115

Saint-Etienne, Jean-Paul Rabaut，圣艾蒂安，让-保罗·拉布 194

Salgado, Sebastião，萨尔加多，塞巴斯蒂昂 photography of，塞巴斯蒂昂·萨尔加多的照片 251—253

Salih, Tayeb，萨利赫，塔依卜；Season of Migration to the North，《移居北方的时节》166

Salutati, Coluccio，萨卢塔蒂，科卢齐奥 19

Sansevero, Raimondo di Sangro，圣塞维诺，雷蒙多·迪·桑格罗 75—80，94；Apologetic Letter of，圣塞维诺的《辩护书》77—80；inventions of，圣塞维诺的发明 76—77；and the quipu of the Incas，圣塞维诺和印加人的绳结 77—80

Sanskrit texts，梵文经典 121—124

Sarmiento, Domingo Faustino，萨米恩托，多明戈·福斯蒂诺 150

Scholasticism，经院哲学 53—55，85—86

Scholem, Gershom，肖勒姆，格尔肖姆 313

Schwebel, Leah，施韦贝尔，利亚施 36

Scottish Reformation，苏格兰宗教改革 287

Sedakova, Olga，塞达科娃，奥尔加 6，154

semantic signs，语义标志；other than writing,

不同于书写的语义标志 73；See also language, 也参见语言；quipu, 绳结；words, 语词

Seneca, 塞涅卡 29, 45, 277, 291

Senefelder, Alois, 塞尼菲尔德，阿罗伊斯 76

Shakespeare, William, 莎士比亚，威廉；See *All's Well That Ends Well*, 参见《终成眷属》；*Hamlet*, 《哈姆雷特》；*Julius Caesar*, 《裘力斯·凯撒》；*Troilus and Cressida*, 《特洛伊罗斯与克瑞西达》

Shass Pollak, 波兰《塔木德》学者 103

Shelley, Percy Bysshe, 雪莱，珀西·比希 67, 324

she-wolf, sins of, 母狼，母狼的罪愆 239, 240, 241

Siemes, Father, 西姆斯，神父 232—233

Sieyès, abbé, 西埃耶斯，神父 194

Silesius, Angelus, 西里西亚的安格鲁斯 302

Sinon, 席农 28—29

sins, 罪愆 258—259；See also avarice, sin of, 也参见贪婪，贪婪之罪；covetousness, sin of, 贪婪，贪婪之罪；usury, sin of, 高利贷，放贷之罪

slavery：in ancient Rome, 奴隶制：古罗马奴隶制 158；Aristotle's view of, 亚里士多德论奴隶制 160；as institution, 奴隶制作为制度 59；justification for, 为奴隶制辩护 186

Socrates, 苏格拉底 14, 36, 54, 57, 58—59；on justice and equality, 苏格拉底论正义和平等 185—186, 199；on names, 苏格拉底论命名 131—132；reasoning of, 苏格拉底的论证 60—63

Sophists, 智者 53—62

Sophocles, 索福克勒斯；*Oedipus at Colonus*, 《俄狄浦斯在科罗诺斯》187

South Africa, apartheid in, 南非，南非的种族隔离 321—323

Spinoza, Baruch, 斯宾诺莎，巴鲁赫 95

Statius, 斯塔提乌斯 90—91, 131, 242—243

Stein, Gertrude, 斯泰因，格特鲁德 1

Steiner, George, 斯坦纳，乔治 63

Stendhal, 司汤达 220

Stephenson, Craig, 斯蒂芬森，克雷格 131

Stevenson, Robert Louis, 史蒂文森，罗伯特·路易斯 40

Stone, I. F., 斯东, I. F. 58

stories：importance of, 故事：故事的重要性 9, 37—38, 41—42；truth inherent in, 内在的真理 9, 312

Stroessner, Alfredo, 斯特罗斯纳，阿尔弗雷多 295

suicides, 自杀 128—129, 154；in the *Commedia*, 《神曲》中的自杀 151, 152

Sutherland, Donald, 舒斯特兰德，唐纳德 1

Suzuki, David, 铃木，大卫 346n20

Swenson, May, 司文逊，梅 276

Talmud, 《塔木德》88, 98—103, 104, 118；Babylonian, 《巴比伦塔木德》100—101

Talmudic tradition, 塔木德传统 7, 41, 68, 88—89, 277；and death, 塔木德传统和死亡 281—282

Tasso, Torquato, 塔索，托尔夸托 34—35

tattoos, as used in concentration camps, 文身，集中营中的文身 295—296

Tennyson, Alfred, Lord, 丁尼生，阿尔弗雷德，男爵 34, 41

Tertullian, 德尔图良 40

Tetragrammaton, 四字神名 89

Thatcher, Margaret, 撒切尔，玛格丽特 321

Theocritus, 忒奥克里托斯 148
Theodore, Saint, 狄奥多罗, 圣徒 104
Thomas Aquinas, Saint, 托马斯·阿奎那, 圣徒, 21—24, 119, 171, 213, 241—242, 324—325; Aristotle as influence on, 亚里士多德对圣托马斯·阿奎那的影响 22—23; *Summa Theologica*,《神学大全》22, 85—86
thought processes, mapping of, 思维过程, 绘制思维过程的地图 109—110
Thrasymachus, on injustice, 色拉叙马霍斯论不正义 185, 186
Tibbets, Paul, 蒂贝茨, 保罗 232
Timothy, first book of,《提摩太前书》240
Toland, John, 托兰德, 约翰 76
Torah, as word of God,《托拉》, 作为上帝之言 88—89, 93—97, 104; See also Talmud, 也参见《塔木德》
Toscanella, Orazio, 托斯卡内拉, 奥拉齐奥 42—44
Tradescant, John (father and son), 约翰·特雷德斯坎特（父子）263—264
translation: concept of, 翻译：翻译的概念 65; writing as, 写作作为一种翻译 66, 70—71
Très Riches Heures du Duc de Berry,《贝里公爵的豪华时祷书》249
Troilus and Cressida (Shakespeare),《特洛伊罗斯与克瑞西达》（莎士比亚）33, 239
Trojan Horse, 特洛伊木马 29
Trojan War, 特洛伊战争 35, 305; See also Homer: *Iliad*, 也参见荷马：《伊利亚特》
truth: in the *Commedia*, 真理：《神曲》中的真理 315—317, 319—320; Hume's perspective on, 休谟论真理 321; poetic lies, 诗歌的谎言作为真理 315—327; stories as, 故事作为真理 312
Truth and Reconciliation Commission (South Africa), 真相与和解委员会（南非）322
Tsevetaeva, Marina, 茨维塔耶娃, 玛琳娜 84
Turannius, Sextus, 图兰尼乌斯, 塞克图斯 277—278
Tuscany, political factions in, 托斯卡纳地区的政治派别 16—17, 223—224
typography, 排版 80, 81

Ugolino, Count, 乌戈利诺, 伯爵 279
Ulysses: as character in the *Commedia*, 尤利西斯：《神曲》中的尤利西斯形象, 33—34, 36, 40—41, 44—46, 297—299, 302, 304—305; curiosity of, 尤利西斯的好奇心 44—47; and the gift of language, 尤利西斯的语言天赋 35; literary incarnations of, 尤利西斯的文学形象 34—35, 41; sins committed by, 尤利西斯犯下的罪愆 35—36
unconscious, Jung's concept of, 荣格的无意识概念 136
United Nations Environmental Programme (UNEP), 联合国环境规划署 160
universe, models of, 宇宙, 宇宙模型 173—177; See also center of the universe, as perceived by various cultures, 也参见宇宙中心, 不同文化中的宇宙中心
Upanishads,《奥义书》121
usury, sin of, 放贷之罪 243—245, 247

Valla, Lorenzo, 瓦拉, 洛伦佐 224—225
Valmiki, 蚁垤 111
Varro, Marcus Terentius, 瓦罗, 马尔库斯·

特伦提乌斯 158, 187

Vedas,《吠陀经》121, 122

Vellutello, Alessandro, 维鲁特罗, 亚历山德罗 174, 176

Veltwyck, Gerard, 维特维克, 格拉德 99

Venice : imaginative and historical roots of, 威尼斯：对威尼斯的想象的起源和历史的起源 104—105；Jewish books published in, 在威尼斯出版的犹太书籍 98—101；Jewish community in, 威尼斯的犹太社区 96, 97, 100—101

Victorinus, 维克多里努斯 285, 287

Videla, Jorge Rafael, 魏地拉, 豪尔赫·拉斐尔 220

Villani, Giovanni, 维拉尼, 乔万尼 239

violence, to nature, 暴力, 对自然施暴 154—156

Virgil : *Aeneid*, 维吉尔:《埃涅阿斯纪》14, 19, 28—29, 33, 83, 153, 179, 304；as Dante's guide in the *Commedia*, 维吉尔作为但丁在《神曲》中的向导 19, 27—29, 36, 44, 68—70, 113, 116, 130, 145, 152—153, 170—171, 180, 216—217, 222—223, 230, 257—258, 300, 308—309, 313—314, 316；*Georgics*,《农事诗》157, 162；as model for José Hernández, 维吉尔是何塞·埃尔南德斯的榜样 148；and the natural world, 维吉尔和自然世界 157—158

Vita nova, Dante,《新生》, 但丁 19, 20

Viviano①, Vincenzo, 维维亚尼, 文森佐 176

Volkov, Solomon, 沃尔科夫, 所罗门 84

Voragine, Jacop de, 佛拉金, 雅各·德

Golden Legend,《黄金传奇》20

Walcott, Derek, 沃尔科特, 德里克 165

war 战争: death in, 战争中的死亡 289—290；as game of chess, 战争比喻成棋牌游戏 226—227；moral justification for, 为战争作道德辩护 232—233

Webb, Jeremy, 韦伯, 杰里米 290

Weil, Simone, 薇依, 西蒙娜 50

Weissmuller, Johnny, 维斯穆勒, 约翰尼 120

Whitman, Walt, 惠特曼, 瓦尔特；*Leaves of Grass*,《草叶集》257

Wilde, Oscar, 王尔德, 奥斯卡, 143—144；*A House of Pomegranates*,《石榴屋》252；*The Importance of Being Earnest*,《不可儿戏》38；The Young King,《少年国王》252—253

Williams, Charles, 威廉姆斯, 查尔斯 159

wolves, 狼 202；See also she-wolf, sins of, 也参见母狼, 母狼的罪愆

women : in ancient Greece, 女性：古希腊的女性 187—188；as commodities, 女性作为商品 188—189；in Dante's world, 但丁世界里的女性 189—192；during the French Revolution, 法国大革命时期的女性 193—199；rights of, 女性权利 195—199；subservient function of, 女性的"从属"功能 38；traditional role of, 女性的传统地位 187—189；See also gender identity, 也参见性别认同

Wood of Suicides, 自杀者之林 151, 152

woods, See forests, 森林, 参见森林；nature, 自然

---

① 此处拼写疑有误, 应为"Viviani"。

Woolf, Virginia, 伍尔芙, 维吉尼亚 187, 201

words : and meaning, 语词: 语词和意义 123—124 ; as representation of thoughts, 语词作为思维的表象 66 ; See also language, 也参见语言 ; translation, 翻译 ; writing, 写作

workers, 工人 ; as represented in art and literature, 在艺术和文学作品中表现的工人 249—253

writing : aesthetics and utility of, 写作: 写作之美和写作之用 73 ; invention of, 发明写作 71—73 ; as translation of the visual, 写作作为对可见者的翻译 66, 70—71 ; See also language, 也参见语言

Wunderkammer, 珍品陈列室 265

Xenophon, 色诺芬 57, 58, 59

Ya'akov ben Asher, 雅各布·本·亚设 98

Yeats, William Butler, 叶芝, 威廉·巴特勒 134—135

Yi Jing, See I-Tsing 义净, 参见义净

Yitzhak, Rabbi Levi, 拉比列维·伊扎克 93

Yitzhaki, Rabbi Shlomo, 拉比所罗门·以撒克 ; See Rashi, 参见拉比拉什

Zend-Avesta,《阿维斯塔》281

Zeno's paradox, 芝诺悖论 93

Zephyr, 泽费罗斯 ; the West Wind, 西风 47

Zoroastrianism, 琐罗亚斯德 ; and death, 琐罗亚斯德和死亡 281

译后记

2020年初,疫情蔓延之时,以往生活中习以为常的一切平庸琐事,全部停摆。积攒文章,开吹水会,空洞握手和吹捧,加了微信却从不交流的学者专家,我曾对这样的学术仪式深感新奇与虔诚,我也曾以为挤进那个圈子才是极好地"热爱命运"(amor fati),但疫情大概揭示出了世界无常的一面,感谢挺身而出为我们所有人负重前行的勇士们,像我这样百无一用的"five"才得以安坐家中,朴实无华地翻译起这部《好奇心》来。

从整体难度上看,曼古埃尔这部《好奇心》要比我之前翻译的阿摩斯·冯肯斯坦稍低一些,毕竟全书主体大多是英文;不过曼古埃尔旁征博引的各种对我来说非常偏门的知识,又让我常常卡在一些"小虫"上,深感困难而久久无法前进,尤其是曼古埃尔喜欢"掉书袋"和使用修辞,因此在某些需要注释以便理解的地方,我在查阅资料后,做出了一些脚注。或许对于背景知识丰富的读者来说无甚必要,不过对于我等普通读者,绵密的脚注就像是我自己描画出来的一幅阅读地图,那些我认为需要注释的地方,恰恰是我自己想要加以了解的地方。

在此之前,我并没有完整读过但丁,也没有读过曼古埃尔。不过现在翻译完整本书的我,已经完全可以模仿曼古埃尔的惯用语说,这次翻译恰好是引领我走向"另一个世界"的旅程,它帮助我补足了我的阅读地图上面缺失的一块大陆。阅读就像一场奥德赛式的旅程,总有些书籍常读常新,总有些文字阅后即忘,这就是为什么我们需要针对那些平庸无聊的二手文献做出那么扎实的读书笔记,而又会在几乎每次提笔写作不正经文章开头时都会暗搓搓严肃思考自己究竟要不要致敬一下诸如

"很多年后,面对行刑队……"或者"但凡有钱的单身汉,总是需要一个老婆……"这类经典开场白的充足理由。

按照但丁试图将古典哲学、新柏拉图主义和基督教义调和起来的努力,整个世界或者整个宇宙应该像天堂、炼狱和地狱那般井然有序,每一个创造物在每一个圈层都应该有其自身的"恰切地点"(proper place),它们都应该指向至高之善好的目的(如果我们不深究但丁是否可能会具有某种隐微写作的话)。但是曼古埃尔却很可能会质疑说,真的吗?毕竟在《好奇心》中最让人心生怨怼的一章,曼古埃尔有心提起普里莫·莱维在集中营绝望背诵《神曲》的那种既没有明天也没有 warum(为什么)的遭遇,不禁让人联想起那些质疑上帝或许根本不曾在奥斯威辛出现过的灵魂拷问,尽管这是一条有违上帝全在(omnipresence)的假设。曼古埃尔并没有继续追问这个主题,不过我们每个喜欢特德·姜的现代人都会不假思索地知道"地狱就是上帝不在的地方"这条标准的斯宾诺莎式回答。

跟随但丁在《神曲》中缓慢上升却仍充满惊险的"苦路"(Via Crucis),曼古埃尔对但丁的阅读展开了《好奇心》的征程,为自己勾画出了一幅贯穿自己生命和际遇的阅读地图。与但丁看到了那"凡语再不能交代"的伟景一样,当曼古埃尔想要把这条无与伦比的阅读心路写作下来之时,他也同样发现了人类语言的局限和困难——只有好奇心能够超越丁语言的边界之外,它总是吉卜林笔下那不可遏制的"充足的好奇心"。

曼古埃尔说,他年轻的时候也从未读过《神曲》,直到突然感到垂垂老矣,想要了解一下各种关于"另一个世界"的描述,才翻开了伟大《神曲》的页面;换句话说,总是在某些时刻我们才会与某些书籍相遇,或迟或早,我们或许会以为是这些书籍滋养了我们的灵魂,但实际上我们却通过阅读勾画出了我们自己的生命地图,我们成为了我们自己。

这条经典表述似乎与哈罗德·布鲁姆在《西方正典》中秉持的一贯立场不谋而合,不过我们现代人已经不再需要像哈罗德·布鲁姆那样绞尽脑汁地论证诸如简·奥斯丁或者《古代的夜晚》为什么能够跻身整个悠长西方文学史的"正典",而不是"伪经"或者"次经",毕竟从维吉尔到但丁,从博尔赫斯到曼古埃尔,从曼古埃尔再到我们,同类之堕落比比皆是,平庸无聊的二手文献占据了我们大多数的时间,以至于有时我竟然会觉得翻译曼古埃尔成了一件不务正业的事情,尽管正业大抵只是绞尽脑汁地努出几本更加平庸无聊的二手文献。这是一条急速衰败且毫无波澜的幸福大道。

不过我并不相信文学会死去,哲学也是。引人入胜的作者和读者总是会以令人想象不到的新奇方式,在不被期待的时刻咻然出现,就像简·奥斯丁从小就能从昏昏昭昭的英国历史里面读出"他吃饭他睡觉然后他就死了"之类的恶趣味一样,她在那个充斥陈腐恶俗味道的浪漫派哥特小说的时代脱颖而出——《沙地屯》里霸屏的句子don't faint,正是对那时代标准化淑女形象的轻快嘲讽。

当然这只是我个人最喜欢的例子。就像阿摩斯·冯肯斯坦的经典表述那样,思想史上祛魅的碾轮不知道多久才会重来一遍,这些照亮了我们所身处的这个无甚意义的世界的有趣的人,也不知道多久才能出现一位,我们就像每天出海等着抓逮黄色香蕉鱼的人,持续阅读才是守护他们/她们的最好方式。最终我们会发现,我们喜欢的总是同一类人,阅读是引领我们进入"另一个世界"的兔子洞,我们需要跟紧那只跑得气喘吁吁时刻看表的大兔子,因为"要是他一会儿梦里没有你了",我们就不复存在了——在阅读中,我们反而成了那"不过是在梦里头的一种东西",以至于有时候我们甚至无法区分哪个世界才是真的:是与经典作者们为伍的阅读世界呢,还是每个时代的人们都会认为自己所身处的那个末法时代?

翻译本书期间,本人受到国家社会科学基金青年项目"斯宾诺莎《梵蒂冈抄本》编译研究"(批准号:19CZX044)的资助,特此感谢。

本书中,某些文学和哲学作品的引文段落,或者涉及人名和译名之处,译文直接采用了已有中文译著的译法,在注释中标示了引文出处,在此感谢众多前辈学者经典的中文译作和研究，为汉语学术做出的开创性贡献。感谢中国人民大学的吴功青教授在意大利语、孙帅教授在奥古斯丁术语上提供的帮助，感谢中国社会科学院哲学研究所的高山杉研究员和中国佛学院的源正法师在梵语文献和译名上提供的帮助。不过，曼古埃尔著作涉及的知识面非常广博，译者难免会有学力不逮之处，尽管请教了ZZ博士和DD博士等师友作为外援，但所有错讹责任自然在我，还望专家和学友多多包涵和指正，以期再版之时，译文能够得到进一步的润色、纠正和提升。

毛竹

中国社会科学院大学

中国社会科学院哲学研究所

2021年4月27日

图书在版编目(CIP)数据

好奇心/(加)阿尔维托·曼古埃尔著;毛竹译.—北京:商务印书馆,2023
ISBN 978-7-100-21657-9

Ⅰ.①好… Ⅱ.①阿…②毛… Ⅲ.①好奇心—研究 Ⅳ.①B848.3

中国版本图书馆 CIP 数据核字(2022)第 165568 号

权利保留,侵权必究。

hào qí xīn
好 奇 心
〔加拿大〕阿尔维托·曼古埃尔 著
毛竹 译

商 务 印 书 馆 出 版
(北京王府井大街36号 邮政编码100710)
商 务 印 书 馆 发 行
北京新华印刷有限公司印刷
ISBN 978-7-100-21657-9

2023年3月第1版   开本710×1000 1/16
2023年3月北京第1次印刷 印张30
定价:158.00元